westermann

Gisela Becker, Silke Bergau, Natascha Böttcher-Seitz, Antoniy Dimitrov, Holger H. Macht, Torsten Marks, Manuela Meixner, Richard Rongstock, Michaela Sandeck, Stephanie Schmidbauer

#blickwinkel

Sozialkunde für die FOS 12

1. Auflage

Bestellnummer 112294

Dieses Werk folgt der reformierten Rechtschreibung und Zeichensetzung. Ausnahmen bilden Texte, bei denen künstlerische, philologische oder lizenzrechtliche Gründe einer Änderung entgegenstehen.

service@westermann.de
www.westermann.de

Bildungshaus Schulbuchverlage Westermann Schroedel Diesterweg Schöningh Winklers GmbH, Postfach 33 20, 38023 Braunschweig

ISBN 978-3-14-**112294**-7

westermann GRUPPE

Vorwort und Hinweise zur Arbeit mit dem Buch

Der vorliegende Band deckt die kompletten Lehrplananforderungen im Fach Sozialkunde für die FOS 12 der Beruflichen Oberschulen in Bayern ab. Der Band ist in Unterrichtseinheiten gegliedert, die thematisch den fünf Lernbereichen des Lehrplans entsprechen. Bei den Lernbereichen handelt es sich um: 1 Methodenkompetenzen, 2 Aktuelle Lebenswirklichkeiten im politischen System der Bundesrepublik Deutschland im Vergleich mit anderen Staaten, 3 Gesellschaftliche Lebenswirklichkeiten des Einzelnen, 4 Einflussfaktoren auf die Lebenswirklichkeit und 5 Aktuelle internationale Herausforderungen und deren Einfluss auf die Lebenswirklichkeit in Staat und Gesellschaft. Das Inhaltsverzeichnis weist aus, welche Unterrichtseinheiten welchem Lernbereich zugeordnet sind. Der Lernbereich 1 zu den Methodenkompetenzen folgt dabei aus inhaltlichen Gründen als übergeordneter Lernbereich den Lernbereichen 2 bis 5, sodass der Band mit Kapitel 1 (Lernbereich 2) beginnt.

Nach dem Lernbereich 1 Methodenkompetenzen folgt noch ein Methodencheck als Gesamtüberblick. Ein Sachwort- sowie ein Bildquellen- und Textquellenverzeichnis runden den Band ab.

Die Lernbereiche werden durch eine Doppelseite mit historischen und gegenwartsbezogenen Fotos zum Themenbereich eingeführt und enthalten am Ende jeweils einen Abschnitt mit dem Titel „**Gelernt!**“, in dem noch einmal die wichtigsten erlernten Kompetenzen zu diesem Lernbereich zusammengefasst sind.

Die Struktur der einzelnen Unterrichtseinheiten ist nach dem folgenden Muster gestaltet:

Forschungsinteresse und Kompetenzerwerb

In diesem Abschnitt werden die Lernziele und der Kompetenzerwerb erläutert.

Vorgehen

Hier wird eine Handlungssituation skizziert und ein mögliches Vorgehen beschrieben, wie die Handlungssituation mit den nachfolgenden Materialien gestaltet werden kann. Dabei sind die Operatoren in Rot und in Versalien hervorgehoben. Am Ende dieses Abschnitts steht jeweils der zentrale Handlungsauftrag des Kapitels.

Materialauswahl

In diesem Abschnitt wird die jeweilige Materialauswahl für die Unterrichtseinheit begründet.

DAS WICHTIGSTE IN KÜRZE

Hier werden die thematischen Inhalte der Unterrichtseinheit noch einmal kompakt umrissen.

FESTIGUNG – VERTIEFUNG

Der Abschnitt „Weitere Herangehensweisen“ enthält alternative Aufgabenstellungen, die ebenfalls mit den Materialien der Unterrichtseinheit gelöst werden können. Unter „Vertiefende Aspekte“ finden sich Handlungsvorschläge, die über die Materialien der Unterrichtseinheit hinausgehen. Hierzu und generell zum Thema der Unterrichtseinheit werden unter „Weiterführende Quellen und Hinweise“ entsprechende Materialien (von Büchern und CDs über Filme bis hin zu Websites oder Museen) kurz vorgestellt.

Inhalt

Häufig verwendete Operatoren in den Arbeitsaufträgen

- Analysieren
- Darstellen/Skizzieren
- Interpretieren
- Diskutieren
- Verfassen
- Erläutern/Erklären
- Vergleichen
- Beurteilen

KAPITEL 1 (LERNBEREICH 2)

Aktuelle Lebenswirklichkeiten im politischen System der Bundesrepublik Deutschland im Vergleich mit anderen Staaten

Unterzeichnung des Grundgesetzes am 23. Mai 1949

Protest in Erfurt 2015

Inschrift am Landgericht in Frankfurt am Main

Karikatur Wahl-O-Mat III von Erl

Wahlformen

Landtagsplenum Bayern: 23.01.2019 – Gedenkakt für die Opfer des Nationalsozialismus

Christopher-Street-Day in Hamburg 2015

„Pulse of Europe"-Kundgebung in Köln 2017

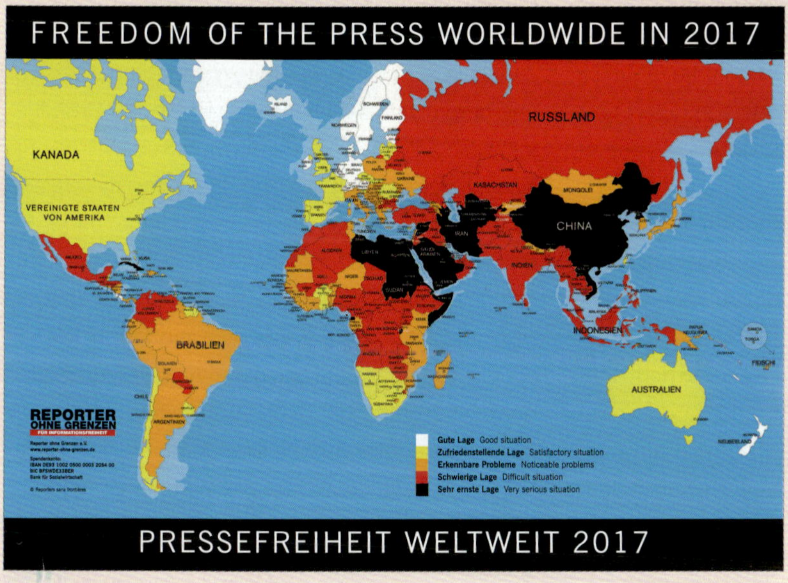

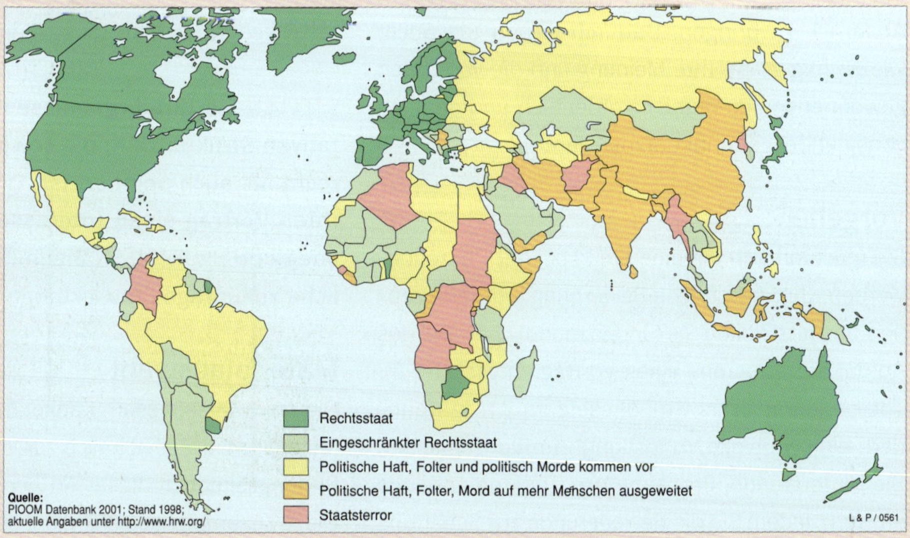

Demokratieindex 2015

KAPITEL 1 (LERNBEREICH 2)

1.1 Wertgebundenheit des Grundgesetzes

Forschungsinteresse und Kompetenzerwerb

Die Wertgebundenheit des Grundgesetzes gilt als wichtiger Bestandteil der freiheitlich-demokratischen Grundordnung. Sie werden die im Grundgesetz verankerten Werte als Ausgangspunkt und Garantie für die Entstehung eines harmonischen politischen Zusammenlebens verstehen lernen. Gleichzeitig erkennen Sie die Wandlungsfähigkeit des Grundgesetzes, um den sich ständig verändernden gesellschaftlichen Erfordernissen Rechnung zu tragen. In einer praxisnahen und für Sie in naher Zukunft durchaus wichtigen Situation lernen Sie das heutzutage sowohl bei Firmen als auch insbesondere an Hochschulen übliche mehrstufige Bewerbungsverfahren kennen, bei dem Sie unter anderem ein Thema in einem vorgegebenen Rahmen bearbeiten müssen, um Ihre Befähigung zur ordentlichen und wissenschaftlich fundierten Auseinandersetzung mit den Ihnen auferlegten Aufgaben demonstrieren zu können. Das Themengebiet „Wertgebundenheit des Grundgesetzes" eröffnet ebenfalls die Gelegenheit, Ihre Individualität zum Ausdruck zu bringen. Dadurch lernen Sie auch, wie wichtig es ist, Ihre Meinung und die von Ihnen gewonnenen Erkenntnisse ordentlich und deutlich voneinander getrennt darzustellen.

Vorgehen

Sie möchten sich um eine Stelle bei der Polizei bewerben. Ihre schriftliche Bewerbung wurde akzeptiert und jetzt sollen Sie für den mündlichen Teil des Aufnahmeverfahrens einen Vortrag entwickeln. Ihr Thema lautet: „Das Grundgesetz im 21. Jahrhundert: eine wertvolle Verfassung". Im Vortrag sollen Sie Hintergründe, Probleme und Zusammenhänge erörtern, indem Sie die Beweggründe zur Schaffung einer wertgebundenen Konstitution reflektieren und auf die Vorzüge des Konzepts der Wertgebundenheit eingehen. Gleichsam sollen Sie einen Blick in die Zukunft wagen und Annahmen entwickeln, in welche Richtung sich das Grundgesetz in den kommenden 20 Jahren entwickeln könnte, also welche gesellschaftlichen Veränderungen zukünftig Berücksichtigung finden könnten.

Zunächst SETZEN Sie sich mit „Werten" und „Normen" und deren Einfluss auf die Gestaltung des Grundgesetzes AUSEINANDER. Hiernach BESCHÄFTIGEN Sie sich mit den Stärken des Grundgesetzes im Vergleich zu den Verfassungen totalitärer Systeme, damit Sie die Vorzüge des bundesdeutschen Wertesystems erkennen. Anschließend VERGLEICHEN Sie kurz die USA und Deutschland, um sich die Flexibilität der deutschen Verfassung und deren Aktualisierungsgrad bewusst zu machen. Schließlich ERFASSEN Sie die freiheitlich-demokratische Grundordnung als zentralen Baustein der deutschen Werteordnung.

Als Arbeitshilfe finden Sie im hinteren Teil des Lehrwerks eine Übersicht über verschiedene Methodentechniken. Nutzen Sie diese Möglichkeit.

STELLEN **Sie Ihre Ergebnisse in einer argumentativen Struktur** DAR, **die sowohl adressatengerecht als auch pointiert ist.** ENTWICKELN **Sie für Ihren Vortrag einen Interesse weckenden Einstieg und** BEURTEILEN **Sie im Schlusswort mögliche zukünftige Entwicklungen.**

Materialauswahl

Die Auswahl in diesem Kapitel richtet sich nach den Materialien, die gewöhnlich zur Vorbereitung auf eine Prüfungssituation dieser Art herangezogen werden. Diese Zusammensetzung dient zum einen der Übung im Umgang mit den entsprechenden Texten, Grafiken etc., stellt zum anderen aber auch eine gute Orientierung dar, was in so einem Kontext alles mitberücksichtigt bzw. beachtet werden sollte. Besonders wichtig sind die Auseinandersetzung mit Fachwörterbüchern am Anfang sowie die Bearbeitung längerer, auch publizistischer Texte zum Thema, aus denen das Wichtigste in knapper Form präsentiert werden soll. Der Umgang mit Grafiken, die umfangreiche Inhalte vereinfacht darstellen, erleichtert das Verständnis komplexer Zusammenhänge.

1. **Zeigen Sie den Unterschied zwischen Werten und Normen auf, und erläutern Sie, wie diese im Grundgesetz deutlich werden. Diskutieren Sie dann über deren Zusammenwirken und die dadurch entstehende Attraktivität des Grundgesetzes.**

Gemeinschaftliche Wertvorstellungen und Normen sind keine bloßen Orientierungspunkte, sondern stellen die Basis eines gesellschaftlichen Zusammenlebens dar, ohne die ein ständiges und mühsames Aushandeln des gemeinsamen Nenners zwischen Individuen im Alltag nötig wäre. Auf die politische Ebene bezogen ergeben sich durch allgemeine Werte und Normen Rahmenbedingungen, die eine demokratische Entwicklung stabilisieren.

Sie lesen im Folgenden zwei Einträge aus einem wissenschaftlichen Fachwörterbuch. Sie werden darin viele Abkürzungen und auch viele Fachbegriffe (diese werden oft auch „Termini technici“ – Singular: „Terminus technicus“ – genannt) vorfinden. Einige dieser Begriffe werden Sie noch nicht kennen – schlagen Sie deren Bedeutung nach und diskutieren Sie mit Ihren Mitschülerinnen und Mitschülern, wie Sie alle die Bedeutung verstehen: So stellen Sie auch sicher, dass Sie alles verstanden haben, und zugleich erweitern Sie Ihr eigenes lexikalisches Wissen.

M 1 Definition des Begriffs „Werte“

Wert, allg. verstanden als Maßstab, der das Handeln lenkt, z. B. i. S. des Nutzens, den die einzelnen Handlungsalternativen versprechen, so daß man sich für die Handlungsalternative mit dem größten erwarteten Nutzen entscheiden kann. Enger verstanden als gesellschaftl. Wertorientierung, d. h. als dauerhafte Orientierung einer Person im Hinblick auf das sozial Erwünschte. Wertorientierungen sind von spontanen Wünschen und von Bedürfnissen zu unterscheiden und gesellschaftl. Wertorientierungen von nur von einzelnen für ihr eigenes Verhalten verwendeten evaluativen Standards.

Quelle: Pappi: Wert, in: Lexikon der Politikwissenschaft, hg. von Nohlen und Schultze, 2002, S. 1086.

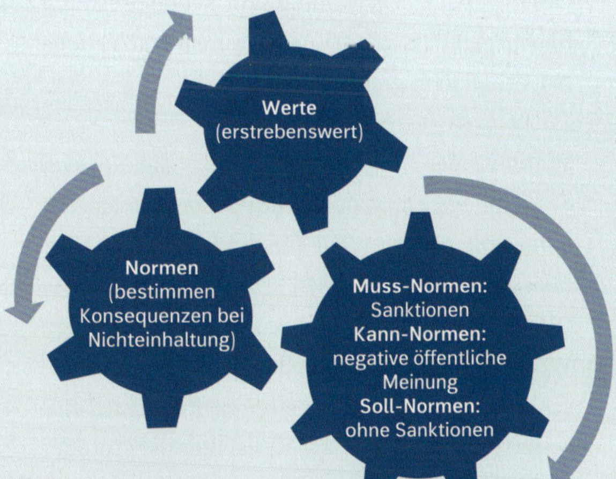

Werte und Normen

M 2

Definition des Begriffs „Normen“

Norm(en), allg. und verbindliche Verhaltensregel(n). Die N. grenzt sich also ab: (1) von der Wirklichkeit, insofern sie ihr mit einer bestimmten Verhaltenserwartung entgegentritt und diese auch kontrafaktisch durchhält; (2) von der Einzelweisung, die keine generelle Regel, sondern eine individuelle Verhaltensanforderung darstellt (aber in Anwendung einer generellen Regel ergehen kann); (3) vom Naturgesetz, das kein Sollen formuliert, sondern eine empirisch gewonnene Aussage über regelmäßige tatsächliche Abläufe enthält.

Quelle: Grimm: Norm(en), in: Lexikon der Politikwissenschaft, hg. von Nohlen und Schultze, 2002, S. 582–583.

M 3

Werteordnung des Grundgesetzes

Verfassungen bestehen aus Normen. Diese sind in Artikeln niedergeschrieben, die man jederzeit nachschlagen kann. Der Leser des Grundgesetzes erfährt so, dass den Menschen in Deutschland bedeutsame Grundrechte zustehen, dass Demokratie, Rechtsstaat, Sozialstaat und Bundesstaat das Gesicht der staatlichen Ordnung prägen, dass Bundestag, Bundesrat, Bundesregierung, Bundespräsident und Bundesverfassungsgericht die maßgeblichen Organe des Staates sind, dass Bund und Länder bestimmte Zuständigkeiten in Politik, Gesetzgebung, Verwaltung und Rechtsprechung haben und dass auch Vorsorge für verschiedene Notsituationen getroffen ist.

Während der Bürger sich also über die Normen des Grundgesetzes ohne große Mühe informieren kann, gilt dies so nicht für die hinter den Normen stehenden und ihnen erst Sinn verleihenden Werte. Verfassungen führen die sie prägenden Werte nämlich selten explizit auf. Die Werte erschließen sich daher erst bei genauerem Lesen einzelner Normen sowie aus der synthetischen oder vergleichenden Betrachtung mehrerer Normen.

Gerade die Werte des Grundgesetzes verdienen jedoch unsere Aufmerksamkeit, bilden sie doch das innere Band der Verfassung. Sie müssen deshalb den Erfolg des Grundgesetzes mitverursacht haben. Wer sie aufgespürt hat, versteht also nicht nur das Grundgesetz in seinen maßgeblichen Intentionen, sondern auch einen wesentlichen Grund seiner Attraktivität. Er verliert sich weiterhin nicht in einzelnen Normen, sondern begreift die diversen Zweckbestimmungen der Verfassung. Mit einem Satz: Er gelangt zu einem vertieften Verfassungsverständnis. Man kann ohne Übertreibung sagen, dass sich das Grundgesetz nur dann wirklich erfassen lässt, wenn es in seiner instrumentalen Funktion zur Realisierung zugrunde liegender Werte begriffen wird. Er handelt sich dabei um Werte von fundamentaler Bedeutung für das Leben des Einzelnen, für das gesellschaftliche Zusammenleben sowie für die Legitimität und Qualität der staatlichen Ordnung. Hätten die Werte nicht dieses Gewicht, hätte der Verfassungsgeber sie kaum im Grundgesetz, also im ranghöchsten Normengebäude, verankert.

Quelle: Detjen: Die Werteordnung des Grundgesetzes, 2009, S. 7.

2. Fassen Sie den Text zusammen. Arbeiten Sie die Stärken des bundesdeutschen Grundgesetzes im Vergleich zur Weimarer Verfassung heraus. Recherchieren Sie selbstständig die Bedeutung unbekannter Begriffe, zum Beispiel im Internet.

Das Grundgesetz ist eine relativ junge Verfassung, die 1949 unter dem Eindruck des untergegangenen nationalsozialistischen Regimes und des sich ausbreitenden Sowjetkommunismus entstand. Eine Abgrenzung in beide Richtungen schien notwendig, gleichzeitig aber auch eine Überwindung der Schwächen der Weimarer Republik, also eine Stärkung der Kontrollmechanismen zwischen den Staatsgewalten und eine Sicherung des demokratischen Aufbaus der jungen Republik. Darüber hinaus waren die Mütter und Väter des Grundgesetzes darauf bedacht, bestimmte Wertevorstellungen fest und unveränderbar zu verankern, im Gegensatz zur Weimarer Verfassung, die in dieser Hinsicht keine Sicherungsfunktionen hatte und deshalb als wertneutral gilt.

M 4

Antwort auf den totalen Staat. Das Grundgesetz spiegelt Erfahrungen mit der nationalsozialistischen Diktatur – und mit den Anfängen des ostdeutschen Unrechtsregimes. Eine kleine Verfassungsgeschichte.

Die frühen Gestalter des Grundgesetzes standen ganz unter dem Eindruck einer gescheiterten deutschen Demokratie. […]

Schon wenige Jahre nach Kriegsende gehörte das Grundgesetz der Bundesrepublik Deutschland zu den europäischen Verfassungen, die eine gültige Antwort auf die Erfahrung mit einem totalen Staat geben wollten. Dies war die Chance des Parlamentarischen Rates. Er nutzte sie, indem er das Bekenntnis zur Würde des Menschen an den Anfang eines Verfassungstextes stellte. Eine Neuauflage der Diktatur sollte verhindert werden. Gleichzeitig reflektierten die Väter des Grundgesetzes die Anfänge des Unrechtsregimes im zweiten deutschen Staat, der DDR. Deshalb bekennt sich das Grundgesetz gegen die totalitäre Diktatur, die ihren weltanschaulichen Führungsanspruch mit terroristischen [= staatlicher Terrorismus, Anm. d. Verf.] Mitteln durchsetzt.

Bereits im Widerstand reflektierten Gegner des NS-Staates über die Prinzipien einer neuen Verfassung. Sie wussten, dass es innerhalb der Gesellschaft Bereiche geben müsste, die nicht zur Verfügung der Politik standen. Wissenschafts- und Glaubens-, Presse- und Meinungsfreiheit, die Unversehrtheit der Wohnung und das Postgeheimnis stellen Abwehrrechte dar, die ihre Berechtigung gerade durch die Erfahrungen mit einem totalitären Staat erweisen. Auch der Schutz der Familie und der Schutz des Eigentums ließen sich historisch rechtfertigen.

In der Frühphase unserer Verfassungsgeschichte trug der Gegensatz zwischen der liberalen Demokratie im Westen und der diktatorischen „Volksdemokratie" im Osten ganz erheblich dazu bei, Verfassungsprinzipien nicht allein mit Blick auf die Vergangenheit zu rechtfertigen. Verbunden waren die beiden deutschen Staatsordnungen indes nur durch die Tatsache, aus dem 1945 untergegangenen Reich hervorgegangen zu sein. Insofern sind die Verfassungen Ausdruck einer doppelten Vergangenheitsbewältigung.

So finden sich im Grundgesetz viele Bestimmungen, die deutlich machen, in welcher Weise der

Verfassungsgeber die Lektion der Geschichte umsetzen wollte. Nicht nur die Stellung der Grundrechte macht deutlich, dass nach einer Epoche der Menschenrechtsverletzungen ein besonderer Akzent gesetzt werden sollte. Ob es sich um das konstruktive Misstrauensvotum* oder die Verteidigung von unveränderlichen Kernbereichen der Verfassungsordnung wie die Grundrechte und die föderative Ordnung handelt: Stets gibt es eine Kontrastfolie, die auf diktatorische Erfahrungen und Diktaturgeschichte verweisen. Denn Diktaturen lehnen den Föderalismus ab, sie bekennen sich zum Zentralismus und auch zum Antipluralismus. [...]

In der freiheitlichen Verfassung ging es um die Abwehr staatlicher Übergriffe, die gerade in diktatorischen Systemen das Individuum in seiner Entfaltung gefährdeten. Die DDR-Verfassung zielte dagegen auf die Legitimation diktatorischer Mittel, allerdings geheiligt durch einen angeblich guten Zweck – die endgültige Vernichtung aller Voraussetzungen nationalsozialistischer Herrschaft. Hier wurde der Grundkonflikt der Verfassungsgeschichte in der Nachkriegszeit deutlich: Verfassungsstaat gegen sozialistische Diktatur, politische Freiheit gegen Prinzipien sozialistischer Demokratie, voraussetzungslos gewährte Grund- und Menschenrechte gegen sozialistische Grundrechte. [...]

Im 20. Jahrhundert, dem „Jahrhundert der Diktaturen", zeigt sich immer wieder, wie gefährdet das Individuum ist. Es wird bedroht sowohl durch gesellschaftliche Übergriffe wie durch staatliche Verfolgung. Verfassungen können es leichter machen, sich dem Unrecht entgegenzustellen. Sie ziehen Konsequenzen aus der Tatsache der Entrechtung, der Verfolgung, der Entwürdigung.

Die Substanz des Grundgesetzes zielt auf die Würde des Menschen und ihre Sicherung. Insofern bietet die verfassungsgeschichtliche Erinnerung einen Zugang zu einer Geschichte, die durch das Ende der Gefährdung des Menschen in einem diktatorischen und totalitären Regime geprägt ist. Geprägt ist und bleibt sie auch durch die Abwehr politischer Unfreiheit.

Quelle: Steinbach: Antwort auf den totalen Staat, in: Der Tagesspiegel, 13.05.2009, abgerufen unter: www.tagesspiegel.de/wissen/60-jahre-grundgesetz-antwort-auf-den-totalen-staat/1510770.html [04.07.2017].

* Das bedeutet, dass der Regierungschef (Bundeskanzler/-in) nicht einfach abgewählt werden kann, sondern dass gleichzeitig ein neuer gewählt werden muss.

3. **Analysieren Sie die Elemente der freiheitlichen demokratischen Grundordnung und diskutieren Sie deren Zusammenhang mit der Wertvorstellung der westlichen Welt, auch in Abgrenzung zu anderen Weltbildern.**

Die freiheitliche demokratische Grundordnung stellt den Kern des menschlichen Zusammenlebens in Deutschland dar, unabhängig von politischer Einflussnahme oder zukünftigen politischen Ausrichtungen. Sie ist geprägt von westlichen Wertvorstellungen und ein Garant der liberalen und rechtsstaatlichen Demokratie in Deutschland. Sowohl der Staat als auch jeder Bürger ist verpflichtet, die freiheitliche demokratische Grundordnung einzuhalten und zu schützen. Wer bemüht ist, diese Grundordnung zu überwinden, handelt verfassungsfeindlich.

M 5 Zugrunde liegender Werte-Cluster des Demokratiebilds westlicher Prägung

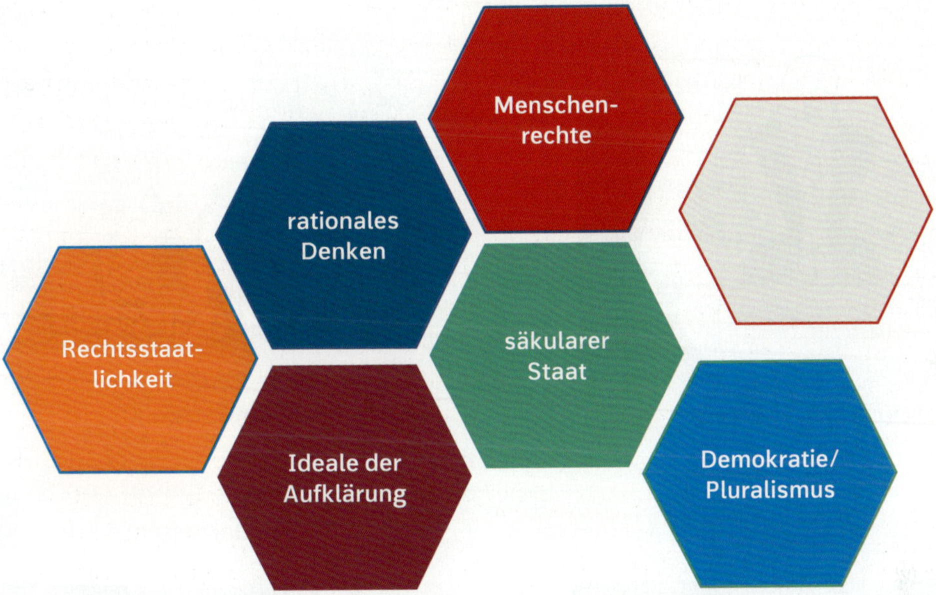

M 6 Die freiheitliche demokratische Grundordnung

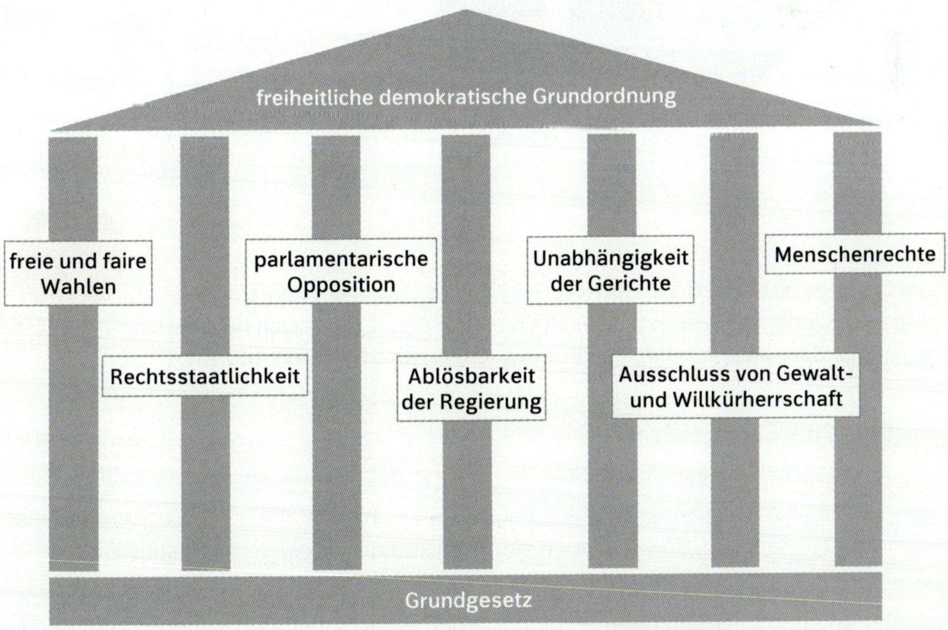

„Getrenntes Grundgesetz"? M 7

Karikatur von Christiane Pfohlmann

„Meinungsvielfalt" M 8

Karikatur von Gerhard Mester

Minderheitenrechte M 9

Benachteiligung von Menschen mit Behinderung im Alltag

Demonstration in Indien für Frauenrechte und gegen sexuelle Gewalt

4. Das Grundgesetz ändert sich fortwährend. Stellen Sie wichtige Veränderungen dar, und diskutieren Sie, weshalb es wichtig ist, dass sich die Verfassung ändern lässt, und welche Konsequenzen dies für Ihren Alltag hat.

Die Mütter und Väter des Grundgesetzes sahen 1949 wohl in der Verfassung der Bundesrepublik Deutschland ein provisorisches Konstrukt, das nur bis zur Wiedervereinigung gelten sollte, doch achteten sie von Beginn an darauf, das Verfassungswerk flexibel zu gestalten, sodass der Gesetzgeber – bis auf wenige Ausnahmen (unveränderbarer Verfassungskern: Artikel 1, Artikel 20 und Artikel 79 Abs. 3 GG) – jederzeit die Gelegenheit hatte, das Grundgesetz dem Zeitgeist anzupassen, ohne freilich die freiheitliche demokratische Grundordnung zerstören zu dürfen. Andererseits können Veränderungen auch Anzeichen von politischer Instabilität sein. Es ist also eine Gratwanderung, sich einerseits an sich ändernden Wertvorstellungen zu orientieren, andererseits aber dieses Mittel nicht inflationär zu verwenden, sondern in einem politischen Meinungsbildungsprozess stets das richtige Maß zu finden.

M 10

Das Grundgesetz im Wandel der Zeit

In den 60 Jahren seit seiner Verabschiedung hat sich das Grundgesetz bewährt, weil es offen für Änderungen war. Darin lag ein schwieriger Spagat: Einerseits ist es eine relevante Verfassung, welche dem politischen Prozess wirksame Leitlinien und Grenzen gezogen hat. Andererseits hat es unabweisbaren Änderungsbedürfnissen keine unüberwindlichen Grenzen entgegengesetzt. [...]

Als der Parlamentarische Rat das Grundgesetz verabschiedete, war dessen Anspruch recht bescheiden. Es sollte eine provisorische Ordnung sein, welche nur für die Übergangszeit bis zur Wiederherstellung der deutschen Einheit gelten sollte. Diese Spanne wurde damals als eher kurz eingeschätzt. Zudem waren wichtige politische Streitfragen der Zeit ausgeklammert [...]. Schließlich war die zu gründende Bundesrepublik erst ein Staat im Werden mit begrenzter Souveränität. [...]

60 Jahre danach sieht das Grundgesetz anders aus. Bislang 52 Verfassungsänderungen haben nicht weniger als 109 Artikel geändert, neu hinzugefügt oder aufgehoben. Waren es ursprünglich 146 Artikel, so sind es nun 181. [...]

Aber diese Änderungsgesetze waren ganz unterschiedlich ausgestaltet. [...] Dazu zählte im Jahre 1956 die – damals äußerst umstrittene – Einführung von Bundeswehr und Wehrpflicht (16 Einzeländerungen). Bis dahin hatte das Grundgesetz nur die Kriegsdienstverweigerung, aber keine Armee und keinen Wehrdienst gekannt.

Ihr folgten (1968) als zweite „große“ Neuerung die damals extrem umkämpften Notstandsgesetze (29 Änderungen), denen in den Auseinandersetzungen der Zeit hoher Symbolwert zukam. Damals gingen manche Befürworter und viele Gegner davon aus, dass die neuen Gesetze auch angewandt würden, möglicherweise gar gegen die „68er“ selbst – was seitdem aber nie geschah. [...]

Inhaltlich bezogen sich die Neuerungen auf eine Vielzahl grundgesetzlicher Materien. Am Anfang stand der Ausbau des grundgesetzlichen Demokratiekonzepts. In den fünfziger Jahren dominierte dessen eher defensive Sicherung gegenüber einem Volk, dessen man sich damals in demokratischer Hinsicht jedenfalls nicht sicher sein konnte. [...]

Inzwischen wird die demokratische Reife des Volkes höher eingeschätzt: Die vermehrte Zulassung von Volksabstimmungen auf Landes- und Gemeindeebene, das Wahlrecht für alle EU-Bürger zu den Kommunalvertretungen und die nahezu flächendeckende Abschaffung der Fünf-Prozent-Klauseln auf Gemeindeebene legen davon Zeugnis ab. [...]

Die Verfassung der USA gilt seit über 200 Jahren. Ihr Text umfasst 10 Druckseiten, lässt also Vieles offen, ist aber auch erst [27-mal] ergänzt worden. Eine erstaunliche Stabilität, welche dazu geführt hat, dass der maßgebliche politische Wandel von der Rechtsprechung vorgenommen wurde.

Das Grundgesetz ist diesen Weg nicht gegangen. Es ist deutlich länger (58 Druckseiten), regelt also auch viel mehr Einzelheiten und ist viel häufiger geändert worden. Dies geschah jeweils durch Zwei-Drittel-Mehrheiten in Bundestag und Bundesrat. So soll das Grundgesetz einerseits den politischen Grundkonsens bewahren, andererseits diesem gegenüber aber auch offen sein, um die Notwendigkeiten politischer Stabilität und friedlichen Wandels zu vereinen.

Das ist ein anderer Weg als derjenige der amerikanischen Verfassung. Beide haben ihre Vorzüge und ihre Nachteile. Aber für beide gilt: Nur was sich ändert, kann bleiben; und nur was bleibt, kann sich ändern ...

Quelle: Gusy: Das Grundgesetz im Wandel der Zeit, 01.09.2008, abgerufen unter: www.bpb.de/geschichte/deutsche-geschichte/grundgesetz-und-parlamentarischer-rat/38992/veraenderungen?p=0 [04.07.2017].

DAS WICHTIGSTE IN KÜRZE

Ethische Grundlagen

Dem Prinzip der **Wertgebundenheit** des **Grundgesetzes** liegt das Verständnis zugrunde, die moderne Demokratie westlicher Prägung sei keine Herrschaft der Mehrheit über die Minderheiten und auch kein starres bzw. absolut unveränderliches Regelwerk, basiere also nicht auf einem Kanon, wie etwa in einer Religion, sondern gründe auf **Pluralismus** und Achtung des Einzelnen. Die Verwirklichung dieser Ideale erfordert die Beachtung der Bedürfnisse und der (sich ändernden) Wertvorstellungen der Bundesbürger. Die Anpassung des Verfassungsrahmens ist allerdings ein langsamer und zeitintensiver Prozess, auch um sicherzustellen, dass jede Veränderung die jeweils optimale ist. So werden also ethische Komponenten bei Entscheidungen über Deutung, Anwendung und eine etwaige Änderung des Grundgesetzes mitberücksichtigt.

„**Werte**“ ist ein philosophischer bzw. ethischer Fachbegriff, mit dem die menschliche, soziale und kulturelle Bedeutung bestimmter Ereignisse und Gegebenheiten aus der Wirklichkeit bezeichnet wird. Alle Individuen und auch ganze Kulturen, die nicht sozial isoliert sind, besitzen gewisse Wertvorstellungen. Diese Vorstellungen variieren im Laufe der Zeit und sind auch nicht für jede Kultur die gleichen. So lässt sich anhand der Wertvorstellungen auch eine Zugehörigkeit zu einer Epoche oder zu einer Region ausmachen. Es gibt aber auch Werte, die unabhängig von Kultur und Zeit eine Gültigkeit besitzen, wie etwa die Achtung des Menschenlebens. Diese Werte nennen sich universelle Werte.

„**Normen**“ oder genauer gesagt „soziale Normen“ sind die Regelungen bezüglich des sozialen Verhaltens, die in einer Gesellschaft akzeptiert, beachtet und befolgt werden. Diese Normen können innerhalb derselben Gesellschaft je nach Alter, Bildungshintergrund und weiteren Lebensumständen auch variieren. So stehen die Normen in einem gegenseitigen Einflussverhältnis zu den Wertvorstellungen der Gesellschaft. Im Unterschied zu den Werten sind die Normen auch oft in schriftlicher Form vorhanden, etwa als „Benimmregeln“, und können sowohl positiv (was soll ich tun) als auch negativ (was soll ich nicht tun) formuliert sein.

Historischer Hintergrund

Obwohl im Jahre 1949 die **Bundesrepublik Deutschland** auf dem Gebiet der westlichen Besatzungszonen als neuer Staat gegründet wurde, war dabei die Geschichte des ihr vorangegangenen „**Deutschen Reichs**“ durchaus präsent. Insbesondere die Tatsache, dass der Versuch, nach dem Ende des Ersten Weltkriegs ein demokratisches und für seine Zeit durchaus liberales politisches System zu etablieren, gescheitert war. Die Gründungsmütter und -väter waren bei der Arbeit am Grundgesetz vor allem darum bemüht, aus den Fehlern der **Weimarer Republik** zu lernen, die dazu geführt hatten, dass eine Demokratie durch ein **totalitäres System** ihr Ende fand. Sie sahen ein, dass ein normativer Rahmen nicht ausreicht, um einen gerechten und pluralistischen Staat aufzubauen, sondern dass auch dauerhaft auf den Ausbau der positiven Werte einer Gesellschaft zu setzen ist. Die **freiheitliche demokratische Grundordnung** stellt also in diesem Sinne die Grundlage zur Vermeidung der Wiederholung der nationalsozialistischen Diktatur in Deutschland her.

Während in der Weimarer Republik eine bewusst **wertneutrale Verfassung**, die keinen über allem stehenden Wert wie Artikel 1 GG kannte, geschaffen wurde, in NS-Deutschland die Wertvorstellungen u. a. auf einer

DAS WICHTIGSTE IN KÜRZE

Rassenlehre basierten und die Verfassung der DDR an der kommunistischen Ideologie orientiert war, wurden im Grundgesetz der Bundesrepublik Deutschland die **Menschen- und Grundrechte** als Fundament gesetzt. Die Weimarer Reichsverfassung zeigte schließlich ihre Schwäche in einer strittigen Gesellschaft zwischen Republik und Obrigkeitsstaat, abgelöst von den Nationalsozialisten und ihren utopischen und rassistischen Erlösungshoffnungen ohne Grundrechtebewusstsein. In der Bundesrepublik Deutschland sollten jedoch **Pluralismus** und **Meinungsfreiheit** herrschen, auch im Gegensatz zum totalitären Machtanspruch der SED und deren kommunistischer Erlöser-Utopie. Das Demokratieverständnis unterschied sich folglich gravierend. Demokratie in der Weimarer Republik galt eher als formales Verfahren. Die **Nationalsozialisten (NSDAP)** missbrauchten die Demokratie, indem sie den Volkswillen manipulierten und für ihre Zwecke ausrichteten. Der Demokratiebegriff in der DDR war ideologisch im Sinne der SED-Führung belegt. Die bundesdeutsche pluralistische Demokratie, die durch einen **unveränderbaren Kern** geschützt ist, bietet nun schon seit fast 70 Jahren die Gewähr des freien und friedlichen Zusammenlebens in Deutschland.

Elemente einer werteorientierten demokratischen Grundordnung

Die liberale Demokratie entsteht in einem langwierigen Prozess unter dem Einfluss vieler Faktoren und setzt sich aus mehreren Elementen zusammen. Das rationale Denken und die **Ideale der Aufklärung** führen zu der Einsicht über die Wichtigkeit von (unveräußerlichen) **Menschenrechten, Rechtsstaatlichkeit** und **Gewaltenteilung** als Grundlage für die Existenz eines modernen Staates. Durch rationales Denken und Säkularisierung bewegt man sich weiter in Richtung eines werteorientierten Staatsaufbaus. Der Pluralismus und die Wertschätzung der Rechte des Einzelnen sind ebenfalls zu festen Bestandteilen moderner Staaten westlicher Prägung geworden. Ein wesentlicher Aspekt dieses demokratischen Systems ist seine Wandelbarkeit. Da der Staat sich an Werten orientiert, kann er nur demokratisch und liberal bleiben, wenn die staatlichen Normen mit der Veränderung der Werte und der sozialen Normen in der Gesellschaft Schritt halten, ohne dabei aber die Verankerung in den universellen, unveränderlichen Werten zu verlieren.

Um dies zu ermöglichen, garantiert das Grundgesetz der Bundesrepublik das regelmäßige **Abhalten freier und fairer Wahlen**, die **Ablösbarkeit der Regierung** und die **Unabhängigkeit der Gerichte**. In diesem rechtsstaatlichen Rahmen sind die Menschenrechte geschützt und der Staat ist um den Ausschluss von Gewalt- und Willkürherrschaft bemüht, wozu insbesondere auch die parlamentarische Opposition beiträgt.

Wandel des Grundgesetzes

Die Wandelbarkeit des Grundgesetzes zur Gewährleistung des Einklangs mit den veränderten Wertvorstellungen der Bundesbürger ist in den Jahrzehnten seit der Gründung der Bundesrepublik mehrmals unter Beweis gestellt worden und hat sich als erfolgreiches und sinnvolles Prinzip erwiesen. Beispiele hierfür sind: die Einführung der **Fünfprozentklausel** im Wahlrecht 1953, die Gründung der **Bundeswehr** 1955, die **Notstandsgesetze** 1968, das **Mitwirkungsgebot an der Entwicklung der EU** 1992, die **Umwelt** 1994, die Ausweitung des **Diskriminierungsverbots** 1994, der **Tierschutz** 2002, die **Föderalismusreform** 2006.

FESTIGUNG – VERTIEFUNG

Weitere Herangehensweisen

- Diskutieren Sie die Folgen für Sie selbst, wenn es in der Gesellschaft keine allgemeinen Werte und Normen gäbe. Nutzen Sie hierbei auch Ihr Wissen aus dem Fach Ethik bzw. Religion.
- Überlegen Sie, wie Sie selbst dazu beitragen können, die freiheitlich-demokratische Grundordnung gegen Populisten und Verfassungsfeinde zu verteidigen, und vergleichen Sie anschließend Ihre Ergebnisse mit denen Ihrer Mitschülerinnen und Mitschüler. Reflektieren Sie, worin die Unterschiede bestehen und wodurch diese begründet sein könnten.

Vertiefende Aspekte

- Die freiheitlich-demokratische Grundordnung hatte sich bereits früh zu beweisen. Skizzieren Sie, welche Maßnahmen die junge Bundesrepublik 1952 traf, um sich gegen ein Wiederaufkeimen des Nationalsozialismus zu schützen (vgl. H 1, H 2).
- Beurteilen Sie, inwieweit die Wertgebundenheit des Grundgesetzes eine permanente Auseinandersetzung mit dem Selbstverständnis der deutschen Demokratie erfordert (vgl. H 3).
- „Extremisten müssen bekämpft werden." Nehmen Sie zu dieser Behauptung Stellung und unterscheiden Sie hierbei zwischen dem amtlichen und dem wissenschaftlichen Extremismusbegriff (vgl. H 4). Sie können diesen Arbeitsauftrag fächerübergreifend bearbeiten, z. B. kombiniert mit dem Fach Ethik/Religion, aber auch gegebenenfalls mit Pädagogik/Psychologie.

Weiterführende Quellen und Hinweise

H 1 Schulz, Sarah: Vom Werden der fdGO: Das Verbot der Sozialistischen Reichspartei von 1952, in: Standpunkte 07/2011, hg. von der Rosa-Luxemburg-Stiftung, Berlin, 6 Seiten. Die Autorin beschäftigt sich mit dem Verbot der rechtsradikalen, staatsfeindlichen und neonazistischen Sozialistischen Reichspartei 1952.

H 2 Urteil des Bundesverfassungsgerichts vom 23. Oktober 1952, Az. 1 BvB 1/51. Das Bundesverfassungsgericht erläutert sein Verbotsurteil gegen die Sozialistische Reichspartei und geht hierbei vor allem auch auf die Wertvorstellungen des Grundgesetzes ein.

H 3 Detjen, Joachim: Verfassungswerte: Welche Werte bestimmen das Grundgesetz? (= bpb-Schriftenreihe, Band 1294), Bonn, Bundeszentrale für politische Bildung, 2012. Detjen beleuchtet intensiv, tiefgehend und mit historischer Rückschau die Grundlagen der deutschen Verfassungswerte und deren Auswirkungen auf das politische und gesellschaftliche Leben.

H 4 Neugebauer, Gero: Einfach war gestern. Zur Strukturierung der politischen Realität in einer modernen Gesellschaft – Essay, in: APuZ 44, 2010, S. 3–9. In diesem Aufsatz setzt sich der Autor mit dem sozialen Wertewandel und dessen Auswirkungen auf die politische Klassifizierung in „Links" und „Rechts" auseinander.

1.2 Wehrhafte Demokratie

Forschungsinteresse und Kompetenzerwerb

„Nie wieder Krieg!", „Nie wieder Auschwitz!": Diese beiden Ausrufe umreißen die Positionen in der Zeit, als die Bundesrepublik Deutschland gegründet wurde. Verfassungsrechtlich konkretisierten sich diese Wünsche dahingehend, dass eine Diktatur, die Unterdrückung, Krieg und Vernichtung von Millionen von Menschen ermöglicht, niemals auf legalem Weg in der BRD errichtet werden kann. Die Demokratie hat dem Grundgesetz nach auf ewig Bestand. Aber wie wird dies garantiert? Inwiefern schließt das Grundgesetz Lücken der Weimarer Verfassung? Wer gilt als Staatsfeind? Wer entscheidet darüber und wer kontrolliert wiederum diese Organe? Welche Rolle übernimmt der einzelne Bürger im politischen, aber auch wirtschaftlichen Sinne in diesem Konzept der streitbaren bzw. wehrhaften Demokratie?

Antworten darauf erhalten Sie, indem Sie im Folgenden Verfassungsnorm und Verfassungsrealität unter die Lupe nehmen. Sie erkennen den Spagat zwischen der Legitimität unterschiedlicher Meinungen und Interessenkonflikte und dem Schutz der Demokratie vor Feinden. Insgesamt werden Sie befähigt, neue antidemokratische Herausforderungen zu erkennen und die Reaktionsweisen des Staates sowie seiner Bürger zu beurteilen. Schließlich werden Sie sich mit der Frage konfrontiert sehen, ob das Konzept der wehrhaften Demokratie auch in Zukunft tragfähig ist oder Grenzen findet und bspw. nur in einer „Schönwetterdemokratie" funktioniert.

Vorgehen

„Demokratie gestalten bedeutet Demokratie bewahren! Wie schützen wir unsere Gesellschaft vor aktuellen Bedrohungen?" Als Delegierte/Delegierter der Jugendorganisation einer Partei nehmen Sie an einem Arbeitskreis zu o. g. Thema teil.

Zur Vorbereitung BESCHÄFTIGEN Sie sich mit dem Stellenwert des Pluralismus innerhalb der bundesdeutschen Demokratie und den historischen Bedingungen, die zum Konzept der streitbaren Demokratie geführt haben, sowie den wesentlichen Bestimmungen. Daraufhin VERSCHAFFEN Sie sich einen Einblick in das unterschiedliche Arsenal der wehrhaften Demokratie und UNTERSUCHEN das Instrument des Parteiverbots. Sie GEHEN den Auswirkungen der Terroranschläge vom 11. September 2001 in den USA auf unsere Gesellschaft nach, dabei ZEIGEN Sie Veränderungen in der Sicherheitsarchitektur AUF und BEURTEILEN diese. Sie ÜBERPRÜFEN, inwiefern die Instrumente der wehrhaften Demokratie im Falle der Terrorserie des Nationalsozialistischen Untergrunds (NSU) gegriffen haben. Schließlich ERMITTELN Sie aktuelle Bedrohungen der Demokratie und ARBEITEN abschließend Präventions- und Lösungsansätze sowie die Rolle des Einzelnen für den Demokratieschutz heraus.

Als Arbeitshilfe finden Sie im hinteren Teil des Lehrwerks eine Übersicht über verschiedene Methodentechniken. Nutzen Sie diese Möglichkeit.

ERSTELLEN **Sie nun eine Mindmap der wesentlichen Aspekte des Konzepts der wehrhaften Demokratie, die die Grundlage Ihrer Teilnahme an dem Arbeitskreis Ihrer Partei-Jugendorganisation darstellt.**

Materialauswahl

Die Auseinandersetzung mit Demokratie- und Staatsfeinden basiert auf geschriebenen Texten in Form von Parteiprogrammen, theoretischen bzw. wissenschaftlichen Schriften, Gesetzen. Der Fokus in dieser Lerneinheit liegt daher auf Texten – ausgehend von Dokumenten wie dem Grundgesetz und wegweisenden Urteilen des BVerfG, die den

Rahmen für die wehrhafte Demokratie abstecken. Anhand von Karikaturen und Tabellen gelingt es in knapper und anschaulicher Weise, den Blick auf die aktuelle „Bedrohungslage" zu richten und zu einer qualifizierten, umfassenden Diskussion einzuladen. Nicht zuletzt können Sie mithilfe dieser Materialien die eigenen Denkweisen überprüfen und einen eigenen Standpunkt einnehmen.

1. Erklären Sie den Begriff „Pluralismus" und beurteilen Sie dessen Stellenwert für die Demokratie.

Pluralismus als Wesensmerkmal der freiheitlichen Demokratie

M 1

Pluralismus (P.) als Begriff der politischen Theorie kennzeichnet die moderne Lebenswelt in den hochindustrialisierten Gesellschaften der westlichen OECD-Länder. Im P. konkurrieren eine Vielzahl verschiedener gesellschaftlicher Gruppen und Organisationen mit- und gegeneinander um gesellschaftliche, wirtschaftliche und politische Macht. Sie versuchen ihren Einfluss in den politischen Prozess einzubringen und auf die staatliche Gewalt durchzusetzen. Verschiedene intermediäre Gruppen – z.B. Parteien, Gewerkschaften, Arbeitgeberverbände, karitative Organisationen, Kirchen, wissenschaftliche Vereinigungen, Bürgerinitiativen u. a. m. – verfolgen selbständig und autonom ihre Ziele innerhalb des politischen Systems, wobei sie theoretisch gleichberechtigt sind. Wie im politischen System „Staat" die Staatsgewalt institutionell zwischen den Organen der Staatsgewalt aufgeteilt ist, so sollen die verschiedenen gesellschaftlichen Gruppen und Organisationen ihre Macht gegenseitig begrenzen, d. h., dass im pluralistischen System idealtypisch einer Organisation immer eine oder mehrere gleichmächtige Gegenorganisation(en) gegenüberstehen soll[en] (z.B. Arbeitgeber/Gewerkschaften). Da diese intermediären Gruppen notwendigerweise miteinander in Konflikt geraten und es zu keinem Chaos der Gesellschaft oder gar zur Anarchie kommen soll, bedarf es einer Regelung potenzieller Konflikte durch das politische System. Es stellt in Form des freiheitlichen Rechtsstaats den Ordnungsrahmen und die Regeln für den Konfliktaustrag zur Verfügung. Das politische System ist somit für den friedlichen Konfliktaustrag zwischen den Gruppen verantwortlich. Voraussetzung für das Funktionieren des P. ist die Akzeptanz eines Ordnungskonzepts durch alle Teilnehmer, die sich auf die Grundregeln (Prinzipien) und auf die Institutionen des politischen Systems bezieht, in diesem Fall die Akzeptanz des Grundgesetzes. [...] Kritiker des P. bemängeln, dass der etablierte P. ein relativ festgefügtes Machtsystem darstellt, nur die Interessen von großen bzw. starken sozialen Gruppen durchgesetzt werden, dass innerhalb der Verbände der P. kaum praktiziert wird, dass allgemeine Interessen wie z.B. saubere Umwelt relativ unberücksichtigt bleiben und durch übersteigertes Gruppeninteresse das gesamtgesellschaftliche Interesse vernachlässigt wird.

Quelle: Andersen, Woyke (Hg.): Handwörterbuch des politischen Systems der Bundesrepublik Deutschland, 2003, S. 480 f.

2.

Analysieren Sie die historischen Bedingungen, die zum Konzept der wehrhaften Demokratie geführt haben, sowie ihre wesentlichen Bestimmungen.

M 2 Rechtspositivistische Grundlage der Weimarer Reichsverfassung: Artikel 76 WRV

Die Verfassung kann im Wege der Gesetzgebung geändert werden. Jedoch kommen Beschlüsse des Reichstags auf Abänderung der Verfassung nur zu Stande, wenn zwei Drittel der gesetzlichen Mitgliederzahl anwesend sind und wenigstens zwei Drittel der Anwesenden zustimmen. Auch Beschlüsse des Reichsrats auf Abänderung der Verfassung bedürfen einer Mehrheit von zwei Dritteln der abgegebenen Stimmen. Soll auf Volksbegehren durch Volksentscheid eine Verfassungsänderung beschlossen werden, so ist die Zustimmung der Mehrheit der Stimmberechtigten erforderlich.

Quelle: Weimarer Reichsverfassung vom 11. August 1919, Artikel 76.

M 3 Gesellschaft in der Weimarer Republik

„Sie tragen die Buchstaben der Firma – aber wer trägt den Geist?“, Karikatur von Thomas Theodor Heine, 1927

M 4 Vorgehensweise der NSDAP gegen WRV

Jacobus: Wie Herr Hitler das Wort „legal“ in den Mund nimmt, in: Der Wahre Jacob, 53. Jahrgang, Heft 5, Berlin 27. Februar 1932, S. 16.

Carlo Schmids Gedanke einer „wehrhaften" Demokratie im Grundgesetz

M 5

Der Parlamentarische Rat, die Versammlung, die den Deutschen ihr Grundgesetz entwickeln sollte, hatte seine konstituierende Sitzung im Rahmen eines feierlichen Festaktes am 1. September 1948 in Bonn. Die Blockade von Berlin hatte bereits zu einem Ende gefunden.

Nun erhebt sich die Frage: Soll diese Gleichheit und Freiheit völlig uneingeschränkt und absolut sein, soll sie auch denen eingeräumt werden, deren Streben ausschließlich darauf ausgeht, nach der Ergreifung der Macht die Freiheit selbst auszurotten? Also: Soll man sich auch künftig so verhalten, wie man sich zur Zeit der Weimarer Republik zum Beispiel dem Nationalsozialisten gegenüber verhalten hat? Auch diese Frage wird in diesem Hohen Hause beraten und entschieden werden müssen. Ich für meinen Teil bin der Meinung, dass es nicht zum Begriff der Demokratie gehört, daß sie selber die Voraussetzungen für ihre Beseitigung schafft. Ja, ich möchte weiter gehen. Ich möchte sagen: Demokratie ist nur dort mehr als ein Produkt bloßer Zweckmäßigkeitsentscheidung, wo man den Mut hat, an sie als etwas für die Würde des Menschen Notwendiges zu glauben. Wenn man aber diesen Mut hat, dann muß man auch den Mut zur Intoleranz denen gegenüber aufbringen, die die Demokratie gebrauchen wollen, um sie umzubringen.

Quelle: Rede des Abgeordneten Carlo Schmid (SPD) vor dem Parlamentarischen Rat am 08.09.1948, in: Der Parlamentarische Rat 1948–1949, 1996, Seite 20 ff.

M 6

Zeichnung von Bettina Kumpe

3. Analysieren Sie die Grundlagen für die Parteiverbote der SRP und KPD. Diskutieren Sie im Anschluss das Urteil des Bundesverfassungsgerichts zum wiederaufgelegten NPD-Verbotsantrag 2017. Beziehen Sie die beiden Karikaturen (unter M 7) ein.

Parteiverbote aufgrund der Gefährdung der „freiheitlichen demokratischen Grundordnung" (FDGO)

Entscheidende Wegmarken der wehrhaften Demokratie waren die durch das Bundesverfassungsgericht ausgesprochenen Parteiverbote gegen die SRP (Sozialistische Reichspartei) 1952, die ein Nachfolger der NSDAP war, und gegen die KPD von 1956. Dem Gericht zufolge gefährdeten diese Parteien die im Artikel 20 Abs. 2 GG verbriefte freiheitliche demokratische Grundordnung. Im SRP-Urteil erklärte das Bundesverfassungsgericht, was unter der „freiheitlichen demokratischen Grundordnung" (Artikel 21 Abs. 2 GG) genau zu verstehen sei (vgl. auch S. 13):

- Achtung der im Grundgesetz konkretisierten Menschenrechte
- Volkssouveränität
- Gewaltenteilung
- Verantwortlichkeit der Regierung
- Gesetzmäßigkeit der Verwaltung
- Unabhängigkeit der Gerichte
- Mehrparteienprinzip
- Chancengleichheit für alle politischen Parteien/Recht auf Opposition

Das Verbotsverfahren bzgl. der KPD 1956 führte ebenfalls zu einer für die politische Kultur der Bundesrepublik wichtigen Feststellung seitens des Bundesverfassungsgerichts. Ihm zufolge ist eine Partei noch nicht verfassungswidrig, wenn sie diese obersten Prinzipien einer freiheitlichen demokratischen Grundordnung nicht anerkennt, sie ablehnt und ihnen andere entgegensetzt. Sie muss vielmehr eine aktiv kämpferische, aggressive Haltung gegenüber der bestehenden Ordnung zeigen und planvoll das Funktionieren dieser Ordnung beeinträchtigen, die schließlich selbst beseitigt werden soll.

Die Ablehnung des NPD-Verbotsantrags durch das BVerfG 2017 wird damit begründet, dass die Nationaldemokratische Partei Deutschlands (NPD) zwar ein auf die Beseitigung der bestehenden freiheitlichen demokratischen Grundordnung gerichtetes politisches Konzept vertritt. Allerdings fehle es ihr (derzeit) an konkreten Anhaltspunkten von Gewicht, die es möglich erscheinen lassen, dass dieses Handeln zum Erfolg führe, weshalb der Zweite Senat des Bundesverfassungsgerichts den zulässigen Antrag des Bundesrats auf Feststellung der Verfassungswidrigkeit und Auflösung der NPD und ihrer Unterorganisationen (Artikel 21 Abs. 2 GG) einstimmig als unbegründet zurückgewiesen hat.

Der NPD-Verbotsantrag von 2003 und 2017 im Spiegel von Karikaturen

M 7

Karikatur von Horst Haitzinger, 09.10.2000

Karikatur von Harm Bengen, 2017

4. Verschaffen Sie sich einen weiteren Einblick in das unterschiedliche Repertoire der wehrhaften Demokratie und beurteilen Sie die Zweckmäßigkeit. Diskutieren Sie das Spannungsverhältnis zwischen den aufgezeigten Mitteln zum Schutz der FDGO und dem Anspruch der im Grundgesetz festgeschriebenen Rechtsstaatlichkeit.

Instrumentarien der streitbaren Demokratie

Zum Instrumentarium der streitbaren Demokratie gehören allem voran die folgenden Artikel des Grundgesetzes, die diese konkretisieren.

- Artikel 1 Abs. 1 und 3 GG (Schutz der Menschenwürde; die folgenden Grundrechte binden die Staatsgewalten als unmittelbar geltendes Recht)
- Artikel 5 Abs. 3 GG (Meinungsfreiheit; die Freiheit der Lehre entbindet nicht von der Verfassungstreue)

- Artikel 8 Abs. 2 GG (Versammlungsfreiheit; Beschränkungen sind bei Versammlungen unter freiem Himmel möglich.)
- Artikel 9 Abs. 2 GG (Vereinigungsfreiheit; Vereinigungen, die sich z. B. gegen die verfassungsmäßige Ordnung oder gegen den Gedanken der Völkerverständigung richten, sind verboten.)
- Artikel 10 Abs. 2 GG (Brief-, Post- und Fernmeldegeheimnis; Beschränkungen sind aufgrund eines Gesetzes möglich.)
- Artikel 11 Abs. 2 GG (Freizügigkeit; Einschränkungen sind z. B. zur Bekämpfung von Seuchengefahr, Naturkatastrophen oder zum Jugendschutz möglich.)
- Artikel 18 GG (Verwirkung von bestimmten Grundrechten; bei Grundrechtsmissbrauch im Kampf gegen die freiheitliche demokratische Grundordnung, nur durch BVerfG möglich)
- Artikel 19 Abs. 2 GG (Einschränkung von Grundrechten; ein Grundrecht darf nicht in seinem Wesenskern angetastet werden.)
- Artikel 20 Abs. 4 GG (Verfassungsprinzipien, Widerstandsrecht)
- Artikel 21 Abs. 2 GG (Parteienprivileg; über die Verfassungswidrigkeit einer Partei entscheidet das BVerfG.)
- Artikel 26 Abs. 1 GG (Verbot eines Angriffskriegs)
- Artikel 33 Abs. 4 (Staatsbürgerliche Rechte und Pflichten; Treueverhältnis der Angehörigen des öffentlichen Dienstes)
- Artikel 46 Abs. 1–3 GG (Indemnität und Immunität der Abgeordneten, d. h. die generelle Freistellung von Strafverfolgung wegen einer Äußerung oder Abstimmung im Parlament und die Freistellung von Strafverfolgung während der Mandatszeit)
- Artikel 79 Abs. 3 GG („Ewigkeitsgarantie"; schützt Art. 1 und 20 GG vor Abänderung)
- Artikel 91 GG (Abwehr von Gefahren für die demokratische Grundordnung durch Beistand unter den Bundesländern, z. B. durch Anforderung von Polizeikräften)

Des Weiteren besteht der Straftatbestand der Volksverhetzung für jene, die zum Hass oder zu Gewalttaten aufrufen. Wer gegen Fremde, gegen Menschen anderer Hautfarbe oder solche, die eine andere politische Meinung haben, aufhetzt, macht sich strafbar (§ 130 StGB). Er begeht Volksverhetzung und stört den öffentlichen Frieden. Man spricht auch von „Volksverhetzung", wenn andere Menschen böswillig beschimpft, verächtlich gemacht und dadurch in ihrer Würde verletzt werden. Es ist auch eine Straftat, wenn man Schriften oder Texte bspw. im Internet verbreitet, die die nationalsozialistischen Verbrechen leugnen oder zum Rassenhass aufstacheln. Volksverhetzung kann mit Geld- oder Freiheitsstrafe von drei Monaten bis zu fünf Jahren bestraft werden.

Die linksextremistische Terrororganisation **Rote Armee Fraktion (RAF)** war eine der größten innenpolitischen Herausforderungen der Bundesrepublik Deutschland in der Nachkriegszeit. Ihre Mitglieder (Andreas Baader, Ulrike Meinhof und Gudrun Ensslin u. a.) versuchten, über gezielte terroristische Anschläge und Entführungen die politische und soziale Grundordnung der Bundesrepublik Deutschland gewaltsam zu verändern. Die damalige sozialliberale Bundesregierung schuf eine Reihe von Antiterrorgesetzen, darunter den Paragrafen 129a StGB, der das Strafmaß für die Beteiligung an einer terroristischen Vereinigung regelt. Seither sind auch die Unterstützung und die Werbung für eine terroristische Vereinigung strafbar.

Seit den **Terroranschlägen in den USA vom 11. September 2001** gilt der **Islamismus** als massive Bedrohung der demokratischen Welt. Die im Koran festgeschriebenen Gesetze des Islams sollen für alle Bereiche des Lebens gelten. Diese Forderung, die notfalls auch mit Gewalt durchgesetzt werden muss, wird als „Islamismus" bezeichnet. Der o. g. Paragraf 129a StGB wurde daher 2002 ergänzt, somit ist die Bildung einer terroristischen Vereinigung auch dann strafbar, wenn die Vereinigung nicht in Deutschland ansässig ist. Der Deutsche Bundestag verabschiedete weitere Antiterrorgesetze und -maßnahmen: das Sicherheitspaket I und II (2002, 2015 verlängert), die Rasterfahndung, d. h. eine computergestützte Überprüfung eines großen Personenkreises auf bestimmte Daten und Merkmale hin (2002), die Gründung des Gemeinsamen Terrorismusabwehrzentrums (GTAZ, 2004), das Luftsicherheitsgesetz (2005), die Einführung des biometrischen Reisepasses (2005), die Gründung des Nationalen Cyber-Abwehrzentrums (2011) sowie des Gemeinsamen Extremismus- und Terrorabwehrzentrums (GETZ, 2012) und die Einrichtung der Verbunddatei Rechtsextremismus (2012).

Anschlag auf das World Trade Center in New York am 11. September 2001

Im Rahmen des Islamismus stellt der sogenannte **Homegrown Terrorism** eine besondere Herausforderung dar. Gemeint ist, dass es sich bei einer neuen Generation islamistischer Terroristen nicht mehr um Täter aus muslimischen Ländern handelt, die für einen Anschlag einreisen, sondern um Menschen, die im Land des Anschlagsziels aufgewachsen sind. Hierbei kann es sich sowohl um Einwandererkinder, die schon seit Jahrzehnten im Land leben, als auch um Deutsche, die zum Islam übergetreten sind und immer radikaler geworden sind, handeln. Die praktische „Ausbildung" zum Terroristen findet meist in Trainingslagern im Ausland statt. Die salafistische Szene ist dabei die am schnellsten wachsende Strömung des radikalen Islams in Deutschland. Ihre Anhänger vertreten eine verfassungsfeindliche Ideologie, und ein Teil von ihnen wendet Gewalt an. Sie begreifen den Koran als ein wörtlich zu nehmendes Regelwerk für die Organisation von Staat und Gesellschaft. Die Szene ist allerdings heterogen, so gibt es Teile, die weniger von der salafistischen Ideologie geprägt, sondern eher als subkulturell geprägte Jugendbewegung zu begreifen sind.

Zu den Akteuren der wehrhaften Demokratie zählen der Verfassungsschutz, die Bundespolizei und die Landespolizeien, der Bundesnachrichtendienst (BND), der Militärische Abschirmdienst (MAD). Die rechtliche Grundlage bilden das Grundgesetz und das Strafrecht.

Kritik an den Antiterrorgesetzen infolge des 11. Septembers 2001 M 8

Die bisherigen Fundamentalgewissheiten [werden] heute weltweit unter Vorbehalt gestellt. Der Vorbehalt lautet: Der rechtsstaatliche Katalog ist ja schön und gut, aber nur, solange er die Eindämpfung des Terrorismus nicht behindert. [...] Die bisherigen Fundamentalgewissheiten sind nicht mehr gewiss: die Achtung der Würde jedes Menschen, der Schutz der Privatheit, die Gleichheit vor dem Gesetz, das Prinzip der Verhältnismäßigkeit, der Grundsatz des fairen Verfahrens, das Recht auf Akteneinsicht, die alsbaldige Kontrolle von Verhaftungen und sonstigen Grundrechtseingriffen durch unabhängige Richter, der Grundsatz „Im Zweifel für den Angeklagten", die Genfer Konvention über die Behandlung von Gefangenen. Gelockert und gebrochen wird das Verbot menschenunwürdiger Vernehmungsmethoden: Wenn dem Delinquenten der Kopf so lange in die wassergefüllte Badewanne oder die Kloschüssel gedrückt wird, bis er halb ersoffen ist, gilt das vielen nicht als Folter, sondern lediglich als robuste Befragung, also als erlaubt.

In Deutschland ist zwar das Folterverbot in der Verfassung ausdrücklich festgeschrieben. Nach Auffassung des Bundesinnenministers soll es aber nur für die deutschen Sicherheitsbeamten gelten: Sie dürfen nicht selbst das Stromkabel an die Hoden des Beschuldigten halten. Wenn der Beschuldigte aber von anderen und anderswo, in Syrien, im Libanon oder auf Guantanamo, auf diese oder andere grausame Weise gesprächig gemacht worden ist, dann dürfen und sollen die deutschen Sicherheitsdienste, meint Schäuble, davon profitieren.

Quelle: Prantl: Der Terrorist als Gesetzgeber, 2008, S. 31 f.

5. Arbeiten Sie Anspruch und Wirklichkeit bei der Umsetzung der wehrhaften Demokratie heraus. Beurteilen Sie die Reaktionsweise des Staates auf den Nationalsozialistischen Untergrund (NSU).

Terror von rechts

Als schwerster Terrorakt der deutschen Nachkriegsgeschichte gilt das Oktoberfestattentat. Bei dem Terroranschlag am 26. September 1980 am Haupteingang des Oktoberfests in München wurden durch die Explosion einer selbst gebauten Rohrbombe 13 Menschen getötet und 211 verletzt, 68 davon schwer. Der dabei ums Leben gekommene Attentäter Gundolf Köhler galt als Anhänger der neonazistischen Wehrsportgruppe Hoffmann, die kurz zuvor verboten worden war. Seine Alleintäterschaft wurde seitdem immer wieder angezweifelt, schließlich erschien eine mögliche Mittäterschaft rechtsextremer Gruppen aufgrund von Zeugenaussagen naheliegend. 1997 wurde der Fall als aufgeklärt abgeschlossen. Neue Aktenfunde und Zeugenaussagen führten 2014 allerdings zu einer Neuaufnahme der Ermittlungen durch den Generalbundesanwalt.

Nach der Wiedervereinigung Anfang der 1990er-Jahre kam es zu einer Reihe ausländerfeindlicher Übergriffe in Ost und West, bspw. in Hoyerswerda, Rostock, Mölln und Solingen. Verstört wurde von außen und innen auf das gerade wiedervereinigte Deutschland geblickt, das seine „Gastarbeiter" und Asylbewerber nur mühsam – oder gar nicht – vor rechtsradikalen Gewalttätern schützen konnte und dessen Bevölkerung sogar zum Teil hierzu applaudierte.

M 9 Rückschau auf die Mordserie des Nationalsozialistischen Untergrunds (NSU) und Versuche des Staates, darauf zu reagieren

Selbst erfahrene Politprofis waren von den Erkenntnissen im November 2011 tief geschockt: Die Kanzlerin sprach von einer „Schande für Deutschland". Der Bundesinnenminister räumte ein, dass deutsche Sicherheitsbehörden „kläglich versagt" haben. [...]

Unversehens sahen sich damals Politik und Öffentlichkeit mit schlimmster Nazi-Gewalt konfrontiert: Drei junge Rechtsextreme aus Jena waren Ende der 90er-Jahre abgetaucht und hatten eine Terrorgruppe namens „Nationalsozialistischer Untergrund" (NSU) gegründet. Im Laufe von 13 Jahren überfielen sie reihenweise Banken, legten Bomben und ermordeten mindestens zehn Menschen. Besonders schmerzhaft für neun der Opfer und deren Angehörige: Wegen ihrer türkischen und griechischen Vorfahren war die Verbrechensserie verharmlosend „die Döner-Morde" genannt worden, und die Polizei hatte die Taten als Racheakte unter mafiösen Migranten behandelt und entsprechend ermittelt. Als der NSU eher zufällig aufflog, war das Erschrecken groß. [...] Eine Vielzahl von Pannen bei der Terroristenjagd ist inzwischen bekannt geworden, eine umfassende Fehlerdiagnose wurde in Angriff genommen.

Die Sicherheitsbehörden verwiesen darauf, dass man den wahren Hintergrund der Taten nicht habe erkennen können, weil die Terroristen keine Bekennerschreiben verschickt hatten. Dabei ist dieses Vorgehen unter Nazis nicht unüblich. „Mit uferlosen, theoretisch ausgefeilten Bekennerschreiben tat sich die Szene zu keiner Zeit hervor“, sagt der Düsseldorfer Rechtsextremismusforscher Fabian Virchow. [...]

Offenbar haben Staat und Öffentlichkeit den braunen Terrorismus unterschätzt. Dabei habe das Phänomen, so Fabian Virchow, „die Bundesrepublik seit den 50er-Jahren begleitet“. So gab es in den 70ern die Wehrsportgruppe Hoffmann, aus deren Reihen ein Attentat auf das Münchner Oktoberfest mit 13 Toten und über 200 Verletzten verübt wurde – bis heute der schwerste Terroranschlag in Deutschland. 1980 verübten die „Deutschen Aktionsgruppen“ von Manfred Roeder Bomben- und Brandanschläge auf Behörden, Flüchtlingsheime und eine jüdische Schule. [...] Auch in der jüngsten Vergangenheit waren bei Hausdurchsuchungen in der Nazi-Szene immer wieder Sprengstoff und Waffenarsenale gefunden worden – doch wenn Journalisten oder Antifa-Aktivisten vor rechten Terroristen warnten, wurden sie schon mal der Panikmache bezichtigt.

Seit November 2011 versuchen nun mehrere Hundert Polizisten und Verfassungsschützer mit Hochdruck, sowohl die Taten des NSU aufzuklären als auch die Versäumnisse aus den Vorjahren. Die Terroristen waren ja schon Ende der 90er-Jahre als Bombenbastler polizeibekannt gewesen – aber die Thüringer Behörden versäumten damals ihre Festnahme. Danach befassten sich im Laufe der Jahre rund 30 verschiedene Behörden mit dem Fall: Mehrfach wurden in verschiedenen Bundesländern Überwachungsmaßnahmen abgebrochen oder Ergebnisse nicht oder nur langsam an Kollegen anderswo weitergeleitet. V-Leute – also bezahlte Informanten aus der Nazi-Szene – tricksten den Verfassungsschutz aus, ohne dass der das merkte. Im Jahr 2003 wurde die Suche nach den Terroristen ganz eingestellt. Drei Jahre später wurde beim Bundesamt für Verfassungsschutz die eigenständige Fachabteilung für Rechtsextremismus aufgelöst. [...]

Mittlerweile gibt es diese Abteilung wieder. Nach dem Schock vom November trafen sich die Justizministerin und der Innenminister in Berlin zu einer Sonderkonferenz. Die Thüringer Landesregierung, in deren Bundesland die Nazi-Gefahr besonders unterschätzt worden war, veranstaltete ein großes Konzert gegen Rechts. Die Sicherheitsbehörden gründeten ein „Gemeinsames Abwehrzentrum gegen Rechts“ und eine zentrale Computerdatei für Nazi-Gewalttäter. Im Januar sprachen die Familienministerin und der Innenminister mit Bürgerinitiativen, die seit Jahren gegen Rechtsextremismus aktiv sind – aber die zwei Millionen Euro, die der Bundestag im November zusätzlich bewilligt hatte, gehen nicht an diese Gruppen, sondern in den Aufbau eines staatlichen Info-Zentrums. Zudem wurden einige Kommissionen eingerichtet. Zum Thema Rechtsterrorismus gibt es inzwischen fünf verschiedene. [...] Daneben berief der Innenminister in Thüringen eine Kommission, der dortige Landtag bildete einen Untersuchungsausschuss, ebenso der Bundestag. [...]

Im Februar schließlich sprach Bundeskanzlerin Merkel auf einer Gedenkfeier für die Opfer des NSU, an der auch Angehörige der Ermordeten teilnahmen, und bat sie um Verzeihung, dass sie zu ihrem Leid auch noch falschen Anschuldigungen ausgesetzt waren. Man kann das als klaren Auftrag an die Behörden sehen, aus der Vergangenheit zu lernen.

Quelle: Staud: Keine Toleranz für die Intoleranz, in: fluter, 2012/Nr. 42, S. 15.

6. Arbeiten Sie aus den folgenden Materialien mögliche Bedrohungen für die Demokratie heraus und beziehen Sie hierzu kritisch Stellung. Entwickeln Sie – soweit möglich – Lösungsansätze oder Präventionsmöglichkeiten.

M 10 Zentrale Störanfälligkeiten der Demokratie

Karikatur von Frank Speth

Demokratische Überzeugungen und Verhaltensweisen haben zur Voraussetzung ein Mindestmaß an ökonomischer und sozialer Teilhabe am Wohlstand der Gesellschaft. Große soziale Verwerfungen, starke soziale Ungleichheit und schwindende Lebenschancen breiter Schichten der Bevölkerung führen zu Protest und nachlassender Legitimation der Regierungen und möglicherweise des demokratischen Systems insgesamt. Das klassische Beispiel hierfür ist der Untergang der Weimarer Republik 1930 bis 1933, als Massenarbeitslosigkeit, ein Mangel an demokratischen Grundüberzeugungen und aggressive systemfeindliche Politik die Ränder links und rechts erstarken ließen.

Dauerhafte, nicht auf Lebensphasen beschränkte soziale Desintegration von Einzelnen oder bestimmten Gruppen fördert die Ausbreitung des politischen Extremismus. Wenn die Kräfte des Arbeitsmarktes und des Bildungssystems bestimmte Gruppen der Gesellschaft benachteiligen und Teilhabe erschwert oder verunmöglicht wird, dann sind wesentliche Voraussetzungen gegeben für extremistische Protestformen. Teile der militanten jugendlichen Subkulturen wie etwa Autonome, rechte Skinheads und ethnisch begründete Streetgangs in sozialen Brennpunkten verbindet der soziale Ausschluss aus der Gesellschaft. Sicher könnte man einwenden, dass Lebensformen und Lebensstile frei gewählt sind, aber dennoch sind die Ausschlussmechanismen gerade gegenüber diesen Subkulturen unübersehbar.

Schwelende und ungelöste ethnische und kulturelle Konflikte sind ein besonderes, in der globalisierten, von Migration geprägten Welt wachsendes Problem. Ausbleibende soziale Integration kann zur Entstehung von Parallelgesellschaften führen und auch zum Anwachsen von extremistischen Tendenzen auf beiden Seiten, sowohl bei der Minderheit als auch in Teilen der Mehrheitsgesellschaft. Der radikale und militante Islamismus in Europa ist hierfür ein wichtiges Beispiel. Wenig effektive Integrationsbemühungen der Aufnahmegesellschaften erleichtern fanatischen Gruppen des Islamismus ihre Agitation, indem diese soziale Integrationsangebote für muslimische Jugendliche anbieten und auf diese Weise das Potential des militanten Islamismus vergrößern und vertiefen. […]

Modernste Mittel der Technik, zumal der Informations- und Kommunikationstechnologie, erhöhen die Störanfälligkeit moderner Gesellschaften und liefern zumal den militanten Teilen des Extremismus die Mittel zur Zerstörung von lebenswichtigen Infrastrukturen. Der Terrorismus als gewaltförmige Variante des Extremismus profitiert weltweit am meisten von dieser Entwicklung. Die Verwandlung von Düsenflugzeugen in militärische Waffen wie beim 11. September 2001, als Terroristen das New Yorker World Trade Center zerstörten, hat das Sicherheitsgefühl von Menschen weltweit auf Jahre hin beeinflusst und zu erheblichen Veränderungen der Sicherheitsarchitekturen in den westlichen Demokratien geführt.

Quelle: Jaschke: Politischer Extremismus, 2006, S. 10 ff.

Antidemokratische Bedrohungen? M 11

Karikatur von Burkhard Mohr

Karikatur von Klaus Stuttmann

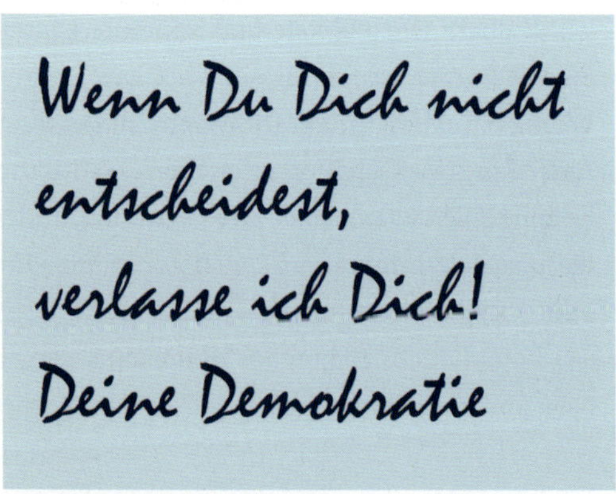

Zeichnung von Claudia Riedel

Karikatur von Klaus Stuttmann

Proteste gegen Stuttgart 21

M 12 Rolle der offenen Gesellschaft

Es kann und wird in Zukunft nicht um die *Überwindung* des Extremismus gehen, wohl aber um die Minimierung und Zivilisierung. Es geht darum, die Voraussetzungen für die Entstehung des Extremismus zu beeinflussen und alles zu tun, seine Entfaltungen und Ausprägungen in Grenzen zu halten. Extremismus beginnt nicht bei den Selbstmord-Anschlägen islamistischer Terroristen, sondern bei der Herausbildung von Meinungen und Überzeugungen in vielfältigen alltäglichen Dimensionen. Alltagserfahrungen und ihre Deutungen sind die maßgeblichen Produzenten politischer Überzeugungen. So gesehen sind wir alle gefordert, Demokratie nicht nur zu wollen, sondern auch zu leben und zu gestalten. Handlungsspielräume dafür gibt es in praktisch allen gesellschaftlichen und politischen Lebensbereichen: in Familie und Nachbarschaften, am Arbeitsplatz, in der Gemeinde, in der Landes- und Bundespolitik und in den internationalen Beziehungen.

Bei der Auseinandersetzung mit allen Formen des politischen Extremismus geht es um nichts weniger als um die Erhaltung der Demokratie und der *offenen Gesellschaft* (Karl R. Popper). Vor allem die terroristische Variante des Extremismus bedroht sie ernsthaft, indem sie die westlichen Staaten zu Repressionen und Einschränkungen von Bürgerrechten nötigt. Gewiss ist Freiheit nur auf der Grundlage von Sicherheit möglich. Aber auch, wie es Ulrich Beck formuliert hat, umgekehrt: „Ohne Freiheit verliert Sicherheit ihren Sinn. Wer die Gefahr der Terrorattentate dazu nutzt, mit dem Sicherheitsversprechen die Freiheitsrechte zu (er)drosseln, schafft am Ende eine geschlossene Gesellschaft“ (Beck 2005).

Quelle: Jaschke: Politischer Extremismus, 2006, S. 14 ff.

DAS WICHTIGSTE IN KÜRZE

Der Begriff der wehrhaften Demokratie

„[D]ie Bereitschaft der Bürgerinnen und Bürger sich für unser demokratisches System und für einen toleranten Umgang miteinander einzusetzen [ist] der beste Verfassungsschutz“[1] (Otto Schily).

Zur Bezeichnung des bundesdeutschen Demokratieschutzkonzepts hat sich die Bezeichnung „streitbare“ oder **„wehrhafte Demokratie“** durchgesetzt. Sie findet sich erstmals in der Begründung des KPD-Verbots durch das BVerfG 1956 und ist der „Versuch einer Synthese zwischen dem Prinzip der Toleranz gegenüber allen politischen Auffassungen und dem Bekenntnis zu gewissen unantastbaren Grundwerten der Staatsordnung“ (BVerfG). Das Schutzobjekt der wehrhaften Demokratie ist die **freiheitliche demokratische Grundordnung (FDGO)**: Achtung der Menschenrechte, Volkssouveränität, Verantwortung der Regierung gegenüber der Volksvertretung, Gesetzmäßigkeit der Verwaltung, Unabhängigkeit der Gerichte, das Mehrparteienprinzip, Chancengleichheit für alle politischen Parteien, Recht auf Bildung einer Opposition.

Entstehung des Grundgesetzes

Die Väter und Mütter des Grundgesetzes standen 1948/49 einerseits unter dem Eindruck des Auseinanderbrechens der Anti-Hitler-Koalition, der Berlin-Blockade und der kommunistischen Expansion in Osteuropa, allem voran aber wirkte das Scheitern der Weimarer Republik und das Aufkommen Nazideutschlands nach. Zwar kannte die Weimarer Reichsverfassung durchaus Demokratieschutzvorrichtungen, allerdings fehlte ihr eine demokratische Bevölkerungsmehrheit. Die scheinlegale Zerstörung der demokratischen Verfassung, die die Entwicklung hin zu einem menschenverachtenden totalitären System ermöglichte, war eine traumatische Erfahrung. Das Grundgesetz sollte nun vor politischen Umsturzplänen sicher sein. Daraus entwickelte sich eine spezielle Philosophie der Demokratie – einer, die sich gegen ihre Feinde wehren kann: „Keine Toleranz der Intoleranz“!

Demokratieschutzkonzeption im Grundgesetz

Der Kern der Demokratieschutzkonzeption ist Artikel 79 Abs. 3 GG, die sogenannte **Ewigkeitsklausel**. Sie sichert durch die Unveräußerlichkeit der Menschenwürde (Artikel 1 GG) sowie des Demokratie-, Sozialstaats-, Föderalismus- und Rechtsstaatsprinzips (Artikel 20 GG) die Wertgebundenheit des Grundgesetzes. Verteidigt wird diese gegen extremistische Bestrebungen mit Mitteln der wehrhaften Demokratie: dem Verbot von Vereinigungen und Parteien, der Grundrechtsverwirkung – wenn durch sie gegen die freiheitliche demokratische Grundordnung gekämpft wird – und der Verpflichtung des öffentlichen Dienstes auf Verfassungstreue und dem im Zuge der Notstandsgesetzgebung eingefügten Widerstandsrecht des Einzelnen. Die Hürden für ein Parteiverbot sind dabei hoch: Neben der Ablehnung der freiheitlichen demokratischen Grundordnung muss eine „aktive kämpferische, aggressive Haltung gegenüber der bestehenden Ordnung“ festzustellen sein. Zu zwei **Parteiverboten** kam es in der frühen Bundesrepublik. 1952 wurde die Sozialistische Reichspartei (SRP), die Nachfolgepartei der NSDAP, und 1956 die KPD vom Bundesverfassungsgericht verboten. Der NPD-Verbotsantrag wurde 2017 vom BVerfG hingegen abgelehnt.

[1] Bundesministerium des Innern (Hg.): Verfassungsschutzbericht 2000, Berlin, 2001, S. 3.

DAS WICHTIGSTE IN KÜRZE

Das Grundgesetz regelt den Umgang mit politischem Extremismus, ohne diesen Begriff selbst zu verwenden. Dabei existiert ein spezifisch „demokratisches Dilemma“: Bekämpft der demokratische Verfassungsstaat aggressiv politische Extremisten, läuft er Gefahr, die Prinzipien zu verletzen, die er eigentlich verteidigen will, z. B. Freiheit und Toleranz. Die Auseinandersetzung mit Extremismus muss daher auf der Basis sachlicher Argumente ablaufen und weniger mit Verboten.

Ausgestaltung der wehrhaften Demokratie

Neben den Bestimmungen des Grundgesetzes sind für die konkrete Ausgestaltung der wehrhaften Demokratie der präventiv ausgerichtete Verfassungsschutz, die Bundespolizei sowie die Landespolizeien, der Bundesnachrichtendienst (BND) und das Bundesamt für Verfassungsschutz (BfV), der Militärische Abschirmdienst (MAD) sowie das Strafrecht von Bedeutung. Der Tatbestand der Volksverhetzung (§ 130 StGB) richtet sich vor allem gegen Rechtsextremisten, die den Holocaust verharmlosen oder leugnen. Unter Strafe steht ebenso die Verbreitung von Propagandamitteln oder Kennzeichen verfassungswidriger Organisationen.

Gefahren durch den Links- und Rechtsextremismus

Die linksterroristische **Rote Armee Fraktion (RAF)** erklärte in den 1970er-Jahren dem Staat den bewaffneten Kampf. Dabei wurden u. a. gezielt Repräsentanten des Bonner „Systems“ – Politiker, Richter, Wirtschaftsvertreter – entführt oder ermordet. Der Staat ließ sich nicht erpressen, er reagierte mit Antiterrorgesetzen, Gerichtsurteilen und Haftstrafen.

Die Gefahren für Staat und Gesellschaft durch den **Rechtsextremismus** wurden im Vergleich zum linken Terrorismus unterschätzt. Dies zeigen nicht nur die Interpretation des Oktoberfestattentats 1980 in München als Tat eines Einzeltäters, sondern insbesondere die Pannen in der Strafverfolgung seitens der Polizei und des Verfassungsschutzes bei der Aufklärung der **Mordserie des Nationalsozialistischen Untergrunds (NSU)** zwischen 2000 und 2007. Statt bei den Morden an neun Menschen türkischer und griechischer Herkunft sowie einer Polizistin rechtsterroristische Motive zu erwägen, wurden die Opfer und deren Familien selbst kriminalisiert, indem ihnen Mafiaverbindungen unterstellt wurden. Die juristische Aufarbeitung im NSU-Prozess dauerte über fünf Jahre, die Angeklagten wurden zu z. T. langjährigen Haftstrafen verurteilt.

Islamismus

Seit den **Terroranschlägen in den USA vom 11. September 2001** gilt zudem der **Islamismus** als massive Bedrohung der demokratischen Welt. Die Befugnisse der Sicherheitsbehörden zur Abwehr von Terrorismus sind daher erweitert worden. Mit dem „Gesetz zur Bekämpfung des internationalen Terrorismus“ entstand eine neue Sicherheitsarchitektur (z. B. Bundeswehreinsatz im Innern, Einschränkungen von Grundrechten, Aufbau eines Terrorabwehrzentrums). Eine besondere Herausforderung stellt hierbei der sogenannte **Homegrown Terrorism** dar, bei dem die Attentäter selbst im Land des Anschlagsziels aufgewachsen sind.

FESTIGUNG – VERTIEFUNG

Weitere Herangehensweisen

- Stellen Sie die Organe zusammen, die für die Wahrung der wehrhaften Demokratie zuständig sind.
- Skizzieren Sie, inwiefern unsere Demokratie durch die unpolitische Bürgerin/den unpolitischen Bürger gefährdet ist.
- Bereiten Sie einen Kurzvortrag über die rechte Szene in Deutschland seit den 1990er-Jahren vor.

Vertiefende Aspekte

- Radikal. Extremistisch. Terroristisch? Grenzen Sie die Begriffe anhand eines Fachlexikons voneinander ab.
- Analysieren Sie den Spielfilm „Der Baader-Meinhof-Komplex" (Regie: Uli Edel, 2008) und verfassen Sie eine Filmkritik für Ihre Schülerzeitung. Beziehen Sie dabei auch die öffentliche Diskussion über diesen Film mit ein.
- Referieren Sie vor Ihrer Klasse über die rechtlichen Grundlagen, Aufgaben und Ziele des Verfassungsschutzes und wählen Sie Auszüge aus Verfassungsschutzberichten zur Veranschaulichung aus (vgl. die Homepage des Bundesamtes für Verfassungsschutz).
- Manche Gemeinde in Ostdeutschland wird von Rechten als „ausländerbefreite Zone" bezeichnet. Stellen Sie die Entwicklung an einem Beispiel dar. Überlegen Sie Lösungsansätze vonseiten der Bürgerinnen und Bürger wie des Staates (vgl. H 3).
- Erstellen Sie eine Informationsbroschüre zum islamistischen Fundamentalismus in Deutschland für die Schüler und Schülerinnen Ihrer Schule (vgl. H 4).

Weiterführende Quellen und Hinweise

H 1 Praxis Politik. Gefährdungen der Demokratie (Ausgabe Dezember, Heft 6/2010). In diesem Heft werden sowohl „bekannte" Gefährdungen der Demokratie als auch Gefährdungen durch die Ahnungslosigkeit mancher Bürger sowie durch soziale Ungleichheit beschrieben.

H 2 Böttchen, Astrid; Lange, Hans-Jürgen: Wehrhafte Demokratie, in: Dovermann, Ulrich (Hg.): Linksextremismus in der Bundesrepublik Deutschland, Bonn, Bundeszentrale für politische Bildung, 2011. Mit diesem Sammelband wird versucht, sich dem Linksextremismus in seiner heutigen Form wissenschaftlich zu nähern und Forschungsergebnisse zu präsentieren.

H 3 Kraske, Michael; Werner, Christian: … und morgen das ganze Land. Neue Nazis, „befreite Zonen" und die tägliche Angst – Ein Insiderbericht, Bonn, Bundeszentrale für politische Bildung, 2008. Die Autoren belegen anhand einer breiten Palette schockierender Beispiele, dass die neuen Nazis die Mitte der Gesellschaft erreicht haben. Sie zeigen, was bislang gegen die Gefahr von rechts getan wird – und was getan werden müsste.

H 4 Kienzler, Klaus: Der religiöse Fundamentalismus. Christentum, Judentum, Islam, München, Beck, 2007. Der Autor problematisiert den Begriff „Fundamentalismus", indem er die fundamentalistischen Ausprägungen in den o. g. Weltreligionen aufzeigt.

1.3 Verfassungsprinzipien und Grundrechte

Forschungsinteresse und Kompetenzerwerb

Die Verfassungsprinzipien stellen eine wichtige Grundlage des Grundgesetzes sowie des politischen Zusammenlebens dar. Sie werden anhand eines Vergleichs des Grundgesetzes mit einer historischen und einer weiteren aktuellen Verfassung den Einfluss verschiedener Verfassungsprinzipien auf die Lebensrealität des Einzelnen im Alltag kennen und beurteilen lernen. Sie erfassen darüber hinaus den hohen Wert der in der Verfassung verankerten Grundrechte. Dadurch reflektieren Sie über die besondere Bedeutung der freiheitlich-demokratischen Grundordnung der Bundesrepublik Deutschland und werden diese noch stärker schätzen lernen.

Vorgehen

Die wichtigsten Stützen des Grundgesetzes sind die Verfassungsprinzipien und die Grundrechte. Sie sind auch kein bloßes Konstrukt, sondern greifen in die Lebensrealität jedes einzelnen Menschen in Deutschland ein. Sie sollen für einen Internetblog zum Thema „Die deutsche Demokratie – gewachsen oder erschaffen?“ einen Eintrag für junge Menschen verfassen, die noch nicht sehr intensiv mit Politik vertraut sind. Dieser soll sich mit der Frage befassen, welche Bedeutung die Verfassungsprinzipien und die Grundrechte für den Erfolg der Bundesrepublik Deutschland haben.

Zunächst UNTERSUCHEN Sie die zentralen Grundgesetzartikel, in denen sowohl die Verfassungsprinzipien als auch die Grundrechte verankert sind. Hiernach ERSCHLIESSEN Sie sich die Einflussnahme sich verändernder gesellschaftlicher Wertevorstellungen auf das Grundgesetz, STELLEN EINE VERKNÜPFUNG zur Einflussnahme auf den Einzelnen HER und VERGLEICHEN die subjektive Demokratiewahrnehmung der deutschen Jugend mit der der polnischen. Schließlich wandert Ihr Augenmerk wieder zurück in die Vergangenheit und Sie SCHLIESSEN Ihre Arbeit MIT DER ANALYSE unterschiedlicher demokratischer Systeme und der daraus resultierenden unterschiedlichen Umsetzung demokratischer Befugnisse AB.

Als Arbeitshilfe finden Sie im hinteren Teil des Lehrwerks eine Übersicht über verschiedene Methodentechniken. Nutzen Sie diese Möglichkeit.

FASSEN Sie Ihre Ergebnisse in eine Struktur, die auch optisch dem modernen Anspruch eines Internetblogs entspricht, und ERSTELLEN Sie einen Blogeintrag. UNTERSUCHEN Sie die Wahrnehmung Ihrer Arbeit und Ihrer Zielsetzung anhand der Kommentare, die Ihre Leser unter Ihrem Blog hinterlassen.

Materialauswahl

Schwerpunkt im methodischen Vorgehen wird die Analyse von Gesetzestexten, aber auch von politischen Kommentaren und insbesondere von anschaulichem Bildmaterial sein. Statistiken und Karikaturen ergänzen die Darstellung. Somit haben Sie die Gelegenheit, Ihren Blick auf die Gesetzestexte des Grundgesetzes zu fokussieren, aber auch darüber hinauszugehen. Dies zeigt sich etwa bei unterschiedlichen politischen Positionierungen zu konkreten Grundgesetzveränderungen. Nun können Sie auch Ihr eigenes demokratisches Verständnis dem der Jugend eines anderen Staates gegenüberstellen. Die Problematik der Unterminierung demokratischer Grundlagen zeigt sich in der historischen Gegenüberstellung der Rechte und Pflichten des Bundespräsidenten der Bundesrepublik Deutschland mit dem Reichspräsidenten der Weimarer Republik.

1. Analysieren Sie Artikel 1, Artikel 20 und Artikel 79 des Grundgesetzes und diskutieren Sie über die Zusammenhänge und deren Bedeutungen.

Die Verfassung der BRD, das Grundgesetz, kann und wird stetig verändert. Dennoch schützt es seine grundlegenden Prinzipien selbst, damit die Menschen Rechtssicherheit haben und die grundlegenden Prinzipien des Staatsaufbaus nicht gefährdet sind. Zur weiteren Absicherung dient die Gewaltenteilung.

M 1a

Artikel 1 Grundgesetz (Menschenrechte)

(1) Die Würde des Menschen ist unantastbar. Sie zu achten und zu schützen ist Verpflichtung aller staatlichen Gewalt.

(2) Das Deutsche Volk bekennt sich darum zu unverletzlichen und unveräußerlichen Menschenrechten als Grundlage jeder menschlichen Gemeinschaft, des Friedens und der Gerechtigkeit in der Welt.

(3) Die nachfolgenden Grundrechte binden Gesetzgebung, vollziehende Gewalt [bis 1956: Verwaltung] und Rechtsprechung als unmittelbar geltendes Recht.

M 1b

Die grundlegende Bedeutung der Menschenwürde

Quelle: Hitschold, Hans-Joachim: Staatskunde, Grundlagen für die politische Bildung, 11., überarb. Aufl., Stuttgart u. a., Boorberg, 2000, S. 140.

M 2a

Grundgesetz und Verfassungsprinzipien

60 040 © Bergmoser + Höller Verlag AG

M 2b

Artikel 20 Grundgesetz

(1) Die Bundesrepublik Deutschland ist ein demokratischer und sozialer Bundesstaat.

(2) Alle Staatsgewalt geht vom Volke aus. Sie wird vom Volke in Wahlen und Abstimmungen und durch besondere Organe der Gesetzgebung, der vollziehenden Gewalt und der Rechtsprechung ausgeübt.

(3) Die Gesetzgebung ist an die verfassungsmäßige Ordnung, die vollziehende Gewalt und die Rechtsprechung sind an Gesetz und Recht gebunden.

[seit 1968] (4) Gegen jeden, der es unternimmt, diese Ordnung zu beseitigen, haben alle Deutschen das Recht zum Widerstand, wenn andere Abhilfe nicht möglich ist.

M 3

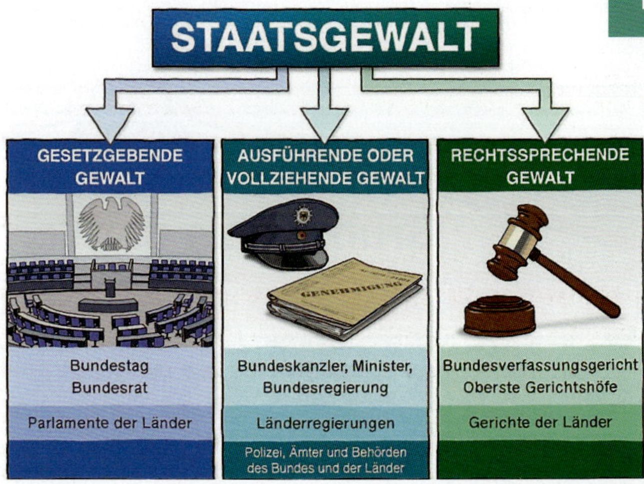

Gewaltenteilung: Legislative (gesetzgebende Gewalt) – Exekutive (ausführende oder vollziehende Gewalt) – Judikative (rechtssprechende Gewalt) © bpb, Illustrator Andreas Piehl

M 4

Artikel 79 Grundgesetz (Ewigkeitsklausel)

(3) Eine Änderung dieses Grundgesetzes, durch welche die Gliederung des Bundes in Länder, die grundsätzliche Mitwirkung der Länder bei der Gesetzgebung oder die in den Artikeln 1 und 20 niedergelegten Grundsätze berührt werden, ist unzulässig.

M 5

Sozialstaatlichkeit

Die Sozialstaatlichkeit ist zwar im Grundgesetz verankert, ihre konkrete Ausgestaltung aber weitgehend dem Gesetzgeber überlassen. Der Staat muss jedoch allen Bürgern das Existenzminimum sichern. [...] Anders als das Rechtsstaatsprinzip wird der soziale Auftrag des Staates, das Sozialstaatsgebot, nur an wenigen Stellen des Grundgesetzes im Einzelnen konkretisiert. [...] Die Prinzipien des Rechtsstaates sind unveränderlich und zeitlos gültig. Soziale Gerechtigkeit, die zentrale Zielsetzung des Sozialstaates, lässt sich nicht ein für alle Mal verbindlich definieren. Ihre Ausgestaltung hängt ab von der wirtschaftlichen und sozialen Entwicklung sowie dem gesellschaftlichen Bewusstsein. Das Sozialstaatsprinzip ist somit ein dynamisches Prinzip, das den Gesetzgeber verpflichtet, die sozialen Verhältnisse immer wieder neu zu regeln. [...]

Gesetzgebung und Rechtsprechung haben das Sozialstaatsgebot auf vielfältige Weise in die Tat umgesetzt. Sozialpolitik ist nicht auf einen bestimmten Politikbereich beschränkt, sondern greift mit dem Ziel der Angleichung der Lebenschancen und der Verbesserung der Lebensbedingungen in viele Bereiche ein. Kern der Sozialpolitik sind die klassischen Systeme der sozialen Sicherung gegen Lebensrisiken: Alter, Krankheit, Unfall, Pflegebedürftigkeit, Arbeitslosigkeit. Dazu gehören ferner Maßnahmen des sozialen Ausgleichs und der Hilfe in Notlagen: Kindergeld, Kinderfreibeträge, Erziehungsgeld, Mutterschutz, Wohngeld und Sozialhilfe.

Quelle: Pötzsch: Sozialstaat, 15.12.2009, abgerufen unter: www.bpb.de/politik/grundfragen/deutsche-demokratie/39302/sozialstaat?p=all [14.04.2019].

M 6 Demokratie als „Leitgedanke“ des deutschen Föderalismus

Die Vielfalt Deutschlands spiegelt sich in seiner föderalen Ordnung, die den besonderen Schutz des Grundgesetzes genießt. [...]

In Deutschland ist der Alltag der Menschen stark mit den Bundesländern verknüpft, in denen sie leben. [...] Bei Bundesligaheimspielen von Eintracht Frankfurt sorgt die hessische Landespolizei für Sicherheit in und außerhalb der Stadien. Die Bremer sehen auf manchem Zweieurostück eine Prägung mit ihrem Rathaus. Im Fernsehen bieten die Dritten Programme Neuigkeiten aus Bayern, Sachsen-Anhalt oder dem Saarland. In 16 Ländern wird jeweils eine eigenständige Geschichte, Kultur und Identität gepflegt. Die meisten Deutschen fühlen sich zudem einer durch Sprache und Traditionen besonders gekennzeichneten regionalen Lebenswelt zugehörig. Auf der Autobahn erinnern Begrüßungsschilder sogar an das Überschreiten einer Ländergrenze.

Politisch organisiert wird diese Vielfalt in einer föderalen Ordnung. [...] Man kann sich den Föderalismus als eine Art freiwillige Vereinbarung vorstellen. Mit dieser verpflichten sich die Deutschen aus unterschiedlichen Ländern, in einem Staatswesen zusammenzuleben, und respektieren dabei die bestehenden regionalen Unterschiede und Interessen. Der Föderalismus soll so die gesellschaftliche und politische Vielfalt der Länder im Rahmen des gemeinsamen Rechts- und Sozialstaates friedlich in Einklang bringen. [...]

Eine wichtige Funktion des Föderalismus in Deutschland ist der Schutz vor einer Gefährdung der Demokratie durch einseitige Machtausübung. Sowohl auf der Bundes- als auch auf der Landesebene gibt es eine gegenseitige Kontrolle von Regierungen [Exekutive, Anm. d. Verf.], Parlamenten [Legislative, Anm. d. Verf.] und unabhängiger Justiz [Judikative, Anm. d. Verf.] („horizontale Gewaltenteilung“). Hinzu kommt die besondere föderale Machtteilung, also die Begrenzung der Macht des Bundes durch die Rechte der Länder („vertikale Gewaltenteilung“). Für den politischen Alltag bedeutet dies, dass die Länder gemeinsam mit dem Bund die Verantwortung für politische Entscheidungen tragen. Sie kooperieren in Gesetzgebung und Verwaltung und kontrollieren dabei die zur Entscheidung und Umsetzung anstehenden Sachverhalte.

Quelle: Sturm: Demokratie als „Leitgedanke“ des deutschen Föderalismus, 03.05.2013, abgerufen unter: http://www.bpb.de/izpb/159332/demokratie-als-leitgedanke-des-deutschen-foederalismus?p=all [14.04.2019].

2. Untersuchen Sie die Bedeutung der Grundrechte für das Leben des Einzelnen. Zeigen Sie hierbei auch deren Einflüsse auf Ihren eigenen Alltag auf. Sie können ergänzend auch im Internet nach Fallbeispielen recherchieren.

Die Grundrechte bilden ein wichtiges Fundament der deutschen Demokratie. Deshalb stehen sie bereits zu Beginn des Verfassungstextes – im Unterschied zur Weimarer Verfassung, in der die Grundrechte erst ab Artikel 109 WRV niedergelegt waren. Die Grundrechte sind in der BRD darüber hinaus einklagbar. Grundrechte sichern die freiheitliche demokratische Grundordnung. Die Grundrechte sind zu unterscheiden in Freiheitsrechte, die es dem Einzelnen ermöglichen, im vorgegebenen Rahmen zu handeln, wie er will, und Gleichheitsrechte, die sichern, dass gleiche Sachverhalte rechtlich gleich und ungleiche Sachverhalte rechtlich ungleich zu behandeln sind, und Institutionsgarantien, die etwa der Institution Ehe und Familie und der Presse feste Rechte zugestehen.

Auch kann hierbei zwischen Menschenrechten und Bürgerrechten (etwa Artikel 8, Artikel 9, Artikel 12, Artikel 16 und Artikel 33 GG) unterschieden werden. Grundrechte können jedoch auch miteinander kollidieren. In diesem Fall wird versucht, oft vonseiten der Judikative, einen Ausgleich zu finden, der ein abgewogenes und möglichst optimales Gleichgewicht herstellt (praktische Konkordanz).

Grundrechte des Grundgesetzes M 7

60 110 © Erich Schmidt Verlag

„Zwei Grundrechte kollidieren" M 8

Das Urteil des Landgerichts Köln zur Beschneidung aus religiösen Gründen wird auch Folgen für Berlin haben. Dies befürchtet der Grünen-Integrationsexperte Özcan Mutlu. Eltern würden vermehrt auf fragwürdige illegale Beschneider ausweichen und ihre Söhne in Gefahr bringen, „und dies dient dem Kindeswohl dann noch weniger".

Integrationssenatorin Dilek Kolat (SPD) forderte eine Entscheidung des Bundesverfassungsgerichts. Die Situation sei „ungewöhnlich": „Zwei verfassungsmäßig verbriefte Grundrechte kollidieren miteinander: das Grundrecht auf körperliche Unversehrtheit und das Grundrecht auf Religionsfreiheit", sagte Kolat.

Das Landgericht Köln hatte am Dienstag entschieden, dass die Entfernung der Vorhaut aus religiösen Gründen strafbar ist. Zwar gilt das Urteil nur für den verhandelten Fall, es werde aber weitgehende Auswirkungen haben, sagen Juristen.

Quelle: Keller; Kögel: „Zwei Grundrechte kollidieren", in: Potsdamer Neueste Nachrichten, 29.06.2012, abgerufen unter: www.pnn.de/brandenburgberlin/659962/ [04.07.2017].

M 9 Grundrechte statt Blutsrechte

Selbstverständlich verhält sich das Wort „völkisch" nicht so zu Volk, wie „musisch" zu Musik. Selbstverständlich [haben auch] Neonazis einige Grundrechte. Dafür sorgt beim Thema Versammlungsfreiheit auf öffentlichen Plätzen seit einiger Zeit mit Entschiedenheit der Erste Senat des Bundesverfassungsgerichts. Aber nicht aus Sympathie für deren Weltbild – und keineswegs schrankenlos. Wenn jemand Gewalt propagiert oder das Wort Auschwitz als Synonym für Unwahrheit bezeichnet, hat er etwas weniger Grundrechte als andere, aus gutem Grund und im Einklang mit dem Grundgesetz. Das aber ist ein Thema für die Justiz. Wer wie Petry als Parteichefin [der AfD] Neonazis Grundrechte zuspricht, trifft eine politische, keine juristische Wertung. Wer wie sie behauptet, das Wort „Volk" dürfe in Deutschland heute so wenig entspannt verwendet werden wie das Wort „Deutschland" in der DDR, wohnt in einem anderen Land. „Dem deutschen Volke" steht am Reichstagsgebäude, im Grundgesetz kommt das Wort elfmal an entscheidender Stelle vor, und das höchste Ziel aller Parteien ist es, Volkspartei zu werden.

Frauke Petry zeigt etwas anderes, wenn sie sagt, „völkisch" müsse positiv besetzt werden. „Völkisch" ist nicht dasselbe wie Donald Trumps „Amerika zuerst". Es positiv zu besetzen wäre so, als ob die Linkspartei den Begriff „Diktatur" rehabilitieren wollte. Nazi-Kampfbegriffe sind nicht resozialisierbar. „Völkisch" beinhaltet als Kern nicht die Grundrechte, sondern Blutsrechte. Das Wort ist viel zu dicht mit Mordgesellen verknüpft, als dass jemand es heute bei Sinnen in den Mund nähme. Petry zeigt mit solchen Erwägungen die unaufhaltsame und unvermeidliche Drift in Richtung vergangener Zeiten, die sich rechts von der Union vollzieht, sobald dort jemand politisch zu Kräften kommt. Es gehört zur Wirklichkeit, dass Menschen und Parteien, die Begriffe wie „völkisch" sehnsüchtig im Kopf hin- und herwenden, auf Weggabeln zusteuern, deren vielfältige Konsequenzen sie zu spät erkennen.

Quelle: Krauel: Grundrechte statt Blutsrechte, in: WeltN24, 12.09.2016, abgerufen unter: www.welt.de/print/welt_kompakt/print_politik/article158066438/Grundrechte-statt-Blutsrechte.html [04.07.2017].

3. Diskutieren Sie Stabilität und Veränderung der Grundrechte im Hinblick auf Chancen und Gefahren, die sich dadurch ergeben. Orientieren Sie sich dabei an der Diskussion zur Veränderung des Artikels 3 aus dem Grundgesetz.

Das Grundgesetz ist keine statische Verfassung, die einmal erschaffen, allzeit in dieser Form fortbesteht, sondern es wurde durch beispielsweise gesellschaftliche Werteänderungen stetig modifiziert. Während sowohl im Kaiserreich als auch in der Weimarer Republik, in der Zeit des Nationalsozialismus und in der jungen BRD Homosexualität von der Mehrheit der Bevölkerung abgelehnt und über den § 175 StGB geahndet wurde – Abgeurteilte 1902–1918: 6 460; 1919–1932: 9 614; 1933–1943: 44 288; 1946–1969: 59 529; 1970–1994: 4 290 –, veränderte sich die politische und gesellschaftliche Sichtweise Ende der 1960er-Jahre radikal. 1994 wurde der „Schwulen-Paragraf" abgeschafft. Die Akzeptanz gegenüber Homosexuellen wuchs. Zug um Zug erhielten sie die gleichen Rechte wie heterosexuelle Paare. Ein im Jahre 2017 eingebrachter Gesetzesentwurf des Bundeskabinetts sieht die Rehabilitierung der durch den § 175 StGB verurteilten Homosexuellen vor. Seit dem 1. Oktober 2017 ist es homosexuellen Partnern in Deutschland möglich, eine Ehe miteinander einzugehen. Dennoch ist eine vollständige Gleichstellung noch nicht vollzogen, da weiterhin kontroverse Meinungen und Tabuisierungen in etlichen Bereichen, wie etwa dem Profisport, bestehen.

M 10

Pro und Kontra: Stimmen zur Ergänzung des Artikels 3 im Grundgesetz um die sexuelle Identität

Michael Sommer, von 2002 bis 2014 Bundesvorsitzender des Deutschen Gewerkschaftsbundes

Gewerkschaftliche Arbeit ist immer auch Kampf gegen Diskriminierung. Der Artikel 3 Grundgesetz muss um das Merkmal „sexuelle Identität" erweitert werden.

Quelle: Sommer zur „Aktion 3+ Lesben und Schwule in die Verfassung", zit. nach Timm: _ Benachteiligung von Lesben, Schwulen und Trans* in keinem Fall hinnehmbar, in: queer_Format, 24, 2011, S. 8.

Kenan Kolat, von 2005 bis 2014 Bundesvorsitzender der Türkischen Gemeinde in Deutschland e. V. (TGD)

Der in Art. 3 GG geregelte Gleichheitsgrundsatz war die Antwort auf die nationalsozialistische Selektions- und Verfolgungspolitik. Trotzdem wurden bei der Gründung unserer Verfassung 1949 weder Menschen mit Behinderung noch Homosexuelle in dem Gleichbehandlungskatalog berücksichtigt. [...] Ich möchte daran erinnern, dass der Gleichbehandlungskatalog jedoch bis heute keinen ausdrücklichen Diskriminierungsschutz für Lesben, Schwule und Transgender enthält. Hier besteht Handlungsbedarf. Eine Benachteiligung aufgrund der sexuellen Identität sollte verboten, und der Artikel 3 Abs. 3 GG um das Merkmal „sexuelle Identität" ergänzt werden.

Quelle: Kolat: 60 Jahre Grundgesetz – Entwicklungen im Zuge der Migration, Rede im Rahmen der Veranstaltung der TGD – 60 Jahre Grundgesetz der Bundesrepublik Deutschland, 25. März 2009 im Roten Rathaus, Berlin, S. 3, abgerufen unter: www.artikeldrei.de/dokumente/Kenan_Kolat_Rede.pdf [08.06.2017].

Dr. Beate Rudolf, Direktorin des Deutschen Instituts für Menschenrechte

Die Prinzipien der Gleichheit und Nichtdiskriminierung wurzeln in der Menschenwürde – in dem Anspruch jedes Menschen, als Verantwortungssubjekt respektiert zu werden, also als befähigt und dazu berufen, sich selbst und seinem eigenen Leben Sinn und Zweck zu geben. [...] Das Deutsche Institut für Menschenrechte befürwortet diese Änderung des Grundgesetzes [die Aufnahme des Merkmals „sexuelle Identität" in Artikel 3 Absatz 3 des Grundgesetzes] ausdrücklich. Es geht dabei um eine längst überfällige Klarstellung. Die Klarstellung ist nötig, weil nur ein solches ausdrückliches Diskriminierungsverbot unmissverständlich ein Unwerturteil zum Ausdruck bringt: Diskriminierungen wegen der sexuellen Identität können nicht hingenommen werden! Grundrechte sind in ihrer konkreten Formulierung Reaktionen auf Unrechtserfahrungen in einer Gesellschaft. Indem diese Unrechtserfahrung einzelner Menschen – ihre Diskriminierung wegen ihrer sexuellen Identität – explizit in das Grundgesetz aufgenommen wird, wird die Bekämpfung dieses Unrechts zu einem Anliegen aller Menschen in unserem Staat.

Quelle: Rudolf: Grußwort – Festakt 20 Jahre LSVD, abgerufen unter: www.artikeldrei.de/fileadmin/artikel3/dokumente/Grusswort_Beate_Rudolf_Festakt_20_Jahre_LSVD_09_04_2010.pdf [08.06.2017].

Prof. Dr. Klaus Gärditz, Universität Bonn

Die sexuelle Identität erfährt bereits im geltenden Recht umfangreichen Schutz [...]. Die Sexualität ist Teil der menschlichen Individualität und insoweit vom allgemeinen Persönlichkeitsrecht (Art. 2 Abs. 1 mit Art. 1 Abs. 1 GG) geschützt. [...] Insgesamt besteht also bereits durch das allgemeine Persönlichkeitsrecht ein umfangreicher und intensiver Schutz einer weit verstandenen sexuellen Identität gegenüber Beeinträchtigungen. [...] Der Gesetzentwurf beruft sich maßgeblich auf gegenwärtig noch fortbestehende Ausgrenzungen von Lesben, Schwulen, Bisexuellen, Transgender[n], transsexuellen und intersexuellen Menschen, die „Anfeindungen, gewaltsamen Übergriffen und Benachteiligungen ausgesetzt" seien. Jedenfalls gegen ehrverletzende Anfeindungen und gewaltsame Übergriffe besteht freilich schon jetzt hinreichender Schutz durch die allgemeinen Strafgesetze, auf deren Anwendung die in Rede stehende Verfassungsänderung keinen erkennbaren Einfluss hätte.

Quelle: Gärditz: Stellungnahme zum Entwurf eines Gesetzes zur Änderung des Grundgesetzes (Artikel 3 Absatz 3 Satz 1) – Anhörung des Rechtsausschusses des Deutschen Bundestags am 21. April 2010, abgerufen unter: www.artikeldrei.de/fileadmin/artikel3/dokumente/Stellungnahme_G__rditz.pdf [21.04.2017].

Marco Buschmann, von 2009 bis 2013 FDP-Bundestagsabgeordneter

Dieser Grundrechtekatalog ist für uns Liberale das Herz unserer Verfassung. Deshalb haben Anliegen mit dem Ziel, daran Änderungen vorzunehmen, für uns, wenn Sie den Vergleich erlauben, immer etwas von einer Operation am offenen Herzen. Solche Eingriffe darf man nicht leichtfertig vornehmen. Für uns als Liberale – das ist meine feste Überzeugung – ist es nur dann angemessen, einzugreifen, wenn es grundrechtliche Schutzlücken gibt, die wir schließen müssen. [...] Diese Frage ist zu verneinen. Denn in Deutschland fehlt es nicht am verfassungsrechtlichen Schutz der sexuellen Identität.

Quelle: Stenografische Berichte des Deutschen Bundestages, 20. Sitzung, 29. Januar 2010, S. 1796.

Elisabeth Winkelmeier-Becker, seit 2005 CDU-Bundestagsabgeordnete

Die Forderung nach Ergänzung des Grundgesetzes wird immer wieder aus unterschiedlichsten Gründen erhoben: neben der [...] geforderten Ergänzung von Art. 3 GG geht es hier um Kinderrechte, die deutsche Sprache, Sport oder Kultur. Ich befürworte diese Forderungen allesamt nicht. Nicht etwa, weil mir diese Anliegen nicht ebenfalls wichtig wären, sondern weil ich grundsätzlich skeptisch gegenüber Änderungen und Ergänzungen des Grundgesetzes, insbesondere des Grundrechtekatalogs, bin. [...] Die sexuelle Identität ist bereits jetzt umfassend und wirksam durch das allgemeine Persönlichkeitsrecht und den Gleichheitsgrundsatz geschützt.

Quelle: Winkelmeier-Becker: Änderung des Grundgesetzes Art. 3., Merkmal „sexuelle Identität“, in: elisabeth-winkelmeier-becker.de, abgerufen unter: www.elisabeth-winkelmeier-becker.de/index.php/mein-wahlkreis/buergeranfragen/1058-aenderung-des-grundgesetzes-art-3-merkmal-sexuelle-identitaet [04.07.2017].

4.

Vergleichen Sie die Einstellung polnischer und deutscher Jugendlicher zur Demokratie. Erörtern Sie mögliche Unterschiede und zeigen Sie Konsequenzen für die Lebensrealität des Einzelnen auf.

Die Jugendlichen von heute sind die politischen Akteure von morgen. Das Demokratieverständnis gerade junger Menschen ist ein Gradmesser für künftige politische Orientierungen und Wertevorstellungen, denn jede Demokratie verändert sich mit den Generationen und kann somit auch durch Unzufriedenheit oder politische Inaktivität gelähmt werden.

M 11

Einstellungen deutscher Jugendlicher

Zustimmung zur Demokratie und Vertrauen in die Politik in Prozent

	GESAMT	WEST	OST
Idee der Demokratie	87	88	84
Demokratie in der BRD	63	64	60
Rechtsstaatliche Institutionen	67	67	66
Parteienstaatliche Institutionen	44	44	45
Politiker/-innen	41	41	44
Vertrauen in Parteien	38	38	40
Vertrauen in die EU	45	45	45

Quelle: FES-Jugendstudie 2015.

M 12 Einstellungen polnischer Jugendlicher

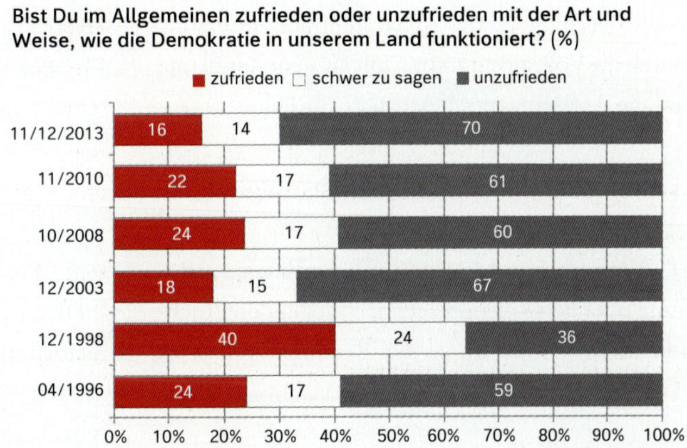

Quelle: Umfrage: Einstellungen zu Demokratie und Schule, abgerufen unter: www.bpb.de/internationales/europa/polen/193544/umfrage-einstellungen-zu-demokratie-und-schule?show=image&i=193546 [22.09.2017]

5.

Vergleichen Sie die Macht des Reichspräsidenten der Weimarer Republik mit der des Bundespräsidenten der BRD. Beurteilen Sie die Folgen für die Unantastbarkeit der Verfassungsprinzipien und für die Grundrechte im jeweiligen System.

Die Verfassungsprinzipien des Grundgesetzes sind unveränderlich verankert. Dies war bei der Weimarer Verfassung jedoch nicht der Fall. Das bereitete der NS-Diktatur einen idealen Boden. Doch auch schon vor den Nationalsozialisten konnten Rechte ausgehebelt werden. Ab 1930 nutzte Reichspräsident Hindenburg zunehmend den Artikel 48 der Reichsverfassung, um Präsidialkabinette einzusetzen und diese durch Notverordnungen zu unterstützen.

M 13 Reichspräsident der Weimarer Republik

Artikel 41 Weimarer Reichsverfassung

(1) Der Reichspräsident wird vom ganzen deutschen Volke gewählt.

(2) Wählbar ist jeder Deutsche, der das fünfunddreißigste Lebensjahr vollendet hat. [...]

Quelle: Verfassung des Deutschen Reichs, 1919

Artikel 43 Weimarer Reichsverfassung

(1) Das Amt des Reichspräsidenten dauert sieben Jahre. Wiederwahl ist zulässig.

(2) Vor Ablauf der Frist kann der Reichspräsident auf Antrag des Reichstags durch Volksabstimmung abgesetzt werden. Der Beschluß des Reichstags erfor-

dert Zweidrittelmehrheit. Durch den Beschluß ist der Reichspräsident an der ferneren Ausübung des Amtes verhindert. Die Ablehnung der Absetzung durch die Volksabstimmung gilt als neue Wahl und hat die Auflösung des Reichstags zur Folge.

(3) Der Reichspräsident kann ohne Zustimmung des Reichstags nicht strafrechtlich verfolgt werden.

Quelle: Verfassung des Deutschen Reichs, 1919

Artikel 48 Weimarer Reichsverfassung

(1) Wenn ein Land die ihm nach der Reichsverfassung oder den Reichsgesetzen obliegenden Pflichten nicht erfüllt, kann der Reichspräsident es dazu mit Hilfe der bewaffneten Macht anhalten.

(2) Der Reichspräsident kann, wenn im Deutschen Reiche die öffentliche Sicherheit und Ordnung erheblich gestört oder gefährdet wird, die zur Wiederherstellung der öffentlichen Sicherheit und Ordnung nötigen Maßnahmen treffen, erforderlichenfalls mit Hilfe der bewaffneten Macht einschreiten. Zu diesem Zwecke darf er vorübergehend die in den Artikeln 114, 115, 117, 118, 123, 124 und 153 festgesetzten Grundrechte ganz oder zum Teil außer Kraft setzen.

Quelle: Verfassung des Deutschen Reichs, 1919.

Bundespräsident der Bundesrepublik Deutschland

M 14

Artikel 59 Grundgesetz

(1) Der Bundespräsident vertritt den Bund völkerrechtlich. Er schließt im Namen des Bundes die Verträge mit auswärtigen Staaten. Er beglaubigt und empfängt die Gesandten.

(2) Verträge, welche die politischen Beziehungen des Bundes regeln oder sich auf Gegenstände der Bundesgesetzgebung beziehen, bedürfen der Zustimmung oder der Mitwirkung der jeweils für die Bundesgesetzgebung zuständigen Körperschaften in der Form eines Bundesgesetzes. Für Verwaltungsabkommen gelten die Vorschriften über die Bundesverwaltung entsprechend.

Quelle: Grundgesetz, Bonn 1949

Artikel 61 Grundgesetz

(1) Der Bundestag oder der Bundesrat können den Bundespräsidenten wegen vorsätzlicher Verletzung des Grundgesetzes oder eines anderen Bundesgesetzes vor dem Bundesverfassungsgericht anklagen. Der Antrag auf Erhebung der Anklage muß von mindestens einem Viertel der Mitglieder des Bundestages oder einem Viertel der Stimmen des Bundesrates gestellt werden. Der Beschluß auf Erhebung der Anklage bedarf der Mehrheit von zwei Dritteln der Mitglieder des Bundestages oder von zwei Dritteln der Stimmen des Bundesrates. Die Anklage wird von einem Beauftragten der anklagenden Körperschaft vertreten.

(2) Stellt das Bundesverfassungsgericht fest, daß der Bundespräsident einer vorsätzlichen Verletzung des Grundgesetzes oder eines anderen Bundesgesetzes schuldig ist, so kann es ihn des Amtes für verlustig erklären. Durch einstweilige Anordnung kann es nach der Erhebung der Anklage bestimmen, daß er an der Ausübung seines Amtes verhindert ist.

Quelle: Grundgesetz, Bonn 1949.

DAS WICHTIGSTE IN KÜRZE

Verfassungsprinzipien

Die **Verfassungsprinzipien** bilden die staatlichen Grundlagen der Bundesrepublik Deutschland. Sie sind einklagbar und binden die staatlichen Gewalten.

Das **Demokratieprinzip** sichert das Zusammenleben unter Berücksichtigung höchstmöglicher Persönlichkeitsentfaltung und selbstverantwortlicher Lebensgestaltung. „Alle Staatsgewalt geht vom Volke aus" (Artikel 20 Abs. 2 GG). Der staatliche Souverän ist somit das Volk. Das Demokratieprinzip sichert durch Wahlen der politischen Repräsentanten die Umsetzung des Volkswillens (**Legislative**). Hierdurch besteht auch eine abgeleitete Legitimation der Staatsorgane, wie etwa der Bundesregierung (**Exekutive**) oder des Bundesverfassungsgerichts (**Judikative**). Jede staatliche Gewalt muss sich entsprechend in einer Legitimationskette stets auf den Souverän rückführen lassen. Beispielsweise sind auf bayerischer Landesebene die Behörden, dazu gehören auch die Schulen, den Ministerien, etwa dem Bayerischen Staatsministerium für Bildung und Kultus, Wissenschaft und Kunst, unterstellt. Die Minister wiederum sind Teil der Landesregierung, die vom Ministerpräsidenten geleitet wird. Er wird vom Landtag gewählt, dessen Mitglieder vom bayerischen Landesvolk gewählt werden. Auf Bundesebene wird der Bundeskanzler von den Abgeordneten des Bundestages gewählt (Artikel 63 GG), die Bundestagsabgeordneten werden selbst vom Volk gewählt (Artikel 38 GG). **Demokratie** bedeutet auch Mehrheitsherrschaft, bei der jedoch die Minderheit geschützt ist, so gibt es zum Beispiel ein Recht auf Opposition. Dieser Mehrheitswille spiegelt sich in der Sitzverteilung des **Bundestages** oder auf Länderebene auch durch Volksabstimmungen. Maßgebend ist hierfür die Chancengleichheit aller **Parteien** und die Sicherstellung der offenen politischen Diskussion (Artikel 5, Artikel 8 und Artikel 9 GG).

Die **Bundesrepublik Deutschland** ist ein **Bundesstaat** (**föderaler** Staat). Dies zeigt sich in der Aufteilung der Staatsgewalt in eine Zentralinstanz (Bund) und die einzelnen Teilstaaten (**16 Bundesländer bzw. Stadtstaaten**). Andere Bundesstaaten sind zum Beispiel die Schweiz, Österreich, Kanada, Indien. Das Gegenteil eines Bundesstaates ist ein Zentralstaat (auch Einheitsstaat genannt), in dem die Staatsgewalt über das gesamte Staatsgebiet zentral organisiert wird; Einzelstaaten existieren dabei nicht (z. B. Israel, Frankreich). Ebenfalls vom Bundesstaat zu unterscheiden ist der **Staatenbund**, bei dem sich mehrere souveräne Staaten zusammenschließen, ohne jedoch ihre Autonomie aufzugeben; der Staatenbund ist somit kein wirklicher Staat, da er auch über kein eigenes Gebiet und keine eigenen Staatsbürger verfügt. Eine Besonderheit besteht bei der Europäischen Union, da sie sowohl den Aufbau eines Staatenbundes zeigt, gleichwohl in die innenpolitischen Interessen der Mitgliedsstaaten eingreifen darf. Aus diesem Grund bezeichnet man die EU als **Staatenverbund**. Das **Bundesstaatsprinzip** zeigt sich vor allem in der staatlichen Qualität sowohl des Bundes als auch der **Bundesländer**, denn in beiden Fällen existieren ein klar umrissenes Staatsgebiet, ein Staatsvolk und eine Staatsgewalt, wobei die Bundesländer keine eigene völkerrechtliche Souveränität genießen. Die Bundesländer haben in ihrem eigenen Bereich Organisationshoheit und Verfassungsautonomie (z. B. für das Schulwesen, vgl. USA). Auch wird bei Gesetzgebung und Verwaltung sehr genau zwischen den Kompetenzen des Bundes und der Länder unterschieden. Das Prinzip der Bundestreue sichert einen rücksichtsvollen Umgang zwischen Bund und Ländern. **Legislativorgan** der Bundesländer auf Bundesebene ist der **Bundesrat**, der bei Länderinteressen ein Mitspracherecht bei der Gesetzgebung

DAS WICHTIGSTE IN KÜRZE

sichert. Hierbei wird unterschieden zwischen Zustimmungsgesetzen (z. B. Gesetze, die das Grundgesetz ändern; Gesetze, die den Ländern die Errichtung von Behörden abverlangt; Gesetze, die den Haushalt der Länder und Gemeinden tangieren), bei denen der Bundesrat einwilligen muss, und Einspruchsgesetzen, bei denen es keiner Zustimmung des Bundesrates bedarf, dieser jedoch Einspruch einlegen darf. Bei Unstimmigkeiten kann der Vermittlungsausschuss eingeschaltet werden. Beispielsweise sind Gesetze zum Bildungswesen meist Zustimmungsgesetze, da Bildung auch der Länderhoheit zufällt, während legislative Maßnahmen im Bereich der Außenpolitik oder der Landesverteidigung zu den Einspruchsgesetzen zählen.

Das **Sozialstaatsprinzip** bedeutet die durch staatliches Handeln sicherzustellende Herstellung und Erhaltung sozialer Sicherheit und Gerechtigkeit. Hierbei soll soziale Sicherheit die für gewöhnlich unverschuldeten Lebensrisiken und deren Folgen für den Einzelnen abfedern (z. B. System der **Sozialversicherung**). Die soziale Gerechtigkeit konzentriert sich jedoch vor allem auf die faire und gerechte Behandlung der sozial Schwachen im Wirtschaftsrecht (z. B. Miet- und Arbeitsrecht, Bildungspolitik). Hierdurch bemüht sich der Staat um eine rechtliche, aber auch tatsächliche Chancengleichheit der Bürger. Mit sozialer Gerechtigkeit ist dagegen vor allem der „Schutz des Schwächeren" im Wirtschaftsrecht gemeint (z. B. im Miet- und Arbeitsrecht, aber auch in der staatlichen Wirtschafts- und Bildungspolitik). Sozialstaatlichkeit ist vom Wohlfahrtsstaat skandinavischer Prägung zu unterscheiden.

Vor allem durch die Willkür der absolutistischen Monarchien bildete sich im Zuge der Aufklärung im 17. und 18. Jahrhundert die Vorstellung einer rechtlichen Grundlage und Absicherung, der sich auch die Herrscher unterzuordnen hätten. Basierend auf Immanuel Kants kategorischem Imperativ („Handle nur nach derjenigen Maxime, durch die du zugleich wollen kannst, dass sie ein allgemeines Gesetz werde.") entwickelte sich in Europa ein System der elementaren Freiheits- und Gleichheitsrechte. Heute ist die Rechtsstaatlichkeit mit der Vorstellung des Verfassungsstaates identisch. Das **Rechtsstaatsprinzip** bindet alle staatliche Gewalt in rechtlicher Hinsicht. Als Grundlage dienen das Grundgesetz und alle davon abgeleiteten erlassenen Gesetze mit dem Ziel, Menschenwürde, Freiheit und Gerechtigkeit zu sichern. Der Bürger soll nicht der Willkür staatlichen Handelns ausgesetzt sein. Dabei gliedert sich das Rechtsstaatsprinzip in verschiedene Unterprinzipien. Die wichtigsten sind: **Menschenrechte**, **Gewaltenteilung**, Vorrang und Vorbehalt des Gesetzes, Rechtssicherheit, Garantie des Zusammenlebens der Menschen in gleicher persönlicher Freiheit und materieller Gerechtigkeit, Verhältnismäßigkeitsprinzip und das Gebot effektiven Rechtsschutzes.

Das **Gewaltenteilungsprinzip** teilt die Staatsmacht auf drei verschiedene „Gewalten" auf: Gesetzgebung (**Bundestag** und **Bundesrat** auf Bundesebene), vollziehende Gewalt (**Regierung** und Verwaltung) und Rechtsprechung (Gerichte, etwa das **Bundesverfassungsgericht**). Mit ihren aus dem Lateinischen hergeleiteten Namen heißen die drei Gewalten **Legislative** (= Gesetzgebung), **Exekutive** (= vollziehende Gewalt) und **Judikative** (= Rechtsprechung). Das Gewaltenteilungsprinzip stammt aus dem 18. Jahrhundert (die beiden bekannten Vertreter: John **Locke** und Charles-Louis de Secondat, Baron de La Brède de **Montesquieu**) und verfolgt das Ziel, eine Machtkonzentration zu verhindern, indem die Staatsverantwortung auf mehrere verschiedene Instanzen verteilt wird, die sich gegenseitig kontrollieren (System der „Checks and Balances"). Beispielsweise kontrolliert der Bundestag als **Legislativorgan** nicht nur die Bundesregierung,

DAS WICHTIGSTE IN KÜRZE

sondern er kann den Bundeskanzler auch vorzeitig durch ein **konstruktives Misstrauensvotum** (vgl. Kapitel 1.4) seines Amtes entheben. Der Grundsatz der Gewaltenteilung zieht teilweise auch eine personelle Unvereinbarkeit von Ämtern verschiedener Gewalten nach sich (sogenannte Inkompatibilität). Diese kennt allerdings viele Ausnahmen, so darf der **Bundeskanzler** (**Exekutivorgan**) auch als Abgeordneter dem **Bundestag** (**Legislativorgan**) angehören. Es wird in der Bundesrepublik Deutschland zudem zwischen horizontaler (Judikative, Legislative und Exekutive) und vertikaler bzw. föderativer Gewaltenteilung, die die Aufteilung rechtlicher Kompetenzen zwischen Bund, Ländern und Kommunen regelt, unterschieden.

Grundrechte

Eine demokratische Staatsgewalt muss stets die Interessen der Bürger im Auge behalten. So muss der Staat die Individualität des Einzelnen schützen, gleichzeitig aber auch die Notwendigkeiten zum Zusammenleben aller im Staatsgebiet lebenden Menschen sichern.

Das **Grundgesetz** gewährleistet diese Selbstbestimmung des Einzelnen durch den Schutz der **Menschenwürde** und durch das Bekenntnis zu unverletzlichen und unveräußerlichen Menschenrechten. Ohne diese Gewährleistung stünden diktatorischen Herrschaften Tür und Tor offen (vgl. Deutsches Reich 1919–1945, insbesondere die NS-Diktatur).

Grundrechte sind grundlegende, individuelle Rechte, die im Grundgesetz gleich zu Beginn genannt und garantiert werden, wodurch sich die herausgehobene Stellung für das staatliche Tun zeigt. So binden sie den Staat unmittelbar und schränken die Macht des Staates gegenüber dem Einzelnen ein. Der Staat darf nicht willkürlich handeln und der Bürger hat Abwehrrechte gegenüber dem Staat. Alle Gesetze müssen grundrechtskonform sein. Die Grundrechte gelten für alle natürlichen und juristischen Personen im Staatsgebiet. Die Grundrechte sind zu unterscheiden in **Freiheitsrechte**, die es dem Einzelnen ermöglichen, im vorgegebenen Rahmen zu handeln, wie er will (z. B. Artikel 2 Abs. 1, Artikel 8 und Artikel 9 GG), **Gleichheitsrechte**, die sichern, dass gleiche Sachverhalte rechtlich gleich und ungleiche Sachverhalte rechtlich ungleich zu behandeln sind (z. B. Artikel 3 Abs. 1, Artikel 6 Abs. 5 GG), und Institutionsgarantien, die etwa der Institution Ehe und Familie (Artikel 6 GG) und der Presse (Artikel 5 Abs. 1 GG) feste Rechte zugestehen. Eine weitere Unterscheidung besteht zwischen Menschenrechten, die sich auf jeden beziehen, und Bürgerrechten, die nur für Personen mit deutscher Staatsbürgerschaft gelten. Grundrechte können auch eingeschränkt werden. Diese Einschränkung muss aber verhältnismäßig sein. So können diese Einschränkungen bereits im Gesetzestext des Grundgesetzes enthalten sein (vgl. Artikel 2 Abs. 1, Artikel 5 Abs. 2, Artikel 8 Abs. 1, 9 Abs. 2 GG) oder durch ein Gesetz, auf das das Grundgesetz verweist, beschnitten werden (vgl. z. B. Artikel 4 Abs. 3, Artikel 8 Abs. 2, Artikel 13 Abs. 3 GG), oder bei Grundrechten vollzogen werden, die sich im Einzelfall gegenseitig Konkurrenz machen (mit Ausnahme von Artikel 1 Abs. 1 GG).

FESTIGUNG – VERTIEFUNG

Weitere Herangehensweisen

- Diskutieren Sie die Folgen für Sie selbst, wenn die Grundrechte nicht einklagbar wären.
- Erörtern Sie, weshalb die Verfassungsprinzipien und die Gewaltenteilung eine schnelle politische Entscheidungsfindung erschweren. Zeigen Sie hierbei auch die Vorteile auf.

Vertiefende Aspekte

- „Autoritätshörigkeit ist der Feind der Demokratie." Untersuchen Sie diesbezügliche Einstellungen in ausländischen Demokratien (vgl. H 1).
- Beurteilen Sie, inwieweit die Föderalismusreform von 2006 ein effizienteres Regieren auf Bundes- und Länderebene ermöglichte (vgl. H 2, H 3).
- „Das Grundgesetz muss im Rahmen einer europäischen Verfassungsvereinigung aufgelöst werden." Nehmen Sie zu dieser Behauptung Stellung (vgl. H 4).
- „Recht und Gerechtigkeit sind auch in einem Rechtsstaat häufig nicht deckungsgleich." Diskutieren Sie diese Aussage (vgl. H 5). Sie können diesen Arbeitsauftrag fächerübergreifend bearbeiten, z. B. kombiniert mit dem Fach Ethik/Religion, aber auch gegebenenfalls mit Pädagogik/Psychologie und Rechtslehre.

Weiterführende Quellen und Hinweise

H 1 Rathkolb, Oliver: Neuer Politischer Autoritarismus, in: APuZ 44–45/2011, S. 56–62. Rathkolb vergleicht und interpretiert Umfrageergebnisse in Österreich, Polen, Tschechien und Ungarn zu autoritären Einstellungen.

H 2 Scharpf, Fritz W.: Föderalismusreform: Weshalb wurde so wenig erreicht?, in: APuZ 50/2006, S. 6–11. Scharpf setzt sich mit den Ergebnissen der Föderalismusreform auseinander und kommt zu einem ernüchternden Ergebnis.

H 3 Reutter, Werner: Regieren nach der Föderalismusreform, in: APuZ 50/2006, S. 12–17. Reutter setzt sich mit den Folgen der Föderalismusreform auseinander und sieht weiterhin die Notwendigkeit, Kompromisslösungen zu finden.

H 4 Weinacht, Paul-Ludwig: Die Verfassungsprinzipien des Grundgesetzes im Licht der europäischen Integration, Baden-Baden, Nomos Verlagsgesellschaft, 2003. In diesem Buch zeigt der Autor die Schwierigkeiten auf, das Grundgesetz in einen europäischen Bundesstaat einzubinden.

H 5 Schöneburg, Volkmar: Der demokratische und soziale Rechtsstaat – Anspruch und Wirklichkeit, in: Weipert, Axel (Hg.): Demokratisierung von Wirtschaft und Staat – Studien zum Verhältnis von Ökonomie, Staat und Demokratie vom 19. Jahrhundert bis heute, Berlin, NORA Verlag, 2014, S. 49–59. Schöneburg setzt sich in seinem Aufsatz pointiert mit der Problematik der Rechtsstaatlichkeit in einem Sozialstaat auseinander.

1.4 Verfassungsstruktur und -organe

Forschungsinteresse und Kompetenzerwerb

Wer hat in der Bundesrepublik Deutschland das Sagen? Was ist der Unterschied zwischen dem Bundeskanzler und dem Bundespräsidenten? Wie kommen Gesetze zustande, und warum kann das Bundesverfassungsgericht dafür sorgen, dass bestehende Gesetze geändert werden müssen? Was ist die Rolle des Bundesrats in diesem komplexen System? All diese Fragen tauchen in unserem alltäglichen Leben auf. Am Ende dieser Sequenz sind Sie in der Lage, das Zusammenspiel und die gegenseitige Kontrolle der Verfassungsorgane der Bundesrepublik Deutschland zu verstehen und zu bewerten. Zudem sind Ihnen als mündige Staatsbürgerin oder mündiger Staatsbürger die Zusammenhänge zwischen Exekutive, Legislative und Judikative bekannt. Auf dieser Grundlage können Sie beurteilen, inwieweit das politische System in der Lage ist, auf aktuelle politische und gesellschaftliche Herausforderungen zu reagieren.

Vorgehen

Sie verbringen ein Schuljahr als Austauschschülerin oder Austauschschüler in einem außereuropäischen Land. Auf Ihrer neuen Schule werden Sie im Politikunterricht gebeten, mit einer Präsentation Ihre Mitschülerinnen und Mitschüler über die Verfassungsorgane der Bundesrepublik Deutschland zu informieren. Sie entscheiden sich dafür, mit einer klassischen grafischen Darstellung der Verfassungsorgane und ihrer Einteilung in Legislative, Exekutive und Judikative zu beginnen, um einen Überblick über sämtliche wichtigen Institutionen zu erlangen. Anhand einer Grafik zur Bundestagswahl und eines Informationstextes zum Wahlsystem ARBEITEN Sie die Besonderheiten des komplexen deutschen Wahlsystems, nämlich der personalisierten Verhältniswahl, HERAUS. Nun wenden Sie sich dem Bundestag zu. Sie ANALYSIEREN mithilfe einer Grafik die Organisation des Deutschen Bundestags. In diesem Zusammenhang beschäftigen Sie sich auch mit der Rolle der einzelnen Abgeordneten und der Fraktionen. Nun wenden Sie sich dem zweiten legislativen Organ der Bundesrepublik Deutschland zu – dem Bundesrat. Hier ANALYSIEREN Sie anhand eines wissenschaftlichen Textes, wie der Bundesrat aufgebaut ist und welche Rolle er im Gesetzgebungsverfahren spielen kann.

Anschließend INFORMIEREN Sie sich über die Exekutive, also die Bundesregierung, bestehend aus dem Bundeskanzler und den Bundesministern. Sie beginnen mit einer Übersicht über die deutschen Regierungschefs. Im Anschluss daran INFORMIEREN Sie sich über Zusammensetzung und Aufgabenverteilung der Bundesregierung. Nun beschäftigen Sie sich mit dem Bundespräsidenten. Ihr Fokus liegt auf der Wahl und den Aufgaben des Bundespräsidenten. Beide Aspekte vergleichen Sie für alle Vertreter der Exekutive auf Bundesebene. Als Letztes wenden Sie sich dem Bundesverfassungsgericht zu.

Als Arbeitshilfe finden Sie im hinteren Teil des Lehrwerks eine Übersicht über verschiedene Methodentechniken. Nutzen Sie diese Möglichkeit.

PRÄSENTIEREN **Sie nun Ihre Ergebnisse und** BEREITEN **Sie sich so auf Ihren Vortrag** VOR, **dass Sie auf Rückfragen eingehen können.**

Materialauswahl

Viele Aspekte des Zusammenwirkens der Verfassungsorgane erschließen sich durch die Betrachtung von Schaubildern. Vertiefend beschäftigen Sie sich mit Informationen aus darstellenden Texten, die politikwissenschaftlichen Veröffentlichungen sowie den Homepages der jeweiligen Verfassungsorgane entnommen sind. Die Auseinandersetzung mit Auszügen aus dem Grundgesetz ist für ein umfassendes Verständnis des Zusammenwirkens der staatlichen Institutionen der Bundesrepublik Deutschland unerlässlich.

1. Verschaffen Sie sich einen Überblick über die Verfassungsorgane. Recherchieren Sie zu der Einteilung in Exekutive, Legislative und Judikative sowie zu den Aufgaben der einzelnen Organe.

M 1 Die Verfassung der Bundesrepublik Deutschland

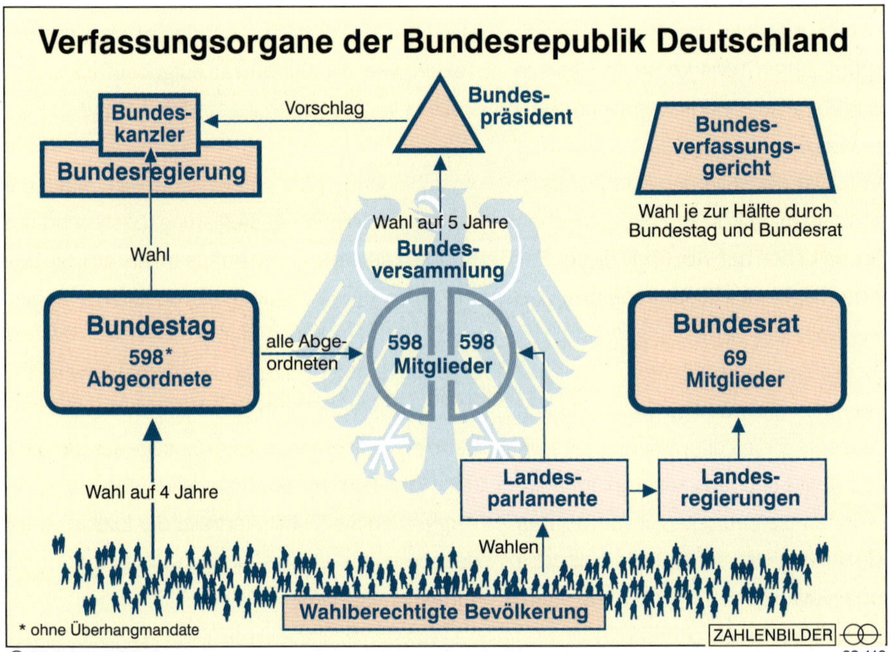

© Erich Schmidt Verlag 62 110

2. Arbeiten Sie die Besonderheiten der personalisierten Verhältniswahl heraus und skizzieren Sie Aufbau und Aufgaben des Deutschen Bundestags.

M 2 Wie wird der Deutsche Bundestag gewählt?

Mit der Erststimme wählt man einen Abgeordneten seines Wahlkreises. [Man bestimmt also, wer einen ganz persönlich im Parlament vertreten soll.] [...] Ursprünglich war mit dieser Direktwahl die Erwartung verbunden, dass die Persönlichkeit des jeweiligen Kandidaten im Vordergrund der Wahlmotivation des Bürgers steht. In der Praxis hat sich aber erwiesen, dass auch Wahlen in den Wahlkreisen zuallererst Parteiwahlen sind. Das heißt, dass weniger die Person entscheidend ist als die Partei, für die sie kandidiert. Deshalb haben Einzelbewerber und kleine Parteien in der bundesdeutschen Realität nur geringe Chancen, Direktmandate zu erringen.

Der Kandidat, der im Wahlkreis die meisten Stimmen bekommt, hat damit das Direktmandat gewonnen und ist zum Bundestagsabgeordneten gewählt – unabhängig davon, wie seine Partei ansonsten bei den Wahlen abschneidet. Sein Mandat kann ihm niemand mehr nehmen. Denn er besitzt das Vertrauen der meisten Wähler seines Wahlkreises. [Und jeder Wahlkreis soll im Bundestag Gewicht und Gesicht haben.] Nur für den Ausnahmefall, dass zwei Kandidaten zufällig haargenau dieselbe Stimmenzahl erreichen, entscheidet das Los darüber, wer von beiden in den Bundestag ziehen darf. Dieser Fall ist aber nach Auskunft des Bundeswahlleiters bislang noch nie eingetreten.

[...] Mit der Zweitstimme bestimmt der Wähler grundsätzlich, in welchem Kräfteverhältnis die Parteien im Bundestag vertreten sind. Sie ist die Entscheidungsstimme auch darüber, welche Parteien nach der Wahl im Parlament die Regierung bilden und den Bundeskanzler oder die Bundeskanzlerin stellen können und welche Parteien den Oppositionspart übernehmen. Da bei der Zweitstimme wirklich jede Stimme zählt, kommen durch sie auch kleinere Parteien zum Zuge, die üblicherweise bei der Mehrheitswahl kaum Chancen haben. Allerdings muss die Partei bundesweit mindestens fünf Prozent aller gültigen Wählerstimmen erreichen.

Quelle: Deutscher Bundestag (Hg.): Stichwort Wahlen 2013, S. 10 f.

M 3 Übersicht über die Wahl zum Deutschen Bundestag

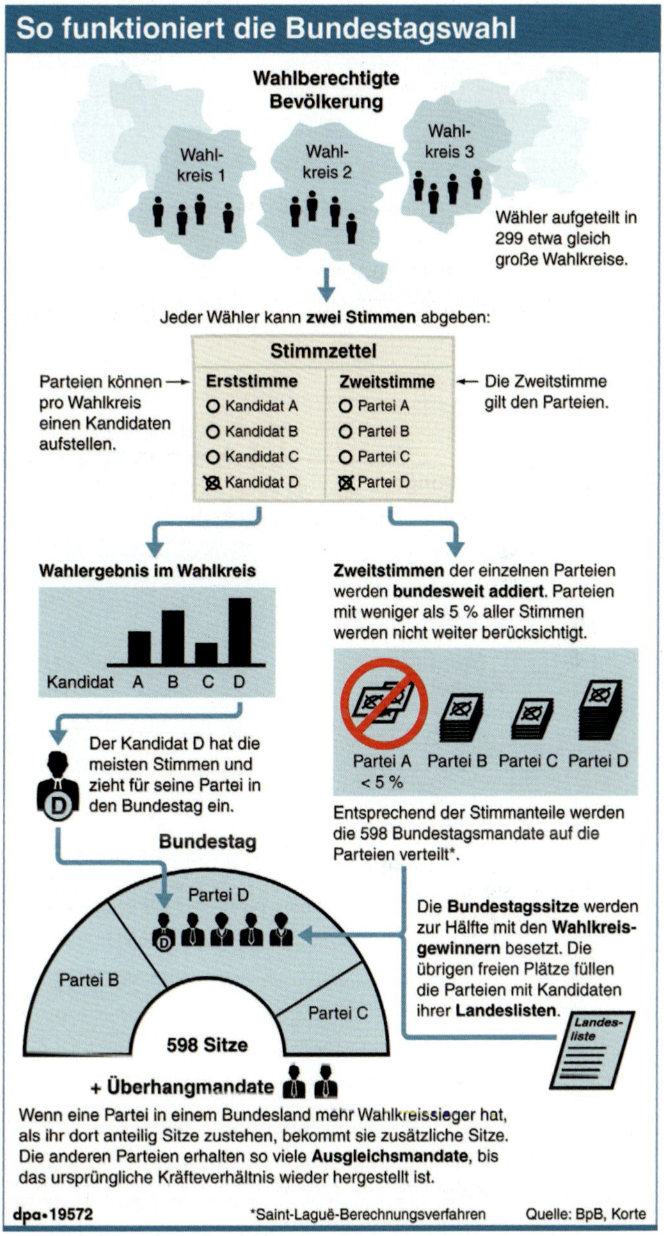

Die Organisation des Deutschen Bundestags

M 4

 64 110

Von der Arbeit, die im Parlament – dem Bundestag – anfällt, wird ein großer Teil nicht im Plenum aller Abgeordneten erledigt, sondern in Ausschüssen: Die ständigen Ausschüsse werden immer zu Beginn einer Legislaturperiode für ihre gesamte Dauer gebildet und entsprechen in ihrer Besetzung der prozentualen Verteilung der Fraktionen im Bundestag. In den Ausschüssen arbeiten die Abgeordneten an einem Teilgebiet mit großer fachlicher Tiefe. Beispielsweise gibt es einen Ausschuss Digitale Agenda, einen Ausschuss für die Angelegenheiten der Europäischen Union oder den Finanzausschuss. Die Abgeordneten im Ausschuss sind in ihren Fraktionen jeweils die Experten für das entsprechende Teilgebiet. Um diesem Anspruch gerecht zu werden, lassen sich die Ausschüsse meist von Fachleuten beraten und informieren, wobei sie ein Thema aus möglichst allen Perspektiven beleuchten, bevor sie einen Gesetzesvorschlag ausarbeiten. Dieser wird zunächst im Ausschuss abgestimmt, und die Abgeordneten prüfen, ob und wie sich eine Mehrheit für den Gesetzesvorschlag finden lässt. Erst wenn diese Vorarbeiten erledigt sind, wird der Gesetzesvorschlag tatsächlich in den Bundestag eingebracht, wo dann von allen Parlamentariern darüber abgestimmt wird. Aufgrund der Fülle an Themen sind diese dabei auf den Rat der Experten aus den Ausschüssen angewiesen.

M 5 Die Abgeordneten

Artikel 38 Abs. 1 GG

Die Abgeordneten des Deutschen Bundestages werden in allgemeiner, unmittelbarer, freier, gleicher und geheimer Wahl gewählt. Sie sind Vertreter des ganzen Volkes, an Aufträge und Weisungen nicht gebunden und nur ihrem Gewissen unterworfen.

M 6 Die Rolle der Fraktionen

Der Ruf der Bundestags- und Landtagsfraktionen ist nicht der beste. Oft sehen sie sich dem Vorwurf ausgesetzt, der Wille der Fraktion stünde über dem der Abgeordneten, denn ihre Mitglieder seien in der Mandatsausübung weniger ihrem Gewissen als vielmehr der Fraktionsdisziplin verpflichtet. Angeprangert wird damit eine der mehrheitlich getroffenen Fraktionsentscheidung faktisch innewohnende „Beugekraft" gegenüber der in der Abstimmung unterlegenen Minderheit der Fraktionsmitglieder, die das nach der Verfassung doch eigentlich freie Mandat des Abgeordneten (Artikel 38 Absatz 1 Satz 2 Grundgesetz) untergrabe. Auch die Anfang 2012 von den Bundestagsfraktionen der CDU/CSU, FDP und SPD – jedenfalls von den jeweiligen Mehrheiten in den Fraktionen – geplante Reform des Rederechts von Bundestagsabgeordneten war großer Kritik ausgesetzt. Anlass war die Gewährung von (jeweils fünf Minuten) Redezeit für je einen „Abweichler" aus der CDU/CSU- und der FDP-Fraktion durch den Bundestagspräsidenten Norbert Lammert in der Debatte zum Euro-Rettungsschirm. Mit der geplanten Änderung der Geschäftsordnung des Bundestages (GeschO BT) sollte „die Gewährung von Redezeit außerhalb von Fraktionskontingenten" – mit anderen Worten: das Rederecht für Abgeordnete mit von der Fraktionslinie abweichender Meinung – neu geregelt werden. Nach einem Beschluss des Ausschusses für Wahlprüfung, Immunität und Geschäftsordnung sollte der für die Verteilung der Redezeit zuständige Parlamentspräsident künftig nur noch „im Benehmen mit den Fraktionen weiteren Rednern (...) das Wort für in der Regel drei Minuten erteilen" können. Doch scheiterte das Vorhaben nicht zuletzt am öffentlichkeitswirksamen Widerstand zahlreicher Abgeordneter, auch aus den eigenen Reihen.

Daran zeigt sich zugleich, dass das grundgesetzlich verbürgte freie Mandat der Abgeordneten nicht lediglich eine unerfüllbare Erwartungshaltung formuliert, sondern sich die Minderheit auch gegen den einmal formulierten (Mehrheits-) Willen der Fraktionen mitunter sogar durchsetzen kann: Die Chancen der Minderheit, zur Mehrheit zu werden, enden nicht mit der Beschlussfassung in der Fraktion. Es verdient daher nähere Betrachtung, was die Fraktionen bei der Organisation parlamentarischer Politik leisten und welche Möglichkeiten der Einflussnahme sie ihren innerfraktionellen Minderheiten generell einräumen.

Quelle: Bäcker: Der Wille der Fraktion, in: APuZ Parlamentarismus, 38–39/2012, S. 43 f.

3. Analysieren Sie den Aufbau des Bundesrats und seine Rolle bei der Gesetzgebung.

M 7

Mitregent und Vetospieler: der Bundesrat

Die Bundesländer und die Ministerpräsidenten an ihrer Spitze spielen eine […] wichtige politische Rolle, […] [denn ohne sie] geht im Beziehungsgeflecht von Bund und Ländern in der Tat wenig. Besonders großen Einfluss erlangen die Länder auf die Bundespolitik durch den Bundesrat, ihre Vertretung auf Bundesebene. Durch den Bundesrat wirkt insbesondere die Exekutive der Länder maßgeblich bei der Gesetzgebung und der Verwaltung des Bundes mit. […] Der Bundesrat ist weder eine Ständevertretung noch ein Parlament und auch keine zweite Kammer des Parlaments. Insoweit trifft seine Einstufung als „The <Quiet> Second Chamber“ nicht zu. Gewiss: Der Bundesrat wirkt eher im Stillen, im Sinne von „quiet politics“, anstelle von öffentlichkeitswirksamer, geräuschvoller Politik („noisy politics“). Doch ist er ein Verfassungsorgan der besonderen Art. Er ist keine Parlamentskammer, sondern eine Kammer der Exekutive, ein bürokratischer Rat, der sich aus Mitgliedern der Regierungen der Länder zusammensetzt, die mit imperativem Mandat ausgestattet sind und ihre Stimmen en bloc abgeben. […] Derzeit beträgt die Gesamtzahl der Stimmen im Bundesrat 69. Die Zahl der Stimmen, die jedes Land im Bundesrat führt, variiert mit der Bevölkerungsgröße der Länder […]. In Deutschland führt jedes Land im Bundesrat mindestens drei Stimmen, so schreibt es der Grundgesetzartikel 51 II vor. Länder mit mehr als zwei Millionen Einwohnern haben vier, Länder mit mehr als sechs Millionen fünf und Gliedstaaten mit mehr als sieben Millionen Einwohnern seit 1990 sechs Stimmen. […]

Divergierende Mehrheiten im Bundesrat und Bundestag sind folgenreich: Die Bundestagsopposition kann nämlich im Verein mit der Bundesratsmehrheit an Vorhaben der Bundesregierung mitregieren, wenn sie die Länderregierungen ihrer parteipolitischen Färbung auf ihre Seite bringt und die Bundesregierung kompromissbereit ist. Doch auch die Blockade der Gesetzgebung durch die Bundesratsmehrheit ist unter diesen Bedingungen möglich. […] Die Bundesländer spielen über den Bundesrat in der Bundesgesetzgebung eine sehr wichtige Rolle – eine auch international außergewöhnliche Konstellation. Wie stark der Bundesrat an der Bundesgesetzgebung mitregiert, hängt allerdings davon ab, ob eine Grundgesetzänderung, ein Zustimmungsgesetz oder ein Einspruchsgesetz zu beschließen ist. Eine Verfassungsänderung erfordert […] die Zweidrittelmehrheit der Bundesratsstimmen […]. [Dies macht] die Länderkammer zu einem Vetospieler, von dessen ausdrücklicher Zustimmung die Verfassungsänderung abhängt. Auch bei Zustimmungsgesetzen hat der Bundesrat eine Vetoposition. […] Ein Zustimmungsgesetz erfordert die ausdrückliche Zustimmung der Mehrheit der Stimmen des Bundesrats, andernfalls ist das Gesetz gescheitert. Auch diese Regel macht die Länderkammer zu einem Vetospieler. Doch im Unterschied zur Grundgesetzänderung, die eine Zweidrittelmehrheit verlangt, genügt in diesem Fall die einfache Mehrheit der Bundesratsstimmen. Handelt es sich nicht um zustimmungspflichtige Gesetze, sondern um Einspruchsgesetze, sind die Mitregierungschancen des Bundesrates geringer. In diesem Falle kann der Bundesrat gegen das vom Bundestag beschlossene Gesetz Einspruch einlegen.

Quelle: Schmidt: Das politische System Deutschlands, 2016, S. 203 ff.

4. Informieren Sie sich über die Wahl, die Zusammensetzung und die Arbeitsprinzipien der Bundesregierung.

M 8

Deutsche Bundeskanzler seit 1949

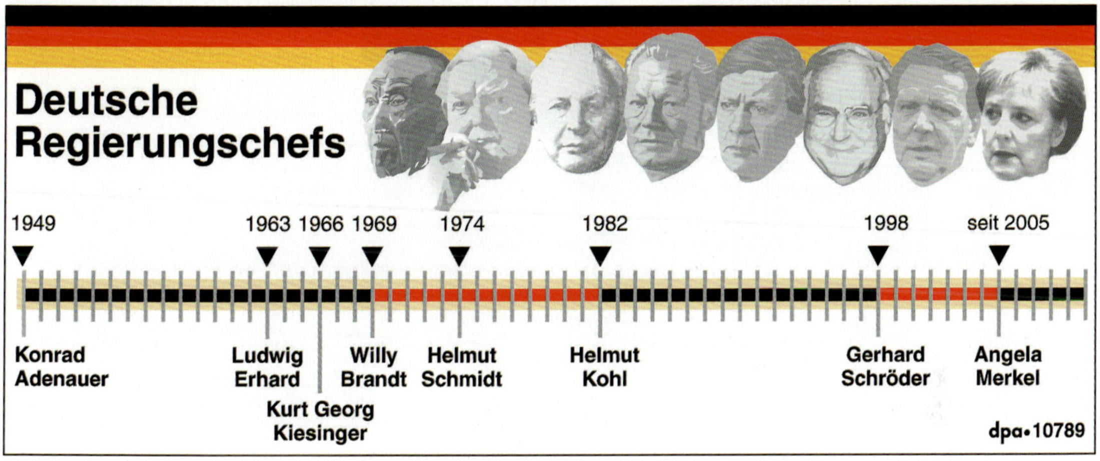

Die Bundesregierung als Verfassungsorgan

Die Bundesregierung der Bundesrepublik Deutschland, das sogenannte Bundeskabinett, ist ein Verfassungsorgan. Ihre Aufgaben sind im Grundgesetz in den Artikeln 62 bis 69 geregelt. Sie besteht aus der Bundeskanzlerin/dem Bundeskanzler und den Bundesministerinnen/den Bundesministern. Die Bundeskanzlerin/Der Bundeskanzler wird vom Bundestag ohne Aussprache gewählt. Die Bundesminister/-innen werden auf Vorschlag der Bundeskanzlerin/des Bundeskanzlers von der Bundespräsidentin/vom Bundespräsidenten ernannt und entlassen.

Die Richtlinien der Politik werden von der Bundeskanzlerin/vom Bundeskanzler bestimmt; sie/er verfügt also über die Richtlinienkompetenz. Jede Bundesministerin/Jeder Bundesminister ist im eigenen Ressort für die Ausgestaltung der Politik in ihrem/seinem Bereich zuständig. Hier spricht man von der Ressortkompetenz. Sollten sich die Kompetenzbereiche der Minister/-innen überschneiden, wird im Rahmen des Bundeskabinetts über das weitere Vorgehen entschieden.

Im Gegensatz zu Ländern wie beispielsweise den USA obliegt die Befehls- und Kommandogewalt über die Streitkräfte im Friedensfall der Verteidigungsministerin/dem Verteidigungsminister.

Wahl und zentrale Arbeitsprinzipien von Bundeskanzler/-in

M 9

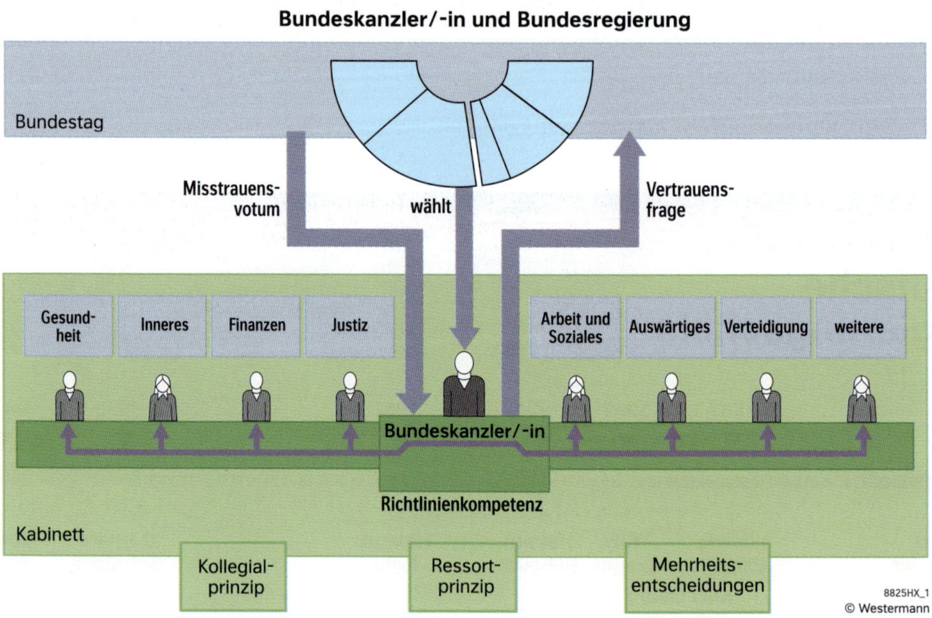

Konstruktives Misstrauensvotum

M 10

Artikel 67 Abs. 1 GG

Der Bundestag kann dem Bundeskanzler das Mißtrauen nur dadurch aussprechen, dass er mit der Mehrheit seiner Mitglieder einen Nachfolger wählt und den Bundespräsidenten ersucht, den Bundeskanzler zu entlassen. Der Bundespräsident muss dem Ersuchen entsprechen und den Gewählten ernennen.

Vertrauensfrage

M 11

Artikel 68 Abs. 1 GG

Findet ein Antrag des Bundeskanzlers, ihm das Vertrauen auszusprechen, nicht die Zustimmung der Mehrheit der Mitglieder des Bundestages, so kann der Bundespräsident auf Vorschlag des Bundeskanzlers binnen einundzwanzig Tagen den Bundestag auflösen. Das Recht zur Auflösung erlischt, sobald der Bundestag mit der Mehrheit seiner Mitglieder einen anderen Bundeskanzler wählt.

5. Vergleichen Sie die Aufgaben der Bundesregierung mit jenen des Bundespräsidenten. Analysieren Sie Gemeinsamkeiten und Unterschiede in den jeweiligen Verfahren zur Wahl des Bundespräsidenten sowie des Bundestags.

M 12 Deutsche Bundespräsidenten seit 1949

Wahl des Bundespräsidenten

Mit 1 260 Delegierten [so bei der Wahl von Frank-Walter Steinmeier 2017] ist die Bundesversammlung die größte parlamentarische Versammlung der Bundesrepublik Deutschland. Sie hat nur die Aufgabe, den Bundespräsidenten zu wählen. Die Abstimmung findet geheim und ohne vorherige Aussprache statt. In der Regel tritt die Bundesversammlung im Reichstagsgebäude alle fünf Jahre zusammen, es sei denn, die Amtszeit eines Bundespräsidenten endet vorzeitig.

Zeit und Ort der Bundesversammlung werden vom Bundestagspräsidenten bestimmt, der auf Grundlage von Artikel 54 GG die Vorbereitung, Durchführung und Nachbereitung der Wahl verantwortet. Mitglieder der Bundesversammlung sind alle Bundestagsabgeordneten (2017: 630) und zu gleichen Teilen aus den Länderparlamenten entsandte Vertreter. Meist handelt es sich um Landtagsabgeordnete, aber auch herausragende Persönlichkeiten aus verschiedenen Bereichen des öffentlichen Lebens üben dieses ehrenvolle Mandat aus.

Wählbar für das Amt des Bundespräsidenten sind alle deutschen Staatsbürgerinnen und Staatsbürger ab dem 40. Lebensjahr. In der Regel unterbreitet jede größere Partei einen Kandidatenvorschlag.

Aufgaben des Bundespräsidenten

M 13

Zu den klassischen Funktionen, die der Bundespräsident als Staatsoberhaupt hat, gehören:

- die Repräsentation der Bundesrepublik Deutschland nach innen und außen (durch sein öffentliches Auftreten bei staatlichen, gesellschaftlichen und kulturellen Veranstaltungen, durch Reden, durch Besuche in Ländern und Gemeinden, durch Staatsbesuche im Ausland und den Empfang ausländischer Staatsgäste),
- die völkerrechtliche Vertretung der Bundesrepublik Deutschland (Artikel 59 Absatz 1 Satz 1 GG), der Abschluss von Verträgen mit auswärtigen Staaten (Artikel 59 Absatz 1 Satz 2 GG), die Beglaubigung (Bestellung) der deutschen diplomatischen Vertreter und der Empfang (Entgegennahme der Beglaubigungsschreiben) der ausländischen Diplomaten (Artikel 59 Absatz 1 Satz 3 GG).

Zu den wichtigsten weiteren Aufgaben zählen:

- der Vorschlag für die Wahl des Bundeskanzlers (Art. 63 GG),
- die Ernennung und Entlassung des Bundeskanzlers (Art. 63, 67 GG) und der Bundesminister (Art. 64 GG),
- die Auflösung des Bundestages (Art. 63 Abs. 4 Satz 3, Art. 68 GG),
- die Ausfertigung (Unterzeichnung) und Verkündung von Gesetzen (Art. 82 GG),
- die Ernennung und Entlassung der Bundesrichter, der Bundesbeamten, der Offiziere und Unteroffiziere (Art. 60 Abs. 1 GG),
- das Begnadigungsrecht für den Bund (Art. 60 Abs. 2 GG),
- das Ordensrecht des Bundes.

Quelle: Bundespräsidialamt (Hg.): Aufgaben, abgerufen unter: www.bundespraesident.de/DE/Amt-und-Aufgaben/Verfassungsrechtliche-Grundlagen/verfassungsrechtliche-grundlagen-node.html [08.06.2017].

6. Erklären Sie die Zusammensetzung und die Aufgaben des Bundesverfassungsgerichts.

Urteilsverkündung des Bundesverfassungsgerichts 2016

M 14

Bundesverfassungsgericht im Zusammenspiel mit weiteren Verfassungsorganen

 129 015

Die Rolle des Bundesverfassungsgerichts

Im politischen System der Bundesrepublik Deutschland nimmt das Bundesverfassungsgericht (BVerfG) eine herausragende Position ein. 220000 Verfahren wurden bis Ende 2016 vom BVerfG behandelt. Diese hohe Zahl an Verfahren illustriert die Tatsache, dass das Grundgesetz der Bundesrepublik Deutschland von 1949 von Richtern interpretiert und im Sinne der heutigen Zeit ausgelegt werden muss. Daraus ergibt sich allerdings die Gefahr, dass Gesetzgebung mit vom Verfassungsgericht ausgeht, obwohl diesem die demokratische Legitimation fehlt. Jedoch agiert das BVerfG nicht aus eigenem Antrieb, sondern nur, wenn es von Bürgerinnen und Bürgern oder anderen Verfassungsorganen angerufen wird. Es steht außerdem im Dialog mit den ordentlichen Gerichten in Deutschland sowie europäischen supranationalen Gerichtshöfen.

7. Bewerten Sie das Zusammenspiel und die gegenseitige Kontrolle der Verfassungsorgane der Bundesrepublik. Beurteilen Sie zudem, inwieweit das politische System in der Lage ist, auf aktuelle politische und gesellschaftliche Herausforderungen zu reagieren.

DAS WICHTIGSTE IN KÜRZE

Bundestag

Der **Bundestag** ist das Parlament des Bundes und wird direkt vom Volk gewählt. Er ist somit das politische Organ mit der höchsten politischen Legitimation. Der Bundestag wird alle vier Jahre in einer personalisierten Verhältniswahl gewählt. Dies ist ein Wahlverfahren, das über eine zusätzliche Stimme (Erststimme) für einen Wahlkreiskandidaten Elemente der Mehrheitswahl in das Verhältniswahlsystem einbringt.

Kandidaten, die in einem Wahlkreis die meisten **Erststimmen** gewonnen haben, ziehen in jedem Fall in den Bundestag ein (**Direktmandate**). Damit hat der Wähler die Möglichkeit, direkten Einfluss auf die personelle Zusammensetzung des Bundestages zu nehmen. Dies ist die personalisierte Komponente des deutschen Wahlsystems (**Mehrheitswahl**).

Des Weiteren wird die Zahl der Sitze im Bundestag gemäß deren Anteil an **Zweitstimmen** auf die Parteien verteilt (**Verhältniswahl**). Parteien, die weder die Fünfprozenthürde überschritten noch drei Direktmandate errungen haben, bleiben dabei unberücksichtigt. Die Zahl der Direktmandate wird auf die Gesamtsitzzahl angerechnet. Weitere Sitze werden aus den Landeslisten dieser Partei besetzt. Zudem kann es durch ein Ungleichgewicht zwischen Erst- und Zweitstimmen zu **Überhangs- und Ausgleichsmandaten** kommen, sodass die Gesamtzahl der Abgeordneten im Deutschen Bundestag real meist über 598 Mitgliedern liegt.

Die Aufgaben des Bundestages sind vielfältig: Er kontrolliert die Exekutive (Bundesregierung und Bundespräsident), er bildet die in der Bevölkerung bestehenden Meinungen und Strömungen in parlamentarischen Debatten ab, er wirkt bei der Wahl anderer politischer Organe (z. B. Bundeskanzler, Bundespräsident, Bundesrichter) mit und bildet zusammen mit dem Bundesrat die Legislative.

Bundesrat

Im Gegensatz zum Bundestag wird der **Bundesrat** nicht direkt von der Bevölkerung gewählt und repräsentiert den föderalen Charakter unseres politischen Systems. Der Bundesrat besteht aus Entsandten der Länder, die an die Weisungen ihrer Länderkabinette gebunden sind. Die Anzahl der Ländervertreter variiert entsprechend der Größe des jeweiligen Bundeslandes. Die Stimmen können grundsätzlich nur einheitlich abgegeben werden.

Zu den Aufgaben des Bundesrates gehört es, neben der Vertretung der Interessen der Länder, bei der Gesetzgebung von bestimmten Gesetzen mitzuwirken. Der Vorsitz des Bundesrates, ausgeübt durch den Ministerpräsidenten des jeweiligen Bundeslandes, wechselt jedes Jahr entsprechend einem vorgegebenen Turnus. Der jeweilige Vorsitzende ist zugleich der Stellvertreter des Bundespräsidenten und somit formell gesehen die zweithöchste Person im Staat.

Bundesregierung und Bundeskanzler

Der vom Bundestag gewählte Bundeskanzler und die von ihm bestimmten Minister stellen die Bundesregierung dar. Der Bundeskanzler gibt die Richtlinien seiner Regierung vor (**Kanzlerprinzip**). Innerhalb dieser Richtlinien können die jeweiligen Minister in ihrem Ressort eigenständig entscheiden

DAS WICHTIGSTE IN KÜRZE

(**Ressortprinzip**). Sollten Unstimmigkeiten zwischen den Ministern bestehen, entscheidet das Kabinett (**Kabinettsprinzip**). Die Bundesregierung erarbeitet Gesetzesvorschläge, über die dann der Bundestag und gegebenenfalls auch der Bundesrat entscheiden. Der Bundeskanzler kann durch ein sogenanntes konstruktives Misstrauensvotum abgewählt werden. Dies bedeutet, dass eine Abwahl nur dann erfolgen kann, wenn gleichzeitig durch den Deutschen Bundestag ein Nachfolger gewählt wird. Erwachsen ist die Besonderheit aus den historischen Erfahrungen der Weimarer Republik.

Bundespräsident

Der **Bundespräsident** ist das Staatsoberhaupt der Bundesrepublik Deutschland. Seine Amtszeit beträgt fünf Jahre und er kann lediglich einmal wiedergewählt werden. Der Bundespräsident wird von der **Bundesversammlung** gewählt, die entsprechend dem föderativen Prinzip aus den Mitgliedern des Bundestages besteht und zu gleichen Teilen aus Entsandten der Bundesländer.

Der Bundespräsident verfügt über eine hauptsächlich repräsentative Funktion. Sollten Gesetze seiner Meinung nach gegen bestehende formelle oder materielle Gesetze oder Bestimmungen verstoßen, so kann er die Ausfertigung des Gesetzes verweigern. Als einziges Verfassungsorgan obliegt dem Bundespräsidenten das Gnadenrecht nach Artikel 60 Abs. 2 GG.

Bundesverfassungsgericht

Das **Bundesverfassungsgericht** (BVerfG) entscheidet als Hüter der deutschen Verfassung (des Grundgesetzes) auf höchster Ebene über mögliche Verstöße gegen die Einhaltung des Grundgesetzes. Die Entscheidungen des BVerfG stellen eine verbindliche Auslegung des Verfassungstextes dar. Das BVerfG kontrolliert die Entscheidungen anderer Gerichte, gehört aber nicht zum Instanzenzug. Das heißt, dass das BVerfG nicht die Anwendung des Fachrechts prüft, sondern lediglich die Übereinstimmung getroffener Entscheidungen mit dem Grundgesetz. Es ist befugt, Entscheidungen aufzuheben, verweist solche Fälle dann jedoch zur nochmaligen Überprüfung an die jeweiligen fachlichen Instanzen zurück.

Die Richter des BVerfG werden von Bundestag und Bundesrat gewählt. Jeder ist wählbar, der mindestens 40 Jahre alt ist und nach dem Deutschen Richtergesetz die Befähigung zum Richteramt besitzt. Wichtig ist, dass die Person mit der Übernahme des Amtes nicht zeitgleich Mitglied eines der weiteren Bundesorgane oder entsprechender Landesorgane ist.

Jeder Bürger hat das Recht, sich im Rahmen einer **Verfassungsbeschwerde** an das BVerfG zu wenden. Bei Organstreitigkeiten, also Differenzen zwischen Verfassungsorganen, kann ebenfalls das BVerfG eingeschaltet werden, ebenso spricht es bei Meinungsverschiedenheiten zwischen Bund und Ländern Recht. Kommt es nach Artikel 21 GG zu einem Antrag auf Prüfung der Verfassungswidrigkeit einer Partei, so entscheidet ebenfalls das BVerfG.

FESTIGUNG – VERTIEFUNG

Weitere Herangehensweisen

- Prüfen Sie die Regelung zur Ausübung des Oberbefehls über die Streitkräfte anhand der Sonderregelung in Artikel 115 b GG. Nehmen Sie zu dieser Regelung Stellung.
- Informieren Sie sich über die protokollarische Hierarchie in der Bundesrepublik Deutschland. Vergleichen Sie diese ggf. mit der Regelung in einem weiteren Land Ihrer Wahl.
- Erstellen Sie eine Übersicht über die aktuellen Bundesministerien und ihre Ministerinnen und Minister. Vergleichen Sie den Zuschnitt der Ministerien mit einer vorherigen Legislaturperiode und führen Sie mögliche Gründe für eine Veränderung des Zuschnitts an.

Vertiefende Aspekte

- Stellen Sie dar, welche Vor- und welche Nachteile eine Direktwahl des Bundespräsidenten hätte. Berücksichtigen Sie hierbei auch die historischen Gegebenheiten.
- Recherchieren Sie, z. B. auf der Seite des Deutschen Bundestages, zu welchen Themen Untersuchungsausschüsse gebildet wurden.
- Stellen Sie in einem Kurzvortrag die Unterschiede zwischen dem deutschen und dem amerikanischen Regierungssystem vor. Auf welche Art und Weise erfolgt die Kontrolle der einzelnen politischen Organe?
- Recherchieren Sie, in welchen konkreten Fällen Entscheidungen des Bundesverfassungsgerichts dazu geführt haben, dass Gesetze geändert werden müssen.

Weiterführende Quellen und Hinweise

H 1 Linn, Susanne; Sobolewski, Frank: So arbeitet der Deutsche Bundestag – 18. Wahlperiode, Rheinbreitbach, NDV, 2016. Die Autoren stellen in diesem Buch die Organisation und Arbeitsweise des Deutschen Bundestages vor. Auf der Homepage des Deutschen Bundestages kann das jeweils aktuellste Exemplar als Dokument heruntergeladen werden.

H 2 Bundeszentrale für politische Bildung (Hg.): Politisches System der USA. Informationen zur politischen Bildung, Heft 320/2013. In diesem Heft werden in kurzer und übersichtlicher Weise die Besonderheiten des Regierungssystems der USA dargestellt.

H 3 Homepages sämtlicher Verfassungsorgane: Deutscher Bundestag, Bundesrat, Bundespräsident, Bundesregierung, Bundesverfassungsgericht. Auf den Homepages der Verfassungsorgane finden Sie zahlreiche Dokumente zum Download. Viele Veröffentlichungen können sowohl online angesehen werden als auch bei den jeweiligen Organen per Post bestellt werden.

H 4 Strohmeyr, Armin: First Ladys. Die Frauen der deutschen Bundespräsidenten. Elf Porträts, Wien/Graz/Klagenfurt, Styria, 2013. In diesem Buch widmet sich der Autor einmal nicht den gewählten Bundespräsidenten, sondern stellt die Frauen an ihrer Seite ins Rampenlicht, da sich jede von ihnen unentgeltlich mit großem Engagement in den Dienst des Staates gestellt und eine Vielzahl von Aufgaben übernommen hat, die sowohl der Repräsentation als auch dem Zusammenhalt der Gesellschaft dienten und immer noch dienen.

1.5 Politische Partizipation

Forschungsziele und Kompetenzerwerb

Proteste der jungen Generation, z. B. gegen ACTA oder gegen die Studiengebühren, sprechen dafür, dass sich das oft bemühte Klischee von der politisch uninteressierten Jugend nicht mehr aufrechterhalten lässt. Viele Jugendliche stellten überrascht fest, dass ihren Interessen, Ideen und Forderungen auf einmal Aufmerksamkeit geschenkt wurde – ACTA und Studiengebühren sind bereits vom Tisch ... In diesem Kapitel haben Sie Gelegenheit, sich mit alten und neuen Formen der politischen Teilhabe und deren Umsetzbarkeit zu befassen.

Vorgehen

„Wer sich nicht wehrt, der wird bekehrt“: Um zu verhindern, dass sich gemäß diesem Spruch aufgrund politischer Passivität die Lebens- und Arbeitsbedingungen an Fach- und Berufsoberschulen, Fachhochschulen und Universitäten verschlechtern, möchten Schüler- und Studentenvertreter in einem gemeinsamen Internetvideo Formen der politischen Teilhabe vorstellen und dazu motivieren, von diesen auch Gebrauch zu machen. Sie sollen dazu ein Drehbuch entwerfen.

Zunächst VERSCHAFFEN Sie sich EINEN ÜBERBLICK über verschiedene alte und neue Formen und Bedingungen der politischen Teilhabe. Dann ERARBEITEN Sie sich die Besonderheiten der Wahl in Deutschland und BEURTEILEN mögliche Defizite und Weiterentwicklungsmöglichkeiten. Sie ERLÄUTERN, welche Rolle Verbände im Allgemeinen für die Demokratie spielen, aber auch konkret für die Interessen der Betroffenen. Daraufhin UNTERSUCHEN Sie neue und unkonventionelle Formen, die eigenen Interessen darzustellen, und NEHMEN STELLUNG dazu, ob es sich dabei um legitime Formen der Partizipation handelt. Zum Abschluss folgt ein Klassiker der Politikwissenschaft. Sie ERLÄUTERN aufbauend auf Ernst Fraenkel, warum die engagierte Vertretung eigener Interessen für das Funktionieren eines demokratischen Staates wichtig ist.

Als Arbeitshilfe finden Sie im hinteren Teil des Lehrwerks eine Übersicht über verschiedene Methodentechniken. Nutzen Sie diese Möglichkeit.

SAMMELN **Sie die entscheidenden Inhalte für ein Internetvideo: Welche Formen können junge Menschen ansprechen, mit welchen Formen lassen sich Ihre Interessen umsetzen? Wie lassen sich diese Formen filmisch umsetzen?** ENTWERFEN **Sie ein Drehbuch.**

Materialauswahl

Der Schwerpunkt der Materialien in diesem Kapitel liegt nicht auf theoretischen oder normativen Texten, sondern auf oft journalistischen Beschreibungen partizipativer Praxis. Interviews sollen Aufschluss über die persönlichen Ziele und Motive politisch engagierter junger Leute geben. Damit stellt dieses Kapitel eine Ergänzung zu den eher institutionskundlichen vorhergehenden Kapiteln dar.

Mit Jean-Jaques Rousseau (1712–1778) und Ernst Fraenkel (1898–1975) begegnen Ihnen zwei Klassiker der demokratisch orientierten Politikwissenschaft. Diese belegen, welche Bedeutung auch in der Politikwissenschaft der demokratischen Praxis zugeschrieben wird.

1. Lesen Sie die Interviews mit jungen Leuten, die sich politisch engagieren. Bestimmen Sie Ursachen, Ziele und Ausdrucksformen ihres Engagements und nehmen Sie dazu Stellung.

M 1

„Wenn wir nackt auf die Straße gehen, zeigen wir damit die Kontrolle über unseren eigenen Körper."

Josephine Witt, 19, studiert Philosophie in Hamburg. Sie ist Femen-Aktivistin.

Frau Witt, Sie sind in der Frauengruppe Femen, die für Nacktproteste bekannt ist. Warum engagieren Sie sich dort?

Weil mir Menschenrechte und vor allem Frauenrechte am Herzen liegen. Ich bin während der Europameisterschaft 2012 auf Femen aufmerksam geworden. Die Aktivistinnen haben gegen den Sextourismus in der Ukraine protestiert. Dagegen, dass pünktlich zur Fußball-EM mehrere neue Bordelle eröffnet wurden. Seit es auch in Deutschland eine Femen-Gruppe gibt, bin ich dabei.

Ist es nicht ein Widerspruch, oben ohne für Frauenrechte zu protestieren?

Überhaupt nicht. Bei Femen geht es uns um die Frage, wem in der Gesellschaft der Körper der Frau gehört. Wenn wir nackt auf die Straße gehen, tun wir das selbstbewusst und selbstbestimmt. Wir unterstreichen damit die Kontrolle über unseren eigenen Körper.

Viele Menschen demonstrieren angezogen. Warum müssen Sie dafür nackt sein?

Die Aktivistinnen in der Ukraine haben es zu Beginn auch angezogen versucht, aber erst, als sie nackt protestierten, war die Presse da, und Diskussionen wurden angestoßen.

Also ziehen Sie sich für die Medien aus?

Auch für die, ja. Etwas muss man der Öffentlichkeit geben, wenn man eine Botschaft verbreiten will. Bei uns ist es der Körper. Wir benutzen ihn als Waffe für unseren Protest.

Wie war Ihr erster Einsatz?

Das war bei einem Aufmarsch der NPD in Berlin. Wir waren mit fünf Aktivistinnen dort. Ein paar Freunde haben uns vorher Parolen auf den Oberkörper gepinselt. Als ich mich vor den anderen ausgezogen habe, war mir das erst peinlich. Ich habe mich gefragt: „Wie prüde bist du eigentlich?" Dann sind wir zur Demo gegangen, ich habe meinen Mantel ausgezogen, bin über die Absperrung geklettert und habe den Nazis ins Gesicht geschaut. Wir wurden ziemlich schnell von der Polizei abgeführt. Trotzdem habe ich mich befreit gefühlt.

Was war Ihr größter Erfolg?

Der Protest gegen Putin auf der Hannover-Messe im April. Als er mit Angela Merkel über das Messegelände ging, sind wir auf ihn zugestürzt und haben geschrien: „Fuck Dictator!" Das stand auch auf meinem Oberkörper. Ich war wenige Meter von Putin entfernt, als mich die Bodyguards zu Boden rissen. Ich wusste nicht, wie die reagieren würden. Sie hatten Waffen dabei.

War es das Risiko wert?

Die Tage vorher war ich so nervös, dass ich nicht schlafen konnte. Aber es hat sich gelohnt, weil die Aufmerksamkeit maximal war. Das Foto von unserem Protest wurde auf den Titelseiten der Zeitungen abgedruckt, viele sprachen darüber.

Wie motivieren Sie sich, Ihre Aktionen trotz Nervosität durchzuziehen?

Bevor ich auf Wladimir Putin losgestürmt bin, habe ich mir klargemacht, was der Grund für unseren Protest war – nämlich wie Putin mit der russischen Bevölkerung umgeht, zum Beispiel mit den Schwulen und mit Pussy Riot, und wie er die Wahlen manipuliert hat. Das sind Dinge, die mich unfassbar wütend machen.

Quelle: Lobenstein; Piegsa; Sartor; Weidinger: Sind Sie politisch?, in: ZEIT Campus, Nr. 4, Juli/August 2013, S. 18.

M 2 „Am Wahlkampf kleben wir Plakate und verteilen Flyer – sonst trinken wir auch mal ein Bier zusammen“

Robert Peplinski, 21, studiert Holzwirtschaft

Herr Peplinski, sind Sie politisch?

Ja, über Freunde bin ich zur jungen Union (JU) gekommen. Seitdem unterstütze ich die CDU nicht nur mit meiner Stimme, sondern auch mit meinem Engagement. Mittlerweile bin ich im Ortsvorstand der JU Elmshorn.

Und was machen Sie da?

Bei uns in Schleswig-Holstein waren im Mai Kommunalwahlen. Wir haben Plakate aufgehängt und Flyer verteilt. Wenn gerade nicht Wahlkampf ist, trinken wir auch mal nur ein Bier zusammen.

Quelle: Lobenstein; Piegsa; Sartor; Weidinger: Sind Sie politisch?, in: ZEIT Campus, Nr. 4, Juli/August 2013, S. 20.

M 3 „Meine Kommilitonen demonstrierten gegen Studiengebühren, ich machte mich darüber lustig“

Florian Kessler, 31, hat Kreatives Schreiben studiert und eine Liebeserklärung an den Protest verfasst: Mut Bürger (Hanser, 2013)

Herr Kessler, erinnern Sie sich noch an Ihre erste Demonstration?

Da muss ich ein kleines Kind gewesen sein. Meine Eltern waren von den 68ern beeinflusst. Sie engagierten sich in der Friedensbewegung und sind öfter auf Demos gegangen. Erst gegen die Aufrüstung, dann gegen den Autobahnausbau. Ich war dabei.

Und dann?

Dann bin ich zu Hause ausgezogen und habe mein Literaturstudium angefangen. Als ich an die Uni Hildesheim kam, wurden in Niedersachsen und vielen anderen Bundesländern die Studiengebühren eingeführt. Überall demonstrierten Studenten dagegen. Ich bin kein einziges Mal mitgegangen, sondern wollte Romane schreiben und über Kunst nachdenken. Ich war ein Pantoffelheld, ein ästhetischer Waschlappen.

Ein ästhetischer Waschlappen?

Ja, ich erinnere mich noch an das Jahr 2005, als der „Summer of Resistance" ausgerufen wurde. Viele meiner Kommilitonen haben sich die gelben Protest-T-Shirts angezogen, einige besetzten das Rektorat unserer Uni. Ich habe lieber ein Literaturfestival organisiert. Den Demonstranten in meinem Freundeskreis erklärte ich, warum Proteste nichts bringen. Ich war ziemlich arrogant.

Wann hat sich diese Einstellung geändert?

Irgendwann wurde ich unruhig und war genervt von mir selbst. Dann sah ich 2011 die Bilder vom Arabischen Frühling. Überall in der Welt gingen Leute in meinem Alter auf die Straße und wollten etwas verändern. Das hat mich beeindruckt. Später zeigten Occupy Wall Street und die Beteiligung von jungen Intellektuellen wie Mark Greif, dass man sich zwischen politischem Engagement und dem Nachdenken über Ästhetik nicht entscheiden muss. Beides ist möglich!

Nicht jeder war so begeistert wie Sie ...

Stimmt, gerade hier in Deutschland haben viele ältere Journalisten negativ und verwirrt über die Proteste berichtet. Sie schrieben von „Wutbürgern" oder davon, dass 1968 viel mehr los gewesen sei. Das klang verbittert. Ich wollte selbst sehen, was da los ist, also bin ich zum Occupy-Camp in Berlin gefahren.

Als Teilnehmer oder als Zuschauer?

Das Tolle ist: Diese Trennung gibt es nicht. Bei Occupy konnte jeder vorbeikommen und mitreden. Später ging ich etwa zu Treffen der Antiatombewegung oder zu Runden Tischen der Kommunalpolitik. Dort war es ähnlich: Alles war sehr entspannt, niemand musste Mitgliedsanträge ausfüllen oder fremde Weltanschauungen übernehmen, jeder konnte einfach mitdiskutieren.

Und heute sind Sie kein Waschlappen mehr, sondern ein politischer Mensch?

Jeder von uns ist politisch. Wir sind schließlich alle von politischen Umständen betroffen und denken darüber nach. Die Frage ist deshalb eher: Wie kann ich noch politischer werden? Mit Leuten ins Gespräch zu kommen und zum Beispiel Demonstrationen zu organisieren ist eine Möglichkeit.

Viele Leute denken so wie Sie zu Ihrer Studienzeit: „Protest, das bringt doch nichts!" Was erwidern Sie denen?

Ich habe mich damals über den „Summer of Resistance" und über den Bildungsstreik 2009 lustig gemacht. Doch die Studiengebühren gibt es heute nicht mehr. Wäre das auch so, wenn damals keiner demonstriert hätte? Ich glaube nicht. Mit Protesten kann man beeinflussen, wie über politische Themen nachgedacht wird.

Quelle: Lobenstein; Piegsa; Sartor; Weidinger: Sind Sie politisch?, in: ZEIT Campus, Nr. 4, Juli/August 2013, S. 22.

M 4

„Wir haben ein Anliegen und wir haben Recht!"

Linus, 15, ist Sprecher der deutschen „Fridays for Future"-Bewegung. Der Neuntklässler vernetzt sich in Straßburg gerade mit führenden jungen Klimaaktivisten aus ganz Europa. Ihr Ziel: Sie wollen sich untereinander kennenlernen, mit Parlamentariern sprechen und eine Pressekonferenz geben. „Wir wollen in den Köpfen der Leute hängen bleiben", sagt Linus.

jetzt: **Heute findet der globale „Fridays for Future"-Klimastreik statt. Was habt ihr konkret in Deutschland vor?**

Linus: In Deutschland ist geplant, dezentral in den über 250 Ortsgruppen zu streiken. Wir machen auch ganz klar, dass das nicht unser letzter Streik sein wird: Das ist nicht unsere letzte Party und dann hören wir auf. Wir werden weitermachen, solange die Klimapolitik so desaströs ist wie im Moment. Zum Beispiel streiken wir vor der Europawahl am 26. Mai.

[...]

Wie versucht ihr andere einzubinden?

Das beginnt schon in den Ortsgruppen: Wir flyern an allen Schulen und sprechen gerade auch die an, die keine Gymnasien sind, um aus dieser Ecke rauszukommen. Wir merken schon, dass wir bei Jugendlichen in den Mainstream geraten. Und nicht nur Ökos auf die Straße gehen, sondern es alle betrifft und auch alle etwas dazu machen. Das ist total schön und vor allem etwas, das vielen Bewegungen vor uns nicht gelungen ist: diese Breite einer demografischen Gruppe.

[...]

Ihr habt letzte Woche eine GoFundMe-Kampagne gestartet, mit der ihr euren Protest finanzieren wollt. Wofür braucht ihr das Geld?

Wir geben ungefähr zwei Drittel unseres Geldes nur für Mobilisierungsmaterialien wie zum Beispiel Flyer aus. Für zentrale Streiks müssen wir Busse organisieren. Zum großen Streiktag rechnen wir mit 300 Euro Kosten pro Gruppe bei 300 Gruppen ist man da schnell bei 90 000 Euro. Diese Rechnung ist allerdings der Extremfall, wahrscheinlich liegen die echten Flyerkosten etwas darunter. Der nächste große Punkt ist Technik: Die müssen wir auch bezahlen, damit wir unabhängig bleiben und nicht nur streiken können, wenn irgendeine Partei oder Greenpeace sagt: „Wir können euch unsere Bühne oder unser Mikrofon zur Verfügung stellen." Wir müssen auch Rücklagen haben, falls Kosten für einen Anwalt anfallen. Zum Beginn der Bewegung haben wir schon mal einen Anwalt für das FAQ auf unserer Website gebraucht. Da ging es darum, was Schulen eigentlich rechtlich gegen uns tun dürfen und was nicht.

Wie habt ihr euch bisher finanziert?

Einzelne Menschen mussten viel Eigenlast tragen und haben für Flyer in ihrer Ortsgruppe 260 Euro von ihrem Taschengeld gezahlt. Andere Leute haben für uns Serverkosten gezahlt. Wir haben aber auch finanzielle Unterstützung von NGOs bekommen.

Eure Streiks haben eine extreme Öffentlichkeitswirkung: Wie nah seid ihr eurem wirklichen Ziel, dem Klimaschutz, schon gekommen?

Wir müssen aufpassen, dass wir nicht resignieren, weil wir denken, das Ziel ist sowieso nicht zu erreichen. Auch wenn wir medial schon viel erreicht haben, ist der Weg in Richtung konsequentem und nachhaltigem Klimaschutz noch nicht ansatzweise geschafft. Unsere Hoffnung ist, dass in den künftigen Landtags- und Europawahlen Klimaschutz zu einem Top-Thema wird. Ich persönlich merke in meinem Alltag sehr, dass auch unpolitische

Menschen anfangen, über Klimaschutz zu reden. Außerdem besteht die Hoffnung, dass wir einen Klimaschutz umsetzen, mit dem wir alle leben können. Alle anderen Alternativen bisher haben ja nicht funktioniert, jetzt versuchen wir es eine Spur radikaler.

Quelle: Merwald; Steinmetz: „Wir haben ein Anliegen und wir haben Recht!“, 15.03.2019, abgerufen unter: www.jetzt.de/politik/fridaysforfuture-interview-mit-scher-linus-steinmetz [18.04.2019]

2. Erarbeiten Sie aus dem Artikel 21 GG die Stellung der Parteien in Deutschland. Informieren Sie sich durch eine Internetrecherche über die Positionen der Parteien zu für Schüler und Schülerinnen, Studentinnen und Studenten relevanten Themen. Diskutieren Sie dann, ob Parteien in Ihr Internetvideo aufgenommen werden sollten.

Artikel 21 Grundgesetz

M 5

(1) Die Parteien wirken bei der politischen Willensbildung des Volkes mit. Ihre Gründung ist frei. Ihre innere Ordnung muß demokratischen Grundsätzen entsprechen. Sie müssen über die Herkunft und Verwendung ihrer Mittel sowie über ihr Vermögen öffentlich Rechenschaft geben.

(2) Parteien, die nach ihren Zielen oder nach dem Verhalten ihrer Anhänger darauf ausgehen, die freiheitliche demokratische Grundordnung zu beeinträchtigen oder zu beseitigen oder den Bestand der Bundesrepublik Deutschland zu gefährden, sind verfassungswidrig.

(3) Parteien, die nach ihren Zielen oder dem Verhalten ihrer Anhänger darauf ausgerichtet sind, die freiheitliche demokratische Grundordnung zu beeinträchtigen oder zu beseitigen oder den Bestand der Bundesrepublik Deutschland zu gefährden, sind von staatlicher Finanzierung ausgeschlossen. Wird der Ausschluss festgestellt, so entfällt auch eine steuerliche Begünstigung dieser Parteien und von Zuwendungen an diese Parteien.

(4) Über die Frage der Verfassungswidrigkeit nach Absatz 2 sowie über den Ausschluss von staatlicher Finanzierung nach Absatz 3 entscheidet das Bundesverfassungsgericht.

(5) Das Nähere regeln Bundesgesetze.

3. Erarbeiten Sie aus der folgenden Quelle, welche Kritik aus Sicht des Philosophen Jean-Jaques Rousseau an der Form der Demokratie durch Wahlen geübt werden kann.

M 6

Jean-Jacques Rousseau, „Du Contrat Social" (1762)

Ich behaupte, dass die Staatshoheit, die nichts anderes als die Ausübung des allgemeinen Willens ist, nie veräußert werden kann und sich das Staatsoberhaupt als ein kollektives Wesen nur durch sich selbst darstellen lässt. Die Macht kann wohl übermittelt werden, aber nicht der Wille. [...] Die Abgeordneten des Volkes sind also nicht seine Vertreter und können es gar nicht sein; sie sind nur seine Bevollmächtigten und dürfen nichts beschließen. Jedes Gesetz, das das Volk nicht persönlich bestätigt hat, ist null und nichtig; es ist kein Gesetz. Das englische Volk wähnt frei zu sein; es täuscht sich außerordentlich; nur während der Wahlen der Parlamentsmitglieder ist es frei; haben diese stattgefunden, dann lebt es wieder in Knechtschaft.

Quelle: Rousseau: Vom Gesellschaftsvertrag, 1994, S. 107.

4. Stellen Volksbegehren und Volksentscheide, wie sie z. B. in Bayern auf Landesebene durchgeführt werden, eine Alternative dar? Diskutieren Sie, welche für Sie relevanten Themen sich für diese Form der Partizipation eignen würden.

Volksbegehren und Volksentscheid

Zu den Instrumenten der direkten Demokratie gehören Volksbegehren und Volksentscheid. Mit dem Volksbegehren kann ein politisches Thema oder ein Gesetzesentwurf in ein Parlament eingebracht werden, soweit eine gewisse Anzahl an Unterschriften in einer festgelegten Frist gesammelt worden sind. Verwirft das Parlament die Vorlage, können die Bürger diese durch einen Volksentscheid dennoch durchsetzen.

Während in verschiedenen Bundesländern, z. B. in Bayern, Volksbegehren und Volksentscheide schon oft erfolgreich waren, sind diese Instrumente der direkten Demokratie auf Bundesebene nur für den Fall einer Gebietsneuregelung zulässig, also z. B. wenn Bürger einer Region ein eigenes Bundesland ausgliedern möchten.

M 7

Volksbegehren und Volksentscheid in Bayern

Vom Volksbegehren zum Volksentscheid

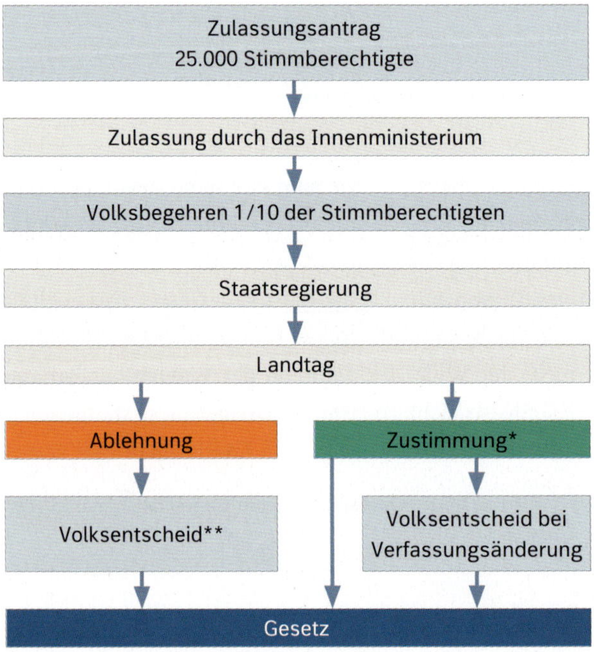

* Bei Verfassungsänderung von mindestens 2/3 der gesetzlichen Mitglieder

** mehrheitlich „Ja“, bei Verfassungsänderung: mindestens 25 % Ja-Stimmen aller Stimmberechtigten

M 8

Beispiele für Volksentscheide in Bayern

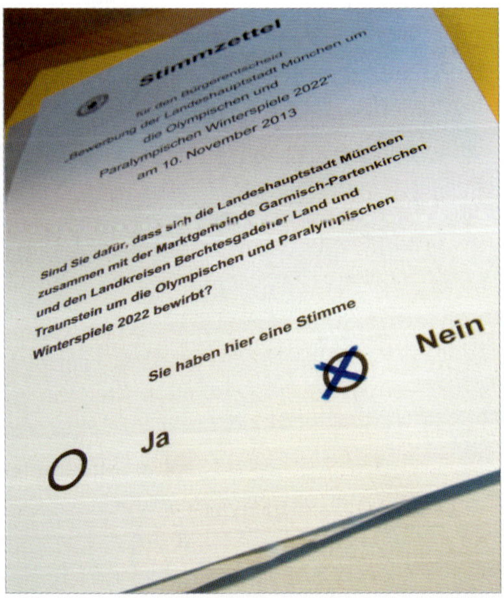

Oben: Kundgebung gegen Studiengebühren

Links: Bürgerentscheid Olympia 2022

5. Volksentscheide auch auf Bundesebene? In den folgenden Quellen begegnen Ihnen zwei konträre Meinungen dazu. Sammeln Sie Argumente für oder gegen eine Ausweitung der Volksentscheide.

M 9 Heribert Prantl: Die Zeit ist reif für Volksentscheide

Es gibt ein Wort im Grundgesetz, das dort an prominentester Stelle steht, aber trotzdem nie respektiert worden ist. Die Politik hat diese Stelle jahrzehntelang überlesen, der Gesetzgeber hat sie überblättert. Und die Wissenschaft hat so getan, als sei sie ein Lapsus der Mütter und Väter des Grundgesetzes. Die Staatsrechtler brachten die irrwitzigsten Auslegungsmethoden in Stellung, um nachzuweisen, dass diese Stelle so auszulegen sei, dass sie keinen Anwendungsbereich und keinen Sinn hat. Kurz: Man hat sich das Wort „Abstimmungen" aus dem Grundgesetz einfach weggedacht.

Mainstream-Politik und -Wissenschaft taten so, als stünde im Artikel 20 Absatz 2 nur etwas von Wahlen. Aber da steht mehr. Auf die Fundamentalnorm „Alle Staatsgewalt geht vom Volke aus" folgt eine zweite Fundamentalnorm: Die Staatsgewalt „wird vom Volke in Wahlen und Abstimmungen ausgeübt". Dieses Wort „Abstimmungen" ist seit mehr als 60 Jahren, als sei es hochgefährlich, weggesperrt und in Sicherungsverwahrung gehalten worden. Die Bürger durften auf Bundesebene zwar alle paar Jahre wählen; abstimmen aber durften sie nie. Das ist ein Verfassungsverstoß durch Unterlassen, ein Verfassungsverbrechen im Fortsetzungszusammenhang.

Die Ausübung der Staatsgewalt durch „Wahlen und Abstimmungen" ist ein Grundsatz, der dem Grundgesetz so wichtig war und ist, dass es ihn (so wie die Unantastbarkeit der Menschenwürde) für unabänderlich erklärt hat: Die Forderung nach Plebisziten auf Bundesebene ist daher nicht eine Keckheit der Bürgergesellschaft, sondern ein bisher unerfülltes, aber unabänderbares zentrales Verfassungsgebot.

Wahlen und Abstimmungen: Dabei handelt es sich um einen Auftrag an den Gesetzgeber, dem sich dieser bisher zur Hälfte verweigert hat. Er hat zwar ein Wahlgesetz geschaffen, in dem er die Regularien für die Bundestagswahl regelt. Ein entsprechendes Gesetz, in dem die Regularien für Volksabstimmungen geregelt werden, fehlt. Jahrzehntelang ist behauptet worden, dass man erst das Grundgesetz ändern müsse. Das ist eine sonderbare Behauptung. Warum soll man das Grundgesetz ändern, um etwas hineinzuschreiben, was dort schon ausdrücklich steht? Man braucht also für ein Plebiszit auf Bundesebene keine Verfassungsänderung mit Zwei-Drittel-Mehrheit, sondern nur ein Ausführungsgesetz – so wie beim Wahlrecht auch. [...]

Der Mythos von der Notwendigkeit einer Verfassungsänderung ist der letzte falsche Mythos, der dem Plebiszit auf Bundesebene noch im Wege steht. Alle anderen Mythen sind schon als falsch entlarvt worden: Der Berliner Staatsrechtler Hans Meyer hat sie soeben in einem brillanten Aufsatz in der Juristenzeitung der Reihe nach abgehakt. Zuvorderst steht die Behauptung, die Weimarer Republik sei an den Volksabstimmungen gescheitert. Das ist ein verfassungspolitisches Märchen. Es gab damals überhaupt nur drei Volksbegehren, und die scheiterten schon im Vorfeld an den Quoren.

Jurist Meyer stellt fest: Volksabstimmungen auf Bundesebene stand schon bisher nichts im Weg – nur der Zeitgeist, der so tat, als gebe es eine ungeschriebene Supernorm, die das rein repräsentative Prinzip für absolut und verbindlich erklärt. Eine solche Norm stünde aber im Widerspruch zu allen Länderverfassungen; sie alle kennen das Plebiszit. Der Zeitgeist hat sich gedreht: [...] Der Souverän pocht auf sein Recht.

Quelle: Prantl: Die Zeit ist reif für Volksentscheide, in: Süddeutsche Zeitung, 26.06.2012, abgerufen unter: www.sueddeutsche.de/politik/verfassungsmaessigkeit-von-plebisziten-die-zeit-ist-reif-fuer-volksentscheide-1.1392376 [28.06.2017].

Karikatur zum Volksentscheid

M 10

„Sind wir uns ja einig, bin auch für den bundesweiten Volksentscheid!"

Karikatur von Horst Haitzinger

Stefan Ulrich: Wann direkte Demokratie gefährlich werden kann

M 11

Kaum etwas ärgert viele Bürger so, wie das – nicht immer zutreffende – Gefühl, von „denen da oben" für dumm verkauft zu werden. Da heißt es in Verfassungen und Sonntagsreden, das Volk sei souverän, alle Staatsgewalt gehe von ihm aus. Tatsächlich scheinen die Eliten zu machen, was sie wollen. Stellen sie etwa nicht die Leute mit Brot und Videospielen ruhig, während sie selbst Geld und Macht untereinander aufteilen? So denken neben passionierten Wutbürgern auch viele andere, die an Staat und Gesellschaft (ver)zweifeln. Wenn die liberalen Demokratien überleben wollen, müssen sie diese Menschen zurückgewinnen.

Doch wie soll das gehen? Eine Antwort könnte lauten: Indem mit der Volkssouveränität ernst gemacht wird – am besten durch direkte Demokratie. „Jedes Gesetz, das das Volk nicht persönlich bestätigt hat, ist null und nichtig“, schrieb der Aufklärer Jean-Jacques Rousseau. Sobald ein Volk Vertreter ernenne, also zum Beispiel Abgeordnete, sei es nicht mehr frei.

Rousseaus Gedanken klingen attraktiv, sind wieder populär. Direkte Demokratie erlebt eine Renaissance. Die Bürger entscheiden über wichtige Fragen selbst: die Griechen über Sparpläne, die Schweizer über Zuwanderer, die Briten über Europa, die Ungarn über Flüchtlinge und die Kolumbianer über den Frieden. Im Dezember urteilen die Italiener über eine Verfassungsreform. Bald könnten die Türken über die Todesstrafe abstimmen und die Schotten über ihre Unabhängigkeit. [...]

Da sage noch einer, vox populi, die Stimme des Volkes, werde nicht gehört. Doch muss die Frage erlaubt sein, ob diese Referenden und Volksentscheide mehr Demokratie, eine bessere Politik und zufriedenere Bürger bringen.

Ungarn zum Beispiel. Hier kann von einer fairen Abstimmung vergangenen Sonntag keine Rede sein. Die Regierung legte den Ungarn die Suggestivfrage vor, ob Europa ihnen die Ansiedlung fremder Menschen aufzwingen solle. Genauso hätte sie fragen können, ob die Bürger mehr Steuern zahlen oder weniger Urlaub haben möchten. Zudem verlief der Wahlkampf extrem einseitig, das Regierungslager überzog das Land mit Hetzpropaganda. Umso politisch reifer ist es, dass eine Mehrheit der Ungarn nicht zu dieser Abstimmung ging und sie so ungültig machte. Premier Viktor Orbán schert das jedoch nicht. Er deutet seine Niederlage in einen Sieg um und sieht sich sogar dazu ermutigt, die Verfassung zu ändern.

Auch die Griechen mussten erleben, wie wenig manche Politiker Referenden achten. 2015 stimmten sie gegen Reformpläne der Geldgeber. Die Folge: Die Pläne wurden umgesetzt, das Land erlebt einen Sparkurs sondergleichen. Viele Griechen dürften sich da genauso verschaukelt fühlen wie jene Dänen, die 1992 gegen den EU-Vertrag von Maastricht gestimmt hatten, worauf die Regierung das Volk nach ein paar Änderungen erneut abstimmen ließ – damit nun das Ergebnis passte. So frustriert man Demokraten.

Kontraproduktiv können direkte Volksvoten auch sein, wenn Politiker sie dafür hernehmen, ihre Autorität zu mehren. So setzte der damalige Premier David Cameron ein Referendum über die EU-Mitgliedschaft Großbritanniens an, um mit einem positiven Ergebnis Europa-Feinde in seiner Partei kleinzuhalten. Die Folge: ein Cameronexit und nun bald der Brexit.

Und Kolumbien? Hier lehnte das Volk einen Friedensschluss ab, weil Angst und Wut stärker wirkten als Argumente. Die Folge könnte neues Morden sein. [...]

All das spricht nicht pauschal gegen Referenden und Volksentscheide. Sie können eine Demokratie beleben, wenn die Bürger gut informiert sind und Vor- und Nachteile einer Entscheidung klar abschätzen können. Direkte Demokratie wird aber problematisch, sobald es an fairen Bedingungen und verantwortungsbewussten Politikern fehlt – oder wenn gar Volksverhetzer ein Referendum kapern. Dann kann es zu dem paradoxen Ergebnis führen, dass Volkes Wille manipuliert, verbogen oder ignoriert wird.

Rousseaus Konzept der direkten Demokratie, bei dem die Mehrheit alles und die Minderheit nichts zählt, hat sich als gefährlich erwiesen. Totalitäre Regime beriefen sich darauf, um das Modell eines Einheitsvolkes unter autoritärer Führung zu legitimieren. Das lehrt: keine echte Demokratie ohne Minderheitenschutz. Dieser ist auch im Westen in Gefahr. Ganze Gesellschaften, etwa in Polen oder den USA, zerfallen in verfeindete Lager, die sich kompromisslos bekämpfen.

Referenden mit ihrer Verkürzung komplexer Fragen auf Ja oder Nein und ihrer radikalen Trennung von Siegern und Besiegten polarisieren zusätzlich. Dagegen kann der viel geschmähte Parteienstreit in den Parlamenten zu Kompromissen führen, die ein Land zusammenhalten.

Quelle: Ulrich: Wann direkte Demokratie gefährlich werden kann, in: Süddeutsche Zeitung, 05.10.2016, S. 4.

6. Erläutern Sie, welche Rolle Verbände im Allgemeinen für die Demokratie spielen.

M 12

Eintrag im Politiklexikon zum Begriff „Verband/Verbände"

Allg.: V. bezeichnet den Zusammenschluss von Personen mit gemeinsamen Interessen zur Verfolgung gemeinsamer Ziele.

Pol.: V. sind Vereinigungen, deren Aufgabe es ist, die besonderen Interessen ihrer Mitglieder in den politischen Entscheidungsprozess einfließen zu lassen (Lobbyisten). Zu diesem Zweck sind V. sehr unterschiedlich organisiert, z. B.

1. als Massenorganisationen (z. B. Gewerkschaften),
2. als Interessen-V. (z. B. der Allgemeine Dt. Automobilclub, ADAC),
3. als Fach-V. (z. B. V. des Fleischerhandwerks),
4. als Berufs-V. (z. B. der Verband der Flugzeugführer und Flugingenieure Cockpit),
5. als Standesorganisationen (z. B. der Deutsche Beamten Bund, DBB) usw.

Adressaten der verbandspolitischen Arbeit sind neben Staat und Politik auch die Öffentlichkeit und die Medien sowie die eigene Mitgliedschaft (Werbung neuer Mitglieder, Mobilisierung von Unterstützung).

Quelle: Schubert; Klein: Verband/Verbände, in: Das Politiklexikon, 2016, S. 316.

7. Diskutieren Sie anhand der Interviewbeiträge junger Gewerkschafter, ob sich ein Engagement in einer Gewerkschaft heute noch lohnt.

M 13

Junge Gewerkschafter und Gewerkschafterinnen im Interview

Wo stehen die Gewerkschaften heute in Deutschland?

KATY HÜBNER. IG BCE Mit dem Rücken zur Wand – sinkende Mitgliederzahlen, Konkurrenz durch Berufsverbände, schwierige gesetzliche Rahmenbedingungen zur Durchsetzung guter Arbeitsbedingungen: Wir brauchen umsetzbare Antworten auf die Frage danach, wie der Arbeitsmarkt der Zukunft aussehen soll und wie die gesellschaftlichen Kräfteverhältnisse neu balanciert werden können. Wir stehen zwar, wie gesagt, einerseits mit dem Rücken zur Wand. [...] Andererseits haben wir aber auch ein ganz wesentliches Alleinstellungsmerkmal: Wir werden von allen relevanten Gruppen innerhalb der Gesellschaft anerkannt und akzeptiert. Regierungen schätzen unsere tarifpolitischen Antworten auf gesetzliche Rahmenbedingungen. Die meisten Arbeitgeberverbände wissen um die stabilisierende Wirkung von Tarifverträgen und betrieblicher Mitbestimmung. Sie verlassen sich auf den großen Einfluss der Gewerkschaften, wenn es um industriepolitische Weichenstellungen geht und sie dafür Unterstützung benötigen. Und unsere Mitglieder sehen ihre Interessen durch uns gut vertreten. Damit sind Gewerkschaften eben mehr als nur gewöhnliche Lobbyisten im System – wir sind breiter aufgestellt und das macht uns einmalig.

Was sind aktuell die wichtigsten Aufgaben?

CHRISTIAN BECK. IG BAU Ganz einfach: Die Verbesserung der Lebens- und Arbeitsbedingungen. Und das in erster Linie auf Grundlage von Tarifverträgen und der damit verbundenen betrieblichen Kampfkraft.

KATY HÜBNER. IG BCE Nach wie vor gilt, dass Gewerkschaften in erster Linie für die Organisation von kollektivem Schutz zuständig sind. Gerade wenn z. B. Leiharbeit zu einem gesellschaftlichen Sprengsatz wird, braucht es kollektive Regelungen, die verhindern, dass unterschiedliche Beschäftigtengruppen gegeneinander ausgespielt werden. Der zweite Punkt ist die Gestaltung gesellschaftlicher Veränderungsprozesse. Welche Lösungen finden wir zur Bewältigung des Demografieproblems? Wie organisieren wir Teilhabe für alle? Wie sichern wir in einer Finanz- oder Wirtschaftskrise Arbeits- und Ausbildungsplätze? Und als dritten Bereich würde ich einen allgemeinen politischen Gestaltungsauftrag nennen. Die IG BCE-Jugend diskutiert das unter dem Label: „Baustelle Zukunft – wie wollen wir leben und arbeiten?“ und damit gehen wir weit über betriebliche Problemlösungen hinaus.

Wo befinden sich momentan die wichtigsten gesellschaftlichen Konfliktfelder aus gewerkschaftlicher Perspektive?

KATY HÜBNER. IG BCE Es geht um die alte und doch immer wieder aktuelle Frage nach der Herstellung von Gerechtigkeit in allen Lebensbereichen.

CHRISTIAN BECK. IG BAU Seit Jahrzehnten werden die Sozialsysteme systematisch ausgehöhlt. Dadurch sind die Beschäftigten extrem unter Druck geraten. In der Folge erleben wir nicht nur ein Zerbrechen des gesellschaftlichen Zusammenhalts. Vielmehr zeigt die Politik in einer Bankrotterklärung durch Castortransporte und andere wahnwitzige Projekte, wie selbstherrlich sie über die Köpfe der Bevölkerung hinwegregiert.

TORSTEN ROHDE. GdP Wir werden uns zukünftig sowohl mit einem schrumpfenden Arbeitsangebot als auch mit einer zunehmend komplexer und komplizierter werdenden Welt auseinandersetzen müssen. Die zunehmende Wirtschaftsstärke einst wirtschaftlich schwacher Nationen wird Europa verändern. Hier stehen die Gewerkschaften in der Pflicht, Lösungen anzubieten, die die europäische Binnennachfrage stärken, den

Wirtschaftsstandort Europa fördern, Attraktivität im Bildungsbereich herstellen und gesellschaftliche Wohlfahrt ermöglichen.

KATY HÜBNER. IG BCE Es geht darum, „gute Arbeit“ für alle Beschäftigten durchzusetzen. Leiharbeit, Befristungen oder Niedriglöhne dürfen nicht für Millionen von Menschen bittere Realität sein. Niemand darf – innerhalb und außerhalb der Betriebe – wegen seiner Herkunft oder seines Geschlechts benachteiligt werden. Bildungs- und Entwicklungsperspektiven dürfen nicht vom sozialen Status der Familie, aus der man kommt, abhängen und wir müssen verhindern, dass unter dem Deckmantel der „Generationengerechtigkeit“ weiterhin Sozialabbau und Privatisierung betrieben werden.

CHRISTIAN BECK. IG BAU Die Themen, die den Alltag der Menschen bestimmen, müssen unsere Themen sein. Das Betriebliche ist in unserem direkten Einflussbereich. Also müssen wir dort ansetzen und die Herausforderungen gemeinsam mit den Beschäftigten angehen und lösen.

Quelle: Rudolf; Bischoff; Leiderer (Hg.): Protest – Bewegung – Umbruch 2011, S. 131 ff.

8. Beurteilen Sie die Forderung des Porsche-Betriebsratsvorsitzenden Uwe Hück, exklusive Lohnerhöhungen für Gewerkschaftsmitglieder einzuführen.

Porsche-Betriebsrat: Exklusive Lohnerhöhungen nur für Gewerkschafter

M 14

Brisante Forderung: Nach Meinung des Porsche-Betriebsratschefs Uwe Hück sollen ausgehandelte Lohnerhöhungen künftig nicht für alle Beschäftigten des Unternehmens gleich ausfallen, auch wenn sie gleiche Arbeit erledigen. Gewerkschaftsmitglieder könnten einen Lohnbonus erhalten.

Porsche-Betriebsratschef Uwe Hück fordert einen Extra-Bonus für Gewerkschafter. „Die IG Metall sollte ihre Möglichkeiten offensiv nutzen, um für ihre Mitglieder einen zusätzlichen Bonus in den kommenden Tarifverträgen zu verankern“, schreibt Hück an IG-Metall-Chef Berthold Huber in einem Brief, der der „Stuttgarter Zeitung“ vorliegt.

„Wir brauchen einen neuen Weg – und darüber will ich die Diskussion eröffnen: Wer etwas haben möchte, muss einen Beitrag leisten“, sagte Hück. „Es kann nicht sein, dass die IG-Metall-Mitglieder etwas erkämpfen, und zum Schluss kriegen all die Beschäftigten, die nicht mitgewirkt haben, das Gleiche.“

Die Belegschaft der Porsche AG, so zitiert die Zeitung Hück weiter, empfinde es mehr und mehr als ungerecht, „dass auch diejenigen, die sich nicht gewerkschaftlich für die Rechte der Arbeitnehmer einsetzen, als Trittbrettfahrer in gleicher Weise von tariflichen Entgelterhöhungen und anderen tariflichen Errungenschaften profitieren“.

Quelle: [kst/dpa-afx]: Porsche-Betriebsrat: Exklusive Lohnerhöhungen nur für Gewerkschafter, in: manager magazin, 26.03.2013, abgerufen unter: www.manager-magazin.de/unternehmen/autoindustrie/porsche-betriebsrat-hueck-will-lohnplus-nur-fuer-gewerkschaftsmitglieder-a-905669.html [28.06.2017].

9. Thomas Krüger stellt in seiner Rede bei den Münchener Medientagen 2011 völlig neue Formen des Einsatzes digitaler Medien vor. Definieren Sie knapp die drei verschiedenen Entwicklungsstufen, die er beschreibt. Beurteilen Sie: Geht es hier um eine Weiterentwicklung oder eine Bedrohung der Demokratie?

M 15 Thomas Krüger, Rede zu den 25. Münchener Medientagen am 21. Oktober 2011 (Auszüge)

Meine sehr verehrten Damen und Herren,

wir haben in den letzten Monaten viel von „Facebook-Protesten", „Twitter-Bewegungen", „Handy-Revolutionen" oder „Blackberry-Aufständen" gelesen. Den digitalen Graswurzelmedien wird bei den Protestbewegungen in Teheran, Kairo, Stuttgart, London, New York oder neuerdings Frankfurt eine zentrale Rolle zugeschrieben. Zwei Grundannahmen, die gerne auch für den digitalen Wandel in anderen Teilen der Gesellschaft genutzt werden, sind dabei sehr beliebt: Entweder wird impliziert, dass da etwas ganz Neues gekommen sei und alles Alte ersetze, so nach dem Motto: „Im Zeitalter von Facebook und YouTube braucht es Zeitungen und Fernsehen gar nicht mehr." Oder es wird davon ausgegangen, dass das Alte durch etwas Neues ergänzt werde, quasi als „Add-On", als Anbau an das Bestehende. Beide Grundannahmen sind falsch: Im digitalen Wandel wird das Bestehende nicht ersetzt oder ergänzt. Das Neue verändert das Bestehende. [...]

Verabredungen wurden im Iran, in London, Kairo und Stuttgart online getroffen und die digitale Vernetzung wirkte bisweilen wie ein Brandbeschleuniger. Aber ihre Kraft entfalteten die Proteste auf den Dächern von Teheran, auf den Straßen von Tottenham, auf dem Tahir-Platz in Kairo und eben im Schlossgarten.

Außer der Straße braucht Protest auch immer noch Öffentlichkeit durch die Massenmedien. [...]

Partizipation mithilfe des Internets erfolgt in Deutschland, wenn überhaupt, noch nach alten Mustern: Der Staat ruft, die Bürgerinnen und Bürger dürfen mitmachen. Meist handelt es sich bei solchen Beteiligungsformen nur um die „Digitalisierung" von bewährten Partizipationsformaten wie Bürgerhaushalt oder Konsultationsverfahren. Bei diesen Formen der *Partizipation 1.0* gibt es analog zum Web 1.0 ein klares Oben und Unten, eine Trennung in Initiator und Teilnehmer. Auch hier finden wir wieder das einleitend angesprochene Muster: Der digitale Wandel wird als *Add-On* an bestehende Institutionen und Prozesse angedockt, ergänzt und optimiert ein bisschen, aber verändert nicht grundlegend.

Da ist die Zivilgesellschaft schon weiter. Ihre Akteure verstehen sich auf *Partizipation 2.0*, also Beteiligung, die nicht von oben initiiert wird, sondern von den Bürgerinnen und Bürgern ausgeht und auf den Staat oder direkt in die Gesellschaft zielt. Die Parallelen zum Web 2.0 bedeuten: Jeder ist gleichzeitig Konsument und Produzent, jeder kann auch senden, initiieren, sich engagieren, einmischen und Gehör verschaffen, ohne dass er darauf wartet, gefragt zu werden. Aus der repräsentativen Demokratie wird eine Mitmachdemokratie, eine diskursive Demokratie, die Repräsentanten nicht ersetzt, sondern verändert.

Mit neuen Formen der demokratischen Entscheidungsfindung, die unter dem Begriff Partizipation 3.0 zirkulieren, experimentiert zum Beispiel die Piratenpartei. Mit Liquid Feedback, Delegated Voting und Liquid Democracy werden – nicht ohne heftige innere Kontroverse – Formen zwischen direkter und repräsentativer Demokratie erprobt: Parteimitglieder können über eine speziell entwickelte Liquid Feedback-Software eigene Anträge einbringen, zur Diskussionen stellen und bei ausreichender Unterstützung zur Abstimmung bringen. Zu dem Konzept gehört aber nicht nur die Möglichkeit, sich direkt einzubringen, sondern vor allem auch, seine Stimme zu delegieren, wenn man jemand anderes in einer Frage für kompetenter hält. Damit fließen – daher „liquid" – direkte und repräsentative Demokratie ineinander. Der periodische Wahlakt auf der Basis umfangreicher Gesamtprogramme wird hier zugunsten eines ständigen, öffentlichen Diskurses mit themenspezifischen Abstimmungen überwunden. Schließlich soll sich in einer Liquid Democracy jeder flexibel an Entscheidungen beteiligen können und Mehrheiten organisieren.

Das ist nun im Prinzip nichts Neues, sondern die digitalisierte Version der alten basisdemokratischen Idee – eine diskursive Aushandlung von Positionen im (so weit wie möglich) herrschaftsfreien Raum. Das Volk gibt sich dabei seine Regeln unmittelbar selbst. Dieses Rousseau'sche Demokratieverständnis haben zuletzt die Grünen in den 80er Jahren für die politische Praxis wiederbelebt. Was dieses Mal aber – nicht nur bei den Piraten, sondern generell – den entscheidenden Unterschied für den Erfolg ausmachen könnte, ist, dass die technischen Möglichkeiten potenziell den Zugang und die Reichweite dieses Aushandlungsprozesses vereinfachen. Bisher konnten Skeptiker gewichtige praktisch-logistische Gegenargumente ins Feld führen – heute geht es vor allem um die Frage, ob wir das alles wirklich wollen oder nicht.

Quelle: Krüger: Keynote „Das Neue verändert das Bestehende" zu den Medientagen München 2011, abgerufen unter: www.bpb.de/presse/51078/revolutionsplattform-facebook-wie-das-internet-politische-umbrueche-beeinflusst [22.08.2017].

10. Der Sozialpsychologe Harald Welzer stellt in einer Kolumne das unkonventionelle Handeln eines unkonventionellen Unternehmers vor. Handelt es sich dabei um politische Partizipation? Diskutieren Sie, was sich aus dem Beispiel für die Durchsetzung eigener Interessen lernen lässt.

Harald Welzer: So sieht es aus, wenn Revolutionen beginnen

M 16

In Österreich gibt es seit mehr als zehn Jahren eine äußerst aufgeweckte Behörde. Sie heißt „Finanzmarktaufsichtsbehörde", kurz FMA, und schützt das Land vor unkorrekten Finanzmarktakteuren. Nicht, dass sie vor dem Finanzmarktcrash gegen abenteuerliche Spekulationen mit öffentlichen Geldern und kriminelle Derivatgeschäfte besonders engagiert vorgegangen wäre – dafür schaut sie aber intensiv dorthin, wo sonst niemand drauf kommt. Zum Beispiel auf eine Schuhfabrik im Waldviertel, der strukturschwächsten Region Österreichs. Diese Fabrik hat ein Mann namens Heini Staudinger vor mehr als zwanzig Jahren übernommen und vor der Pleite bewahrt, indem er sie in einen nachhaltigen Vorzeigebetrieb verwandelte, ein Musterfall für zukunftsfähiges Wirtschaften.

Staudinger bezieht seine Rohstoffe, wo immer es geht, aus der Region, versorgt seine Belegschaft mit biologisch erzeugten Lebensmitteln von benachbarten Höfen und zahlt sich selbst weniger Gehalt als seinen Arbeiterinnen und Arbeitern, nicht mehr als 1000 Euro im Monat. Auf diese sonderbare Weise hat er seine Belegschaft von zwölf auf heute 130 Mitarbeiter ausgebaut, was gerade im Waldviertel hoch geschätzt wird. Aber: Schon lange arbeitet Staudinger nicht mehr mit Banken zusammen. Er hat sich Erweiterungen seiner Fabrik, etwa den Bau eines neuen Warenlagers oder einer Solaranlage, schon per „crowd funding" finanzieren lassen, als es das Wort noch gar nicht gab. Private Anleger kleiner Beträge, vorwiegend Kunden, liehen ihm das notwendige Geld, das mit vier Prozent verzinst wurde.

Das musste die FMA auf den Plan rufen, die hier scharfsichtig ein illegales Bankgeschäft erkannte und Staudinger eine Beugestrafe von 10000 Euro androhte, sollte er nicht umgehend das geliehene Geld komplett zurückerstatten. Das Beugen soll nun, da Staudinger sich weigert, sich der FMA zu unterwerfen, folgerichtig weitergehen – dem Schuhfabrikanten droht Gefängnis. Das schreckt den aber wenig: Staudinger hat sein Unternehmen aufgebaut, ohne jemals Rücksicht auf Konventionen genommen zu haben. Das ist auch heute noch so. Mit dem, was an Gewinn erwirtschaftet wird, finanziert er Kliniken in Tansania, ein Land, das er als Schüler mit dem Moped bereist hat. Afrika hat ihn seither nicht mehr losgelassen. Heute unternimmt er die Reisen nach Tansania mit dem Fahrrad – dies nur, um anzudeuten, mit wem die FMA sich da anlegt. Dem Charismatiker Staudinger ist es natürlich umstandslos gelungen, eine Solidaritätskampagne anzustoßen, die weit über seinen eigenen Fall hinausgeht.

Obwohl die Banken sich selbst zu nahezu null Prozent Zinsen Geld leihen können, agieren sie gegenüber Kleinunternehmern bei der Kreditvergabe nach wie vor, als hätte es nie eine Finanzmarktkrise gegeben, und verweigern notwendige Kredite, prüfen und reglementieren die Antragsteller. Inzwischen haben 10.000 Menschen eine Online-Petition für Staudinger unterzeichnet, alle österreichischen Medien berichten über den Fortgang dieses bizarren Falls. Nun sieht es aus, als würde der Fall Staudinger zum Katalysator für eine angestrebte Gesetzesnovelle, die wirtschaftliche Beteiligungsmodelle ohne den Einbezug von Banken legalisieren soll.

Jemanden, der mit dem Fahrrad durch Afrika fährt, kann die Androhung einer Gefängnisstrafe kaum erschrecken. In einem Interview mit dem ORF teilte Staudinger dazu nur mit, dass er so viel arbeite, dass ihm eine Zeit im Knast ganz guttun würde. Im Übrigen habe der Konflikt seinem Unternehmen, der GEA, mächtig Auftrieb gegeben: „Wir verkaufen so viele Schuhe wie noch nie zuvor. So gesehen: Danke!"

Dass Leute wie Heini Staudinger für den Beginn von etwas Neuem stehen, als Vorreiter einer gemeinwohlorientierten Wirtschaft und als Widerständler gegen eine übergriffige Koalition aus Finanzwirtschaft und Politik, erschließt sich auch daraus, wie neulich eine feierliche Preisverleihung in Hamburg endete. Staudinger wurde ein Preis für nachhaltiges Unternehmertum überreicht. Der Laudator im klassischen Nadelstreifen, Dr. Oetker, zeigte sich vom Preisträger in knallroter Jeansjacke so nachhaltig beeindruckt, dass er ihm sein Anzugsakko im Tausch gegen die eher rustikale Jacke anbot. Das Publikum war fassungslos. Es könnte sein, dass es genau so aussieht, wenn Revolutionen beginnen.

Quelle: Welzer: So sieht es aus, wenn Revolutionen beginnen, in: Frankfurter Allgemeine Zeitung, 07.05.2013, abgerufen unter: www.faz.net/aktuell/feuilleton/wahre-geschichten-aus-der-wuenschenswerten-zukunft-1-so-sieht-es-aus-wenn-revolutionen-beginnen-12175679.html [08.06.2017].

11. Erläutern Sie aufbauend auf Ernst Fraenkel, warum die engagierte Vertretung eigener Interessen für das Funktionieren eines demokratischen Staates wichtig ist.

Ernst Fraenkel: Die pluralistische Demokratie

M 17

Eine jede totalitäre Diktatur geht von der Hypothese der Existenz eines eindeutig bestimmbaren, a priori vorgegebenen Gemeinwohls aus, von dem unterstellt wird, es sei ausreichend detailliert, um von der Einheitspartei als politisches Aktionsprogramm verwertet werden zu können. Eine jede funktionierende pluralistische Demokratie erkennt zwar die Notwendigkeit eines generell akzeptierten Wertkodex an, der neben verfassungsrechtlichen Verfahrensvorschriften und Spielregeln eines Fairplay auch ein Minimum von regulativen Ideen generellen Charakters enthalten muss; sie glaubt jedoch nicht, dass in politisch relevanten Fällen diese regulativen Ideen ausreichend konkret und genügend substantiiert zu sein vermögen, um für die Lösung aktueller politischer Probleme unmittelbar verwendungsfähig zu sein. Der Pluralismus beruht vielmehr auf der Hypothese, in einer differenzierten Gesellschaft könne im Bereich der Politik das Gemeinwohl lediglich a posteriori als das Ergebnis eines delikaten Prozesses der divergierenden Ideen und Interessen der Gruppen und Parteien erreicht werden, stets vorausgesetzt, um dies der Klarheit wegen zu wiederholen, dass bei deren Zusammen- und Widerspiel die generell akzeptierten, mehr oder weniger abstrakten regulativen Ideen sozialen Verhaltens respektiert und die rechtlich normierten Verfahrensvorschriften und die gesellschaftlich sanktionierten Regeln eines Fairplay ausreichend beachtet werden. Die pluralistische Theorie des Gemeinwohls bestreitet keineswegs, dass es weite Gebiete des staatlichen und gesellschaftlichen Lebens gibt, über deren Ordnung ein Consensus omnium vorliegt; ja sie betont mit Nachdruck, dass auf die Dauer ein Staat nicht lebensfähig ist, in dem weder über ein Minimum fundamentaler noch über zahlreiche detaillierte Fragen der Wirtschaft, Gesellschaft und Politik eine weitgehende Übereinstimmung besteht. Sie nimmt jedoch den Umstand, dass es weite Gebiete des staatlichen und gesellschaftlichen Lebens gibt, über deren Regelung Meinungsverschiedenheiten zwischen verschiedenen Gruppen existieren, nicht nur mit Gleichmut hin, sondern erachtet dies als unvermeidlich, ja geradezu als ein Indiz eines in Freiheit pulsierenden öffentlichen Lebens. Sie hält es weder für wünschenswert noch für möglich, dass in einem freiheitlichen Staatswesen ein einheitlicher Gemeinwille besteht, der die divergierenden Gruppenwillen restlos in sich aufsaugt. Sie glaubt, dass die kollektive Geltendmachung von partikulären Interessen unerlässlich erforderlich ist, um zu verhüten, dass entweder der Wille einer autokratisch-staatlichen oder der Wille eines Oligopols nicht minder autokratisch privater Bürokratien in kontroversen Fragen entscheidet. Die offene Austragung der in jedem freien Staat unausbleiblichen Meinungsverschiedenheiten und die Kompromisse, durch die diese Konflikte beigelegt werden, betrachtet sie als den einzig geeigneten Weg, eine tragbare Lösung für Probleme zu finden, über die ein Consensus omnium nicht besteht.

Quelle: Fraenkel: Der Pluralismus als Strukturelement der freiheitlich-rechtsstaatlichen Demokratie, in: Nuscheler; Steffani (Hg.): Pluralismus, 1972, S. 159–162.

DAS WICHTIGSTE IN KÜRZE

Politische Teilhabe

Demokratie ist mehr als die Teilnahme an den nächsten Wahlen. Politische Partizipation kann in einem lebendigen demokratischen Staat auf verschiedene Arten stattfinden, z. B.

- Demonstrationen
- Mitarbeit in Parteien
- Organisation in Verbänden oder Gewerkschaften
- Initiation oder Unterzeichnung von Petitionen
- Engagement in Bürgerinitiativen

Diese Formen der politischen Partizipation werden von den Menschen- und Bürgerrechten im Grundgesetz geschützt, auch wenn sie im Einzelfall immer wieder neu erkämpft werden müssen – zu erinnern wäre hier u. a. an das Recht zur gewerkschaftlichen Organisation bei Discountern.

Direkte Demokratie

Seit der Antike gibt es die Idee, dass Gesetze erst dann legitim sind, wenn das Volk direkt seine Zustimmung gegeben hat. In Deutschland gibt es solche Formen der direkten Demokratie allerdings nur auf Landesebene.

Volksbegehren und Volksentscheid sind schon in der Bayerischen Verfassung von 1946 vorgesehen. Alle politischen Anliegen, auch Verfassungsfragen, können Gegenstand eines Volksbegehrens und eines Volksentscheids sein. Nur der Staatshaushalt oder Verfassungsänderungen, die „den demokratischen Grundgedanken der Verfassung widersprechen“ (Artikel 75 Abs. 1 Satz 2 Bayerische Verfassung) sind vom Volksentscheid ausgeschlossen. In Bayern waren 17 Initiativen im Zeitraum von 1946 bis 2010 erfolgreich, sechs Initiativen wurden bis zum Volksentscheid vorangebracht.

Ob diese Formen der direkten Demokratie auch auf Bundesebene eingeführt werden sollten, ist nach wie vor umstritten. Jüngere Beispiele, wie z. B. die Diskussion um den Brexit, zeigen, welche Rolle kurzfristige Emotionen und Ängste spielen können.

Auf dem Weg zur digitalen Mitmachdemokratie?

Demokratische Partizipation ist in einer modernen Gesellschaft wie der unseren ohne Massenmedien kaum vorstellbar. Medien informieren die Bevölkerung, artikulieren Ansichten und kontrollieren politische Entscheidungsträger. Internet und Digitalisierung werden allerdings vermutlich die Rolle von Medien in der Demokratie nachhaltig verändern: Stellte das Internet bislang für Politiker überwiegend eine weitere Plattform zur Darstellung ihrer Positionen dar, gibt es immer mehr Initiativen, die über das Netz Druck auf politische Entscheidungsträger aufbauen („Partizipation 2.0“). Abzuwarten bleibt, ob sich durch das Internet auch neue Formen der direkten Demokratie etablieren. Würde dies die Demokratie erweitern oder zu einer „Diktatur der gut Vernetzten“ führen? Zweifel sind in jedem Fall angebracht.

FESTIGUNG – VERTIEFUNG

Weitere Herangehensweisen

- Recherchieren Sie, auf welche Artikel des Grundgesetzes sich die in diesem Kapitel vorgestellten Formen der Partizipation jeweils stützen können.
- Informieren Sie sich über die Proteste gegen das Anti-Piraterie-Abkommen ACTA. Welcher Form der internetgestützten Partizipation im Sinne der Rede Thomas Krügers entsprechen die Aktionen?

Vertiefende Aspekte

- Interviewen Sie Schülerinnen und Schüler Ihrer Schule, die in einer Partei engagiert sind. Welche Ziele haben sie? Welche Einflussmöglichkeiten gibt es innerhalb der Partei?
- Recherchieren Sie die Arbeit einer lokalen Bürgerinitiative und stellen Sie Ihre Ergebnisse in einem Referat vor.
- Verfassen Sie im Deutschunterricht den Text für eine Onlinepetition. Bauen Sie dabei auf Ihr Wissen über Argumentation und sprachliche Gestaltungsmittel auf.

Weiterführende Quellen und Hinweise

H 1 Hessel, Stéphane: Empört Euch! Aus dem Französischen von Michael Kogon, Berlin, Ullstein, 2010. Hessels Streitschrift entwickelte sich in kurzer Zeit zu einem weltweiten Bestseller. Der Résistance-Kämpfer, Buchenwald-Überlebende und UN-Diplomat stellt darin in eindringlichen Worten die Bedeutung politischen Engagements dar.

H 2 Marg, Stine; Walter, Franz (Hg.): Die neue Macht der Bürger: Was motiviert die Protestbewegungen? BP-Gesellschaftsstudie, Reinbek, Rowohlt, 2013. Der Band informiert über Ziele, Formen und Erfahrungen aktuellen bürgerlichen Protests.

H 3 Kessler, Florian: Mut Bürger: Die Kunst des neuen Demonstrierens, Berlin, Hanser, 2013. Der Autor erläutert die vielfältigen Formen des neuen Engagements und wie wichtig dieses heutzutage ist.

KAPITEL 1 (LERNBEREICH 2)

1.6 Der Vergleich mit anderen Staaten

Forschungsinteresse und Kompetenzerwerb

„Überfremdung", „Karlsruhe-Touristen", „Lügenpresse", „postfaktisch" und viele mehr! Jedes Jahr werden das Unwort des Jahres und das Wort des Jahres von Fachleuten aus Presse und Sprachwissenschaft gekürt, um zu zeigen, welche Worte populär, bedeutend und von besonderer sprachlicher Qualität sind. In einem Zeitalter der Medialisierung und der ständigen Informationsflut erscheint es nicht leicht, sich politisch orientieren zu können, um das Wesen der Demokratie, nämlich die freie Mitbestimmung des Bürgers, die Achtung der Menschenrechte eines jeden, ausüben zu können. Was bedeutet Demokratie im 21. Jahrhundert überhaupt noch? Welche Werte gilt es, in der Bundesrepublik zu leben, und wie sieht Demokratie in anderen Staaten aus? Die Reflexion der Werte der Demokratie und die Wahrnehmung möglicher Gefahren soll in den Mittelpunkt gerückt werden. Hierbei geht es nicht allein um die Bundesrepublik, sondern um Staaten weltweit. Welche Anstrengungen muss der Einzelne im politischen System unternehmen, um die Grundwerte und die demokratischen Strukturen zu schützen und zu verteidigen, und welche Rolle muss der Staat selbst dabei einnehmen.

Vorgehen

Sie planen eine Weltreise! Daher sollen Sie in der Schule Länderplakate für verschiedene Länder entwerfen, um sich mit den grundlegenden geografischen und strukturellen Fakten vertraut zu machen. Besonders die Verfassungen sind wichtig. Zur Darstellung der Informationen geht es auch darum, mit unterschiedlichen Textsorten zu arbeiten, eigene Texte zu schreiben und Karikaturen zu zeichnen.

Anhand der Definitionen politischer Begriffe ERLERNEN Sie die unterschiedlichen Kategorien der Herrschaftsformen, um diese später sicher gebrauchen und verknüpfen zu können. Dann BEWERTEN Sie Auszüge der türkischen Verfassung mit den in der Reportage dargestellten Verhältnissen, um Gemeinsamkeiten, Ähnlichkeiten und Unterschiede HERAUSZUARBEITEN. Anschließend ERSCHLIESSEN Sie in der Reportage und im Interview die Lebensumstände der Menschen im Iran, um dies anhand der Darstellung des politischen Systems des Irans zu ÜBERPRÜFEN und zu PROBLEMATISIEREN. Durch die Beschäftigung mit einem weiteren Land ERKENNEN Sie zusätzliche Strategien, wie demokratische Strukturen unterwandert werden, nachdem Sie sich den Text und die beiden Karikaturen ERSCHLOSSEN und diese INTERPRETIERT haben. Sie ANALYSIEREN einen Kommentar zu alternativen Fakten und INFORMIEREN sich zusätzlich über die Autorin des Artikels.

Als Arbeitshilfe finden Sie im hinteren Teil des Lehrwerks eine Übersicht über verschiedene Methodentechniken. Nutzen Sie diese Möglichkeit.

ENTWICKELN **Sie nun mit all diesen unterschiedlichen Erkenntnissen und der abschließenden Karikatur selbstständig Hypothesen.** REFLEKTIEREN **Sie die eigene Rolle im Prozess des Erhalts demokratischer Strukturen und** FORMULIEREN **Sie daraus Forderungen für die Rolle des Staates.**

Materialauswahl

Die modernen Medien bieten eine Vielzahl unterschiedlicher Textsorten: Kommentar, Bericht, Reportage, Interview, Kolumne, Essay, Definitionen, Gesetzestexte, Struktogramme und Bilder. Mit der Bestimmung der unterschiedlichen Materialien geht auch eine Wertung einher, derer Sie sich bewusst werden sollen. Ausgehend von Definitionen machen Sie sich die unterschiedlichen Herrschaftsformen bewusst, bevor Sie einen Verfassungstext analysieren. Die Reportage versetzt Sie in die Lage, die in der Verfassung vorgegebenen Maßstäbe mit den geschilderten Umständen abzugleichen, um zu einem ersten Urteil zu kommen. Weitere Lebensbereiche von Menschen in unterschiedlichen Ländern geben Einblicke in die täglich erlebten Herrschaftsformen, sodass sich eine breite Basis ergibt. Bilder ergänzen die Materialien. Vervollständigt wird die Analyse durch einen Kommentar und ein weiteres Bild, um zu einem abschließenden Urteil gelangen zu können. Hieraus sollen sich Überlegungen Ihrerseits ergeben, wie der Einzelne das ihn umgebende politische System wahrnehmen kann. Sie sollen Gefahren von modernen Demokratien erkennen und benennen können. Daraus sollen sich Überlegungen ergeben, wie der Einzelne und der Staat dazu beitragen können, die Demokratie zu erhalten und zu schützen.

1. Stellen Sie Thesen dazu auf, was für eine Regierungsform Ihnen bekannte Staaten verfolgen. Schlagen Sie weitere mögliche Regierungsformen in Lexika nach.

Definitionen politischer Begriffe

M 1

Anokratie

Mischform zwischen Demokratie und Autokratie, in der trotz demokratischer Verfahren und Elementen die Eliten die Macht halten.

Autokratie

Als Autokratie wird eine Regierungsform bezeichnet, bei der die Staatsgewalt zentral durch eine Einzelperson oder eine Gruppe (Partei, Zentralkomitee, Junta) ausgeübt wird. Eine Beteiligung des Volkes ist gar nicht oder nur zum Teil vorgesehen, wie beispielsweise bei der absoluten Monarchie oder in einer Diktatur. Autokratien sind in autoritäre Regime und totalitäre Regime unterteilt. Die Ausübung der Gewalt kann willkürlich erfolgen und sich ausschließlich an den persönlichen Interessen des Herrschers ausrichten. Zwischen der Demokratie und der Autokratie kann es zu diversen Mischformen kommen, wie beispielsweise der Anokratie, in der trotz demokratischer Verfahren und Elementen die Eliten die Macht halten.

Demokratie

Der Begriff Demokratie steht zum einen für das Ideal einer durch Zustimmung der Mehrheit und die Beteiligung der Bürger legitimierte Herrschafts- bzw. Regierungsform, in der die Macht vom Volk ausgeht („Volksherrschaft“). Zum anderen bezeichnet Demokratie einige real existierende politische Systeme, in denen das demokratische Prinzip in der Verfassung verankert ist. Sie zeichnen [sich] unter anderem durch freie Wahlen, Mehrheitsprinzipien, politische Repräsentation und vor allem die Verfassungsmäßigkeit und den Schutz der Grund- oder Bürgerrechte aus. Es gibt verschiedene Ausprägungen von Demokratie. Am häufigsten wird zwischen der direkten und der repräsentativen Demokratie unterschieden. Im ursprünglichen Sinn bedeutet Demokratie die Herrschaft des Volkes (gr. Δημοκρατία, von δῆμος [*demos*], „Volk“, und κρατία [kratía], „Herrschaft“, diese wird jedoch heute durch gewählte Vertreter, die Regierung, ausgeübt. [...]

Quelle: Bundeszentrale für politische Bildung (Hg.): Glossar – Krieg und Gewaltkonflikte, abgerufen unter: https://sicherheitspolitik.bpb.de/m1/glossary [06.02.2017].

2. Bewerten Sie die Freiheit der Presse in der Türkei anhand der Artikel der türkischen Verfassung, der danach folgenden Reportage und des anschließenden Berichts.

M 2 Die Verfassung der Türkei, Stand Juni 2017

Die vorliegenden Artikel der Verfassung wurden im Jahre 2001 neu gefasst.

VIII. Freiheit der Äußerung und Verbreitung der Meinung

Artikel 26 – Jedermann hat das Recht, seine Meinungen und Überzeugungen in Wort, Schrift, Bild oder auf anderem Wege allein oder gemeinschaftlich zu äußern und zu verbreiten. Diese Freiheit umfasst auch die Freiheit des Empfangs oder der Abgabe von Nachrichten und Ideen ohne Eingriff öffentlicher Behörden. Der Vorschrift dieses Absatzes steht nicht entgegen, Veröffentlichungen durch Radio, Fernsehen, Kino oder auf ähnlichem Wege einem Genehmigungssystem zu unterwerfen.

Der Gebrauch dieser Freiheiten kann zum Schutz der nationalen Sicherheit, öffentlichen Ordnung, öffentlichen Sicherheit, der Grundlagen der Republik und der unteilbaren Einheit von Staatsgebiet und Staatsvolk, zu den Zwecken der Verhinderung von Straftaten, der Bestrafung von Straftätern, der Nichtaufdeckung von ordnungsgemäß als Staatsgeheimnisse bestimmten Informationen, des Schutzes des guten Rufs oder der Rechte sowie des Privat- oder Familienlebens anderer oder von durch das Gesetz vorgesehenen Berufsgeheimnissen oder der den Erfordernissen gemäßen Ausübung der Gerichtsbarkeit beschränkt werden.

Vorschriften, welche den Gebrauch der Mittel zur Verbreitung von Nachrichten und Meinungen regeln, gelten, wenn sie ihre Verbreitung nicht behindern, nicht als Beschränkung der Freiheit zur Meinungsäußerung und -verbreitung.

Form, Bedingungen und Verfahren der Ausübung der Meinungsäußerungs- und -verbreitungsfreiheit werden durch Gesetz geregelt.

IX. Freiheit der Wissenschaft und Kunst

Artikel 27 – Jedermann hat das Recht, Wissenschaft und Kunst frei zu lernen und zu lehren, zu äußern, zu verbreiten und in diesen Bereichen jede Art von Forschung zu betreiben.

Das Recht zur Verbreitung darf nicht zu dem Zweck gebraucht werden, eine Änderung der Artikel 1, 2 und 3 der Verfassung herbeizuführen.

Die Vorschrift dieses Artikels steht einer Regelung zu Einfuhr und Vertrieb ausländischer Veröffentlichungen im Land durch Gesetz nicht entgegen.

X. Vorschriften über Presse und Veröffentlichungen
A. Pressefreiheit

Artikel 28 – Die Presse ist frei, Zensur findet nicht statt. [...]

Der Staat trifft die Maßnahmen zur Gewährleistung der Presse- und Informationsfreiheit.

Bei der Beschränkung der Pressefreiheit finden die Vorschriften der Artikel 26 und 27 der Verfassung Anwendung.

Wer Nachrichten oder Schriften, welche die innere und äußere Sicherheit des Staates, die unteilbare Einheit von Staatsgebiet und Staatsvolk bedrohen oder zur Begehung einer Straftat oder zu Aufstand oder Aufruhr ermuntern oder im

Zusammenhang mit geheimen Informationen des Staates stehen, schreibt oder drucken lässt oder zu demselben Zweck druckt sowie anderen übergibt, ist gemäß den Vorschriften des diese Straftaten betreffenden Gesetzes verantwortlich. Der Vertrieb kann im Maßnahmewege durch richterliche Entscheidung, bei Gefahr im Verzuge durch Anordnung einer durch Gesetz ausdrücklich ermächtigten Behörde verhindert werden.

Quelle: Die Verfassung der Republik Türkei, Stand: Juni 2017, abgerufen unter: www.tuerkei-recht.de/downloads/verfassung.pdf [09.06.2017].

Fernsehreportage der ARD: Türkische Medien – zu nah dran an Erdogan?

M 3

Als vierte Gewalt im Staate wird die Presse oft bezeichnet. Die Medien sollen die Mächtigen im besten Fall kontrollieren und Missstände aufdecken. Das geht aber nur bei entsprechender Unabhängigkeit. In der Türkei ist das kaum noch gegeben, wie ein Projekt von Reporter ohne Grenzen zeigt.

„Unsere Araber haben ein schönes Sprichwort, um auszudrücken, dass man jemanden sehr gerne hat“, sagt Ethem Sancak bei einer Rede an den türkischen Staatspräsidenten Erdogan gewandt. Und fährt fort, „Ich würde Dir meine Mutter, meinen Vater und meine Kinder opfern“.

Keine Frage, dass Sancaks Journalisten niemals ein schlechtes Wort über Erdogan und die von ihm gegründete AK Partei verlieren würden. Drei Zeitungen, drei Fernsehsender, zwei Radiosender, zwei Magazine und verschiedene Internetseiten darf der türkische Unternehmer sein Eigen nennen, zählt die Organisation Reporter ohne Grenzen auf.

Sancak hat in den Achtzigern mit einem kleinen Unternehmen in der Medizinbranche seine Karriere gestartet. Inzwischen gehört ihm das türkische Fahrzeug- und Rüstungsunternehmen BMC. Er ist millionenschwer.

Sancaks Laufbahn und sein Engagement im Medienbusiness stehen beispielhaft für das Netzwerk aus türkischen Wirtschaftsunternehmen und Nachrichtenhäusern. Genau das bis ins kleinste Detail aufzuzeigen, hat sich die für die Presse- und Informationsfreiheit weltweit kämpfende Organisation Reporter ohne Grenzen zur Aufgabe gemacht. Dafür kooperiert sie seit drei Monaten mit der türkischen Medienwerkstatt bianet. Das Ergebnis ist inzwischen online abrufbar. [...]

Im Fernsehen – in der Türkei immer noch das meistgenutzte Medium – hätten sieben der zehn wichtigsten Eigentümer starke Verbindungen zur Regierungspartei, so Reporter ohne Grenzen. „Es ist wirklich schwierig, eine Familie eines türkischen Medientycoons zu finden, bei der Präsident Erdogan nicht zu einer Hochzeit eingeladen war oder als Trauzeuge teilgenommen hat“, so Christian Mihr, Geschäftsführer der Organisation für Pressefreiheit.

Die Konsequenz aus diesen extremen Bindungen sei, dass sich viele Journalisten selbst zensierten, weil sie ihre Job nicht verlieren wollten, sagt der bianet-Koordinator Evren Gönül. Eines der schrillsten Sprachrohre der türkischen Regierung ist sicherlich die Tageszeitung „Yeni Safak“. Deren Journalisten glauben stets zu wissen, welche ausländische Macht der türkischen Regierung, aber vor allem dem Land und dem Volk nur Böses will. Hinter „Yeni Safak“ steht die Albayrak-Familie, bestehend aus sechs Brüdern. Bei Dutzenden öffentlichen Ausschreibungen, insbesondere von Städten und Gemeinden, habe die Albayrak Holding den Zuschlag bekommen, kritisieren Reporter ohne Grenzen und bianet. Staatspräsident Erdogan sei zu Gast bei der Hochzeit der Tochter und bei der Verlobungsfeier des Sohnes einer der Albayrak-Brüder gewesen, so die Organisation für Pressefreiheit.

Quelle: Mayer-Rüth: Türkische Medien – zu nah dran an Erdogan?, in: tagesschau.de, 27.10.2016, abgerufen unter: www.tagesschau.de/ausland/journalisten-tuerkei-105.html [09.06.2017].

M 4 Prominente Künstler und Nobelpreisträger fordern Freiheit für Deniz Yücel

Seit 300 Tagen ist der Journalist Deniz Yücel in der Türkei in Haft. Nun fordern in der Zeitung „Die Welt“, für die er vor seiner Festnahme arbeitete, mehr als 200 internationale Künstler einen fairen Prozess und Yücels Freilassung, Tenor: „Diese 300 Tage sind exakt 300 Tage zu viel.“ Stars wie die Musiker Bono und Sting sowie die Literaturnobelpreisträger Orhan Pamuk, Elfriede Jelinek, Swetlana Alexijewitsch, Herta Müller und John M. Coetzee unterstützen der Zeitung zufolge den Aufruf des Freundeskreises #FreeDeniz. Die Regisseure Wim Wenders, Volker Schlöndorff und Fatih Akin, die Maler Gerhard Richter und Daniel Richter sowie zahlreiche Journalisten haben den Aufruf ebenfalls unterzeichnet. In dem Schreiben heißt es unter anderem: „Deniz Yücel befindet sich am 10. Dezember seit 300 Tagen in der Türkei in Gefangenschaft – ohne Anklageschrift ist er in einem Hochsicherheitsgefängnis inhaftiert.“ Er sei Journalist und habe nichts anderes getan, als seinen Beruf auszuüben und seine Meinung frei zu äußern. Der Aufruf der Stars soll am 9. und 10. Dezember [2017] in deutschen und türkischen Zeitungen erscheinen. Der Korrespondent der „Welt“ sitzt seit Februar im Gefängnis. Bis heute liegt gegen ihn keine Anklage vor. Ihm wird „Unterstützung von Terroristen“ und „Volksverhetzung“ vorgeworfen. Der Haftbefehl nennt als Belege ausschließlich seine Artikel.

[cop]: 300 Tage in türkischer Haft. Prominente Künstler und Nobelpreisträger fordern Freiheit für Deniz Yücel, 9.12.2017, abgerufen unter: www.spiegel.de/kultur/gesellschaft/deniz-yuecel-300-tage-in-haft-prominente-kuenstler-und-nobelpreistraeger-fordern-seine-freiheit-a-1182519.html [10.12.2017]

Seit 1923 ist die Türkei ein säkularer, neutraler und souveräner Staat, der geografisch sowohl in Europa (3 %) als auch in Asien (97 %) liegt. Das Regierungssystem der Türkei ist die parlamentarische Demokratie, wobei die Verfassung seit der Staatsgründung mehrfach verändert wurde. In der Türkei leben etwa 80 Millionen Einwohner auf einer Fläche, die 2,5-mal so groß ist wie die Bundesrepublik Deutschland. Die Mehrheit der dort lebenden Menschen übt den Islam als Religion aus. Bisher herrscht auch in der Türkei Gewaltenteilung in Legislative, Exekutive und Judikative, wobei in den letzten Jahren Tendenzen zu beobachten sind, das parlamentarische System in ein präsidentielles System mit umfangreichen Befugnissen für den Präsidenten umzubauen. So wurde der Staatspräsident 2004 zum ersten Mal direkt vom Volk gewählt. Im Juli 2016 kam es zu einem Putschversuch in der Türkei. Die Folgen für die demokratische Ordnung sind groß: Es gab zahlreiche Verhaftungen und Entlassungen von Beamten aus allen Bereichen, unzählige Journalisten wurden inhaftiert und der Ausnahmezustand wurde ausgerufen, sodass der Staatspräsident, der bis dahin eigentlich nur eine repräsentative Funktion hatte, während dieser Zeit per Erlass und ohne weitere Kontrolle regieren konnte. Am 16. April 2017 wurde über eine Änderung von 18 Artikeln der türkischen Verfassung per Referendum abgestimmt. Die Mehrheit der Abstimmungsberechtigten stimmte für die Änderungen. So werden die Befugnisse des Staatspräsidenten im Bereich der Exekutive, der Legislative und der Judikative erheblich ausgeweitet. Damit ist das System der Gewaltenteilung durch die Konzentration der Macht auf den Staatspräsidenten faktisch aufgehoben.

3. Erarbeiten Sie aus der folgenden Reportage und dem Interview die Lebenswirklichkeiten der Menschen im Iran heraus.

Im Iran flirten junge Menschen im Stau

M 5

Denn da können sie den strengen Blicken der Sittenwächter entgehen – meistens.

Shirin hat sich hübsch zurechtgemacht. Ein perfekter Lidstrich umrahmt ihre braunen Augen, die Lippen sind pink bemalt. Sie trägt Sneakers, eine helle Jeans und einen grauen, engen Mantel. Ihr Kopftuch hat sie passend dazu in Türkis gewählt. Shirin lebt in Teheran, der Hauptstadt des Iran. Hier ist eine Verschleierung gemäß dem Islam Pflicht. Sie steigt in ihr Auto und fährt auf die Vali Asr, die größte Straße der Stadt. Umgeben von zahlreichen Platanen befinden sich hier etliche Restaurants und Geschäfte. Doch Shirin hat nicht vor, shoppen zu gehen. Es ist Donnerstagnacht, der Beginn des iranischen Wochenendes. Die ganze Teheraner Jugend befindet sich auf der Vali Asr, sie sitzen in ihren Autos. Hier herrscht Dauerstau. Doch das stört die junge Frau nicht. Denn der Stau ist die perfekte Gelegenheit, ihren nächsten potentiellen Lover kennenzulernen.

Seit der islamischen Revolution 1979 gilt die Scharia, die islamische Gesetzgebung, im Iran als Rechtsordnung. Und die erlaubt keinerlei außerehelichen Kontakte mit dem anderen Geschlecht. Während man sich anfangs aus Angst vor Gefängnis und Peitschenhieben noch eher an das strenge Gesetz hielt, nimmt es die heutige Generation etwas lockerer. Not macht erfinderisch. Hat man sich früher, zu den Anfängen der Islamischen Republik, „unauffällig" ein Buch von jemandem ausgeborgt, an dem man Interesse hatte, und einen kleinen Zettel mit seiner Festnetznummer hinterlassen, so ist dies heute Social Media sei Dank etwas leichter. Dennoch findet das erste Kennenlernen so gut wie nie auf offener Straße statt. Es sei denn, man befindet sich in einem Auto. […]

Natürlich gehen aber die Dates und One-Night-Stands nicht immer gut aus. Schließlich befindet man sich noch immer in einer Islamischen Republik. Wird man von der Sittenpolizei erwischt, kann es sogar mit einem Gefängnisaufenthalt enden. „Sie schreiben sich auch manche Kennzeichen von Autos auf, die die ganze Zeit auf der Vali Asr auf- und abfahren. Die wissen ja schon längst, dass dies ein Hotspot für die Jungen geworden ist. Mich haben sie einmal notiert und dann für eine Woche mein Auto lahmgelegt", erzählt Shirin. In Teheran stehen Polizisten extra an stark frequentierten Straßen um zu schauen, welche Autos besonders oft vorbeikommen. Diesen wird der Führerschein entzogen und das Auto kommt für eine Woche in ein spezielles Parkhaus. Wenn man besonders großes Pech hat, kann das mit einer Eintragung in die Polizeiakten enden. Viel gelernt hat Shirin aus dieser Strafe nicht. Sie lebt so weiter wie bisher.

Allgemein nimmt man die Strafen nicht mehr so ernst. Wird man auf einer Homeparty beim Trinken erwischt, so macht man trotz Gefängnisaufenthalt weiter. Wird man bei einem Date als Unverheiratete erwischt, zahlt man ein wenig Geld und setzt seinen Lebensstil weiter fort. Die iranische Regierung weiß, dass sie gegen die datingfreudige Jugend nur wenig tun kann. Schon länger sind Gerüchte im Umlauf, dass ein staatlich kontrolliertes Dating-Portal errichtet werden soll. Das Ziel dabei ist natürlich, die Heirats- und Geburtenrate wieder anzukurbeln und nicht die erste islamische Version von Tinder auf den Markt zu bringen.

Quelle: Mohammadi: Im Iran flirten junge Menschen im Stau, in: jetzt, 22.01.2017, abgerufen unter: www.jetzt.de/iran/flirten-ist-im-iran-ein-kompliziertes-spiel [06.02.2017].

M 6

Interview mit Houshang Asadi zur aktuellen Lage der Menschenrechte im Iran vom August 2016 durch die Mitarbeiter Maya Robinson und Daniel Holler in der Frankfurter Geschäftsstelle der Internationalen Gesellschaft für Menschenrechte (IGFM)

Können Sie uns von der derzeitigen Menschenrechtssituation im Iran erzählen?

Leider verschlechtert sich die derzeitige Menschenrechtslage. Die Menschen denken, dass, nachdem sie das Atomproblem gelöst und Ruhani zum Präsidenten gewählt haben, sich die Probleme verbessern würden, aber bezüglich der Menschenrechte verbessert sich nichts, es wird schlechter. Viele [iranische] Journalisten oder politische Aktivisten und Bahais sind im Gefängnis. Es gibt keinerlei Anzeichen von Pressefreiheit. Iran ist noch viel schlimmer dran als während der Regierung von Ahmadinedschad. [...]

Was sind die Hauptprobleme[,] auf welche sich die Menschenrechtsarbeit im Iran fokussieren sollte?

Die fehlende Freiheit ist das größte Problem. Freiheit für Journalisten, Freiheit für NGOs, für Menschen, welche sich für Menschenrechte einsetzen, Freiheit für die Aktivisten und für alle Menschen, die als unabhängige Stimmen, ihre Meinungen kundtun wollen. Sie alle werden verhaftet. Das zweite Problem stellt die Todesstrafe im Iran dar. Sie töten und töten und töten sehr viele Menschen. Jeden Monat werden zahlreiche Menschen hingerichtet. Dr. Ahmed Shaheed [Sonderberichterstatter der Vereinigten Nationen zur Menschenrechtslage in der Islamischen Republik Iran] berichtete, dass 2015 fast 1000 Menschen im Iran exekutiert wurden. Das Hauptproblem ist die fehlende Freiheit. Wenn du Freiheit hast, dann kannst du über alles reden und die Medien können auch über alles reden. Die Regierung – nicht die Regierung, aber die Leute, welche in Verbindung zu Khamenei stehen – denkt, dass jegliche Lücke in der Diktatur zu etwas [Ä]hnlichem führen könnte wie in Russland. Sie fürchten einen Regierungswechsel. [...]

Es gibt viele Künstler im Iran, wie zum Beispiel Atena Farghadani oder die Musiker der Band Confess, die von der Regierung bedroht

werden. Wie sieht es für Künstler in Ihrem Heimatland aus?

Es sind nicht nur diese Leute, sie haben weitaus mehr verhaftet. Die Musiker, die Künstler, Regisseure und andere, die jungen Leute, die nicht an diese Art von Regierung glauben, haben keine Möglichkeit, ihre Kreativität zu leben, da sie verhaftet werden. Vor zwei oder drei Monaten haben sie angefangen Konzerte abzusagen. Nicht die Regierung, sondern die Gerichte, unter dem Vorwand, dass sie die Musiker nicht mochten. Shahram Nazeri ist ein sehr berühmter iranischer Musiker [für traditionelle iranische klassische Musik] und für lange Zeit – sogar während der Regierung Ahmadinedschads – spielte er viele Konzerte, inner- und außerhalb Irans. Vor wenigen Tagen haben sie alle seine Konzerte abgesagt. Dies geschah mit der Begründung, dass seine Musik die Menschen verderben würde. Also ist dies nicht nur ein Problem der genannten Menschen, es ist ein Problem für alle Künstler im Iran. In jeglichen Bereichen, der Musik, dem Kino, dem Theater und so weiter, ist es das gleiche Problem, weil sie denken, dass alle diese Leute westliche Kultur verbreiten. Diesen Einflüssen wollen sie die Wurzeln ausreißen. Sie erlauben den Menschen nicht, politisch aktiv zu werden. [...]

Was kann ein normaler Bürger tun, um sich für die Menschenrechte im Iran einzusetzen?

Am besten ist es, Ihrer Organisation zu helfen, Informationen darüber zu verbreiten, was die Leute tun können, was passiert ist und wie die Realität im Iran aussieht, da die Medien im Iran darüber nicht berichten können. Viele iranische TV-Sender und Zeitungen arbeiten gegen Menschenrechte. Sie sagen, dass alles im Iran großartig sei, dass nichts Schlimmes passiert sei und dass die Leute, welche sie eingesperrt haben, Spione der CIA und des Mossad oder etwas Ähnlichem sind. Deshalb müssen die Iraner mehr über die Wirklichkeit im Iran erfahren. [...]

mehr zum Autor:

Der iranische Journalist und Menschenrechtler Houshang Asadi, geboren 1950, wurde bereits unter dem Regime des Schahs mehrmals inhaftiert und teilte damals seine Zelle u. a. mit dem heutigen „Führer“ und Diktator Ajatollah Khamenei sowie dem Oppositionellen und Anführer der als „Grüne Bewegung“ bekannten Massenproteste gegen die gefälschten Präsidentschaftswahlen 2009, Mehdi Karroubi. Nach der Islamischen Revolution 1979 ging die Verfolgung Asadis weiter. 1983 wurde er verhaftet und kam in das berüchtigte Moshtarek-Gefängnis, wo er sich fast zwei Jahre lang in Einzelhaft befand. Um zu überleben, „gestand“ Houshang unter Folter, als „Spion für den britischen und den sowjetischen Geheimdienst“ tätig gewesen zu sein. Er wurde zum Tode durch den Strang verurteilt, später wurde sein Todesurteil in 15 Jahre Haft umgewandelt. Nach sechs Jahren Haft kam er frei; 2003 gelang ihm die Flucht aus dem Iran. Heute lebt Houshang Asadi mit seiner Frau im französischen Exil. Er war u. a. Mitbegründer der einflussreichen regimekritischen persisch-sprachigen Website „roozonline.com“. 2010 erschien sein Buch „Letters to My Torturer“, in dem er seine Erfahrungen in iranischen Gefängnissen beschreibt und das Anfang Juni mit dem Human Rights Book Award 2011 ausgezeichnet wurde.

Quelle: Robinson; Holler: Iran: Interview mit Houshang Asadi zur aktuellen Lage der Menschenrechte im Iran, abgerufen unter: www.igfm.de/iran/interview-asadi/ [28.06.2017].

4. Erläutern Sie das politische System des Irans. Beziehen Sie dabei Ihre Kenntnisse aus den beiden vorherigen Quellen mit ein.

M 7

* Politisches und religiöses Oberhaupt

78 Millionen Menschen leben heute im Iran, dem früheren Persien, das seit 1979 die Islamische Republik Iran ist. Die Republik Iran ist einzigartig auf der Welt eine präsidentielle Theokratie. Geschätzte 99 % der Iraner gehören dem Islam an. Mit der Bundesrepublik pflegt der Iran einen Austausch auf vielen Ebenen. Circa 30 % der industriellen Strukturen im Iran stammen aus deutscher Produktion. Auch auf kultureller Ebene gibt es Programme. So gibt es gezielte Hochschulaustauschprogramme und Deutschkurse. Außenpolitisch tritt der Iran wiederholt in Erscheinung, wenn es um sein Nuklearprogramm geht. Hierüber gibt es immer wieder internationale Verwerfungen, was für den Iran zeitweilig zu Sanktionen wie etwa Handelsembargos führt.

5. Erweitern Sie mithilfe der nachfolgenden Quellen Ihre Länderporträts um die dort gezeigten Staaten und recherchieren Sie die Vorgehensweise, mit der demokratische Strukturen unterwandert werden.

Ein Netz von Abhängigkeiten

M 8

Premier Viktor Orbán schafft zur eigenen Machtsicherung eine korrupte Oligarchie im Land – und lässt dabei auch Familie und Freunde teilhaben. Felcsút, 34 Kilometer westlich von Budapest gelegen, hat einen Kindergarten, ein Altenheim, 1812 Einwohner – und ein neues Fußballstadion mit 3800 Plätzen. Hoch erhebt sich die Pancho-Arena über die einstöckigen grauen Häuser des Dorfes. Die Architektur des Stadions ist ungarisch bescheiden – gerundete Formen, viel Holz, Schieferschindeln auf dem Dach. Kein Bau aus Stahl und Glas. Gleich gegenüber, keine 50 Meter vom Eingang entfernt, liegt das Landhaus von Viktor Orbán, Fußballfan und Premierminister. Neben der Tür weht die ungarische Flagge. Vom Stadion ist es nur ein Kilometer Fußmarsch zur Haltestelle der Val-Tal-Kleinbahn. Die Gleise der Bahn wurden auch mit EU-Geldern verlegt, täglich müssen Hunderte Menschen die historischen Waggons benutzen, damit die Investition sich rentiert. Doch der Bahnhof ist meist menschenleer. Herr über diese beschauliche Idylle ist Bürgermeister Lörinc Mészarós, einer der 20 reichsten Männer Ungarns. Noch vor sechs Jahren schlug er sich als Heizungsmonteur durch, bis sein Freund aus Schulzeiten, Viktor Orbán, Premier in Budapest wurde. Mészarós Firma baute das Stadion von Felcsút, die Bimmelbahn, eine Fußballakademie für den Nachwuchs. Heute führt er eine Hotelkette und ist an diversen Firmen beteiligt. […] In Felscút zeigt sich aber auch, wie in einer anschaulichen Miniatur, auf welche Weise Orbán das Land regiert: Seit er vor fast sieben Jahren die Parlamentswahlen gewonnen hat, hat er den Machtapparat des Staates rigoros auf sich ausgerichtet. Er ließ ein umstrittenes Pressegesetz verabschieden, hat das Verfassungsgericht entmachtet und Ungarn ein neues Grundgesetz gegeben. Ende Dezember traf er Maßnahmen, die ihm und der Regierung erlauben, die nationale Atomaufsicht des Landes zu umgehen. Vor allem aber besetzt Orbán die Schaltstellen in der Verwaltung, im Sicherheitsapparat, in den staatlichen Medien, in Konzernen und bei Gerichten mit den eigenen Leuten – und ließ deren Amtszeiten verlängern, um die Herrschaft seiner Fidesz-Partei abzusichern. Checks und Balances, jene fein justierten Kontrollmechanismen, die die Willkür der Regierenden verhindern sollen, stören Orbáns Ego. […] Wichtig sind Abhängigkeiten, und so schart Orbán Oligarchen um sich, die sich nicht nur bereichern, sondern seine Macht zusätzlich abstützen. […] Orbáns Partei hat Kontrollgremien wie den Rechnungshof und die meisten Gerichte mit eigenen Leuten besetzt. Der Generalstaatsanwalt wird öfter mit dem Premier auf der Ehrentribüne in Felscsút gesehen. Hinderliche Gesetze hat die Partei seit Langem entschärft […]. Die Orbán-Regierung hat sich […] einer lästigen Zeitung entledigt [und] auch diverse Regionalblätter unter ihre Kontrolle gebracht. Dort wurden bereits einige Chefredakteure ausgetauscht.

Quelle: Puhl: Ein Netz von Abhängigkeiten, in: Der Spiegel, Nr. 2/2017, S. 94 f.

M 9 „Gefahren der Demokratie“ von Frank Speth

Karikatur von Frank Speth

M 10 Karneval 2017: Wagen in Düsseldorf von Jacques Tilly

„Blond ist das neue Braun“

Parlamentswahl in Frankreich

M 11

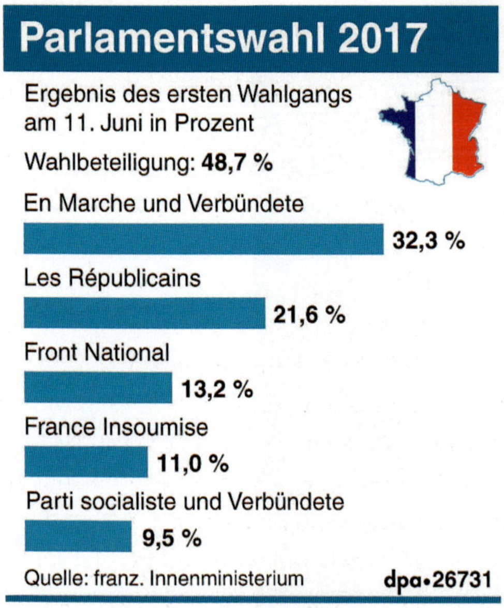

Parlamentswahl in den Niederlanden

M 12

In den Niederlanden waren am 15. März 12,6 Millionen Wahlberechtigte aufgerufen, ein neues Parlament zu wählen. Die Wahlbeteiligung lag mit 80,4 Prozent vergleichsweise hoch, 2012 waren es 75 Prozent. [...] Nach Auszählung aller Stimmen geht die rechtsliberale Partei VVD von Ministerpräsident Mark Rutte mit 33 Sitzen als stärkste Kraft aus der Parlamentswahl hervor. Sie erhielt 21,3 Prozent der Stimmen (2012: 26,5 Prozent), verlor allerdings acht Sitze. Größter Verlierer sind die niederländischen Sozialdemokraten, die von einst 38 auf nur noch neun Sitze abstürzten – von rund 25 Prozent auf nur noch 5,7 Prozent der Wählerstimmen. [...] Die PVV des Rechtspopulisten Geert Wilders wurde zwar zweitstärkste Kraft, blieb aber deutlich hinter ihren Erwartungen aus Vorwahlumfragen zurück und gewann nur fünf Mandate hinzu. [...] Alle größeren Parteien hatten schon im Vorfeld der Wahl eine Koalition mit Wilders ausgeschlossen. Auch Mark Rutte hatte in jüngster Zeit der Zusammenarbeit mit Wilders' Partei eine kategorische Absage erteilt: „Die Chance ist nicht bei 0,1, sondern bei null Prozent", sagte er in einem Fernsehinterview mit dem niederländischen TV-Sender VPRO Mitte Januar auf die Fragen nach einer Kooperation mit dem Rechtspopulisten. Wilders untergrabe „die Werte und Freiheiten der niederländischen Gesellschaft", so Rutte. Hintergrund waren Wilders' fremdenfeindliche Bemerkungen über marokkanische Einwanderer und seine jüngsten Forderungen nach einer „De-Islamisierung" der Niederlande. Inakzeptabel ist für Rutte jedoch vor allem auch, dass Wilders' politisches Programm – das nur eine DIN-A4-Seite umfasst – in der Sozial- und Wirtschaftspolitik einen Ausbau des Wohlfahrtsstaats vorsieht (jedoch nur für Niederländerinnen und Niederländer ohne Migrationshintergrund). [...] In Reden und Wahlkampfveranstaltungen fiel Wilders mit rassistischen und islamfeindlichen Äußerungen auf. Im Dezember 2016 hatte ein niederländisches Gericht ihn deshalb wegen Gruppenbeleidigung und Anstiftung zur Diskriminierung schuldig gesprochen. Eine Strafe verhängte das Gericht jedoch nicht – mit der Begründung, die Verurteilung eines Politikers sei Strafe genug.

[Hintergrund aktuell]: Parlamentswahl in den Niederlanden, 16.03.2017, abgerufen unter: www.bpb.de/politik/hintergrund-aktuell/243954/niederlandewahl [10.12.2017]

6. Analysieren Sie den Kommentar sowohl inhaltlich als auch strukturell. Informieren Sie sich online über die Autorin.

M 13 Marina Weisband: „Alternative Fakten“: Keine Macht der Lüge

1 Die Methoden der neuen US-Regierung ähneln jenen aus der UdSSR. Wir dürfen uns nicht auf sie einlassen.

Als Donald Trumps Pressesprecher Sean Spicer bei seiner ersten Pressekonferenz im Weißen Haus entgegen allen offensichtlichen Tatsachen behauptete, die Zuschauermenge bei der Amtseinführung Trumps sei die größte aller Zeiten gewesen, fühlte ich mich auf seltsame Weise an die Erzählungen meiner Mutter über unser Leben in der Sowjetunion erinnert. Damals sprach man im Fernsehen von Rekordproduktionen in der Landwirtschaft, während die Bevölkerung in den Läden vor leeren Regalen stand. Ich hatte nie verstanden, warum ein Staat lügen sollte, wenn sich die Lüge doch so leicht, ohne ein anderes Hilfsmittel als den eigenen Augen, widerlegen ließe. Müssten die Menschen nicht aufbegehren gegen einen so billigen Versuch, sie hinters Licht zu führen?

Die Wahrheit ist aber, dass hinter den sowjetischen Lügen von damals, wie auch hinter den Lügen Trumps von heute, System steckt. Ein funktionierendes System. Ich spreche hier nicht von den üblichen Täuschungen, die jede Regierung verbreitet, indem sie die Wahrheit zumindest schönt. Ich spreche nicht von Kriegsrechtfertigungen, die nur mit geheimen Dokumenten zu widerlegen wären. Die besondere Qualität dieser Lüge à la Trump besteht darin, dass sie ohne jede Vorbildung, nur mit der Kraft der eigenen Wahrnehmung, von jedem durchschaut werden kann. Es ist gewissermaßen ihr Zweck, der Wahrnehmung zu widersprechen.

Der Mensch neigt dazu, neue Informationen mit dem eigenen Wissen abzugleichen. Stimmen sie mit dem überein, was man bereits weiß, bestärken sie das eigene Wissen. Widersprechen sie sich, entsteht kognitive Dissonanz. Das ist ein unangenehmer Zustand, den Menschen zu vermeiden versuchen, indem sie ihr eigenes Wissen den neuen Fakten anpassen. So lernen wir. Widersprüchliche Informationen sind deshalb so unbeliebt, weil sie kognitive Dissonanz erzeugen – die auszuhalten Ressourcen kostet. Das ist besonders zum Problem geworden, seit Informationen im Internet gesammelt werden können. Im Netz kann jedes Foto verfälscht sein, kann völlig aus dem Zusammenhang gerissen worden sein. Die Verwirrung und Belastung durch die Vielfalt der widersprüchlichen Information in den sozialen Medien sind ohnehin gewaltig. Nun kommt der Kniff der Lügner hinzu, dieses Potenzial bewusst zu instrumentalisieren.

Wenn ich Ihnen sage: „Der Himmel ist grün“, dann ist es gar nicht so sehr mein Ziel, dass Sie mir auf Anhieb glauben. Mein Ziel ist es vielmehr, so häufig zu behaupten, der Himmel sei grün, bis Ihre Ressourcen, den Widerspruch auszuhalten, erschöpft sind und Sie einlenken und sagen: „Das ist Ihre Meinung. Ich denke, der Himmel ist blau. Es gibt wohl keine Möglichkeit, die Farbe des Himmels objektiv festzustellen.“ Steter Tropfen höhlt den Schädel. Das Ziel offensichtlicher Lügen ist der Beweis der Machtlosigkeit von Wahrheit; die Verschiebung des Diskurses, sodass alles plötzlich infrage gestellt wird.

Und es funktioniert. Als ich diesen Mechanismus vor Kurzem auf Twitter beschrieb, wandten einige Nutzer ein, dass der Pressesprecher nicht gelogen habe, und unterlegten das mit Fotos der Zuschauermenge aus der Perspektive des Podiums. Eine wilde Diskussion entbrannte über die Zahl der Zuschauer und über Kameraperspektiven – obwohl es eine Tatsache ist, dass weniger Menschen da waren als bei der Amtseinführung Barack Obamas 2009.

Nun scheint die Lüge über die Anzahl von Zuschauern bei einer Amtseinführung als relative Kleinigkeit. Sie erreicht aber Großes. Erstens ist es eine Machtdemonstration: Man präsentiert den Medien neue „Fakten“ und schaut, wer sie brav nacherzählt; der Rest hat mit Repressionen zu rechnen. Zweitens vertrauen wir unseren Sinnen weniger als zuvor. Wir streiten über Dinge, die eigentlich offensichtlich sind. Mit ständigem Widerspruch konfrontiert, resignieren wir erschöpft – und offensichtlich Falsches schleicht sich zunächst in den Bereich des Denkbaren und dann in den Bereich des Faktischen. Ist dieser Mechanismus erst einmal etabliert, fällt es leicht, auch bei größeren Themen zu lügen. Zum Beispiel: „Alle Muslime sind kriminell“ – und plötzlich fangen wir an, uns über Kriminalitätsstatistiken zu streiten, anstatt die Errungenschaft zu verteidigen, dass Verdacht aufgrund von Geburt oder Religion keinen Platz in einer Demokratie hat.

Angesichts von solchem Irrsinn trauen viele Menschen mittlerweile manchmal ihren eigenen Augen und Ohren nicht. Doch gerade das ist es, was Leute wie Donald Trump beabsichtigen. Es ist ein Kampf gegen die Vernunft. Die Wahrnehmung ist das, worüber die Menschen die Kontrolle haben. Sie sinnvoll einzusetzen, lehrte die Aufklärung. Der Versuch, sie dem Menschen wegzunehmen, ist also ein antiaufklärerischer Akt. Die Mitglieder einer freien Gesellschaft müssen sich jeden Tag gegenseitig aufs Neue versichern, dass dieser Irrsinn nicht normal ist. Dass Lügen Lügen sind. Dass wir als Gesellschaft bestimmte Prinzipien haben, über die wir nicht diskutieren und deren Infragestellung nicht von der Meinungsfreiheit gedeckt ist.

Die neuen rechten Regierungen und Parteien zwingen demokratische Gesellschaften derzeit dazu, den Kampf um bereits ausgefochtene Werte noch einmal zu führen. Diesen Kampf zu verlieren wäre schlicht fatal. Anfangen müssen wir damit, unserer Wahrnehmung und unserer Vernunft zu vertrauen. Totalitäre Methoden müssen als das benannt werden, was sie sind. Es gilt, ihnen entgegenzutreten.

Quelle: Weisband: Keine Macht der Lüge, in: ZEIT ONLINE, 28.01.2017, abgerufen unter: www.zeit.de/2017/05/alternative-fakten-luegen-donald-trump-regierung-methode [28.06.2017].

M 14

Karneval 2017: Wagen in Düsseldorf von Jacques Tilly

7. Fassen Sie abschließend zusammen, welchen Gefahren die Demokratien in unterschiedlichen Teilen der Welt heute ausgesetzt sind.

DAS WICHTIGSTE IN KÜRZE

Demokratie in der Bundesrepublik Deutschland

Mit dem Inkrafttreten des **Grundgesetzes** (GG) für die Bundesrepublik Deutschland (BRD) 1949 legte man in Artikel 20 unveränderliche Grundsätze fest. Dazu gehören das **Demokratieprinzip**, die **Gewaltenteilung,** die **Rechtsstaatlichkeit,** die **Bundesstaatlichkeit** und die **Sozialstaatlichkeit**. Geschützt werden diese Grundsätze durch die sogenannte Ewigkeitsklausel des Artikels 79 Abs. 3 im Grundgesetz. Dieser Artikel legt fest, dass die in Artikel 20 niedergelegten Grundsätze nicht geändert werden dürfen. Ferner wurden in den Artikeln 1 bis 19 die Grundrechte aller im Geltungsbereich des Grundgesetzes lebenden Menschen verankert. Diese orientieren sich an den allgemeinen Menschenrechten und dienen als Leitprinzipien des Zusammenlebens. Dabei gilt der Schutz der Würde des Menschen als oberster Wert, der ebenfalls durch Artikel 79 Abs. 3 geschützt ist. Abwehrmechanismen gegen Feinde der Demokratie gibt es unterschiedliche: So kann das **Bundesverfassungsgericht** mit dem Artikel 21 Abs. 2 Parteien verbieten und einzelne Grundrechte können durch Artikel 18 zeitweilig vom Bundesverfassungsgericht eingeschränkt werden. Nicht zuletzt hat man in Artikel 20 Abs. 4 ausdrücklich das Widerstandsrecht eines jeden Bürgers gegen Feinde der Demokratie verankert. Um diesem letzten und bisher kaum angewendeten Mittel jeweils einen Schritt voraus zu sein, gibt es den Staatsschutz und den Verfassungsschutz als staatliche Instrumente sowie spezielle Abteilungen der Polizei. Hier geht es um die Beobachtung staatsfeindlicher Aktivitäten sowie um die Ermittlung von Straftaten, die sich gegen die Demokratie richten. So hat man versucht, unterschiedliche Abwehrmechanismen zu entwickeln.

Demokratie in anderen Staaten

Demokratie als Herrschaft durch das Volk für das Volk ist noch immer die dominierende Regierungsform von etwa 115 Staaten dieser Welt. Nicht alle diese Demokratien gelten laut der Wissenschaft als wirklich freie Demokratien, sondern es gibt auch eingeschränkt demokratische Staaten oder Staaten, die die Demokratie aufgeben, wie etwa die Malediven oder Mali Anfang 2012. Im Gegenzug gibt es Staaten, die die Staatsform der Demokratie neu einführen, so Libyen oder Georgien. Allein an den Zahlenschwankungen sieht man, dass diese Staatsform nicht von allen als die beste Form der Regierung angesehen wird und die Demokratie davon lebt, dass sich das Volk mittels freier Wahlen und Abstimmungen beteiligt. Demokratien leben vom Engagement und der Wachsamkeit ihrer Bürger und müssen ständig verteidigt werden. Demokratische Prozesse müssen gelernt werden, man kann sie nicht ohne Mühe einfach einführen und bloß auf den Erfolg hoffen. In den letzten Jahren sind weltweit immer wieder Tendenzen zu beobachten, dass demokratische Systeme langsam in diktatorische oder autokratische Systeme umgewandelt werden. Die Gewaltenteilung in Legislative, Exekutive und Judikative wird eingeschränkt oder abgeschafft. Es gibt keine freien Wahlen mehr. Medien werden zensiert und beschränkt, Gerichte werden in ihrer Freiheit eingeschränkt und der einzelne Bürger verliert Schritt für Schritt seine Grundrechte. Dies alles kann auf unterschiedliche und sehr subtile Art und Weise geschehen und sich oftmals auch unter dem Deckmantel einer vermeintlich demokratischen Abstimmung verbergen. Es gilt, sich als Einzelner umfänglich zu informieren, die politische Diskussion zu suchen, das Wahlrecht in Anspruch zu nehmen und sich für das eigene Leben zu interessieren. Freiheit und Demokratie dürfen nicht erst verloren gehen, damit ihr Wert offenkundig wird.

FESTIGUNG – VERTIEFUNG

Weitere Herangehensweisen

- Erstellen Sie eine Liste der Schutzmechanismen, die die Gründer der Bundesrepublik im Grundgesetz verankert haben, und überprüfen Sie, in welchem Maß diese bisher angewendet worden sind.
- Recherchieren Sie Informationen zu ehemals nicht demokratischen Staaten dieser Welt. Beispiele hierfür könnten sein: DDR, Irak, Libyen. Arbeiten Sie hierzu in Gruppen und informieren Sie Ihre Mitschülerinnen und Mitschüler in Kurzreferaten über die Geschichte dieser Staaten und über den aktuellen Stand.
- Informieren Sie sich über den aktuellen Stand der Verfassungsschutzorgane in der BRD. Welche neueren Entwicklungen gibt es?
- Recherchieren Sie im Rahmen der Mediennutzung zusammen mit der Deutschlehrkraft und der Sozialkundelehrkraft verschiedene Projekte zum Thema „Demokratie im Internet". Analysieren Sie diese im Hinblick auf die Anbieter, den Zweck, die Aufmachung, die Zielgruppe, die Aktualität, die Objektivität der Quellen, die Inhalte und die verwendete Sprache. Reflektieren Sie Ihre Ergebnisse und präsentieren Sie diese in geeigneter Form.

Vertiefende Aspekte

- Tragen Sie Informationen darüber zusammen, welche Nichtregierungsorganisationen (NGOs) sich für Demokratien und Menschenrechte in Deutschland und weltweit einsetzen. Beziehen Sie dabei auch politische Stiftungen ein.
- Suchen Sie nach Bildern oder Karikaturen, die sich dem Thema „Demokratie" widmen. Beziehen Sie dabei sowohl aktuelle als auch historische Quellen ein. Sprechen Sie diese Thematik im Kunstunterricht an, sodass eigene Entwürfe, Weiterbearbeitungen, eine Ausstellung u. Ä. möglich sind.
- Schreiben Sie ein Essay dazu, ob eine Demokratie von Gegensätzen oder von politischer Übereinstimmung lebt.

Weiterführende Quellen und Hinweise

H 1 Meyer, Thomas: Was ist Demokratie? Eine diskursive Einführung. Wiesbaden, VS Verlag für Sozialwissenschaften, 2009. Thomas Meyer gibt einen Überblick über die Grundbedingungen und Formen moderner Demokratien. Er geht der Frage nach, auf welchen Faktoren Demokratien der Gegenwart beruhen und welche Schwierigkeiten dies mit sich bringt.

H 2 Amnesty International: Die internationale Bewegung setzt sich seit über 50 Jahren weltweit für Menschenrechte ein. Dabei zeigt sie immer wieder Verstöße gegen Menschenrechte in allen Lebensbereichen auf mit dem Motto: Aufdecken, Informieren, Handeln, Verändern.

H 3 Homepage der Bundeszentrale für politische Bildung: Unter dem Stichwort „Demokratie" finden sich zahlreiche unterschiedliche Artikel zum Thema „Demokratie". Die Bundeszentrale für politische Bildung unterstützt alle Bürger, sich politischen Themen zu nähern, diese zu verstehen und am Meinungsbildungsprozess aktiv teilnehmen zu können.

H 4 Vorländer, Hans: Demokratie, in: Informationen zur Politischen Bildung, Heft 284, Bonn, Bundeszentrale für politische Bildung, 2013. Das Heft gewährt einen Einblick in die Geschichte der Demokratie, zeigt unterschiedliche Systeme und aktuelle Herausforderungen auf.

GELERNT!

1.1 Wertgebundenheit des Grundgesetzes

Sie erkennen Werte und Normen als Bindeglied gesellschaftlichen Zusammenlebens in der BRD. Vor diesem Hintergrund erfassen Sie das Grundgesetz als Spiegelbild sich verändernder gemeinschaftlicher Positionen, ebenso aber auch als Grundlage der freiheitlich-demokratischen Grundordnung und des darin manifestierten Menschenbilds.

1.2 Wehrhafte Demokratie

Sie haben einen Überblick über die Grundlagen erworben, die das Konzept der wehrhaften Demokratie bestimmen. Zudem haben Sie sich mit historischen und aktuellen Angriffen auf die demokratischen Grundwerte auseinandergesetzt. Sie können nun Ihr Wissen über Wirksamkeit und Grenzen der Wehrhaftigkeit des Grundgesetzes anwenden, um aktuellen politischen Gefahren reflektiert zu begegnen, die gerade auch mit dem gesellschaftlichen Wandel in Zusammenhang stehen.

1.3 Verfassungsprinzipien und Grundrechte

Die Unumstößlichkeit und den Einfluss verschiedener Verfassungsprinzipien auf die Lebensrealität des Einzelnen im Alltag haben Sie erfasst und erkennen auch deren Vorzüge im Vergleich zur Weimarer Reichsverfassung. Ebenso erfassen Sie nun die Grundrechte als auf den Menschenrechten basierende Wertevorstellungen.

1.4 Verfassungsstruktur und -organe

Es gelingt Ihnen, das Zusammenspiel und die gegenseitige Kontrolle der Verfassungsorgane der Bundesrepublik zu bewerten, um zu beurteilen, inwieweit das politische System in der Lage ist, auf aktuelle politische und gesellschaftliche Herausforderungen zu reagieren.

1.5 Politische Partizipation

Sie nutzen einen Vergleich der grundsätzlichen Ziele und aktuellen Positionen von Parteien zur Entwicklung eigener politischer Standpunkte, um bei Wahlen und Abstimmungen entsprechend Ihrer persönlichen politischen Überzeugung eine gesicherte und begründete Entscheidung zu treffen. Außerdem sind Sie befähigt, den Einfluss von Interessenverbänden auf politische Entscheidungsprozesse zu analysieren, um Vorzüge und Gefahren im Hinblick auf das freie Mandat, die Interessen gesellschaftlicher Gruppen und die repräsentative Demokratie zu bewerten.

1.6 Der Vergleich mit anderen Staaten

Sie erkennen im Vergleich mit den Strukturen der Verfassung des Staates Türkei und den Lebensumständen im Iran sowie ausgewählten weiteren Staaten die Unterschiede zum Grundgesetz und reflektieren den besonderen Wert der deutschen Verfassung für Ihr eigenes Leben und Ihr Menschenbild, sodass Sie die freiheitlich-demokratische Grundordnung als Basis Ihrer eigenen Freiheit und Ihrer Entfaltungsmöglichkeiten verstehen.

KAPITEL 2 (LERNBEREICH 3)

Gesellschaftliche Lebenswirklichkeiten des Einzelnen

„Ausländer raus!"?

„Integration verändert die gesamte deutsche Gesellschaft."

Ein überfülltes Flüchtlingsboot kentert im Mittelmeer auf dem Weg von Libyen nach Italien.

Kulturelle Vielfalt versus kulturelle Globalisierung?

Migrationsbewegungen prägen die Geschichte der Menschheit.

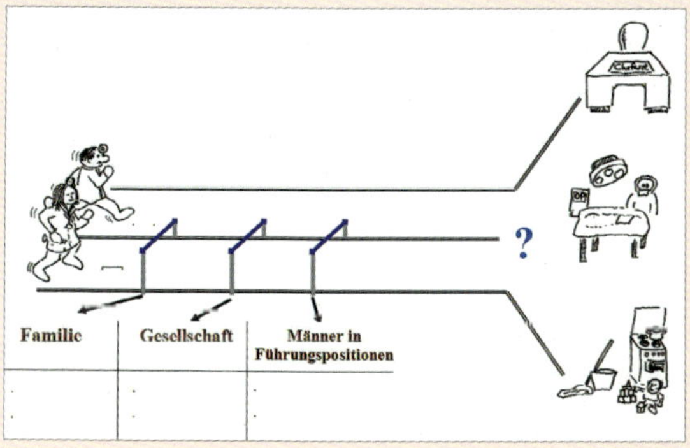

Chancengleichheit?

Armut und Vermögensunterschiede in Deutschland.

Frauenquote und Männerdomänen

Eine Definition von „Familie“ – wie sieht Ihre aus?

KAPITEL 2 (LERNBEREICH 3)

2.1 Gesellschaftsstruktur

Forschungsinteresse und Kompetenzerwerb

Die Möglichkeiten zur Gestaltung des eigenen Lebens scheinen grenzenlos zu sein. Im Zuge dessen setzen Sie sich mit dem pluralistischen Wesen der deutschen Gesellschaft auseinander. Um die Gestaltungsmöglichkeiten des Einzelnen in Deutschland bewerten zu können, vergleichen Sie relevante Kennzahlen mit Angaben zu anderen Ländern. Sie setzen sich mit unterschiedlichen Lebenswirklichkeiten anhand von Modellen zur Erfassung der Gesellschaft sowie sozialer Ungleichheit auseinander und beurteilen auf dieser Grundlage Chancen und Grenzen der individuellen Lebensplanung in einem freiheitlichen, demokratisch und sozial verfassten Staat.

Vorgehen

Sie sind als Praktikantin/Praktikant in der Stadtverwaltung Ihres Wohnorts tätig. Von Ihrem Vorgesetzten werden Sie beauftragt, für eine Delegation der Partnerstadt die Lebenswirklichkeit in Deutschland darzustellen.

Zu Beginn INFORMIEREN Sie sich grundsätzlich über Modelle zur Erfassung der deutschen Gesellschaftsstruktur, um die Begrifflichkeiten Klassen, Schichten und Milieus voneinander abzugrenzen. Um für die Delegation die gewonnenen Erkenntnisse gut aufbereiten zu können, stellen Sie die Informationen in einen globalen Zusammenhang und VERGLEICHEN diese anhand einer Quelle mit Milieus unterschiedlicher Regionen. Dann ARBEITEN Sie die Phänomene der sozialen Ungleichheit HERAUS, wobei Sie sich insbesondere mit der Ungleichheit zwischen Mann und Frau beschäftigen. Anschließend ORDNEN Sie die ungleiche Verteilung von Einkommen in Deutschland sowie weltweit EIN und ANALYSIEREN den Vorschlag anonymer Bewerbungen als mögliche Gegenmaßnahme. Schließlich UNTERSUCHEN Sie die Themen Individualismus und Pluralismus als gesellschaftliche Tendenzen.

Als Arbeitshilfe finden Sie im hinteren Teil des Lehrwerks eine Übersicht über verschiedene Methodentechniken. Nutzen Sie diese Möglichkeit.

ERSTELLEN **Sie für Ihren Vorgesetzten eine Folienpräsentation zur Lebenswirklichkeit in Deutschland und achten Sie dabei auch auf die Passgenauigkeit für die Zielgruppe.**

Materialauswahl

Dem Themenfeld „Gesellschaftsstruktur" nähern Sie sich am sinnvollsten über die Definitionen zu einzelnen Fachbegriffen an. Schaubilder unterstützen das Verständnis durch Visualisierung komplexer Sachverhalte. Aktuelle Entwicklungen entnehmen Sie Zeitungsartikeln, in denen Sachverhalte umfassend dargestellt werden. Kontroverse Themen werden bildhaft durch eine Karikatur dargestellt.

1. Informieren Sie sich grundsätzlich über Modelle zur Erfassung der deutschen Gesellschaftsstruktur, um die Begrifflichkeiten Klassen, Schichten und Milieus voneinander abzugrenzen.

M 1 Soziale Klassen und Schichten – Die Begriffe Klasse und Schicht

Die Klassen- und Schichtanalyse kann auf eine lange Tradition zurückblicken. Karl Marx (1818–1883) erhob das Klassenkonzept bereits in der Mitte des 19. Jahrhunderts zu einer soziologischen Grundkategorie; das Konzept der sozialen Schicht ist jünger und wurde erst in der Auseinandersetzung mit Marx von Theodor Geiger (1891–1952) in den 30er Jahren des 20. Jahrhunderts zum soziologischen Grundbegriff präzisiert. Die komplexe und sich wandelnde Struktur der sozialen Ungleichheit hat dazu geführt, dass eine Vielzahl von unterschiedlichen Verwendungen dieser Begriffe existiert [...]. Als gemeinsamer Kern aller Klassenbegriffe und auch vieler Schichtbegriffe [...] lassen sich drei Vorstellungen festhalten:

1. Die Vorstellung der Klassen- bzw. Soziallagen: Eine Bevölkerung lässt sich in verschiedene Gruppen untergliedern, die sich in jeweils ähnlichen Klassenlagen bzw. Soziallagen befinden. Klassen- und Soziallagen können insbesondere durch eines oder mehrere der folgenden Bestimmungsmerkmale [...] identifiziert werden: durch die Stellung zu den Produktionsmitteln, durch ähnliche Besitz- oder Einkommensverhältnisse, durch ähnliche Berufe oder ähnliche Qualifikationen.

2. Durch die Vorstellung von klassen- bzw. schichttypischen Prägungen und Subkulturen (Sozialisationsannahme): Menschen in ähnlichen Klassen- und Soziallagen leben unter ähnlichen Bedingungen und machen daher ähnliche Erfahrungen. Die Klassen- bzw. Soziallage beeinflusst deshalb ihr Denken, ihre Vorstellungswelt, ihre Mentalitäten, Werte, Interessen, Ideologien und Verhaltensweisen; es entsteht so etwas wie „Klassenbewusstsein“ (Karl Marx), „Schichtmentalität“ (Theodor Geiger), „Klassenhabitus“ (Pierre Bourdieu), schichtspezifische Einstellungs- und Verhaltensmuster, klassen- bzw. schichtspezifische Subkulturen. [...]

3. Aus den Klassen- und Soziallagen mit ihren Ressourcen und Prägungen resultieren klassen- bzw. schichttypische Lebenschancen und Lebensrisiken [...]

Zusammenfassend lässt sich der gemeinsame Kern der beiden Konzepte in Anlehnung an Geiger wie folgt definieren: Die Begriffe Schicht und Klasse fassen Menschen in ähnlicher sozioökonomischer Lage zusammen, mit der aufgrund ähnlicher Lebenserfahrungen ähnliche Persönlichkeitsmerkmale (psychische Dispositionen, Einstellungen und Wertorientierungen, Bedürfnisse und Interessen, Mentalitäten und Lebensstile) sowie ähnliche Lebenschancen und Risiken verbunden sind [...].

Neben den Gemeinsamkeiten von Klasse und Schicht bestehen aber auch Unterschiede. Klassenanalysen unterscheiden sich in der Regel in vier Punkten von den Schichtanalysen:

1. Durch ihre ökonomische Orientierung: Die Einteilung einer Gesellschaft in Klassen orientiert sich stärker an ökonomischen Kriterien der Klassenlage – z. B. am Produktionsmittelbesitz [...].

2. Durch ihre Konflikt- und Machtorientierung: Klassenanalyse heißt immer auch Analyse von Konflikten und Machtbeziehungen zwischen den Klassen.

3. Durch ihre historische Orientierung: Klassen werden stets historisch-dynamisch in ihrer Entwicklung erfasst.

4. Durch ihre theoretische Orientierung: Klassenanalysen begnügen sich nicht mit der Beschreibung von Klassenstrukturen, sondern spüren den Ursachen der Konflikte und Machtbeziehungen und ihren Entwicklungen im gesellschaftlichen Gesamtzusammenhang nach.

[...] Studien zur sozialen Schichtung in der Bundesrepublik beschränken sich häufig auf eine beschreibende, statische Bestandsaufnahme von Soziallagen und – eventuell – ihren Zusammenhängen mit Teilen der Subkultur bzw. mit den Lebenschancen.

Quelle: Geißler: Die Sozialstruktur Deutschlands, 2006, S. 93–94.

Soziale Schichten der deutschen Bevölkerung 2009

M 2

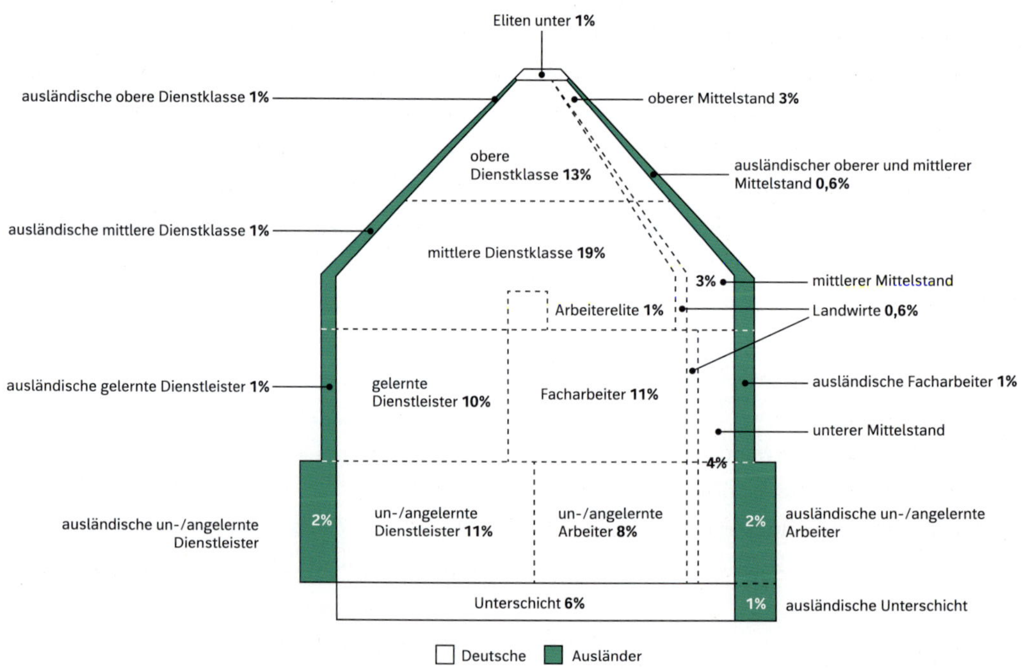

Rainer Geißler, Die Sozialstruktur Deutschlands, 7., grundlegend überarbeitete Auflage, Wiesbaden 2014, S.101 (Datenbasis: Mikrozensus 2009; N–489349 Haushalte; berechnet von Sonja Weber-Menges)

Darstellung der sozialen Schichtung nach Rainer Geißler

Quelle: Rainer Geißler, Die Sozialstruktur Deutschlands, 7. Auflage, Wiesbaden, Springer VS, 2014, S. 101.

M 3 Soziale Milieus

Einen völlig anderen Zugang zur Ordnung und Analyse sozialstruktureller Vielfalt wählen die Milieu- und Lebensstilanalysen […]: Sie ordnen zunächst die kulturelle Vielfalt (Wertorientierungen, Einstellungen, Verhaltensweisen, Interaktionen, u. a.) nach bestimmten Mustern und fragen – wenn überhaupt – erst in einem zweiten Schritt danach, wie diese kulturellen Muster mit den „objektiven" sozialstrukturellen Merkmalen zusammenhängen. Es ist daher gerechtfertigt, [sie] als kultursoziologische bzw. kulturalistische Ansätze der Sozialstrukturforschung zu bezeichnen.

[…] Der Milieubegriff kann auf eine lange Tradition in der klassischen ökologisch orientierten Soziologie zurückblicken. Er wurde benutzt, um die Einflüsse spezifischer sozialer Umwelten auf die Einstellungen und Verhaltensweisen aufzuspüren. In der neueren deutschen Soziologie sind die sogenannten Sinus-Milieus bekannt geworden. Diese wurden […] in der kommerziellen Markt- und Wahlforschung entwickelt und dort seitdem sehr erfolgreich eingesetzt. […]

Das Sinus-Institut arbeitet „für die Zielgruppenoptimierung" in „der Produktentwicklung, dem Marketing und der Kommunikationsplanung" seit den 1980er-Jahren mit einem eigenständigen Forschungsansatz: Es gruppiert Menschen mit ähnlicher Lebensauffassung und Lebensweise zu „sozialen Milieus" […]. Die Bevölkerung wird also nach „subkulturellen Einheiten" und „Subkulturen" untergliedert; dazu gehören Unterschiede in ihren Wertorientierungen und Lebenszielen, in ihren Einstellungen zu Arbeit, Freizeit und Konsum, zu Familie und Partnerschaft, in ihren Zukunftsperspektiven, politischen Grundüberzeugungen und Lebensstilen. Sinus-Milieus „rücken den Menschen und das gesamte Bezugssystem seiner Lebenswelt ganzheitlich ins Blickfeld". Soziale Milieus lassen sich in der gesellschaftlichen Realität nicht scharf gegeneinander abgrenzen, die Übergänge zwischen ihnen sind […] fließend.

In [M 4] wird die deutsche Bevölkerung zu zehn Milieus gruppiert. Diese sind auf der waagerechten Achse des Schaubildes nach traditionell-materiellen und modernen postmateriellen Grundorientierungen geordnet […]. Die senkrechte Achse stellt den Zusammenhang der Milieustruktur mit der Schichtstruktur her und zeigt, in welchen Schichten die verschiedenen Milieus verankert sind. Dabei wird zweierlei deutlich: Zum einen haben sich im oberen Bereich der Schichtungshierarchie andere Milieus herausgebildet als in der Mitte und in der Mitte andere als in der unteren Ebene. Zum anderen haben sich auf denselben Ebenen des Schichtgefüges unterschiedliche Milieus entwickelt, wobei die „kulturelle Pluralisierung" in der gesellschaftlichen Mitte weiter vorangeschritten ist als oben und unten […]. Die Größe und die inhaltliche Ausprägung der Milieus sind ständigen Veränderungen unterworfen.

Quelle: Geißler: Die Sozialstruktur Deutschlands, 2006, S. 106–110.

Zur Einordnung des Konzepts der Sinus-Milieus

Die grafische Darstellung der Sinus-Milieus zeigt, dass die Trennung der verschiedenen Milieus nicht so eindeutig verläuft wie etwa bei der Einteilung in Schichten. Dies ist bedingt durch den Umstand, dass Schichten meist durch die Messung quantitativer Kategorien festgelegt werden, während die Milieu-Einordnung teilweise auf der Auswertung von Einstellungen gegenüber unterschiedlichen Themenfeldern beruht. Diese Einstellungen zeigen zum Teil Überschneidungen und somit befinden sich Menschen, die einem Milieu zugeordnet werden, möglicherweise in Teilbereichen ihrer Einstellungen bereits im Bereich eines angrenzenden Milieus. Diese Darstellung und die fließenden Übergänge verdeutlichen grafisch, dass ein Mitglied der Gesellschaft nicht in seiner Gesamtheit vollständig quantifiziert und auf diese Weise grafisch abgebildet werden kann. Es bietet die Möglichkeit, die Pluralität der Gesellschaft optisch erfahrbar zu machen.

Sinus-Milieus in Deutschland 2017 M 4

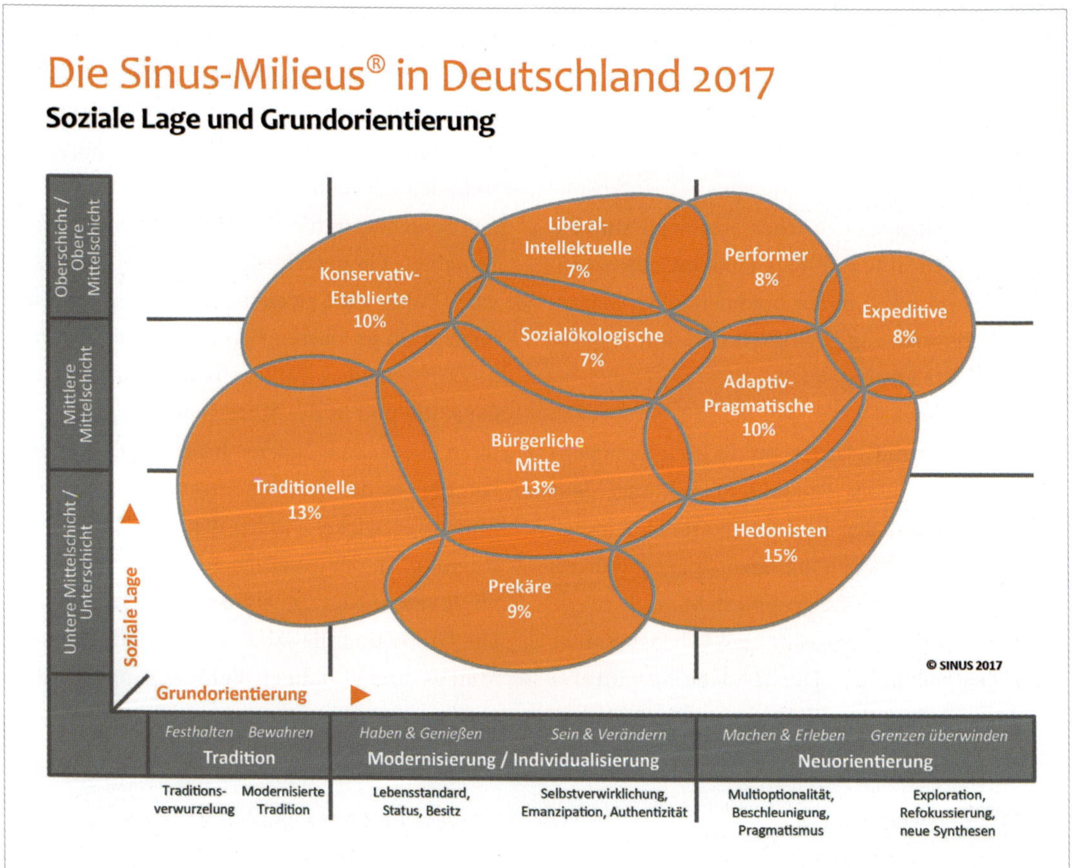

Quelle: SINUS Markt- und Sozialforschung GmbH 2017.

M 5 Definition der einzelnen Sinus-Milieus

Sozial gehobene Milieus

Konservativ-etabliertes Milieu **10 %**	Das klassische Establishment: Verantwortungs- und Erfolgsethik; Exklusivitäts- und Führungsansprüche, Standesbewusstsein; zunehmender Wunsch nach Ordnung und Balance
Liberal-intellektuelles Milieu **7 %**	Die aufgeklärte Bildungselite: kritische Weltsicht, liberale Grundhaltung und postmaterielle Wurzeln; Wunsch nach Selbstbestimmung und Selbstentfaltung
Milieu der Performer **8 %**	Die multi-optionale, effizienz-orientierte Leistungselite: globalökonomisches Denken; Selbstbild als Konsum- und Stil-Avantgarde; hohe Technik- und IT-Affinität; Etablierungstendenz, Erosion des visionären Elans
Expeditives Milieu **8 %**	Die ambitionierte kreative Avantgarde: Transnationale Trendsetter – mental, kulturell und geografisch mobil; online und offline vernetzt; nonkonformistisch, auf der Suche nach neuen Grenzen und neuen Lösungen

Milieus der Mitte

Bürgerliche Mitte **13 %**	Der leistungs- und anpassungsbereite bürgerliche Mainstream: generelle Bejahung der gesellschaftlichen Ordnung; Wunsch nach beruflicher und sozialer Etablierung, nach gesicherten und harmonischen Verhältnissen; wachsende Überforderung und Abstiegsängste
Adaptiv-pragmatisches Milieu **10 %**	Die moderne junge Mitte mit ausgeprägtem Lebenspragmatismus und Nützlichkeitsdenken: Leistungs- und anpassungsbereit, aber auch Wunsch nach Spaß und Unterhaltung; zielstrebig, flexibel, weltoffen – gleichzeitig starkes Bedürfnis nach Verankerung und Zugehörigkeit
Sozialökologisches Milieu **7 %**	Engagiert gesellschaftskritisches Milieu mit normativen Vorstellungen vom „richtigen" Leben: ausgeprägtes ökologisches und soziales Gewissen; Globalisierungs-Skeptiker, Bannerträger von Political Correctness und Diversity (Multikulti)

Milieus der unteren Mitte/Unterschicht

Traditionelles Milieu **13 %**	Die Sicherheit und Ordnung liebende ältere Generation: verhaftet in der kleinbürgerlichen Welt bzw. in der traditionellen Arbeiterkultur; Sparsamkeit und Anpassung an die Notwendigkeiten; zunehmende Resignation und Gefühl des Abgehängtseins

Prekäres Milieu **9 %**	Die um Orientierung und Teilhabe („dazugehören") bemühte Unterschicht: Wunsch, Anschluss zu halten an die Konsumstandards der breiten Mitte – aber Häufung sozialer Benachteiligungen, Ausgrenzungserfahrungen, Verbitterung und Ressentiments
Hedonistisches Milieu **15 %**	Die spaß- und erlebnisorientierte moderne Unterschicht/untere Mitte: Leben im Hier und Jetzt, unbekümmert und spontan; häufig angepasst im Beruf, aber Ausbrechen aus den Zwängen des Alltags in der Freizeit

Quelle: SINUS Markt- und Sozialforschung GmbH (Hg.): Informationen zu den Sinus-Milieus® 2017, Heidelberg/Berlin, 01/2017, S. 16.

2. Vergleichen Sie Milieus unterschiedlicher Regionen.

M 6

Sinus-Milieus weltweit – ein Vergleich zwischen Industrienationen und Schwellenländern

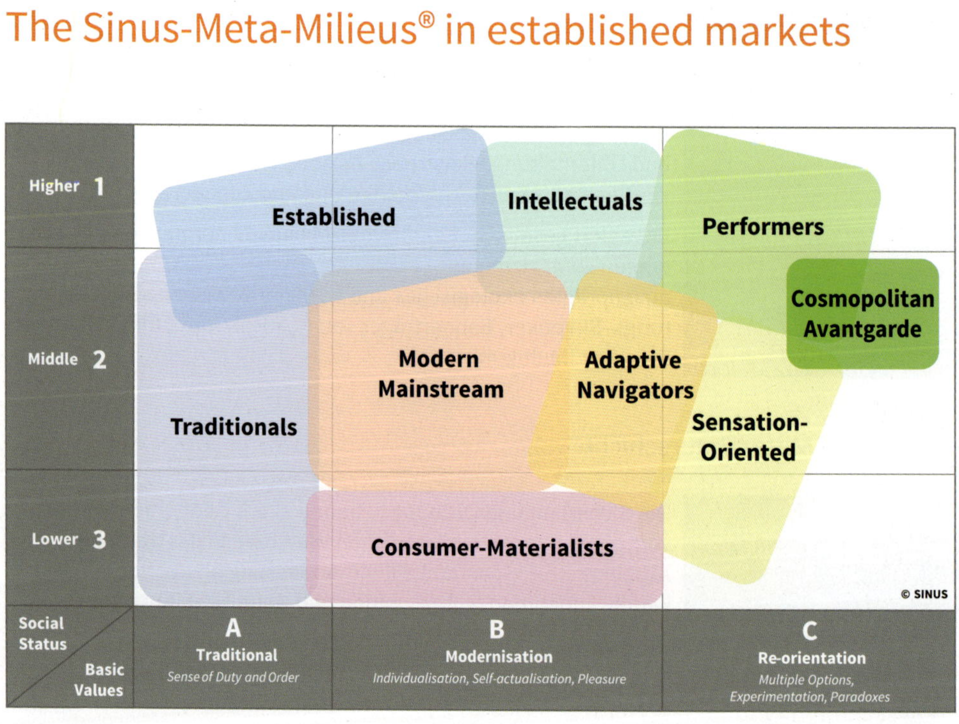

Quelle: SINUS Markt- und Sozialforschung GmbH 2017.

The Sinus-Meta-Milieus® in emerging markets

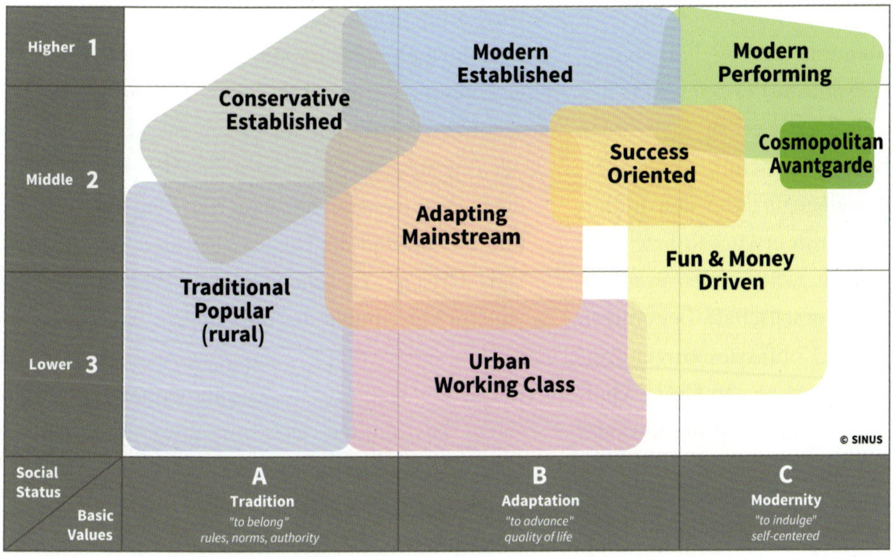

Quelle: SINUS Markt- und Sozialforschung GmbH 2017.

3. Skizzieren Sie das Phänomen der sozialen Ungleichheit und gehen Sie dabei insbesondere auf die Ungleichheit zwischen Mann und Frau ein.

M 7 Soziale Ungleichheit

Als zusammenfassende Definition kann also folgende gelten: *„Soziale Ungleichheit“ liegt dann vor, wenn Menschen aufgrund ihrer Stellung in sozialen Beziehungsgefügen von den „wertvollen Gütern“ einer Gesellschaft regelmäßig mehr als andere erhalten.*

[…] Als Determinanten sozialer Ungleichheit bezeichnet man soziale Positionen von Menschen in Beziehungsgeflechten, wie etwa das Geschlecht, das Alter, den Beruf, die Wohnregion, die ethnische Zugehörigkeit, die Kohortenzugehörigkeit (Geburtsjahrgang), die an sich keine Besser- oder Schlechterstellung darstellen, aber diese mit hoher Wahrscheinlichkeit nach sich ziehen. So ist es an sich kein Vorteil, ein Mann zu sein. Aber mit dem männlichen Geschlecht sind in unserer Gesellschaft beträchtliche Vorteile verknüpft: Unter anderem haben Männer bessere Berufs-, Einkommens- und Durchsetzungschancen.

Unter den Determinanten sozialer Ungleichheit finden sich soziale Positionen, die an quasi-biologische Merkmale anknüpfen (wie das Geschlecht oder das Alter); andere Determinanten (wie der Beruf, die ethnische Zugehörigkeit oder die

Konfession) stellen von vornherein menschengemachte Unterscheidungen dar.

Einige Determinanten und die Zugehörigkeit zu ihnen (z. B. zum Geschlecht) können von den Einzelnen kaum beeinflusst werden. Sie werden deshalb „zugeschriebene" genannt. Andere Determinanten können dagegen von den Individuen durch eigenes Zutun erworben bzw. verändert werden. Dies gilt z. B. für den Beruf im Rahmen einer Industriegesellschaft. Bei einigen Merkmalen (wie z. B. Konfessionszugehörigkeit und Berufsposition) ist es von Gesellschaft zu Gesellschaft verschieden, ob sie hierhin oder dorthin zu rechnen sind.

Determinanten sozialer Ungleichheit schaffen Gruppierungen von Menschen mit einem gemeinsamen sozialen Merkmal (z. B. des Geschlechts oder des Wohnsitzes in Ostdeutschland), das bestimmte soziale Chancen eröffnet oder verschließt. Diese Gruppierungen sind meist allgemein bekannt, oft auch besonders augenfällig. Zudem sind sich die Angehörigen dieser Gruppierungen der Zugehörigkeit und der damit verbundenen Statuschancen häufig sehr wohl bewusst. Daher ist es verständlich, wenn die öffentliche Aufmerksamkeit zum Beispiel auf geschlechtsspezifische, regionale oder ethnische Ungleichheiten oft besonders groß ist und – insoweit die mehr oder minder guten Chancen einer Gruppierung „ungerecht" erscheinen – gesellschaftliche Auseinandersetzungen hierüber an der Tagesordnung sind. So stehen beispielsweise die Einkommensungleichheit zwischen Männern und Frauen und die Ungleichheit der Arbeitslosigkeitsrisiken zwischen Ost- und Westdeutschland im Mittelpunkt des öffentlichen Interesses.

Empirisch festgestellte Zusammenhänge zwischen bestimmten Determinanten und dem Status der Betroffenen stellen noch keine Erklärungen dar. Wer z. B. weiß, dass weibliche Arbeitnehmer in bestimmte Einkommensniveaus nur selten vordringen, weiß noch nicht, warum dies geschieht. Es sind u. U. ganz unterschiedliche kausale Zusammenhänge, die die einzelnen Determinanten sozialer Ungleichheit mit den jeweiligen Statuschancen verknüpfen. So können z. B. die geringeren Einkommenschancen ausländischer Arbeiter auf anderen Kausalfaktoren beruhen als die von Frauen oder die von Erwerbstätigen in Ostdeutschland.

Quelle: Hradil: Soziale Ungleichheit in Deutschland, 2005, S. 30–35.

4. **Informieren Sie sich über die Gestaltungsmöglichkeiten des modernen Sozialstaats zur Reduzierung sozialer Ungleichheiten.**

Die Frauenquote

Gilt für ein Unternehmen in Deutschland die Frauenquote, so muss ein bestimmter Mindestprozentsatz von Beschäftigten dieses Unternehmens oder von Mitgliedern eines Gremiums im Unternehmen aus Frauen bestehen.

Unternehmen wurde über viele Jahre hinweg im Rahmen der betrieblichen Selbstverpflichtung freigestellt, eigene – für das jeweilige Unternehmen passende – Konzepte zur Erhöhung des Frauenanteils in Führungspositionen zu entwickeln und so größere Chancengerechtigkeit herbeizuführen.

Dennoch befindet sich der Anteil von Frauen in den Spitzengremien großer Unternehmen auf einem sehr niedrigen Niveau.

Da vonseiten der Unternehmen kein größeres Eigenengagement zu erwarten war, handelte der Gesetzgeber: Der Bundesrat beschloss bereits 2012 eine verpflichtende Quote von 40 % Frauen in Aufsichtsräten – allerdings trifft diese Regelung nur die 100 aktuell erfolgreichsten börsennotierten Unternehmen in Deutschland. Der Bundestag verabschiedete das Quotengesetz 2015, es trat 2016 in Kraft. Sollte ein Unternehmen nicht in der Lage sein, eine vakante Stelle durch eine Frau zu besetzen, um die Quote zu erfüllen, so muss die Stelle unbesetzt bleiben. So ist mit allen weiteren frei werdenden Stellen zu verfahren. Dieses System führt verstärkt dazu, dass Unternehmen mit Weitblick weibliche Führungskräfte fördern und ausbilden, damit sie zu gegebener Zeit entsprechende Funktionen übernehmen können und die gesetzlichen Vorgaben eingehalten werden.

Die betriebliche Selbstverpflichtung zur Erhöhung des Frauenanteils gilt nach der Einführung des Gesetzes 2012 weiterhin für jene 3 500 stärksten Unternehmen, die nicht zu den Top 100 zählen. Die Regierung beobachtet die Entwicklung, um festzustellen, ob auch hier gesetzlicher Regelungsbedarf entsteht oder ob die Entwicklung der Top-100-Unternehmen eine entsprechende Strahlkraft entfaltet. Die Hoffnung ist, dass feste Zielgrößen die Frauenförderung in den Fokus der Unternehmen rücken und dadurch der Aufstieg in Spitzenpositionen für mehr Frauen möglich wird.

Deutschland folgt mit dieser Taktik anderen europäischen Ländern, in denen teilweise ähnliche Regelungen zur Frauenquote gelten, unter anderem Norwegen, Frankreich, Spanien, Belgien, die Niederlande, Italien und Island.

M 8 Frauenquote in börsennotierten Unternehmen

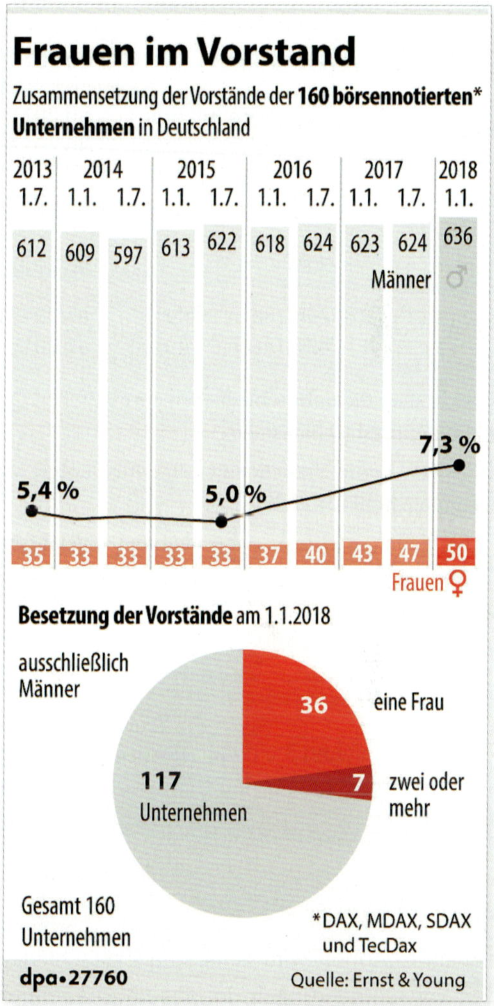

Frauenquote im europäischen Vergleich

M 9

Europäische Länder mit einer Frauenquote für die Privatwirtschaft				
Land	Frauenanteil	Zeitraum	Gremien	Art der Quote
Norwegen	40%	seit 2004	monistisches Board-System*	hart mit Sanktionen
Island	40%	ab 2013	monistisches Board-System	
Spanien	40%	ab 2015	monistisches Board-System	weich
Frankreich	20% (nach 3 Jahren), 40% (nach 6 Jahren)	ab 2014: 20%, ab 2017: 40%	Aufsichtsräte und Vorstände	hart mit Sanktionen
Niederlande	30%	ab 2016	Aufsichtsräte und Vorstände	weich
Belgien	30%	ab 2012	Vorstände	weich
Italien	20% (nach 1 Jahr), 40% (nach 6 Jahren)	ab 2012: 20% ab 2015: 40%	Aufsichtsräte	hart

Übersicht über die unterschiedlichen europäischen Quotenregelungen inklusive Sanktionierungsmechanismen

Quelle: DIW Berlin, Frauenquote, abgerufen unter: www.diw.de/de/diw_01.c.412682.de/presse/diw_glossar/frauenquote.html [21.11.2017].

* Keine Trennung zwischen Vorstand und Aufsichtsrat. Es gibt nur ein Gremium.

5. Vergleichen Sie die ungleiche Verteilung von Einkommen in Deutschland sowie weltweit und berücksichtigen Sie dabei unterschiedliche Definitionen von Armut.

Armut

Der Begriff „Armut“ wird definiert als verschiedene Arten von Entbehrungen; in diesem Zusammenhang können menschliche Grundbedürfnisse nicht befriedigt werden, bspw. Konsum, Sicherheit von Nahrungsmitteln, Gesundheitsversorgung, Bildung, Ausübung von Rechten, Mitsprache, Sicherheit und Würde sowie menschenwürdige Arbeit. Dabei ist „absolute Armut“ als ein Zustand definiert, in dem sich ein Mensch die Befriedigung seiner Grundbedürfnisse nicht leisten kann. Hingegen beschreibt „relative Armut“ die Armut im Verhältnis zum jeweiligen Umfeld eines Menschen.

Menschen bringen Armut nicht als Eigenschaft mit sich, sondern sie ist ein dynamischer Prozess. Häufig führen einschneidende familiäre Ereignisse – zum Beispiel Krankheitsfälle, Todesfälle – oder größere Krisen – wie bewaffnete Konflikte, Naturkatastrophen – zu Armut. Die Befreiung aus der Armut gelingt vielen Menschen im Laufe der Zeit, indem sie ihre Lebensumstände verbessern. Doch ein Viertel bis ein Drittel der von Armut betroffenen Menschen bleiben Zeit ihres Lebens arm.

Es ist schwierig, Armut zu messen, da sie jeder anders empfindet, und zudem sind Hunger, Krankheiten oder Angst schwer messbar. Um diesem Umstand Rechnung zu tragen, gibt es international akzeptierte Kriterien, die dabei helfen, zu erfassen, was Armut ist und wer als arm gilt.

M 10 Vorstände verdienen 50 Mal so viel wie Angestellte

In Deutschlands Top-Konzernen ist das Gehaltsgefälle nach wie vor gewaltig: Vorstände kassieren einer Studie zufolge im Schnitt 50 Mal so viel wie ein durchschnittlicher Angestellter eines Dax-Konzerns. Immerhin schloss sich die Schere zwischen Vorstandsgehältern und normalen Arbeitseinkommen erstmals seit Jahren leicht, wie die Deutsche Schutzvereinigung für Wertpapierbesitz (DSW) und Experten der Technischen Universität München am Donnerstag in Frankfurt erklärten.

Während die Vergütung für die Führungskräfte der 30 Unternehmen im Deutschen Aktienindex 2015 zum Vorjahr im Schnitt um 1,8 Prozent auf gut 3,3 Millionen Euro sank, stiegen die Bruttolöhne in Deutschland um 4 Prozent. Im Jahr 2014 hatten Dax-Vorstände nach diesen Berechnungen noch 54 Mal so viel verdient wie ihre Angestellten.

Die kontroversen Debatten um die Millionen für Manager zeigen nach Einschätzung des Münchner Wissenschaftlers Gunther Friedl Wirkung. Die variable Barvergütung, die in der Regel vor allem an die Gewinnentwicklung der Unternehmen gekoppelt ist, sank im Vergleich zum Vorjahr um fünf Prozent auf gut 1,5 Millionen Euro. „Das ist ein gutes Zeichen, denn es zeigt, dass die variable Vergütung tatsächlich von der Leistung abhängt", kommentierte Friedl. Gestoppt scheine auch der Trend, dass die Unternehmen als Ausgleich für sinkende Boni bei den Festgehältern eine Schippe drauflegten. Die Grundvergütung verringerte sich um 1,4 Prozent auf gut eine Million Euro.

[...] Im Schnitt erhielten die Vorstandsvorsitzenden der Dax-Konzerne 5,1 Millionen Euro und damit etwas weniger als im Vorjahr (5,3 Millionen Euro). Damit lagen sie nach DSW-Angaben oberhalb ihrer Kollegen in Frankreich (4,7 Millionen Euro), aber unterhalb der durchschnittlich in der Schweiz gezahlten Vergütung (6,8 Millionen Euro).

Meilenweit entfernt bleibt für die meisten Top-Manager in Deutschland das Gehaltsniveau der USA: Die Bosse der Unternehmen im Dow Jones Industrial Average (DJIA) kamen im Schnitt auf eine – nochmals gestiegene – Jahresvergütung von umgerechnet 16,4 Millionen Euro. Hier lag die höchste Vergütung laut DSW bei 39,2 Millionen – gutgeschrieben auf dem Konto von Walt-Disney-Chef Robert Iger.

Quelle: dpa: Dax-Vorstände verdienen weniger – Aber 50 Mal so viel wie Angestellte. 07.07.2016.

M 11 Durchschnittlicher Bruttojahresverdienst 2015

Durchschnittlicher Bruttojahresverdienst (einschließlich Sonderzahlungen) vollzeitbeschäftigter Arbeitnehmerinnen und Arbeitnehmer 2015 nach ausgewählten Wirtschaftszweigen

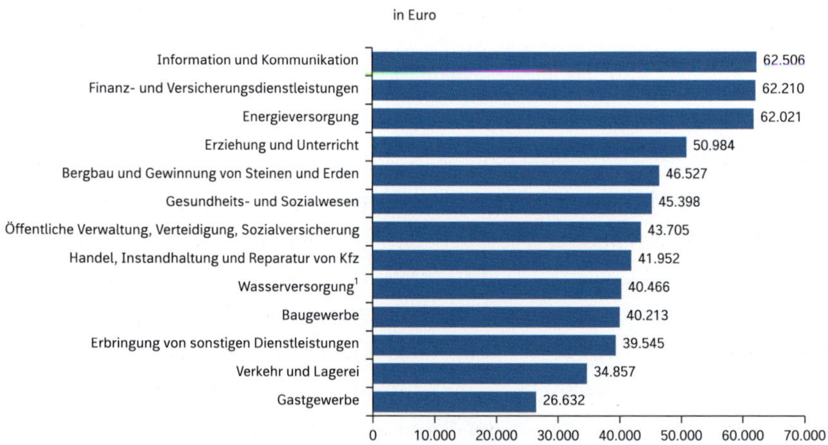

1 Einschließlich Abwasser- und Abfallentsorgung und Beseitigung von Umweltverschmutzung. Statistisches Landesamt Rheinland-Pfalz

Übersicht über Durchschnittseinkommen in ausgewählten Wirtschaftszweigen

Quelle: Statistisches Landesamt Rheinland-Pfalz, Durchschnittlicher Bruttojahresverdienst vollzeitbeschäftigter Arbeitnehmerinnen und Arbeitnehmer 2015 nach ausgewählten Wirtschaftszweigen, abgerufen unter: www.statistik.rlp.de/fileadmin/dokumente/pm/2016/pm16058_html_m3f66b9a6.gif [21.11.2017]

M 12 Das sparsame Leben der Rentnerinnen

2036 – das klingt wahnsinnig weit weg, nach Science-Fiction. Klingt aber nur so. 2036 ist das Jahr, in dem die heute Fünfzigjährigen endlich rentenreif werden. Vor zwei Jahren schon stellte die Bertelsmann-Stiftung eine Studie vor, die prognostiziert, wer dann arm sein wird – beispielsweise mehr als jede vierte Frau, die dann im Rentenalter sein wird, falls bis dahin überhaupt noch so etwas wie ein Rentenalter existiert. Frauen waren immer schon ärmer als Männer, und sie werden im Alter nicht reicher.

Gemessen daran, wie bedrohlich das Szenario ist, auf das Deutschland zusteuert, ist es schon einigermaßen erstaunlich, wie selten Altersarmut in den Fokus rückt – obwohl es davon jetzt schon reichlich gibt, besonders unter Frauen, denn es sind bereits siebzehn Prozent der deutschen Rentnerinnen auf staatliche Unterstützung angewiesen. Warum dann keiner drüber reden will? Es liegt jedenfalls nicht nur daran, dass die Literatur zum Thema selten ohne Vokabeln wie Erwerbsbiografie oder Individualisierungstendenz auskommt. Irene Götz forscht selbst, zum Hier und Jetzt. Sie ist Professorin für empirische Kulturwissenschaft an der Ludwig-Maximilians-Universität, hat Studien zur Altersarmut gemacht, und nun hat sie das Buch „Kein Ruhestand – wie Frauen mit Altersarmut umgehen" herausgegeben. Götz und ihre Co-Autorinnen haben für das Buch Münchner Rentnerinnen gefragt, wie sie zurechtkommen in München, wo die Armutsgrenze bei 1350 Euro liegt.

Es kommen in diesem Buch auch Fakten und Zahlen vor, aber es geht um mehr: Darum, was es mit den betroffenen Frauen macht, dass sie arm sind, und wie sie sich Mühe geben, ihre Armut zu verbergen. In den Berichten geht es beispielsweise um Wohnsituationen, die eigentlich keiner verdient hat, der ein Leben lang gearbeitet hat. Eine Frau schläft bei der Tochter auf einem Feldbett im Flur, eine andere hat zwar eine Wohnung, aber die gehört einer Verwandten, mit der sie sich nun gut stellen muss. Dabei bleibt die Würde dann mal leicht auf der Strecke.

Was den wenigsten Leuten klar ist: Die Frauen, die Irene Götz für das Buch gefunden hat, haben völlig unterschiedliche Berufe gehabt und in völlig unterschiedlichen Verhältnissen gelebt. Altenpflege ist so zermürbend und so schlecht bezahlt, dass es keinen wundern muss, wenn dabei Altersarmut herauskommt.

Aber in „Kein Ruhestand" gibt es auch eine Verlagskauffrau und eine Buchhändlerin, sogar eine Beamtin. Letztere war verheiratet, erzählt vom Golfplatz und von langen Reisen, für die sie unbezahlten Urlaub nahm. Erst nach der Scheidung hat das Geld nicht mehr gereicht. Für sie alle gibt es eben keine Ruhe, sie arbeiten noch, machen sich Sorgen und versuchen mit großen Aufwand, möglichst günstig über die Runden zu kommen.

Die Generation, um die es in „Kein Ruhestand" geht, darauf weist Irene Götz hin, hat das sparsame Leben gelernt, es ist die Kriegs- und Nachkriegsgeneration. Wie soll das erst werden, wenn die Überflusskinder der Sechziger und Siebziger alt werden – die seltener Kinder gekriegt, dafür aber auch nie kochen gelernt haben? Dass es auch in dieser Generation noch so sein wird, dass es bei den Renten einen Graben zwischen den Geschlechtern gibt, ist auch ein Beweis, wie gefährlich es ist, das Thema zu tabuisieren: Die Frauen, die 2036 67 Jahre alt werden, sind 1969 geboren, sie sind die Kinder der zweiten Frauenbewegung.

Ist Altersarmut ein Frauenproblem? Eine Rente, die nicht zum Leben reicht, ist für jeden ein Problem, aber Frauen haben dieses Problem häufiger. Viele Rentner bekommen weniger als 1350 Euro, und Frauen bekommen im Schnitt etwa sechzig Prozent von dem, was Männer bekommen. „Kein Ruhestand" geht die Gründe durch, die dazu führen: Der Gender Pay Gap verwandelt sich im Alter in eine Rentenlücke, Frauen haben häufig auch Lücken in ihrer – da ist der Ausdruck – Erwerbsbiografie, weil sie Kinder versorgt haben; sie haben oft in Teilzeit gearbeitet und leben im Alter häufiger allein, was teurer ist. Es kriegt ja keine Frau einen Mietnachlass, weil sie früher unterbezahlt wurde.

Ein Feelgood-Buch ist „Kein Ruhestand" nicht gerade; aber dafür ist es ist nützlich. Nicht nur, weil es hilft, das Tabu zu brechen – sondern weil das letzte Kapitel tatsächlich ein Ratgeber ist, in dem fein säuberlich aufgelistet ist, was es für Ansprüche gibt, wer sie hat, und wie man sie durchsetzt.

Es muss ohnehin mal einer anfangen, die Dinge zu dokumentieren. Wenn man heute versucht, sich über die Situation von Frauen im England der industriellen Revolution zu informieren, ist das gar nicht so einfach – es gibt nur sehr wenig Literatur darüber, ein paar Daten, die Abfallprodukte sind der Forschung über Kinderarbeit. So gesehen ist „Kein Ruhestand" auch die Geschichtsschreibung von morgen.

Vahabzadeh: Das sparsame Leben der Rentnerinnen, in: Süddeutsche Zeitung, 16.04.2019, abgerufen unter: www.sueddeutsche.de/kultur/irene-goetz-kein-ruhestand-wie-frauen-mit-altersarmut-umgehen-rezension-1.4411980 [25.04.2019]

6. Analysieren Sie den Vorschlag anonymer Bewerbungen als mögliche Maßnahme zur Bekämpfung sozialer Ungleichheit.

M 13

Anonyme Bewerbungen: Inkognito zum neuen Job

1 Frau in gebärfähigem Alter, vielleicht gar mit ausländischem Namen? Die Qualifikationen können noch so gut sein, die Chancen stehen bei Bewerbungen trotzdem schlecht. Anonyme Bewerbungen können Abhilfe schaffen, wie ein Großversuch von fünf Unternehmen bewiesen hat.

Es geht zum Beispiel um Frauen um die 30, mit Spitzenzeugnissen und sechs Jahren Berufserfahrung. Eigentlich eine großartige Grundlage für einen guten Job – oder gar eine Führungsposition. Doch bei der Bewerbung blickt der Chef auf das Geburtsdatum, zieht die Augenbraue hoch und lässt einen Verdacht keimen: Die Dame könnte bald schwanger werden. Kann sie als Mutter noch am Wochenende durcharbeiten, wenn ein Termin drängt? Muss er bald nach einem Ersatz suchen, wenn sie in Elternzeit geht?

Es sind solche Szenen, die zu einer Schieflage in Deutschlands Unternehmen beitragen. Frauen verdienen weniger und steigen seltener ins Management auf. Und wer Öztürk heißt, den laden viele Firmen gar nicht erst zum Vorstellungsgespräch ein. Migranten – nein danke. [...]

Ein Pilotprojekt zeigt nun auf, wie mehr Chancengleichheit in die Personalabteilungen einziehen kann. Eineinhalb Jahre lang haben fünf Unternehmen und drei öffentliche Arbeitgeber anonymisierte Bewerbungen getestet [...]. In dem Bericht [...] kommen die Autoren [...] zu dem Schluss, dass anonyme Bewerbungen denen, die sonst unter Pauschalurteilen leiden, zugutekommen. Frauen und Zuwanderer haben danach in der Regel dieselben Aussichten, zu einem Vorstellungsgespräch eingeladen zu werden, wie andere Gruppen, sie haben also die gleichen Chancen auf einen Termin beim Chef. [...]

Bei dem Großversuch mit gut 8500 Bewerbungen hatten die Arbeitgeber zunächst auf Angaben wie Foto, Name, Alter und Geschlecht verzichtet. Mal mussten die Aspiranten einen Online-Fragebogen ausfüllen, mal wurden verräterische Zeilen geschwärzt. Für die Vorentscheidung zählten also nur die Fakten wie Abschlüsse und Berufserfahrung. Erst vor dem Bewerbungsgespräch durften die Chefs Namen und Zeugnisse sehen. Dann aber haben die Bewerber nach Einschätzung der Forscher bereits die entscheidende Hürde überwunden, denn im persönlichen Gespräch wucherten Klischees weniger.

„Das Projekt hat gezeigt, dass anonymisierte Bewerbungen den Fokus auf die Qualifikation lenken", sagt die Leiterin der Antidiskriminierungsstelle des Bundes, Christine Lüders. Zudem habe sich das Verfahren als praktikabel erwiesen. Laut Bericht sehen die Personalverantwortlichen das neue Verfahren „durchgängig positiv", nur das Schwärzen von Unterlagen wird als aufwendig kritisiert. Auch die Jobsuchenden befürworten das Verfahren überwiegend, allerdings glaubt ein gutes Viertel von ihnen, dass ihre Chancen bei herkömmlichen Bewerbungen höher sind.

Quelle: Preuß: Inkognito zum neuen Job, in: Süddeutsche Zeitung, 17.04.2012, abgerufen unter: www.sueddeutsche.de/karriere/anonyme-bewerbungen-inkognito-zum-neuen-job-1.1334284 [09.06.2017].

Soziale Ungleichheit schlägt sich in nahezu allen Lebensbereichen nieder. Sie führt zu einer verstärkten Individualisierung der Menschen, deren Lebenswelt von ungleichen Faktoren geprägt ist. Die Folge ist eine starke Pluralisierung der Gesellschaft, was zu vielfältigen Problemfeldern führt.

7. Stellen Sie das wechselseitige Verhältnis von Individualismus und Pluralismus in einer freiheitlichen Gesellschaft dar.

M 14 Die drei Voraussetzungen des Individualisierungsprozesses

Der Individualisierungsschub der letzten Jahrzehnte geht vor allem auf drei Entwicklungen zurück. Erstens hat eine bis in die 1980er-Jahre anhaltende Wohlstandssteigerung in fast allen Bevölkerungsgruppen zwar die sozialen Ungleichheiten nicht nivelliert, wohl aber einen „Fahrstuhl-Effekt“ [...] ausgelöst: Alle konnten sich kontinuierlich ein bisschen mehr leisten, z. B. Fernreisen oder den Zweitfernseher im Kinderzimmer. Zweitens hat die deutliche Verkürzung der Arbeitszeit den vollerwerbstätigen Gesellschaftsmitgliedern entsprechend mehr Freizeit beschert, in denen sie eigenen Interessen, vom Hobby bis zum politischen Engagement oder zur Weiterbildung, nachgehen können. Drittens schließlich hat das gestiegene Bildungsniveau, wie es sich vor allem im von Kohorte zu Kohorte höheren Abiturienten- und Studierendenanteil zeigt, zum einen dazu geführt, dass immer mehr Menschen bessere Chancen des sozialen Aufstiegs über eine berufliche Karriere bekommen haben. Zum anderen bedeutet höhere Bildung auch die Vermittlung kognitiver Kompetenzen und Anregungen, um profunder über sich selbst und das eigene Leben nachzudenken und auf dieser Grundlage selbstbestimmtere Lebensentscheidungen zu treffen, wie auch ein höheres Interesse daran. Mehr Zeit dafür hat man als Jugendlicher und junger Erwachsener ebenfalls, wenn man mehrheitlich nicht schon mit vierzehn eine Lehre absolvieren oder als Ungelernter arbeiten gehen muss.

Quelle: Schimank: Die drei Voraussetzungen des Individualisierungsprozesses, in: Schimank: Individualisierung der Lebensführung, 31.05.2012, abgerufen unter: www.bpb.de/politik/grundfragen/deutsche-verhaeltnisse-eine-sozialkunde/137995/individualisierung-der-lebensfuehrung?p=all [09.06.2017].

M 15 Individualisierungsgewinne

Sozialer Aufstieg

Zunächst ist darauf hinzuweisen, dass von den 1950er- bis zu den 1980er-Jahren mehr Gesellschaftsmitglieder als zuvor – und danach – einen sozialen Aufstieg geschafft haben. Diese Aufsteiger, etwa vom Arbeiterkind zum Akademiker, sind schon deshalb individualisiert, weil sie mit dem sozialen Milieu, in dem sie sich dann bewegen, erst einmal nicht vertraut sind, und weil sie auch auf Dauer nicht alle habituellen Eigenarten ablegen werden, die sie ihrem Herkunftsmilieu verdanken. [...]

Pluralisierung der Lebensstile

Darüber hinaus hat eine zunehmende Diversifizierung von Lebensstilen stattgefunden, was als Übergang in eine „Erlebnisgesellschaft" verzeichnet worden ist. Seit den 1960er-Jahren haben viele Menschen in den entwickelten Ländern des Westens eine ganz neuartige Lebenseinstellung kultiviert. Bis dahin ging es primär darum, zunächst vor allem materielle Grundbedürfnisse zu befriedigen und sodann, insbesondere über Bildungsanstrengungen angegangen, berufliche Leistung zu erbringen und Karriere zu machen. Seitdem hat sich das Lebenskonzept [v]ieler in Richtung „schöner Erlebnisse" verschoben, die neben kulturellen Aktivitäten im engeren Sinne viele weitere Lebensbereiche erfassen. Dabei bilden sich nach Lebensalter und Bildungsniveau vielfältig differenzierte Lebensstil-Szenen und -Milieus heraus, die relativ friedlich nebeneinander koexistieren. [...]

Die Notwendigkeit, zwischen verschiedenen Optionen zu entscheiden

Diese durch sozialen Aufstieg sowie Milieu- und Lebensstildiversifizierung erfolgte Freisetzung des Einzelnen aus engen Sollens- und Wollens-Vorgaben seiner Lebensführung bedeutet: Jeder muss immer mehr Fragen selbst entscheiden, anstatt einfach das zu tun, was „man" in seinem Milieu in entsprechenden Situationen so tut. [...]

Die Frauen als Hauptgewinnerinnen des Wandels

An keiner Bevölkerungsgruppe lässt sich der Individualisierungsschub so deutlich zeigen wie an den Frauen, die insofern erst einmal als die Hauptgewinnerinnen dieses Wandels einzustufen sind. Im Bildungserfolg haben sie die Männer mittlerweile übertroffen, im Berufsleben haben sie trotz nach wie vor bestehender Benachteiligungen große Fortschritte zu verzeichnen, und aus beidem erwachsend können sie inzwischen selbstbewusst in Partnerschaften gehen und eigene Bedürfnisse und Interessen etwa in der familialen Arbeitsteilung geltend machen. Dass heutzutage viel mehr Ehen geschieden werden als früher, ist – so paradox sich das zunächst anhört – ein Indikator dafür, wie sich die Lage der Frauen verbessert hat. Denn sie haben nun, anders als früher, aufgrund eigener beruflicher Qualifikationen und Berufstätigkeit Ausstiegsoptionen aus einer unbefriedigenden Partnerschaft.

Pluralisierung der Formen des Zusammenlebens

Generell ist die Pluralisierung der Formen des Zusammenlebens im Vergleich zu früher, als die Kleinfamilie eines männlichen Alleinverdieners und einer den Haushalt führenden und die Kinder erziehenden Frau der Normalfall war, frappierend. Neben diesem weiterexistierenden Typ von Partnerschaft gibt es kinderlose Ehen, nicht-eheliche Lebensgemeinschaften mit und ohne Kinder sowie Wohngemeinschaften. Weiterhin existiert eine erhebliche Teilgruppe von Menschen, die über eine längere Zeit und freiwillig als Singles – wiederum mit oder ohne Kinder – leben. Schließlich ist bemerkenswert, wie häufig jemand von einer dieser Lebensformen in eine andere überwechselt, und zwar ohne eine feste Abfolge: Vom Single zur Ehe zur Wohngemeinschaft kann ebenso vorkommen wie von der Wohngemeinschaft zur nicht-ehelichen Partnerschaft mit Kind zum alleinerziehenden Vater.

Quelle: Schimank: Individualisierungsgewinne, in Schimank: Individualisierung der Lebensführung, 31.05.2012, abgerufen unter: www.bpb.de/politik/grundfragen/deutsche-verhaeltnisse-eine-sozialkunde/137995/individualisierung-der-lebensfuehrung?p=all [09.06.2017].

M 16 „Pluralismus ist nicht gemütlich“ – Interview des Paritätischen Wohlfahrtsverbands Bayern mit Wolfgang Thierse, Bundestagspräsident a. D.

Der Paritätische: Was sind aus Ihrer Sicht die wichtigsten drei Werte, die unsere Gesellschaft zusammenhalten?

Wolfgang Thierse: An erster Stelle steht für mich die Überzeugung von der gleichen Würde jedes Menschen. So lautet der wichtigste Satz des Grundgesetzes: ‚Die Würde des Menschen ist unantastbar‘.

Dann kommt die Solidarität. Unser Sozialstaat ist organisierte Solidarität, ist organisierte Umverteilung. Unser Sozialstaat lebt von der Mehrheit, die hinter dieser organisierten Solidarität steht.

Dann kommt für mich die Freiheit. Sie ist die Voraussetzung, dass wir uns als Individuen entwickeln und agieren können. Die liberale, offene, rechtsstaatliche und sozialstaatliche Demokratie ist die politische Lebensform unserer Freiheit.

Der Paritätische: Den Paritätischen leiten die Werte Offenheit, Vielfalt und Toleranz. Welche Bedeutung messen Sie der Toleranz bei und an welcher Stelle hat Toleranz Grenzen?

Wolfgang Thierse: Eine freie pluralistische Gesellschaft ist keine gemütliche Gesellschaft. Da ist Toleranz existentiell nötig. Denn mit Pluralismus ist die konfliktreiche Vielfalt von Überzeugungen, Weltbildern, Wahrheitsansprüchen, Werteorientierungen, Lebensweisen, sozialen Lagen, kulturellen Prägungen gemeint. Wie lässt sich diese Vielfalt in unserer Gesellschaft leben – ohne Ängste, ohne Ausgrenzung, ohne Unterdrückung und Gewalt?

Erst in einer Gesellschaft der Differenzen erweist sich Toleranz als notwendige und zugleich anstrengende Tugend. Denn anders als ihr populäres Missverständnis ist sie eben nicht Gleichgültigkeit, Desinteresse, Beliebigkeit. Bei der Toleranz als einer Tugend der praktischen Vernunft geht es um die schwierige Verbindung von eigenem Wahrheitsanspruch mit der Anerkennung des Wahrheitsanspruches des anderen. Toleranz meint eben nicht bloße, gnädige, herablassende Duldung, sondern meint Respekt.

Toleranz findet da Grenzen, wo unsere Verfassungswerte zur Disposition gestellt werden. Das sind die Unantastbarkeit der Menschenwürde, Gleichberechtigung, Respekt vor den Gesetzen des säkularen Rechtsstaates, Religionsfreiheit, Freiheit der Presse und der Kunst, die Selbstbestimmung des Individuums, um die wichtigsten zu nennen. Diese Werte verpflichten alle: die zu uns Kommenden wie auch die Einheimischen – sie verpflichten also auch AfD, Pegida, Neonazis!

Quelle: PARITÄTISCHER Wohlfahrtsverband, Landesverband Bayern e.V.: Pluralismus ist nicht gemütlich, abgerufen unter: www.paritaet-bayern.de/themen/detailansicht/article/pluralismus-ist-nicht-gemuetlich/ [27.09.2017].

DAS WICHTIGSTE IN KÜRZE

Gesellschaftsmodelle

In der Soziologie sind zur Beschreibung der sich wandelnden **sozialen Ungleichheit** Theorien entstanden, die der zunehmenden Komplexität Rechnung tragen. Die Klassentheorie von Karl Marx liegt allen Beschreibungen zugrunde, aus ihr hat sich das differenziertere Schichtenmodell entwickelt. Dabei werden Menschen in ähnlicher sozioökonomischer Lage zusammengefasst, d. h. wenn sie ähnliche Besitz- und Einkommensverhältnisse, ähnliche Berufe und ähnliche Qualifikationen vorweisen. Ebenso liegen ähnliche Persönlichkeitsmerkmale aufgrund ähnlicher Lebenserfahrungen vor. Diese Lebenserfahrungen beeinflussen das Denken, die Vorstellungswelt, die Mentalitäten, die Werte, die Interessen, die Ideologien und Verhaltensweisen der Menschen einer Schicht bzw. Klasse. Diesen Aspekt bezeichneten berühmte Vordenker mit folgenden Begriffen: „Klassenbewusstsein" (Karl Marx), „Schichtmentalität" (Theodor Geiger) und „Klassenhabitus" (Pierre Bourdieu). Ein weiteres Merkmal der **Klassen- bzw. Schichtmodelle** ist, dass Menschen in der gleichen Lage durch ähnliche Lebenschancen und Risiken verbunden sind. Schicht- und Klassenmodelle sind somit als Versuch anzusehen, eine gewisse Ordnung in das unübersichtliche Durcheinander der sozialen Ungleichheiten zu bringen.

Durch die modellhafte Darstellung der immer komplexer werdenden sozialen Wirklichkeit vereinfachen sie jedoch erheblich. Große Bedeutung und Verbreitung fand das **Zwiebelmodell** von Karl Martin Bolte in den 1960er-Jahren. Alternativ wurde die deutsche Gesellschaftsstruktur von Ralf Dahrendorf in einem Hausmodell (ebenfalls 1960er-Jahre) abgebildet. Das **Hausmodell** wurde von Rainer Geißler in den 1990er-Jahren weiter verfeinert: Das Haus blieb, doch die Schichten wurden diversifiziert und um ausländische Einwohner Deutschlands ergänzt. Das Modell Geißlers trägt darüber hinaus der Durchlässigkeit zwischen den Schichten Rechnung, in dem Decken und Wände keine harten Grenzen mehr darstellen. Somit war der Boden bereitet für die heute als gültig anerkannte Überlappungshypothese, nach der sich die Menschen in der Bundesrepublik Deutschland nicht mehr ganzheitlich und eindeutig einer bestimmten Schicht zuordnen lassen. Eine Erweiterung der traditionellen Schichtentheorie ist das **Modell der sozialen Lagen**, da durch sie die Mehrdimensionalität der Ungleichheitsstruktur besser abgebildet werden kann. Die Bevölkerung wird nach sozialen Merkmalen in soziale Lagen gegliedert; zur Verfügung stehende materielle Ressourcen werden den Lagen zugeordnet und es wird ausgewertet, welche Lebenszufriedenheit mit diesen Lagen verbunden ist. Somit ist die Herangehensweise bei sozialen Lagen vom objektiven Merkmal herkommend, während die Milieutheorie zunächst subjektive Empfindungen berücksichtigt.

In der jüngsten Zeit und in Anbetracht der zunehmenden Pluralität der Gesellschaft erwiesen sich die Modelle nach Bolte, Dahrendorf und Geißler als nicht mehr ausreichend. Sie wurden durch die **Milieutheorie** weiterentwickelt, die im Rahmen der Markt- und Wahlforschung laufend aktualisiert und professionell verfeinert wurde. Milieumodelle ordnen die vorhandene kulturelle Vielfalt der Lebensstile nach bestimmten Mustern. Dabei bezeichnen Lebensstile Muster der alltäglichen Lebensführung, die in einem bestimmten Habitus und einem Set von Verhaltensweisen, Geschmacksurteilen und Konsumpräferenzen zum Ausdruck kommen. Diesem Ansatz folgt im Besonderen das SINUS-Institut in Heidelberg. Es stellt seit den 1980er-Jahren jährlich Studien zur Größe und inhaltlichen Ausprägung der Milieus zur Verfügung. Nicht nur Deutschland, sondern verschiedene Gesellschaften weltweit werden vom SINUS-Institut analysiert.

DAS WICHTIGSTE IN KÜRZE

Soziale Ungleichheit

Soziale Ungleichheit existiert in jeder Gesellschaft, da die Menschen unterschiedliche Voraussetzungen mitbringen und in unterschiedlichem Maße an den vorhandenen Gütern und Chancen beteiligt sind. So gibt es auch in der Bundesrepublik Deutschland Armut, wenn auch keine **absolute Armut**, sondern **relative Armut**. Es geht hierbei nicht um das rein physische Überleben, sondern um Fragen eines menschenwürdigen Lebens. Durch den funktionierenden Sozialstaat wird der Mindestbedarf eines jeden Menschen in Deutschland gesichert. Besonders gefährdet von Armut sind kinderreiche Familien, Alleinerziehende sowie Arbeitslose und häufig auch Migranten. Durch vielfältige (Re-)Integrationsmaßnahmen verhindert der Sozialstaat insbesondere langfristige ökonomische und soziale Ausgrenzung der von Armut Betroffenen.

Um einzelnen benachteiligten Gruppierungen zunehmend gleiche Chancen zu bieten, ist der Gesetzgeber aktiv geworden. Exemplarisch ist hier die **Frauenquote** zu nennen. Ihre Einführung betrifft konkret nur wenige börsennotierte Unternehmen, Statistiken legen jedoch nahe, dass seit ihrer Einführung flächendeckend mehr Frauen in Führungspositionen gelangen konnten.

Individualismus und Pluralismus

Die Entwicklung der letzten Jahrzehnte hin zu mehr Einkommen, Bildung, sozialer Sicherheit, Freizeit und Mobilität hat vielen Menschen die Möglichkeit gegeben, über mehr Ressourcen und mehr Optionen für individuelles Handeln **(Pluralismus)** zu verfügen. Dadurch lösen sich die Menschen von den restriktiven Verhaltensregeln der zentralen Gemeinschaften, insbesondere der Familie, der lokalen Gemeinde, der Religion und der sozialen Klasse bzw. Schicht. Die Menschen sind in der Lage, aber auch dazu gezwungen, ihr Leben relativ eigenständig zu gestalten. Sie treffen Entscheidungen in eigener Verantwortung und müssen auch die Konsequenzen für ihr Handeln tragen. Entsprechend wachsen die Freiheiten der Lebensführung, es steigen aber gleichzeitig auch die Risiken des Misserfolgs.

Früher waren für die Menschen ihre charakteristischen Gemeinschaften meist lebenslang prägend, da die regionale Mobilität eingeschränkt war. Auch ein Austritt aus oder Wechsel der Religionsgemeinschaft war vollkommen untypisch. Dagegen ist es heutzutage allgemein üblich, das bisherige Umfeld zu verlassen oder in eine neue Gemeinschaft der eigenen Wahl zu wechseln. Insgesamt ist somit aufgrund der Individualisierung eine größere Flüchtigkeit und Wandelbarkeit festzustellen, jedoch entstehen auch heute noch soziale Gruppierungen Gleichgesinnter. Insofern ist die **Individualisierung** nicht ausschließlich mit einer immer unterschiedlicheren individuellen Lebensgestaltung gleichzusetzen, sondern bietet dem Individuum immer wieder Chancen auf eine Neuerfindung seiner eigenen Persönlichkeit.

FESTIGUNG – VERTIEFUNG

Weitere Herangehensweisen

- Diskutieren Sie, zu welchem der genannten Sinus-Milieus Sie sich zuweisen würden. Begründen Sie Ihre Entscheidung.
- Erörtern Sie anhand Ihrer Erkenntnisse zur Frauenquote die Vor- und Nachteile einer möglichen Migrantenquote.
- Diskutieren Sie, ob die Deckelung von Managergehältern zu mehr sozialer Gerechtigkeit führen würde.

Vertiefende Aspekte

- Informieren Sie sich über den Grad des Pluralismus in einer Gesellschaft eines Landes Ihrer Wahl und vergleichen Sie diesen mit dem der Bundesrepublik Deutschland.
- Recherchieren Sie, welche Arbeitgeber im Einzugsgebiet Ihrer Schule ein anonymisiertes Bewerbungsverfahren ermöglichen. Befragen Sie die zuständigen Personaler nach ihren Erfahrungen und diskutieren Sie die Ergebnisse in der Klasse.
- Ermitteln Sie den Frauenanteil unter den Lehrkräften Ihrer Schule sowie in der Schulleitung. Hinterfragen Sie Ihre Erkenntnisse kritisch.
- Nehmen Sie Stellung zur immer wieder auftauchenden Forderung nach einer Männerquote beim Medizinstudium. Hintergrund der Forderung ist die Tatsache, dass aufgrund der durchschnittlich besseren schulischen Abschlüsse von Frauen mehr Frauen das NC-beschränkte Studienfach wählen können.
- Informieren Sie sich über Umfang und Zielsetzung der Arbeit der Tafeln in Ihrer Region.

Weiterführende Quellen und Hinweise

H 1 Internetseite der Europäischen Kommission zum Gender Pay Gap. Umfangreiche, teils interaktive Materialsammlung mit Hintergrundinformationen über Ursachen und Folgen des Gender Pay Gaps (geschlechtsspezifisches Lohngefälle) sowie möglichen Ansätzen, die Problematik zu lösen. Sprache: Englisch.

H 2 Der Paritätische Gesamtverband: Menschenwürde ist Menschenrecht. Bericht zur Armutsentwicklung in Deutschland 2017 (herunterzuladen auf der Internetseite des Paritätischen Gesamtverbands). Auf der Internetseite ist unter „Armutsbericht 2017“ auch eine interaktive Infografik zu finden, die die Möglichkeit bietet, für jeden Postleitzahlbezirk bzw. jede Ortschaft Deutschlands die Entwicklung der Armutsquote der letzten Jahre nachzuvollziehen.

H 3 Homepage des Bundesverbands Deutsche Tafel e. V. Auf der Homepage des Vereins finden Sie Informationen zur Philosophie, zu aktuellen Projekten und zu bestehenden Unterstützungsmechanismen für von Armut bedrohte Menschen.

2.2 Migration und ihre Auswirkungen auf die Lebenswirklichkeit

Forschungsinteresse und Kompetenzerwerb

Migration als dauerhafte und grenzüberschreitende Verlagerung menschlicher Wohnorte gibt es bereits seit Tausenden von Jahren, allerdings geht die Forschung davon aus, dass es im Zuge der Globalisierung zu einer steigenden Mobilität der Menschen kommt. Sie werden sich im vorliegenden Kapitel mit den Hintergründen und Ursachen von Migration beschäftigen und erfahren, welche Risiken und Chancen Migration für alle Beteiligten bietet. Darüber hinaus werden Sie erkennen, inwiefern sich Migration auf die Lebenswirklichkeit in Deutschland auswirkt.

Vorgehen

In der Nähe Ihres Heimatortes soll eine Flüchtlingsunterkunft errichtet werden. Dies führt in der Nachbarschaft zu Protesten und einer Reihe von Diskussionen, in denen Sie mit Kommentaren wie „Die klauen uns ja bloß unsere Arbeitsplätze", „Die Ausländer sind doch eh alle kriminell", „Das sind doch eh' alles Sozialschmarotzer", aber auch „Wir heißen Ausländer willkommen" und „Deutschland braucht Zuwanderung" konfrontiert werden. Um den Diskurs auf ein sachliches Niveau zu bringen, beschäftigen Sie sich mit den Fakten zum Thema.

Zunächst BETRACHTEN Sie die deutsche Migrationsgeschichte seit dem Zweiten Weltkrieg und erschließen Ursachen für Migration. Sie ÜBERLEGEN sich, auf welche möglichen Probleme Migranten in einem fremden Land stoßen könnten, und VERGLEICHEN Ihre Ergebnisse anhand der Quellen mit den tatsächlichen Problemen von Migranten in Deutschland. Basierend auf den Karikaturen sowie den dann folgenden Quellen VERSCHAFFEN Sie SICH EINEN ÜBERBLICK darüber, welche Chancen Migration bietet. In einem letzten Schritt BEURTEILEN Sie anhand von persönlichen Erfahrungen, Bildern und Texten, welche konkreten Auswirkungen Migration auf die Lebenswirklichkeit in Deutschland hat.

Als Arbeitshilfe finden Sie im hinteren Teil des Lehrwerks eine Übersicht über verschiedene Methodentechniken. Nutzen Sie diese Möglichkeit.

FÜHREN **Sie anschließend** EINE PODIUMSDISKUSSION DURCH**, in der Sie den typischen Vorwürfen und Vorurteilen gegenüber Migranten sachlich begegnen.**

Materialauswahl

Um den historischen Abriss der Geschichte der Migration in Deutschland zu zeigen, vermittelt der Überblickstext eine Informationsgrundlage. Die Statistiken zeigen anschaulich Trends und Entwicklungen im Laufe der Jahre. Die Karikaturen stellen in überspitzter Form Schwierigkeiten und Chancen von Migration dar, einige vor dem Hintergrund einer alternden Gesellschaft. Mit der Infobox sowie der Textquelle zu Dublin III informieren Sie sich über den rechtlichen Hintergrund von Migration. Anhand der verwendeten Bilder können Sie u. a. die manipulative Wirkung von Bildern erkennen, bei denen je nach Fokus der humanitäre Aspekt der Flüchtlingshilfe oder aber die Angst vor einer vermeintlichen „Überfremdung" im Vordergrund steht.

1. Erarbeiten Sie anhand der Materialien das Wanderungsgeschehen und die Migrationspolitik von 1945 bis 2016. Recherchieren Sie, welche Ursachen für die Höhepunkte der Migrations-/Wanderungswellen verantwortlich sind.

2. Diskutieren Sie, unter welchen Bedingungen Sie bereit wären, aus Ihrem Heimatland auszuwandern.

Als Migranten gelten Personen, die ihren bisherigen Wohnort verlassen, um sich an einem anderen Ort niederzulassen. Migration ist ein natürlicher Bestandteil der Menschheitsgeschichte. Bereits vor Tausenden von Jahren erschlossen sich Menschen neue Gebiete, um Ackerbau zu betreiben, im Mittelalter wurden gezielt Gebiete in Europa kolonisiert und nach 1500 nahm die Migration nach Übersee zu. Auch in Deutschland gibt es eine lange Geschichte der Migration. Heutzutage spielen neben politischen Gegebenheiten im Ziel- und Herkunftsland auch wirtschaftliche, soziale und zunehmend klimatische Ursachen eine Rolle bei der Entstehung von Migration.

Migration – deutsche Migrationsgeschichte nach dem Zweiten Weltkrieg

M 1

Bis Ende des Ersten Weltkriegs

Seit den 1880er-Jahren wuchs in Deutschland der Bedarf an Arbeitskräften [aufgrund der expandierenden Industrie] immens an. [...] Über 1,2 Millionen „ausländische Wanderarbeiter“ (vor allem Polen) waren kurz vor dem Ersten Weltkrieg in Deutschland beschäftigt. Die Migranten wurden stark kontrolliert und eine dauerhafte Einwanderung war nicht erwünscht. Im Ersten Weltkrieg begannen Unternehmen und Behörden zunehmend, ausländische Zwangsarbeiter zu beschäftigen.

Zwischenkriegszeit

In der Weimarer Republik sank die Zahl der ausländischen Arbeitsmigranten deutlich. Gleichzeitig gewannen Zwangswanderungen (Flucht, Umsiedlung, Vertreibung) erheblich an Bedeutung für das Migrationsgeschehen nach 1918. Mehr als zehn Millionen Menschen mussten in Europa nach den Friedensverträgen unfreiwillig die Grenzen überschreiten. Berlin wurde zeitweilig zum europäischen Zentrum der russischen Emigranten, die vor der Revolution in Russland und dem dort tobenden Bürgerkrieg geflohen waren.

Nationalsozialismus

Die größten Migrationsbewegungen des 20. Jahrhunderts, meist in Form von Flucht, Vertreibung sowie Deportation zur Zwangsarbeit, fanden von 1933 bis 1945 statt: Hunderttausende Juden und politisch Verfolgte emigrierten in den Jahren vor Beginn des Zweiten Weltkriegs. In den Kriegsjahren wurde Deutschland zum Zentrum und Motor von europaweiten Zwangswanderungen. Zehn, vielleicht sogar 12 Millionen ausländische Zwangsarbeiter wurden in der deutschen Kriegswirtschaft beschäftigt. Gleichzeitig wurde in Ost- und Ostmitteleuropa systematisch eine Ansiedelung von „Volksdeutschen“ betrieben, während die einheimische Bevölkerung deportiert oder ermordet wurde.

Nach dem Zweiten Weltkrieg

Über zwölf Millionen deutsche Flüchtlinge und Vertriebene sowie rund zehn bis zwölf Millionen „Displaced Persons", ehemalige Zwangsarbeiter und ausländische KZ-Insassen, mussten nach dem Ende des Krieges eine neue Heimat finden bzw. repatriiert werden. Bis 1950 war der größte Teil der „Displaced Persons" in ihre Herkunftsländer zurückgekehrt oder nach Übersee ausgewandert. Die Integration der Vertriebenen in das massiv zerstörte, verkleinerte und übervölkerte Nachkriegsdeutschland schien dagegen zunächst kaum lösbar.

Quelle: Oltmer: Deutsche Migrationsgeschichte seit 1871, in: Grundlagendossier Migration, 15.03.2005, abgerufen unter: www.bpb.de/gesellschaft/migration/dossier-migration/56355/migration-1871-1950 [26.06.2017].

Migration in Ost- und Westdeutschland von 1955 bis 2004

Das Kriegsende 1945 und die nachfolgende politisch-territoriale Neuordnung Europas bildeten den Hintergrund für millionenfache Wanderungsbewegungen. Dabei handelte es sich zumeist um Zwangswanderungen, deren Zahl nur langsam zurückging. Erst ab Mitte der 1950er-Jahre und vor allem seit dem Bau der Mauer im Jahr 1961 entwickelten sich neue Zuwanderungsformen.

DDR: Zuwanderung aus den „sozialistischen Bruderstaaten"

[...] Das Migrationsgeschehen nach dem Mauerbau war ebenfalls durch die Anwerbung ausländischer Arbeitskräfte gekennzeichnet – allerdings in weit geringerem Umfang als in der Bundesrepublik. Der Arbeitskräftemangel war vor allem auf die Abwanderung eines erheblichen Teils der Bevölkerung in den Westen zurückzuführen: Von 1949 bis zum Mauerbau 1961 waren 2,7 Millionen Menschen von Ost- nach Westdeutschland übergesiedelt. Zwischen 1966 und 1989 warb die DDR rund 500.000 Arbeitskräfte aus Vietnam, Polen, Mosambik und anderen Staaten an. Die Migranten arbeiteten unter schweren Bedingungen und lebten separiert von der Bevölkerung. Zugleich gewährte die DDR bis Mitte der 1970er-Jahre einigen Tausend Flüchtlingen vor allem aus Chile, Spanien und Griechenland Asyl.

Bundesrepublik: „Gastarbeiter"-Anwerbung, Aussiedler- und Asylzuwanderung

In der Bundesrepublik wurden zwischen 1955 und 1973 von Unternehmen und Behörden Millionen ausländischer Arbeitskräfte (sogenannte Gastarbeiter) aus verschiedenen Mittelmeerländern angeworben. Sie und ihre Familien bilden bis heute die größte Gruppe der in Deutschland lebenden Menschen mit Migrationshintergrund. Daneben bestanden weitere Formen der Zuwanderung, die besonders seit der Wiedervereinigung und dem Ende des Kalten Krieges zahlenmäßig stark ins Gewicht fielen: Aussiedlerinnen und Aussiedler aus Ostmittel- und Südosteuropa und der ehemaligen Sowjetunion sowie Flüchtlinge und Asylsuchende (in den 1990er-Jahren vor allem aus dem zerfallenden Jugoslawien).

Quelle: Butterwegge: Migration in Ost- und Westdeutschland von 1955 bis 2004, in: Grundlagendossier Migration, 15.03.2005, abgerufen unter: www.bpb.de/gesellschaft/migration/dossier-migration/56367/migration-1955-2004 [26.06.2017].

Aussiedler

Die Spätaussiedlermigration wurzelt in der Geschichte der jungen Bundesrepublik. Noch 1950 – nach dem Ende der Flucht- und Vertreibungsmigration als Folge des Zweiten Weltkriegs – lebten rund vier Millionen Deutsche außerhalb der alten Reichsgrenzen von 1937 im Osten Europas, viele von ihnen in der Sowjetunion, Rumänien, Polen und der Tschechoslowakei. Das Grundgesetz der Bundesrepublik bezeichnet diese Menschen und ihre Nachkommen als „deutsche Volkszugehörige". Unter bestimmten Voraussetzungen sind sie berechtigt, als Aussiedler (seit einer Gesetzesänderung 1993 „Spätaussiedler") nach Deutschland einzureisen. Sie erhalten die deutsche Staatsbürgerschaft und können verschiedene Integrationshilfen in Anspruch nehmen.

Für viele Aussiedlerinnen und Aussiedler ergeben sich ganz ähnliche Sprach- und Integrationsprobleme wie für ausländische Zuwanderer. Bis in die 1990er-Jahre hatten die meisten Aussiedlerinnen und Aussiedler bei ihrer Einreise relativ gute Deutschkenntnisse und konnten großzügige staatliche Eingliederungshilfen wahrnehmen. Doch viele der jüngeren Einwanderer haben nur wenig Bindung zur deutschen Sprache und Kultur. Sie sind mit vielfältigen Integrationsproblemen und mangelnder Akzeptanz in der deutschen Gesellschaft konfrontiert. Dies trifft insbesondere auf die bei weitem größte Gruppe zu: die Spätaussiedler aus den Staaten der ehemaligen Sowjetunion, die im allgemeinen Sprachgebrauch auch oft „Russlanddeutsche" genannt werden.

Quelle: Schneider: Aussiedler, in: Grundlagendossier Migration, 15.03.2005, abgerufen unter: www.bpb.de/gesellschaft/migration/dossier-migration/56394/aussiedler [26.06.2017].

M 2

Ursachen von Migration

- Bevölkerungsdruck
- Mangelnde Infrastruktur
- Unzureichendes Arbeitsangebot
- Schlechte Bildungschancen
- Mangelhafte medizinische Versorgung
- Umweltprobleme
- Naturkatastrophen
- Soziale Zwänge
- Krieg
- Verfolgung
- Vertreibung

- Bessere Überlebensmöglichkeiten und Lebensbedingungen
- Medizinische und soziale Versorgung
- Beschäftigungsmöglichkeiten
- Besserer Verdienst
- Bildungs- und Aufstiegschancen
- Freiheit von sozialen Zwängen
- Zukunftsperspektiven

M 3 Wanderungen zwischen Deutschland und dem Ausland, 1950–2015

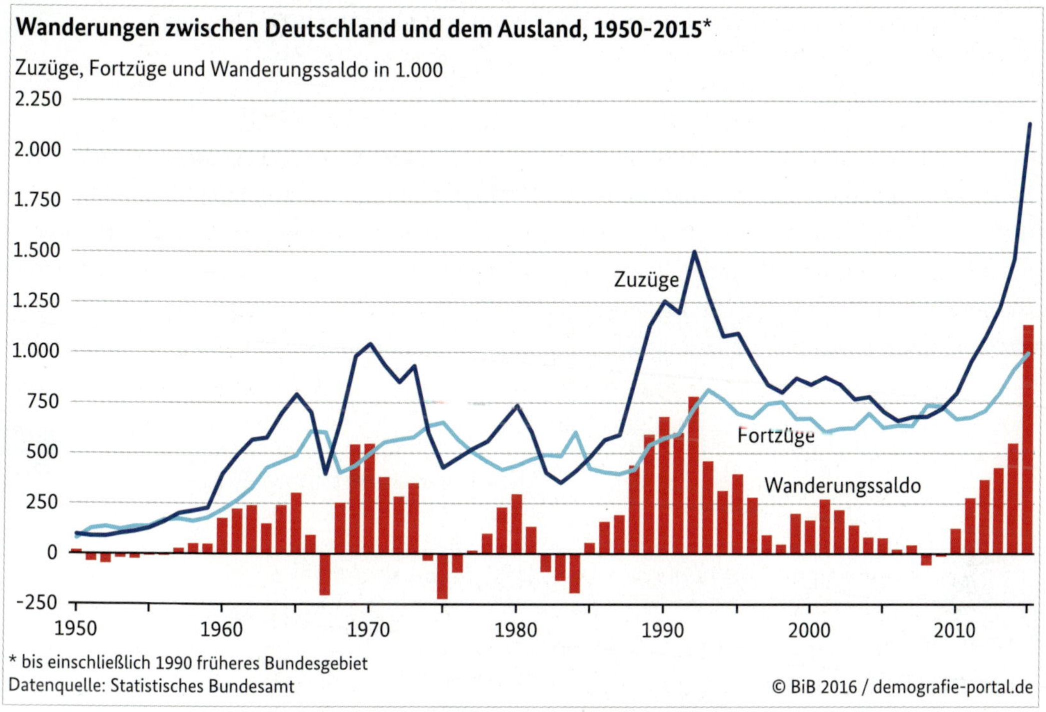

M 4 Freiwillige Ausreise aus Deutschland

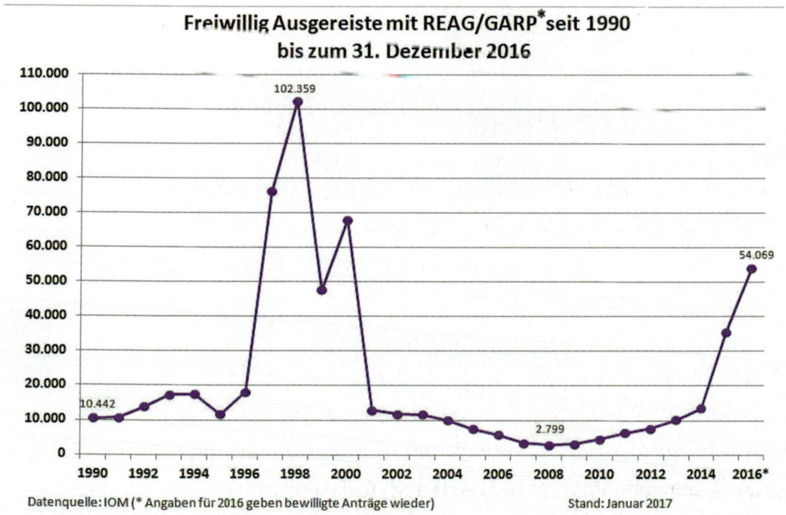

Die freiwillige Rückkehr von Migranten in ihre Heimatländer wird durch Förderprogramme von Bund und Länder finanziell unterstützt.

*REAG/GARP sind Rückkehrprogramme für Migrantinnen und Migranten.

3.

Sammeln Sie in Form einer Tabelle mögliche Probleme, die für Einheimische und Migranten durch Zuwanderung entstehen können. Vergleichen Sie diese anschließend anhand der Quellen mit den interkulturellen Herausforderungen, die in Deutschland auftreten.

Lange Zeit gab es in Deutschland keine systematische Integrationspolitik, die die Zuwanderer auf ein Leben in Deutschland vorbereitet. Man ging vielmehr davon aus, dass etwa die in den 1950er- und 1960er-Jahren angeworbenen ausländischen Arbeiter langfristig wieder in ihre Heimatländer zurückkehren würden. Diese Annahme stellte sich jedoch als falsch heraus, viele Arbeiter holten in den folgenden Jahren ihre Familien nach und ließen sich dauerhaft in Deutschland nieder. Die Auswirkungen dieser Versäumnisse zeigen sich noch heute etwa beim Bildungsniveau oder auf dem Arbeitsmarkt.

Karikatur zum Thema Migration

M 5

Karikatur von Tom Körner

Migranten in Deutschland – Bildung

M 6

Der Befund ist eindeutig. In seinem Informationsdienst zur Integrationsarbeit schreibt das Bundesamt für Migration und Flüchtlinge: „Im Vergleich zu Schülerinnen und Schülern ohne Migrationshintergrund sind Schülerinnen und Schüler mit Migrationshintergrund in Haupt- und Sonderschulen noch immer überrepräsentiert und in weiterführenden Schulformen unterrepräsentiert." Die Wissenschaftler sagen aber auch: „Jugendliche mit Migrationshintergrund, die in sozial besser gestellten Familien aufwachsen und zu Hause die Sprache des Einwanderungslandes sprechen, verfügen über ähnlich hohe Kompetenzen wie Jugendliche ohne Migrationshintergrund."

Bildungsnachteil für Migranten in Deutschland

Mit anderen Worten: Bildung ist das A & O einer erfolgreichen Integration. Tatsächlich aber kommen sowohl nationale als auch internationale Bildungsstudien immer wieder zu dem Ergebnis, dass es in Deutschland ein auffallend großes Bildungsgefälle zwischen Menschen mit und ohne Migrationshintergrund gibt. Die Gründe dafür sind vielfältig. So hat zum Beispiel die Organisation für wirtschaftliche Zusammenarbeit und Entwicklung (OECD) in Paris festgestellt, dass von den über 15-Jährigen mit ausländischen Wurzeln fast die Hälfte höchstens einen Haupt- oder Realschulabschluss hat – in der deutschen Bevölkerung ist der Anteil nur halb so hoch. Mit diesem großen Unterschied liegt Deutschland auf dem viertletzten Platz aller untersuchten OECD-Länder – neben Deutschland waren das Australien, die Schweiz, Kanada, Österreich, die USA, Schweden, Irland, die Niederlande, Frankreich, das Vereinigte Königreich und Japan. Am oberen Ende der Bildungsskala schneidet Deutschland sogar noch schlechter ab: Nur knapp 15 Prozent der Einwanderer sind hochqualifiziert – das ist der zweitschlechteste Wert hinter Österreich (11 Prozent) und ein Rückstand von fast 8 Prozentpunkten gegenüber dem OECD-Durchschnitt.

Was dieser internationale Vergleich schon andeutet, wird von deutschen Zahlen bestätigt. In der Gruppe der 25- bis 64-jährigen Menschen, also jenen, die dem Arbeitsmarkt zur Verfügung stehen, haben 11 Prozent der Deutschen keinen beruflichen Abschluss, bei Personen mit Migrationshintergrund ist der Anteil mehr als dreimal so hoch, nämlich 38 Prozent. Allerdings gibt es innerhalb dieser Gruppe erhebliche Unterschiede. Während nämlich von den Menschen mit eigener Migrationserfahrung – also jenen, die im Ausland geboren und nach Deutschland eingewandert sind – immerhin 40 Prozent keinen Berufsabschluss haben, schneiden die in Deutschland geborenen Migranten schon viel besser ab: Von ihnen haben „nur" noch 26 Prozent keine Berufsausbildung – aber auch das sind noch mehr als doppelt so viele wie in der übrigen Bevölkerung.

Bildungsforscher und Politiker führen dies häufig auf die häusliche Situation und ein teilweise unbewusstes Fehlverhalten der Eltern zurück: Im Vergleich zu deutschen Kindern und Jugendlichen besuchen Migranten auffallend seltener einen Kindergarten und fehlen mehr als doppelt so häufig in der Schule – beides sind Missstände, für die leider oft die Eltern verantwortlich sind. Zudem stammen Kinder mit Migrationshintergrund wesentlich häufiger aus Familien, in denen weder der Vater noch die Mutter einen höheren Schulabschluss haben. Warum das so ist, erklärte Aygül Özkan, Ministerin für Soziales und Integration in Niedersachsen, in einem Interview mit der Online-Ausgabe der „Frankfurter Allgemeine Zeitung": „Die Einwanderer der ersten Generation waren einfache Arbeiter. Ihr Qualifikationsmerkmal war körperliche Fitness. Sie mussten sich einem Gesundheitstest unterziehen, sonst nichts. Man hat keine Intellektuellen ins Land geholt. Die Gastarbeiter hatten auch kaum Gelegenheit, sich in der Freizeit fortzubilden. Der Familienzusammenhalt unter Einwanderern ist stark, vielfach wurden die Kinder von den Großeltern betreut, statt in den Kindergarten zu gehen."

Quelle: Institut der deutschen Wirtschaft Köln Medien GmbH (Hg.): Migranten in Deutschland: Zahlen und Fakten, 27.08.2011, abgerufen unter: www.wirtschaftundschule.de/aktuelle-themen/arbeitsmarkt-berufsorientierung/berufliche-integration/migranten-in-deutschland-zahlen-und-fakten/ [28.06.2017].

Kampagnen gegen kriminelle Ausländer

M 7

Schlagzeile aus der Bild-Zeitung zu einem Vortrag von Roman Reusch über jugendliche Intensivtäter. Reusch ist leitender Staatsanwalt in Berlin und AfD-Politiker.

Wahlkampfplakat der NPD

Migranten in Deutschland – Arbeitsmarkt und Armutsrisiko

M 8

Die vergleichsweise schlechte Bildung [von Migranten spiegelt sich] in den Arbeitsmarktstatistiken wider. Denn wer nur einen Hauptschulabschluss hat und/oder ohne Berufsabschluss dasteht, der muss in der Regel mit einfachen Tätigkeiten vorliebnehmen und ist wesentlich mehr von Arbeitslosigkeit bedroht als gut ausgebildete Menschen. Exemplarisch seien hier drei Kennziffern genannt:

- Die Erwerbstätigkeit von Migranten konzentriert sich vor allem auf Arbeitertätigkeiten. Fast die Hälfte von ihnen verdient ihren Lebensunterhalt in Berufen, die viel körperliche Arbeit verlangen, aber zumeist relativ schlecht bezahlt werden – unter den Nicht-Migranten beträgt dieser Anteil nur rund ein Viertel. Bei den Beamten und Angestellten sind Migranten dagegen unterrepräsentiert.
- Das Arbeitslosengeld I und II (Hartz IV) ist für mehr als ein Fünftel der Migranten in Deutschland die Haupteinnahmequelle. In der übrigen Bevölkerung gilt dies für weniger als jeden Zehnten.
- Die Arbeitslosenquote von Migranten ist mit 14 Prozent etwa doppelt so hoch wie in der restlichen Bevölkerung. Die Quoten zeigen sogar dann erhebliche Unterschiede, wenn beide Gruppen über dieselben formalen Qualifikationen verfügen. Das gilt insbesondere für Hochqualifizierte: Während nur 3 Prozent der einheimischen Akademiker und vergleichbar gut Qualifizierten arbeitslos sind, ist die Quote unter den Migranten dreimal so hoch. Der Grund dafür ist meistens, dass diese Menschen zwar die formalen Qualifikationen erfüllen, ihnen aber die notwendigen Sprachkenntnisse fehlen. Wenn in einem Haushalt

nicht Deutsch gesprochen wird, steigt das Arbeitslosigkeitsrisiko – bei gleichem Alter, Geschlecht und Qualifikationsniveau – gegenüber jenen, die Deutsch beherrschen, um 60 Prozent.

Höheres Armutsrisiko

Mangelhafte Bildung, schlechter bezahlte Jobs und höhere Arbeitslosigkeit schlagen sich letztlich auf dem Bankkonto nieder. Wie groß die finanziellen Einbußen sind, lässt sich anhand der Einkommensverteilung zeigen. Dazu teilt man alle Menschen in fünf gleich große Einkommensgruppen und schaut dann, wer im Laufe der Jahre von einer in die andere Gruppe auf- oder absteigt. Unterscheidet man zudem noch zwischen Migranten und Nicht-Migranten, dann zeigt die Statistik für Deutschland folgende Ergebnisse:

- Migranten steigen seltener aus der untersten Einkommensschicht auf als Nicht-Migranten.
- Migranten steigen häufiger aus der Mittelschicht (2. bis 4. Einkommensschicht) in die unterste Gruppe ab.
- Migranten schaffen seltener den Sprung aus der Mittelschicht in die oberste Einkommensgruppe.

Je weniger Geld jemand verdient, desto größer ist auch sein Risiko, unter die sogenannte Armutsgrenze zu fallen. Deshalb haben geringqualifizierte Migranten in Deutschland ein fast doppelt so hohes Armutsrisiko wie die übrige Bevölkerung. Erreichen sie aber einen mittleren Berufsabschluss, unterscheidet sich ihr Armutsrisiko kaum noch von dem anderer Menschen mit gleicher Qualifikation.

Es lässt sich zwar nicht leugnen, dass viele Migranten ein höheres Risiko haben, arbeitslos zu werden oder unter die Armutsgrenze zu fallen – dennoch dürfen diese Zahlen nicht verallgemeinert werden. Denn sobald die Hürden Sprache und Qualifikation genommen sind, wenn also Migranten und Nicht-Migranten mit gleichen Voraussetzungen antreten, gibt es zwischen diesen beiden Gruppen kaum noch Unterschiede.

Quelle: Institut der deutschen Wirtschaft Köln Medien GmbH (Hg.): Migranten in Deutschland: Zahlen und Fakten, 17.08.2011, abgerufen unter: www.wirtschaftundschule.de/aktuelle-themen/arbeitsmarkt-berufsorientierung/berufliche-integration/migranten-in-deutschland-zahlen-und-fakten/ [28.06.2017].

M 9 Gibt es Parallelgesellschaften in Deutschland?

Der Begriff „Parallelgesellschaft" steht für ein angebliches Scheitern der Integration von Migranten und für das Ende der Idee von einer multikulturellen Gesellschaft. Und wenn es um Muslime geht, schwingt Angst mit: Angeblich lehnen große Teile der muslimischen Bevölkerung die Kultur der Mehrheitsgesellschaft und ihre Regeln ab. Als Belege werden Viertel deutscher Großstädte angeführt, in denen Menschen mit Migrationshintergrund das Bild in vielen Bereichen prägen – von der Sprache über die Kleidung bis hin zu Geschäften, Kinos, Restaurants und Vereinen. Stichworte, die häufig fallen, sind Zwangsheirat, Friedensrichter oder sogar „Ehrenmord". [...] Doch sind Parallelgesellschaften wirklich „längst Realität" [...]?

„Parallelgesellschaften existieren definitiv"

[...] „Parallelgesellschaften existieren definitiv", sagt der Psychologe [Ahmad Mansour, Programmdirektor bei der European Foundation for Democracy]. Zwar gebe es keine Communitys von Migranten mit eigenen Gerichten, Polizei oder Krankenhäusern. Aber in Deutschland lebten auch Menschen, die ganz andere Werte leben und vermitteln, als es dem Grundgesetz entspricht. „Wenn wir zum Beispiel über patriarchalische Strukturen reden und darüber, wie das Familienrecht oder die sexuelle Selbstbestimmung betrachtet werden, geht es nicht nur um eine kleine Gruppe“, sagt Mansour. „Die meisten muslimischen Migranten versuchen, entsprechende Probleme erst in der Familie zu klären. Und da haben Frauen in der Regel weniger Rechte als Männer.“Auch die kritische Haltung zur Religionsfreiheit und der Gleichberechtigung Andersgläubiger sei bei vielen konservativen Muslimen problematisch, sagt Mansour. Selbst in abgeschwächter Form könnte dies den Nährboden bieten für die Entwicklung der extremeren Varianten. Kinder, die unter diesen Bedingungen aufwachsen, können Einstellungen übernehmen, die nicht mit dem Grundgesetz vereinbar sind. Viele entwickeln sogar Sympathie für Islamisten und im schlimmsten Fall werden manche zu IS-Anhängern.

Fehlende Integrationstendenzen

Doch wie viele Muslime sind tatsächlich nicht in die deutsche Gesellschaft eingebunden, wie viele vertreten problematische Werte? Mittels Umfragen haben Wissenschaftler versucht, das herauszufinden. […]

- 2013 veröffentlichte das Wissenschaftszentrum Berlin für Sozialforschung eine Umfrage unter Muslimen aus dem Jahr 2008. 30 Prozent der in Deutschland Befragten stimmten allen folgenden drei Aussagen zu: Die religiösen Regeln sind wichtiger als die Gesetze des Landes, in dem sie leben; Muslime sollten zu den Wurzeln des Islam zurückkehren; nur eine Auslegung des Korans sei möglich. Der Autor der Studie, Ruud Koopmans, geht deshalb davon aus, dass in Deutschland etwa 30 Prozent der Muslime „fundamentalistisch“ sind. […]

Şehitlik-Moschee in Berlin

- 2015 berichtete die Bertelsmannstiftung in ihrem „Religionsmonitor“ von einer hohen Zustimmung der Muslime in Deutschland zu den gesellschaftlichen Grundwerten und umfangreichen Kontakten zu Nichtmuslimen. 90 Prozent der sunnitischen Muslime – auch der hochreligiösen Gläubigen – halten die Demokratie demnach für eine gute Regierungsform.

Die Mehrheit der Muslime in Deutschland, dieser Schluss lässt sich daraus ziehen, stellt für die Mehrheitsgesellschaft weder eine Bedrohung noch eine Herausforderung dar. Aber: Auch wenn 90 Prozent der Befragten sich zur Demokratie bekennen, sind zehn Prozent, die sie ablehnen, keine unwesentliche Gruppe. […]

„Ethnische Kolonien“ verhindern „Kulturschock“

In einem Punkt sind sich alle Wissenschaftler weitgehend einig: „Segregation“ von Migranten – wenn sie denn stattfindet – hat nicht nur ethnisch-kulturelle oder religiöse Ursachen oder ist gar von den Betroffenen selbst gewünscht. Sie ist vielmehr auch die Folge eines Wechselspiels zwischen Migranten und der Mehrheitsgesellschaft. Es ist leicht nachvollziehbar, dass Menschen in der Fremde „ethnische Kolonien" bilden, in denen sie Hilfe, Orientierung und eine Stabilisierung ihrer Identität finden. Der „Kulturschock" wird so reduziert, schreibt etwa der Sozial- und Religionswissenschaftler Rauf Ceylan von der Universität Osnabrück.

Eine solche „Binnenintegration" in ethnische Kolonien kann ein Zwischenschritt zur Integration in die Mehrheitsgesellschaft sein. Sie kann aber auch zur „Integrationsfalle" werden, wenn die Kontakte mit Einheimischen gering bleiben, deren Sprache nicht gelernt wird und vor allem Medien des Herkunftslandes konsumiert werden. Bei vielen Türken etwa, die ursprünglich nur vorübergehend als Gastarbeiter in Deutschland bleiben wollten, war die Motivation, sich zu integrieren, eher gering. [...]

Der Familienzusammenhalt unter Türkeistämmigen und der Kontakt in das Herkunftsland etwa sind bis heute sehr wichtig. Es wird großer Wert auf frühe Heirat und Familiengründung gelegt, was zum Beispiel die Aufnahme eines Studiums behindern kann. Ehepartnerinnen und -partner wurden und werden bei Türkeistämmigen bis heute eher in der eigenen Community oder in der Türkei gesucht, auch wenn gerade Jüngere inzwischen relativ viele einheimische Freunde haben, sagt Forscherin Martina Sauer.

Mehrheitsgesellschaft in der Pflicht

Auf der anderen Seite zeigen Umfragen immer wieder, dass auch die Mehrheitsgesellschaft kein ausreichend großes Interesse daran hat, die Migranten zu integrieren: Vielmehr werden sie bis heute häufig als homogene Einheit von „Fremden" wahrgenommen und ausgegrenzt. Der Studie der Bertelsmanns-Stiftung zufolge lehnt die deutsche Mehrheitsbevölkerung Muslime und den Islam sogar „zunehmend" ab. Ablehnung, fehlende Berufschancen und Verarmung können jedoch dazu führen, dass die Betroffenen sich nun gerade auf ihre kulturelle und religiöse Identität besinnen und sich noch enger zusammenschließen.

Ob nun bereits von Parallelgesellschaften gesprochen werden kann oder nicht – um die Integration zu fördern, sind eine Reihe von Angeboten der Mehrheitsgesellschaft notwendig:

- Echte Chancen auf Bildung und Arbeit (strukturelle Integration, die heute noch selbst vielen Migranten verwehrt bleibt, die ein großes Interesse daran haben).
- Kontakte zwischen Migranten und Aufnahmegesellschaft (soziale Integration).
- Die Möglichkeit, Sitten, Traditionen, Werte und Motive der jeweils anderen Seite kennenzulernen (kulturelle Integration).
- Mit der Zeit kann es so zu Zugehörigkeits- und Heimatgefühlen bei Migranten kommen (identifikatorische/emotionale Integration).

Natürlich haben die Migranten ebenfalls eine Bringschuld. „Integriert sind Menschen, die die Sprache der Mehrheitsgesellschaft sprechen, die ihre Werte schätzen, die das Grundgesetz und die freiheitlich-demokratischen Strukturen dieser Gesellschaft akzeptieren. Die sich in unsere Gesellschaft einbringen", sagt Ahmad Mansour.

Assimilation dagegen, die viele Menschen offenbar erst als erfolgreiche Integration betrachten, ist nichts für ihn. [...]

Er habe das Gefühl, in unserer Gesellschaft werde eine Debatte geführt, in der es immer um „entweder – oder" gehe. Eine Seite relativiere, verharmlose und versuche, die Debatte überhaupt zu verhindern. „Diese Seite bezeichnet Leute, die auf Probleme mit dem Islam hinweisen, als Islamfeinde oder Rassisten. Die andere Seite sieht in uns Muslimen offenbar wilde Tiere, die sich nicht integrieren lassen, und macht den Menschen Angst. Beides ist nicht hilfreich. Wir müssen die Probleme ehrlich und differenziert ansprechen und ernsthaft nach Lösungen suchen."

Quelle: Schulte von Drach: Gibt es Parallelgesellschaften in Deutschland?, in: Süddeutsche Zeitung, 10.08.2016, abgerufen unter: www.sueddeutsche.de/politik/muslime-und-migranten-gibt-es-parallelgesellschaften-in-deutschland-1.3012266 [28.06.2017].

4. Erarbeiten Sie mithilfe der nachfolgenden Materialien sowie mithilfe eigener Gedanken, welche Chancen Migration bietet.

In den kommenden Jahrzehnten wird die deutsche Gesellschaft aufgrund der niedrigen Geburtenrate zunehmend überaltern. Dies hat Folgen für das Sozialversicherungssystem, da mehr Leistungsempfängern weniger Beitragszahler gegenüberstehen. Eine weitere Konsequenz ist das voraussichtliche Fehlen von bis zu 3,3 Millionen Facharbeitern bis zum Jahr 2040. Um die offenen Stellen zu besetzen und das funktionierende Sozialsystem zu bewahren, ist Deutschland in Zukunft verstärkt auf Zuwanderer angewiesen.

Karikatur: Deutschland 2050

M 10

Karikatur von Klaus Stuttmann

M 11 Problemlösung durch Zuwanderung?

Karikatur von Gerhard Mester

M 12 Braindrain und Braingain

Braindrain (Gegenteil: Braingain): gesellschaftliche und wirtschaftliche Verluste durch Abwanderung talentierter und besonders gut ausgebildeter Personen, Karikatur von Leslie Gilbert Illingworth/Punch Limited

Migration als Chance

M 13

Lange schon plädieren globale Wirtschaftsinstitute dafür, Migration nicht mehr als Problem wahrzunehmen, sondern als Chance. Dilip Ratha, Leiter der Einwanderungsabteilung der Weltbank, sagte am Rande der Frühjahrstagung 2014 zum Ersten Deutschen Fernsehen: Migranten gehörten zu den „wichtigsten Investoren unserer Zeit, weil sie etwas aufbauen wollen".

Laut Weltbankstudien spart ein Einwanderer durchschnittlich 20 Prozent seines Einkommens, um es zu investieren. Pro Jahr generieren Migranten so weltweit mehr als zwei Billionen Dollar – ein riesiges Potenzial, das viele Länder nicht erkannt hätten.

Es sind dynamische Kosmopoliten dabei wie der Siemens-Mitarbeiter Ilker Yavuz, ein Deutsch-Türke, der sich flexibel zwischen den Welten bewegt. Er wurde in Bayern geboren, seine Familie zog später in die Türkei zurück, da war er elf Jahre alt. Doch als er studieren wollte, besann er sich seines Geburtslandes.

Mithilfe eines deutschen Stipendiums ging Yavuz nach Bamberg in Nordbayern, studierte Volkswirtschaft, arbeitete drei Jahre bei einer großen Versicherung, ehe er wieder in die Türkei ging und bei der Siemens-Niederlassung in Istanbul anheuerte. Eine Rückkehr nach Deutschland sei für ihn weiterhin eine Option, sagt er, aber er ist so international orientiert, dass er auch in ein anderes Land gehen würde, wie er sagt. Die Hauptsache ist für ihn: Es muss vorwärts gehen. [...]

Ökonomen kommen mit Blick auf solche Karrieren zu einem eindeutigen Ergebnis: Migration lohnt sich, zumindest wenn sie freiwillig stattfindet. Eine Massenvertreibung oder Flüchtlingswellen wie in Syrien lassen sich schwer in ökonomische Modelle pressen, sie haben Folgewirkungen bis hin zur Destabilisierung von Nachbarstaaten.

Die freiwillige Migration aber, auch wenn von Not oder Armut getrieben, bringt dem Aufnahmeland Vorteile. Je besser die Zuwanderer ausgebildet sind, desto mehr. Deshalb bemühen sich Industriestaaten wie Australien und Kanada, über Punktesysteme oder andere Modelle, viele Qualifizierte ins Land zu holen.

Hinzu kommt der soziale Faktor. Laut einem Bericht der EU-Kommission wird die arbeitende Bevölkerung in den Mitgliedsländern wegen der Alterung der Gesellschaft bis 2020 um 3,5 Prozent abnehmen: Als Gegenmaßnahme wird empfohlen, Zuwanderern von außerhalb der EU einzugliedern. Das Durchschnittsalter eines Einwanderers in Deutschland beträgt derzeit 28 Jahre. [...]

Die Immigranten werden gut 40 Jahre lang in die Sozialkassen einzahlen, und dereinst die Rente der geburtenstarken Jahrgänge finanzieren. Die meisten haben einen Bildungsabschluss, den ein anderes Land bezahlt hat. In Deutschland beziehen laut einer Studie der Bertelsmann-Stiftung ausländische Staatsbürger sehr viel weniger Hartz-IV-Sozialhilfe als Deutsche. Die Migration drückt in Industriestaaten wie Deutschland auch weder merklich die Löhne, noch erhöht sie nennenswert die Arbeitslosigkeit, wie der Migrationsforscher Herbert Brücker von der Universität Bamberg feststellt. Laut Hochrechnungen beträgt der Gesamtgewinn staatlicher Kassen in Deutschland durch Migranten langfristig mindestens 84 Milliarden Euro. Der Better Life Index der OECD zeigt, dass Einwanderungsländer wie Kanada oder Australien stets am besten abschneiden, wenn es um Gesundheit, Wohlbefinden und Wohnung geht. Das ist in Großbritannien laut Economist nicht anders.

Quelle: Schlötzer; Preuß; Schoepp: Der große Wert der Migranten für Europa, in: Süddeutsche Zeitung, 29.11.2014, abgerufen unter: www.sueddeutsche.de/wirtschaft/intelligent-beweglich-widerstandfaehig-der-grosse-wert-der-migranten-fuer-europa-1.2172811 [28.06.2017].

M 14 Künstler gegen Ausländerfeindlichkeit

Karikatur von Thomas Plaßmann

5. Erarbeiten Sie anhand der folgenden Materialien den Verlauf von Flüchtlingsströmen.

Flüchtlingsströme

M 15

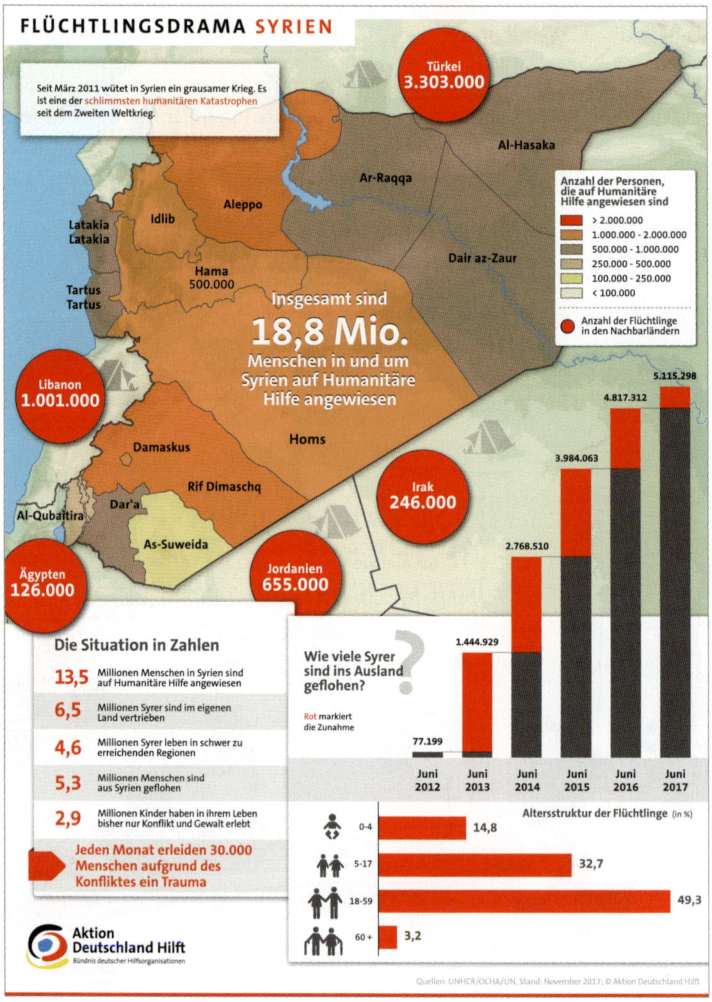

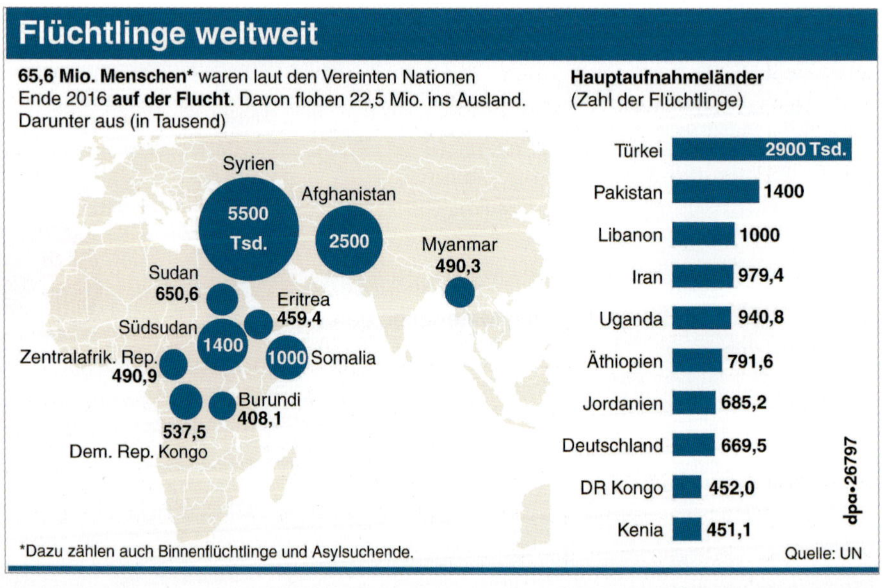

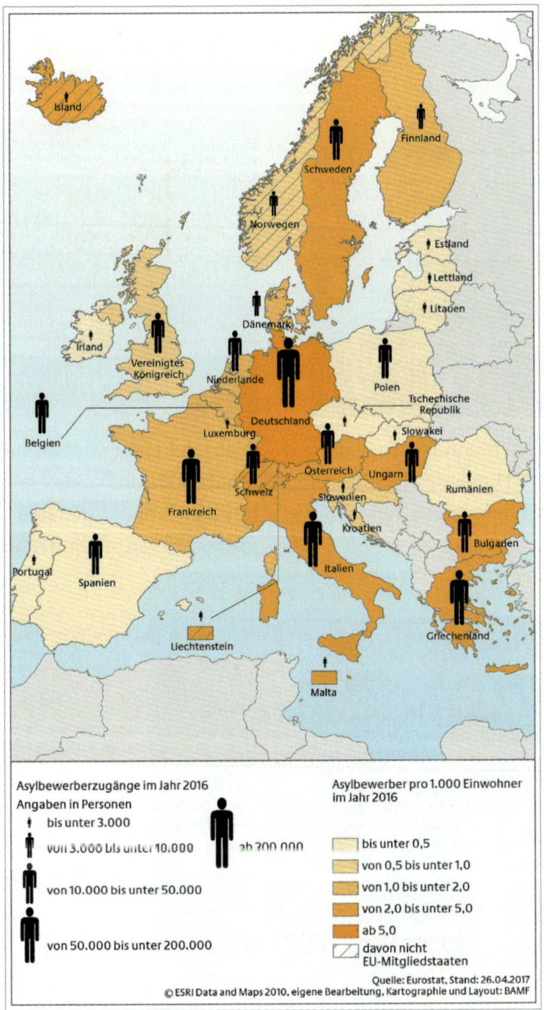

6. **Betrachten Sie die Bilder in der folgenden Quelle und überlegen Sie sich, welche Gefühle diese bei einem außenstehenden Betrachter hervorrufen und wie sich die abgebildeten Personen gefühlt haben könnten. Diskutieren Sie davon ausgehend, wie Bilder gezielt genutzt werden können, um Emotionen zu erzeugen.**

Im Jahr 2015 suchten so viele Menschen wie noch niemals zuvor in der deutschen Geschichte in Deutschland Schutz vor Krieg, Verfolgung und Armut. Bis zum Ende des Jahres kamen mehr als eine Million Menschen nach Deutschland, vor allem über die Balkanroute und das Mittelmeer. Bilder von Flüchtlingen an den Grenzen, in Notunterkünften und vor allem auf Schlepperbooten im Mittelmeer prägten die Diskussion in den Medien. Während die Mehrheit der Bevölkerung 2015 noch hinter Angela Merkels „Wir schaffen das" stand und unzählige freiwillige Helfer die ankommenden Flüchtlinge in Empfang nahmen, änderte sich die Lage im Jahr darauf, u. a. nach der Silvesternacht in Köln. Die Balkanroute wurde in der Folgezeit geschlossen und ein Flüchtlingsdeal der EU mit der Türkei sollte die Einreise nach Europa zusätzlich erschweren.

Flüchtlinge an den Grenzen

M 16

An der Grenze zwischen Österreich und Deutschland kommen im Oktober 2015 täglich Hunderte Flüchtlinge an. Dort warten sie an den Grenzübergängen, um in die Bundesrepublik zu gelangen.

Während einer von der europäischen Grenzschutzagentur Frontex geführten Operation retten Offiziere der irischen Marine Flüchtlinge im Mittelmeer (Aufnahmedatum: 6.6.2015).

Flüchtlingsunterkunft in Hamm. Flüchtlinge werden je nach Infrastruktur in Flüchtlingslagern, Baracken, Containern, Schulgebäuden oder auch in Wohnungen oder Hotels untergebracht.

7. Verschaffen Sie sich anhand der folgenden Materialien einen Überblick über die rechtlichen Grundlagen von Migration.

Infobox: Status von Migranten/Rechtliche Stellung

M 17

Flüchtlinge: Als Flüchtlinge werden nicht nur politisch Verfolgte anerkannt, sondern auch Menschen, denen wegen ihrer Rasse, Religion oder Zugehörigkeit zu einer bestimmten sozialen Gruppe in ihrem Heimatland Gefahr droht. Anders als bei Asylberechtigten muss diese Gefahr nicht vom Staat ausgehen, sondern kann auch von Parteien oder Organisationen stammen. Auch die Einreise über ein Drittland ist kein Problem. Wird ein Mensch in Deutschland als

Flüchtling aufgenommen, hat er sofort die Erlaubnis zu arbeiten. Früher haben Asylberechtigte eine unbefristete Aufenthaltserlaubnis bekommen, Flüchtlinge nur eine befristete. Mittlerweile sind die Regelungen quasi identisch.

Kontingentflüchtlinge sind Flüchtlinge aus Krisenregionen, die im Rahmen von humanitären Hilfsaktionen in Deutschland aufgenommen werden. Das Innenministerium darf anordnen, dass bestimmten Ausländergruppen in Notsituationen ohne weitere individuelle Prüfung eine Aufenthaltserlaubnis erteilt wird. Wie viele Flüchtlinge das sind und wie sie ausgesucht werden, das entscheidet das Ministerium nach humanitären Gründen. Bei den Flüchtlingen aus Syrien spielt auch der Bezug zu Deutschland eine Rolle.

Asylbewerber: Auch jenseits humanitärer Hilfsaktionen fliehen Menschen auf eigene Faust nach Deutschland und beantragen Asyl. Das Bundesamt für Migration und Flüchtlinge (BAMF) bearbeitet ihre Anträge individuell. Sie müssen schildern, wie und warum sie verfolgt werden. Anhand von Länderdossiers beurteilt das BAMF dann, ob ein Bewerber asylberechtigt ist, ob er den *Flüchtlingsstatus* erhält oder ob ihm beides verweigert wird. Bis die Entscheidung gefällt ist, dürfen die Menschen nur in Heimen wohnen und in den ersten neun Monaten nicht arbeiten. Bis ein Asylantrag genehmigt oder abgelehnt ist, vergehen in der Regel zwischen sechs Monate und zwei Jahre.

Asylberechtigte: Das Recht auf Asyl ist in Artikel 16a des Grundgesetzes geregelt. Asyl steht allen Menschen zu, die politisch verfolgt werden. Das bedeutet, dass sie von ihrem Staat wegen ihrer politischen Überzeugung so stark ausgegrenzt werden, dass ihre Menschenwürde verletzt ist. Allgemeine Notsituationen wie Armut oder Bürgerkrieg berechtigen hingegen nicht zu Asyl. Wenn der Asylantrag genehmigt ist, können Asylberechtigte aus den Heimen ausziehen und auch arbeiten.

Geduldete Asylbewerber: Wer keine Aufenthaltserlaubnis bekommt, wem also kein Asyl gewährt wird, der muss das Land wieder verlassen. Ihm droht die Abschiebung. Kann ein Mensch aber gerade nicht abgeschoben werden, weil er beispielsweise keinen Pass hat oder krank ist, darf er vorläufig bleiben und wohnt weiterhin im Asylbewerberheim. Er erhält vom Bundesamt eine *Duldung*. Dies gilt auch für Minderjährige, die ohne Erwachsene auf der Flucht sind. Geduldete Asylbewerber dürfen nach einem Jahr Wartezeit arbeiten, allerdings nur mit Genehmigung der Arbeitsagentur.

Subsidiärer Schutz: Für diejenigen, die weder als Flüchtling anerkannt werden noch Asyl erhalten, gibt es noch die Möglichkeit des *subsidiären* (vorübergehenden) Schutzes. Dieser Aufenthaltsstaus wird Menschen gewährt, wenn ihnen im Heimatland Folter, Todesstrafe oder große Gefahr durch einen bewaffneten Konflikt drohen. Dann gilt ein Abschiebungsverbot und der Betroffene darf trotzdem eine Zeit lang in Deutschland bleiben. Dies gilt im Moment auch für Asylbewerber aus Syrien. Um arbeiten zu dürfen, braucht der Flüchtling eine Genehmigung der Arbeitsagentur, genau wie bei einer Duldung.

Migranten: Ein Migrant ist im Prinzip jeder, der an einen anderen Ort zieht, innerhalb eines Landes oder über Staatsgrenzen hinweg. Genau genommen sind also auch Flüchtlinge Migranten. Meist ist aber von Migration die Rede, wenn jemand das Land verlässt, um seine Lebensbedingungen zu verbessern und nicht, weil er in seinem Heimatland in Gefahr ist. Migration geschieht vorwiegend aus wirtschaftlichen, politischen oder Sicherheitsgründen, beispielsweise die Aussicht auf einen besser bezahlten Job. Ein EU-Bürger hat sowieso das Recht, in jedem Land der EU zu arbeiten. Wer aus einem anderen Land kommt, braucht eine Aufenthaltsgenehmigung. Die vergibt das BAMF zum Beispiel an diejenigen, die in Deutschland eine Arbeit oder einen Studienplatz gefunden haben.

Quelle: Edenhofner: Flüchtlinge, Asylbewerber, Migranten. Was unterscheidet sie?, in: ARD-alpha, 08.10.2014, abgerufen unter: www.br.de/fernsehen/ard-alpha/sendungen/punkt/syrien-fluechtling-asylbewerber-100.html [28.06.2017]

Dublin III

M 18

Die Dublin-III-Verordnung ist eine Verordnung des Europäischen Parlaments und des Rates vom 26. Juni 2013; in Kraft getreten ist sie am 1. Januar 2014. [...]

Die Dublin-III-Verordnung legt die Kriterien und Verfahren zur Bestimmung des Mitgliedsstaates fest, der für die Prüfung eines in einem EU-Mitgliedsstaat gestellten Antrags auf internationalen Schutz zuständig ist. Der Kern der Verordnung besagt Folgendes: Stellt eine geflüchtete Person innerhalb der EU einen Asylantrag, so überprüft der jeweilige Staat, ob er für die Durchführung des Asylverfahrens verantwortlich ist. Grundlage dafür ist die Bestimmung, dass derjenige Mitgliedstaat, in dem eine geflüchtete Person erstmals europäisches Territorium betritt, das Asylverfahren durchführen muss. [...]

Hintergrund ist, dass jede*r Asylsuchende, der oder die in die EU einreist, grundsätzlich Anspruch auf nur ein Asylverfahren innerhalb der Europäischen Union hat. Stellt zum Beispiel eine geflüchtete Person aus Tschetschenien in der Slowakei einen Asylantrag und wird abgelehnt, kann sie nicht einfach nach Deutschland weiterreisen und es erneut versuchen. Ihr Asylantrag würde umgehend ohne inhaltliche Prüfung als unzulässig abgelehnt und sie zurück in die Slowakei abgeschoben werden. So sollen Weiterwanderungen und Mehrfachanträge in der EU vermieden werden.

In der Praxis sieht das so aus: Die meisten Geflüchteten, die nach Europa kommen, stammen aus Afrika und Asien. Häufig kommen sie über den Seeweg in Spanien, Italien, Malta oder Griechenland an. Aber auch über die neuen EU-Mitgliedsstaaten an den östlichen Außengrenzen erreichen Geflüchtete auf dem Landweg Europa. Da in diesen Ländern die Lebensbedingungen sowie die Durchführung des Asylverfahrens für die Schutzsuchenden sehr schlecht sind, besteht häufig ein Interesse an der Weiterreise, um in ein anderes Land zu gelangen. Oft sind auch familiäre Angelegenheiten Grund für die Weiterreise.

Quelle: Sächsischer Flüchtlingsrat: Dublin III Verordnung – Verordnung (EG) Nr. 604/2013, abgerufen unter: www.saechsischer-fluechtlingsrat.de/de/dublin-iii-verordnung-verordnung-eg-nr-6042013/ [28.06.2017].

[Anmerkung:] Zur Zeit der Flüchtlingskrise wurde die Dublin-III-Verordnung faktisch von einigen Ländern außer Kraft gesetzt, obwohl ein Urteil des EuGH erklärte, dass die Verordnung auch in Ausnahmesituationen zu gelten habe.

8. Beurteilen Sie mithilfe der folgenden Materialien, wie Straftaten von Flüchtlingen wahrgenommen werden und wie die tatsächliche Lage aussieht.

M 19

Köln und die Folgen – Wie eine Silvesternacht das Land veränderte

Es dauert einige Zeit, bis Deutschland begreift, was in der Nacht zum 1. Januar 2016 in und um den Kölner Hauptbahnhof geschehen ist. Am Neujahrsmorgen verschickt das Polizeipräsidium eine Pressemitteilung. Sie ist überschrieben mit: „Ausgelassene Stimmung – Feiern weitgehend friedlich". Lapidar heißt es darin: „Kurz vor Mitternacht musste der Bahnhofsvorplatz im Bereich des Treppenaufgangs zum Dom durch Uniformierte geräumt werden." Grund sei die Befürchtung einer Massenpanik ausgelöst durch Böller gewesen. „Trotz der ungeplanten Feierpause gestaltete sich die Einsatzlage entspannt – auch weil die Polizei sich an neuralgischen Orten gut aufgestellt und präsent zeigte."

Diese Worte sollen noch Stoff für viele Diskussionen bieten. Denn sie sind eine maßlose Untertreibung und Beschönigung dessen, was sich in der Silvesternacht in Köln abgespielt hat. Denn tatsächlich gab es um den Dom herum massenhaft sexuelle Übergriffe. Täter sollen laut Zeugen fast ausschließlich Araber oder „Nafris" sein, das ist Polizeijargon für Nordafrikaner. Sie nutzten das Chaos der Silvesterfeiern, um Frauen zu umzingeln, sie „anzutanzen", zu begrapschen, zu berauben. Bis Ende Oktober 2016 gehen 1205 Strafanzeigen ein. Wenige Tage nach der harmlos klingenden Pressemeldung muss die Kölner Polizei einräumen, die Lage falsch eingeschätzt zu haben.

Die Übergriffe von Köln bringen eine Wende in der Diskussion darüber, ob und wie viele Flüchtlinge Deutschland aufnehmen soll und kann. Immer mehr Menschen ziehen Merkels „Wir schaffen das" in Zweifel. Glauben im Dezember 45 Prozent der Deutschen, das Land könne den aktuellen Flüchtlingszustrom nicht verkraften, sind es Mitte Januar schon 60 Prozent. Deutsche, die sich in der Flüchtlingshilfe engagieren, fühlen sich verunsichert: Setzen sie sich doch nicht für die gute Sache ein, sondern für Menschen, die ihre Hilfsbereitschaft mit Füßen treten?

Regierung reagiert mit neuen Gesetzen

Und viel grundsätzlicher wird diskutiert: Welches Frauenbild bringen muslimische Männer mit nach Deutschland? Was sind das für Leute, die ins Land gekommen sind? Für AfD und Pegida ist die Silvesternacht die Bestätigung all ihrer Thesen: Der Islam sei mit dem westlichen Werteverständnis nicht vereinbar. Integration von Muslimen könne nicht gelingen. Es gelte, sich abzuschotten. Die CSU setzt im Umgang mit Kanzlerin Merkel noch einmal nach: Parteichef Horst Seehofer erhebt die Frage einer fixen Obergrenze zur unumstößlichen Voraussetzung für eine gemeinsame Zukunft der Union. Die Anschläge von Würzburg und Ansbach, der Amoklauf von München – im Laufe des Jahres folgen viele Ereignisse, die diese Debatten beschleunigen und neu anstoßen. Nach dem Anschlag von Berlin dürfte sich der Ton ein Dreivierteljahr vor der Bundestagswahl noch einmal verschärfen.

Silvester 2016/17 in Köln: Massive Polizeipräsenz in Köln. Zahlreiche Überprüfungen von Menschen nordafrikanischer Herkunft führten zum Vorwurf des Racial Profilings.

Nach der Kölner Silvesternach[t] reagiert die Bundesregierung zunächst mit einer Reihe von Gesetzesänderungen. Neben dem ohnehin bereits geplanten Asylpaket II verschärft die Große Koalition den Umgang mit straffälligen Ausländern. Seit Mitte März kann auch ausgewiesen werden, wer nur auf Bewährung verurteilt wurde, sofern es sich um ein Delikt gegen das Leben, die körperliche Unversehrtheit, die sexuelle Selbstbestimmung oder einen Angriff auf einen Polizisten handelt.

Neuen Schwung nimmt das Projekt von Justizminister Heiko Maas auf, ein neues Sexualstrafrecht einzuführen. Im Juli wird es verabschiedet: Wer „gegen den erkennbaren Willen" sexuelle Handlungen vornimmt, muss mit einer Strafe rechnen. Gewalt oder Gewaltandrohung ist nicht mehr Voraussetzung für rechtliche Folgen. Es gibt nun das Delikt „sexuelle Belästigung". Neu ist auch der Straftatbestand sexueller Angriffe aus einer Gruppe heraus – wie bei den Übergriffen in Köln. In solchen Fällen sollen alle aus der Gruppe belangt werden können, auch jene, die selbst nicht zudringlich geworden sind.

[...] Köln setzt nun alles daran, dass sich die Bilder aus der vergangenen Silvesternacht nicht wiederholen. „Silvester 2016 – Friedlich feiern in Köln" ist das Sicherheitskonzept überschrieben: Um den Dom herum wird eine Schutzzone eingerichtet, der Bahnhofsvorplatz mit Kameras überwacht, mehr als 1000 Polizisten sollen im Einsatz sein. Der neue Polizeipräsident Jürgen Mathies kündigt an, dass jeder Besucher der Innenstadt zu jeder Zeit einen Beamten in Sichtweite haben werde. Und bevor die Pressestelle am Neujahrstag die offizielle Bilanz an die Medien verschickt, dürften vermutlich mehrere Stellen noch einmal gründlich gegenlesen.

Quelle: Graf: Köln und die Folgen – Wie eine Silvesternacht das Land veränderte, in: n-tv, 28.12.2016, abgerufen unter: www.n-tv.de/politik/Wie-eine-Silvesternacht-das-Land-veraenderte-article19200421.html [28.06.2017].

Straftaten von Flüchtlingen

M 20

Innenminister Thomas de Maizière hatte den Lagebericht „Kriminalität im Kontext von Zuwanderung" des Bundeskriminalamts (BKA) schon lange versprochen. Der CDU-Politiker wollte ihn ursprünglich zusammen mit der Polizeilichen Kriminalstatistik bereits im Mai präsentieren. Doch zunächst lieferten nicht alle Bundesländer dem BKA dazu Zahlen.

Jetzt hat de Maizière den 29 Seiten umfassenden Bericht vorgelegt, der erstmals Daten aus allen 16 Ländern enthält. Das Ergebnis: Im ersten Quartal 2016 ging die Zahl der polizeilich erfassten Straftaten von Flüchtlingen zurück. Wurden im Januar noch 25.657 Delikte von Migranten registriert, waren es im März mit 20.915 Taten 18 Prozent weniger.

Rechnet man „versuchte" Straftaten mit hinzu, liegt die Zahl deutlich höher: bei 69.400 Fällen. Allerdings muss man berücksichtigen, dass allein im vergangenen Jahr mehr als eine Million Zuwanderer in die Bundesrepublik kamen. [...]

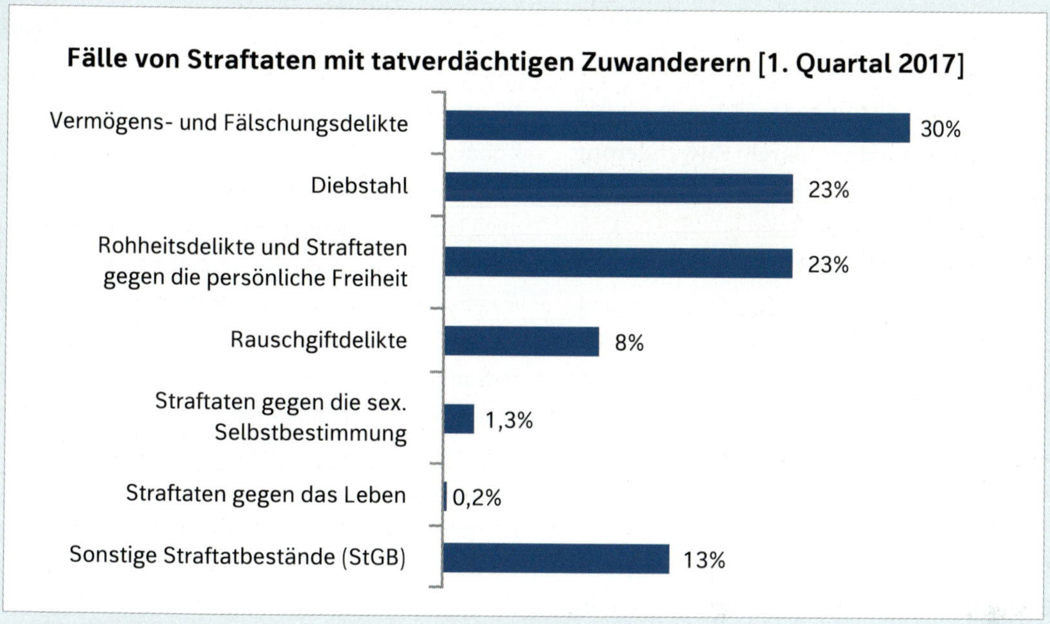

Quelle der Zahlen: Bundeskriminalamt Wiesbaden (BKA)

In jeweils einem Drittel der Fälle begingen Zuwanderer dem BKA-Bericht zufolge Diebstähle (rund 29 Prozent) sowie Vermögens- und Fälschungsdelikte (28 Prozent). Körperverletzungen, Raub, Nötigung oder Freiheitsberaubungen machen 23 Prozent der Taten aus. Rauschgiftdelikte haben einen Anteil von 6,6 Prozent, und Straftaten gegen die sexuelle Selbstbestimmung machen 1,1 Prozent aus.

Dabei werden Einwanderer aus Algerien, Georgien, Marokko, Serbien und Tunesien – gemessen an ihrem Anteil an allen Flüchtlingen – überproportional häufig als Tatverdächtige geführt. „Deutlich unterproportional" an Kriminalität beteiligt sind Syrer, Afghanen und Iraker. [...]

Die Gesamtzahl der erfassten Straftaten von Flüchtlingen in Deutschland bewegt sich „im sehr niedrigen sechsstelligen Bereich". Das ging aus der „Lageübersicht Nr. 1 Kriminalität im Kontext von Zuwanderung" des BKA hervor, den die „Welt" im November 2015 veröffentlicht hatte. Das Bemerkenswerte war daran: Während die Zahl der Flüchtlinge äußerst dynamisch stieg, nahm die Entwicklung der Kriminalität nicht im gleichen Ausmaß zu. Hier sei lediglich „ein gleichförmiger Anstieg" zu beobachten, hieß es in dem 21-Seiten-Dossier.

Schwerpunkt bei der Kriminalität von Zuwanderern waren damals Vermögens- und Fälschungsdelikte (rund 34 Prozent). Von denen entfielen zwei Drittel auf „Beförderungserschleichung" in Verkehrsmitteln; gemeint ist damit Schwarzfahren. An zweiter Stelle stand der Diebstahl mit 33 Prozent. Es folgten sogenannte Rohheitsdelikte, etwa Körperverletzung sowie Straftaten gegen die persönliche Freiheit. Der Anteil der Sexualdelikte lag bei deutlich unter einem Prozent.

Quelle (Text und Grafik): Lutz: BKA-Bericht zeigt, welche Straftaten Flüchtlinge begehen, in: WeltN24, 08.06.2016, abgerufen unter: www.welt.de/politik/deutschland/article156051826/BKA-Bericht-zeigt-welche-Straftaten-Fluechtlinge-begehen.html [28.06.2017].

Interview mit Christian Pfeiffer, Kriminologe

M 21

FOCUS Online: [...] Viele Menschen fürchten, dass die Kriminalität durch Zuwanderung steigt. Unterstützen die neuen Zahlen diesen Eindruck?

Pfeiffer: Nicht unbedingt. Die Statistik zeigt: Wenn Deutschland 800.000 Menschen aufnimmt, darunter vor allem junge Männer, muss die Kriminalität zwangsläufig steigen. Die Gruppe der 15- bis 35-jährigen Männer ist in jeder Bevölkerung die gefährlichste, sie begehen bei uns mehr als die Hälfte aller Gewalttaten.

FOCUS Online: Was würden Sie der Annahme, dass die Kriminalität mit dem Zuzug von Migranten steigt, noch entgegensetzen?

Pfeiffer: Der erste einschränkende Punkt ist: Die Tötungsopfer sind zumeist Migranten. In 38 Fällen waren gemäß BKA Statistik sowohl Täter als auch Opfer Zuwanderer. Das heißt, die Konflikte werden häufig in Asylbewerberheimen ausgetragen, wo die Männer aufeinander hocken und wegen Nichtigkeiten aneinandergeraten. Zweitens muss man sich die Tätergruppe genauer ansehen. Syrer, Afghanen und Iraker werden laut Bericht sehr selten straffällig, die Nordafrikaner dagegen sehr häufig.

[...] [Sie haben] ohne Perspektive nichts zu verlieren.

Quelle: Engelhardt: Flüchtlinge krimineller als Deutsche? Kriminologe erklärt, wieso das falsch ist, in: FOCUS Online, 06.02.2017, abgerufen unter: www.focus.de/politik/deutschland/neue-zahlen-des-bka-enthuellt-fluechtlinge-krimineller-als-deutsche-kriminologe-erklaert-wieso-das-falsch-ist_id_6604843.html [28.06.2017].

9. Beschreiben Sie – ausgehend von den dargestellten Bildern – zusammenfassend die Chancen, Veränderungen und Folgen der Migration in Deutschland.

Migranten in Deutschland

M 22

Am 24. August 2015 brennt im baden-württembergischen Weissach ein leer stehendes Gebäude ab. Es sollte als Flüchtlingsunterkunft dienen. Jetzt ist es unbewohnbar.

Karikatur von Jürgen Janson

Freiwillige versorgen am Münchner Hauptbahnhof angekommene Flüchtlinge mit dem Nötigsten.

Kulturelle Vielfalt in deutschen Städten

Die internationale Küche hat in Restaurants und Haushalten Einzug gehalten.

2015 erklärte das Bundesverfassungsgericht ein pauschales Kopftuchverbot für Lehrerinnen an Schulen für nicht mit der Religionsfreiheit vereinbar.

Die deutsche Fußballnationalmannschaft

DAS WICHTIGSTE IN KÜRZE

Migration in Deutschland

Migration gab es bereits lange Zeit, bevor moderne Gesellschaften entstanden. Mit der zunehmenden Globalisierung der Welt nimmt jedoch auch die Zahl der Migranten zu, heutzutage leben rund 216 Millionen Menschen, ca. 3 % der Weltbevölkerung, außerhalb ihres Geburtslandes. Auch Deutschland blickt auf eine lange Geschichte der Ein- und Auswanderung zurück. Zwischen 1933 und 1945 verließen Hunderttausende Juden und politisch Verfolgte Deutschland. Nach Ende des Zweiten Weltkriegs mussten Millionen von **Vertriebenen**, ehemalige Zwangsarbeiter und „Displaced Persons" eine neue Heimat finden. In den 1960er-Jahren wurden aufgrund des gestiegenen Bedarfs an Facharbeitern Millionen ausländischer Arbeitskräfte als sogenannte **Gastarbeiter** gezielt angeworben. Diese kamen in erster Linie aus den Mittelmeerländern und bilden bis heute die größte Gruppe der in Deutschland lebenden Menschen mit Migrationshintergrund. Ab 1980 stieg dann die Zahl der **Aussiedler** aus Ostmittel- und Südeuropa sowie die Zahl der **Asylsuchenden** (z. B. aus dem zerfallenden Jugoslawien) stark an. Eine weitere Gruppe von **Zuwanderern** bilden die **Spätaussiedler**, deutsche Volkszugehörige aus den Nachfolgestaaten der ehemaligen Sowjetunion und anderen osteuropäischen Staaten.

Ursachen von Migration

Die Ursachen von Migration sind unterschiedlich. Zum einen bietet die **Globalisierung** mit internationalen Arbeitsmärkten und gemeinsamen Güter- und Kapitalmärkten vielen Menschen Chancen in anderen Ländern. Bessere Verdienst- und Beschäftigungsmöglichkeiten sowie Bildungschancen sind ein Anreiz, die eigene Heimat zu verlassen. Darüber hinaus sehen viele Menschen gerade in den Entwicklungsländern keine Perspektive aufgrund von unzureichenden Bildungs- und Arbeitsangeboten sowie politischen und sozialen Konflikten in ihren Heimatländern. Auch die Auswirkungen der globalen Erwärmung und die damit einhergehenden Ernteausfälle und Naturkatastrophen zwingen viele Menschen zur Flucht. Häufig ist es ein Zusammenspiel diverser Faktoren, sodass oftmals nicht klar zwischen **Kriegs-, Wirtschafts-** oder **Klimaflüchtlingen** unterschieden werden kann. Während viele Migranten dauerhaft in ihrem Zielland bleiben, strebt ein nicht unerheblicher Teil eine Rückkehr in die Heimat an, sobald die Lage sich dort entspannt.

Probleme bei der Integration

Während die Integration von Zuwanderern in Ländern mit einer entsprechend systematischen Integrationspolitik, wie z. B. Kanada, gut funktioniert, gibt es in Deutschland keine Tradition von tragfähigen Konzepten für eine sozialverträgliche **Integration**. Daraus resultieren diverse Schwierigkeiten, mit denen Zuwanderer hierzulande zu kämpfen haben. So gibt es in Deutschland ein großes **Bildungsgefälle** zwischen Menschen mit und ohne Migrationshintergrund. Der Anteil von Personen ohne beruflichen Abschluss ist bei Personen mit Migrationshintergrund dreimal so hoch. Als Ursachen dafür werden in der Regel der familiäre Hintergrund genannt, in dem Bildung häufig keine zentrale Rolle spielt, sowie **sprachliche Schwierigkeiten**, die gerade bei Migranten der ersten Generation oft einen beruflichen und schulischen Erfolg verhindern. Bestehen jedoch bei den Bereichen Sprache und Qualifikation gleiche Voraussetzungen, gibt es zwischen beiden Gruppen kaum noch Unterschiede.

Zusätzlich werden Zuwanderer häufig mit Ablehnung durch die einheimische Bevölkerung konfrontiert, die sich vor „Überfremdung" und einem ungebremsten Zustrom von Neubürgern mit einem anderen kulturellen

DAS WICHTIGSTE IN KÜRZE

Hintergrund fürchtet. Ihren Ausdruck findet diese Ablehnung zum Beispiel bei Demonstrationen und in politischen Kampagnen von rechten Parteien, in denen oft **Vorurteile** und **Stereotype** bemüht werden. In Extremfällen wurden dadurch Übergriffe auf Migranten und Flüchtlingsunterkünfte provoziert.

Während bei vielen Zuwanderern die Integration trotz dieser Schwierigkeiten gelingt, ist die Bereitschaft zur Integration nicht immer vorhanden, sodass sich **Parallelgesellschaften** bilden. In diesen findet ein bewusster sozialer Rückzug aus dem Lebensalltag der Mehrheitsgesellschaft statt, es gibt eigene Institutionen und Regeln; Restaurants, Geschäfte und religiöse Einrichtungen aus der jeweiligen Kultur prägen das Straßenbild. Dies kann ein Zwischenschritt zur Integration sein, der die Zeit unmittelbar nach der Ankunft erleichtert, aber auch zu einer weitergehenden Abgrenzung und Isolation führen.

Chancen von Migration

In den Industriestaaten gehen viele Hochrechnungen davon aus, dass Migranten langfristig zum wirtschaftlichen Erfolg beitragen werden. In den überalternden und schrumpfenden Industriegesellschaften wird die arbeitende Bevölkerung in Zukunft abnehmen und viele Betriebe werden mit einem Mangel an Fachkräften zu kämpfen haben. Eine Möglichkeit, um diese Entwicklung abzuschwächen, ist die **Aufnahme von (hoch)qualifizierten Zuwanderern**. Diese tragen mit ihrer Arbeitskraft zum wirtschaftlichen Erfolg bei, zahlen in die Sozialkassen ein und besetzen oftmals auch solche Stellen, die von der einheimischen Bevölkerung nicht angenommen werden. Die Schattenseite dieser Entwicklung ist jedoch oftmals der **Braindrain in den Herkunftsländern**, der durch die Abwanderung qualifizierter Arbeitskräfte entsteht und die Innovationskraft der betroffenen Länder schwächt.

Auswirkungen auf die Lebenswirklichkeit

Im Jahr 2015 kam es zu einer europaweiten **Flüchtlingskrise**. Einer der Hauptgründe war der Bürgerkrieg in Syrien, aber auch aus Afrika und den Nicht-EU-Staaten des Balkans kamen viele Migranten nach Deutschland. Obwohl Deutschland 2015 knapp 900 000 Flüchtlinge und Migranten aufnahm, darf nicht übersehen werden, dass der Großteil der Flüchtlinge aus Krisengebieten meist in die benachbarten Staaten flieht. Das **Dublin-Abkommen** wurde zeitlich begrenzt ausgesetzt, um die Mittelmeeranrainer wie Italien und Griechenland zu entlasten, auf deren Boden ein Großteil der Flüchtlinge das erste Mal Europa betrat. Um die großen Flüchtlingsströme kontrolliert zu managen, wurden europaweite Maßnahmen wie etwa die temporäre Wiedereinführung von **Grenzkontrollen** umgesetzt. 2016 reduzierte sich die Zahl der monatlichen Einreisen aufgrund der Schließung der Balkanroute und des Abschlusses des EU-Türkei-Abkommens wieder. Während in den ersten Monaten in Deutschland Politik (Angela Merkel: „Wir schaffen das") und Bevölkerung den Ankommenden mehrheitlich hilfsbereit und offen gegenüberstanden, veränderte sich die Stimmung bei weiten Teilen der Bevölkerung nach den Übergriffen auf Frauen in Köln in der Silvesternacht 2015. Zahlreiche Diskussionen über die **Begrenzung der Zahl von Flüchtlingen und Migranten** und die Integration unterschiedlicher Kulturen und Wertvorstellungen entbrannten in der Folge. Bei allen Problemen darf jedoch nicht vergessen werden, dass Migration und Zuwanderung nicht nur eine wirtschaftliche Bereicherung sein können, sondern auch eine kulturelle, die aus dem täglichen Leben nicht mehr wegzudenken ist.

FESTIGUNG – VERTIEFUNG

Weitere Herangehensweisen

- Recherchieren Sie die Positionen der im Bundestag vertretenen Parteien zur Zuwanderung.
- Diskutieren Sie, ab wann Ihrer Ansicht nach jemand als „integriert" gilt. Erörtern Sie, welche Maßnahmen nötig sind, um Flüchtlinge und Immigranten in Deutschland zu integrieren, und welche Integrationshemmnisse auftreten können.
- Recherchieren Sie, welche Einwanderungspolitik andere „klassische Einwanderungsländer" wie z. B. die USA und Kanada verfolgen, und vergleichen Sie diese mit der deutschen Politik.

Vertiefende Aspekte

- Im deutschen Fernsehen sind Auswanderersendungen wie z. B „Goodbye Deutschland" sehr erfolgreich. Beurteilen Sie anhand einiger Episoden, welche Faktoren jeweils zum Erfolg bzw. zum Scheitern der Protagonisten beitragen, und diskutieren Sie, inwiefern sich diese Erkenntnisse auf die Situation von Einwanderern in Deutschland übertragen lassen.
- Die Blaue Karte EU soll es Hochqualifizierten aus Drittländern ermöglichen, für einen begrenzten Zeitraum in der EU zu arbeiten. Recherchieren Sie, welche Bestimmungen die Blaue Karte EU beinhaltet, und diskutieren Sie, welche Chancen und Probleme diese bietet.
- Informieren Sie sich vor Ort, in welchem Umfang es in Ihrer Gemeinde Zuwanderung gibt. Interviewen Sie Menschen mit Migrationshintergrund aus Ihrer Umgebung und befragen Sie diese zu ihrer Sichtweise zu Migration.
- Auch innerhalb der EU gibt es Binnenwanderung. Informieren Sie sich über die aktuellen Zahlen und ermitteln Sie die Motive.
- Die Dublin-Verordnung regelt, welcher Mitgliedstaat für die Durchführung des Asylverfahrens zuständig ist. Während der Flüchtlingskrise 2015 wurde sie allerdings zeitweise außer Kraft gesetzt, um die Mittelmeeranrainer, auf deren Boden der Großteil der Flüchtlinge das erste Mal Europa betrat, zu entlasten. Informieren Sie sich über die politischen Hintergründe der Verordnung, und recherchieren Sie, inwiefern diese von aktuellen politischen Ereignissen beeinflusst wurde und noch wird.

Weiterführende Quellen und Hinweise

H 1 Bundeszentrale für politische Bildung: Grundlagendossier Migration. Die Internetseite der Bundeszentrale für politische Bildung bietet einen Überblick über Migration in Deutschland, in der EU und weltweit. Sie beinhaltet weiterführende Artikel zu Einzelschicksalen, politischen Handlungsfeldern und zukünftigen Herausforderungen. Auch zu den Themenbereichen Flucht und Asyl finden sich zahlreiche Beiträge und Artikel.

H 2 UNHCR: The UN Refugee Agency. Die Internetseite des Flüchtlingshilfswerks der Vereinten Nationen beinhaltet Nachrichten zur Lage der Flüchtlinge weltweit sowie zahlreiche aktuelle Zahlen und Statistiken.

H 3 Deutsches Institut für Entwicklungshilfe. Auf dieser Internetseite finden sich sowohl Hinweise auf Veröffentlichungen zum Thema Flucht und Migration in den Medien als auch auf zahlreiche sonstige Publikationen zum Thema.

2.3 Sozialisation, Familie und Bildung

Forschungsinteresse und Kompetenzerwerb

Im öffentlichen Diskurs der Bundesrepublik Deutschland zählen die Themenbereiche Familie, Bildung und Erziehung seit Jahren zu den Topthemen. Innerhalb der Politik und der Bevölkerung ist ein breites Bewusstsein dafür entstanden, dass sich die Familie sowie ihre Bedeutung innerhalb der Lebensplanung junger Menschen stark wandelt. Dies hat Auswirkungen auf alle Bereiche des öffentlichen und des privaten Lebens, so auch auf den Bildungssektor. Die Zunahme nichtehelicher Lebensformen und die niedrigen Geburtenzahlen sind nur zwei Indikatoren des gesellschaftlichen Wandels. Die privaten und öffentlichen Reaktionen hierauf sind vielfältig. Da fällt eine eigene Orientierung schwer. Durch die Beschäftigung mit den Themenbereichen Sozialisation, Familie und Bildung erhalten Sie die Gelegenheit, eigene Positionierungen vorzunehmen oder zu reflektieren, um daraus schließlich persönliche Handlungsstrategien zu entwickeln.

Vorgehen

Mehrere junge, konservative Bundestagsabgeordnete haben in den letzten Jahren öffentlich vorgeschlagen, Kinderlose und Kleinfamilien vom 25. Lebensjahr an mit einer Sonderabgabe von einem Prozent ihres Einkommens zu belegen. Die Abgabe sollte nach der Anzahl der Kinder gestaffelt werden. Kinderlose müssten voll zahlen, Eltern mit einem Kind die Hälfte, Eltern mit mehreren Kindern nichts. Diese Vorschläge werden seither immer wieder kontrovers diskutiert. Sie sollen sich dazu nun eine eigene Meinung bilden.

Dazu ERARBEITEN Sie sich zunächst anhand der ersten Materialien eine eigenständige Definition des Sozialisationsbegriffs und REFLEKTIEREN Ihre eigenen Sozialisationserfahrungen. Daraufhin ERARBEITEN Sie sich mithilfe der Quellen das notwendige Basiswissen zum Familienbegriff und zu den Familienformen in Vergangenheit und Gegenwart. Sie nutzen dabei auch die Gelegenheit, über den gesellschaftlichen Wandel, Ihre eigenen Familienbilder und das Verhältnis von Staat und Familie zu REFLEKTIEREN. Anschließend WIDMEN Sie sich dem Zusammenhang von Alter, Geschlecht und Aufgabenverteilung im Haushalt. Dabei erhalten Sie die Gelegenheit, den in gesellschaftlichen Leitbildern, Werten und Normen formulierten Anspruch mit der gelebten Realität zu vergleichen. Dann ANALYSIEREN Sie den Zusammenhang von Bildungsniveau und Kinderzahl. Im Anschluss daran wenden Sie sich dem Bildungsbegriff selbst zu und ERARBEITEN sich eine eigene Definition. Schließlich BESCHÄFTIGEN Sie sich mit den Themenfeldern Bildungsexpansion, Bildungsgerechtigkeit und Durchlässigkeit unseres Bildungssystems. Sie ERKENNEN hierbei den prozesshaften Charakter des Bildungsbegriffs, seine Orientierung an Handlungen und Kompetenzen, seinen Stellenwert in unserer Gesellschaft sowie letzten Endes die individuelle Notwendigkeit lebenslangen Lernens im Rahmen der tertiären Sozialisation.

Als Arbeitshilfe finden Sie im hinteren Teil des Lehrwerks eine Übersicht über verschiedene Methodentechniken. Nutzen Sie diese Möglichkeit.

BILDEN **Sie sich zu dem eingangs thematisierten Vorschlag der höheren Besteuerung Kinderloser** EIN EIGENES URTEIL. STIMMEN **Sie gemeinsam in der Klasse** DARÜBER AB.

Materialauswahl

In diesem Kapitel finden sich zahlreiche (Zahlen-) Grafiken der Bundeszentrale für politische Bildung (bpb) bzw. des Statistischen Bundesamtes (Destatis); diese sind für jeden frei zugänglich und gut nutzbar. Sie können abstrakte Themen und Begriffe (z. B. die Bildungsexpansion) gut veranschaulichen, entlassen den Betrachter jedoch nicht aus der Verantwortung, eigene Fragen zu formulieren (vgl. die Aufgaben zu M 13). Nur so verstehen wir, wie die Dinge zusammenhängen.

1. Erläutern Sie in eigenen Worten, was Klaus Hurrelmann mit seiner Definition gemeint hat. Erstellen Sie hierzu ein Stichwortverzeichnis sämtlicher Schlüsselbegriffe. Diskutieren Sie Ihre Ergebnisse.

Der Soziologe Klaus Hurrelmann definiert den Begriff der Sozialisation — M 1

[Diese ist ein] Prozess, durch den in wechselseitiger Interdependenz zwischen der biopsychischen Grundstruktur individueller Akteure und ihrer sozialen und physischen Umwelt relativ dauerhafte Wahrnehmungs-, Bewertungs- und Handlungsdispositionen entstehen.

Quelle: Hurrelmann; Ulich (Hg.): Handbuch Sozialisationsforschung, 1980, S. 73.

Die Sozialisation – es geht nicht ohne!

Für Sozialwissenschaftler wie Klaus Hurrelmann (vgl. M 1) ist die Sozialisation ein lebenslanger Lernprozess, der unsere aktive Teilhabe am gesellschaftlichen Leben überhaupt erst ermöglicht. Dieser Lernprozess erfolgt, indem Normen, gesellschaftliche Werte sowie soziale Rollen verinnerlicht werden und somit eine Anpassung an gesellschaftliche Denk- und Gefühlsmuster erfolgt.

Die Sozialisation umfasst dabei beabsichtigte Maßnahmen wie Erziehung ebenso wie unabsichtliche Einwirkungen auf die Persönlichkeit. Die sozialen Bindungen des Einzelnen und dessen soziale Bezugsgruppen entscheiden über die Sozialisationsprozesse. Sie beeinflussen, inwiefern Individuen ihr Verhalten an geltenden gesellschaftlichen Normen und Werten ausrichten.

Primäre Sozialisation

Die erste Sozialisation geschieht vor allem durch die Eltern und andere Bezugspersonen. In dieser Phase werden jene wesentlichen Persönlichkeitsmerkmale ausgeformt, die die Sprache, das Denken, das Fühlen und das Handeln betreffen.

Der Psychologe Leo Montada hebt hervor, dass die primäre Sozialisation eng mit der Entwicklungspsychologie verknüpft ist. Das Verhalten des Kindes ergibt sich laut Montada aus dem Verhalten der Eltern. Dem Erwerb der Sprache kommt dabei auch für die weitere Sozialisation eine Schlüsselrolle zu. Sprachliche Grenzen werden hier schnell zu Grenzen der „wirklichen Welt".

In der primären Sozialisation verinnerlichte Normen, gesellschaftliche Werte und Verhaltensweisen gelten zwar als relativ stabil; sie können sich jedoch im Laufe des weiteren Lebens noch ändern.

Sekundäre Sozialisation

Die sekundäre Sozialisation beginnt etwa nach Vollendung des dritten Lebensjahres. Nun werden neben den Eltern auch andere Sozialisationsagenten wirksam, etwa Gleichaltrige (die Peergroup), öffentliche Bildungseinrichtungen oder Medien. Verhaltensmuster aus der primären Sozialisation werden jetzt weiterentwickelt und variiert. Der Einzelne lernt, welche Verhaltensweisen den gesellschaftlichen Erwartungen entsprechen. Neue, in Widerspruch zu bisher Erlerntem stehende Anschauungs-, Bewertungs- und Verhaltensweisen können dabei Konflikte auslösen, die zu Anpassungsprozessen führen. Ab der Pubertät gewinnt die Peergroup gegenüber dem Elternhaus zunehmend an Bedeutung.

Tertiäre Sozialisation

Als tertiäre Sozialisation werden jene Anpassungen bezeichnet, die die Erwachsenen in Interaktion mit ihrer sozialen Umwelt vollziehen. Im Mittelpunkt stehen nun Lebenspartnerinnen und -partner, Freundschaften sowie berufliche Einflüsse und der natürliche Alterungsprozess.

2. Formulieren Sie ausgehend von M 1 und M 2 eine eigenständige Definition des Sozialisationsbegriffs. Reflektieren Sie Ihre eigenen Sozialisationserfahrungen. Tauschen Sie sich hierzu aus.

M 2 Sozialisationsinstanzen

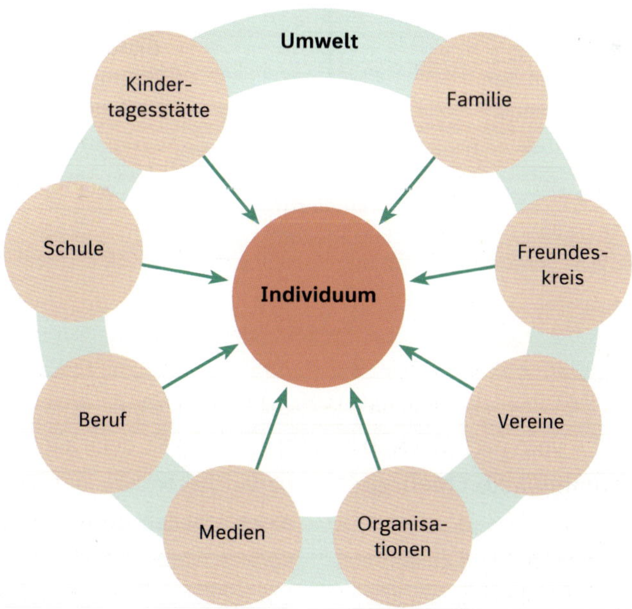

Vgl. Berufsfachschule für Sozialpflege Bayreuth, Sozialisation, abgerufen unter: www.bfs-sozialpflege.net/sozialisation.htm [21.11.2017]

3. Analysieren Sie anhand der folgenden Grafik, welche Veränderungen der Sozialisationsprozess im Laufe der Zeit erfahren hat. Suchen Sie hierfür eigene Beispiele.

M 3

Veränderte Sozialisationsbedingungen

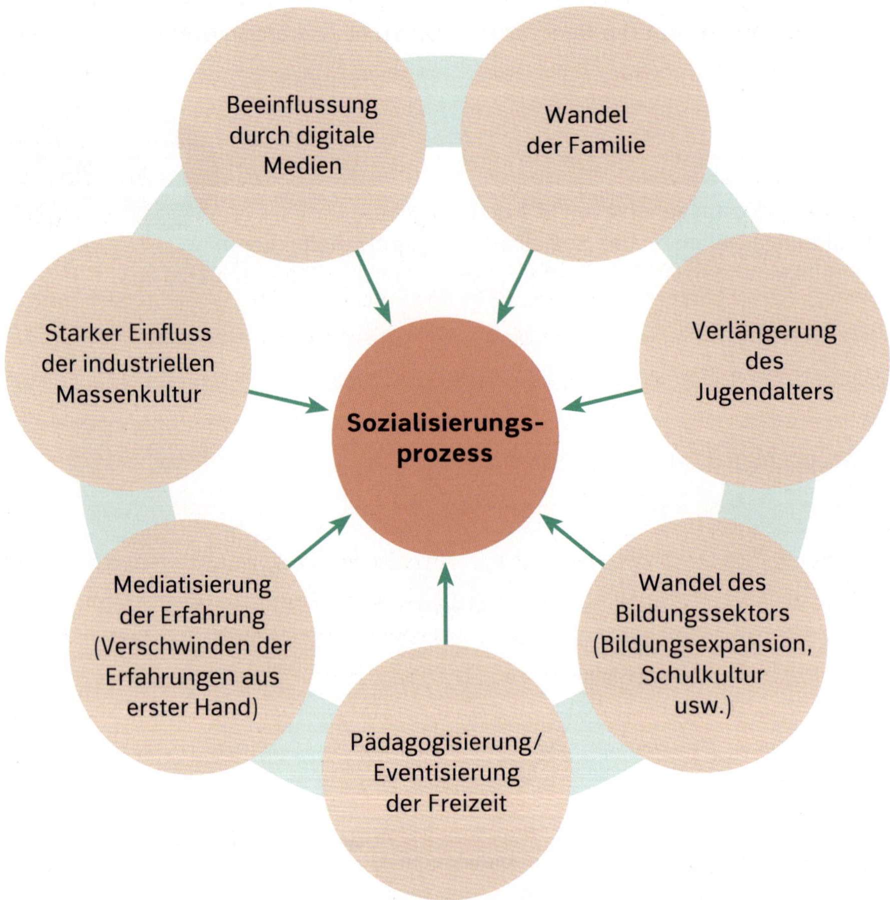

Die Familie im Wandel – vom archaischen Familienverband zur multilokalen Mehrgenerationenfamilie

Die Familie als Keimzelle menschlichen Zusammenlebens war im Lauf der Jahrhunderte einem starken gesellschaftlichen Wandel unterworfen. Sobald die Menschen das Prinzip der biologischen Mutterschaft sowie die Zeugungsfunktion des Vaters entdeckt hatten, institutionalisierten sie vermutlich die Elternbeziehung. Sie folgten damit einer evolutionären Notwendigkeit, denn der Mensch als „Mängelwesen" bedarf besonders langer, intensiver Fürsorge und eines stabilen Beziehungsgeflechts, um reifen zu können. Viele menschliche Gesellschaften führten – bei zunächst häufig ausdrücklich zugelassener Polygamie – eigene Abstammungs- und Vererbungsregeln ein. Der archaische Familienverband diente schließlich dem Erhalt von Macht und Vermögen über Generationen; er wurde dabei auch zur Basis für die soziale, wirtschaftliche und politische Ordnung.

In der griechisch-römischen Antike galt ein erweiterter Familienbegriff (griech. oikos, lat. *familia*) und es herrschte ein strenges Patriarchat: Der Familienvorstand (*pater familias*) verfügte über unbeschränkte Rechte. Er hatte die Gewalt über Leben und Tod der Familienmitglieder, zu denen neben den Ehepartnern und Kindern auch die Sklaven gehörten. Kindstötung als Mittel der Familienplanung war lange Zeit erlaubt. Frauen standen ihr Leben lang unter der Verfügungsgewalt ihres Vaters, ihres Mannes oder eines nahen männlichen Verwandten. Untreue seitens der Frau konnte mit dem Tod bestraft werden.

Das Mittelalter ist familiengeschichtlich besonders gut erforscht: Die Familienformen hingen hier von der sozialen Stellung und den wirtschaftlichen Verhältnissen ab; Ehen wurden „standesgemäß" geschlossen. Wer heiraten wollte, musste in den nichtadeligen Ständen zunächst einmal nachweisen, dass er eine eigene Familie versorgen konnte. Überhaupt waren die Familien in vorindustrieller Zeit hauptsächlich Zweckgemeinschaften, die das Überleben und Auskommen ihrer Mitglieder sichern sollten. Produktions- und Privatsphäre waren nicht – wie heute üblich – voneinander getrennt. Angestellte waren somit ein Teil des Haushalts. Die Anzahl und Zusammensetzung der Familienmitglieder änderte sich besonders häufig, dies lag an einer allgemein deutlich geringeren Lebenserwartung und einer viel höheren Kindersterblichkeit.

Im Zuge der Industrialisierung kam es zu einer zunehmenden Trennung von Produktions- und Privatsphäre; es begann der „Siegeszug" der sogenannten bürgerlichen oder modernen Familie. Diese ist definiert als auf Dauer angelegte, heterosexuelle, eheliche Lebensgemeinschaft mit Kindern. Zunächst auf die privilegierten Bevölkerungsschichten beschränkt und einer strengen, bürgerlichen Moralvorstellung unterworfen, gewann diese Familienform seit dem späten 19. Jahrhundert an Bedeutung. Sie bildete noch in den geburtenreichen 1950er- und 1960er-Jahren des 20. Jahrhunderts das dominierende Familienmodell. Der Mann arbeitete als Haupternährer außer Haus, der Frau blieb die Rolle der Hausfrau und Mutter.

Wirtschaftliche und soziale Veränderungen der letzten fünfzig Jahre, so etwa die Liberalisierung unserer Gesellschaft und die gestiegene Lebenserwartung, führten zu einer zunehmenden Verschiebung hin zur multilokalen Mehrgenerationenfamilie, in der mehrere Generationen einer Familie zwar räumlich getrennt leben, jedoch sozial miteinander verbunden sind.

Inzwischen umfasst der moderne Familienbegriff viele, teils sehr verschiedene, Lebensformen: Gemeinsam ist ihnen allen nur noch eines: Es leben Kinder mit im Haushalt (vgl. M 4). Auch die Gleichstellung gleichgeschlechtlicher Partnerschaften schreitet, begleitet von gesellschaftlichen Kontroversen, voran; das Gesetz zur Einführung des Rechts auf Eheschließung für Personen gleichen Geschlechts vom 20. Juli 2017 zeigt dies eindrucksvoll.

4. **Analysieren Sie M4, M5 und M6. Vergleichen Sie die Ergebnisse mit der Situation in Ihrer Klasse. Diskutieren Sie darüber, in welcher Familienform Sie (künftig) gerne leben würden.**

M 4

Johannes Huinink: Familienbegriff und Familienformen heute

Unter einer Familie stellen sich die meisten Menschen nach wie vor die dauerhafte Lebensgemeinschaft einer Mutter und eines Vaters mit ihren Kindern vor. Dieses Modell hatten auch die Verfassungsväter und -mütter vor Augen, als sie im Grundgesetzartikel 6 Ehe und Familie unter den „besonderen Schutze der staatlichen Ordnung" stellten. Tatsächlich lebten nach Angaben des Statistischen Bundesamtes im Jahr 2007 in etwa drei Viertel aller Familien die minderjährigen Kinder bei ihren verheirateten und überwiegend auch leiblichen Eltern. Doch in immerhin knapp einem Fünftel wohnten die Kinder mit nur einem Elternteil zusammen. Auch verzichten Eltern immer öfter aufs Heiraten: Knapp 60 Prozent aller Geburten des Jahres 2007 in Ostdeutschland waren nichtehelich, in Westdeutschland betrug dieser Anteil etwa 24 Prozent. In 17,4 Prozent der Familien in Ostdeutschland und gut fünf Prozent der westdeutschen lebten 2007 die Eltern unverheiratet zusammen. In einer noch kleinen, aber zunehmenden Zahl gründen heute auch gleichgeschlechtliche Partnerinnen oder Partner eine Familie. Diesen Angaben entspricht, dass im Jahr 2005 etwa 53 Prozent der 35- bis 44-jährigen Frauen und Männer verheiratet mit Kindern zusammenlebten. Zwischen sechs und sieben Prozent in dieser Altersgruppe waren alleinerziehend.

Die oben erwähnte „konventionelle" Vorstellung von einer Familie ist also immer noch in vielen Fällen zutreffend. Doch wird sie der Vielfalt an unterschiedlichen Familienkonstellationen in der heutigen Zeit nicht mehr vollständig gerecht. In unserer Gesellschaft steigt seit vier Jahrzehnten, seit dem „golden age of marriage" der 1950er und 1960er Jahre, als noch viele Ehen herkömmlichen Musters geschlossen wurden, der Anteil „nicht-konventioneller" familiärer Verhältnisse, die sehr komplex sein können.

Quelle: Huinink: Familie: Konzeption und Realität, in: Informationen zur politischen Bildung 301/2009, abgerufen unter: www.bpb.de/izpb/8017/familie-konzeption-und-realitaet?p=all [11.09.2017].

M 5

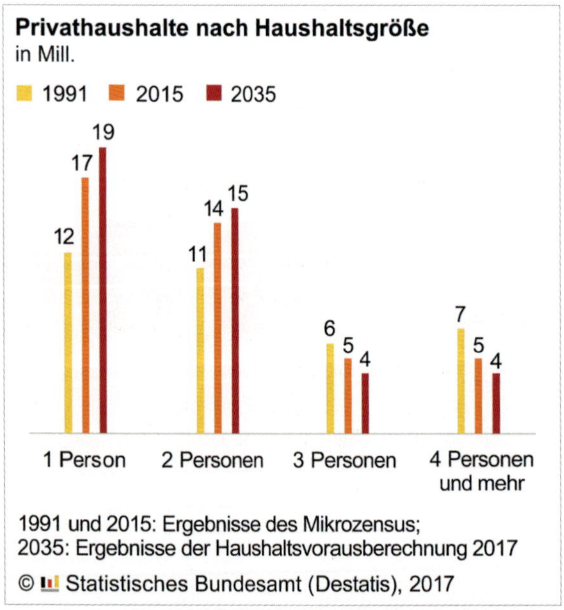

M 6

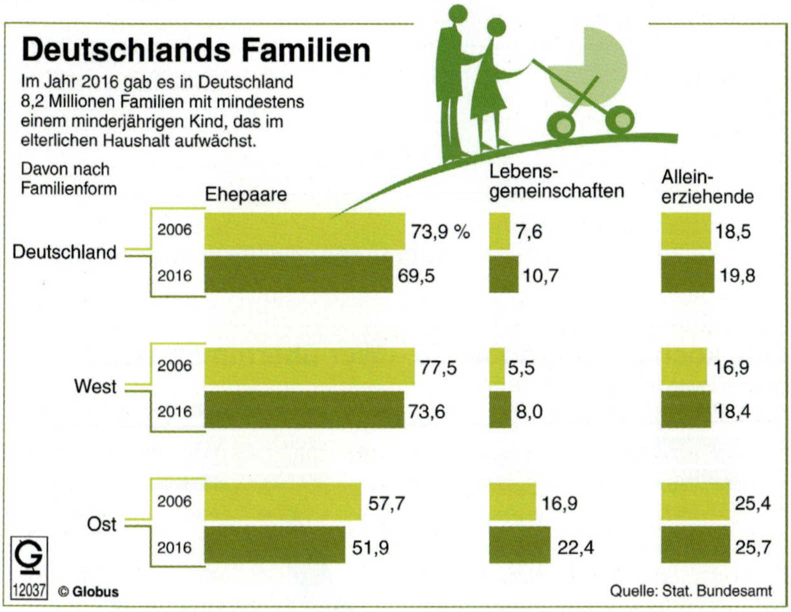

5.

Diskutieren Sie darüber, ob der moderne Wohlfahrtsstaat die Familie als zentrale Form des Zusammenlebens ersetzen kann. Beachten Sie hierzu den nachfolgenden Text.

Die These vom Funktionsverlust der Familie

Die sozialen Institutionen der Partnerschaft und der Familie bieten dem Einzelnen traditionell Leistungen, die anderswo nur schwer oder auch gar nicht zu bekommen sind. Hierzu gehören u. a. die Absicherung der individuellen Wohlfahrt, die Hilfe im Krankheitsfall und die Existenzsicherung im Alter. Diese Aufgaben hat in den vergangenen 150 Jahren mehr und mehr der moderne Wohlfahrtsstaat für sich beansprucht. Die verpflichtende Einführung der sozialen Sicherungssysteme – der Arbeitslosen-, der Kranken-, der Renten- und der Pflegeversicherung – scheint in unserer Gesellschaft klassische Aufgabenfelder der Familie zu ersetzen. Experten sprechen in diesem Zusammenhang sogar vom (totalen) Funktionsverlust der Familie. Doch ist die Familie wirklich überflüssig geworden?

Die Familie – eine soziale Institution mit vielfältigen Aufgaben

Die Aufgaben der Familie sind auch in unserer Zeit noch vielfältig, hierzu gehören u. a.

- der Erhalt der Gesellschaft
- die primäre Sozialisation des Nachwuchses
- generationsübergreifende Solidarität
- die Schaffung einer besonderen sozialen Gruppe als Lernfeld sozialer Rollen
- die Etablierung und Behauptung eines geschützten (intimen/privaten) Raumes
- die Darbietung stabiler emotionaler Zuwendung
- die Verarbeitung des individuellen/gesellschaftlichen Wandels

6.

Werten Sie die folgende Grafik aus. Erläutern Sie die Unterschiede zwischen den Geschlechtern.
Suchen Sie gemeinsam Ursachen hierfür. Beurteilen Sie Ihre Ergebnisse im Kontext des Gleichheitsprinzips.

Aufgabenverteilung im Haushalt

M 7

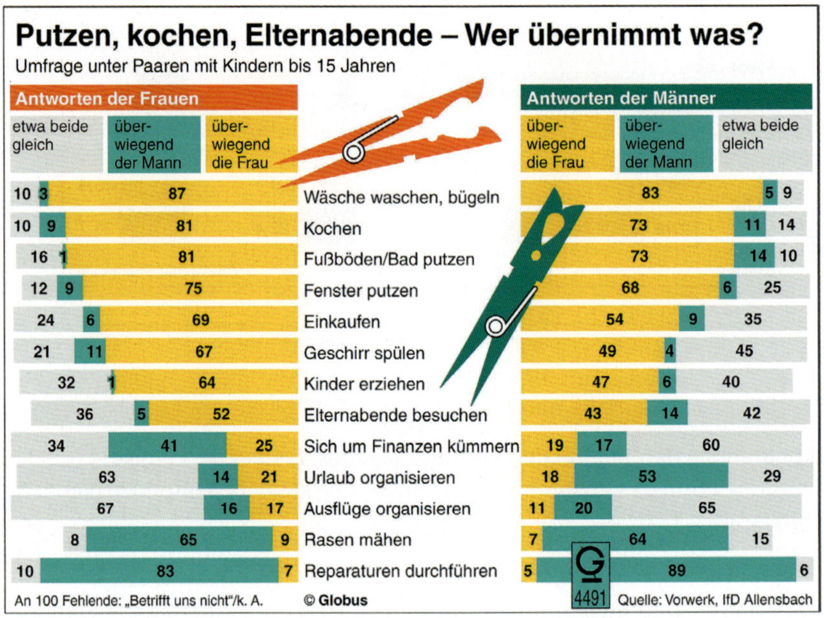

7.

Erläutern Sie den Zusammenhang zwischen Bildungsniveau und Kinderzahl. Suchen Sie gemeinsam nach Ursachen. Diskutieren Sie vor dem Hintergrund des Vorschlags einer höheren Besteuerung Kinderloser über die Folgen.

Bestimmt das Bildungsniveau die Kinderzahl?

M 8

Im Allgemeinen nimmt mit steigendem Bildungsniveau der Frauen die Zahl der geborenen Kinder ab. Das Statistische Bundesamt weist aber darauf hin, dass es viele Faktoren gibt, die diesen Zusammenhang verstärken oder relativieren können. So hängt insbesondere für höher gebildete Frauen eine Entscheidung für Kinder oft von den Angeboten bei der Kinderbetreuung ab. Mütter zwischen 40 und 49 Jahren mit niedrigem Bildungsstand hatten 2008 häufiger drei oder mehr

Kinder als Mütter mit einem mittleren oder hohen Bildungsstand. 37,8 Prozent der Mütter mit niedriger Bildung hatten drei oder mehr Kinder, 38,7 Prozent hatten zwei und nur 23,6 Prozent hatten ein Einzelkind. Anders bei Müttern mit mittlerem oder hohem Bildungsstand: Die größte Gruppe bei den 40- bis 49-Jährigen stellten die Mütter von zwei Kindern (50,0 bzw. 49,3 Prozent), der zweitgrößte Anteil entfiel auf Mütter von Einzelkindern (31,4 bzw. 33,6 Prozent) und die kleinste Gruppe auf Mütter mit drei oder mehr Kindern (18,7 bzw. 17,1 Prozent).

Auch die Kinderlosigkeit wird vom Bildungsstand beeinflusst: Von den im Jahr 2008 40- bis 49-jährigen Frauen mit niedrigem Bildungsstand hatten 15,4 Prozent kein Kind, bei den Frauen mit mittlerer Bildung waren es 17,9 Prozent und bei den Frauen mit hohem Bildungsstand war jede vierte kinderlos (24,7 Prozent). Allerdings gilt der Zusammenhang zwischen hohem Bildungsstand und höherer Kinderlosigkeit nicht überall: In Ostdeutschland weicht der Anteil der Kinderlosen mit hoher Bildung bei den Jahrgängen 1944 bis 1973 nur geringfügig vom allgemeinen Kinderlosigkeitsniveau der ostdeutschen Frauen ab.

Die endgültige Kinderzahl kann nur für die Jahrgänge nachgewiesen werden, die das 50. Lebensjahr bereits erreicht haben.

Quelle: Bundeszentrale für politische Bildung: Kinderzahl und Kinderlosigkeit, in: Zahlen und Fakten: Die soziale Situation in Deutschland, 26.09.2012, abgerufen unter: www.bpb.de/nachschlagen/zahlen-und-fakten/soziale-situation-in-deutschland/61553/kinderzahl-und-kinderlosigkeit [11.09.2017].

8. Vergleichen Sie die folgenden Zitate. Tauschen Sie sich über Ihr eigenes Verständnis des Bildungsbegriffs aus. Erarbeiten Sie eine gemeinsame Definition, indem Sie diesen u. a. von den Begriffen „Sozialisation“, „Erziehung“ und „Wissen“ abgrenzen.

M 9 Was ist Bildung überhaupt?

Zitat 1

Bildung ist der Schlüssel für ein gelungenes Leben. Lernen ist aber mehr. Es bedeutet nicht, alles zu wissen, sondern maximale Entwicklungsfähigkeit.

Wolf Lotter (geb. 1962), deutsch-österreichischer Journalist und Autor (Quelle: Lotter: Der Entwicklungshelfer, in: brand eins, Ausgabe 09/2017, S. 28)

Zitat 2

Sich mitzuteilen ist Natur; Mitgeteiltes aufzunehmen, wie es gegeben wird, ist Bildung.

Johann Wolfgang von Goethe (1749–1832), einer der bedeutendsten Repräsentanten deutschsprachiger Dichtung (Quelle: Goethe: Die Wahlverwandtschaften, 1984, S. 149)

Zitat 3

Bildung hat, das ist die Quintessenz, den Zweck, selbstständig zu werden, im eigentlichen Sinne. Das ist die Fähigkeit, sich weitgehend selber helfen zu können, weil man gelernt hat, eigenständige Entscheidungen zu treffen. Es bedeutet nicht, dass man ein fremdes Leben auswendig lernt, um dann festzustellen, dass der Text nicht passt.

Wolf Lotter (geb. 1962), deutsch-österreichischer Journalist und Autor (Quelle: Lotter: Der Entwicklungshelfer, in: brand eins, Ausgabe 09/2017, S. 28)

Zitat 4

Du musst durch eigene Bildung, durch eigenes Handeln versuchen, dein Leben zu gestalten, sonst wirst du gestaltet.

Wolfgang Clement (geb. 1940), deutscher Politiker (vormals SPD) (Quelle: Lotter: Der Preis der Freiheit. Interview mit Wolfgang Clement, in: brand eins, Nr. 01/2011, S. 69)

Zitat 5

Ausbildung ohne Bildung führt zu Wissen ohne Gewissen.

Daniel Goeudevert (geb. 1942), französischer Manager, Unternehmensberater und Autor (Quelle: Goeudevert: Der Horizont hat Flügel, 2001, S. 1)

9.

9.1 Analysieren Sie die vorliegende Grafik und erläutern Sie damit den Begriff der „Bildungsexpansion".

9.2 Diskutieren Sie über Ursachen und Folgen der Bildungsexpansion.

9.3 Im öffentlichen Diskurs findet sich immer wieder die These von der zunehmenden (digitalen) „Verdummung" unserer Gesellschaft. Würden Sie dieser These unter Berücksichtigung der Grafik zustimmen?

M 10 Schulabschlüsse früher und heute

▸Welche Abschlüsse erreichten Schüler früher und heute?
Bevölkerung in Deutschland nach Geburtsjahren und allgemeinbildenden Schulabschlüssen (2010)

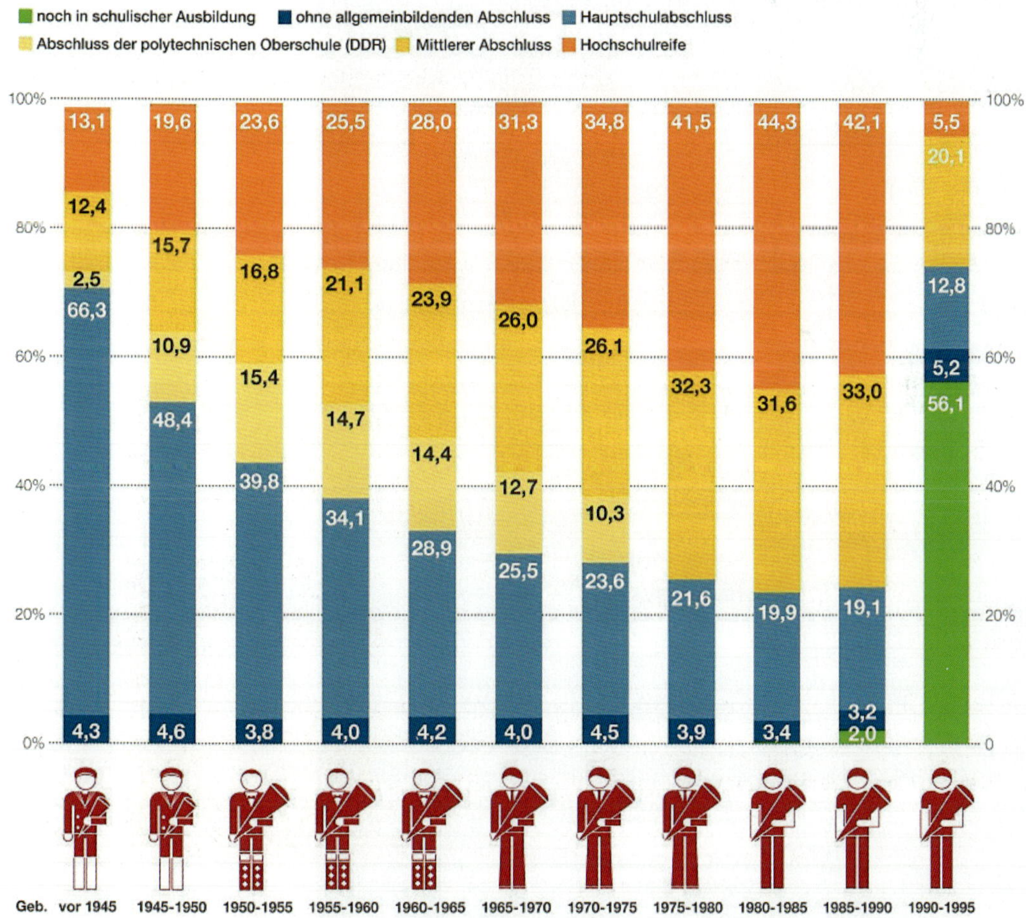

Hinweise: „Hauptschulabschluss" einschließlich Volksschulabschluss, „Hochschulreife" einschließlich Fachhochschulreife, „Ohne allgemeinbildenden Abschluss" einschließlich Abschluss nach höchstens sieben Jahren Schulbesuch. Die Anteilswerte summieren sich nicht auf 100 Prozent, da die Kategorie „ohne Angaben des Schulabschlusses" hier nicht aufgeführt wird.

Quelle: Autorengruppe Bildungsberichterstattung (2012). Bildung in Deutschland 2012, S.236, Tab. B5-1A.
Bundeszentrale für politische Bildung, www.bpb.de, und Wissenschaftszentrum Berlin für Sozialforschung, www.wzb.eu, 2013.

Grafik: Benjamin Erfurth (© bpb, Bundeszentrale für politische Bildung/bpb, Wissenschaftszentrum Berlin für Sozialforschung/WZB)

10.

10.1 Analysieren Sie die folgende Grafik.

10.2 Erklären Sie, inwiefern Bildung ein wesentlicher Erfolgsfaktor für die persönliche/gesellschaftliche Zukunft ist. Diskutieren Sie die Ursachen und die Folgen.

10.3 Reflektieren Sie gemeinsam über den Zusammenhang von Bildung, Erfolg, Einkommen und individuellem/gesellschaftlichem Glück.

Einkommen und Schulabschluss M 11

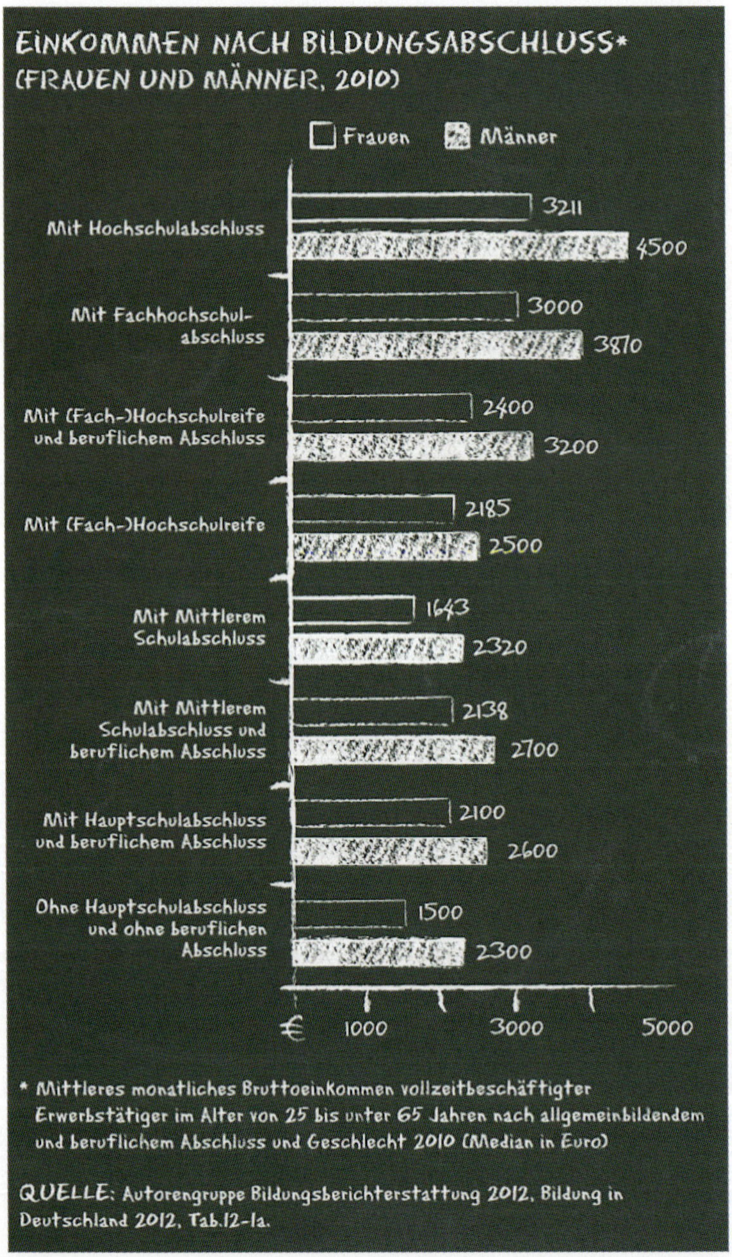

11.

11.1 Werten Sie die vorliegende Grafik aus und besprechen Sie die Ergebnisse.

11.2 Formulieren Sie Fragen zum dargestellten Themenkomplex (z. B. Wer trägt die Kosten für welchen Bildungsgang? Sind die Lasten gerecht verteilt? Sind alle Kosten dargestellt?).

11.3 Sammeln Sie Ihre Fragen und finden Sie gemeinsam Antworten.

M 12 Was kosten Bildungswege in Deutschland? (2008, 2010)

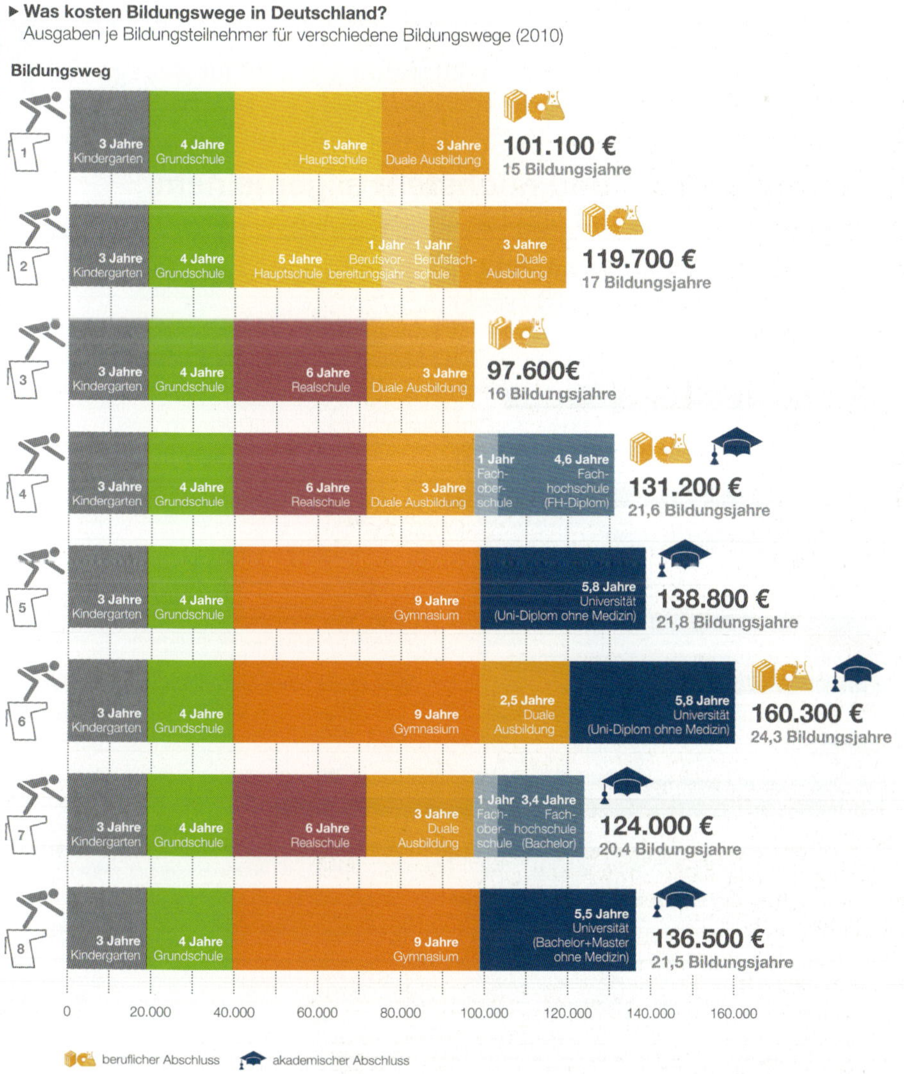

Hinweise: Die Bildungsjahre beziehen sich jeweils auf die theoretische Verweildauer bzw. die durchschnittliche Fachstudiendauer je Bildungsinstitution (jeweils einschließlich 3 Jahre Kindergarten und 4 Jahre Grundschule). Der Abschluss "Uni-Diplom" beinhaltet die folgenden universitären Bildungsabschlüsse: Magister, Lizentiat, Kirchliche Prüfung, 1. Staatsexamen, Staatsexamen (einphasige Ausbildung), Fakultätsprüfung, Diplom (Univ.) sowie Abschlussprüfung ohne akademischen Grad. In den Bachelor- und Master-Abschlüssen sind Lehramtsprüfungen nicht enthalten. Alle Angaben sind gerundet.

Quelle: Statistisches Bundesamt (2014). Bildungsfinanzbericht 2013. Tab 2.5-1.
Bundeszentrale für politische Bildung, www.bpb.de, und Wissenschaftszentrum Berlin für Sozialforschung, www.wzb.eu, 2014.
Infografik: www.infografiker.com

12.

12.1 Analysieren und interpretieren Sie die folgende Grafik.

12.2 Vergleichen Sie Ihre Ergebnisse mit der Situation in Ihrer Lerngruppe.

12.3 Diskutieren Sie über Bildungsgerechtigkeit und Durchlässigkeit unseres Bildungssystems.

12.4 In den vergangenen Schuljahren wurden regelmäßig über 40 % der in Bayern verliehenen Hochschulzugangsberechtigungen an Beruflichen Oberschulen erworben. Bewerten Sie den Erfolg dieser Schulart innerhalb unseres Bildungssystems.

Zusammenhang von Elternhaus und Bildungsweg

M 13

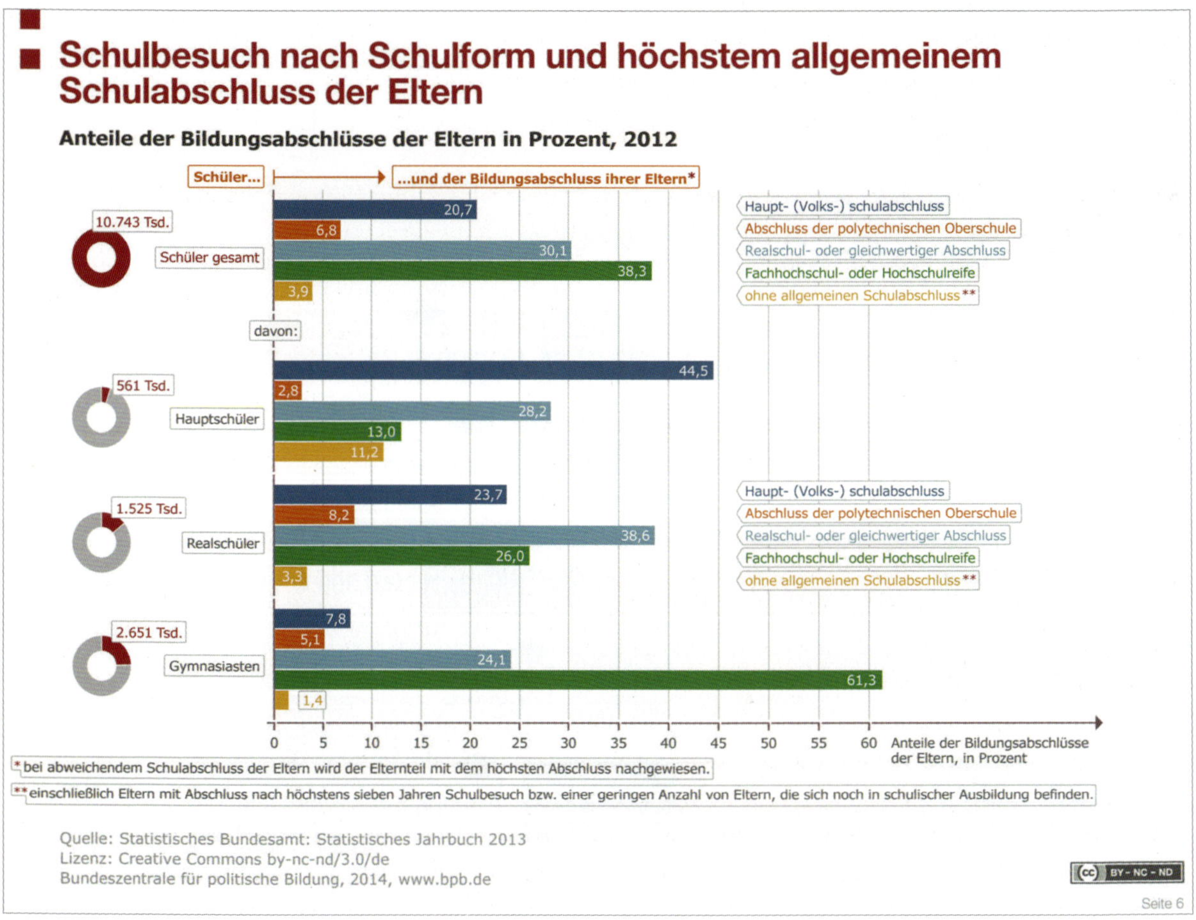

DAS WICHTIGSTE IN KÜRZE

Sozialisation

Die **primäre Sozialisation** geschieht vor allem durch unsere Eltern und andere nahe Bezugspersonen. Hier werden wesentliche die Sprache, das Denken, das Fühlen und das Handeln des Einzelnen betreffende Persönlichkeitsmerkmale ausgeformt.

In der **sekundären Sozialisation**, die etwa nach Vollendung des dritten Lebensjahres beginnt, werden neben den Eltern auch andere Sozialisationsagenten wirksam, etwa Gleichaltrige (die Peergroup), öffentliche Bildungseinrichtungen oder Medien. Verhaltensmuster aus der primären Sozialisation werden jetzt weiterentwickelt und variiert. Der Einzelne lernt, welche Verhaltensweisen den gesellschaftlichen Erwartungen entsprechen. Neue, in Widerspruch zu bisher Erlerntem stehende Anschauungs-, Bewertungs- und Verhaltensweisen können dabei Konflikte auslösen, die zu Anpassungsprozessen führen.

Die **tertiäre Sozialisation** beschreibt jene Anpassungen, die der Erwachsene in Interaktion mit seiner sozialen Umwelt vornimmt. Im Mittelpunkt stehen nun Lebenspartner, Freundschaften, aber auch die beruflichen Einflüsse und der natürliche Alterungsprozess.

Änderungen der Sozialisationsbedingungen, etwa geänderte Lebensbedingungen, politische, soziale oder wirtschaftliche Veränderungen führen auch zu Veränderungen innerhalb des Sozialisationsprozesses: Die individuellen und gesellschaftlichen Denkmuster, Gefühlsmuster, Werte und Normen sowie die sozialen Rollen ändern sich.

Familie

So wie sich die Lebensbedingungen und die gesellschaftlichen Werte im Laufe der Zeit ändern, so hat sich auch unser Verständnis von Familie geändert: Erst mit der Industrialisierung kam es zu einer Trennung von Produktions- und Privatsphäre, d. h., in der vorindustriellen Familie waren diese Bereiche üblicherweise miteinander verknüpft: So lebten der Lehrling und der Geselle früher ganz selbstverständlich mit im Haushalt ihres Meisters – heute nahezu undenkbar. Eine eigene Familie durften beide erst gründen, wenn sie in der Lage waren, diese auch selbst zu ernähren. Geheiratet wurde nur innerhalb der eigenen Gesellschaftsschicht. Hohe Kindersterblichkeit und geringe Lebenserwartung führten zu einer hohen Fluktuation, also zu ständigen Änderungen in der Familienzusammensetzung.

Im späten 19. Jahrhundert begann dann der „Siegeszug“ der sogenannten **bürgerlichen oder modernen Familie**; diese ist definiert als auf Dauer angelegte, heterosexuelle, eheliche Lebensgemeinschaft mit Kindern. Mit dem Aufkommen des modernen Wohlfahrtsstaates kam es zu einem (teilweisen) Funktionsverlust der Familie und einer neuen gesellschaftlichen Bewertung der Kinderzahl: Es war plötzlich nicht mehr nötig, viele Kinder zu haben, um im Alter versorgt zu sein. Die Verbesserung der hygienischen Bedingungen sowie der medizinischen Versorgung führte zu einem Absinken der Geburtenrate und einer Verringerung der Kindersterblichkeit.

DAS WICHTIGSTE IN KÜRZE

Nach dem Zweiten Weltkrieg kam es zu unterschiedlichen Entwicklungen in West- und Ostdeutschland: In der vom Wirtschaftswunder geprägten BRD bildete die bürgerliche Familie das dominierende Familienmodell der „Babyboomer"-Jahre. Der Mann arbeitete als Haupternährer außer Haus, der Frau blieb die Rolle der Hausfrau und Mutter. So galt als gesellschaftlich etabliert, wer sagen konnte: „Meine Frau muss nicht arbeiten." In der DDR etablierte sich ein anderes Familienbild. Aus einer ökonomischen Notwendigkeit heraus wurde das Bild der „werktätigen", gleichberechtigten Frau propagiert und führte zu einer höheren Erwerbsquote unter Frauen.

Wirtschaftliche und soziale Veränderungen der letzten fünfzig Jahre führten zu einer zunehmenden Verschiebung hin zur multilokalen Mehrgenerationenfamilie, in der mehrere Generationen einer Familie zwar räumlich getrennt leben, jedoch sozial miteinander verbunden sind. Im öffentlichen Diskurs wird zwar immer wieder der Zerfall der (klassischen) Familienstrukturen beklagt, Familienforscher sprechen hier jedoch von „geschenkten Jahren" im Miteinander der Großeltern, Eltern und Kinder durch die gestiegene Lebenserwartung.

Inzwischen, da in Metropolregionen jede zweite bis dritte Ehe geschieden wird, immer mehr Paare ohne Trauschein eine Familie gründen und gleichgeschlechtliche Partnerschaften stärker akzeptiert werden, umfasst der moderne Familienbegriff viele, teils sehr verschiedene, Lebensformen. Gemeinsam ist ihnen allen eigentlich nur noch eines: Es leben Kinder mit im Haushalt.

Artikel 6 des Grundgesetzes stellt **Ehe und Familie** unter den besonderen Schutz des Staates, doch was verstehen wir heute darunter? Unter einer Familie stellen sich die meisten Menschen in Deutschland vermutlich nach wie vor die dauerhafte Lebensgemeinschaft einer Mutter und eines Vaters mit ihren Kindern vor. Dieses Familienbild ist in vielen Fällen auch noch gelebte Realität. Es wird jedoch der gegenwärtigen Vielfalt an unterschiedlichen Familienkonstellationen nicht mehr vollständig gerecht – einer Vielfalt, die unsere Gesellschaft als freie, offene, pluralistische Gesellschaft kennzeichnet. Auch die Gleichstellung gleichgeschlechtlicher Partnerschaften macht Fortschritte, wie das Gesetz zur Einführung des Rechts auf Eheschließung für Personen gleichen Geschlechts vom 20. Juli 2017 belegt.

Bildung

Über kaum ein anderes Thema wird häufiger diskutiert, der Bildungsbegriff ist mit Erwartungen förmlich überfrachtet. Bildung soll helfen, die eigene Persönlichkeit zu entwickeln, ein selbstbestimmtes, zufriedenes Leben ermöglichen, die Wirtschaft international wettbewerbsfähig halten, die Demokratie schützen, Frieden und Wohlstand sichern, kulturelles Wissen und Traditionen bewahren usw. Der öffentliche Diskurs über Bildung kennt nicht nur viele Wünsche, er hat auch viele Akteure: der Staat, politische Gruppen, Wirtschafts-, Eltern- und Schülervertreter und viele mehr. Weitgehende Einigkeit herrscht in den zahlreichen Debatten lediglich darüber, dass Bildung eine gesamtgesellschaftliche Aufgabe ist, die überwiegend in öffentlichen Einrichtungen gestaltet werden soll. Was genau jedoch unter Bildung zu verstehen ist, was in den öffentlichen Bildungseinrichtungen gelernt werden soll, wie und wie lange dort gelernt wird usw., darüber gehen die Meinungen auseinander.

DAS WICHTIGSTE IN KÜRZE

Bildungsbegriff und Bildungssystem

In der Aufklärungszeit entstand das Ideal des mündigen Bürgers, der frei von äußerer Bevormundung selbstständig denken, lernen und handeln sollte. So sah der preußische Gelehrte Wilhelm von Humboldt (1767–1835) den wahren Zweck des Menschen darin, sich in Freiheit und Selbstbestimmung die Welt so anzueignen und sie so zu gestalten, dass ein jeder darin seine wahre Identität findet und als gebildeter Mensch innere wie äußere Harmonie erreicht. Humboldt grenzte seinen Bildungsbegriff bewusst von jeglichem auf Beruf, Stand und Zweck gerichteten Nützlichkeitsdenken (Utilitarismus) ab. So hielt er es für sinnvoll, dass ein Tischler alte Sprachen lernt, während der Intellektuelle das Tischlern übt. Humboldt formulierte also einen allumfassenden (universalen) Bildungsanspruch im Sinne der Selbstvervollkommnung aller Menschen. Er verstand Bildung als lebenslangen Prozess. Die gesellschaftliche Realität zu Lebzeiten Humboldts sah allerdings ganz anders aus: Die allgemeine Schulpflicht war noch nicht flächendeckend etabliert, weniger als ein Prozent eines Jahrgangs erwarb die Erlaubnis zu studieren; heute schaffen dies bundesweit mehr als 40 % der Schülerinnen und Schüler eines Jahrgangs.

Unser **Bildungssystem** ist seit Humboldts Zeiten einen weiten Weg gegangen. Neben einer massiven, geradezu explosionsartigen Wissenszunahme der Menschheit lässt sich auch eine massive Bildungsexpansion feststellen: Die allgemeine Schulpflicht wurde flächendeckend etabliert, die Zahl der besuchten Schuljahre pro Schulabgänger wurde vervielfacht, Frauen erhielten einen gleichberechtigten Zugang zu Bildungseinrichtungen, die Zahl der Hochschulzugangsberechtigungen, der Studiengänge und der Studienabschlüsse wurde massiv gesteigert. Erfolgsmeldungen, wohin man schaut, und doch haben heute die soziale, die ethnische Herkunft, der Bildungsstand der Eltern, das Geschlecht und der Wohnort noch immer (zu) großen Einfluss auf den Bildungsgang sowie den Erfolg oder Misserfolg im Bildungswesen. Internationale Organisationen wie die OECD beklagen, dass die Bundesrepublik zu wenig in Bildung investiert, das deutsche Bildungssystem zu stark selektiere. Klagen über Lehrermangel und den schlechten Zustand der Gebäude gehören zu den medialen Dauerthemen. Eltern und Schüler verzweifeln regelmäßig am deutschen Bildungsföderalismus. Das Schlagwort von der Bildungsrepublik Deutschland erscheint in diesem Kontext als Phrase. Allerdings: Ein Blick zu den europäischen Nachbarn relativiert diese Kritik recht schnell: Das duale System der beruflichen Bildung gilt als gern kopiertes Erfolgsmodell, die Jugendarbeitslosigkeit in Griechenland, Spanien oder Frankreich ist deutlich höher.

Lebenslanges Lernen wird zwar bereits allerorten propagiert, dass es sich hierbei jedoch nicht um Defizitausgleich und Verfügbarmachung von Wissen oder gar persönliche Vervollkommnung handelt, sondern um notwendige Anpassungen an eine sich ständig und mit zunehmender Geschwindigkeit ändernde Umwelt, das wird dabei oft übersehen. Es gilt also für jeden von uns eine positive Lernkultur der Freude an Neuem und der Erweiterung unserer Möglichkeiten zu etablieren. Es lohnt sich! Gebildete Menschen sind zufriedener, leben gesünder, treiben mehr Sport, arbeiten in interessanteren Berufen, sind weniger oft von Arbeitslosigkeit bedroht, leben länger, engagieren sich häufiger in der Gesellschaft … Kurzum: Bildung ist sexy; sie eröffnet in unserer pluralistischen Gesellschaft einen weiten Horizont an Möglichkeiten und Chancen.

FESTIGUNG – VERTIEFUNG

Weitere Herangehensweisen

- Vergleichen Sie anhand eines selbst erstellten Fragebogens oder durch Interviews unterschiedliche Lebensentwürfe im Freundeskreis, in der Verwandtschaft, der Nachbarschaft o. Ä. (vgl. auch H 1).
- Recherchieren Sie den Bildungsweg und den beruflichen Werdegang der letzten drei Generationen in Ihrer Familie. Besprechen und vergleichen Sie Ihre Ergebnisse. Lässt sich die Bildungsexpansion auch in Ihrer Familie nachvollziehen?

Vertiefende Aspekte

- Recherchieren Sie in verschiedenen Medien zur Geschichte des Bildungswesens in Deutschland. Präsentieren Sie Ihre Ergebnisse in geeigneter Form.
- Recherchieren Sie zu den verschiedenen Bildungseinrichtungen in Ihrer Region. Präsentieren Sie Ihre Ergebnisse in geeigneter Form. Ordnen Sie die Einrichtungen den verschiedenen Sozialisationsphasen zu.
- Der ehemalige Berliner Senator für Finanzen Thilo Sarazzin beklagt gemeinsam mit seiner Frau, einer pensionierten Lehrerin, ein allgemein sinkendes Bildungsniveau in deutschen Schulen. Überprüfen Sie diese These, indem Sie z. B. Art und Umfang der Abituraufgaben verschiedener Jahrgänge sowie die Zahl der erworbenen Hochschulzugangsberechtigungen miteinander vergleichen. Diskutieren Sie Ihre Ergebnisse.
- Recherchieren Sie zu den Abituranforderungen und Prüfungsergebnissen in allen 16 Bundesländern (vgl. H 2). Besprechen Sie Ihre Ergebnisse. Diskutieren Sie darüber, ob das Abitur/der Bildungsföderalismus noch zeitgemäß ist.
- „Nicht für das Leben, sondern für die Schule lernen wir.“ (Seneca) – Wie kann die Schule Sie auf ein künftiges Leben vorbereiten, das sie selbst noch nicht kennen? Ist unser Schulsystem noch zeitgemäß/zukunftsfähig? Formulieren Sie eigene Wünsche/Thesen zur Zukunft der Bildung.
- Recherchieren Sie zur deutschen Hochschullandschaft/zu den für Sie interessanten Studienangeboten (vgl. H 3). Berücksichtigen Sie neben Zulassungsbestimmungen und Studienordnungen auch Abbrecherquoten, allgemeine Lebensbedingungen und Zukunftsperspektiven. Besprechen Sie Ihre Ergebnisse.

Weiterführende Quellen und Hinweise

H 1 Das Statistische Bundesamt (Destatis) informiert in seinem Datenreport 2016, der auf der Internetseite des Amtes abrufbar ist, gewohnt umfassend zu den Themen Familie, Lebensformen, Kinder.

H 2 Olbrisch, Miriam: Die Lotterie des Lebens, in: Der Spiegel Nr. 18/2017, S. 12–20. Die junge Journalistin vergleicht in dieser Spiegel-Titelgeschichte die Abituranforderungen und Prüfungsergebnisse aller 16 Bundesländer miteinander und kommt zu interessanten Ergebnissen.

H 3 Informationen zur Hochschullandschaft und benachbarten Themen finden Sie u. a. auf Hochschulkompass, dem Informationsportal der Hochschulrektorenkonferenz, und in ZEIT Campus, dem Studentenmagazin des Zeit-Verlags.

GELERNT!

2.1 Gesellschaftsstruktur
Sie können gängige Modelle zur Erfassung der Gesellschaft benennen, voneinander unterscheiden und analysieren. Sie erkennen die Möglichkeiten und Grenzen dieser Modelle. Sie haben verstanden, dass es in jeder Gesellschaftsform soziale Ungleichheit gibt. Für unsere Gesellschaft können Sie das Thema soziale Ungleichheit am Beispiel des Geschlechts und des Armutsrisikos verdeutlichen. Ihnen ist bewusst, dass der moderne Sozialstaat über Gestaltungsmöglichkeiten verfügt, die gesellschaftliche Teilhabe ermöglichen, dauerhafte Ausgrenzung vermeiden und Chancengerechtigkeit bewirken sollen. Im Spannungsfeld von Pluralismus und Individualismus sind Sie schließlich in der Lage, die Chancen und Risiken individueller Lebensplanung angemessen zu beurteilen.

2.2 Migration und ihre Auswirkungen auf die Lebenswirklichkeit
Sie verfügen über ein Grundverständnis des historischen Phänomens der Migration. Sie kennen verschiedene Ursachen und Motive. Durch die Rekonstruktion der Wanderungsbewegungen seit Ende des Zweiten Weltkriegs sind Sie in der Lage, die verschiedenen Migrantengruppen aus ihrem spezifischen Kontext heraus zu betrachten. Sie kennen die jüngeren Entwicklungen und sind vor diesem Hintergrund fähig, Chancen und Risiken der Zu- und Abwanderung zu benennen. Sie können politische Positionen zur Migration analysieren und beurteilen. In diesem Zusammenhang ist es Ihnen möglich, selbst sachlich fundiert zu argumentieren sowie eine eigene Position zu beziehen.

2.3 Sozialisation, Familie und Bildung
Sie verfügen über ein Grundverständnis des Sozialisationsprozesses und seiner elementaren Bedeutung. Sie kennen wesentliche Einflussfaktoren dieses Prozesses. In der Rekonstruktion früherer Familienformen erkennen Sie den gesellschaftlichen Wandel und die damit verbundenen Veränderungen des Familienbegriffs sowie der Bedeutung und Funktion von Familie innerhalb der Gesellschaft. In der Vielfalt heutiger Familienformen erkennen Sie ein Abbild unserer offenen, pluralistischen Gesellschaft.

Sie sind vertraut mit dem deutschen Bildungsbegriff, seinem Entstehungskontext sowie der Bildungsexpansion und ihren Folgen. Sie begreifen persönliche Bildung als unumgänglich, prozesshaft und lebenslang notwendig. Sie verstehen Bildung als Schlüssel zu gesellschaftlicher Teilhabe, Wohlstand und Fortschritt. Sie sind in der Lage, sich am gesellschaftlichen Diskurs zu Bildungsthemen zu beteiligen und eigene Positionen zu vertreten.

KAPITEL 3 (LERNBEREICH 4)

Einflussfaktoren auf die Lebenswirklichkeit

Medienvielfalt – welche Medien sind für Sie im Alltag am wichtigsten?

Demonstration für die Wahrung der Pressefreiheit

Medien als „vierte Gewalt"? (Karikatur von Gerhard Mester)

Manipulation durch Medien?

Afghanische Frauen in Kabul tragen die Burka.

Schüler in China

Japanische Familie beim Essen

Fahneneid in einer US-amerikanischen Schule

KAPITEL 3 (LERNBEREICH 4)

3.1 Wahlmodul „Medien der Bundesrepublik Deutschland im Vergleich mit anderen zeitgenössischen Gesellschaften“

Forschungsinteresse und Kompetenzerwerb

Seitdem es moderne Demokratien gibt, spielen Massenmedien darin eine entscheidende Rolle. Politische und soziale Prozesse und Entwicklungen erreichen uns meist nur durch Medien. Sie prägen unsere Vorstellungen von Realität, unsere Wertungen und auch unsere sozialen Rollenmuster. Durch die radikalen Umbrüche in der Medienlandschaft, die in den letzten Jahrzehnten stattgefunden haben, ist es nicht einfacher geworden, sich zu orientieren. Zu jedem politischen Thema steht eine erschlagende Vielzahl von Informationen und Deutungen zur Verfügung, in der man sich erst zurechtfinden muss.

Vorgehen

In letzter Zeit hören und lesen Sie immer häufiger von „Fake News“, „Lügenpresse“ und „Filterblasen“. In Ihrem Freundeskreis kursierten bereits wiederholt Nachrichten und sind weitergeschickt worden, die sich nachträglich als falsch herausgestellt haben.

Um sich ein eigenes Bild von der Rolle der Medien zu machen und in Zukunft einen kritischen Umgang mit Nachrichten pflegen zu können, INFORMIEREN Sie sich zunächst über die Bedeutung und die Rolle von Medien in einer Demokratie. Dabei DISKUTIEREN Sie auch, welche Rolle Medien in einer Gesellschaft und für Sie persönlich spielen. Sie ERARBEITEN, welches Verhältnis zwischen Medien und der Politik herrscht und inwiefern die Berichterstattung davon beeinflusst werden kann. Dann LERNEN Sie die Schwierigkeiten KENNEN, mit denen Qualitätsmedien bei der unabhängigen Berichterstattung zu kämpfen haben, und BESCHÄFTIGEN sich mit der Wirkung und dem Einfluss von Berichterstattung in verschiedenen Medien.

Als Arbeitshilfe finden Sie im hinteren Teil des Lehrwerks eine Übersicht über verschiedene Methodentechniken. Nutzen Sie diese Möglichkeit.

ERSTELLEN Sie einen Leitfaden für Ihre Mitschülerinnen und Mitschüler zum selbstbestimmten Umgang mit Medien.

Materialauswahl

Um die Bedeutung von Medien in einer demokratischen Gesellschaft zu zeigen, bieten ein Überblickstext sowie ein Schaubild eine erste Informationsgrundlage. Kurze Darstellungstexte sowie eine Statistik ermöglichen einen Einblick in das zwiespältige Verhältnis von Medien und Politik. Zwei längere Zeitungsartikel sowie verschiedene Karikaturen zeigen die Gefahren und Schwierigkeiten, denen Journalisten und Medien heutzutage weltweit bei ihrer täglichen Arbeit ausgesetzt sind, und werfen einen kritischen Blick auf die Art und Weise, wie (manipulierte) Darstellungen in verschiedenen Medien die Stimmung in der Bevölkerung beeinflussen können.

1. Erarbeiten Sie anhand des Textes und des Schaubilds die Funktionen von Medien in einer Demokratie und diskutieren Sie deren Bedeutung für die Gesellschaft sowie für Sie persönlich.

M 1

Wozu benötigen wir Medien?

Der Blick auf die Medienlandschaft zeigt ein buntes Bild: Die Angebote reichen von der Tagesschau bis zur Verbreitung von Klatsch und Tratsch. Hergestellt wird, was sich auf dem Markt verkaufen lässt. Den Inhalt der Medien bestimmt nicht der Staat, sondern letztlich das Publikum, denn produziert wird auf Dauer nur, was auch Absatz findet. Jeder kann selbst entscheiden, was er liest, hört oder sieht. Er kann sich über das Zeitgeschehen informieren, muss es aber nicht. Er kann sich stattdessen auch Unterhaltungssendungen ansehen oder auf Musik-Videos ausweichen.

Dieser Zustand ist durch das Grundrecht der Presse- und Rundfunkfreiheit geschützt, das sich in Artikel 5 des Grundgesetzes findet. Es schützt die Herstellung und Verbreitung der Medien generell gegen staatliche Eingriffe und vor allem gegen solche, die sie an der Wahrnehmung ihrer „öffentlichen Aufgabe" hindern würden.

Ihre „öffentliche Aufgabe" erfüllen die Medien dadurch, dass sie an der freien, individuellen und öffentlichen Meinungsbildung mitwirken, indem sie zu Angelegenheiten von allgemeiner Bedeutung Nachrichten sowie Informationen beschaffen und verbreiten, die jeder Einzelne benötigt, um sich in der Gesellschaft zurechtzufinden. Besonders umfassend ist der „Programmauftrag" für die öffentlich-rechtlichen Rundfunkanstalten [...].

Den Kern der öffentlichen Aufgabe bildet die Mitwirkung der Medien an der politischen Meinungsbildung. Um dieser Aufgabe willen stellen freie Medien einen unverzichtbaren Bestandteil jeder freiheitlichen Demokratie dar. Das Funktionieren einer Demokratie, in der alle Staatsgewalt vom Volke ausgeht (Art. 20 Abs. 2 GG), setzt voraus, dass dessen Mitglieder über die Informationen verfügen, die sie benötigen, um sich auf rationale Weise eine eigene Meinung zu allen politischen Fragen bilden zu können. Diese Informationen können sie zum größten Teil nur aus den Medien beziehen. Deren Aufgabe besteht deshalb vor allem darin, die erforderlichen Informationen zu beschaffen, auszuwählen und so zusammenzustellen und ggf. kritisch zu kommentieren, dass ihr Publikum sie versteht und sich seine eigene Meinung bilden kann. Damit stellen die Medien zugleich eine Verbindung zwischen dem Volk und seinen gewählten Vertretern her: Parlamentarier und Regierung erfahren nicht zuletzt aus den Medien, was im Volk gedacht und gewollt wird, und das Volk erfährt, was Parlament und Regierung vorhaben und tun. Schließlich üben die Medien gegenüber den Machthabern eine Kontrollfunktion aus, indem sie auch solche Informationen verbreiten, die jene gern geheim gehalten hätten, und zu diesen Informationen kritisch Stellung nehmen. Auf Grund dieser Kontrollfunktion werden die Medien auch als „Wachhunde" der Demokratie (watchdogs) oder als „vierte Gewalt" bezeichnet.

Einen zweiten Ansatzpunkt für die Auswahl und Aufbereitung von Informationen in den Medien bildet der persönliche Nutzen des einzelnen Lesers, Hörers oder Zuschauers. Das Angebot von „Service"-Beiträgen ist stark gewachsen und nimmt inzwischen einen beträchtlichen Anteil am Gesamtangebot der Medien ein. Es reicht vom Waren- oder Dienstleistungstest über Tipps zur Freizeitgestaltung bis hin zur Erörterung kritischer Lebenssituationen.

Noch stärker gewachsen ist das Angebot an Beiträgen, die vor allem oder ausschließlich der Unterhaltung dienen wie beispielsweise „Lifestyle"-Angebote über das Leben von Prominenten. Auch solche Beiträge genießen das Privileg der Pressefreiheit, soweit sie die Rechte der behandelten Personen, zum Beispiel auf Wahrung ihrer Privatsphäre, nicht verletzen.

Quelle: Branahl: Wozu benötigen wir Medien?, in: Informationen zur politischen Bildung, Nr. 309/2010, S. 6 f.

Aufgaben und Funktionen von Medien

M 2

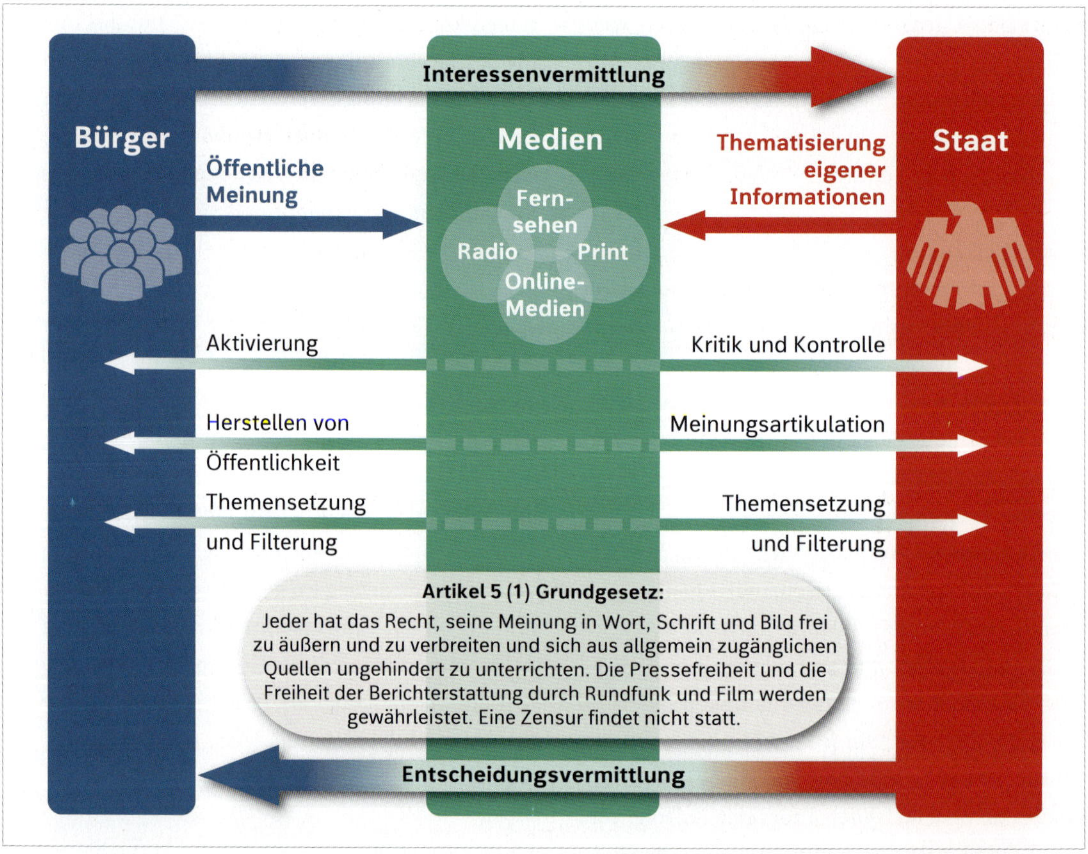

2.

Analysieren Sie anhand der Texte, der Tabelle und der Karikatur das Verhältnis von Medien und Politik. Diskutieren Sie dabei auch mögliche Probleme.

M 3 Medien als Akteure

Die Massenmedien unserer Tage beeinflussen das politische Geschehen erheblich. [...] Sie prägen maßgeblich die politisch wirksame, öffentliche Meinung. Wer in der öffentlichen Diskussion Gehör finden, Resonanz erfahren will, muss Publizität erlangen. Und das gelingt nur dadurch, daß man „in die Medien kommt". Nur Themen, die in den Medien abgehandelt werden, sind in der Mediendemokratie Themen von allgemeinem Interesse, und auch Informationen zu diesen Themen entnimmt der Bürger fast ausschließlich den Medien. Medien beschaffen Informationen, nehmen selbst dazu Stellung und wirken damit als orientierende Kraft. [...] Aus der Rolle des politikvermittelnden Beobachters und Kontrolleurs [...] sind die Medien zunehmend in die eines Politikgestalters geschlüpft.

Quelle: Hillgruber: Scheinbares Wohlbefinden – Medien in der Demokratie, in: Frankfurter Allgemeine Zeitung, Nr. 36, 12. Februar 2003, S. 7.

M 4 Mediengattungen und Meinungsbildung

Wichtigstes Informationsmedium nach Alter, Geschlecht, Bildung

Nach wie vor deutlichste Zusammenhänge bei Internet und TV: Mehr Jüngere, Männer und formal höher Gebildete wählen das Internet als wichtigstes Info-Medium. Umgekehrt beim Fernsehen.

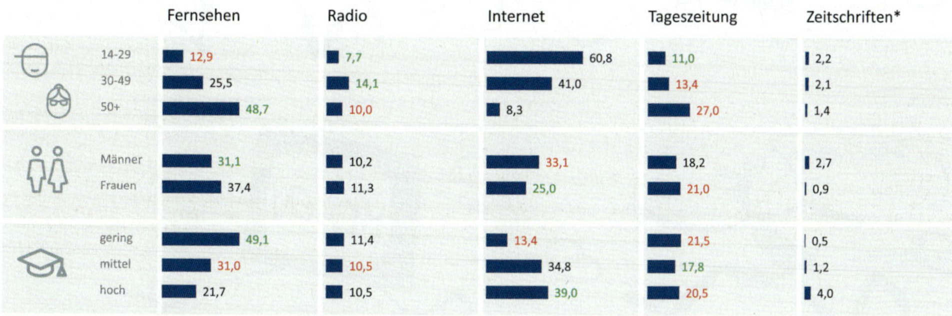

Angaben in Prozent; grün: + > 1 Prozentpunkt; rot: - > 1 Prozentpunkt im Vergleich zu 2017-I; *) Zeitschriften, Nachrichtenmagazine, Wochenzeitungen
Basis: 70,094 Mio. Personen ab 14 Jahre in Deutschland, n=2.800

KANTAR TNS – MedienGewichtungsStudie 2017-II 22 die medienanstalten

Medien als Akteure

M 5

Seit einigen Jahrzehnten sieht es so aus, als sei die Politik in ein neues Zeitalter eingetreten: Zunehmend folgt sie [...] den Gesetzen der werbe- und medientechnischen Erzeugung von Prominenz, den Methoden des Marketing oder des Starkults. Politische Entscheidungen und Strategien werden inzwischen häufiger aus Umfragen abgeleitet als aus Leitbildern und Programmen [...]. Zwar lässt sich argumentieren, diese Entwicklung habe bereits am Tag der pompösen Selbstkrönung Napoleons zum Kaiser am 2. Dezember 1804 oder mit den propagandistischen Inszenierungen des NS-Führerkults begonnen; auch Winston Churchill oder Charles de Gaulle waren in gewissem Sinne „prominente" Politiker. Im Zuge der medientechnischen Revolutionen nach 1945 hat sich allerdings der Trend verstärkt und beschleunigt: Spätestens seit der Vereidigung des B-Movie-Schauspielers Ronald Reagan zum 40. Präsidenten der USA (im Jahr 1981) ist es möglich geworden, dass Prominenz allein eine politische Karriere eröffnet – gleichgültig, ob der Status in Hollywood, auf der Börse oder in einer Sportarena erworben wurde. 1998 gewann etwa der ehemalige Profi-Wrestler James George Janos – bezeichnenderweise unter seinem Künstlernamen Jesse Ventura – die Wahl zum Gouverneur von Minnesota [...].

Quelle: Macho: Politische Avatare. Jörg Haider und die Mediendemokratie, in: Hauch; Hellmuth; Pasteur (Hg.): Populismus, 2002, S. 165.

Politiker und Medien

M 6

Karikatur von Burkhard Mohr

3. Erarbeiten Sie anhand des Artikels zur Pressefreiheit und der Karikatur, mit welchen Problemen verschiedene Medien im Rahmen der Berichterstattung zu kämpfen haben.

M 7 Anfeindungen und Übergriffe

Die Pressefreiheit ist weltweit in Gefahr. In Kriegsgebieten fürchten Journalisten um ihr Leben. Sie werden angegriffen von religiösen Extremisten und dem organisierten Verbrechen. Doch warum hat sich die Lage in Deutschland verschlechtert?

[...] Verhindert werde unabhängige Berichterstattung weltweit durch „medienfeindliche, oft religiös eingefärbte Ideologien sowie repressive Sicherheitsgesetze", fährt die Journalisten-Organisation fort. Gründe seien autokratische Tendenzen in Ländern wie Ägypten, Russland oder der Türkei sowie bewaffnete Konflikte in Libyen, Burundi und dem Jemen. Negativ wirke sich auch die Politik der Regierungen in Ländern wie Polen und Ungarn aus. Einige Regierungen blockierten das Internet, zerstörten Redaktionsräume, Sendetechnik oder Druckpresse, um kritische Berichterstattung zu unterbinden. „Viele Staatsführer reagieren geradezu paranoid auf legitime Kritik durch unabhängige Journalisten", sagte der ROG-Vorstandssprecher Michael Rediske. In vielen Ländern wurden Gesetze verabschiedet, mit denen Journalisten wegen vermeintlicher Präsidentenbeleidigung, Gotteslästerung oder Unterstützung terroristischer Gruppen ins Gefängnis gebracht werden können.

Scharia auf dem Vormarsch

Beispielhaft für die negativen Tendenzen stehen die größten Absteiger der Rangliste Tadschikistan (Platz 150, -34) und Brunei (155, -34). Tadschikistans Präsident Emomali Rahmon nutze den Vorwand der Terrorismusbekämpfung, um Kritiker mundtot zu machen, stellt Reporter ohne Grenzen fest. In Brunei nehme angesichts der Einführung der Scharia und eines Blasphemieverbots die Selbstzensur zu. Ein anderes Beispiel: Polen fällt um 29 Plätze auf Rang 47 ab. Dies habe mit den Bestrebungen der Regierung zu tun, die Eigenständigkeit der öffentlich-rechtlichen Medien einzuschränken und private Medien zu „repolonisieren". [...]

Dass Deutschland auf Rang 16 zurückgefallen ist, hat, wie Reporter ohne Grenzen festhält, seinen Grund in der Zunahme von Anfeindungen, bis hin zu Todesdrohungen und gewalttätigen Übergriffen gegen Journalisten. Insgesamt zählte Reporter ohne Grenzen mindestens 39 gewaltsame Übergriffe – insbesondere bei Demonstrationen der Pegida-Bewegung und ihrer regionalen Ableger, bei Kundgebungen rechtsradikaler Gruppen oder auf Gegendemonstrationen.

Obwohl europäische Länder weiter an der Spitze stehen, Finnland unverändert auf Rang 1, Niederlande Rang 2 (+2), Norwegen Rang 3 (-1), Dänemark Rang 4 (-1), setze sich die „Erosion der europäischen Vorreiterrolle bei der Pressefreiheit fort". Gesetze gegen Terrorismus und Spionage würden zur Einschränkung von Freiheitsrechten missbraucht, Gesetze zur massenhaften digitalen Überwachung verabschiedet. Eine zunehmende Gefahr für die journalistische Unabhängigkeit gehe „in einigen europäischen Ländern von Großkonzernen aus, die nicht nur immer mehr Medien kontrollieren, sondern auch anderweitige Geschäftsinteressen verfolgen". So gehörten in Frankreich (45, -7) „die meisten privaten Medien von nationaler Bedeutung wenigen Unternehmern, deren wirtschaftliche Interessen vor allem in anderen Branchen liegen“. Selbst in Schweden (8, -3) klagten „im Zeichen einer stärker werdenden nationalistischen Strömung erschreckend viele Journalisten über Drohungen“. Gewalt gegen Journalisten sei in Kroatien (63, -5) und Serbien (59, +8) ein Problem. In Ungarn (67, -2) definiere ein von der Regierung kontrollierter Medienrat die Einhaltung des „öffentlichen Anstands“.

Quelle: Gehrmann: Anfeindungen und Übergriffe, in: Frankfurter Allgemeine, 20.04.2016, abgerufen unter: www.faz.net/aktuell/feuilleton/debatten/deutschland-faellt-in-der-rangliste-der-pressefreiheit-zurueck-14188045.html [28.06.2017].

„Verkauft!“ M 8

Karikatur von Kostas Koufogiorgos

4. Erläutern Sie, welche Wirkungen die Autoren jeweils aktuellen Medien zuschreiben, und beurteilen Sie diese anhand selbst gewählter Beispiele kritisch.

M 9 Massenspaltungsmedium

„Fuck you, Facebook!“ Mit diesen Worten bilanzierte der Silicon-Valley-Guru Micheal Abehsera den amerikanischen Wahlkampf. Seine Anklage: Facebook ist zur weltweit größten Quelle für Nachrichten geworden, ohne dass es selbst die Quellen von Informationen überprüfe. Der gebürtige Israeli spitzte zu: Mittels Facebook könnten heute auch wieder Hitler und Goebbels ein Land übernehmen. Abehsera ist nach Trumps Sieg mit seiner Wut auf Facebook nicht allein. Schon die Frankfurter Buchmesse brachte eine neue Welle internetkritischer Literatur hervor, die sich gegen die großen Digitalkonzerne richtet, ihren Datenhunger, ihre intransparenten Algorithmen, ihr Vordringen in immer mehr Lebensbereiche. Das Internet, einst als Hoffnung für die Demokratie gefeiert, wurde nun zu ihrem größten Feind erklärt.

Doch es war keine Technologie, die Donald Trump an die Macht brachte. Es war die zutiefst misstrauische Mehrheit einer zutiefst gespaltenen Gesellschaft, die sich eine Meinung bildete in einem Zustand der öffentlichen Debatte, der zur Polarisierung statt zur Vereinigung beiträgt. Die schwindende Orientierungsfunktion traditioneller Medien trifft auf das Desorientierungspotential sozialer Medien.

Trump ist Unternehmer und hat eine Nachfrage bedient. Schon 2012 meinte er: „Meine Tweets haben so viel Macht, dass ich meine Gegner damit zwingen kann, die Wahrheit zu sagen.“ Soziale Medien und seine Version der Wahrheit waren Trumps Instrumente, in einer Zeit, in der laut einem amerikanischen Meinungsforschungsinstitut 44 Prozent der Amerikaner ihre Nachrichten auf Facebook konsumieren. Droht uns im Bundestagswahljahr 2017 Ähnliches?

Politisch gesehen, kommt in Deutschland das Personal der AfD am ehesten für einen Trumpschen Wahlkampfstil in Frage. Technologisch gesehen, sind alle Voraussetzungen dafür geschaffen, dass auch wir nach der Bundestagswahl Facebook für eine desaströse Wahlkampfdebatte verantwortlich machen. Denn die Funktionsweise der Plattform, also kurz gesagt der Algorithmus, verträgt sich nicht mit den Prinzipien einer pluralistischen, nach Ausgleich suchenden Debatte. [...]

Der Algorithmus ist unser persönlicher Chefredakteur. Er entscheidet, welche Beiträge für uns relevant sind und somit im Nachrichtenstrom angezeigt werden. Wahrheit ist kein Selektionskriterium. Meinungsvielfalt erst recht nicht. Relevanz entsteht vor allem durch Gewohnheit. Wir orientieren uns an denen, die uns ähnlich sind. Wir klicken das, was unser Weltbild bestätigt. Schlechte Voraussetzungen für die umsichtige Meinungsbildung.

An unserem eigenen Verhalten im Netz zeigt sich, dass der neuen Internetkritik oftmals einseitige Vorstellungen von Ursache und Wirkung zugrunde liegen. Der berechtigten Kritik an den Digitalkonzernen fehlt eine schonungslose Selbstkritik. Weil Bürger, Politik und Medien Facebook so exzessiv nutzen, hat es eine übermächtige Stellung erlangt. Der durchschnittsdeutsche Internetnutzer verbringt über zwei Stunden am Tag in sozialen Netzwerken. Darunter ist Facebook die Nummer eins. Alles, was wir dort tun, wird protokolliert und vom Algorithmus verarbeitet. Das wissen wir aber. Wir füttern also die Bestie, die unsere Demokratie zerstört.

[...] Früher hatten die Journalisten in der Hand, wem sie ein Mikrofon vor den Mund halten. Mit einem Facebook- oder Twitterprofil hat heute potentiell jeder ein Mikrofon zur Hand. Trump twitterte mitunter um 3 Uhr nachts. Stilistisch alle Regeln der Kunst befolgend, lief sein gezwitscherter Kommentar wenige Stunden später in den Morgennachrichten von CNN und Co. rauf und runter.

Die massenmediale Berichterstattung über das, was in sozialen Netzwerken von Einzelnen geäußert wird, war noch nie so groß. Das nutzen auch deutsche Politiker. Die CDU-Politikerinnen Erika Steinbach und Bettina Kudla gaben mit Tweets ihrem Abgeordneten-Dasein einen unrühmlichen Kick. Renate Künast durfte wegen eines umstrittenen Tweets zur Polizeiarbeit wenige Tage später bei Anne Will über das Thema mitplaudern, obwohl ihre Kernkompetenz bei Verbraucherschutz und Ernährung liegt. [...]

Die AfD hat sich ein Massenmedium jenseits der „Lügenpresse“ geschaffen. Ein Massenspaltungsmedium. Für den Wahlkampf wird sie ihr Online-Imperium weiter ausbauen. Die ersten Vorboten haben uns schon erreicht: Kürzlich startete das Videoformat „AfD TV“. Gesendet werden neben Interviews auch „Dokumentationen“, etwa über Windkraft. Abgeguckt hat sich die Partei diese Propagandaform bei der österreichischen FPÖ, die jede Woche ein professionell produziertes „FPÖ-TV“ sendet.

Natürlich wappnen sich auch die anderen Parteien für die Wahlschlacht in den Netzwerken. Doch ein wichtiger Unterschied zwischen den Anhängern der AfD und jenen anderer Parteien ist, dass der sogenannte Filterblasen-Effekt bei ihnen am stärksten ausgeprägt ist. Die Filterblase ist im Politischen eine Gesinnungsblase. Da der Algorithmus nur auswählt, was als persönlich relevant gilt, bekommen die Anhänger der AfD das Gefühl, dass ihr Weltbild aus Fremdenhass, Politikerverachtung und Medienkritik mehrheitsfähig ist.

Quelle: Hillje: Massenspaltungsmedium, in: Frankfurter Allgemeine, 15.11.2016, abgerufen unter: www.faz.net/aktuell/politik/inland/macht-der-medien-wie-facebook-die-politik-spaltet-14524894.html?printPagedArticle=true#pageIndex_2 [28.06.2017].

Angst vor dem Terrorismus

M 10

Karikatur von Burkhard Mohr

M 11 Die Reaktion der Welt

Karikatur von Klaus Stuttmann

M 12 Medien und Angst

Ganz zweifellos wirken die Direktmedien wie die sozialen Netzwerke und obskuren Nachrichtenportale aller Art als Verstärker selektiver Ängste – einfach, weil die Besonnenen im Unterschied zu den Dauererregten nicht jede vermeintliche Beobachtung von irgendetwas zusammen mit der eigenen Reaktion darauf der ganzen Welt mitteilen zu müssen meinen. Dazu kommen, wie wir seit dem amerikanischen Wahlkampf wissen, die Bots, also automatisch generierte Massenmitteilungen, die daherkommen, als hätte jemand sie persönlich verfasst. Daraus folgt automatisch eine quantitative Steigerung hysterischer Kommunikation – wo früher die 20 Prozent Menschenfeinde, die eine Gesellschaft immer hat, kommunikativ unter sich blieben, können sie sich heute so äußern, dass sie von 80 Prozent wahr- und von 50 Prozent ernst genommen werden, was dafür reicht, ihren fatalen Weg in die Medien und von dort aus in die etablierte Politik zu machen.

Ein Schlüsseltheorem der Sozialpsychologie lautet: „Wenn die Menschen Situationen für real halten, dann sind diese in ihren Folgen real.“ Die Wahrnehmung der Wirklichkeit kann komplett verzerrt sein, aber was die Menschen aufgrund dieser Wahrnehmung tun, schafft nichtsdestoweniger Tatstachen. Und so sind es auch unbegründete Ängste, gefühlte Überforderungen und nicht zuletzt Problemverschiebungen, die eine Gesellschaft verändern können.

Quelle: Welzer: Wir sind die Mehrheit, 2017, S. 73 f.

DAS WICHTIGSTE IN KÜRZE

Klassische Funktionen von Medien in der Demokratie

Medien haben für demokratische Systeme eine existenzielle Funktion. Sie informieren die Bürger über politische Themen, Kontroversen und Argumente und ermöglichen es ihnen dadurch erst, sich in den politischen Prozess einzubringen und kompetent von ihren Partizipationsrechten Gebrauch zu machen. Ebenso artikulieren sie aber auch Einstellungen, Meinungen und Kritik, die es in der Bevölkerung gibt, und machen diese dadurch zum politischen Thema.

Durch die eigenständige Recherche von Medienvertretern werden Missstände im politischen System und im Handeln von politisch Verantwortlichen aufgedeckt und hinterfragt. Medien üben dadurch eine wichtige **Kontrollfunktion im politischen System** einer Demokratie aus.

An der Ausführung dieser Funktionen wird oft aber auch Kritik geübt: So wichtig Kritik und Kontrolle ist, es bleibt unklar, wer den Medienvertretern die Legitimation als „**vierte Gewalt**" erteilt hat und inwieweit es legitim ist, dass diese in politische Prozesse aktiv eingreifen. Kritisiert wird auch, dass Medien Themen mitunter nur nach ihrem Marktwert auswählen und damit einerseits nur in der Bevölkerung bereits vorhandene Stereotype und Vorurteile verstärken, andererseits von der Diskussion eventuell wichtigerer Themen ablenken. Politiker sehen sich manchmal dazu gezwungen, Probleme zu lösen, nur weil diese von Medien thematisiert worden sind – man spricht in diesem Zusammenhang auch von „**Agenda-Setting**".

Kritisiert werden auch enge **Wechselwirkungen zwischen Politik und Medien**. Einflussreiche Medien können Politiker aufbauen und auch wieder „absägen", ohne dass dies unbedingt ihren tatsächlichen politischen Leistungen entspricht. Andererseits verstehen es auch politische Akteure, durch ein mediengerechtes Auftreten ihre Karriere zu befördern.

Onlinemedien im politischen Prozess

Das **Internet** ist lange Zeit nur als ein weiteres Medium zur Veröffentlichung von Informationen und Standpunkten angesehen worden. Die gleichen Akteure, die sich vorher über Printmedien, Rundfunk und Fernsehen einem Publikum artikuliert haben – also im Wesentlichen Journalisten und Politiker – taten dies nun mithilfe eines neuen Mediums.

Spätestens seit den 2000er-Jahren hat sich dieses Verhältnis unter dem Schlagwort „**Web 2.0**" aber radikal verändert. Das Internet ermöglicht es nun praktisch jedem, der einen Internetanschluss hat, eigene Ansichten und Meinungen einem Millionenpublikum zu offenbaren und auch selbst recherchierte Fakten oder vermeintliche Fakten zu präsentieren.

DAS WICHTIGSTE IN KÜRZE

Mit dem Verschwimmen der Grenzen von „Sender“ und „Empfänger“ geht auch die Filterfunktion der klassischen Medien zunehmend verloren. Dies kann einerseits als **gewaltiger Demokratisierungsschub** angesehen werden – schließlich kann nun jeder auf gesellschaftliche Missstände hinweisen und Gleichgesinnte zu deren Behebung suchen –, birgt aber auch eine noch größere Gefahr des Missbrauchs und der Verbreitung von **„Fake News“**. Vor allem Social Media, wie z. B. Facebook, ermöglichen die massenhafte Verbreitung von Beiträgen, ohne dass deren Stichhaltigkeit, Glaubwürdigkeit oder Realitätsgehalt z. B. von einer professionellen Redaktion geprüft wurde.

Soziale Medien verstehen es, durch die Vielzahl von Daten, die wir auf ihnen hinterlassen – z. B. „Likes“, GPS-Daten, Suchanfragen –, ein genaues Profil von uns, unseren Interessen und Einstellungen zu erstellen. Aufgrund dieser Daten wird uns beispielsweise passgenaue Werbung zugeschickt. In politischen Wahlkämpfen kann dementsprechend auch jedem Wähler das Wahlversprechen gemacht werden, das er hören möchte. Die Gefahr besteht also, dass in künftigen Wahlkämpfen vor allem ein Wettkampf um die Daten der Wähler stattfinden könnte.

Da soziale Medien ihre Datenfülle aber auch dazu nutzen, ihre User durch empfohlene Beiträge an sich zu binden, entsteht ein neues Problem: Wer sich hauptsächlich oder ausschließlich über soziale Netzwerke informiert, bekommt nur Informationen und Kommentare, die seinen bereits bestehenden Vorstellungen entsprechen, während er in klassischen Medien immer auch mit kontroversen Haltungen konfrontiert worden ist. Soziale Gruppen ziehen sich also möglicherweise zunehmend in sogenannte **Filterblasen** zurück, in denen sich die Beteiligten immer mehr gegenseitig in ihren Vorstellungen von Realität bestätigen. Zu einer Demokratie gehört aber immer auch die Auseinandersetzung mit anderen Meinungen, die in diesen Diskursen in aller Regel völlig versiegt. Auch die **gegenseitige Verstärkung irrationaler Ängste** in abgeschlossenen Zirkeln, die dann zu ebenso irrationalem Wählerverhalten führt, kann eine Folge dieser Entwicklung sein.

FESTIGUNG – VERTIEFUNG

Weitere Herangehensweisen

- Suchen Sie zu einem aktuellen Ereignis Nachrichtenmeldungen in verschiedenen Medien und vergleichen Sie die Form der Berichterstattung.
- Lernen Sie Ihre Filterblase kennen! Notieren Sie sich über einige Tage, welche Beiträge, Nachrichten und Kommentare Ihnen auf Social Media angeboten werden. Vergleichen Sie Ihre Ergebnisse mit anderen Schülerinnen und Schülern.
- Recherchieren Sie, welche Medienunternehmen es in Ihrer Region gibt. Wählen Sie ein für Sie besonders relevantes Unternehmen aus, und stellen Sie es in der Klasse vor.
- Wählen Sie ein aktuelles Beispiel für Fake News aus. Untersuchen Sie Hintergründe, Auswirkungen, Beteiligte und deren Interessen und präsentieren Sie Ihre Ergebnisse.

Vertiefende Aspekte

- In Deutschland wird ein verbindlicher Rundfunkbeitrag eingezogen, mit dem die öffentlich-rechtlichen Rundfunkanstalten finanziert werden. Sammeln Sie Argumente für und gegen diese Praxis.
- Recherchieren Sie mithilfe einer Rankingliste zur Pressefreiheit, in welchen Ländern sich diese aktuell verschlechtert hat. Ermitteln Sie anhand eines selbst gewählten Beispiels die Ursachen.

Weiterführende Quellen und Hinweise

H 1 Internetseite der Bundeszentrale für politische Bildung. Zahlreiche interessante Artikel zur Medienlandschaft und zu ihrem Platz im politischen System finden sich auf der Homepage der Bundeszentrale für politische Bildung.

H 2 Statista: Daten und Fakten zu den Medien und zur Mediennutzung in Deutschland. Das Internetportal Statista sammelt statistische Daten verschiedener Institute und Quellen und bietet eine umfangreiche Sammlung von Statistiken zu den Themen „Medien“ und „Mediennutzung“.

3.2 Wahlmodul „Kunst und Kultur in der Bundesrepublik Deutschland im Vergleich zu Kunst und Kultur in anderen zeitgenössischen Gesellschaften“

Forschungsinteresse und Kompetenzerwerb

Unsere Lebensweise ist grundlegend von der kulturellen Prägung der Gesellschaft beeinflusst, in der wir aufwachsen. Kunst und Kultur sind hierbei untrennbar miteinander verbunden und bestimmen unser individuelles wie auch unser kollektives Selbstbild. Sie beeinflussen unser Wirken auf Menschen mit einer anderen kulturellen Herkunft sowie deren Wirkung auf uns. Durch die (selbst-)reflexive Auseinandersetzung mit den Begriffen „Kultur“, „Heimat“ und „Kunst“ innerhalb dieses Kapitels erfassen Sie Ihren eigenen kulturellen Hintergrund. Sie begreifen diesen als elementaren Teil Ihrer Identität, der Sie mit anderen Menschen verbindet oder eben von diesen trennt. Sie nähern sich darüber hinaus der Vielschichtigkeit des Heimatbegriffs an. Sie erkennen die grundlegende Bedeutung von Kunst und Kultur für unser menschliches Leben und verstehen, warum es für eine freiheitliche Gesellschaft überlebenswichtig ist, die verschiedensten künstlerischen Ausdrucksformen nebeneinander bestehen zu lassen, auch wenn diese dem Einzelnen vielleicht nicht gefallen.

Vorgehen

Ihre Heimatstadt möchte ein (jährlich stattzufindendes) Kulturfestival ins Leben rufen. Als Jugendvertreter/Jugendvertreterin sind Sie von Beginn an dabei: Sie sollen stellvertretend für Ihre Altersgruppe über die Inhalte des Festivalprogramms und darüber, welche kulturellen Darbietungen gefördert und präsentiert werden sollen, mit entscheiden.

Um sich hierzu ein umfassendes Urteil bilden zu können, NÄHERN Sie sich zunächst anhand der Materialien der Vielschichtigkeit des Kulturbegriffs an. Daraufhin FORMULIEREN Sie eine persönliche Definition. In der gemeinsamen Diskussion über Ihre individuellen Definitionen des Kulturbegriffs ERKENNEN Sie die Diversität des kulturellen Lebens unserer freiheitlichen Gesellschaft. Dann REFLEKTIEREN Sie mithilfe von Karikaturen Ihre eigene kulturelle Prägung. In der Folge ERFASSEN Sie die Vielschichtigkeit des Heimatbegriffs und VERGLEICHEN Ihre Heimatbilder. Sie UNTERSUCHEN anhand von Materialien, warum es in unserer Zeit offenbar eine starke Sehnsucht nach Heimat gibt und welche Attribute mit dieser verbunden werden. Daraufhin UNTERSUCHEN Sie, welche kulturellen Aktivitäten wir Deutschen besonders schätzen und fördern. Sie WIDMEN sich danach dem Kunstbegriff, der Funktion von Kunst sowie dem Zusammenhang von Kunst und Freiheit bzw. Unfreiheit. Nachdem Sie darüber diskutiert haben, warum verschiedenste künstlerische Ausdrucksformen für eine freiheitliche Gesellschaft unverzichtbar sind, WIDMEN Sie sich der Abschlussaufgabe.

Als Arbeitshilfe finden Sie im hinteren Teil des Lehrwerks eine Übersicht über verschiedene Methodentechniken. Nutzen Sie diese Möglichkeit.

FORMULIEREN **Sie gemeinsam, nach welchen Kriterien Sie welche kulturellen Darbietungen für welche Zielgruppe im Rahmen des Kulturfestivals Ihrer Heimatstadt auswählen würden.** BEGRÜNDEN **Sie Ihre Entscheidung.**

Materialauswahl

In diesem Kapitel findet sich ein bunter Materialmix aus Zitaten, Bildern, Grafiken, Karikaturen und Autorentexten. Dieser Abwechslungsreichtum soll Sie motivieren und abstrakte Begrifflichkeiten mit Leben füllen – einem Leben, das so bunt und vielschichtig ist wie unsere Kunst, Kultur und Heimat. Es lebe die Vielfalt!

1. Erläutern Sie mithilfe der Abbildungen die im Folgenden genannte Aussage.

M 1

„Andere Länder, andere Sitten“

2. Erarbeiten Sie wesentliche Aspekte des Kulturbegriffs. Analysieren und interpretieren Sie dann das „Eisberg-Modell“.

Kultur – ein Begriff, viele Bedeutungen

Der Begriff „Kultur“ stammt von dem lateinischen Wort „colere“, dieses bedeutet zunächst einmal *bebauen, bestellen, pflegen*. Der Mensch verändert den Urzustand der Natur durch sein Schaffen – er kultiviert beispielsweise den Boden in der Landwirtschaft, baut Städte und pflegt Traditionen. „Kultur“ kennzeichnet also das vom Menschen Geschaffene (Kunst, Literatur, Religion etc.) im Unterschied zur Natur, die bereits gegeben ist.

Ein Beispiel: Zur Natur des Menschen gehört es, dass er essen und trinken muss – wie, wann und wo er dies tut, ist Teil seiner (Ess-)Kultur.

Zudem spielt die Kultur der sozialen Beziehungen, der Kommunikation, des Umgangs mit uns selbst, unserem Körper, unseren Mitmenschen, der Natur und der Geschichte eine wichtige Rolle in unserer Erlebenswelt. Kultur wird von Menschen geschaffen und weitergegeben. Dieser Vorgang ist allerdings nicht statisch, denn die Werte und Normen einer Gesellschaft verändern sich und passen sich den jeweils herrschenden (Kultur-)Vorstellungen an.

Beispiel: das Vergeltungsprinzip bei Körperverletzungen, wie es im Alten Testament aufgestellt wird – „Auge um Auge, Zahn um Zahn". In unserer heutigen Gesellschaft ist die Einschätzung dieser Vergeltungsmaßnahme eine ganz andere als damals: Wir empfinden sie als Körperverletzung und moralisch schätzen wir diese Haltung auch anders ein als die Gesellschaft jener Zeit.

Jeder Einzelne ist Teil des Gesellschaftssystems. Er ist Träger seiner Kultur; er bildet sie mit, formt sie um und entwickelt sie weiter. Kultur ist also auch ein Indikator für Veränderungen. Sie spiegelt die Veränderungen der Gegenwart und zeigt somit auch die gesellschaftlichen Realitäten.

Eine Gruppe aus Menschen, die alle die gleichen oder zumindest sehr ähnliche kulturelle Wertvorstellungen haben, versteht sich als Gemeinschaft. Das bedeutet, dass sie sich alle, oder doch zumindest der größte Teil von ihnen, entsprechend den Normen und Werten dieser Kultur benehmen. Dabei messen sie das Verhalten anderer Menschen an diesen Normen und Werten. Das heißt aber nicht, dass alle Personen innerhalb einer Kultur total identisch sind – sie verhalten sich nur relativ ähnlich, im Vergleich zum Verhalten in einer anderen Kultur.

M 2 Kultur ist wie ein Eisberg

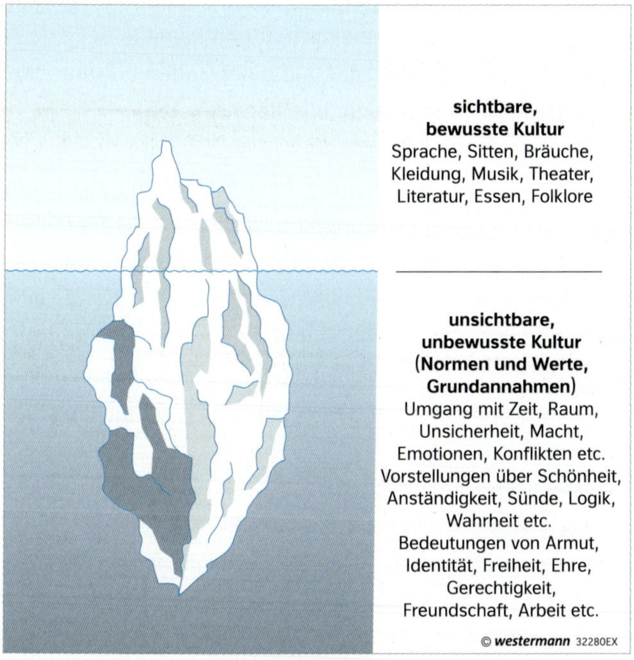

3. Erläutern Sie mit eigenen Worten, was Joseph Joubert unter Kultur versteht. Stimmen Sie ihm zu? Formulieren Sie Ihren eigenen Kulturbegriff. Vergleichen Sie Ihre Ergebnisse und diskutieren Sie. Was ist Ihnen persönlich hierbei besonders wichtig?

M 3

Kultur ist ...

Kultur ist nichts Sichtbares, sondern das unsichtbare Band, das die Dinge zusammenhält.

Joseph Joubert (1754–1824), französischer Moralist

(Quelle: Joubert: Gedanken, Versuche und Maximen)

JOUBERT

4. Erarbeiten Sie die Kernthesen des folgenden Abschnitts. Suchen Sie eigene Beispiele, die diese widerspiegeln. Vergleichen Sie Ihre Ergebnisse und diskutieren Sie darüber.

Wie beeinflusst Kultur den Menschen?

Jeder Mensch wird in eine Kultur hineingeboren. Nach dem Kulturwissenschaftler Geert Hofstede[1], ist Kultur die „mentale Programmierung des Menschen".

Die „mentale Software" bilden dabei die in der frühen Kindheit erworbenen Denk-, Fühl- und Handlungsmuster, die durch das soziale Umfeld, wie Familie, Schule etc., sowie persönliche Erfahrungen beeinflusst werden.[2]

Dieser „mentalen Programmierung" wird sich der Einzelne nur selten bewusst. Die meisten Menschen bewegen sich nur innerhalb ihrer eigenen kulturellen Gemeinschaft und somit findet eine Auseinandersetzung mit einer anderen Kultur, wenn überhaupt, nur oberflächlich statt.

Jeder Mensch beurteilt zudem für ihn fremde Wertvorstellungen bzw. Kulturen entsprechend seiner eigenen „mentalen Programmierung". So wird z. B. das Verhalten von Menschen, die aus einem anderen Land stammen, oftmals als komisch abgetan, da es nicht mit der eigenen kulturellen Programmierung in Übereinstimmung gebracht werden kann.

---

1 Siehe Hofstede, Geert: Interkulturelle Zusammenarbeit. Kulturen – Organisation – Management, Wiesbaden, Gabler, 1993, S. 18.

2 Siehe Hofstede, Geert; Hofstede, Gert Jan: Lokales Denken, globales Handeln: Interkulturelle Zusammenarbeit und globales Management, 5. Aufl., München, dtv, 2011, S. 3.

5. Analysieren und interpretieren Sie die abgebildeten Karikaturen im Kontext des Phänomens der kulturellen Programmierung.

M 4

Kulturelle Prägung im Spiegel der Karikatur

„Im Sinne einer gerechten Auslese lautet die Prüfungsaufgabe für Sie alle gleich: Klettern Sie auf den Baum!"

6. Erläutern Sie, wie die bekannten Persönlichkeiten jeweils den Begriff „Heimat“ definieren. Finden Sie eigene Definitionen, indem Sie folgenden Satz vervollständigen: „Heimat ist ...“.

Heimat ist ... M 5

Heimat ist kein Ort, Heimat ist ein Gefühl!

Herbert Grönemeyer, deutscher Musiker (geb. 1956)
(Text, (OT)/Copyright: Grönemeyer: Ich dreh mich um dich)

„Wo es mir gut geht, da ist meine Heimat“ – (ubi bene, ibi patria)

Marcus Tullius Cicero (106–43 v. Chr.)
(Quelle: „Gespräche in Tusculum“ V, 37)

„Man muss viel Ferne getrunken haben, um den Zauber des Nächsten zu fassen.“

Martin Kessel, deutscher Schriftsteller (1901–1990)
(Quelle: Kessel: Gegengabe: Aphoristisches Kompendium für hellere Köpfe, 1960, S. 99)

7. Analysieren Sie die Abbildungen in Bezug auf das jeweils vermittelte Heimatbild. Finden Sie Gemeinsamkeiten und Unterschiede.

Heimatbilder M 6

Heimat 1: Dahoam is dahoam ... Der FC-Bayern-Fanshop am Irschenberg.

Heimat 2: Hochhaussiedlung in Neuperlach (München).

Heimat 3: Hängebrücke am Berliner Höhenweg Nr. 526 in den Zillertaler Alpen nahe der Olpererhütte.

8. Untersuchen Sie anhand des folgenden Textes und des Bilds das Phänomen der Jungbauern- und Jungbäuerinnen-Kalender. Diskutieren Sie über die Beweggründe der Models und der Konsumenten. Mit welchen Attributen wird hier gespielt?

M 7 Heimat – voll im Trend?

Fesche Madln ohne Dirndl

Garantiert gentechnikfrei: „LandLieben" ist das Motto des Jungbauernkalenders 2014. Je sechs junge Frauen aus Bayern und Österreich posieren dafür leicht bekleidet auf Feldern und im Hühnerstall. Kühe, Stall, Scheune, dazwischen hübsche Mädchen, leicht bekleidet: Auch der „Jungbauernkalender 2014" trumpft mit pittoresk-erotischen Motiven auf. Damit kommt er nicht nur auf dem Land gut an. Die Sehnsucht nach harmonischem Landleben gepaart mit Jugend und vorsichtiger Erotik – die Mischung scheint zu funktionieren.

Der Jungbauernkalender der bayerischen und österreichischen Jungbauernschaft – in limitierter und stets ausverkaufter Auflage – hat Kultcharakter. „Es ist ein Kalender für die Leute, die sich auch an den schönen und sinnlichen Seiten des Landlebens erfreuen", sagt Brigitte Scholz vom Bayerischen Bauernverband.

Alle Laienmodels kommen aus Bauernfamilien. Sie habe zeigen wollen, „dass Bauern auch schöne Madel haben", sagt die 21-jährige Kathrin aus Oberfranken.

Kalender für den Bruder

Die 24-jährige Anita aus Oberbayern machte mit, nachdem ihr Bruder sich unterm Weihnachtsbaum vergeblich auf den Jungbauernkalender gefreut hatte. Das Versprechen: Er bekomme einen – „spätestens, wenn ich dabei bin".

Bei der 21-jährigen Eva-Maria aus der Oberpfalz kam der Vorschlag zur Teilnahme von der Mama. Jetzt seien alle „sehr stolz" auf sie.

Die bayerischen Mädchen posieren unter dem Titel „LandLieben“ vergleichsweise züchtig vor Holzstapeln, Scheunen oder im Wald. Das Outfit würde auch am Strand durchgehen. Ziel sei jeweils „ein zartes Landfoto“ gewesen, sagt Fotograf Steve Haider.

Brave Bayerinnen, freizügige Österreicherinnen

Die Österreicherinnen zeigen sich freizügiger – und auch mal mit blanken Busen.

Die Österreichische Jungbauernschaft hatte den Kalender 2001 als erste auf den Markt gebracht. „Das ist ein österreichischer Export“, sagt deren Obmann Stefan Kast.

Die Nachbarn sind auch in Sachen Emanzipation voraus: Bei ihnen gibt's den Jungbauernkalender „men“. Bei der bayerischen Jungbauernschaft ist das bisher nicht geplant – zu wenig Bewerber, sagt Landesgeschäftsführer Marcus Rothbart.

Das Ziel allerdings ist gleich: Der Kalender sei ein „Zugpferd für landwirtschaftliche Themen“, sagt Rothbart. Für Kast ist er eine „Leistungsschau der Landwirtschaft“ und soll für regionale Produkte ebenso werben wie für den Erhalt bäuerlicher Familienbetriebe.

Quelle: Dobel: Fesche Madln ohne Dirndl, in: WeltN24 am 09.10.2013, abgerufen unter: www.welt.de/regionales/muenchen/article120759778/Fesche-Madln-ohne-Dirndl.html [21.08.2017].

9. Erarbeiten Sie mithilfe der Bildercollage eine kleine Übersicht zur lebendigen kulturellen Vielfalt der Regionen Bayerns. Recherchieren Sie auch zu Brauchtum und Tradition in Ihrer Heimatregion. Wann ist dieses besonders erfolgreich?

M 8 Kulturelle Vielfalt in Bayerns Regionen

Alphornbläser

Passionsspiele in Oberammergau

Aufstellen eines Maibaums

Kiliani-Festival in Würzburg

Hl. Nikolaus, Nikoloweibl und Buttnmandl in Loipl (Landkreis Berchtesgadener Land)

Almabtrieb

10. Arbeiten Sie aus der Grafik heraus, welchen kulturellen Aktivitäten die Deutschen besonders viel Zeit widmen. Vergleichen Sie die Ergebnisse mit Ihrem eigenen Verhalten.

Kulturelle Aktivitäten der Deutschen 2005–2013

Im Jahr 2013 investierten die Menschen in Deutschland im Durchschnitt knapp 22,5 Stunden pro Woche in Kultur und kulturelle Aktivitäten.

Zeitaufwand für kulturelle Aktivitäten nach Bereichen und Kategorien

M 9

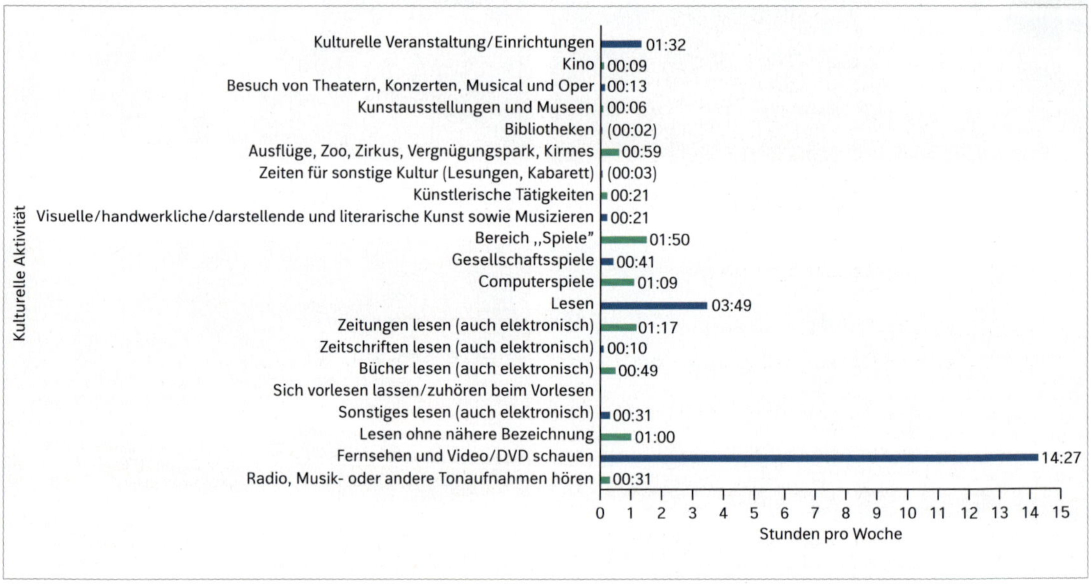

Quelle: Statistisches Bundesamt – Destatis: Zeitverwendung für Kultur und kulturelle Aktivitäten in Deutschland, Sonderauswertung der Zeitverwendungserhebung 2013.

11. Arbeiten Sie anhand der Grafik heraus, welche Bereiche des kulturellen Lebens unser Staat in besonderer Weise unterstützt. Halten Sie diese Verteilung für gerechtfertigt? Was würden Sie anders machen?

M 10 Öffentliche Ausgaben des Bundes für Kultur 2013

Öffentliche Ausgaben des Bundes für Kultur in Mio. EUR (Grundmittel)

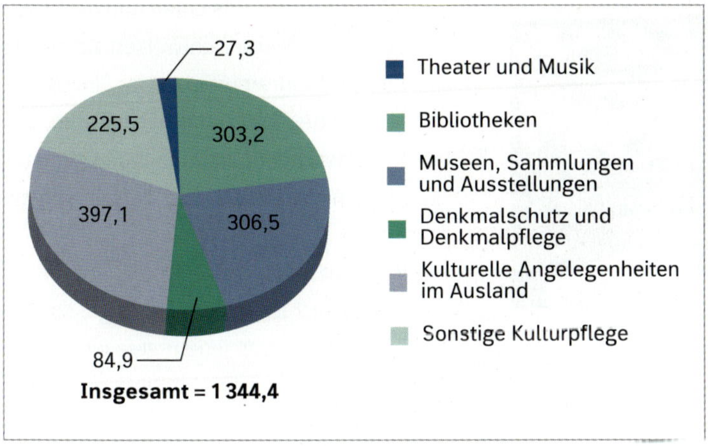

Zahlen nach: Statistisches Bundesamt – Destatis: Kulturfinanzbericht 2016.

12. Erläutern Sie in eigenen Worten das Kunstverständnis Gadamers. Formulieren Sie Ihren eigenen Kunstbegriff. Diskutieren Sie die Bedeutung von Kunst für die Gesellschaft.

M 11 Was ist Kunst?

„Ein Ende der Kunst, ein Ende des nie rastenden Gestaltungswillens menschlicher Träume und Sehnsüchte, wird es so lange nicht geben, wie überhaupt Menschen ihr eigenes Leben gestalten. Jedes vermeintliche Ende der Kunst wird Anfang neuer Kunst sein."

Hans-Georg Gadamer, deutscher Philosoph (1900–2002)
(Quelle: Gadamer: Das Erbe Europas, 1989, S. 86)

Die Bedeutung von Kunst im Hinblick auf eine Gesellschaft

Die Kultur einer Gesellschaft spiegelt sich auch in der bildenden Kunst wider. Kunst ist Ausdrucksmittel einer Gesellschaft. Durch sie können Wertvorstellungen, aber auch Indifferenzen einer Gesellschaft dargestellt und hinterfragt werden.

Dabei ist zu beachten, dass eine Gesellschaft nie homogen ist, d. h., es gibt viele verschiedene Vorstellungen und Ansichten und damit verbunden auch unterschiedliche Sichtweisen auf die bildende Kunst. Allerdings interpretiert jeder Einzelne Kunst im Kontext seiner kulturellen Programmierung. Wie wir Kunst wahrnehmen, hängt also direkt damit zusammen, in welcher Gesellschaft wir aufgewachsen sind.

Wie Kunst wahrgenommen wird, liegt also im Auge des Betrachters. Das ist auch gut so, denn nicht jedes Kunstwerk muss jedem gefallen oder jeden interessieren.

13.

13.1 In Deutschland wie auch in Afghanistan gibt es Street-Art-Künstler – vergleichen Sie die Umstände und Möglichkeiten dieser Künstler in beiden Ländern.

13.2 Diskutieren Sie, warum es für eine freiheitliche Gesellschaft überlebenswichtig ist, die verschiedensten künstlerischen Ausdrucksformen nebeneinander bestehen zu lassen, auch wenn Sie dem Einzelnen vielleicht nicht gefallen.

Hierzulande verfügen wir über eine einmalige und vielfältige Kulturlandschaft. Die Bundesrepublik Deutschland versteht sich als Kulturnation und Kulturstaat. Dieses Selbstverständnis wird nicht nur vom Staat und seinen öffentlichen Institutionen (z. B. Museen) geprägt, sondern auch durch Künstler, private Kulturbetriebe sowie privates Engagement, von den Kirchen und Religionsgemeinschaften, von Vereinen, Verbänden und Interessengruppen.

Die Arbeit dieser künstlerischen und kulturell aktiven Gruppen und Initiativen ist so nur in einer freien Gesellschaft wie der unseren realisierbar. Denn ohne die staatliche Unterstützung und vor allem Duldung wäre eine solche freie Kulturlandschaft nicht möglich. Richten wir unseren Blick auf andere Länder, wie beispielsweise Afghanistan, so stellt sich heraus, dass die freie Entfaltung von Künstlern und einer Kulturlandschaft nicht selbstverständlich ist.

M 12 Street-Art in Afghanistan

Street-Art auf den Mauern Kabuls

Nach der Machtübernahme durch die Taliban veränderten sich das Leben der Menschen sowie das Land Afghanistan grundlegend. Nahezu alles wurde nun verboten. Musikhören war nicht mehr gestattet, Fotos von Menschen und Tieren durften nicht mehr gezeigt werden und sogar das beliebte Drachensteigenlassen wurde den Kindern verboten.

Alle Männer mussten Bärte und Frauen Burka tragen. Frauen wurde von nun an untersagt, das Haus zu verlassen, in die Schule oder arbeiten zu gehen. Eine Auflehnung gegen diese Verbote wurde grausam bestraft.

Auch die Kulturlandschaft mit ihren reichen Kulturgütern wurde zugrunde gerichtet. So wurde beispielsweise das Museum in Kabul geplündert und die 1500 Jahre alten Buddha-Statuen von Bamiyan wurden zerstört.

Nach dem Sturz des Taliban-Regimes änderte sich die Situation der Bevölkerung und auch die zeitgenössische bildende Kunst erlebte einen neuen Aufschwung. Der erste Schritt hin zu einer freien Gesellschaft ist gemacht. Afghanistan steht ganz am Anfang dieses Prozesses, indem es vor allem darauf ankommen wird, dass die Menschen verstehen, dass jeder Einzelne die Entstehung einer freien Gesellschaft mitgestalten muss.

Eine Frau, die diesen Prozess aktiv mitgestaltet, ist die afghanische Graffiti-Künstlerin Shamsia Hassani. Als Vertreterin der modernen Street-Art-Szene in Kabul bringt sie als erste Frau Afghanistans in ihrer Straßenkunst soziale und politische Botschaften zum Ausdruck. Dabei scheut sie auch nicht vor dem damit verbundenen persönlichen Risiko zurück.

Interview mit Shamsia Hassani

M 13

So werden aus Kabuls zerstörten Mauern Kunstwerke

Für Shamsia Hassani muss es oft schnell gehen. Einige Passanten gehen langsamer oder drehen sich interessiert um, während sie tanzende Frauen auf die Mauern von Kabuls staubigen Straßen zeichnet. Die Umrisse hat Shamsia meistens zuhause schon vorgezeichnet. Und auch ihre Spraydosen, Pinsel und Farben sind bereits sortiert.

Als Frau, die in Afghanistan öffentlich Graffitis sprüht, fühlt sich Shamsia nicht immer sicher. Die 29-Jährige ist nicht nur Dozentin für bildende Künste an der Universität in Kabul, sondern soweit sie weiß, auch Afghanistans erste Graffiti-Künstlerin. [...]

Shamsia, wie ist die momentane Situation in Kabul?

Die Situation in Kabul ist unberechenbar, man weiß nie, ob einem etwas Schlimmes passieren wird. Manchmal ist es sicher, manchmal nicht, vorhersehbar ist es aber nie.

Fühlst du dich als weibliche Graffiti-Künstlerin auf der Straße sicher?

Viele Menschen reagieren engstirnig auf meine Arbeit. Sie sind nicht gegen Kunst, sondern gegen Frauen. Sie beschimpfen und verfluchen mich und manchmal bezeichnen sie meine Arbeit sogar als eine Sünde, die bestraft werden sollte. Deshalb versuche ich, meine Graffitis innerhalb von 15 Minuten fertigzustellen.

Das ist schade, weil sie natürlich besser würden, wenn ich zwei bis drei Stunden Zeit hätte. Aber andere beobachten mich auch einfach interessiert und finden meine Arbeit wertvoll. [...]

Du bist im Iran geboren und hast in Kabul Kunst studiert. Wie wurdest du die erste bekannte afghanische Graffiti-Künstlerin?

[...] Graffiti habe ich bei einem Workshop in Kabul für mich entdeckt. Mich hat die Kunstform fasziniert: Graffitis wurden für mich zum Werkzeug, um die vom Krieg zerrissenen Mauern meiner Stadt in farbenfrohe Gemälde zu verwandeln. Ich wollte die Kriegsgeschichten meiner Stadt mit Farben verstecken, damit Menschen anstelle von Rissen und Kugeln neue Dinge sehen. Außerdem bringe ich Menschen so mit Kunst in Berührung.

Viele deiner Bilder zeigen Frauen mit Kopftuch. Für was steht das Tuch in deinen Bildern?

In meinen Graffitis ist das Kopftuch ein Symbol für Frauen. Ich zeige Frauen als Menschen. Als jemand der gleichwertig zu jedem andern menschlichen Leben in der Gesellschaft ist. Als jemanden der arbeiten kann, eigene Rechte hat und eigene Entscheidungen trifft. Ich habe diese Frauen dynamisch und mit scharfen Schultern gezeichnet. In meinen Graffitis sind Frauen groß und stark dargestellt. Das Leben einer Frau verändert sich nicht, sobald sie die Burka auszieht.

Ist es ein feministisches Zeichen, dass du vor allem Frauen zeichnest?

Vielleicht bin ich Feministin, ich weiß es nicht. Frauen zeichne ich aus zwei Gründen: Erstens verstehe ich Frauen besser, schließlich bin ich selbst eine Frau. Dadurch kann ich den Charakter meiner Figuren besser darstellen. Zweitens übermitteln meine Frauencharaktere eine Botschaft: Sie dienen denjenigen als Symbol, die nicht genug an Frauen glauben.

Wie wählst du deine Themen aus?

Meine Kunst ist in verschiedene Serien eingeteilt, die jeweils ein anderes Thema in den Vordergrund stellen. Eine meiner Serien heißt „Birds of No Nation". Sie befasst sich mit dem Thema Migration, dem viele Afghanen, ihre Freunde und Familien gegenüberstehen. Auch Zugvögel wandern aus, um in Sicherheit zu sein und überall zu leben, wo sie sich gut fühlen. Zugvögel haben kein eigenes Land und keinen festen Wohnort. Meine Serie will an die tausenden Menschen erinnern, die im letzten Jahrhundert Afghanistan auf der Suche nach Frieden und einer neuen Identität in Europa oder anderen Länder verlassen haben. Aus diesem Grund sind wir Afghanen wie Zugvögel. Wir verlassen Afghanistan auf der Suche nach Sicherheit und bleiben, wo wir uns gut fühlen. Deshalb heißt meine Serie „Birds of No Nation".

Welche Botschaft möchtest du mit deiner Kunst vermitteln?

Ich glaube, dass Menschen (Männer und Frauen), die Gutes für die Gesellschaft tun wollen, gar keine Botschaft brauchen. Wer gut ist, wird auch Gutes tun. Meine Kunst kann nur die Meinung der Menschen ändern, die Gesellschaft müssen sie aber selbst verändern.

Quelle: Dahlinger: Shamsia Hassani ist Afghanistans bekannteste Graffiti-Sprayerin, in: bento, 21.06.2017, abgerufen unter: www.bento.de/art/instagram-shamsia-hassani-ist-afghanistans-bekannteste-graffiti-kuenstlerin-1361942/ [28.08.2017].

DAS WICHTIGSTE IN KÜRZE

Kunst und Kultur

Im Unterschied zur Natur als dem bereits Gegebenen umfasst die **Kultur** das vom Menschen Gemachte, so z. B. die Musik, die Literatur, die Architektur usw. Hierzu gehört aber auch der Umgang mit uns selbst, mit unserem Körper, mit unseren Mitmenschen, mit der Natur und mit der Zeit. Die Kultur bildet einen zentralen Bestandteil unserer Identität, da sie wesentliche Lebensbereiche umfasst. Sie ermöglicht es uns, Positionen zu bestimmen, ein Zusammengehörigkeitsgefühl zu entwickeln, aber auch Unterscheidungen vorzunehmen, das Andere/das Fremde als solches zu erkennen, uns davon abzugrenzen.

Die Kultur ist dabei nichts Statisches; sie wird von Menschen gemacht und weitergegeben; sie ist stets Spiegel der Werte und Normen ihrer Träger. Jeder Einzelne ist Teil von ihr, indem er sie mitträgt, lebt, weitergibt, hinterfragt, umformt und gestaltet. So gesehen bildet die Kultur auch den gesellschaftlichen Wandel ab: So wie sich unsere Werte und Normen, unsere Ess- und Lebensgewohnheiten usw. ändern, so ändert sich auch unsere Kultur. Hierbei gibt es naturgemäß unterschiedliche Positionen zu diesem Wandel: Die einen begrüßen ihn, die anderen lehnen ihn ab. Die konservativen Kräfte wollen – abgesehen von notwendigen, unvermeidlichen Anpassungen – die Dinge bewahren, wie sie sind; die progressiven Kräfte wollen Veränderung, Erneuerung. In einer offenen, pluralistischen und demokratischen Gesellschaft wird dieser **Richtungsstreit** auch offen ausgetragen: Er findet sich im öffentlichen Diskurs, in der politischen Auseinandersetzung, in den Medien usw. Die Auseinandersetzung sollte dabei immer von Toleranz, Respekt und Sachlichkeit geprägt sein. Die angebotenen Positionen sind verhandelbar; sie können angenommen oder abgelehnt werden. Den Rahmen dessen, was akzeptabel und verhandelbar ist, gibt dabei unser Grundgesetz vor. Es ist wertegebunden. Die Würde des Menschen ist nicht verhandelbar.

Jeder Mensch wird in eine Kultur hineingeboren und wächst in ihr auf. Sie bildet seine Heimat. Im Zuge der Sozialisation wird er kulturell geprägt, d. h., er erlernt, welche Kleidung angemessen ist, welche Essgewohnheiten akzeptiert werden usw. Ein Großteil dieser **kulturellen Prägung** läuft nahezu unbewusst ab. Erst in der Fremde, im Umgang mit Fremden oder in der Auseinandersetzung mit uns selbst werden wir uns dieser Dinge bewusst.

Zu den häufigsten **kulturellen Tätigkeiten** der Deutschen außerhalb der Grundbedürfnisse (Essen, Trinken, Schlafen etc.) gehören – gemessen am wöchentlichen Zeitaufwand – laut Statistischem Bundesamt noch immer das Fernsehen, das Schauen von DVDs sowie das Lesen von Büchern, Zeitungen und Zeitschriften (auch digital), also der Konsum von Medien. Diese bestimmen somit maßgeblich, wie wir die Welt sehen, wie wir denken, fühlen und handeln.

DAS WICHTIGSTE IN KÜRZE

Deutschland versteht sich als Kulturnation, d. h., hier ist nicht nur das Angebot im Bereich der Medien vielfältig. Öffentliche Institutionen wie Theater und Museen tragen zu dieser Vielfalt ebenso bei wie private Initiativen, Vereine, Interessenverbände usw. Diese gelebte Vielfalt ist nur in einer freien Gesellschaft möglich; sie bedarf der staatlichen Unterstützung, des bürgerschaftlichen Engagements und der gesellschaftlichen Duldung. Der **Kunst** kommt dabei ein besonderer Stellenwert zu: Sie muss nicht jedermanns Geschmack treffen, aber sie schafft den Raum und bietet das Medium, sich mit der eigenen Umwelt auseinanderzusetzen, sie macht gesellschaftliche Probleme, Ideen, Entwicklungen usw. sichtbar.

Die Heimat

Im Laufe der Geschichte hat sich immer wieder verändert, was wir unter **Heimat** verstehen. Im Mittelalter bezog sich der Begriff der Heimat auf einen rechtlichen Status: Wer Haus oder Hof hatte und Teil der Gemeinschaft war, der hatte Heimat, also ein Aufenthalts- und Bleiberecht, und durfte heiraten. In der Romantik wurde die Heimat als poetischer Ort entdeckt, an dem einen das Fernweh packt. Im Nationalsozialismus wurde der Heimatbegriff zur Waffe: Alle, die nicht Teil der sogenannten „deutschen Volksgemeinschaft" waren, wurden ausgeschlossen, umerzogen, verfolgt, schikaniert, getötet. Bedingt durch diese Erfahrungen galt der Generation der 68er die Heimat als eng und spießbürgerlich, sie hatten wenig übrig für Kegel- und Kleingarten-Vereine, Gartenzwerge und Blaskapellen. In der Zeit zunehmender Globalisierung und Digitalisierung ist die Heimat scheinbar ein Sehnsuchtsort geworden, der Ruhepol in schnelllebiger Zeit. Die industrielle Massenkultur stilisiert Heimat zum Ort des Guten, des Alten, des Handgemachten.

Der Heimatbegriff ist also vielschichtig. Er hat eine räumliche, eine zeitliche und eine kulturelle Dimension. Heimat ist mehr als ein Ort: ein rechtlicher Status, ein Gefühl, eine Erinnerung, ein Wunsch, eine wichtige Person, der Lieblingsplatz. Heimat beinhaltet die Möglichkeit der Selbstvergewisserung, der Selbstverortung in unübersichtlichen Zeiten. Heimat ist ein Ort tieferen Vertrauens, in welchem der Mensch Sicherheit und Verlässlichkeit erleben kann; ihr gegenüber stehen die Fremde, das Fremde und der Fremde. Heimat und Fremde sind dabei ein untrennbares Begriffspaar; bei beiden geht es um Identifikation und Abgrenzung. Heimat kann jedoch auch in der Fremde neu gewonnen werden. Dies geschieht durch die aktive Aneignung der Lebenswelt sowie die Ausbildung sozialer Zugehörigkeiten. Es erfordert Mobilität und Flexibilität. Heimat ist in diesem Sinne eher eine Lebensmöglichkeit und ein Zugehörigkeitsgefühl als ein Herkunftsnachweis.

FESTIGUNG – VERTIEFUNG

Weitere Herangehensweisen

- Recherchieren Sie selbstständig zu Art und Anzahl kultureller Aktivitäten in Ihrer Heimatregion. Stellen Sie sich gegenseitig Ihre Ergebnisse vor. Diskutieren Sie Unterschiede und Gemeinsamkeiten.
- Untersuchen Sie Ihre Heimatregion. Wodurch ist sie geprägt? Was macht sie zu Ihrer Heimat? Fühlen sich alle Bewohner dieser Region in ihr heimisch? Haben alle das gleiche Bild von dieser Heimat?
- Beschäftigen Sie sich in einem fächerübergreifenden Projekt (D/Sk) mit dem Motiv der Heimat in der deutschen bzw. deutschsprachigen Literatur. Wählen Sie hierzu exemplarisch verschiedene literarische Texte, die Sie miteinander vergleichen.

Vertiefende Aspekte

- Untersuchen Sie selbst gewählte Beispiele für das Scheitern bzw. das Gelingen von Kulturprojekten.
- Analysieren Sie öffentlich stark beachtete/diskutierte Kulturprojekte der letzten Jahre (z. B. die Elbphilharmonie in Hamburg, Christoph Schlingensiefs Opernhaus/-dorf in Afrika) und finden Sie zu diesen eine eigene Position/Meinung.
- Bayer. Verfassung Art. 131, Abs. 3: „Die Schüler sind im Geiste der Demokratie, in der Liebe zur bayerischen Heimat und zum deutschen Volk und im Sinne der Völkerversöhnung zu erziehen." – Wie geht das? Muss man als Bayer die Berge lieben oder den FC Bayern? Ist man für Zuzug, Flächenfraß und Energiewende oder dagegen? Erarbeiten Sie eigene Vorschläge zur Umsetzung des o. g. Verfassungsauftrages.
- Führen Sie in einem fächerübergreifenden Projekt (D/Sk) eigene Untersuchungen zur Leitkulturdebatte der letzten Jahre durch. Formulieren Sie eine eigene Position. Gibt es Ihrer Ansicht nach eine deutsche Leitkultur? Woraus könnte sie bestehen?
- Analysieren Sie in einem fächerübergreifenden Projekt (D/Sk) das im deutschen und bayerischen Heimatfilm verschiedener Jahrzehnte vorgestellte Konzept von Heimat. Vergleichen Sie Ihre Ergebnisse.

Weiterführende Quellen und Hinweise

H 1 Bundeszentrale für politische Bildung: Themenblätter für den Unterricht (Nr. 25): Heimat ist, wo ich mich wohlfühle. Autorin: Ursula Hildebrand, 64 Seiten.

H 2 Bundeszentrale für politische Bildung: Aus Politik und Zeitgeschichte (APuZ), 11/12 2017: Fremd in der Heimat?

H 3 Bayerisches Staatsministerium der Finanzen, für Landesentwicklung und Heimat (Hg.): Heimatstrategie – Starke Zukunft für Stadt und Land. September 2014 (PDF-Download).

GELERNT!

3.1 Wahlmodul „Medien der Bundesrepublik Deutschland im Vergleich mit anderen zeitgenössischen Gesellschaften“

Sie wissen, welche wichtige Rolle Medien im politischen Prozess vor allem in Demokratien spielen und wie die rechtlichen, gesellschaftlichen und politischen Rahmenbedingungen ihren Niederschlag finden. Die gravierenden Veränderungen, die Digitalisierung und Internet mit sich gebracht haben, können Sie einordnen und Chancen und Gefahren selbstständig beurteilen. Sie sind in der Lage, sich in dem Medienangebot, das Sie umgibt, selbstbestimmt zurechtzufinden, zu orientieren und zu artikulieren.

3.2 Wahlmodul „Kunst und Kultur in der Bundesrepublik Deutschland im Vergleich zu Kunst und Kultur in anderen zeitgenössischen Gesellschaften“

Sie haben erkannt, wie wichtig kulturelle Prägungen durch unsere Umgebung für unsere Identität und Lebensweise sind. Kultur ist dabei nichts Statisches, sondern Ergebnis immer neuer Aushandlungsprozesse. Staat und Gesellschaft können zwar den Rahmen für diese Prozesse gestalten, mischen sich aber in offenen Gesellschaften nicht direkt ein.

Sie verstehen die Vielschichtigkeit des Heimatbegriffs, seine räumliche, zeitliche und kulturelle Dimension. Sie begreifen das Konzept von Heimat als Teil Ihrer kulturellen Identität. Sie wissen, dass Heimat in offenen pluralistischen Gesellschaften kein reiner Herkunftsnachweis ist, sondern ein Zugehörigkeitsgefühl, das ausgelebt werden kann.

KAPITEL 4 (LERNBEREICH 5)

Aktuelle internationale Herausforderungen und deren Einfluss auf die Lebenswirklichkeit in Staat und Gesellschaft

Entscheidungsfindung bei der NATO

UN-Blauhelme im Einsatz in Haiti

Vertreter einer Hilfsorganisation im Einsatz

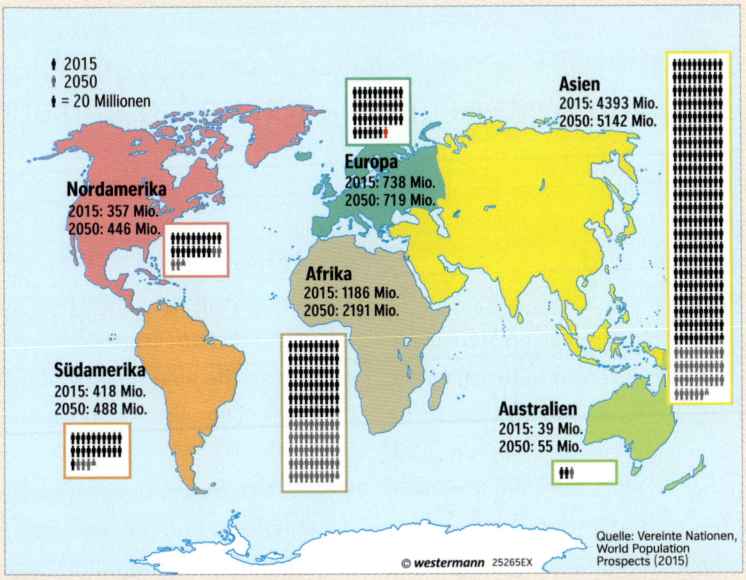

Die Verteilung der Weltbevölkerung

Die Europäische Flagge

Grenzzaun zur spanischen Enklave Ceuta in Marokko

Grenze zwischen Österreich und der Bundesrepublik Deutschland

KAPITEL 4 (LERNBEREICH 5)

4.1 Die EU und weitere internationale Organisationen

Forschungsinteresse und Kompetenzerwerb

„Völker, als Staaten, können wie einzelne Menschen beurtheilt werden, die sich in ihrem Naturzustande (d. i. in der Unabhängigkeit von äußern Gesetzen) schon durch ihr Nebeneinanderseyn lädiren, und deren jeder, um seiner Sicherheit willen, von dem andern fordern kann und soll, mit ihm in eine, der bürgerlichen ähnliche, Verfassung zu treten, wo jedem sein Recht gesichert werden kann. Dies wäre ein Völkerbund, der aber gleichwohl kein Völkerstaat seyn müßte."[1]

Die Idee, alle Länder der Welt zu vereinen, um den Frieden und die Sicherheit zu fördern, wird schon seit dem Aufkommen der oft in Konkurrenz zueinander stehenden Territorialstaaten in der Frühen Neuzeit diskutiert. Unmittelbar unter dem Eindruck der Schrecken des Zweiten Weltkriegs startete die Weltgemeinschaft nach Kriegsende dann den Versuch, durch Kooperation und Kommunikation Frieden weltweit zu schaffen bzw. zu sichern: Die Vereinten Nationen (VN) wurden gegründet. Auf europäischer Ebene versuchte man dies Anfang der 1950er-Jahre durch die Gründung von Vorläuferorganisationen der Europäischen Union. Als transatlantisches Verteidigungsbündnis ist die NATO für Friedenserhalt und -sicherung zuständig, jedoch ist der Kreis der Teilnehmerstaaten ausgewählt, denn Demokratie und der Erhalt bürgerlicher Freiheiten sind Bedingung für die Aufnahme neuer Mitglieder. In diesem Kapitel erfahren Sie mehr über die wichtigsten Akteure der internationalen Politik und beurteilen die Wirksamkeit und Grenzen internationaler Organisationen. Die Rolle Deutschlands in der internationalen Politik bewerten Sie anhand der Analyse ausgewählter aktueller Konfliktfelder.

Vorgehen

Zum Jahrestag der bedingungslosen Kapitulation Deutschlands am Ende des Zweiten Weltkriegs organisieren Sie eine Ausstellung zum Beitrag internationaler Organisationen zur Friedenssicherung.

Sie starten, indem Sie sich einen ÜBERBLICK über die Mitglieder und die historische Entwicklung der jeweiligen internationalen Organisationen VERSCHAFFEN (EU, NATO und VN). Danach MACHEN Sie sich mit der Organisationsstruktur sowie der Rolle Deutschlands in diesen Organisationen VERTRAUT. Anschließend BEURTEILEN Sie auch die Wirksamkeit und Grenzen dieser Institutionen.

Als Arbeitshilfe finden Sie im hinteren Teil des Lehrwerks eine Übersicht über verschiedene Methodentechniken. Nutzen Sie diese Möglichkeit.

KONZEPTIONIEREN **Sie nun die Ausstellung und** BEREITEN **Sie eine Führung für Schülerinnen und Schüler Ihrer Schule** VOR, **in der Sie die Rolle unterschiedlicher Akteure in der internationalen Politik herausstellen.**

Materialauswahl

Sie erhalten Einblick in Vertragsdokumente, die den internationalen Organisationen zugrunde liegen. Karten unterstützen Sie bei der geografischen Einschätzung der Einflusssphären der jeweiligen Organisation. Des Weiteren dienen Schaubilder zur Erläuterung komplexer Zusammenhänge und Strukturen und helfen Ihnen, schnell einen Zugang zu dieser Materie zu erlangen.

---

[1] Kant, Immanuel: Zum Ewigen Frieden. Ein philosophischer Entwurf, Königsberg, Friedrich Nicolovius, 1795, S. 30.

1. Verschaffen Sie sich einen Überblick über die Situation Europas zum Zeitpunkt der Gründung der ersten europäischen Institutionen.

M 1 Europa nach dem Zweiten Weltkrieg

Nürnberg nach dem Zweiten Weltkrieg

Blick auf die Londoner Innenstadt nach einem Bombenangriff durch die deutsche Luftwaffe

Calais nach dem Zweiten Weltkrieg

M 2 Die Rede von Winston Spencer Churchill vom 19. September 1946 in Zürich

In ausgedehnten Gebieten Europas starrt eine Menge gequälter, hungriger, sorgenerfüllter und verwirrter Menschen die Ruinen ihrer Städte und Heime an und sucht den dunklen Horizont nach den Zeichen irgend einer neuen kommenden Gefahr, einer Tyrannei oder eines neuerlichen Terrors ab. Unter den Siegern herrscht eine babylonische Verwirrung misstönender Stimmen, unter den Besiegten aber das trotzige Schweigen der Verzweiflung. Wenn die große Republik jenseits des Atlantischen Ozeans nicht endlich erkannt hätte, dass der Zusammenbruch oder die

Versklavung Europas auch ihr eigenes Geschick mit sich in den Abgrund reißen würde, und nicht eine helfende und führende Hand Europa entgegen gestreckt hätte, so würden die dunklen Zeiten mit all ihrer Grausamkeit wiedergekehrt sein. Und sie könnte noch immer wiederkehren. Trotzdem gibt es ein Heilmittel, das allgemein und spontan angewendet, die ganze Szene wie durch ein Wunder verwandeln und innerhalb weniger Jahre ganz Europa, oder doch dessen größten Teil, so frei und glücklich machen könnte, wie es heute die Schweiz ist. Dieses Mittel besteht in der Erneuerung der europäischen Völkerfamilie oder doch einer so großen Zahl ihrer Mitglieder, als es im Rahmen des Möglichen liegt, und ihrem Neuaufbau unter einer Ordnung, unter der sie Freiheit, Sicherheit und Frieden leben kann. Wir müssen eine Art Vereinigte Staaten von Europa errichten. [...]

Wir alle müssen dem Schrecken der Vergangenheit den Rücken kehren und uns der Zukunft zuwenden. Wir können es uns einfach nicht leisten, durch all die kommenden Jahre den Hass und die Rache mit uns fortzuschleppen, die den Ungerechtigkeiten der Vergangenheit entsprossen sind. Sollte das die einzige Lehre der Geschichte sein, die die Menschheit zu erlernen unfähig ist? Lasst Gerechtigkeit, Barmherzigkeit und Freiheit walten! Ich will jetzt etwas sagen, was Sie vielleicht in Erstaunen setzen wird: Der erste Schritt bei der Neubildung der europäischen Familie muss ein Zusammengehen zwischen Frankreich und Deutschland sein. Nur so kann Frankreich die Führung in Europa wiedererlangen. Es gibt kein Wiedererstehen Europas ohne ein geistig großes Frankreich und ein geistig großes Deutschland. Die Struktur der Vereinigten Staaten von Europa wird, wenn sie richtig und dauerhaft errichtet werden soll, so geartet sein müssen, dass die materielle Stärke einzelner Staaten an Bedeutung einbüßt. Kleine Nationen werden so viel wie Große gelten und sich durch ihren Beitrag für die gemeinsame Sache Ruhm erringen können.

Ich muss aber hier eine Warnung aussprechen. Es ist möglich, dass unsere Zeit zu kurz bemessen ist. Gegenwärtig genießen wir eine Atempause. Der Kampf ist eingestellt, aber die Gefahren sind noch nicht vorüber. Wenn wir die Vereinigten Staaten bilden wollen, so müssen wir es jetzt tun. In unseren Tagen sind wir auf eine seltsame und irgendeine unsichere Art unter den Schutz der Atombombe gestellt. Noch ist diese im alleinigen Besitz eines Staates, von dem wir wissen, dass er sie nie, es sei denn um des Rechtes und der Freiheit willen, gebrauchen wird. Es könnte aber sehr wohl sein, dass dieses furchtbare Werkzeug der Zerstörung schon binnen weniger Jahre weit verbreitet sein wird. Und die Katastrophe, die hervorgerufen würde, wenn es von verschiedenen im Widerstreit stehenden Nationen gebraucht würde, hätte nicht nur die Vernichtung all dessen zur Folge, was wir Zivilisation nennen, sondern auch des Erdballs selbst. Daher muss es unser ständiges Ziel sein, die Organisation der Vereinten Nationen zu stärken. Innerhalb dieser weltumspannenden Konzeption aber müssen wir die europäische Familie in einem regionalen System, den Vereinigten Staaten von Europa, wieder herstellen. Wenn alle Staaten Europas dieser fürs Erste nicht beitreten wollen oder können, so müssen wir doch alle jene sammeln, die willens und imstande sind, es zu tun.

Quelle: Schäfer: Verfassungsentwürfe zur Gründung einer Europäischen Union, 2005, S. 64 f.

2. Bewerten Sie das Vorhaben Schumans, Deutschland und Frankreich gleichberechtigt bei der Gründung der Europäischen Gemeinschaft für Kohle und Stahl (EGKS) einzubinden.

M 3

Zwei Staaten – zwei Wege: Der Schuman-Plan

Als der französische Außenminister Robert Schuman am Nachmittag des 9. Mai 1950 vor die internationale Presse am Pariser Quai d'Orsay tritt, ahnen vermutlich nur wenige, dass sie Zeuge[n] eines historischen Ereignisses sind. Die folgende Erklärung Schumans läutet eine neue Ära in der europäischen Nachkriegspolitik ein und gilt gemeinhin als „Geburtsurkunde" der heutigen Europäischen Union. [...]

Angesichts der sowjetischen Bedrohung dringen insbesondere die USA auf einen unter enger Anbindung an den Westen beschleunigten wirtschaftlichen Wiederaufbau der Bundesrepublik als „Frontstaat" an der Grenze zum kommunistischen Ostblock. Auch das Thema Wiederbewaffnung wird virulent. Die französische Regierung sieht sich dadurch mit einer enormen politischen Herausforderung konfrontiert: Wie soll das eigene Interesse an der Sicherheit vor dem „Erbfeind" Deutschland gewahrt bleiben, wie eine erneute Vormachtstellung des Nachbarn jenseits des Rheins verhindert werden – und gleichzeitig den Wünschen der westlichen Führungsmacht USA Rechnung getragen werden, um eine außenpolitische Isolation zu vermeiden? [...]

Wie kein anderer ist [der französische Außenminister Robert] Schuman von seiner Biographie wie von seiner politischen Gesinnung her dafür prädestiniert, eine Wende in der französischen Deutschlandpolitik zu wagen. Schuman, 1886 als Sohn einer Luxemburgerin und eines Lothringers geboren, hat beide Weltkriege erlebt – den Ersten als Ersatzreservist des deutschen Heeres. Als „Grenzmensch", wie er sich selbst später bezeichnet, ist der gläubige Katholik zutiefst davon überzeugt, dass nur auf der Basis einer deutsch-französischen Aussöhnung und gemeinschaftlicher Bemühungen eine stabile, friedliche Nachkriegsordnung geschaffen werden kann. [...] In jener historischen Pressekonferenz am 9. Mai 1950 verkündet Schuman den letztlich nach ihm benannten Vorschlag der französischen Regierung. [...]

Bevor Schuman seinen Plan erläutert, verdeutlicht er in einigen einleitenden Bemerkungen seine Grundintention: „Es geht nicht mehr um leere Worte, sondern um eine mutige Tat ... Damit der Frieden eine echte Chance hat, muss es zuerst ein Europa geben. Fast auf den Tag genau fünf Jahre nach der bedingungslosen Kapitulation Deutschlands tut Frankreich den ersten entscheidenden Schritt für den Aufbau Europas und beteiligt Deutschland daran. Die Verhältnisse in Europa müssen sich dadurch vollständig verändern." An die Stelle der traditionellen Eindämmung und Überwachung Deutschlands soll also gemeinschaftliches, solidarisches Handeln treten. In diesem Sinne schlägt Schuman anschließend vor, die „Gesamtheit der französisch-deutschen Kohle- und Stahlproduktion unter eine gemeinsame Oberste Aufsichtsbehörde (Haute Autorité) zu stellen, in einer Organisation, die den anderen europäischen Ländern zum Beitritt offen steht". In einem begrenzten, doch gleichwohl hochsensiblen Sektor, einem Schlüsselbereich ihrer Rüstungsindustrien, sollen die beteiligten Staaten freiwillig eigene nationale Kompetenzen an eine gemeinsame europäische Einrichtung abtreten. Durch die so entstehende „Solidarität der Produktion“ werde „jeder Krieg zwischen Frankreich und Deutschland nicht nur undenkbar, sondern materiell unmöglich ...“. Gleichzeitig biete die Zusammenlegung der Kohle- und Stahlproduktion die beste Voraussetzung für die wirtschaftliche Entwicklung der beteiligten Staaten. Schuman betont in seiner Erklärung ausdrücklich, dass die Entscheidungen der neuen Hohen Behörde für die „teilnehmenden Länder bindend sein werden“. An diesem Prinzip der Supranationalität lässt Schuman auch bei den späteren Verhandlungen über seinen Plan nicht rütteln. Ebenso will er sein Modell einer europäischen Integration nicht auf den wirtschaftlichen Bereich beschränkt sehen. In seiner Vision soll der aktuelle Vorschlag lediglich „den ersten Grundstein einer europäischen Föderation bilden, die zur Bewahrung des Friedens unerlässlich ist“.

Quelle: Küsters; Hammes: Schuman-Plan, in: Internet-Publikation der Konrad-Adenauer-Stiftung e. V., abgerufen unter: www.konrad-adenauer.de/stichworte/europapolitik/schuman-plan [14.07.2017].

Der Schuman-Plan

M 4

Karikatur über die zwei Seiten des Schuman-Plans

3. Analysieren Sie die Beweggründe zur Gründung der Europäischen Wirtschaftsgemeinschaft (EWG).

M 5

Präambel zum Vertrag der Gründung der EWG am 25. März 1957

SEINE MAJESTÄT DER KÖNIG DER BELGIER, DER PRÄSIDENT DER BUNDESREPUBLIK DEUTSCHLAND, DER PRÄSIDENT DER FRANZÖSISCHEN REPUBLIK, DER PRÄSIDENT DER ITALIENISCHEN REPUBLIK, IHRE KÖNIGLICHE HOHEIT DIE GROSSHERZOGIN VON LUXEMBURG, IHRE MAJESTÄT DIE KÖNIGIN DER NIEDERLANDE

IN DEM FESTEN WILLEN, die Grundlagen für einen immer engeren Zusammenschluß der europäischen Völker zu schaffen, ENTSCHLOSSEN, durch gemeinsames Handeln den wirtschaftlichen und sozialen Fortschritt ihrer Länder zu sichern, indem sie die Europa trennenden Schranken beseitigen, IN DEM VORSATZ, die stetige Besserung der Lebens- und Beschäftigungsbedingungen ihrer Völker als wesentliches Ziel anzustreben, IN DER ERKENNTNIS, daß zur Beseitigung der bestehenden Hindernisse ein einverständliches Vorgehen erforderlich ist, um eine beständige Wirtschaftsausweitung, einen ausgewogenen Handelsverkehr und einen redlichen Wettbewerb zu gewährleisten, IN DEM BESTREBEN, ihre Volkswirtschaften zu einigen und deren harmonische Entwicklung zu fördern, indem sie den Abstand zwischen einzelnen Gebieten und den Rückstand weniger begünstigter Gebiete verringern, IN DEM WUNSCH, durch eine gemeinsame Handelspolitik zur fortschreitenden Beseitigung der Beschränkungen im zwischenstaatlichen Wirtschaftsverkehr beizutragen, IN DER ABSICHT, die Verbundenheit Europas mit den überseeischen Ländern zu bekräftigen, und in dem Wunsch, entsprechend den Grundsätzen der Satzung der Vereinten Nationen den Wohlstand der überseeischen Länder zu fördern, ENTSCHLOSSEN, durch diesen Zusammenschluss ihrer Wirtschaftskräfte, Frieden und Freiheit zu wahren und zu festigen, und mit der Aufforderung an die anderen Völker Europas, die sich zu dem gleichen hohen Ziel bekennen, sich diesen Bestrebungen anzuschließen, HABEN BESCHLOSSEN, eine Europäische Wirtschaftsgemeinschaft zu gründen.

Quelle: Bundesgesetzblatt, Teil II, 1957, S. 766.

4. Informieren Sie sich über die Hintergründe der jeweiligen Erweiterungen der EU. Recherchieren Sie die Folgen des geplanten britischen Ausstiegs aus der EU.

Erweiterungen der Europäischen Union

M 6

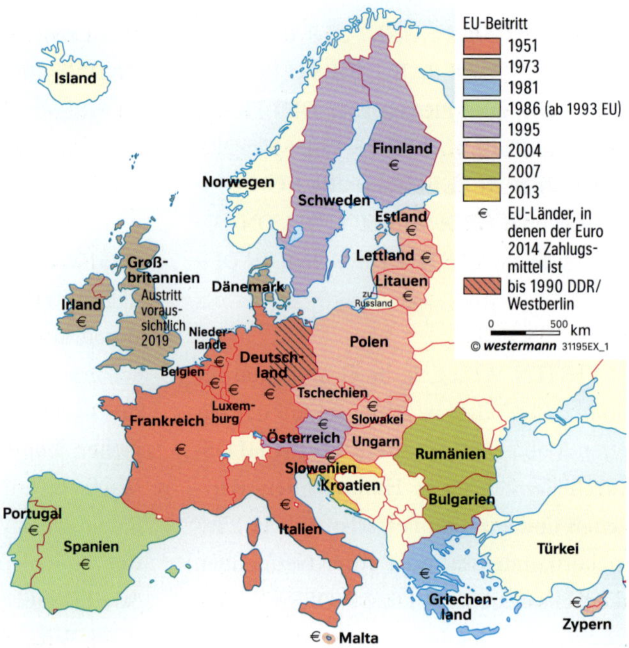

Europa rückt näher zusammen

M 7

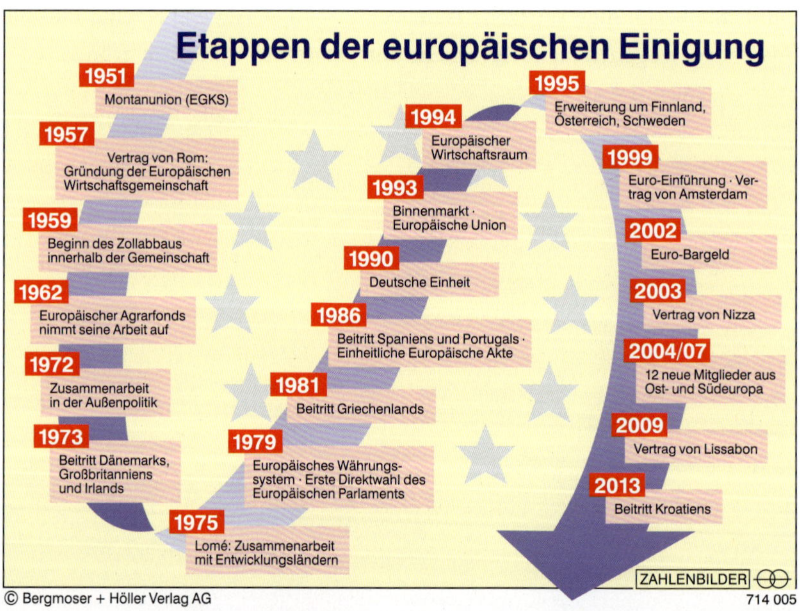

5. Arbeiten Sie heraus, warum die EU durch den Vertrag von Maastricht revolutioniert wurde.

M 8

Maastricht 1992

Vertrag über die Europäische Union

„[Vertreter des Europäischen Rates,] ENTSCHLOSSEN, den mit der Gründung der Europäischen Gemeinschaften eingeleiteten Prozeß der europäischen Integration auf eine neue Stufe zu heben,

EINGEDENK der historischen Bedeutung der Überwindung der Teilung des europäischen Kontinents und der Notwendigkeit, feste Grundlagen für die Gestalt des zukünftigen Europas zu schaffen,

IN BESTÄTIGUNG ihres Bekenntnisses zu den Grundsätzen der Freiheit, der Demokratie und der Achtung der Menschenrechte und Grundfreiheiten und der Rechtsstaatlichkeit,

IN DEM WUNSCH, die Solidarität zwischen ihren Völkern unter Achtung ihrer Geschichte, ihrer Kultur und ihrer Traditionen zu stärken,

IN DEM WUNSCH, Demokratie und Effizienz in der Arbeit der Organe weiter zu stärken, damit diese in die Lage versetzt werden, die ihnen übertragenen Aufgaben in einem einheitlichen institutionellen Rahmen besser wahrzunehmen,

ENTSCHLOSSEN, die Stärkung und die Konvergenz ihrer Volkswirtschaften herbeizuführen und eine Wirtschafts- und Währungsunion zu errichten, die im Einklang mit diesem Vertrag eine einheitliche, stabile Währung einschließt,

IN DEM FESTEN WILLEN, im Rahmen der Verwirklichung des Binnenmarkts sowie der Stärkung des Zusammenhalts und des Umweltschutzes den wirtschaftlichen und sozialen Fortschritt ihrer Völker zu fördern und Politiken zu verfolgen, die gewährleisten, dass Fortschritte bei der wirtschaftlichen Integration mit parallelen Fortschritten auf anderen Gebieten einhergehen,

ENTSCHLOSSEN, eine gemeinsame Unionsbürgerschaft für die Staatsangehörigen ihrer Länder einzuführen,

ENTSCHLOSSEN, eine gemeinsame Außen- und Sicherheitspolitik zu verfolgen, wozu auf längere Sicht auch die Festlegung einer gemeinsamen Verteidigungspolitik gehört, die zu gegebener Zeit zu einer gemeinsamen Verteidigung führen könnte, und so die Identität und Unabhängigkeit Europas zu stärken, um Frieden, Sicherheit und Fortschritt in Europa und in der Welt zu fördern,

IN BEKRÄFTIGUNG ihres Ziels, die Freizügigkeit unter gleichzeitiger Gewährleistung der Sicherheit ihrer Bürger durch die Einfügung von Bestimmungen über Justiz und Inneres in diesen Vertrag zu fördern,

ENTSCHLOSSEN, den Prozess der Schaffung einer immer engeren Union der Völker Europas, in der die Entscheidungen entsprechend dem Subsidiaritätsprinzip möglichst bürgernah getroffen werden, weiterzuführen,

IM HINBLICK auf weitere Schritte, die getan werden müssen, um die europäische Integration voranzutreiben,

HABEN BESCHLOSSEN, eine Europäische Union zu gründen [...].

Quelle: Amtsblatt der Europäischen Gemeinschaften, 92/C 191/01 vom 29.07.1992.

Die Säulen der Europäischen Union

M 9

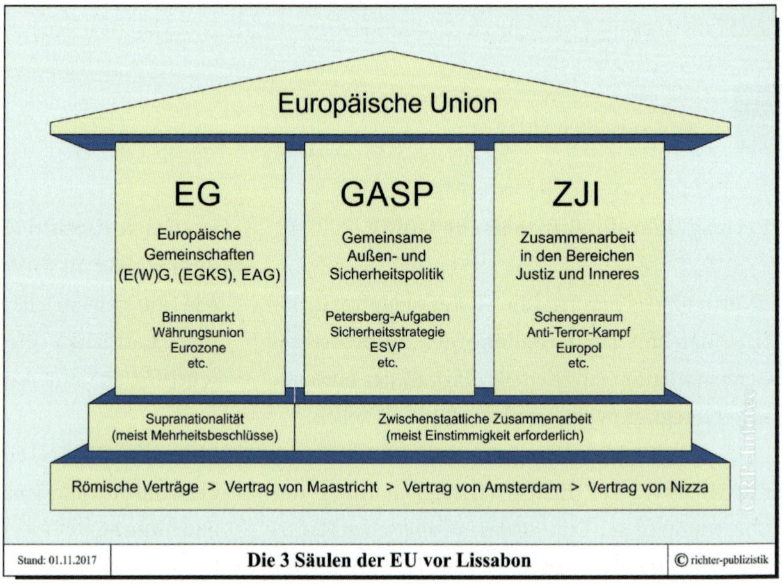

6. Diskutieren Sie, ob der Vertrag von Lissabon eine sinnvolle Reaktion auf das Scheitern der Europäischen Verfassung darstellt.

Das Scheitern der europäischen Verfassung

M 10

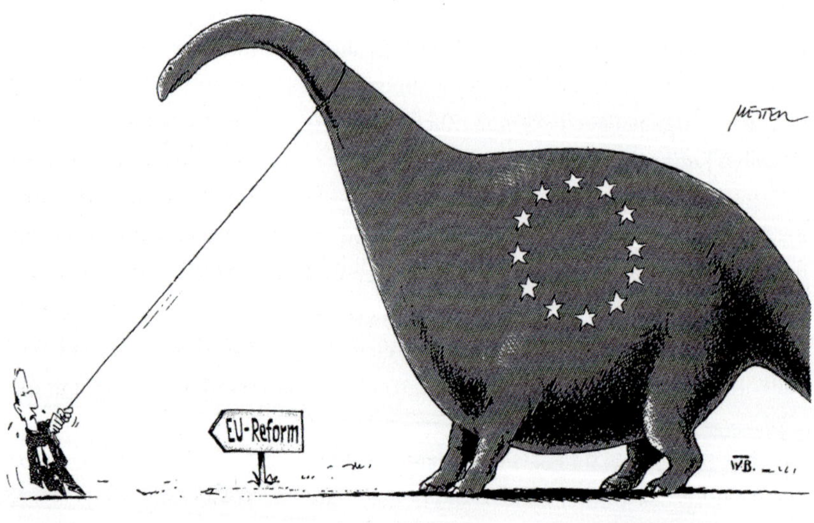

Schwerfällige Umsetzung von Reformen (Karikatur von Gerhard Mester)

Die Verfassung der Europäischen Union

Die Mitgliedsstaaten der Europäischen Union arbeiteten im Geiste des Vertrags von Maastricht einen Vertrag über eine Verfassung für Europa (VVE) aus. Dieser hätte das politische System der gesamten Europäischen Union reformiert, die Strukturen der Europäischen Union wären vereinheitlicht worden und der Vertrag hätte als Verfassung alle zuvor gültigen Grundlagenverträge als völkerrechtliches Abkommen abgelöst. Die Mitgliedsstaaten hatten sich in der Ausarbeitungsphase darauf geeinigt, zusätzliche Kompetenzen von der Ebene der Nationalstaaten auf die Ebene der Europäischen Union zu übertragen. Um die EU demokratischer und handlungsfähiger zu machen, waren Änderungen am institutionellen Gefüge vorgesehen.

Die Ausarbeitung des VVE erfolgte im Jahr 2003 durch einen Europäischen Konvent, in dem alle Mitgliedsstaaten durch Gesandte vertreten waren; auch die europäische Ebene erhielt eine Stimme, repräsentiert u. a. durch Abgeordnete des Europäischen Parlaments. Die potenziellen Beitrittskandidaten waren ebenfalls vertreten. Allerdings verfügten sie über kein Stimmrecht. Am 29. Oktober 2004 kam es in Rom zur feierlichen Unterzeichnung des VVE durch die Staats- und Regierungschefs aller EU-Mitgliedsstaaten. Dies hatte jedoch keine rechtsverbindliche Wirkung, da in einigen Mitgliedsstaaten die Parlamente bzw. das Volk im Rahmen eines Referendums zustimmen mussten. Frankreich und die Niederlande sprachen sich gegen die Verfassung aus und ließen somit das gesamte Projekt scheitern. Als Reaktion schlossen die Staats- und Regierungschefs im Dezember 2007 den Vertrag von Lissabon, der seit 2009 in Kraft ist – als zwischenstaatlicher Vertrag war hier, anders als bei einer Verfassungsänderung, die Befragung nationaler Parlamente bzw. des Volkes nicht nötig.

M 11

„Neue Stufe im europäischen Abenteuer"

Die Staats- und Regierungschefs der Europäischen Union haben am Donnerstag den Vertrag von Lissabon unterzeichnet, das neue Regelwerk der EU. In einer feierlichen Zeremonie in der portugiesischen Hauptstadt unterschrieben Vertreter aller 27 Mitgliedstaaten den neuen Vertrag, dessen Inhalte Ende Oktober ausgehandelt worden waren. Er ist ein Ersatz für den europäischen Verfassungsvertrag, der vor zwei Jahren bei Volksabstimmungen in den Niederlanden und Frankreich gescheitert war.

Der amtierende EU-Ratspräsident, der portugiesische Ministerpräsident Socrates, bezeichnete den Vertrag als „neue Stufe im europäischen Abenteuer" und als „neuen Moment im Aufbau Europas". Durch ihn werde die EU moderner, effizienter und demokratischer. Socrates sagte, es sei für sein Land eine große Ehre, dass der Vertrag den Namen Lissabons trage. […]

Der Vertrag von Lissabon enthält die wesentlichen Elemente des gescheiterten Verfassungsvertrages, verzichtet aber auf Symbole wie Flagge oder Hymne, die insbesondere in den Niederlanden und Großbritannien als Ausdruck einer Staatswerdung Europas abgelehnt worden waren. Zu den Neuerungen gehört die Einsetzung eines hauptamtlichen europäischen Ratspräsidenten, die Bündelung der außenpolitischen Zuständigkeiten im Amt des Außenbeauftragten, die Einführung neuer Entscheidungsregeln („doppelte Mehrheit") im Rat der Mitgliedstaaten, die Verkleinerung der Europäischen Kommission und die Einführung von Mehrheitsentscheidungen in der Innen- und Rechtspolitik.

Außerdem wird das Europäische Parlament in Zukunft über die meisten europäischen Gesetze gleichberechtigt mit den Mitgliedstaaten entscheiden. Deutschland und 15 andere Mitgliedstaaten hoben in einer rechtlich nicht bindenden Erklärung hervor, dass sie die Europafahne, die Hymne (Beethovens „Ode an die Freude“), den Europatag und den Euro weiter als Symbole der EU betrachten.

Quelle: Busse/F.A.Z: Vertrag von Lissabon unterzeichnet: „Neue Stufe im europäischen Abenteuer“, in: FAZ.net, 13.12.2007, abgerufen unter: www.faz.net/aktuell/politik/europaeische-union/vertrag-von-lissabon-unterzeichnet-neue-stufe-im-europaeischen-abenteuer-1492620.html [03.06.2019].

M 12

Der Vertrag von Lissabon – ein Überblick

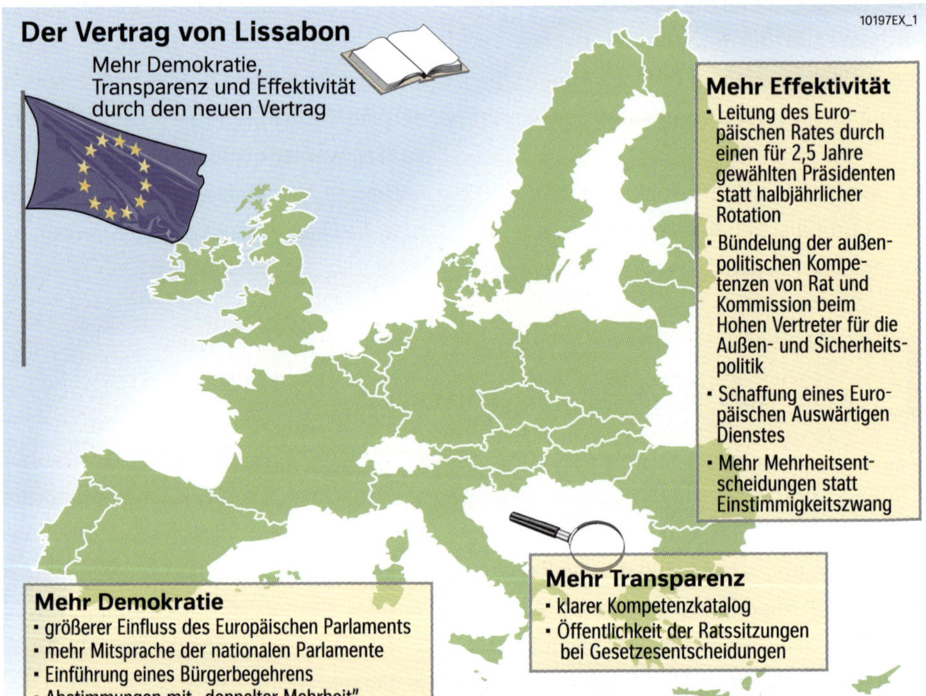

Quelle: Bundeszentrale für politische Bildung 2009. www.bpb.de

7. Analysieren Sie die Wirksamkeit und die Grenzen der EU als internationale Organisation hinsichtlich der Beibehaltung des Euro als Gemeinschaftswährung.

M 13

Der Euro ist eine stabile Währung und bietet viele Vorteile

Der Euro hatte es nicht leicht: Erst wurde er als „Teuro“ verschrien, dann gab er der Staatsschulden-Krise seinen Namen. Dabei bietet er den Bürgern viele praktische Vorteile. Außerdem ist der Euro eine stabile Währung und wird von den europäischen Regierungen verteidigt.

01.03.2017 – Ja, er ist seit seiner Geburt umstritten, der Euro. Dabei ist er noch ziemlich jung: Die Gemeinschaftswährung wurde 1999 eingeführt und ist seit 2002 auch im Portemonnaie der Bürger zu finden. Zum ersten Mal seit 1500 Jahren haben die gleichen Münzen Geltung vom Mittelmeer bis zur Ostsee. Rund 338 Millionen Europäer bezahlen täglich mit dieser gemeinsamen Währung, die 19 der 28 EU-Länder eingeführt haben. Für die Europäer hat der Euro das Reisen einfacher gemacht, weil sie kein Geld mehr tauschen müssen. Das spart jedes Jahr über 30 Milliarden Euro Wechselgebühren. Beim Einkauf im Ausland sind durch den direkten Preisvergleich viele Produkte für die Verbraucher günstiger geworden.

Nach der Bargeld-Einführung lautete der Vorwurf, der Euro sorge für steigende Preise. Viele Deutsche sehnten sich deshalb nach der D-Mark zurück. Die Statistik belegt aber das Gegenteil. Der Euro hat die Preise in Deutschland nicht angeheizt – auch wenn viele Verbraucher das so empfanden. Dieses Gefühl resultierte daher, dass Kneipen, Restaurants und Kinos ihre Preise damals deutlich anhoben.

Der Euro ist eine stabile Währung. Die Inflation ist seit seiner Einführung wesentlich niedriger als in den Jahrzehnten zuvor. In den 20 Jahren vor der Euro-Einführung (1979 bis 1998) betrug die Teuerungsrate durchschnittlich 2,89 Prozent. Nach dem Euro-Start lag sie von 1999–2005 im Schnitt in Deutschland nur noch bei 1,44 Prozent. Auch in den Euro-Ländern insgesamt betrug die Inflation von 2010 bis 2016 durchschnittlich nur 1,26 Prozent.

Über die gesamte Krise hinweg ist sein Wechselkurs bemerkenswert stabil geblieben. Hätte es den Euro in der Finanzkrise nicht gegeben, wäre Europa wie Anfang der 1990er Jahre mit großen Währungsschwankungen und steigenden Zinsen konfrontiert gewesen. In unserer verklärenden Erinnerung an vermeintlich gute alte Zeiten übersehen wir oft, dass Europa vor dem Euro immer wieder durch Währungskrisen erschüttert wurde.

Der Euro hat sich inzwischen als zweitwichtigste Reservewährung der Welt nach dem Dollar etabliert. Damit gibt der Euro den Ländern des Euroraums und der EU insgesamt mehr politisches und wirtschaftliches Gewicht auf der internationalen Bühne. Auch die Steuerzahler profitieren von der gemeinsamen Währung. Die Staaten des Euroraums haben nach Berechnung der EU-Kommission alleine 2016 rund 50 Milliarden Euro an Zinsen gespart – dank der Niedrigzinspolitik der Europäischen Zentralbank EZB.

Allerdings kam der Euro mit einem Geburtsfehler auf die Welt, denn es fehlte eine gemeinsame Haushalts- und Wirtschaftspolitik. Ein Verzicht auf nationale Hoheitsrechte war damals noch nicht durchsetzbar. Die verantwortungslose Haushaltspolitik einiger Regierungen war einer der Gründe für die aufkommende Schuldenkrise. Ein anderer war die ausufernde private Verschuldung etwa in Irland und Spanien. 2010 geriet die Staatsverschuldung in Griechenland aus dem Ruder, dann griff die Krise auf Irland, Portugal, Spanien und Zypern über.

Als Reaktion darauf zeigten die europäischen Regierungen eine beispiellose Solidarität und schufen ein Sicherheitsnetz für Euro-Länder in Schwierigkeiten in Form der Rettungsfonds EFSF und später ESM. Im Gegenzug verpflichteten sich die Krisenländer zu durchgreifenden Reformen. Ein „Grexit“, Griechenlands Austritt aus der Eurozone, wurde damit abgewendet, denn er hätte das Vertrauen in die Unumkehrbarkeit der Gemeinschaftswährung zerstört.

Auch für die Krisenländer hat der harte Euro einen großen Vorteil: Er versperrt den bequemen Ausweg. Sie können ihre hausgemachten Probleme nicht mehr durch ein Abwerten einer eigenen Währung kurzfristig abfedern. Stattdessen zwingt der Euro sie dazu, sich ihren wahren Problemen zu stellen. Sie müssen konkurrenzfähiger werden, statt über eine Abwertung nur am Symptom herumzudoktern. Das ist schmerzhaft, aber es ist heilsam.

Die Euro-Staaten haben sich auch daran gemacht, die Geburtsfehler des Euro zu beheben. Zwischen 2011 und 2013 beschloss die EU neue, strengere Regeln für die Kontrolle der Staatsschulden und Haushaltsdefizite – um sicherzustellen, dass keine Regierung über ihre Verhältnisse lebt. Damit wurde der Stabilitäts- und Wachstumspakt verschärft. So muss jedes Land seinen Haushaltsplan in Brüssel vorlegen und bei Verstößen mit härteren Sanktionen rechnen. Die Wirtschaftspolitik wird enger koordiniert.

Das zeigt Wirkung: Während die staatlichen Haushaltsdefizite im Euro-Raum 2009 noch durchschnittlich 6,3 Prozent betrugen, liegen sie heute unter 2 Prozent. Die wirtschaftliche Erholung geht ins fünfte Jahr, die Arbeitslosigkeit geht zurück. Durch die Disziplin der gemeinsamen Währung wird die Staatsverschuldung in der Euro-Zone eingedämmt, während sie zum Beispiel in den USA und Japan immer weiter zunimmt. Der Euro macht sich also!

Quelle: EU-Vertretung in Deutschland: Der Euro ist eine stabile Währung und bietet viele Vorteile, 01.03.2017, abgerufen unter: https://ec.europa.eu/germany/eu60/stabile_waehrung_de [14.07.2017].

8. Beurteilen Sie die Rolle Deutschlands in der EU im Spannungsverhältnis zwischen Anspruch und Umsetzbarkeit.

Deutschlands Rolle in Europa

M 14

Wie stark darf Deutschland sein? Spätestens seit Joachim Gaucks Rede [22. Februar 2013] stellt sich die Frage nach der Rolle des Landes in Europa und der Welt. Der US-Professor Harold James erklärt im Interview, was viele Menschen an der Bundesrepublik bewundern – und warum uns eine echte Debatte über den Euro gut täte.

SPIEGEL ONLINE: Auf der einen Seite hören wir Deutschen, dass Angela Merkel die meistgehasste Person Europas sei. Auf der anderen Seite bescheinigen uns internationale Meinungsumfragen, dass wir bewundert werden wie kaum ein anderes Land. Was stimmt denn nun?

James: Es stimmt beides, aber [es] sind verschiedene Aspekte. Man bewundert große Teile der deutschen Wirtschaftsordnung. In den USA zum Beispiel ist man sehr daran interessiert, wie Deutschland es geschafft hat, ohne hohe Arbeitslosigkeit durch die Finanzkrise zu kommen. Auch die berühmte Mischung aus großen Konzernen und kleineren, starken Mittelständlern hätten andere Staaten gerne.

SPIEGEL ONLINE: Dennoch gibt es vor allem im Süden Europas viel Hass auf Deutschland.

James: Ist das wirklich so? Ich glaube nicht. Auch in den Mittelmeerländern sehen viele Menschen die Schuld an der Krise zu Recht bei ihren eigenen Staaten. Aber manchmal bauen Regierungen auch bewusst ein Feindbild von außen auf, um intern Reformen durchsetzen zu können. Früher bei den Entwicklungsländern war dieser Buhmann oft der Internationale Währungsfonds. In den europäischen Krisenländern ist es heute oft Deutschland. Diese Abwälzung der politischen Verantwortung ist aber ein Problem für Europa. Man hat das Gefühl, dass die Deutschen am 22. September eine Regierung für den ganzen Kontinent gewählt haben. [...]

SPIEGEL ONLINE: Sehen Sie die Gefahr, dass Europa durch die Euro-Krise und das Geschachere ums Geld auseinanderdriften könnte?

James: Diese Gefahr besteht. Wir erleben derzeit eine Nationalisierung der Politik. Wichtige Entscheidungen laufen nicht über die europäischen Institutionen in Brüssel, sondern über die nationalen Regierungen. Dabei steht Deutschland im Mittelpunkt. Je nach Blickwinkel wird Berlin als Problem, als Lösung oder als Schreckgespenst betrachtet. Das hat zu einer gewaltigen Schädigung des europäischen Gedankens geführt.

SPIEGEL ONLINE: Hatte Deutschland nach dem Zweiten Weltkrieg jemals so viel Macht wie heute?

James: Nein. Bis 1990 gab es in der EU vier Staaten, die alle ähnlich groß und wirtschaftlich ähnlich stark waren: Großbritannien, Frankreich, Italien und die Bundesrepublik. Nach 1990 hat sich das natürlich geändert, aber das wahre Potential der deutschen Wirtschaft ist erst jetzt in der Krise zum Vorschein gekommen.

Quelle: Kaiser: „Ich kann verstehen, wenn die Deutschen Angst haben", in: Spiegel Online, 07.10.2013, abgerufen unter: www.spiegel.de/wirtschaft/soziales/harold-james-zur-rolle-deutschlands-in-europa-a-926162.html [14.07.2017].

9. Verschaffen Sie sich einen Überblick über das außenpolitische Kräfteverhältnis und die ideologischen Spannungen bzw. Konflikte zur Zeit der Gründung der NATO.

M 15 Truman-Doktrin – die Sicht des Westens (12.03.1947)

Die eine Lebensform gründet sich auf den Willen der Mehrheit und ist gekennzeichnet durch freie Institutionen, repräsentative Regierungsform, freie Wahlen, Garantien für die persönliche Freiheit, Rede- und Religionsfreiheit und Freiheit von politischer Unterdrückung.

Die andere Lebensform gründet sich auf den Willen einer Minderheit, den diese der Mehrheit gewaltsam aufzwingt. Sie stützt sich auf Terror und Unterdrückung, auf die Zensur von Presse und Rundfunk, auf manipulierte Wahlen und auf den Entzug der persönlichen Freiheiten.

Ich glaube, es muß die Politik der Vereinigten Staaten sein, freien Völkern beizustehen, die sich der angestrebten Unterwerfung durch bewaffnete Minderheiten oder durch äußeren Druck widersetzen. Ich glaube, wir müssen allen freien Völkern helfen, damit sie ihre Geschicke auf ihre eigene Weise selbst bestimmen können.

Quelle: Truman: Truman-Doktrin – die Sicht des Westens, in: Lautemann; Schlenke (Hg.): Die Welt seit 1945, 1980, S. 567.

Andrej Schdanow – die Sicht der Sowjetunion (25.09.1947)

M 16

Das durch den Zweiten Weltkrieg veränderte Kräfteverhältnis zwischen der Welt des Kapitalismus und der Welt des Sozialismus hat die Bedeutung der Außenpolitik des Sowjetstaates noch erhöht und die Maßstäbe seiner außenpolitischen Aktivität erweitert. Die Aufgabe der Sicherung eines gerechten demokratischen Friedens faßte alle Kräfte des antiimperialistischen und antifaschistischen Lagers zusammen.

Quelle: Schadnow: Schadnow-Bericht – die Sicht der Sowjetunion, in: Lautemann; Schlenke (Hg.): Die Welt seit 1945, 1980, S. 156.

NATO und Warschauer Pakt zur Zeit des Kalten Krieges

M 17

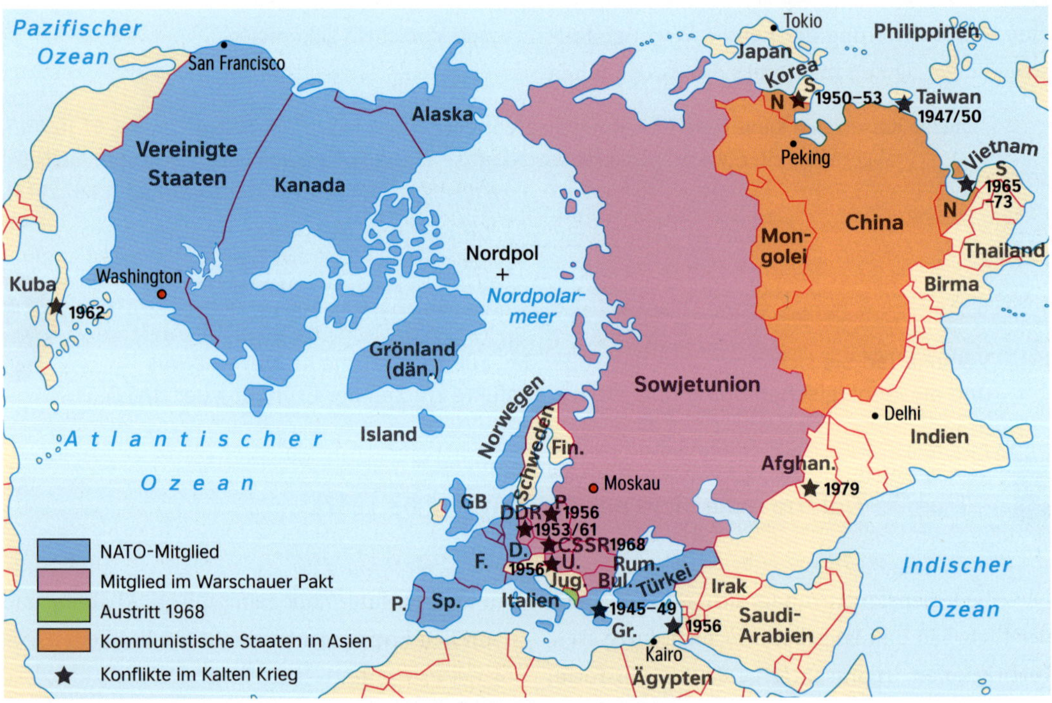

Chronologische Darstellung der Erweiterung der NATO und des Warschauer Pakts

10. Begründen Sie den Wandel in der Zusammensetzung der NATO und ihrer verfügbaren Ressourcen.

M 18 NATO-Mitgliedsstaaten und das Jahr der Aufnahme

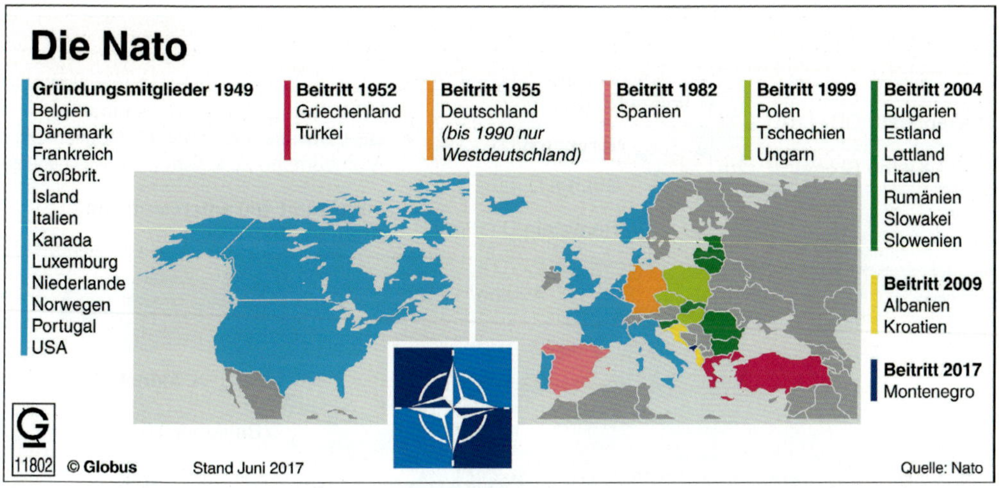

M 19 Nordatlantikpakt (NATO)

[engl.: North Atlantic Treaty Organization] Die NATO (mit Sitz in Brüssel) wurde am 4.4.1949 als internationale Organisation zur politischen und militärischen Verteidigung von den USA und Kanada sowie den europäischen Staaten Belgien, Dänemark, Frankreich [...], Großbritannien, Island, Italien, Luxemburg, den Niederlanden, Norwegen und Portugal gegründet. Weitere Beitrittsländer waren: Griechenland (1952), Türkei (1952), Bundesrepublik D (1955) und Spanien (1982). Wichtigstes Ziel war die Abwehr der Expansionsabsichten des Kommunismus, insbesondere die Verteidigung gegenüber der Sowjetunion und dem Warschauer Pakt (bis zu deren Auflösung 1991). Wichtigstes Ziel heute ist der Einsatz für Frieden und Freiheit und deren Verteidigung, z. B. im Auftrag der Vereinten Nationen oder der OSZE. Die Mitglieder der NATO verpflichten sich untereinander zum friedlichen Interessenausgleich, zur Konsultation bei außenpolitischen und militärischen Bedrohungen und dazu, sich gegenseitig Beistand zu gewähren, worüber allerdings jedes Mitglied unabhängig und in jedem Einzelfall (also ohne Automatismus) entscheidet. Darüber hinaus verfolgt die NATO wirtschaftliche, kulturelle und politische Ziele zum gemeinsamen Nutzen der Mitgliedsstaaten.

Aufgrund der völlig veränderten sicherheitspolitischen Situation seit 1991 entwickelt die NATO ihr strategisches Konzept (Ziele und Aufgaben) weiter, bspw. durch Gründung des NATO-Kooperationsrates (1991), der den Mitgliedern des ehemaligen Warschauer Paktes Möglichkeiten der Zusammenarbeit eröffnet, und den Vertrag „Partnerschaft für den Frieden" (1994) bzw. dem 1997 gegründeten „Euroatlantischen Partnerschaftsrat", mit dem die sicherheitspolitische Zusammenarbeit zwischen der NATO und der Russischen Föderation sowie weiteren mittel- und osteuropäischen Staaten vereinbart wurde. 1999 wurden Polen, Ungarn und die Tschechische Republik in die NATO aufgenommen. 2004 traten Bulgarien, Estland, Lettland, Litauen, Rumänien, die Slowakei und Slowenien bei. 2009 wurden Albanien und Kroatien aufgenommen.

Quelle: Schubert; Klein: Das Politiklexikon, 2011, S. 216 f.

M 20

US-amerikanische Nuklearwaffen in Europa

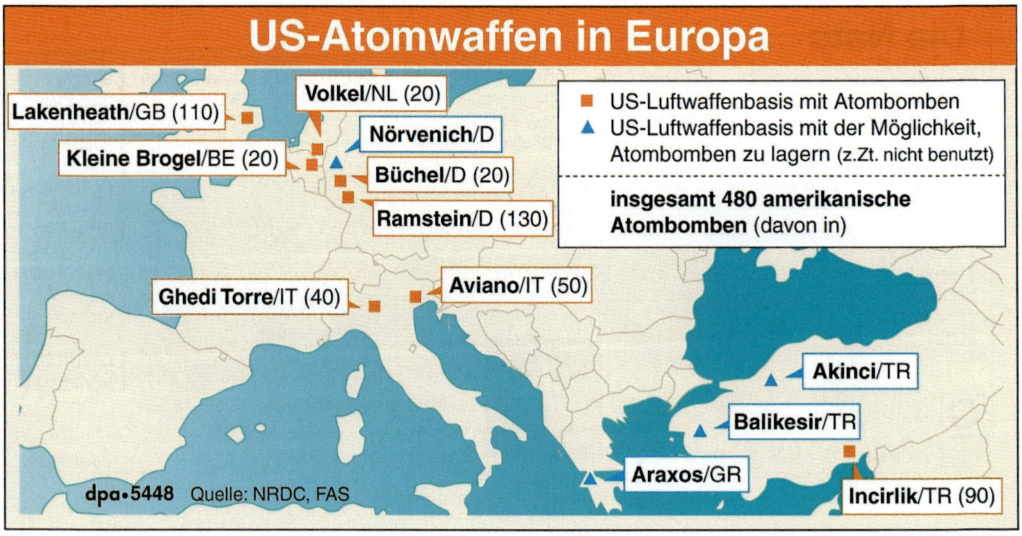

11. Zeigen Sie zunächst die wesentlichen Bestimmungen des Nordatlantikvertrags stichpunktartig auf. Informieren Sie sich darüber, wann die NATO sich einem Angriff nach Artikel 5 des Nordatlantikvertrags ausgesetzt sah.

M 21

Der Nordatlantikvertrag

Artikel 1

Die Parteien verpflichten sich, in Übereinstimmung mit der Satzung der Vereinten Nationen, jeden internationalen Streitfall, an dem sie beteiligt sind, auf friedlichem Wege so zu regeln, daß der internationale Friede, die Sicherheit und die Gerechtigkeit nicht gefährdet werden, und sich in ihren internationalen Beziehungen jeder Gewaltandrohung oder Gewaltanwendung zu enthalten, die mit den Zielen der Vereinten Nationen nicht vereinbar sind.

Artikel 4

Die Parteien werden einander konsultieren, wenn nach Auffassung einer von ihnen die Unversehrtheit des Gebiets, die politische Unabhängigkeit oder die Sicherheit einer der Parteien bedroht ist.

Artikel 5

Die Parteien vereinbaren, daß ein bewaffneter Angriff gegen eine oder mehrere von ihnen in Europa oder Nordamerika als ein Angriff gegen sie alle angesehen wird; sie vereinbaren daher, daß im Falle eines solchen bewaffneten Angriffs jede von ihnen in Ausübung des in Artikel 51 der Satzung der Vereinten Nationen anerkannten Rechts der individuellen oder kollektiven Selbstverteidigung der Partei oder den Parteien, die angegriffen werden, Beistand leistet, indem jede von ihnen unverzüglich für sich und im Zusammenwirken mit den anderen Parteien die Maßnahmen, einschließlich der Anwendung von Waffengewalt, trifft, die sie für erforderlich erachtet, um die Sicherheit des nordatlantischen Gebiets wiederherzustellen und zu erhalten. Von jedem bewaffneten Angriff und allen daraufhin getroffenen Gegenmaßnahmen ist unverzüglich dem Sicherheitsrat Mitteilung zu machen. Die Maßnahmen sind einzustellen, sobald der Sicherheitsrat diejenigen Schritte unternommen hat, die notwendig sind, um den internationalen Frieden und die internationale Sicherheit wiederherzustellen und zu erhalten.

Artikel 6

(1) Im Sinne des Artikels 5 gilt als bewaffneter Angriff auf eine oder mehrere der Parteien jeder bewaffnete Angriff auf das Gebiet eines dieser Staaten in Europa oder Nordamerika, auf die algerischen Departements Frankreichs,

(2) auf das Gebiet der Türkei oder auf die der Gebietshoheit einer der Parteien unterliegenden Inseln im nordatlantischen Gebiet nördlich des Wendekreises des Krebses[.]

Quelle: Der Nordatlantikvertrag, abgerufen unter: www.nato.diplo.de/Vertretung/nato/de/04/Rechtliche__Grundlagen/Nordatlantikvertrag.html [13.06.2017].

M 22 9/11

Der Anschlag auf das World Trade Center in New York City 2001

12. Diskutieren Sie, ob die Anpassung des strategischen Konzepts der NATO im 10-Jahres-Turnus eine zeitgemäße Antwort auf Konfliktfelder der internationalen Politik darstellt.

Zentrale Inhalte des strategischen Konzepts der NATO

M 23

Mit ihrer am 19. November 2010 in Lissabon unter dem Titel „Aktives Engagement, Moderne Verteidigung" beschlossenen neuen Strategie versucht die NATO sich effektiv mit neuen Fähigkeiten und neuen Partnern gegen neue Bedrohungen in einer sich wandelnden Welt einzustellen.

Als Kernaufgabe wird die Wahrung der Freiheit und der Sicherheit der Mitgliedstaaten mit politischen und militärischen Mitteln in den drei Bereichen kollektive Verteidigung (collective defence), Krisenmanagement (crisis management) und kooperative Sicherheit (cooperative security) genannt. Unter Bezug auf Artikel fünf des NATO-Vertrages wird erklärt, dass sich die NATO-Mitglieder einander beistehen und gegen eine Aggression oder gegen aufkommende Sicherheitsherausforderungen gemeinsam verteidigen, wenn diese die fundamentale Sicherheit einzelner Alliierter oder der Allianz als Ganzes berühren.

Auch wenn die Gefahr eines konventionellen Angriffs auf das NATO-Gebiet als gering eingeschätzt wird, halte das Sicherheitsumfeld eine Reihe von Herausforderungen bereit wie die Verbreitung ballistischer Raketen, von Nuklearwaffen und anderen Massenvernichtungswaffen, Terrorismus einschließlich der Verfügungsgewalt von Terrorgruppen über nukleare, chemische, biologische oder radiologische Kapazitäten, Instabilitäten an den NATO-Grenzen, Angriffen auf die Informationstechnologie einzelner Staaten oder des Bündnisses. Zudem wird ausgeführt, dass alle Staaten in wachsendem Maße auf offene und zuverlässige Kommunikation, Transport und Transit angewiesen seien und der internationale Handel, Energiesicherheit und Wohlstand davon abhinge. Zu allen Bereichen wird zunächst eine kurze Problemanalyse vorangestellt und dann eine Reihe von konkreten Ansatzpunkten und Maßnahmen zur Bearbeitung dieser Probleme genannt.

Quelle: Varwick: Das neue strategische Konzept der NATO, in: APuZ 50/2010, S. 27 f.

AWACS – die fliegende Alarmanlage der NATO

1982 erreichten die ersten AWACS-Maschinen den NATO-Flugplatz Geilenkirchen nördlich von Aachen. Die Flugzeuge sind von Weitem aufgrund ihrer speziellen Ausrüstung erkennbar: Über dem Rumpf befindet sich ein sehr großer runder Radarschirm, der Gegenstände wie feindliche Flugzeuge und andere Bedrohungen aus mehr als 400 km Entfernung erkennen und orten kann. Durch diese Ausstattung dienen die AWACS-Flugzeuge als fliegendes Frühwarnsystem, wobei AWACS für „Airborne Warning and Control System" steht. Dessen ursprüngliche Aufgabe bestand darin, die NATO im Westen Europas vor sowjetischen Angriffen zu warnen.

Seit dieser Zeit haben sich die Rahmenbedingungen deutlich verändert: Nach der Auflösung des Warschauer Pakts 1991 sah sich Deutschland nur noch von befreundeten Nationen umgeben. Dennoch blieben 17 AWACS in Geilenkirchen stationiert, um von dort aus diverse Aufgaben zu übernehmen. Hierzu zählen die Überwachung harmloser Großereignisse; so sicherte der Verband beispielsweise die Olympischen Spiele in London. Doch auch Einsätze außerhalb des NATO-Luftraumes gehören zu den Aufgaben der AWACS-Flugzeuge. Vier Maschinen unterstützen regelmäßig den Einsatz rund um Syrien.

Da die NATO selbst kaum über eigene Truppen verfügt, nimmt der AWACS-Verband in Geilenkirchen gleichzeitig eine Sonderstellung in der Organisation ein, denn seine Besatzung und das Bodenpersonal unterstehen direkt der NATO. Die Besatzung ist grundsätzlich multinational besetzt. Ein Großteil der Mitgliedsstaaten entsendet Soldaten, wobei ein Drittel von der Luftwaffe gestellt wird. Der Gesamtverband umfasst mehr als 3 000 Einsatzkräfte. Dabei plant die NATO langfristig mit dem Standort Geilenkirchen; der Stützpunkt soll bis 2035, im Idealfall sogar bis 2055 weiterbestehen. Eine ursprünglich diskutierte Verlegung nach Osteuropa ist aus Kostengründen nicht mehr angedacht.

M 24 AWACS-Maschine der NATO

13. Beurteilen Sie die Rolle Deutschlands in der NATO.

M 25

Auslandseinsätze der Bundeswehr

Die Bundeswehr im internationalen Einsatz

Deutschland beteiligt sich derzeit mit rund 3 300 Soldaten an internationalen Einsätzen.

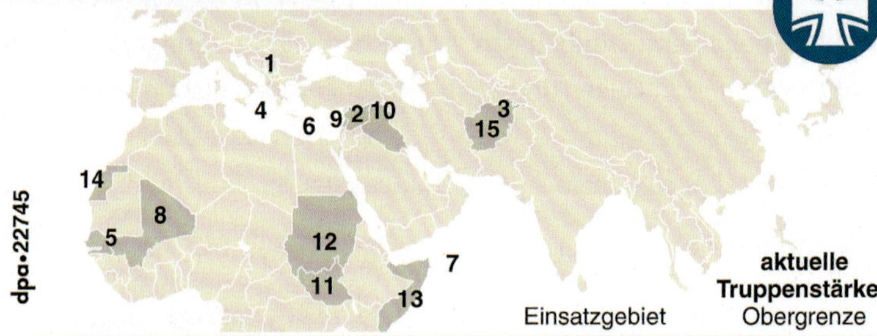

		Einsatzgebiet	aktuelle Truppenstärke / Obergrenze
1	**Kosovo Force (KFOR)** Friedenstruppe der Nato	Kosovo	**510** / 1 350
2	**Anti-IS-Einsatz**	Syrien, Nahost	**252** / 1 200
3	**RSM** Int. Sicherheitsunterstützungstruppe der Nato	Afghanistan	**891** / 980
4	**Operation Sophia** EU-Mission gegen Schleuser	Mittelmeer	**106** / 950
5	**MINUSMA** Friedensmission der UN	Mali, Senegal	**531** / 650
6	**Sea Guardian** Nato: Seeraumüberwachung u. Terrorismusabwehr	Mittelmeer	**0** / 650
7	**Atalanta** Anti-Piraterie-Mission der EU	Horn von Afrika	**23** / 600
8	**EUTM Mali** Trainingsmission der EU	Mali	**125** / 300
9	**UNIFIL** Friedensmission der UN	Libanon	**116** / 300
10	Ausbildungsunterstützung	Nordirak	**132** / 150
11	**UNMISS** Friedensmission der UN	Südsudan	**15** / 50
12	**UNAMID** Friedensmission der UN und Afrikan. Union	Darfur, Sudan	**7** / 50
13	**EUTM SOM** Trainingsmission der EU	Somalia	**10** / 20
14	**MINURSO** Beobachtermission der UN	Westsahara	**3** / 20
15	**UNAMA** UN-Unterstützungsmission	Afghanistan	**1** / -

Quelle: Bundeswehr Stand 2. Januar 2017

14. Vergleichen Sie den Einsatz in Afghanistan mit einem weiteren Einsatz von NATO-Streitkräften mit deutscher Beteiligung.

M 26 Der NATO-Einsatz „Resolute Support“ in Afghanistan

Masar-i-Scharif (dpa) – Die Nato-Ausbildungsmission „Resolute Support“ (Entschlossene Unterstützung) hilft Afghanistan dabei, die Sicherheit im Land selbst zu gewährleisten. Es ist der Nachfolgeeinsatz der ISAF-Mission, die 2014 endete.

Die afghanischen Sicherheitskräfte haben inzwischen eine Stärke von rund 350 000 Mann. Von den etwa 12 000 am Nato-Ausbildungseinsatz beteiligten Soldaten stellt die Bundeswehr regulär 980 Frauen und Männer. Nach Angaben des Einsatzführungskommandos in Potsdam sind in Masar-i-Scharif 800, in Kabul 150 und – zu einem temporären Einsatz – in Kundus 36 Einsatzkräfte stationiert. Zu der Zeit der heftigsten Kämpfe mit den aufständischen Taliban am Hindukusch waren im Rahmen der ISAF-Mission noch 5 000 Bundeswehr-Soldaten in dem Land gewesen.

Die deutschen Soldaten bringen sich mit einer Reihe von Fähigkeiten bei der „Resolute Support“-Mission ein. Sie beraten die afghanischen Sicherheitskräfte und bilden sie aus. Sie unterstützen die Führung, leisten logistische Hilfe, sind beim militärischen Nachrichtenwesen aktiv und fliegen Verwundete zur Versorgung. Sie betreiben Luftaufklärung und setzen sich in der zivil-militärischen Zusammenarbeit ein.

Quelle: dpa: Der Nato-Einsatz „Resolute Support“ in Afghanistan. 11.11.2016.

15. Zeigen Sie auf, inwiefern sich die Aufgaben der NATO seit ihrer Gründung verändert haben. Gehen Sie dabei insbesondere auf die Rolle Deutschlands ein.

M 27 Aufgaben der NATO im Wandel

NATO im Angesicht des Zusammenbruchs des Warschauer Pakts (Karikatur von Walter Hanel)

Der Afghanistan-Einsatz 2001 bis 2014

Das Afghanistan-Mandat ab 2014

16. Vergleichen Sie die Zusammensetzung der UNO mit der EU und der NATO. Ziehen Sie Rückschlüsse auf die Rolle Deutschlands in diesen Organisationen.

Die Vereinten Nationen

M 28

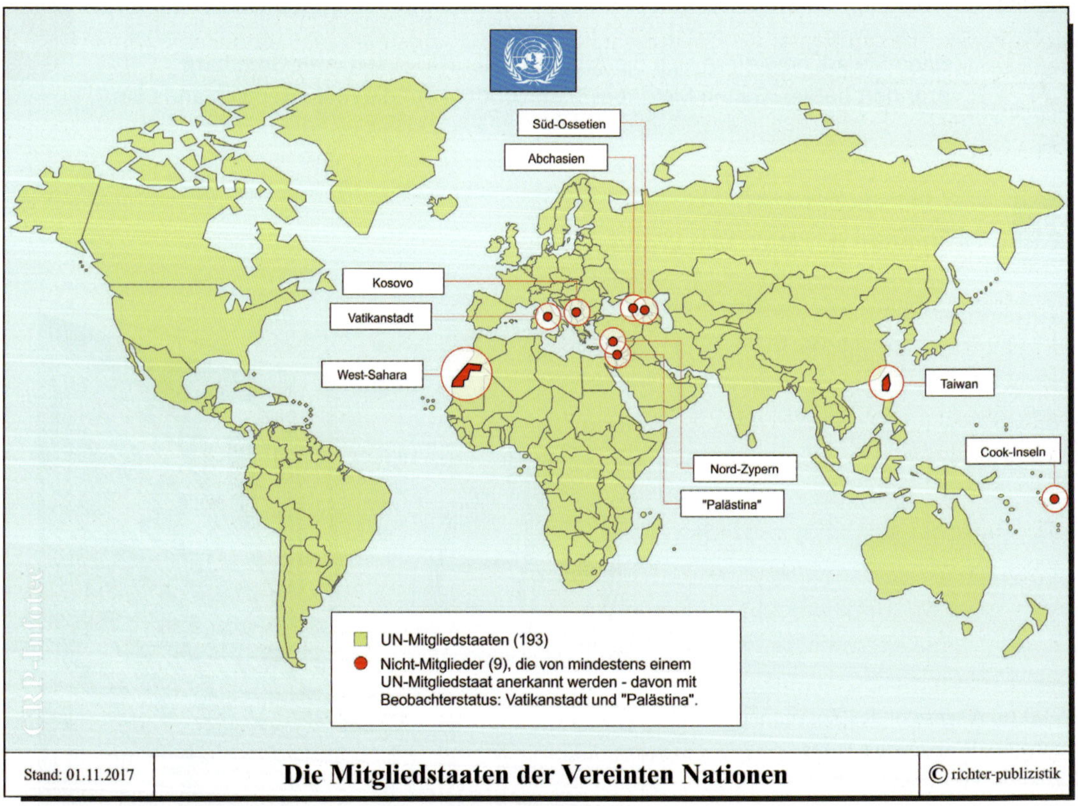

17. Beurteilen Sie, ob die Skulptur vor dem UN-Hauptsitz in New York treffend gewählt ist.

Die offiziellen Sprachen der UNO sind Arabisch, Chinesisch, Englisch, Französisch, Russisch und Spanisch. Jeder Delegierte, ganz gleich welches Land er vertritt, muss sich bei seinen Äußerungen in einem UNO-Gremium in einer dieser sechs Sprachen ausdrücken – die Übersetzung erfolgt simultan in die restlichen fünf offiziellen Sprachen. Informationen über die UNO von der UNO selbst sind deshalb ebenfalls nur in diesen Sprachen veröffentlicht.

M 29 UN at a Glance

The United Nations is an international organization founded in 1945 after the Second World War by 51 countries committed to maintaining international peace and security, developing friendly relations among nations and promoting social progress, better living standards and human rights.

Due to its unique international character, and the powers vested in its founding Charter, the Organization can take action on a wide range of issues, and provide a forum for its 193 Member States to express their views, through the General Assembly, the Security Council, the Economic and Social Council and other bodies and committees.

The work of the United Nations reaches every corner of the globe. Although best known for peacekeeping, peacebuilding, conflict prevention and humanitarian assistance, there are many other ways the United Nations and its System (specialized agencies, funds and programmes) affect our lives and make the world a better place.

The Organization works on a broad range of fundamental issues, from sustainable development, environment and refugees protection, disaster relief, counter terrorism, disarmament and non-proliferation, to promoting democracy, human rights, gender equality and the advancement of women, governance, economic and social development and international health, clearing landmines, expanding food production, and more, in order to achieve its goals and coordinate efforts for a safer world for this and future generations.

The UN has 4 main purposes

- To keep peace throughout the world;
- To develop friendly relations among nations;
- To help nations work together to improve the lives of poor people, to conquer hunger, disease and illiteracy, and to encourage respect for each other's rights and freedoms;
- To be a centre for harmonizing the actions of nations to achieve these goals[.]

Quelle: [United Nations]: History of the UN, abgerufen unter: www.un.org/un70/en/content/history [17.07.2017].

M 30 Skulptur „Non Violence“

Verknoteter Revolver vor dem Hauptsitz der UN in New York

18.

Vergleichen Sie die Zielsetzung der UNO mit der NATO (siehe hierzu auch M 21).

M 31

Charta der Vereinten Nationen

Die Charta der Vereinten Nationen ist der Gründungsvertrag der Vereinten Nationen (United Nations). Ihre universellen Ziele und Grundsätze bilden die Verfassung der Staatengemeinschaft, zu der sich alle inzwischen [193] Mitgliedstaaten bekennen. Die Charta wurde [...] 1945 in San Franzisko [...] unterzeichnet.

[...]

PRÄAMBEL

WIR, DIE VÖLKER DER VEREINTEN NATIONEN – FEST ENTSCHLOSSEN,

künftige Geschlechter vor der Geißel des Krieges zu bewahren, die zweimal zu unseren Lebzeiten unsagbares Leid über die Menschheit gebracht hat, [...]

HABEN BESCHLOSSEN, IN UNSEREM BEMÜHEN UM DIE ERREICHUNG DIESER ZIELE ZUSAMMENZUWIRKEN. [...]

Artikel 1

Die Vereinten Nationen setzen sich folgende Ziele:

1. den Weltfrieden und die internationale Sicherheit zu wahren [...];

2. freundschaftliche [...] Beziehungen zwischen den Nationen zu entwickeln und andere geeignete Maßnahmen zur Festigung des Weltfriedens zu treffen;

3. eine internationale Zusammenarbeit herbeizuführen [...].

Artikel 2

1. Die Organisation beruht auf dem Grundsatz der souveränen Gleichheit aller ihrer Mitglieder. [...]

3. Alle Mitglieder legen ihre internationalen Streitigkeiten durch friedliche Mittel so bei, daß der Weltfriede, die internationale Sicherheit und die Gerechtigkeit nicht gefährdet werden.

4. Alle Mitglieder unterlassen in ihren internationalen Beziehungen jede gegen die territoriale Unversehrtheit oder die politische Unabhängigkeit eines Staates gerichtete oder sonst mit den Zielen der Vereinten Nationen unvereinbare Androhung oder Anwendung von Gewalt.

5. Alle Mitglieder leisten den Vereinten Nationen jeglichen Beistand bei jeder Maßnahme, welche die Organisation im Einklang mit dieser Charta ergreift; sie leisten einem Staat, gegen den die Organisation Vorbeugungs- oder Zwangsmaßnahmen ergreift, keinen Beistand.

Artikel 51

Diese Charta beeinträchtigt im Falle eines bewaffneten Angriffs gegen ein Mitglied der Vereinten Nationen keineswegs das naturgegebene Recht zur individuellen oder kollektiven Selbstverteidigung, bis der Sicherheitsrat die zur Wahrung des Weltfriedens und der internationalen Sicherheit erforderlichen Maßnahmen getroffen hat. Maßnahmen, die ein Mitglied in Ausübung dieses Selbstverteidigungsrechts trifft, sind dem Sicherheitsrat sofort anzuzeigen; sie berühren in keiner Weise dessen auf dieser Charta beruhende Befugnis und Pflicht, jederzeit die Maßnahmen zu treffen, die er zur Wahrung oder Wiederherstellung des Weltfriedens und der internationalen Sicherheit für erforderlich hält.

Quelle: Charta der Vereinten Nationen und Statut des Internationalen Gerichtshofs, in: Bundesgesetzblatt 1973 II, S. 505–531.

19.

Analysieren Sie Wirksamkeit und Grenzen der UNO im Umgang mit Konflikten.

M 32 Instrumente der Friedenssicherung

Das Spektrum der UN-Friedenssicherung reicht von friedlicher Streitbeilegung bis hin zu militärischen Operationen, sie geschieht auf diplomatischem Weg, durch zivile und/oder militärische Friedensmissionen, mit Zustimmung der Konfliktparteien oder als Zwangsmaßnahme der internationalen Gemeinschaft. UN-Friedenssicherung versucht, den Ausbruch von Konflikten zu verhindern, greift in bestehende Konflikte ein und unterstützt den Aufbau eines stabilen Friedens nach deren Beendigung. Die Instrumente zur Konfliktbewältigung kommen in verschiedenen Konfliktphasen zur Anwendung: [...]

Konfliktprävention[1]	Konfliktintervention[2]	Konfliktnachsorge[3]
Vorbeugende Diplomatie	Friedensschaffung (Peacemaking)	
Vorbeugende Einsätze	Friedenssicherung (Peacekeeping)	
	Friedensdurchsetzung (Peace-enforcement)	Friedenskonsolidierung (Post-conflict Peace-building)
	Friedenserzwingung durch militärische Gewalt	

Darstellung folgt DGVN, UN-Basis-Information 39 (2009), UN-Friedensmissionen

[1] z. B. Vermittlungen oder politische Missionen

[2] z. B. Friedensmissionen, Vermittlungen und Verhandlungen zwischen den Konfliktparteien, Sanktionen, militärische Einsätze oder humanitäre Hilfe

[3] zivile Maßnahmen, die z. B. den Wiederaufbau der wirtschaftlichen, demokratischen und rechtsstaatlichen Strukturen begleiten: Friedenskonsolidierungseinsätze, Polizeimissionen und politische Missionen ebenso wie Entwicklungszusammenarbeit oder die Einsetzung von Tribunalen zur Wiederherstellung von Gerechtigkeit in Nachkriegsgesellschaften.

Instrumente der Friedenssicherung

Zit. nach: DGVN: Friedenssicherung im Überblick, abgerufen unter: http://frieden-sichern.dgvn.de/fileadmin/user_upload/frieden_sichern/Bilder/Friedenssicherung/Friedenssicherung-Uebersicht-Tabelle.pdf und http://frieden-sichern.dgvn.de/friedenssicherung/ueberblick/ [17.07.2017]

Aufbau der Vereinten Nationen

M 33

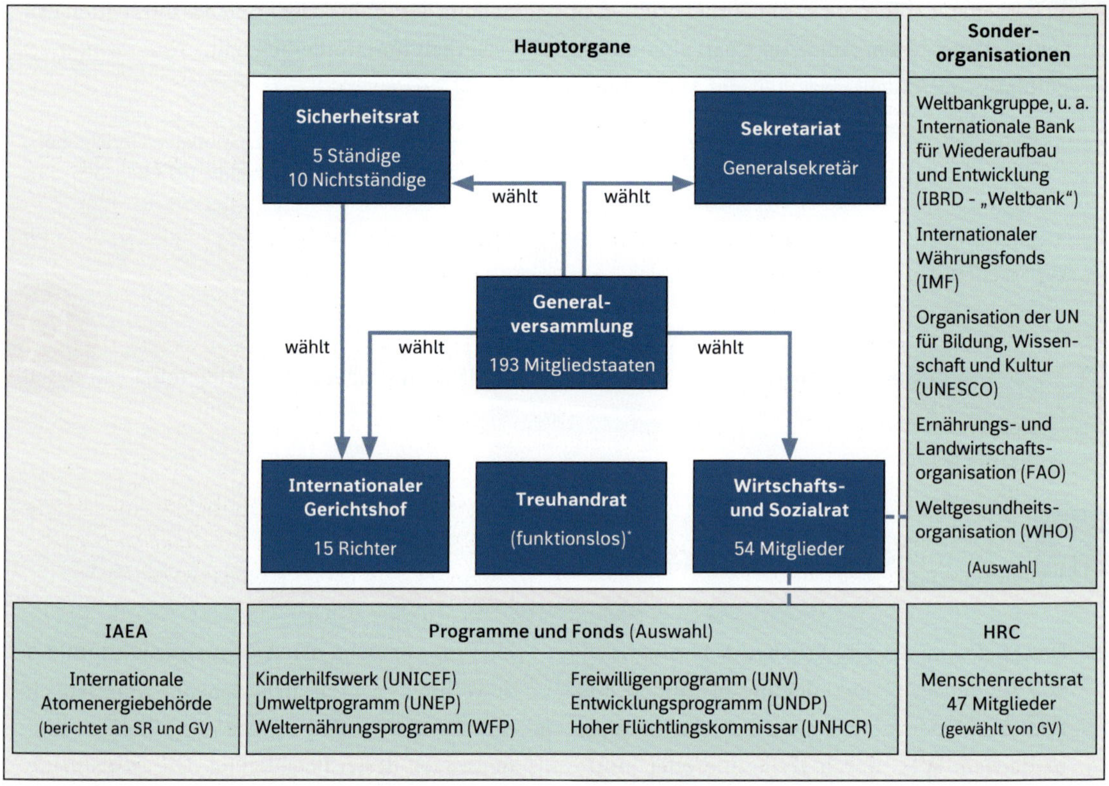

* Seit Unabhängigkeit Palaus 1994 keine Kolonien mehr zu verwalten

Quelle: Eigenes Schaubild nach Richter-Publizistik: Das System der Vereinten Nationen, abgerufen unter https://crp-infotec.de/uno-system-vereinte-nationen/ [03.06.2019].

20. Arbeiten Sie die Rolle und die Aufgaben des UN-Generalsekretärs heraus. Recherchieren Sie im Anschluss die Biografie des aktuellen Generalsekretärs der UN.

Der Generalsekretär der UN

M 34

Die Rolle des UN-Generalsekretärs lässt sich als eine Mischung aus Diplomat, Anwalt und Beamter beschreiben. Er ist verantwortlich für die Verwaltung der UN und repräsentiert sie nach außen. Als Chef des UN-Sekretariates mit weltweit rund 44.000 Mitarbeitern (Stand Januar 2011) koordiniert der Generalsekretär die tägliche Arbeit der Vereinten Nationen, stellt den Haushaltsplan auf, nimmt an Sitzungen der UN-Hauptorgane teil (mit Ausnahme des internationalen Gerichtshofs), erstattet diesen Bericht über die Arbeit der UN und unterstützt die Hauptorgane bei ihrer Arbeit – z. B. durch Studien oder Erledigung anderer ihm zugewiesener Aufgaben.

Neben diesen Funktionen aus dem Bereich der Verwaltung hat der Generalsekretär als Repräsentant der Vereinten Nationen auch politischen Einfluss. Nach Artikel 99 der UN-Charta kann der Generalsekretär den Sicherheitsrat auf friedensgefährdende Angelegenheiten aufmerksam machen und so die Tagesordnung der Vereinten Nationen maßgeblich mitbestimmen. Als diplomatischer Vermittler in Konflikten kann der Generalsekretär auch Friedenspläne aufstellen oder vor Ort versuchen, die Konfliktparteien zu einer Einigung zu bewegen. [...]

UN-Generalsekretäre nutzen ihr Amt auch mit unterschiedlichen Schwerpunkten, um anwaltschaftlich z. B. auf Probleme schwächerer Gruppen oder Staaten aufmerksam zu machen.

Ernannt wird der UN-Generalsekretär auf Vorschlag des Sicherheitsrates für fünf Jahre von der Generalversammlung. Eine Wiederwahl ist möglich. Die Mehrheit der bisherigen Generalsekretäre kandidierte für eine zweite Amtszeit und wurde in ihrem Amt bestätigt. Bei der Auswahl von Kandidaten wird informell darauf geachtet, dass die wechselnden Amtsinhaber aus allen Kontinenten und geographischen Regionen der Erde stammen.

Der UN-Generalsekretär ist ausdrücklich nur den Vereinten Nationen verpflichtet, um eine Beeinflussung durch einzelne Mitgliedsstaaten auszuschließen. Er benötigt jedoch auch diplomatisches Geschick, da er für die Umsetzung seiner Ziele auf die Unterstützung der UN-Mitgliedsstaaten angewiesen ist und häufig widerstreitende Interessen berücksichtigen muss. Erfolg und Misserfolg bei der Arbeit des Generalsekretärs hängen daher auch eng von der Persönlichkeit, dem Charisma sowie dem Durchsetzungsvermögen der Person ab.

Quelle: Bundeszentrale für politische Bildung: Generalsekretär der Vereinten Nationen, 02.02.2011, abgerufen unter: www.bpb.de/themen/5R3C1M,0,Generalsekret%E4r_der_Vereinten_Nationen.html [17.07.2017].

21. Informieren Sie sich zu der Frage, warum Deutschland einen ständigen Sitz im UN-Sicherheitsrat beansprucht.

M 35 Warum will Deutschland einen ständigen Sitz?

Die Bundesregierung strebt eine Reform des Sicherheitsrats an, um die seit 1945 geopolitisch geänderten Rahmenbedingungen widerzuspiegeln. Nach Art. 23 der VN-Charta spielen dabei neben einer regional ausgewogenen Verteilung auch die Beiträge der Mitgliedstaaten für die Verwirklichung der Ziele der Vereinten Nationen eine entscheidende Rolle. Die Bundesregierung strebt einen ständigen Sitz für Deutschland daher als Teil einer umfassenden Reform der Vereinten Nationen an und engagiert sich auch für andere Reformschritte. So hat sie bei der Gründung des Menschenrechtsrats und der Kommission für Friedenskonsolidierung eine wichtige Rolle gespielt.

Die Rolle Deutschlands hat sich gegenüber 1945 grundlegend geändert. Aus dem „Feindstaat“ von

1945 und dem Beitrittsland von 1973 ist – insbesondere seit der Vereinigung – einer der engagiertesten Vertreter eines effektiven Multilateralismus unter dem Dach der Vereinten Nationen geworden. Diese Rolle Deutschlands gehört zu den Realitäten des 21. Jahrhunderts. Daher wird Deutschland auch seit Beginn der Reformdiskussion von anderen Mitgliedstaaten der Vereinten Nationen immer wieder als natürlicher Kandidat für einen ständigen Sitz genannt.

Deutschland leistet wichtige Beiträge zur Arbeit der Vereinten Nationen. Es ist nicht nur viertgrößter Beitragszahler, sondern trägt auch auf andere Weise vielfältig zur Verwirklichung der grundlegenden Ziele der Vereinten Nationen bei: Durch die Entsendung von Truppen für internationale Friedensmissionen, durch die Mittel, die es für die internationale Entwicklungszusammenarbeit, nachhaltige Entwicklung und humanitäre Hilfe zur Verfügung stellt und durch sein Eintreten für den Schutz der Menschenrechte in allen Staaten der Welt.

Quelle: Auswärtiges Amt: Warum will Deutschland einen ständigen Sitz?, in: Reform des Sicherheitsrats – Fragen und Antworten, abgerufen unter: www.auswaertiges-amt.de/de/aussenpolitik/internationale-organisationen/uno/05-reform-des-sicherheitrates-faq/205670 [22.03.2019].

22. Diskutieren Sie die Notwendigkeit der UNO kritisch.

Die „Blauhelme": Friedenstruppen der Vereinten Nationen

Seit 1948 setzt die UNO Friedenstruppen in Krisengebieten ein, die aus Soldaten (mit Waffen) sowie unbewaffneten zivilen und militärischen Beobachtern bestehen. Diese Truppen werden gemeinhin als „Blauhelme" bezeichnet, da sie im Einsatz blaue Schutzhelme als festen Ausrüstungsgegenstand tragen. Ihre Aufgaben sind Maßnahmen zur Friedensstiftung bzw. Friedenserhaltung. Ihr Einsatz erfolgt auf Beschluss des UN-Sicherheitsrats sowie mit dem Einverständnis der betroffenen Konfliktparteien. Gegenwärtig befinden sich mehr als 100 000 Einsatzkräfte weltweit im Dienst der Vereinten Nationen, wobei sie dabei 16 Friedensmissionen bedienen (Stand: Mai 2017). 2016 waren 141 deutsche Soldaten an diesen Missionen beteiligt. Die westlichen Industrienationen stellen jedoch nicht die meisten Einsatzkräfte für Blauhelm-Missionen zur Verfügung, dies übernehmen Länder wie Bangladesch, Pakistan und Indien mit jeweils über 8 000 Einsatzkräften. Deutschland hingegen beteiligt sich vornehmlich an der Finanzierung der Missionen und gehört mit der Übernahme von rund 8 % der Kosten zu den vier größten Beitragszahlern. Mehr tragen nur die USA, Japan und Großbritannien bei.

UN-Sicherheitsrat **M 36**

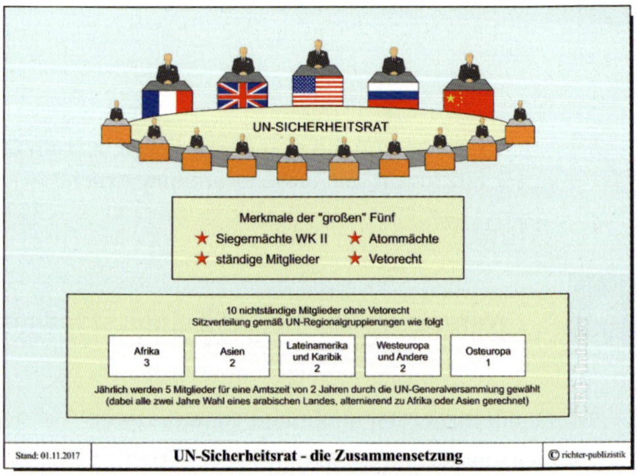

DAS WICHTIGSTE IN KÜRZE

Die Europäische Union

28 europäische Länder haben sich wirtschaftlich und politisch zur Europäischen Union zusammengeschlossen. In ihr sind die Mehrheit der europäischen Bevölkerung sowie der Landmasse des Kontinents Europa vereint. Der Ausgangspunkt war die zerstörerische Erfahrung des Zweiten Weltkriegs. Aus ihr erwuchs die Idee, dass Länder, die miteinander Handel treiben und wirtschaftlich miteinander verflochten sind, Konflikte nicht mit Waffen, sondern mit Worten lösen werden. Daher stand zu Beginn die Förderung der wirtschaftlichen Zusammenarbeit im Fokus.

1952 trat die **Europäische Gemeinschaft für Kohle und Stahl** in Kraft (EGKS, auch Montanunion genannt), in der Deutschland, Frankreich, Italien und die Beneluxländer Souveränität an die Hohe Behörde abtraten, die die Kohle- und Stahlproduktion dieser Länder koordinierte. Die EGKS gilt als erste supranationale Organisation. Der besondere Schwerpunkt Kohle und Stahl betraf den gesamten kriegsrelevanten Industriezweig und kann somit als Garant für friedliche Kooperation bezeichnet werden.

1957 wurden die Römischen Verträge geschlossen und mit ihnen die **Europäische Wirtschaftsgemeinschaft** (EWG) gegründet. Die Länder, die sich zur EWG vereinigten, waren identisch mit den Gründerstaaten der EGKS, allerdings war mit ihr eine Ausweitung der Kooperation auf weitere Bereiche wirtschaftlichen Handelns verbunden.

Aus dieser Wirtschaftsgemeinschaft mit gemeinsamem Binnenmarkt erwuchs über die Jahrzehnte hinweg eine Organisation, die zahlreiche Politikfelder abdeckt. So fallen Umweltfragen ebenso in ihren Zuständigkeitsbereich wie Gesundheitspolitik und die gemeinsame Außen- und Sicherheitspolitik. Um dieser Entwicklung und der sukzessiven Ausweitung von sechs auf zwischenzeitlich 28 Mitgliedsstaaten gerecht zu werden, erfolgte 1993 durch den **Maastrichter Vertrag** die Umbenennung in Europäische Union (EU).

Das Handeln der EU stützt sich auf völkerrechtliche Verträge zwischen allen Mitgliedsstaaten. Das **Europäische Parlament** wird von allen Bürgerinnen und Bürgern der Mitgliedsstaaten demokratisch gewählt. Ausschlaggebend für die Anzahl der Sitze im Europäischen Parlament ist die Bevölkerungsgröße der jeweiligen Mitgliedsstaaten. Der **Europäische Rat** (Regierungschefs) sowie der **Rat der Europäischen Union** (Ministerrat) dienen dem Austausch und der Beschlussfassung auf Ebene der Regierungen.

Für die Bürgerinnen und Bürger ist die Abschaffung der Grenzkontrollen zwischen EU-Ländern im Zuge des Schengener Abkommens (1990) eine der Errungenschaften, die für sie am deutlichsten spürbar ist. Durch sie genießen die Menschen Reisefreiheit auf dem Kontinent und profitieren vom Abbau der bürokratischen Hürden beim Umzug ins Ausland sowie bei Urlaubsreisen. Ebenfalls in diesem Sinne als Erleichterung wahrgenommen wird die Einführung der Gemeinschaftswährung **Euro** (2002), an der 19 Staaten teilnehmen. Der wohl größte Mehrwert der Europäischen Union ist ohne Frage, dass es über ein halbes Jahrhundert lang durchgehend Frieden, Stabilität und Wohlstand in Europa gibt. Für diese Leistung erhielt die EU 2012 den Friedensnobelpreis.

DAS WICHTIGSTE IN KÜRZE

Zentrales Anliegen der EU ist es zudem, die Menschenrechte weltweit, sowohl außerhalb als auch innerhalb ihrer Grenzen zu fördern. Mit dem Inkrafttreten des Vertrags von Lissabon (2009) sind alle von der EU garantierten Rechte in der **Charta der Grundrechte** festgeschrieben. Alle EU-Institutionen sind verpflichtet, diese Rechte zu achten, und alle nationalen Regierungen der Mitgliedsstaaten müssen in ihren Ländern für die Einhaltung dieser Rechte garantieren.

Durch den 2017 eingeleiteten britischen Austritt aus der EU (**Brexit**) wurde eine Diskussion um eine Verbesserung der EU hinsichtlich Transparenz und Demokratie angestoßen. Sowohl das Europäische Parlament als auch die Rolle der nationalen Parlamente wurden gestärkt und es wurden weitere Möglichkeiten zur direkten Teilnahme am politischen Prozess für die Bürgerinnen und Bürger geschaffen. Weiterhin wird die Rolle einzelner Mitgliedsstaaten diskutiert. Vielfach wird Unmut über die sehr starke Position Deutschlands von Kritikern der EU geäußert.

Die NATO

NATO ist die Abkürzung für den englischen Namen **North Atlantic Treaty Organization**. Diese internationale Organisation verfügt über keine Hoheitsrechte, sodass ihre Mitgliedsstaaten unabhängig sind und ihre volle Souveränität wahren. Artikel 51 der UN-Charta bildet die juristische Basis des Nordatlantikvertrags. Die Zielsetzung der NATO geht über die reine Verteidigung ihrer Mitgliedsstaaten hinaus. Es handelt sich um eine militärisch-politische Organisation von 29 Mitgliedsstaaten in Europa und Nordamerika, deren Ziel die eigene Sicherheit und die weltweite Stabilität ist.

Am 4. April 1949 unterzeichneten die Gründungsstaaten (Belgien, Dänemark, Frankreich, Island, Italien, Kanada, Luxemburg, Niederlande, Norwegen, Portugal, das Vereinigte Königreich und die Vereinigten Staaten von Amerika) den Nordatlantikpakt, der zunächst auf 20 Jahre befristet war. Am 6. Mai 1955 trat die Bundesrepublik Deutschland der NATO bei. Zuvor musste die Bundeswehr gegründet werden. Das jüngste NATO-Mitglied ist Montenegro (Beitritt 2017). Bosnien und Herzegowina sowie Mazedonien sind weitere Beitrittskandidaten.

Zu Beginn war das NATO-Hauptquartier (SHAPE) in Washington D.C., dann für einige Jahre in Paris und seit 1967 befindet es sich in Brüssel. Das Hauptorgan der NATO, der **Nordatlantikrat**, tritt im SHAPE zusammen. Das zweite Hauptquartier (ACT) liegt in Norfolk, Virginia, in den USA.

Zur Stärkung der militärischen Zusammenarbeit mit weiteren Ländern gibt es das Programm „Partnerschaft für den Frieden". Es dient als flexibles Instrument für die Zusammenarbeit zwischen der NATO und den Partnerländern aus Ost- und Südosteuropa, dem Südkaukasus, Zentralasien und Westeuropa. Darüber hinaus arbeitet die NATO eng mit weiteren anliegenden Regionen zusammen. Seit 1994 existiert der Mittelmeer-Dialog, der mit sechs arabischen Staaten sowie Israel geführt wird.

Mit dem Ende des Ost-West-Konflikts und dem Zusammenbruch des Warschauer Pakts begann die Ära der Zusammenarbeit zwischen NATO und Russland. Die Partnerschaft nahm im Laufe der Zeit unterschiedliche Formen an und erlebte auch immer wieder Krisen, so zum Beispiel im Zuge der Ukraine-Krise seit 2014.

DAS WICHTIGSTE IN KÜRZE

Der Bündnisfall nach Artikel 5 ist seit der Gründung der NATO lediglich einmal, nämlich aufgrund des Anschlags vom 11. September 2001, eingetreten. In der Folge beteiligte sich die Bundesrepublik Deutschland am Einsatz in Afghanistan (ISAF), der bis 2014 andauerte.

Kritiker der NATO äußern vor allem Bedenken an der Selbstbezeichnung der NATO als friedensstiftende Organisation, die gerechte Lösungen suche. Aus ihrer Sicht handelt es sich um ein rein militärisches Bündnis, das die Interessen des Westens in wirtschaftlicher und strategischer Hinsicht absichern soll.

Die Vereinten Nationen

Die Vereinten Nationen (VN), häufig auch **UNO** für United Nations Organization genannt, sind als zwischenstaatlicher Zusammenschluss von 193 Staaten und als globale internationale Organisation ein uneingeschränkt anerkanntes Völkerrechtssubjekt. Als zentrale Aufgabe bemüht sich die UNO um die Sicherung des Weltfriedens, die Erhaltung des Völkerrechts, den Schutz der Menschenrechte und die Förderung der internationalen Zusammenarbeit. Dabei nutzt die Organisation das Mittel der Umverteilung, um wirtschaftlich, sozial und humanitär weltweit dort Unterstützung zu leisten, wo sie nötig ist.

Die Vereinten Nationen haben zur Bewältigung ihrer vielfältigen Aufgaben zahlreiche Unterorganisationen und Nebenorgane, die weitgehend eigenständig agieren können. Einmal jährlich berichten sie den Hauptorganen der VN von ihrer Tätigkeit. Nach außen werden sie häufig als autonom auftretend wahrgenommen. Jedoch verfügen sie über keinen eigenen völkerrechtlichen Status. Beispiele für Unterorganisationen sind u. a. das Kinderhilfswerk UNICEF oder der Hochkommissar für Flüchtlinge (UNHCR) und auch das Sekretariat des Rahmenübereinkommens der Vereinten Nationen zur Bekämpfung des Klimawandels (UNFCCC) mit Sitz in Bonn.

Oftmals werden die VN als „zahnloser Tiger“ bezeichnet. Sie verfügen über keine eigenen Truppen, sondern sind von der Unterstützung und Entsendung von Personal aus den Mitgliedsstaaten abhängig. Das zentrale Hauptorgan der VN, der **Sicherheitsrat**, kann durch ein Vetorecht der fünf ständigen Mitglieder (USA, Vereinigtes Königreich, Frankreich, Russische Föderation, China) sämtliche Entscheidungen sowie Hilfsmaßnahmen blockieren. So war ein Eingreifen angesichts der humanitären Katastrophe in Syrien aufgrund der unterschiedlichen Interessenlage von Russland und dem Rest unmöglich. Die Bundesrepublik Deutschland fordert einen eigenen ständigen Sitz im UN-Sicherheitsrat.

Als Gesicht der VN wird gemeinhin der **Generalsekretär** wahrgenommen. Seine Amtszeit beträgt fünf Jahre und er kann einmal wiedergewählt werden. Es ist üblich, dass die Position rollierend von Vertretern aller Kontinente übernommen wird. 2017 ist der Portugiese António Guterres zum Generalsekretär der VN von der **Generalversammlung** der Vereinten Nationen gewählt worden.

FESTIGUNG – VERTIEFUNG

Weitere Herangehensweisen

- Die Blauhelme erhielten 1988 den Friedensnobelpreis. Diskutieren Sie, ob dies gerechtfertigt erscheint.
- Ein Reformvorschlag, um den Sicherheitsrat der Vereinten Nationen an aktuelle Bedürfnisse anzupassen, wäre, einen ständigen Sitz für die EU zu schaffen, wobei das Vereinigte Königreich und Frankreich zugunsten der EU auf ihren Sitz verzichten müssten. Im Zuge dieser Reform könnten auch andere Kontinente Aufnahme in den Sicherheitsrat finden. Erörtern Sie, ob Deutschland diesen Weg unterstützen sollte.
- Recherchieren Sie Gründe für die zum Teil recht späten Beitritte der Länder Spanien, Portugal, Österreich, Polen und Tschechien zur EU.

Vertiefende Aspekte

- Recherchieren Sie den Ausbruch des Falklandkriegs 1982, und arbeiten Sie heraus, warum Großbritannien keine Unterstützung durch die NATO erhielt.
- „Unsere Sicherheit wird nicht nur, aber auch am Hindukusch verteidigt [...].“ (In: Deutscher Bundestag, Stenografischer Bericht, 97. Sitzung, 11.03.2004, S. 8601) Mit diesem Zitat aus dem Jahr 2004 löste der damalige Bundesverteidigungsminister Peter Struck eine anhaltende Debatte über Sinn und Notwendigkeit des Einsatzes deutscher Streitkräfte in Afghanistan und anderen „Out-of-area“-Gebieten aus. Diskutieren Sie, ob diese Aussage für die heutige deutsche Sicherheitspolitik (noch) handlungsanleitend sein sollte.
- Die Frage „Was bedeutet die NATO für uns?“ beantwortet jedes NATO-Mitglied anders. Beurteilen Sie die Bedeutung der Organisation anhand der kurzen Videos, die jedes Mitgliedsland produziert hat.
- Produzieren Sie einen kurzen Videobeitrag, der die aktuelle Rolle Deutschlands in der Europäischen Union zum Ausdruck bringt.

Weiterführende Quellen und Hinweise

H 1 What NATO means for us – abrufbar auf NATOChannel.tv (Suchbetriff: What NATO means). 29 kurze Videobeiträge, produziert von jeweils einem NATO-Mitgliedsstaat, die einen Einblick in die Bedeutung der Organisation für das einzelne Mitglied geben.

H 2 Beyer, Uwe (Hg.): Europa im Wort. Eine literarische Seismographie in 16 Aufzeichnungen, Bundeszentrale für Politische Bildung, Schriftenreihe (Bd. 1726). Bonn, Bundeszentrale für politische Bildung, 2016. Europa bewegt und polarisiert. In diesem Buch wird durch die Sichtweise von 16 Autorinnen und Autoren ein etwas anderer Einblick in Europa geboten. Das Buch lebt von der Vielfalt an Ausdrucksformen und Stilrichtungen.

H 3 Griep, Ekkehard (Hg.): Wir sind UNO: Deutsche bei den Vereinten Nationen, Freiburg, Herder Verlag, 2017. Die Vereinten Nationen und ihre Institutionen sind vielfach in den Medien präsent. Ihre einzelnen Mitarbeiter werden jedoch meist nicht wahrgenommen. In diesem Buch wird ein Einblick in die Hintergründe der Tätigkeit bei den Vereinten Nationen geboten. Dabei ist ein Blick hinter die Kulissen der internationalen Politik aus Sicht deutscher Mitarbeiterinnen und Mitarbeiter garantiert.

KAPITEL 4 (LERNBEREICH 5)

4.2 Die Arbeit internationaler Nichtregierungsorganisationen dargestellt am Thema „Ökologie"

Forschungsinteresse und Kompetenzerwerb

Die Komplexität politischen Handelns nimmt entsprechend der Anzahl an politischen Akteuren zu. Neben Regierungsorganisationen sowie supranationalen Institutionen sind Nichtregierungsorganisationen (auch Non-Governmental Organizations oder NGOs genannt) wichtige und nicht zu unterschätzende „Player" im internationalen Gefüge. Am Ende dieses Kapitels sind Sie dazu in der Lage, die Rolle von Nichtregierungsorganisationen und deren Wirksamkeit zu beurteilen. Sie bewerten die Einflussmöglichkeiten von NGOs am Beispiel des Handlungsfeldes Ökologie.

Vorgehen

Sie möchten ein freiwilliges soziales Jahr absolvieren und informieren sich daher über aktuelle Herausforderungen im Bereich Ökologie sowie über die Rolle von Nichtregierungsorganisationen im Kampf gegen die Zerstörung der Umwelt.

Zuerst INFORMIEREN Sie sich über aktuelle ökologische Problemlagen auf regionaler und internationaler Ebene. Dann RECHERCHIEREN Sie, welche NGOs in diesem Themenkomplex tätig sind. Sie DISKUTIEREN Ziele und Vorgehensweisen der verschiedenen Organisationen. Danach BESCHÄFTIGEN Sie sich mit aktuellen umweltpolitischen Herausforderungen in Bayern. Sie WÄGEN die Interessen der verschiedenen Beteiligten AB und SKIZZIEREN mögliche Lösungsoptionen aus Sicht einer Nichtregierungsorganisation Ihrer Wahl. Auf dieser Grundlage ENTSCHEIDEN Sie sich für eine Organisation, bei der Sie Ihr FSJ absolvieren möchten.

Als Arbeitshilfe finden Sie im hinteren Teil des Lehrwerks eine Übersicht über verschiedene Methodentechniken. Nutzen Sie diese Möglichkeit.

ERSTELLEN **Sie ein aussagekräftiges Kurzvideo zur Bewerbung, in dem Sie Ihre Motivation und ein mögliches Handlungskonzept darlegen.**

Materialauswahl

Anhand von Fotografien erkennen Sie die Folgen aktueller Herausforderungen im Bereich Ökologie. Zeitungsartikel vermitteln Ihnen Hintergründe der Arbeit von Nichtregierungsorganisationen, denen Sie sich durch einen Lexikonartikel definitorisch nähern. Eine Auswahl von Publikationen von ausgewählten Nichtregierungsorganisationen dient zum Aufzeigen der Zielsetzungen dieser Organisationen. Diese werden mit kritischen Artikeln kontrastiert.

1. Verschaffen Sie sich einen Überblick über aktuelle Herausforderungen im Bereich Ökologie. Welche Herausforderung ist aus Ihrer Sicht für die Menschheit am bedrohlichsten?

M 1

Nach dem Hochwasser: Die Ursachen der Flut in Rottal-Inn

Luftbild Simbach, 2016, Überschwemmung

Wohin man schaut in der Landschaft in diesen Tagen, immer bekommt man außerhalb der Städte Flächen in den Blick, auf den[en] etwa 20 Zentimeter hoch der Mais steht. Wenn es stark regnet, ist der Boden dort ungeschützt. Keine Wurzel, kein Gras hält das Wasser auf. Es rinnt wie in Kanälen ab, oft sind die Wege so angelegt, dass sie senkrecht zum Hang liegen. Hecken, Mulden, Säume – kleine Wasserspeicher also – sind der Flurbereinigung zum Opfer gefallen.

Dr. Christine Margraf spricht von einer „sehr gefährlichen Gemengelage". Die für den Bund Naturschutz in Bayern arbeitende Wissenschaftlerin sagt anlässlich der Katastrophe im Landkreis Rottal-Inn: „Die Hochwasserprobleme sind überwiegend hausgemacht." Als Ursachen benennt sie: mehr Starkregen infolge des Klimawandels, größere Wassermengen infolge fehlender Rückhaltemöglichkeiten, höhere Fließgeschwindigkeit des Wassers durch begradigte Bachläufe, mehr Schlamm-Eintrag/wachsende Bodenerosion durch Zunahme von Ackerflächen. Der Boden wird durch schwere Maschinen immer mehr verdichtet, verliert an Porenvolumen. Je poriger und humusreicher und durchwurzelter der Boden ist, umso mehr Wasser kann er aufnehmen. „Jede Minute kann Menschenleben retten"[,] betont Margraf.

Speziell im Maisanbau sieht man beim Bund Naturschutz (BN) ein großes Problem. Im Landkreis Rottal-Inn werden derzeit laut Landwirtschaftsministerium rund 25.700 Hektar Mais angebaut. Dies entspricht etwa 20 Prozent der Gesamtfläche des Landkreises und 34 Prozent der gesamten landwirtschaftlich genutzten Fläche. Hier sind Erosionen durch den Starkregen zum Teil besonders massiv. Dazu sagt BN-Vorsitzender Hubert Weiger: „Niederbayern ist nicht zuletzt auch deshalb so massiv von den Starkregenfällen betroffen, weil die hauptsächlich betroffene Region ein Zentrum des Maisanbaus in Bayern ist. Schon seit vielen Jahren sind in der Region zwischen Landshut und Passau bei Starkregen die höchsten Bodenabträge zu verzeichnen."

Quelle: Rammer: Nach dem Hochwasser: Die Ursachen der Flut in Rottal-Inn, in: Passauer Neue Presse, 08.06.2016, abgerufen unter: www.pnp.de/nachrichten/bayern/2102376_Nach-dem-Hochwasser-Die-Ursachen-der-Flut-in-Rottal-Inn.html [10.07.2017].

M 2 Mehr Tornados in Bayern?

Luftaufnahme von Affing nach dem Tornado, 2015

Die Wissenschaft geht davon aus, dass der Klimawandel nicht mehr aufzuhalten ist. Weltweit wird es immer wärmer, die Wetterextreme nehmen zu. Im Mai verursachten in Bayern kleine Wirbelstürme große Schäden. „Tornados" gab es in Deutschland zwar schon immer, ob ihre Zahl zunimmt, weiß aber niemand so genau.

Es waren Szenen wie in einem Katastrophenfilm: Am späten Abend des 13. Mai donnerte ein verheerender Tornado durch Ortsteile der Gemeinde Affing bei Augsburg. Nach Angaben der Meteorologen hatte der Sturm Spitzengeschwindigkeiten von bis zu 300 Stundenkilometer und hinterließ eine 150 Meter breite Schneise der Verwüstung: Ein Maibaum wurde umgerissen, Dachziegel bohrten sich in Wohnwagen, von einem Haus wurde der gesamte Dachstuhl abgetragen, und sogar am Mauerwerk nagte der Sturm. Seine Bilanz: 200 schwer beschädigte Häuser, 30 davon waren nicht mehr bewohnbar, mehrere Familien wurden obdachlos. Der Kreis Aichach-Friedberg schätzte den Gesamtschaden auf 40 Millionen Euro. Die Staatsregierung sagte den Betroffenen umgehend unbürokratische Soforthilfe zu.

Der Mai blieb extrem: Nach einem sogenannten Verdachtsfall in Lebenhan am 25. des Monats sorgte am 29. Mai erneut ein Tornado im Freistaat für Aufsehen: Im oberpfälzischen Freystadt-Ohausen bei Neumarkt beschädigte er 20 Dächer und riss zahlreiche Bäume um, verletzt wurde glücklicherweise niemand. Die Schäden hielten sich im Vergleich zu Affing aber in Grenzen. Auch in Freystadt prüft die Staatsregierung eine finanzielle Unterstützung der Betroffenen. Wie hoch die Zuwendungen sein könnten, ist aber noch unklar. Eine entsprechende Anfrage sei gestellt, sagte der Bürgermeister von Freystadt, Alexander Dorr. Der Bürgermeister schätzte den Schaden auf mehrere 100 000 Euro. Die gröbsten Schäden an den Hausdächern waren bereits am Wochenende beseitigt worden.

Auch in Baden-Württemberg war einiges geboten: In Bonndorf, Lembach, Lausheim und Fützen tobte sich ebenfalls am 13. Mai ein Tornado mit bis zu 300 Stundenkilometern aus und hinterließ ein heilloses Chaos. [...]

So heftig die jüngsten Unwetter auch waren, ungewöhnlich sind sie nicht: Auf der Internetseite von Thomas Sävert sind Tornado-Fälle in Deutschland zurück bis ins Mittelalter aufgelistet. Der Meteorologe führt peinlich genau Buch über die Wirbelstürme, ihre Stärke und die angerichteten Schäden. In diesem Jahr zählte er in Deutschland bislang 17 Tornados und 32 „Verdachtsfälle". 2014 waren es insgesamt 51 nachgewiesene Wirbelstürme und 233 Verdachtsfälle. Von 30 bis 60 Tornados pro Jahr könne man ausgehen, sagt Sävert mit Blick auf die jüngere Vergangenheit. Für genauere Zahlen würden die gesammelten Daten allerdings noch nicht ausreichen, bedauert er.

Die Tornadoforschung steckt in Deutschland also noch in den Kinderschuhen. Aber Sävert kann zumindest mit der lange Zeit gängigen Meinung aufräumen, „dass es bei uns keine oder nur wenige Tornados gibt". „In vielen Bundesstaaten der USA treten weitaus weniger Tornados auf als in Deutschland", macht Sävert klar. Und: „Tornados können in Deutschland genauso stark sein wie in den USA." [...]

Davon können die Bürger der Gemeinde Affing ein Lied singen: „Ihr" Tornado brachte den beachtlichen Wert 3 auf [der] offizielle[n] „Fujitsu-Skala", die bis zur Stufe fünf reicht.

Quelle: Rohland: Mehr Tornados in Bayern, in: Bayernkurier, 01.06.2015, abgerufen unter: www.bayernkurier.de/inland/2329-mehr-tornados-in-bayern/[10.07.2017].

Mehr Trockenheit in Bayern durch Klimawandel

M 3

Trockener Ackerboden bei Biberehren in Unterfranken

München (dpa/lby) – Der Klimawandel wird nach Aussagen von Umweltministerin Ulrike Scharf (CSU) in Bayern für mehr Trockenheit sorgen. Bis 2050 würden die Niederschläge im Sommer deutlich abnehmen, teilte Scharf am Sonntag anlässlich des Weltwassertages in München mit. Der Klimawandel stelle das Wasserland Bayern vor regional unterschiedliche Herausforderungen, erläuterte Scharf. „Schon heute fällt in Nordbayern ein Drittel weniger Regen als im Süden." Die Wasserwirtschaft habe deshalb eine Schlüsselrolle bei der Anpassung an die Folgen der Klimaveränderung.

Bereits seit 1993 wird Wasser aus den Flüssen Altmühl und Donau nach Franken gepumpt und füllt dort Rednitz, Regnitz und Main auf. „Die Überleitung stellt sicher, dass auch in Zeiten geringer Niederschläge ausreichend Wasser in den nordbayerischen Flüssen fließt", erläuterte Scharf. Seit Inbetriebnahme des Brombachsees und des Rothsees, die als Speicher dienen, seien rund 2,4 Milliarden Kubikmeter Wasser nach Nordbayern übergeleitet worden – das sei mehr als das Volumen des Chiemsees.

Wegen des trockenen Winters weisen aktuell rund ein Viertel aller Grundwassermessstellen in Bayern niedrigere Werte auf als für die Jahreszeit üblich, vor allem im Raum München und in Mittelfranken. Besorgniserregend ist dies auch nach Aussage des Landesamtes für Umwelt aber nicht.

Quelle: dpa/lby: Mehr Trockenheit in Bayern durch Klimawandel. 22.03.2015.

Die in diesem Kapitel beschriebenen Umweltproblematiken stehen beispielhaft für ökologische Herausforderungen unserer Zeit. Für Bayern sind Auswirkungen von großer Trockenheit einerseits und Überflutungen andererseits in den letzten Jahren besonders relevant. Diese Herausforderungen sind auch in anderen Regionen der Welt wie beispielsweise auf dem afrikanischen Kontinent präsent. Andere Herausforderungen sind in Bayern nicht direkt erlebbar. Hierzu zählen die Rodung des Regenwaldes mit allen innewohnenden Konsequenzen oder auch das langsame Sterben der Korallenriffe in den Weltmeeren. Die gesamte Erde ist vom Klimawandel betroffen, auch wenn die Auswirkungen auf den ersten Blick oftmals nicht erkennbar zu sein scheinen. Absehbar ist allerdings, dass die Folgen klimatischer Veränderungen Migrationsbewegungen auslösen werden, verursacht durch Hochwasser, Dürre und Entzug der Lebensgrundlagen.

M 4 UN poised to open summit on world's oceans; outcome will 'call for action' on ocean health

Totes Korallenriff vor der Küste Japans

Warming oceans, depleting sea life and plastic pollution are on the agenda for next week's ocean summit at the United Nations, which will call for urgent action to improve the health of the oceans, while also creating jobs and raising people out of poverty.

"Human activities are having major impacts on the ocean, affecting everything from the viability of marine habitats to the quality and temperature of the water, the health of marine life, and the continued availability of seafood," the UN organizers said about the event being held 5 to 9 June. [...]

"Ocean deterioration has broader implications as it affects poverty eradication, economic growth, sustainable livelihoods and employment, global food security, human health and climate regulation," the organizers said.

Thousands of people are expected to attend – including heads of State and Government, civil society representatives, business people, as well as actors, and ocean and marine life advocates. [...]

A big showing is expected from small island developing States, particularly from the Pacific Islands, and from African coastal States, which are on the frontlines of climate change and whose economics are particularly vulnerable to changes in the oceans and marine life. [...]

Mr. Thomson [the current President of the UN General Assembly], whose home country, Fiji, is co-hosting the Conference along with Sweden, said people had been "selfish" about their children's and grandchildren's future – but now are more aware of the need to sustainably use natural resources.

"Every second breathe you take comes from ocean-produced oxygen. Without a healthy ocean we're in deep trouble; whether it's food, whether it's our climate, we have to have the integrity for the ocean, the source of life," Mr. Thomson told journalists yesterday in New York.

The main areas of work at The Ocean Conference will be a political call to action, a segment on partnership dialogues and voluntary commitments.

Quelle: [o.V.]: UN poised to open summit on world's oceans; outcome will 'call for action' on ocean health, in: UN News Centre, 02.06.2017, abgerufen unter: www.un.org/apps/news/story.asp?NewsID=56893#.WTf4ZYVOJPY [10.07.2017].

Wenn die Polkappen schmelzen

M 5

Schwimmender Eisberg vor Neufundland, Kanada

Folgen der Überflutung nach dem Abschmelzen der Polkappen

Die Region um den Nordpol zeigt bereits deutliche Anzeichen einer Veränderung. Unabhängig von den starken jahreszeitlichen und jährlichen Schwankungen soll die Fläche des Packeises innerhalb der letzten dreißig Jahre um 10 Prozent abgenommen haben, ihre Dicke sogar um 40 Prozent. Bis zum Ende des 21. Jahrhunderts könnte sich die Oberfläche der Eiskappe halbieren. [...]

Manche sehen darin auch Vorteile. Sie versprechen sich die Öffnung der Nordpassagen für die Schifffahrt und einen leichteren Zugang zu den Gas- und Ölvorkommen in Alaska und Sibirien, die 40 Prozent der Weltreserven ausmachen. Doch diese positiven Aspekte wiegen wenig im Vergleich zu den negativen. Deren gravierendster wäre kurzfristig wohl die Störung des Golfstroms. Erste Untersuchungen haben ergeben, dass sich seine Umwälzgeschwindigkeit zwischen 1950 und 2000 um 20 Prozent verringert hat, was in absehbarer Zukunft unter anderem zu einem vorübergehenden Temperaturabfall in Europa führen könnte. [...]

Auf globaler Ebene wird das Abschmelzen der Polkappen wahrscheinlich die Erderwärmung beschleunigen, weil die Brechung der Sonnenstrahlung abnimmt. Denn Eis reflektiert 80 Prozent der Sonnenstrahlung, vegetationsloser Boden 30 Prozent und Meerwasser nur 7 Prozent. Schon jetzt beginnen stellenweise die Permafrostböden aufzutauen, auf denen Häuser und Straßen gebaut wurden. Die Erwärmung setzt zudem das in den Böden durch die Kälte gebundene Methan frei, das als wichtiges Treibhausgas seinerseits wiederum zur Erwärmung führt. [...]

Dabei führt nicht das Abschmelzen der Nordpolkappe an sich zum Ansteigen der Weltmeere, da das Eis ja bereits auf dem Wasser schwimmt. Mit dem Schwinden der Eisdecke Grönlands und der terrestrischen Gletscher könnte der Meeresspiegel jedoch erheblich steigen. [...]

Das Schmelzen des Antarktis-Eises könnte die Meeresfauna stark beeinträchtigen. So sollen die Krillschwärme in den vergangenen dreißig Jahren schon um 80 Prozent abgenommen haben. Der Krill ist ein garnelenrartiger Kleinkrebs, der sich von unter dem Eis lebenden Algen ernährt. Für die Nahrungskette der Ozeane ist er äußert wichtig, weil er vielen Fischen, Tintenfischen und Walen als Lebensgrundlage dient – die bereits durch Überfischung und Korallenbleiche gefährdet ist.

Quelle: Durand: Wenn die Polkappen schmelzen, abgerufen unter: www.naturefund.de/erde/atlas_der_welt/bedrohte_umwelt/wenn_die_polkappen_schmelzen.html [10.07.2017].

M 6 Massive Regenwald-Abholzung in Brasilien

Illegale Brandrodung für Palmöl in Indonesien

Brasiliens Regenwald am Amazonas wird wieder deutlich schneller zerstört. Zwischen August 2015 und Juli 2016 wurden nach Angaben des Nationalen Instituts für Weltraumforschung (Inpe) etwa 8000 Quadratkilometer Wald gerodet, 29 Prozent mehr als im Vorjahreszeitraum.

Lange waren die Verluste zurückgegangen, zwischen 2004 und 2012 fielen sie von fast 30 000 abgeholzten Quadratkilometern auf den historischen Tiefstand von 4500 Quadratkilometern. Weltweit wurde Brasilien dafür gefeiert. Aber seither steigen die Zahlen wieder, im Vergleich zum Jahr 2012 mittlerweile um 75 Prozent. Die Hauptgründe sind Landwirtschaft und Infrastruktur-Projekte. [...]

Besonders stark nahm die Entwaldung im Westen des Landes zu, tief im Innern des Regenwalds: In den Bundesstaaten Amazonas, Acre und Rondonia verschwanden bis zu 54 Prozent mehr Waldfläche als im Vorjahr. „Momentan sieht es nicht danach aus, dass es wieder besser wird", sagt Oliver Salge, der in Brasilien für Greenpeace arbeitet.

Vor allem die Amnestie für frühere illegale Rodungen, die mit dem neuen, ohnehin verwässerten Waldgesetz von 2011 erteilt wurde, habe viel Schaden angerichtet: „Das war ein Anreiz für weitere Rodungen. Wenn es einmal eine Amnestie gibt, nehmen alle an, dass es auch wieder eine geben wird", sagt Salge.

Der größte Teil der neuen Rodungen dürfte illegal sein. In der anhaltenden Wirtschaftskrise hat der Elan der Regierung im Waldschutz offenbar stark nachgelassen. Hinzu kommt der gewachsene Einfluss der Agrarlobby. Auch wie Brasilien seine CO_2-Emissionen unter diesen Umständen wie geplant verringern will, bleibt unklar. Derzeit nimmt der Amazonas-Regenwald bis zu einem Viertel der weltweit an Land absorbierten CO_2-Emissionen auf.

Vielleicht schadet Brasilien sogar unmittelbar sich selber: „Weil das Land so groß ist, bekommt es die Folgen seines Handelns womöglich direkt zu spüren", sagt Boris Sakschewski vom Potsdam-Institut für Klimafolgenforschung. „Der Regenwald ist Teil eines gigantischen Wasserförderbands, das die Feuchtigkeit vom Ozean Richtung Süden leitet. Wenn der Wald zu stark schrumpft, wird das gestört." 2005 und 2010 gab es schwere Dürren in der Region um São Paolo – sie könnten bereits ein Hinweis gewesen sein, dass die Wasserpumpe von Wald und Wind nicht mehr richtig funktioniert.

Quelle: Weiß: Massive Regenwald-Abholzung in Brasilien, in: Süddeutsche Zeitung, 01.12.2016, abgerufen unter: www.sueddeutsche.de/wissen/umweltschutz-massive-regenwald-abholzung-in-brasilien-1.3275187 [10.07.2017].

2. Erklären Sie das Konzept der Nichtregierungsorganisationen anhand der vorliegenden Materialien.

Die Macht der NGOs – Daten und Fakten

M 7

Über 21000 NGOs sind global aktiv, dazu kommen noch viele Zehntausend nationale Organisationen.

[...] Was ist eine NGO? Bislang gibt es keine einheitliche Definition des NGO-Begriffs. Im Allgemeinen werden unter NGOs solche Organisationen verstanden, die sich als Non-Profit-Initiativen für allgemeine Anliegen wie Umweltschutz, Entwicklungshilfe oder Menschenrechte engagieren. NGOs mit solch allgemeinen Anliegen werden auch als „grüne" oder „advocacy NGOs" (Themenanwälte) bezeichnet. NGOs mit Geschäfts- oder privaten Interessen wie Automobilclubs werden „graue NGOs" genannt.

NGOs haben heute Entscheidungspartizipation in nahezu allen UN-Bereichen. Ihre Mitwirkungsrechte sind allerdings nicht einheitlich geregelt. Wichtiger Zugang ist die Akkreditierung beim Department of Public Information (DPI) der Vereinten Nationen – [...] [2014] sind dort mehr als [4045] NGOs registriert. Eine bedeutende Autoritätsverankerung gelang 1996: NGOs wurde ein erweiterter Konsultativstatus beim Wirtschafts- und Sozialrat der Vereinten Nationen (ECOSOC), einem der sechs UN-Hauptorgane, eingeräumt. Dieser Rat ist das zentrale Organ der Vereinten Nationen für wirtschaftliche, soziale und Entwicklungsfragen und nimmt darüber hinaus „alle Aufgaben wahr, für die er im Zusammenhang mit der Durchführung von Empfehlungen der Generalversammlung zuständig ist".

Quelle: Deichmann: Die Macht der NGOs – Daten und Fakten, in: Cicero, abgerufen unter: http://cicero.de/wirtschaft/die-macht-der-ngos-%E2%80%93-daten-und-fakten/38380 [10.07.2017].

M 8

Die gesellschaftliche Bedeutung von Nichtregierungsorganisationen – ein kritischer Kommentar

Die Kritik an der Arbeitsweise der NGOs hält an. Der besondere gesellschaftliche Stellenwert, welcher den NGOs lange eingeräumt wurde, wird ihnen nun zum Vorwurf gemacht. Bemängelt werden dabei neben der unzureichenden Sachkompetenz auch Lobbyismus, Profitorientierung und ein starkes Eigeninteresse. Gleichzeitig halten sich selbst die schärfsten Kritiker auffallend zurück, wenn es um die Frage geht, ob die NGOs überflüssig sind.

Hasso Mansfeld vergleicht in seiner Kolumne „Auf der Seite der Guten“ NGOs mit einer lästigen Steuer, welche man, einmal ei[n]geführt, nicht mehr los wird. Er empfiehlt daher, wenn auch indirekt, den Organisationen, die ihre Mission erfüllt haben, sich selbst abzuschaffen. […]

Die Erklärung liegt in dem gesellschaftlichen Rahmen, der die NGOs erst entstehen lässt. Genauer in seinem verfestigten Widerspruch. Einerseits ist die Gesellschaft, und somit unser tägliches Leben, durch nicht-demokratisch organisierte Großkonzerne (einschließlich Medienkonzerne) dominiert. Nach ihren ökonomischen Rationalitätsprinzipien werden Leistungen auch außerhalb der Konzerne gemessen und gesellschaftliche Standards definiert. Andererseits bekennen wir uns zur Demokratie als zivilgesellschaftlicher Leitkultur. […]

Heute besteht die Aufgabe der NGOs hauptsächlich darin, die negativen Auswirkungen der Konzernrationalität, die sogenannten sozialen Kosten, aufzufangen und zu neutralisieren. Die Kritik an NGOs ist deshalb eine logische Fortsetzung der Konzernkritik. Doch die NGOs sind mehr als Tafeln und Walretter. Indem die NGOs die zum Überdruss zitierten Wale und andere bedrohte Tierarten retten, welche sonst nach Rationalitätsüberlegungen längst ausgestorben wären, oder mit unbelegten Fakten eine Agrarspekulationsdebatte entfachen, leisten sie nebenbei ihren eigentlichen gesellschaftlichen Beitrag. Den Demokratiebeitrag. […]

Heute stehen die NGOs unter besonders starkem Erwartungs- und Legitimationsdruck. Einerseits nehmen die sozialen Kosten und damit die Komplexität der Aufgaben weiterhin zu. Andererseits wachsen auch Erwartungen der Interessengruppen. Von den NGOs wird somit eine größtmögliche Transparenz und Effizienz erwartet. Gleichzeitig dürfen sie keine Fehler machen und dennoch keine zu große Fachkompetenz beanspruchen. […]

Um der Debatte eine sachliche Richtung zu geben, muss vielmehr hinterfragt werden, welche gesellschaftlichen Kräfte die NGOs antreiben, und ob uns deren Demokratiebeitrag wichtig ist. Falls ja, müssen wir Irrationalitäten dieser Organisationen wohlwollend akzeptieren.

Quelle: Valentinov: Putins Perspektive vermeiden, in: The European, 05.03.2014, abgerufen unter: www.theeuropean.de/vladislav-valentinov/8070-die-gesellschaftliche-bedeutung-von-ngos [10.07.2017].

3. Verschaffen Sie sich einen Überblick über verschiedene Nichtregierungsorganisationen. Bewerten Sie deren Zielsetzungen und Vorgehensweisen.

Greenpeace stellt sich vor

M 9

Greenpeace-Aktivisten 1995 auf der Ölplattform Brent Spar unter Beschuss

Greenpeace ist eine internationale Umweltorganisation, die mit direkten gewaltfreien Aktionen für den Schutz der natürlichen Lebensgrundlagen von Mensch und Natur und Gerechtigkeit für alle Lebewesen kämpft.

Es ist ein ungleicher Kampf, der im Juni 1995 im Nordatlantik tobt. Durch meterhohe Wellen ziehen Schlepper eine alte Öltank- und Verladeplattform über die offene See. Der Ölmulti Shell will die „Brent Spar“ nahe den Färöer-Inseln im Meer versenken. Von den Schleppern immer wieder mit Wasserkanonen beschossen, protestiert an Bord der Plattform eine Handvoll Greenpeace-Aktivisten gegen das Vorhaben.

Es geht um einen Präzedenzfall: Die „Brent Spar“ wäre die erste Plattform, die in der Tiefsee entsorgt wird, hunderte weitere sollen folgen. Die Nordsee steht kurz davor, zur billigen Müllkippe für Öl- und Gasplattformen zu werden.

Alles deutet darauf hin, dass die Versenkung in nur wenigen Stunden durchgeführt wird – da geschieht das Unglaubliche: Nach 52 Tagen öffentlicher Auseinandersetzung gibt Shell nach und entscheidet, die „Brent Spar“ umweltschonend an Land zu entsorgen. Drei Jahre später beschließen die Umweltminister von 15 europäischen Staaten ein dauerhaftes Versenkungsverbot für Öl- und Gasplattformen in Nordsee und Nordostatlantik. Die Auseinandersetzung um die „Brent Spar“ zeigt exemplarisch, wie Greenpeace handelt:

Greenpeace klärt auf, recherchiert und konfrontiert. Die Organisation vertritt dabei die Interessen der Natur und der umweltbewussten Menschen in Politik und Gesellschaft. Dabei geht sie Probleme hartnäckig an – auch gegen Widerstände und über längere Zeiträume. Greenpeace lebt das Recht auf freie Meinungsäußerung, inklusive dem Recht auf Demonstrationsfreiheit, und sucht dabei auch die öffentliche Auseinandersetzung mit Politikern, Konzernbetreibern oder Umweltzerstörern. Durch das Öffentlichmachen der Probleme wächst der Druck auf die Verantwortlichen in Politik und Wirtschaft umzudenken und zu handeln. [...]

In Zeiten zunehmender Globalisierung ist Internationalität unverzichtbar – und eine besondere Stärke von Greenpeace. Die Organisation ist mittlerweile in 26 Ländern vertreten und in mehr als 55 Ländern aktiv. [...]

Um Probleme aufzuzeigen, auf Missstände aufmerksam zu machen und positive Veränderungen einzufordern und herbeizuführen, ist für Greenpeace die gewaltfreie direkte Aktion neben anderen Formen der Öffentlichkeitsarbeit ein wichtiges Mittel. Greenpeace konfrontiert mit gewaltfreien Aktionen diejenigen, die Umweltschäden verursachen oder zu verantworten haben

– wenn möglich am Ort des Umweltverbrechens. Der provozierende, kämpferische und wenn nötig konfrontative Charakter, das kompromisslose, mutige, aber stets gewaltfreie Vorgehen unter vollem persönlichen Einsatz und Risiko ist das Ungewöhnliche an Greenpeace. […]

Für Natur und Umwelt gibt es nach wie vor keinen ausreichenden Rechtsschutz. Landschaftsverbrauch, nachhaltige Umweltbelastungen und kurzfristige Wirtschaftsinteressen haben häufig noch Vorrang. Wo zum Schutz der hochrangigen Rechtsgüter Menschenrechte und Umweltschutz kein effektiver Rechtsschutz zur Verfügung steht, dürfen diese Rechte unmittelbar verteidigt werden. Für Greenpeace ist es Pflicht, fundamentale Lebensrechte und damit die Lebensgrundlagen auch nachfolgender Generationen zu verteidigen und dabei notfalls in Konflikt mit bestehenden, untergeordneten Rechtsnormen zu geraten. Greenpeace-Aktivisten sind deshalb nach sorgfältiger Abwägung bereit zu zivilem Ungehorsam.

Quelle: Greenpeace e. V.: Greenpeace stellt sich vor, abgerufen unter: www.greenpeace.de/ueber-uns/greenpeace-stellt-sich-vor [10.07.2017].

M 10 Greenpeace in Nöten wegen umstrittener Protestaktion in Peru

Greenpeace-Aktion in Peru, 2014

Lima (dpa) – Der Chef von Greenpeace International, Kumi Naidoo, will in Peru persönlich den von Aktivisten der Umweltorganisation verursachten Imageschaden beheben. Er befinde sich in der Hauptstadt Lima, um mit den Behörden und der Regierung über eine Klimaaktion im Sperrbereich der weltbekannten Nazca-Linien zu sprechen, teilte ein Vertreter der Organisation am Freitag (Ortszeit) mit. Die Aktion richtete laut peruanischen Behörden „irreparable Schäden“ an.

Die Scharrbilder entstanden um 200 bis 800 Jahre vor Christus und gehören zum UN-Weltkulturerbe. Greenpeace brachte zur UN-Klimakonferenz bei einer der historischen Geoglyphen den Schriftzug „Time for Change – The Future is renewable“ an. Stefan Krug, Leiter der Politischen Vertretung in Berlin, sagte der Deutschen Presse-Agentur in Lima: „Greenpeace geht es darum, die Wogen zu glätten, die unsere Aktion in Peru erzeugt hat, und verloren gegangenes Vertrauen wiederherzustellen.“

Die kilometerlangen Geoglyphen stellen Tier- und geometrische Figuren dar, die vor allem aus der Luft zu erkennen sind. Das Betreten der Nazca-Linien ist verboten. Das Banner wurde nahe des 90 Meter langen Kolibri-Scharrbildes auf den Boden gelegt. Die Behörden beantragten eine Ausreisesperre gegen die betroffenen Aktivisten. Ihnen können lange Haftstrafen drohen.

Quelle: dpa: Greenpeace in Nöten wegen umstrittener Protestaktion in Peru. 13.12.2014.

BUND Naturschutz: Wir schützen Bayerns Natur

M 11

Der BUND Naturschutz in Bayern e.V. (BN) ist der älteste und größte Umweltschutzverband Bayerns. Wir sind in allen Landkreisen Bayerns aktiv und retten Tiere, Pflanzen und Landschaften überall im Freistaat. Der BUND Naturschutz arbeitet wirtschaftlich, parteipolitisch und konfessionell unabhängig. Er versteht sich als unabhängiger Anwalt der Natur und dient ausschließlich gemeinnützigen Zwecken. Unser Ziel ist es, die natürlichen Lebensgrundlagen für Menschen, Tiere und Pflanzen zu erhalten. Wir wollen die natürliche Schönheit und Vielfalt unserer Heimat bewahren.

„Wir", das sind derzeit über 220.000 BN-Mitglieder, organisiert in einem flächendeckenden Netz von 76 Kreisgruppen und rund 600 Ortsgruppen. Dazu kommt eine Vielzahl von Kinder- und Jugendgruppen, die von einer eigenen Jugendorganisation, der JBN, betreut werden. Der BUND Naturschutz ist außerdem der bayerische Landesverband des Bundes für Umwelt und Naturschutz Deutschland (BUND). Unsere Aufgaben liegen auf allen Feldern der Umweltpolitik.

Arten- und Biotopschutz[:] Wir ergreifen konkrete Maßnahmen zum Schutz von Natur und Landschaft. Das Murnauer Moos und die Rhön zeigen beispielhaft unsere Erfolge, naturnahe Landschaften zu sichern. Ohne unseren Einsatz wäre der berühmte Donaudurchbruch bei Weltenburg heute ein Stausee. Durch den Ankauf und die Pflege wertvoller Biotope retten wir seltene Tiere und Pflanzen.

Landnutzung und Umweltpolitik[:] Wir weisen die Verantwortlichen in Politik und Verwaltung auf Missstände im Umweltbereich hin und dringen auf den Vollzug der Gesetze. In der Auseinandersetzung etwa um die Agrarpolitik, Verkehrsprojekte oder die Energiewende legen wir zukunftsweisende Konzepte vor.

Bildung und Beratung[:] Wir beraten Sie kompetent über die Auswirkungen von Produkten und Dienstleistungen auf Gesundheit und Umwelt. Bei unseren Veranstaltungen und Aktionen informieren wir umfassend über aktuelle Themen und geben Ihnen Tipps, was Sie im Alltag für Natur und Umwelt tun können. Durch Forschung und Bildung fördern wir das Verständnis für ökologische Zusammenhänge. [...]

Kinder- und Jugendarbeit[:] Wir beleben durch Kinder- und Jugendarbeit den Kontakt zur Natur und sorgen dafür, dass eine emotionale Bindung zu Pflanzen, Tieren und Landschaften entsteht. Unsere jungen Mitglieder sind die Natur- und Umweltschützer von morgen. Denn Umwelthelden starten jung!

Quelle: BUND Naturschutz in Bayern e.V.: Der BUND Naturschutz bewahrt Bayerns Schönheit, abgerufen unter: www.bund-naturschutz.de/bund-naturschutz/portrait.html [25.06.2017].

M 12 Neuer Chef und neue Töne

Bad Hersfeld (dpa) – Hubert Weiger ist zum neuen Vorsitzenden des Bundes für Umwelt und Naturschutz (BUND) gewählt worden. Der 60 Jahre alte Forstwirt und Hochschullehrer bekam am Samstag bei der Delegiertenversammlung im hessischen Bad Hersfeld bei der Stichwahl die meisten Stimmen. [...]

Mit Blick auf die Weltklimakonferenz mahnte der BUND einen wichtigen Beitrag der Industrienationen im Kampf gegen den Klimawandel an. Die Bundesregierung müsse ihre Hausaufgaben machen, um die Vorreiterrolle Deutschlands weiter auszufüllen, sagte BUND-Sprecher Norbert Franck am Samstag zu der am Montag auf Bali beginnenden Klimakonferenz. Der BUND werde in informellen Zirkeln versuchen, Einfluss auszuüben, ergänzte Geschäftsführer Gerhard Timm.

Der BUND bekräftigte seine Forderung zum nachhaltigen Klimaschutz. Auf der Agenda stehen ein Neubauverbot für Kohlekraftwerke, ein Tempolimit von 120 Stundenkilometern auf Autobahnen, die Einführung einer Kerosinsteuer und die Einbeziehung des Flugverkehrs in den Emissionshandel. Der BUND fordert eine Reduzierung der Treibhausgase durch die Industrienationen um 40 Prozent bis 2020.

Bei der Haushaltsdebatte verabschiedete der BUND einen auf rund 12,6 Millionen Euro leicht gesunkenen Etat. Im Jahr 2007 waren es noch etwa 13,2 Millionen Euro. Drei Viertel der Mittel fließen im kommenden Jahr in den Umwelt- und Naturschutz. Die Delegierten verabschiedeten unter anderem einen Antrag, um die personellen Strukturen zu professionalisieren. Für die Ausübung des Vorstandsvorsitzes zahlt der BUND künftig ein Jahresgehalt von 95 000 Euro. In der Vergangenheit war das Amt ehrenamtlich geführt worden. Die bisherige Vorsitzende Zahrnt erhielt eine jährliche Aufwandsentschädigung von 30 000 Euro.

Quelle: dpa: BUND wählt Hubert Weiger aus Bayern zum neuen Vorsitzenden. 01.12.2007.

M 13 Anti-Atomkraft-Demonstration von BUND-Verbänden in München

Demonstration gegen die Atom- und Energiepolitik der Bundes- und Staatsregierung, 2010

Der WWF stellt sich vor

M 14

Unsere Mission: Bewahrung der biologischen Vielfalt – ein lebendiger Planet für uns und unsere Kinder

Unsere Grundwerte:

- Respekt vor Mensch und Natur
- Glaubwürdigkeit
- Unabhängigkeit
- Verantwortung

Unsere Erfolge:

Der WWF ist die größte und einflussreichste Umweltorganisation in Deutschland. Unsere nationalen und internationalen Projekte tragen dazu bei, unsere Ziele zu erreichen und beweisen, dass Bewahrung und verantwortungsvolle Nutzung der natürlichen Lebensgrundlagen mit nachhaltiger wirtschaftlicher Entwicklung vereinbar sind.

Der WWF leistet national und international in ausgewählten ökologischen Schlüsselregionen einen wirkungsvollen Beitrag zur Bewahrung der biologischen Vielfalt, Einzigartigkeit und Schönheit der Natur. In Deutschland setzen wir uns besonders für den Schutz von Nord- und Ostsee, Küsten, Flusssystemen, Feuchtgebieten und Wäldern ein und wollen erreichen, dass bedrohte Arten wie Wolf, Luchs, Bär, Fischotter, Adler und Stör ihre Lebensräume ungestört besiedeln können und als Bewohner und Indikatoren einer intakten Natur geachtet werden.

Der WWF begeistert immer mehr Menschen für die Natur und einen umweltfreundlichen Lebensstil, weil er sie unmittelbar anspricht und mit guten Beispielen vorangeht. Kinder und Jugendliche lernen Natur- und Umweltschutz in der Schule und begeistern sich für unsere Ziele und Aktivitäten des WWF.

Quelle: WWF Deutschland: Unser Leitbild, abgerufen unter: www.wwf.de/ueber-uns/unser-leitbild/ [25.06.2017].

Die strategischen Ziele des WWF 2018 bis 2022 im Überblick

M 15

Schutz für die Wälder der Erde
Lebendige Meere
Wasser als Quelle allen Lebens
Schutz der Wildtiere
Nachhaltige Landwirtschaft und Lebensstile
Effektiver Klimaschutz
Biologische Vielfalt in Deutschland
Den WWF und seine Themen in der Gesellschaft verankern
Mehr Unterstützung für den Natur- und Umweltschutz

Quelle: WWF Deutschland: Strategie des WWF 2018 bis 2022, 02.08.2017, abgerufen unter www.wwf.de/ueber-uns/strategie-des-wwf/ [23.01.2018].

M 16 Die dunkle Seite des Panda

Der World Wide Fund For Nature gibt sich als Retter der Wildtiere. Das „Schwarzbuch WWF“ kratzt nun gehörig am sauberen Image der Umweltstiftung. […]

Der WWF fürchtet offenbar Ungemach infolge der Publikation. Denn es scheint eine dunkle Seite des Panda zu geben, der vertrauenswürdigen Marke, mit der Unternehmen gerne werben: Das gibt einen grünen Anstrich und dem Verbraucher das Gefühl, ganz konkret Gutes zu tun. „Nachhaltigkeit ist zum milliardenschweren Zauberwort geworden“, sagt Wilfried Huismann.

Der Journalist, Filmemacher und Autor hat viele Jahre recherchiert. Erst für seinen Film „Der Pakt mit dem Panda“. Nun für das „Schwarzbuch“. Er reiste nach Argentinien, Chile, Indien, Nepal, Indonesien, USA, Schweiz – und seine Erkenntnis raubt Illusionen. Bei der „Nobelmarke unter den Naturschutzorganisationen“ laufe nicht alles so, wie es scheint. […]

Anders als viele andere Umweltschützer wie etwa Greenpeace setzt der WWF nicht auf Konfrontation, sondern möchte die Industrie „umarmen“ – und so das Verhalten selbst von höchst umstrittenen Konzernen ändern. Eine Taktik, die auch innerhalb des Verbandes umstritten ist. Im Gegensatz zu anderen Umweltschutzverbänden nimmt der WWF auch Spenden aus der Industrie an. Wo bleibt da die Unabhängigkeit? […]

Palmöl findet sich in vielen Reinigungsmitteln und Kosmetika. Der Run auf das wertvolle Öl ging aber erst richtig los, seit die Europäer es als „regenerative“ Energie aus Pflanzen entdeckten. In Kalimantan, dem indonesischen Teil von Borneo, werden Wälder gerodet – einst zur Holzproduktion, heute, um Palmölplantagen anzulegen. Der WWF sehe es bereits als Verhandlungserfolg, wenn der weltweit größte Palmölkonzern Wilmar 300 000 Hektar abholzen darf – und im Gegenzug etwa zwei Prozent der Fläche als Schutzgebiet stehen lässt, kritisiert Huismann. Zudem sitzt der WWF gemeinsam mit Unilever, Bayer und der HSBC-Bank an einem Runden Tisch, der in einem Akt der Selbstverpflichtung Nachhaltigkeitszertifikate verteilt – diese wiederum legitimieren die Rodung von Wäldern, sofern es sich nicht um besonders schutzwürdige handelt.

Doch die gibt es kaum mehr. Auch weil niemand kontrolliert, ob sich die Unternehmen an ihre Standards halten, haben andere Umweltschutzorganisationen den Runden Tisch schnell wieder verlassen. Der WWF versichert, dort nur mitzumachen, um „Schlimmeres“ zu verhindern. Doch wo ist der Erfolg? Ein lokaler Aktivist bilanziert: „Der WWF wäscht die Umweltsünden der Industrie grün – und nimmt auch noch Geld dafür.“ […]

WWF-Tausendsassa Jason Clay, Vizepräsident des US-Verbandes, fädelt für den Umweltverband die wichtigsten Industriepartnerschaften ein. Er vertritt den WWF bei einer Lobbyorganisation der Agrar- und Technologiekonzerns Cargill und Monsanto – und ist Vorkämpfer für die Gentechnik.

Abermals sitze man gemeinsam am Runden Tisch, abermals besorge der WWF durch die gemeinsame Vergabe von Nachhaltigkeitssiegeln einer umstrittenen Branche ein grünes, progressives Image, so Huismann. „Diese Siegel sind kein Allheilmittel, sie setzen Mindeststandards, oft sind die von Biosiegeln höher“, sagt auch der WWF-Sprecher. Aber es ist nicht damit getan, wenn er Huismann persönlich unterstellt, dass dieser es immer so drehe, als läge die Verantwortung für alles Ungemach der Welt beim WWF. Das macht er auch nicht.

Quelle: Langenau: Die dunkle Seite des Panda, in: Süddeutsche Zeitung, 28.05.2012, abgerufen unter: www.sueddeutsche.de/wissen/schwarzbuch-wwf-die-dunkle-seite-des-panda-1.1366518[25.06.2017].

Protestaktion des WWF in Paris

M 17

1600 Pappmaché-Pandas hat der WWF 2008 am Pariser Eiffelturm aufgestellt. Mit der Aktion wollte die Umweltstiftung darauf hinweisen, dass es nur noch 1600 Pandabären auf der Welt gibt.

Umweltorganisation Robin Wood: Forderungskatalog zum Thema Kohleausstieg

M 18

Kohleausstieg jetzt! Kohle ist der mit Abstand klimaschädlichste Energieträger. Die Förderung und Verstromung hat desaströse Folgen für Gesellschaft und Natur. Deshalb gilt es den Kohleausstieg jetzt einzuleiten.

Keine Kohle für die Kohle – Divest Now! Zahlreiche Banken, Kommunen, Kirchen und andere Anleger investieren auch heute noch in die Kohle. Diese für die Allgemeinheit schädlichen Gelder müssen aus dem fossilen Sektor abgezogen werden. Klimafreundliche Projekte müssen wir stärken.

Kein weiteres Dorf den Kohlebaggern: Energiepolitisches Mittelalter: Trotz sog. Energiewende sind auch heute noch hunderte von Menschen von Umsiedlung bedroht. Zahlreiche Dörfer sollen Tagebauen weichen. Das darf nicht sein.

Reclaim Power! Energiekonzerne zerschlagen: Ohne soziale Gerechtigkeit und demokratische Beteiligungsrechte bleiben das zukünftige Energiesystem und der Weg dorthin nur eine halbe Sache. Energiewende bedeutet Dezentralisierung des Energiesystems.

Kohleausstieg selber machen! Wenn Politik und Konzerne untätig bleiben, müssen wir die Energiewende selbst in die Hand nehmen. Werden wir gemeinsam aktiv für Kohleausstieg und Klimagerechtigkeit.

Quelle: Robin Wood e. V.: [Startseite], abgerufen unter: www.robinwood.de/kampagnen/kohle-killt-klima[25.06.2017].

M 19 Pressemitteilung, 17.12.2010: Der Innenminister Mecklenburg-Vorpommerns erstattet Strafanzeige gegen Aktivisten von Robin Wood

Der Innenminister Mecklenburg-Vorpommerns, Lorenz Caffier, erstattet gegen zwei Aktivisten der Umweltorganisation Robin Wood Strafzeige.

„Die beiden Personen, die sich aus Protest gegen den KNK Castor Transport gestern kurz vor dem ZLN Rubenow auf den Gleisen festketteten, haben in hohem Maße unverantwortlich gehandelt. Sie sind für die erhebliche Verspätung dieses Transportes und die damit verbundenen erhöhten Einsatzzeiten der Beamten sowie zusätzlich entstandener Kosten verantwortlich und werden dafür zur Rechenschaft gezogen“[,] so der Innenminister.

Polizisten der Bundespolizei waren über mehrere Stunden damit beschäftigt, die Personen unverletzt aus dem Gleisbett zu entfernen und die Sicherheit des Transportes aufrechtzuerhalten.

Die durch die angeblichen Aktivisten verursachte erhebliche Zeitverzögerung des Transportes führte auch zu einer erheblichen Beeinträchtigung der Bevölkerung rund um Lubmin. „Bahnübergänge und Straßen mussten deutlich länger gesperrt bleiben als in den Einsatzkonzepten der Polizei vorgesehen“[,] stellte der Innenminister fest.

„Ich bin nicht gewillt, diese Störungen zu akzeptieren. Neben der von mir erstatteten Strafanzeige werde ich in diesem Zusammenhang Schadenersatzansprüche gegen die beiden Störer prüfen lassen. Weiterhin behalte ich mir rechtliche Schritte gegen die Umweltorganisation Robin Wood vor“, so Lorenz Caffier.

Quelle: Innenministerium Mecklenburg-Vorpommern: Pressemitteilung, 17.12.2010, abgerufen unter: www.uis-mv.de/serviceassistent/_php/download.php?datei_id=30377 [25.06.2017].

M 20 Protestaktion für den Kohleausstieg

Robin-Wood-Protest gegen das Kraftwerk Klingenberg, 2016

M 21

Sea Shepherd stellt sich vor

Sea Shepherd, gegründet 1977, ist eine internationale, gemeinnützige Organisation zum Schutz der marinen Tierwelt. Unsere Mission ist es, die Zerstörung von Lebensräumen und das Abschlachten der Tiere in den Weltmeeren zu beenden, um Ökosysteme und Spezies nachhaltig zu schützen und zu erhalten.

Sea Shepherd wendet innovative Taktiken der Direkten Aktion an, um zu ermitteln, zu dokumentieren und wenn nötig einzugreifen, um illegale Aktivitäten auf hoher See aufzudecken und ihnen entgegenzutreten. Durch den Schutz der Artenvielfalt unserer fein ausbalancierten marinen Ökosysteme trägt Sea Shepherd dazu bei, dass sie für zukünftige Generationen erhalten bleiben.

Wer wir sind

Sea Shepherd ist eine internationale, gemeinnützige Meeresschutzorganisation, die 1977 von Captain Paul Watson gegründet wurde und sich ausschließlich aus Spendengeldern finanziert. Unsere Freiwilligen an Land und auf See arbeiten bis auf sehr wenige Ausnahmen alle ehrenamtlich.

Sea Shepherd Deutschland e.V. ist eine der vielen internationalen Ländergruppen und wurde Anfang 2010 gegründet. Unser Hauptziel ist Öffentlichkeitsarbeit und Fundraising. Wir informieren über unsere Kampagnen und den Schutz der Meere, begleiten Messen, Konzerte sowie andere Veranstaltungen mit unseren Infoständen, halten Vorträge und organisieren Beach Cleanups und andere Events.

Ziele

Wir schützen und verteidigen Meeresbewohner, nicht menschliche Interessen. Sea Shepherd geht dabei ausschließlich gegen illegale Aktivitäten auf hoher See vor, um das Aufrechterhalten von Meeresschutzgesetzen zu gewährleisten, wenn staatliche Exekutivkräfte nicht aktiv werden. Unser Ziel ist die Erhaltung des marinen Lebensraumes für kommende Generationen.

Quelle: Sea Shepherd Deutschland e. V.: Über uns, abgerufen unter: www.sea-shepherd.de/about [25.06.2017].

M 22

Gründer der Umweltschutzorganisation Sea Shepherd – Rabiater Oberhirte

Umweltaktivist Paul Watson kämpft seit 35 Jahren mit seinen ganz eigenen Methoden gegen Haifischer und Walfänger. Derzeit sitzt Watson in Frankfurt fest – ihm droht die Auslieferung nach Costa Rica.

Es ist ein ungleicher Kampf, den die Kameras aufgezeichnet haben. Die „Varadero I“ schwankt schon auf ruhigem Wasser, ein kleines Fischerboot, nicht viel mehr als eine Nussschale. Dagegen erscheint die „Ocean Warrior“ wie ein Ungetüm aus Stahl, am Mast des 54 Meter langen Flaggschiffs weht eine schwarze Totenkopfflagge. Doch die eigentlichen Kriminellen sitzen an Deck der Barke. Eine Handvoll Männer, costaricanische Fischer, die vor der Küste Guatemalas Langleinen ausgeworfen haben, um Haie zu fangen. Ein ebenso illegales wie profitables Geschäft. Denn die Rückenflossen der Tiere bringen rund 200 Dollar pro Pfund.

Paul Watson ist Kapitän der „Ocean Warrior“ und Anführer der „Sea Shepherds“ („Hirten der Meere“), die seit 35 Jahren mit radikalen Methoden gegen Haifischer und Walfänger vorgehen. Im Auftrag der guatemaltekischen Behörden sollen sie die „Varadero I“ in den nächsten Hafen begleiten. Doch die Wilderer versuchen zu flüchten. Watson schneidet ihnen den Weg ab, die Schiffe stoßen zusammen. [...]

Watson gehört zu den Gründungsmitgliedern von Greenpeace, für die er heute aber nur noch abfällige Kommentare übrig hat. Er unterstellt ihnen Untätigkeit und Selbstgefälligkeit, sie bezeichnen ihn als „Irren“. 1977 verließ Watson die Organisation und gründete im selben Jahr die „Sea Shepherds“. [...] Proteste hält Watson für sinnlos, für ihn zählen Taten. [...] Zehn Walfänger haben sie versenkt, deren Namen zieren die Außenwand der „Ocean Warrior“, die mittlerweile „Farley Mowat“ heißt und vor einigen Jahren von kanadischen Behörden beschlagnahmt wurde.

Die Organisation finanziert sich ausschließlich über Spenden und Werbeeinnahmen aus den Dokumentationen, die an Bord ihrer vier Flaggschiffe gedreht werden. Bei ihren Kampagnen werden sie von freiwilligen Helfern unterstützt. Seit vergangenem Jahr setzen sie von Sponsoren gestellte Drohnen ein, mit denen sie Walfänger auch inmitten von Eisbergen aufspüren können. Mit stinkender Buttersäure machen sie dann den Fang der Wilderer ungenießbar, wickeln Taue in die Schrauben der Schiffe und rammen sie, wenn nötig. [...]

Dabei berufen sie sich auf eine Charta der Vereinigten Nationen, die auch Privatpersonen dazu aufruft, aktiv gegen Umweltsünder vorzugehen. Doch die Charta ist reine Absichtserklärung, in Hoheitsgewässern gilt das Gesetz des jeweiligen Staates. Viele Staaten unterstützen die Arbeit der „Sea Shepherds“, doch gerade in Küstengebieten bewegen sie sich oft in legalen Grauzonen, am Rande der Selbstjustiz.

Quelle: Kern: Rabiater Oberhirte, in: Frankfurter Allgemeine, 24.06.2012, abgerufen unter: www.faz.net/aktuell/gesellschaft/menschen/sea-shepherd-chef-paul-watson-rabiater-oberhirte-11795691.html?printPagedArticle=true#pageIndex_2 [25.06.2017].

M 23 Protestaktion gegen japanische Walfänger

Aktivisten von Sea Shepherd bei einer Aktion gegen Walfänger, Februar 2013

Green City e.V. – Wir machen es einfach!

M 24

1990 als gemeinnütziger Verein gegründet, sind wir heute eine der größten Umweltorganisationen in München. Unser Ziel ist es, den motorisierten Individualverkehr und den Ausstoß klimaschädlicher Gase zu reduzieren und die Stadt grüner und lebenswerter zu machen.

Ein sechsköpfiger, ehrenamtlicher Vorstand und rund 25 MitarbeiterInnen arbeiten dafür Hand in Hand mit über 1.500 weiteren Ehrenamtlichen und Mitgliedern. Gemeinsam setzen wir uns für stadtverträgliche Mobilität, „lebenslange" Umweltbildung, nachhaltige Stadtgestaltung und verantwortungsvollen Umgang mit Energie ein (Vereinssatzung) und stellen jährlich ca. 160 Veranstaltungen und Aktionen auf die Beine, die nah am Menschen sind und selbstbewusst Themen auf die Stadtagenda setzen. Einen guten Überblick über unsere Arbeit bieten Dir unsere Projekte.

Unsere Projekte finanzieren wir dabei durch Mitglieder, Spenden, Zuschüsse und Auftragsarbeiten, denn wir sind politisch und finanziell unabhängig. Dafür erhielt der gesamte Verein 2012/13 und 2013/14 von der UNESCO eine Auszeichnung im Rahmen der UN-Weltdekade „Bildung für nachhaltige Entwicklung" und 2016 die neue UNES[C]O-Auszeichnung „Lernort".

Wir pflegen eine Kultur der Vielfalt und des Zusammenhalts. Deshalb hat Green City die Charta der Vielfalt unterzeichnet und sich damit einem Netzwerk von mehr als 2300 Organisationen und Unternehmen angeschlossen, die diese gemeinsame Überzeugung teilen.

Quelle: Green City e.V.: Green City e.V. – Wir machen es einfach!, abgerufen unter: www.greencity.de/ueber-uns/ [25.06.2017].

Ganz dicke Luft

M 25

Die Belastung mit Stickstoffdioxid gilt als besonders problematisch, der Verein Green City lässt sie erstmals im großen Stil messen. Zwar gibt es Zweifel an Details der Aktion, aber das Ergebnis ist alarmierend: Nirgendwo in München gibt es gute Werte.

Die beiden Männer in Schutzanzügen und mit Atemmaske ziehen mitten in der Stadt natürlich die Blicke auf sich. Sie stehen an der Corneliusstraße vor der Glockenbachwerkstatt und posieren für Fotografen, in der Hand halten sie große Schilder mit der Aufschrift NO_2. Es ist ein Fototermin, mit dem die Umweltorganisation Green City gegen die Luftverschmutzung protestiert. Zwar schauen die beiden verkleideten Green-City-Mitarbeiter eher aus, als sei gerade in der Nähe ein Atomkraftwerk hochgegangen. Aber so ist das eben: Wer Aufmerksamkeit erregen will, muss es manchmal auch ein bisschen übertreiben. Schließlich geht es bei der Aktion um ein hohes Gut – die Luft in der Stadt. Und die ist nach neuesten Messungen der Ludwig-Bölkow-Stiftung in Zusammenarbeit mit der Umweltorganisation Green City alles andere als sauber – nicht nur an Münchner Hauptverkehrsadern, sondern auch in Wohngebieten. [...]

Auch die Kreuzung Blumen- und Corneliusstraße, wo die weißen Männchen mit ihren Masken stehen, ist dabei. In der Zeit, in der sie (vermutlich sehr besorgt, aber man sieht es hinter den Masken nicht) in die Kameras schauen, schiebt sich ein gutes Dutzend großer Lastwagen vorbei – Diesel, versteht sich. Dazu kommt natürlich noch eine Menge anderer Autos. Wer also länger an dieser Kreuzung steht, wundert sich nicht, dass hier etwas gewaltig stinkt. Und deshalb hat Green City das Trottoir, wo selten freiwillig jemand einfach so länger mal herumstehen würde, mit Sprühkreide markiert: „Luft ist gesund. Hier nicht“, steht auf den Gehwegplatten in Großbuchstaben – so lange, bis der nächste Regenguss den Schriftzug wieder wegspült. [...]

NO_2 kommt überwiegend in Dieselabgasen vor und ist der giftigste Stoff, den ein Auto absondert. Es kann Herz-Kreislauf- und Atemwegserkrankungen auslösen. Wie andere Verbände auch sieht Green City deshalb nur in der Reduzierung des Autoverkehrs eine Lösung des Problems. „Der Politik fehlt dazu der Mut“, sagt Martin Glöckner, Geschäftsführer der Umweltorganisation. Punktuelle Maßnahmen wie vorübergehende Tempolimits könnten an der Problematik allerdings kaum etwas ändern. Gefragt seien umfassende Lösungen. Dazu gehörten der Ausbau des Rad-, Fußgänger- und öffentlichen Nahverkehrs. Mehr Grün in der Stadt und barrierefreie Wege könnten wieder mehr zum Flanieren anregen; breitere Radwege und Rad-Schnellrouten, auf denen auch Lastenräder und Pedelecs gefahrlos unterwegs sein können, würden die Leute zum Radeln animieren. Und auch Green City schlägt vor, die Autostellplätze in der Stadt zu reduzieren, alleine innerhalb des Mittleren Rings, sagt Glöckner, seien 120 Hektar Fläche zugeparkt.

Quelle: Schubert: Ganz dicke Luft, in: Süddeutsche Zeitung, 24.03.2017, abgerufen unter: www.sueddeutsche.de/muenchen/grenzwert-ueberschritten-ganz-dicke-luft-1.3435609 [25.06.2017].

In Bayern gibt es zahlreiche Handlungsfelder, um der Umweltproblematik zu begegnen. Um die Menschen vor Ort zu schützen, werden bei Bauprojekten bereits präventiv bauliche Maßnahmen ergriffen. Diese sind allerdings eine finanzielle Herausforderung und können Investitionen blockieren. Daher ist ein sorgfältiges Analysieren der ökologischen Lage notwendig.

Durch den Ausstieg aus der Kernenergie bis 2022 muss die Stromversorgung Bayerns auf andere Art und Weise gesichert werden. Im Einklang mit ökologischen Erkenntnissen soll dabei auf erneuerbare Energien gesetzt werden. Allerdings gestaltet sich dies oftmals als große Herausforderung. Windräder in der Nachbarschaft, Biomassekraftwerke in der Gemeinde sowie Wasserkraftanlagen und Stauseen bringen neben der ökologischen Nachhaltigkeit auch große Risiken für Mensch und Umwelt mit sich.

Im Jahr 1999 kam es in Südbayern zu einer der größten Hochwasserkatastrophen der Geschichte. Nach den Aufräumarbeiten stellte sich die Frage, wie ein ähnliches Ereignis künftig zu verhindern sei. Mit großem finanziellen Aufwand wurden Flüsse renaturiert und Überschwemmungsflächen geschaffen. Beispielsweise ist die Stadt Augsburg durch die an Lech und Wertach ergriffenen Maßnahmen mittlerweile vor Wassermassen vergleichbaren Ausmaßes nach wissenschaftlichen Berechnungen geschützt. Weitere bayerische Gebiete mit ähnlicher Problemlage arbeiten ebenfalls Präventionskonzepte aus.

Der CO_2-Ausstoß durch den Güterverkehr mit Lkw ist eine weitere Herausforderung, die es zu lösen gilt. Ein Ansatz ist der Bau des Brennerbasistunnels. Der Lastverkehr könnte so gezielt von der Straße auf die Schiene verlagert werden. Problematisch ist, dass nicht nur der Tunnelbau selbst durch ein Bergmassiv eine technologische Herausforderung darstellt, sondern dass die dem Tunnel vorgelagerten Schienennetze teilweise durch Ortschaften führen, enge Täler passieren und für eine so angestiegene Belastung nicht ausgelegt sind. Folge sind gerade im bayerischen Raum vielfach Proteste.

M 26

Demonstration gegen die hohe Stickstoffdioxid-Belastung durch Abgase in der Münchner Innenstadt

Green-City-Aktion in München 2017

4. Vergleichen Sie Handlungsoptionen für einen stärkeren Umweltschutz in Bayern. Skizzieren Sie einen geeigneten Vorschlag, auf welche Weise eine Nichtregierungsorganisation Ihrer Wahl sich konkret einsetzen soll.

M 27

In Bayern stößt erneuerbare Energie auf Gegenwind

Maria Kreitmair aus Viehhausen war richtig aufgebracht: „Wir Menschen werden nicht gefragt, ob wir das Windrad wollen – aber Gutachten für Vögel, die werden gemacht!“ Bei der letzten Bürgerversammlung in Pellheim, einem Ortsteil von Dachau, ging es hoch her. Erst eine Woche zuvor hatten die Bürger erfahren, dass die Stadtwerke Dachau im Sigmertshauser Holz eine 230 Meter hohe Windkraftanlage planen. In einem Bürgerantrag forderte eine Mehrheit der Anwesenden prompt, dass „auf der Gemarkung/Flur Pellheim keine Windkraftanlage geplant und erstellt wird“.

In vielen bayerischen Gemeinden zwischen Unterfranken und Oberbayern regt sich zunehmend Widerstand gegen neue Windkraftanlagen. Und der zeigt Wirkung. So wurden im vergangenen Jahr nur noch 124 neue Windräder im Freistaat aufgestellt. Im Jahr zuvor waren es noch 143 und 2014 sogar 154. […]

Das im Energieprogramm 2015 formulierte Ziel, einen Anteil von fünf bis sechs Prozent an der Bruttostromerzeugung im Jahr 2025 aus Windenergie zu erzeugen, werde nach derzeitigem Stand zu erreichen sein. Ende des Jahres 2016 wurde die 1000. Anlage in Betrieb genommen, 148 geplante Anlagen hätten bereits eine Genehmigung erhalten, und 119 weitere Genehmigungsverfahren laufen.

Windkraft hat es in Bayern nicht leicht. Gegner kritisieren nicht nur die „Verspargelung der Landschaft“ durch die riesigen Windräder, sondern vor allem die Auswirkungen auf die Fauna. Besonders gefährdet werden nach ihren Angaben ohnehin schon bedrohte Arten wie Storch, Milan, Bussard, Uhu und Graureiher: Sie werden vom Sog der Rotoren eingezogen und „regelrecht geschreddert“.

Im Rahmen der Energiewende kommt der Windkraft in Bayern zwar nur eine vergleichsweise niedrige Bedeutung zu. Führend ist der Freistaat in Deutschland bei der Nutzung der Wasserkraft, Solarenergie, Geothermie sowie Umgebungswärme. Doch Windkraft ist fester Bestandteil des Energiemix, mit dessen Hilfe bis 2025 erneuerbare Energien 20 Prozent des Endenergieverbrauchs abdecken sollen.

Quelle: Wickel: In Bayern stößt erneuerbare Energie auf Gegenwind, in: WeltN24, 20.03.2017, abgerufen unter: www.welt.de/regionales/bayern/article162951606/In-Bayern-stoesst-erneuerbare-Energie-auf-Gegenwind.html [25.06.2017].

M 28 Nach der Katastrophe ist vor der Katastrophe

Gewaltige Fluten, verwüstete Landstriche, zerstörte Existenzen: Die Kraft des Wassers hat den Menschen immer wieder das Fürchten gelehrt. Lange war man machtlos, wenn Flüsse und Bäche zu reißenden Fluten wurden. 1999 zum Beispiel. Oder im August 2002. Nach extremen Niederschlägen rollte damals eine verheerende Flutwelle durch halb Europa. In Bayern waren besonders Regensburg und Passau betroffen. Das Wasser verursachte nach Angaben der Bundesregierung in Deutschland Schäden von 13 Milliarden Euro. [...]

2,3 Milliarden Euro will Bayern bis 2020 in den Hochwasserschutz investieren. Mehr als die Hälfte, etwa 1,6 Milliarden Euro, sind seit 2001 bereits in den Hochwasserschutz geflossen. Etwa 400.000 Menschen wurden seitdem zusätzlich geschützt, erfährt man beim Landesamt für Umwelt. Deiche wurden auf 420 Kilometer saniert und rund 760 Kilometer Gewässerstrecken renaturiert. Ganz vermeiden lasse sich Hochwasser aber nie, erklärt Sprecher Stefan Zoller. Vor allem die Schaffung von natürlichem Rückhalt, also von Flächen, auf denen die Flüsse übertreten können, sei ein langer Prozess. „Wir müssen dazu alle Beteiligten an einen Tisch bringen“, sagt Zoller. „Und das braucht Zeit.“ [...]

Um die richtigen Maßnahmen entbrennen aber immer wieder erbitterte Diskussionen. Einig sind sich Experten darin, dass der natürliche Hochwasserschutz, zum Beispiel durch Flussauen, grundsätzlich das beste Mittel ist. „Ohne technischen Hochwasserschutz geht es aber bei der Donau nicht“, sagt Daniel Skublics (TU München). Aufgrund der hohen Besiedlungs- und Infrastrukturdichte in unmittelbarer Nähe zum Fluss, seien Deiche und Wasserspeicher unbedingt notwendig. Er bringt es auf die Formel: „Wenn wir keine Bebauung hätten, hätten wir auch kein Hochwasserproblem.“

Hier setzen die Grünen mit ihrer Kritik an: Im Zuge der ungebremsten Ausweisung neuer Bau- und Gewerbegebiete sowie Verkehrswege steige auch die Flächenversiegelung zwangsläufig. Jährlich werde in Bayern fast die Fläche des Chiemsees verbraucht. „Diese betonierten und asphaltierten Flächen können dann nicht als Regenrückhaltegebiet dienen. Das Wasser muss unmittelbar in die Flüsse geleitet werden und verschärft die

Hochwassersituation“, sagt der Landtagsabgeordnete Christian Magerl. „Die Flächenversiegelung muss in Zukunft drastisch reduziert werden.“

Auch der Bund Naturschutz kritisiert die Hochwasserschutzpolitik in Bayern scharf – und fordert, die Priorität endlich auf den ökologischen Hochwasserschutz zu legen. „In Bayern muss es endlich einen klaren Vorrang für den ganzheitlichen, flächendeckenden und ökologischen Hochwasserschutz geben“, sagt der Bund Naturschutz.

Quelle: Fischhaber; Gierke: Nach der Katastrophe ist vor der Katastrophe, in: Süddeutsche Zeitung, 03.06.2013, abgerufen unter: www.sueddeutsche.de/bayern/hochwasserschutz-in-bayern-nach-der-katastrophe-ist-vor-der-katastrophe-1.1687176 [25.06.2017].

Bayern bremst den längsten Eisenbahntunnel der Welt

M 29

Der Weg in die Tiroler Skigebiete kann zur harten Geduldsprobe werden. Auf der Inntalautobahn in Österreich gilt seit kurzem Tempo hundert. Da schleichen die Urlauber auf der linken Spur an den schier endlosen Lastwagenkolonnen Richtung Süden vorbei. Es ist, als wollten die Nachbarn mit allen Mitteln Druck machen, dass sich auch die Bayern beim Ausbau der Bahnverbindung endlich etwas einfallen lassen. Aber beim Nordzulauf zum Brennerbasistunnel durch das bayerische Inntal geht seit 20 Jahren nicht[s] voran. Es wird nur viel geredet.

Einen „Planungsdialog mit allen Beteiligten“ soll es nun geben, heißt es bei der Bahn. „Frühzeitige Beteiligung der Öffentlichkeit“ sichert auch Bundesverkehrsminister Alexander Dobrindt (CSU) zu. Noch aber ist kein Spatenstich getan. Indes verstopft der zunehmende transalpine Verkehr immer mehr die bestehenden Routen. Das Projekt hat schon den zweifelhaftem Ruhm erlangt, das am meisten umkämpfte Bahnprojekt Bayerns zu sein. [...]

In den sieben Inntal-Gemeinden, durch die mit Öffnung des Brennerbasistunnels ab 2025 laut Verkehrsprognosen mehr Bahnverkehr rollen wird, liegen die Nerven blank. „Wir haben Sorgen um unser Tal und unser künftiges Leben“, sagt der Rosenheimer Landrat Wolfgang Berthaler (CSU). [...]

Die neue Brennerbahn zwischen München und Verona durch den Brenner-Basistunnel ist ein wichtiger Teil der Fernverbindung Berlin-Palermo. Ein 9,7-Milliarden-Euro-Projekt, das von der EU mitfinanziert wird. Die 64 Kilometer lange unterirdische Verbindung zwischen dem Nordportal in Innsbruck und dem Südportal im italienischen Franzensfeste wird der längste Eisenbahntunnel der Welt sein. Wenn er denn fertig ist. 2025 soll es so weit sein. Dann – so die Hoffnung – werde er den Bahntransit über die Alpen beschleunigen und die Gemeinden in Südtirol und Tirol vom Lkw-Verkehr entlasten.

Das kann nur so gut funktionieren, wenn auf deutscher Seite die Strecke durch das Inntal nicht zum Nadelöhr wird. 180 Züge fahren derzeit täglich durch das enge, dicht besiedelte Tal, teils mitten durch die Orte. Von 2025 an rechnen Verkehrsexperten mit mehr als 300 Zügen am Tag. Die Maximalauslastung liegt bei 484 Zügen.

Theoretisch ist klar, was auf bayerischer Seite passieren müsste: Der Zulauf, also der Schienenweg zum Tunnel hin, muss für diese Belastung fit gemacht werden. Zum einen sollen deshalb die bestehenden Bahngleise auf der zweigleisigen Trasse zwischen Rosenheim und Kiefersfelden teilweise erneuert werden. Bis 2036 hofft die Bahn so zunächst die erwartete Zunahme des Schienenverkehrs bewältigen zu können. Zum anderen geht es um zwei neue Gleise durch das Inntal. [...]

Gegenwind kommt von unvermuteter Seite. Umweltverbände halten den Brennerbasistunnel insgesamt für ein unfinanzierbares Großprojekt ohne Nutzen. Deshalb ist unklar, ob die Umweltschützer in der Inntaler Allianz beteiligt sein werden. Die Allianz probt zumindest rhetorisch den Aufstand: „Wir wollen nicht vom Verkehr überrollt werden. Dafür streiten wir!“, sagt Landrat Berthaler. Die Kommunalpolitiker fürchten, dass neue Verkehrswege mehr Verkehr und mehr Lärm bringen. „Das Inntal ist schon jetzt das meistfrequentierte Alpental in Deutschland“, klagt der Landrat. „Wir brauchen eine besondere Lösung, zum Beispiel einen Standard wie in Tirol.“ Dort verlaufen 32 von 40 Kilometern Schiene im Inntal, lärmgeschützt in Tunneln, Trögen und Einhausungen.

Quelle: Zerbel: Bayern bremst den längsten Eisenbahntunnel der Welt, in: WeltN24, 05.01.2015, abgerufen unter: www.welt.de/regionales/bayern/article135958959/Bayern-bremst-den-laengsten-Eisenbahntunnel-der-Welt.html [25.06.2017].

M 30 Geschenke statt Verbote

Mit einem Bündel von Maßnahmen will die Staatsregierung die Luftqualität im Freistaat verbessern – insbesondere in hoch belasteten Ballungsräumen wie München. Das Kabinett veröffentlichte [...] eine Studie mit besorgniserregenden Daten. Demnach liegen die Stickstoffdioxid-Werte in München bei knapp einem Viertel aller Hauptstraßen – insgesamt 123 von 511 Kilometern – teils massiv über dem erforderlichen Grenzwert.

Betroffen ist vor allem der Mittlere Ring. Münchens Oberbürgermeister Dieter Reiter (SPD) hat bereits vor Wochen ein Fahrverbot für Dieselfahrzeuge ins Spiel gebracht, die Staatsregierung möchte dies mit aller Macht verhindern. „Wir wollen und müssen im Interesse unserer Bürgerinnen und Bürger die Stickstoffbelastung in bayerischen Innenstädten schnellstmöglich reduzieren“, sagte Seehofer. [...]

OB Reiter zeigte sich einerseits besorgt über die nun nochmals klar belegte hohe Luftverschmutzung, andererseits aber auch erleichtert darüber, dass die Staatsregierung endlich etwas dagegen unternehmen will. „Dass die Mittel für den öffentlichen Nahverkehr spürbar erhöht werden sollen, kann ich nur begrüßen. Das bedeutet eine deutliche Entlastung der Kommunen.“ [...]

Einen Schwerpunkt will die Staatsregierung beim Ausbau der Radwege setzen – allein für München und Nürnberg sollen für 80 Millionen Euro 80 Kilometer Radschnellwege geplant werden. Der Bau von Stellplätzen soll helfen, dass ein Fünftel des Gesamtverkehrs künftig auf dem Rad zurückgelegt [wird]. Drei Millionen Euro werden im Nachtragshaushalt für neue Ladesäulen für Elektroautos eingeplant.

Quelle: Effern, Schnell, Wittl: Geschenke statt Verbote, 18.07.2017, abgerufen unter: www.sueddeutsche.de/muenchen/massnahmen-gegen-schadstoffbelastung-geschenke-statt-verbote-1.3593383 [23.01.2018]

DAS WICHTIGSTE IN KÜRZE

Nichtregierungsorganisationen

Nichtregierungsorganisationen (**NGOs**) übernehmen weltweit Aufgaben in einem sehr breit gefächerten Spektrum. Dieses reicht vom Einsatz gegen Armut und Leid über soziale Dienstleistungen bis hin zum Umweltschutz. Dabei sind NGOs nicht durch ein öffentliches Mandat legitimiert, sondern sie treten als nichtstaatliche Organisationen auf. Häufig wird im Deutschen auch von Verbänden oder Vereinen gesprochen. Der Begriff „Nichtregierungsorganisation" geht auf die Vereinten Nationen zurück, die eine Unterscheidung zur Abgrenzung staatlicher und nichtstaatlicher Akteure, die sich an politischen Prozessen beteiligen, treffen mussten. Die NGOs treten unabhängig von regionalen oder nationalen Regierungen mit eigener Stimme auf. Ihre Zahl steigt seit dem Ende des Zweiten Weltkriegs stetig.

Am Auftreten von Nichtregierungsorganisationen wird auch Kritik geübt, da sie nicht über eine demokratische Legitimation verfügen: Weil sie nicht gewählt wurden, könnten sie nicht im Namen des Volkes sprechen und handeln. Auch die innere Struktur einer Nichtregierungsorganisation folgt nicht zwangsläufig demokratischen Spielregeln.

Ökologie als aktuelle Herausforderung

Nach dem Zweiten Weltkrieg erlebte Europa eine Phase der wirtschaftlichen Regeneration, die spätestens ab den 1960er-Jahren zunehmend öffentlich wahrnehmbare Folgen für die Umwelt nach sich zog. Eine Protestbewegung formierte sich und forderte veränderte Strukturen. 1992 wurde auf der UN-Konferenz in Rio de Janeiro (Brasilien) die Agenda 21 verabschiedet, die festhielt, dass ökologisch nachhaltige Produktions- und Konsummuster eine Voraussetzung für die künftige menschliche Entwicklung sind. Bis heute mangelt es jedoch zum Teil erheblich an der Umsetzung.

Zahlreiche Umweltprobleme auf lokaler, regionaler und globaler Ebene tragen zu einer Verschärfung von Armut, Elend und Hunger in der Welt bei. Etwa 20 % der Weltbevölkerung hat keinen Zugang zu **sauberem Trinkwasser**, jedem Dritten stehen keine sanitären Einrichtungen zur Verfügung.

Die Artenvielfalt, die sinkende Qualität von Böden und Gewässern, der Zustand der Ozeane, die Atmosphäre und das Klimasystem sind die drängendsten Umweltprobleme. In engem Zusammenhang mit diesen stehen das Bevölkerungswachstum auf derzeit über 7 Milliarden Menschen, knapper werdende Agrarflächen, der Mangel an Trinkwasser sowie das Phänomen der Urbanisierung.

Besonders relevant ist der Schutz der Atmosphäre, da sie den gesamten Globus umhüllt und aufgrund ihrer vielfältigen ökologischen Funktionen für Flora und Fauna überlebenswichtig ist. Durch die Verbrennung fossiler Rohstoffe (Erdöl, Kohle, Erdgas) steigt der CO_2-Gehalt in der Atmosphäre messbar an und verursacht eine zunehmende **globale Erwärmung**. Daraus resultiert der Klimawandel. Aufgrund der Wechselwirkungen mit weiteren Umweltproblemen führt bereits eine geringe Erwärmung der Atmosphäre zu weitreichenden Veränderungen in der Tier- und Pflanzenwelt. Beispielsweise leiden heute viel größere Regionen an **Malariaepidemien**, in denen die Tropenkrankheit früher nicht auftrat.

DAS WICHTIGSTE IN KÜRZE

Die Verschmutzung der **Ozeane** hat ebenfalls messbar zugenommen, sowohl im küstennahen Bereich als auch im offenen Ozean. Zum einen ist das Ökosystem durch die Überfischung gefährdet, zum anderen werden die Meere verschmutzt. Dies geschieht durch Verbrennung von Abfällen und Schadstoffen auf offener See sowie durch Havarien von Tankschiffen, die mit Rohöl oder Chemikalien beladen sind. Eine weitere Gefahr für die Ozeane besteht im Einleiten von Abfällen durch Küstenstaaten, was entweder direkt geschieht oder über verschmutzte Flüsse in die Meere. Die Ozeane binden einen Großteil des CO_2 in der Atmosphäre. Messungen haben mittlerweile eine weitgehende Sättigung mit CO_2 ergeben. Eine weitere Belastung würde zur **Versauerung der Meere** führen – mit weitreichenden Folgen für alle Meeresbewohner.

Auch auf dem Land ist der **Artenschutz** ein besonders wichtiger Aspekt der Ökologie. Durch die gestiegene Weltbevölkerung bewirtschaften Landwirte häufig auf großen Flächen Monokulturen, die in einigen Ländern zudem auf gentechnisch verändertes Saatgut zurückgreifen. Die Äcker sind dadurch deutlich schädlingsanfälliger als Mischkulturen bzw. wilde Arten. Der Artenschwund durch landwirtschaftliche Erzeugungen betrifft besonders die sogenannten Hot Spots. Dies sind jene Regionen, in denen sich ca. die Hälfte aller Arten finden. Sie machen nur 2 % der Erdoberfläche aus und sind vor allem in Entwicklungsländern gelegen: zum Beispiel das Amazonasbecken in Brasilien bzw. die Tropenwälder Indonesiens.

Problematisch ist das Phänomen der **Desertifikation**, damit wird die Verödung ehemals fruchtbarer Böden bezeichnet. Als Ursache gelten unsachgemäße Bewirtschaftung und Überbeanspruchung infolge des Bevölkerungswachstums. Flächen, die durch Brandrodung der Wälder gewonnen werden, sind von diesem Phänomen besonders betroffen. Oft können sie bereits nach wenigen Jahren nicht mehr als Weidefläche genutzt werden. Der Grundwasserspiegel sinkt als Folge des Verlusts der schützenden Waldschicht und die Flächen versteppen und versalzen. Bodenerosion ist oftmals die Konsequenz dieses Prozesses.

Nichtregierungsorganisationen und Umweltschutz

Auf dem Gebiet der Ökologie sind Nichtregierungsorganisationen traditionell sehr aktiv, um sich für die Belange der Umwelt einzusetzen und ihr somit jene Stimme zu verleihen, die sonst leicht überhört würde. In Deutschland setzen sich Organisationen auf lokaler und regionaler Ebene beispielsweise für den Erhalt von Bioreservaten an Flussläufen ein oder stellen Nistplätze für bedrohte Vogelarten zur Verfügung, wenn die Stadtbebauung zunehmend weniger natürliche Gelegenheiten bietet. Auch engagieren sich Bürgerinnen und Bürger in NGOs, wenn es um die Belange der Umwelt gegenüber Großprojekten geht, u. a. dem Bau einer dritten Startbahn am Münchner Flughafen im Erdinger Moos oder bei der Frage nach der Trasse von Stromleitungen und Autobahnen. Lange Zeit war der Protest gegen die Atomenergiegewinnung in Deutschland eines der Kernanliegen der ökologisch orientierten NGOs – seit der Festlegung auf verbindliche Restlaufzeiten ist dieser Protest etwas zurückgegangen, jedoch bleibt weiter die Frage der Endlagerung zu klären. Darüber hinaus sind zahlreiche NGOs international tätig und widmen sich jenen Umweltfragen, die so komplex sind, dass sie nur mithilfe internationaler Zusammenarbeit bearbeitet werden können.

FESTIGUNG – VERTIEFUNG

Weitere Herangehensweisen

- Entwickeln Sie Maßnahmen, mit denen der Ressourcen- und Energieverbrauch der privaten Haushalte und Unternehmen reduziert werden kann.
- Diskutieren Sie, inwieweit die Lobbyarbeit großer Konzerne oder Industrieverbände und Kammern eine nachhaltige Umweltpolitik erschwert.

Vertiefende Aspekte

- Recherchieren Sie, welche Rolle die Elektromobilität in Bayern spielt und welche Maßnahmen für einen Ausbau dieser diskutiert werden.
- Untersuchen Sie, inwiefern die Regionalisierung eine nachhaltige Maßnahme des Umweltschutzes darstellt.

Weiterführende Quellen und Hinweise

H 1 Edenhofer, Ottmar; Jakob, Michael. Klimapolitik: Ziele, Konflikte, Lösungen, München, C.H. Beck, 2017. Das Buch bietet eine knappe Übersicht über die Klimapolitik. Es werden die aus der Klimapolitik erwachsenden Konflikte sowie Möglichkeiten zur Überwindung dieser in allgemein verständlicher Sprache dargestellt.

H 2 Homepage des Bayerischen Staatsministeriums für Umweltschutz und Verbraucherschutz. Die Homepage gibt einen Überblick über bayerische Maßnahmen im Bereich des Umweltschutzes. Unter anderem wird hier auch das Klimaschutzprogramm Bayern 2050 vorgestellt.

H 3 Homepage des Alfred-Wegener-Instituts, Helmholtz-Zentrum für Polar- und Meeresforschung. Die Homepage des Instituts liefert Hintergrundwissen zu aktuellen Problemlagen in Zusammenhang mit den Weltmeeren.

H 4 Frantz, Christiane; Martens, Kerstin: Nichtregierungsorganisationen (NGOs), Wiesbaden, VS Verlag für Sozialwissenschaften, 2006. Nichtregierungsorganisationen sind wichtige Akteure der nationalen und internationalen Politik. Diese Einführung bietet einen ersten Zugang und einen Überblick über das Thema.

GELERNT!

4.1 Die EU und weitere internationale Organisationen

Sie kennen internationale Organisationen wie die EU, die 28 europäische Länder in einer kontinuierlich gewachsenen und entwickelten Union verbindet, und deren aktuelle Herausforderungen insbesondere durch den Austritt Großbritanniens sowie die Gemeinschaftswährung Euro in einigen Mitgliedsländern zu sehen sind.

Ihnen sind als weitere wichtige Akteure auf aktuellen Konfliktfeldern der internationalen Politik die UNO und die NATO bekannt. Sie wissen um deren Wirksamkeit, vor allem auf dem Feld der Diplomatie und der Friedenssicherung, können aber auch deren Grenzen durch die Vielfalt der Interessen der individuellen Mitgliedsstaaten abschätzen.

Sie beurteilen in diesem Zusammenhang die Rolle Deutschlands innerhalb der internationalen Politik im Spannungsfeld von großer Verantwortung aufgrund wirtschaftlicher Stärke einerseits und historisch gewachsener Zurückhaltung andererseits. Sie erkennen, dass die Einflussmöglichkeiten Deutschlands innerhalb internationaler Organisationen und auf diese ebenfalls vom eigenen Anspruch und den von außen geäußerten Forderungen geprägt sind, wodurch die Umsetzbarkeit eigener Ansprüche immer wieder infrage gestellt wird.

4.2 Die Arbeit internationaler Nichtregierungsorganisationen dargestellt am Thema „Ökologie“

Sie erkennen aufgrund der wachsenden Anzahl und der vielfältigen Betätigungsfelder von internationalen Nichtregierungsorganisationen (NGOs) deren Relevanz. Die Rolle der NGOs als Ansprechpartner für internationale Organisationen ist Ihnen bewusst, ebenso wie deren Einfluss durch ihre Erfahrung im Hinblick auf aktuelle Herausforderungen. Sie begreifen, dass NGOs als Lobbyisten auftreten und so die internationale Politik entsprechend ihrer Vorstellungen beeinflussen. Sie sind mit der Kritik vertraut, dass NGOs selbst selten demokratischen Ansprüchen genugen und daher ihre Einflussnahme auf den demokratischen Entscheidungsfindungsprozess zu hinterfragen ist.

Sie kennen eine Vielzahl aktueller Herausforderungen für die internationale Staatengemeinschaft, zum Beispiel das Spannungsfeld von Globalisierung und Regionalisierung, die globale Bevölkerungsentwicklung sowie die Ökologie- und Umweltproblematik. Ihnen ist bewusst, dass die Letztere neben globalen Auswirkungen Folgen für das Leben jedes Einzelnen – sowohl in Bayern als auch in allen anderen Weltregionen – hat. Sie begreifen, dass angesichts ökologischer Fragen sowohl eine globale Kooperation als auch individuelle Lösungen vor Ort unumgänglich sind. Ihnen ist bekannt, dass zahlreiche internationale NGOs hier ansetzen und stetig Prozesse im Bereich des Umweltschutzes nachhaltig anstoßen.

METHODENKOMPETENZEN (LERNBEREICH 1)

Überblick

TEXTQUELLEN AUSWERTEN

Warum Textquellen benutzen?

Textquellen sind eine wichtige Möglichkeit, einen Einblick in politische und historische Vorgänge zu erlangen. Sie ermöglichen dem interessierten Leser, Situationen auf ganz unterschiedliche Art und Weise kennenzulernen, zu interpretieren und zu analysieren.

Was gibt es für Textquellen?

Texte werden verschiedenen Textsorten zugeordnet, nämlich historischen, wissenschaftlichen, fiktionalen und persönlichen Texten. Aus den unterschiedlichen Eigenarten dieser Textformen ergeben sich jeweils spezifische Erschließungsmuster und Interpretationen. In der Geschichtswissenschaft trennt man scharf den Begriff „Schriftquelle" von dem der „Sekundärliteratur", die Quellen oder andere Texte behandelt. Bei der Erschließung von Texten muss diese Unterscheidung vom Rezipienten geleistet werden.

Anhand historischer **Textquellen** kann man Informationen über vergangene Ereignisse erlangen. Die Texte sind in der Vergangenheit entstanden, berichten also über ein bestimmtes Ereignis, Verfahren oder eine Alltagssituation und nehmen Bezug darauf. Sie können unterschiedlichste Inhalte aufweisen: Sie können einen normativen Charakter haben, wie Verfassungen, Gesetze, Ordnungen oder auch Gerichtsurteile, sie können aber auch tendenziös und beeinflussend sein, wie Reden oder Proklamationen. Hierbei handelt es sich um Primärquellen. Sekundärquellen sind Berichte und Überlieferungen aus zweiter Hand, die ihrerseits Primärquellen zitieren oder aus diesen entstanden sind.

Der Stil eines **wissenschaftlichen Textes** ist dabei zumeist sehr nüchtern. Sachverhalte werden mit Fakten und Beispielen untermauert und präsentiert. Der Autor eines wissenschaftlichen Textes bezieht seine Informationen aus unterschiedlichen Quellen und versucht auf dieser Grundlage, eine möglichst zutreffende Hypothese zu formulieren. Wissenschaftliche Sekundärliteratur erhebt den Anspruch, zur objektiven Meinungsbildung beizutragen. Diese Texte zählen allerdings nicht zu den Schriftquellen.

Es gibt aber auch erzählende Schriftquellen, wie z. B. **fiktionale Texte**. Diese beziehen sich nicht auf ein Ereignis, das tatsächlich stattgefunden hat. Diese Texte können einen wertvollen Einblick in Wünsche, Vorstellungen und Einstellungen des Autors geben.

Persönliche Texte, auch Egodokumente genannt, geben weitere wertvolle Einblicke in historische und zeitgenössische Geschehnisse. Dies sind sehr persönliche, subjektive Einblicke. Zu diesen Texten gehören Briefe oder Tagebucheinträge.

Wie gehe ich vor?

Nach dem ersten Lesen des Textes mit gleichzeitigem Markieren und Exzerpieren der wichtigsten Informationen sollte man entscheiden, um welche Art von Textquelle es sich handelt. Die Informationen eines Kommentars sind anders zu interpretieren als die Informationen eines wissenschaftlichen Artikels über ein Ereignis im 18. Jahrhundert. An dieser Stelle können Sie im Idealfall auch feststellen, welche Absicht der Autor mit seinem Text verfolgt.

Auch der Aufbau eines Textes kann für die Analyse von Bedeutung sein. Handelt es sich bei dem Text um eine Erörterung mit Beweisführung oder ist es eher ein darstellender/beschreibender Text? Die Beantwortung dieser Fragen kann bei der Interpretation des Inhalts hilfreich sein. Von Vorteil ist es auch, den Sprachstil des Autors zu berücksichtigen. Dieser kann Aufschluss darüber geben, an welche Leserschaft sich der Text wendet. Ein Text, der an ein Fachpublikum gerichtet ist, ist anders gestaltet als ein Text, der an Laien adressiert ist. Der Sprachstil des Autors kann auch zeigen, ob eine bestimmte politische Gesinnung oder Absicht hinter dem Text steckt.

Abschließend ist es entscheidend, nach der Intention des Autors zu fragen. Ist es die Absicht des Autors, den Leser zu beeinflussen, will er ihn überzeugen oder handelt es sich um einen neutralen Informationstext?

Welche Probleme können auftreten?

Bei der Arbeit mit Textquellen ist vor allem zu beachten, dass Autoren den Leser unter Umständen absichtlich in eine bestimmte Richtung lenken wollen, um ihn von ihrem Standpunkt zu überzeugen. Auch ist es wichtig, sich darüber im Klaren zu sein, dass ein historischer Text beispielsweise in seiner Entstehungszeit vollkommen anders interpretiert worden sein könnte. Ähnlich sind politische Texte zu werten, die in einem totalitären oder autoritären Regime entstanden sind.

KUNSTWERKE ANALYSIEREN

Kunstwerke als Traditionsquelle

Kunstwerke, ob Gemälde, Skulpturen, Statuen etc., dienen nicht nur den Zeitgenossen als Augenweide, Anregung und Auseinandersetzung, sondern sollen auch für zukünftige Generationen Zeugnis ablegen. Kunstwerke dokumentieren historische Ereignisse, geben Auskunft über gesellschaftliche Wertevorstellungen und Diskurse oder über die Herrschaftslegitimation führender Personen.

Man kann in mythologisch-religiöse (Gottesdarstellung, Heiligenfigur, Grab- bzw. Altarplastik), repräsentative (Denkmal, Statue, Mahnmal, Herrscherbildnis) oder profane (Porträt, Akt, Büste, Figur, Objekt) Kunstwerke unterteilen.

Vorgehen bei der Analyse

1. Beschreibungsstufe

- Wer und was ist zu sehen?
- Wird ein Titel angegeben?
- Welche Gestaltungsmittel wurden verwendet – Mimik, Gestik, Linien etc.?
- Besteht Detailtreue oder werden Formen vereinfacht?
- Wie ist das Verhältnis der Teile zum Ganzen?
- Ist Bewegung erkennbar oder Stillstand? Bewegungsrichtung?
- Welche Symbole fallen besonders auf?
- Besteht das Kunstwerk aus mehreren Elementen?
- Worauf ist der Blick des Betrachters vor allem gerichtet?

2. Kontext

- Um welche Art von Kunstwerk handelt es sich?
- Welche Maße umfasst das Kunstwerk?
- Aus welchem Material besteht das Kunstwerk?
- Wer ist der Künstler? Welche Informationen sind über ihn bekannt?
- Wer ist der Auftraggeber? Welche Informationen sind über ihn bekannt?
- Wann und wo ist das Kunstwerk entstanden?
- Welchem Zweck dient das Kunstwerk?
- Welcher Anlass führte zur Entstehung des Kunstwerkes?
- Welcher Kunstepoche und welchem Kunststil lässt sich das Werk zuschreiben?
- Wer ist der Adressatenkreis?

3. Interpretationsstufe

- Welches Ereignis bzw. welches Thema wird aufgegriffen?
- Welche Elemente wirken übertrieben, welche untertrieben?
- Wird die Szene oder die Person beschönigt?
- Welche Absicht verfolgt der Künstler bzw. der Auftraggeber?
- Welche Wirkung soll(te) beim zeitgenössischen Betrachter hervorgerufen werden?

4. Bewertungsstufe

- Beurteilen Sie, welche Aussage das Kunstwerk über die Vergangenheit macht.
- Erklären Sie, ob diese Aussage realistisch ist oder nicht.
- Diskutieren Sie die politische und zeitgenössische Wirkungsabsicht.

- Fassen Sie die Fragen zusammen, die durch das Kunstwerk nicht beantwortet werden können.
- Vergleichen Sie das Kunstwerk mit anderen Werken zur gleichen Thematik.

Problematik

Das Kunstverständnis der Epochen ist sehr unterschiedlich. Für eine tiefer gehende Interpretation bedarf es eines umfangreichen Wissens über die jeweilige Zeit bzw. das behandelte Ereignis, das Kunstverständnis seiner Entstehungszeit und die näheren Umstände beim Zustandekommen des Kunstwerkes. Deshalb können vermeintlich offensichtliche Interpretationen sehr leicht in die Irre führen.

LIEDTEXTE ANALYSIEREN

Lieder als geschichtswissenschaftliche Quellen

Lieder finden sich in allen Kulturkreisen und zu allen Zeiten; sie dokumentieren alltags-, sozial- und mentalitätsgeschichtliche Aspekte der Vergangenheit wie auch der Gegenwart; in ihnen „klingen" Gefühle, Einstellungen, Sehnsüchte und Ängste ganzer Gesellschaften. Der wesentliche Unterschied gegenüber reinen Textquellen besteht vor allem darin, dass Vokalmusik nicht nur sprachliche, sondern auch musikalische Informationen wie Tonumfang, Tempo, Lautstärke, Rhythmik, Melodik etc. enthält; die Analyse und Interpretation findet hier also auf zwei Ebenen statt: der Text- und der Musik-Ebene.

Analysebausteine

1. Liedinhalt und -gestaltung

- Was ist das Thema bzw. das Motiv?
- Wie ist das Lied aufgebaut? Lassen sich Abschnitte, Wiederholungen usw. erkennen? Wie ist die gegenseitige Beziehung der einzelnen Teile zueinander?
- Welche Stimmung bzw. Atmosphäre herrscht vor?

2. Textanalyse

- Welche Sprache, Sprachebene, Syntax usw. wurde verwendet?
- Finden sich rhetorische Figuren?
- Finden sich Reime oder Reimschemata?

3. Musikanalyse

- Welche Tonart herrscht vor?
- Finden sich melodische Auffälligkeiten (vgl. Tonumfang, -schritt, -sprung etc.)?

- Finden sich rhythmische Auffälligkeiten (vgl. Taktart, Taktwechsel, Dynamik etc.)?
- In welchem Verhältnis stehen Text u. Musik/Gesang u. Instrumente zueinander?

4. Liedentstehung

- In welcher Situation entstand das Lied?
- Wer ist Texter, Komponist, wer Auftraggeber, wer das intendierte Publikum?

5. Bewertung

- Welche Aussage macht das Lied über die Vergangenheit?
- Welche Schlüsse lassen sich aus dem Lied ziehen?
- Welche Deutung vermittelt das Lied? Ist diese Wirkung gewollt? Wodurch wird sie erzielt?
- Welche Fragen können anhand des Liedes (nicht) beantwortet werden?
- Wie fällt ein Vergleich mit weiteren Liedern zur gleichen Thematik aus?

Problematisierung

Eine umfassende Liedanalyse ist sehr komplex, eben weil sie eine Text- und eine Melodieanalyse zugleich erfordert. Dafür lässt sich die emotionale Seite einer Geschichtssituation mithilfe eines Liedes sehr einfach reproduzieren und ermöglicht so einen Zugang zum besseren Verständnis einer Zeit, der sich über Zahlen und theoretische Abhandlungen eher nicht eröffnet.

KARTENARBEIT

Wozu Karten?

Karten veranschaulichen die Abhängigkeit historisch-politischen Handelns von Raumbedingungen (z. B. Bodenbeschaffenheit, Klima, Größenverhältnisse, Lage an Gewässern/Gebirgen etc.); gleichzeitig machen sie die Veränderungen solcher Raumverhältnisse in der Geschichte deutlich (z. B. Verringerung der Abhängigkeit von der Natur durch technischen Fortschritt). Der Ort historischer Ereignisse wie auch die Lage historischer Mächte (zueinander) kann aus Karten bestimmt werden.

Was für Karten gibt es?

Synchrone Karten: Der geografisch-historische Raum wird statisch in seinem historischen Zustand dargestellt.

Diachrone Karten: Die dynamische historische Entwicklung im geografisch-historischen Raum wird dargestellt.

METHODENKOMPETENZEN

Historische Karten: Da Karten historische Sachverhalte aus Sicht einer spezifischen Fragestellung organisieren und damit interpretieren, stellen sie die Sichtweise einer Person zu einem bestimmten Zeitpunkt dar. Wenn die in der Karte enthaltene Perspektive Gegenstand der historischen Untersuchung ist, kann die Karte selbst zu einer Quelle werden.

Zeitgenössische Karten: Anders als historische Karten entsprechen diese dem gegenwärtigen Wissensstand. Je nach thematischer Anlage werden unterschiedliche Kartentypen erstellt: politische, demografische, wirtschaftliche, sozialgeschichtliche, ideengeschichtliche, kulturgeschichtliche, sprachliche, militärische Karten. Am detailliertesten bilden topografische Karten die Geländeformen, Gewässer, Vegetation, Siedlungen, Verkehrswege, Grenzen etc. ab; physische Karten verzichten auf die Darstellung der Vegetation. Darüber hinaus begegnet man unterschiedlich stark reduzierten Informationen auf Umrisskarten bis hin zu sehr vereinfachten Kartenskizzen.

Vorgehen bei der Analyse

1. Orientierung

- Wo (auf der Welt) befinden wir uns? (Länder, Orte benennen)
- Welcher Zeitpunkt bzw. -raum wird dargestellt? (Maßstab vergegenwärtigen)
- Was ist dargestellt? (Überschrift, Legende, Symbolik, Zeichen, Farben)

2. Analyse

- Wie werden die raumzeitlichen Strukturen dargestellt?
- Welche Zusammenhänge/Beziehungen lassen sich erkennen?
- Wie und warum sind die dargestellten Strukturen entstanden?

3. Folgerungen

- Was hat sich verändert? Was wird sich verändern?
- Wie werden Menschen (Individuen/Systeme) reagieren?
- Welche Entwicklungen könnten sich ergeben?

4. Bewertung

- Was ist auffällig?
- Was ist logisch/unlogisch, vorteilhaft/nachteilig für …?
- Was zeigt die Karte nicht?

Kartenlesen

Karten sind anschaulich und übersichtlich, jedoch auf das Wesentliche reduziert und dadurch zwangsläufig abstrakt. Sie verkleinern die Wirklichkeit durch einen Maßstab, vereinfachen und bilden dreidimensionale Realität auf einer zweidimensionalen Ebene ab. Somit ist die Geschichtskarte kein reales Bild, sondern eine Kunstsprache, die sich aus vielen Zeichen zusammensetzt und erst „übersetzt" werden muss.

SCHAUBILDER ANALYSIEREN

Schaubilder: Auf den Punkt gebracht

Um komplexe Sachverhalte wie staatliche Organisationsstrukturen, Kausalverflechtungen oder Beziehungsgefüge darzustellen, bedarf es vieler Worte – oder eines Schaubildes, das vereinfacht darstellt, in welcher Beziehung einzelne Akteure zueinander stehen. Sinnvoll strukturiert und einprägsam visualisiert bleibt die Thematik leichter im Gedächtnis und somit langfristig verfügbar. Um dem Schaubild stimmige Informationen zu entnehmen, sind die genaue Betrachtung und die gründliche Untersuchung mithilfe der richtigen Fragestellung wichtig.

Auswertung von Schaubildern

1. Beschreibungsstufe

- Was ist das Thema?
- Welche geometrischen Formen, Linien und Pfeile werden verwendet?
- Wie stehen die einzelnen Elemente zueinander?

2. Untersuchungsstufe

- Was bedeuten die verwendeten Fachbegriffe und Symbole?
- Wer sind die genannten Personen?
- Wie ist die historische Situation, in die die Thematik des Schaubildes einzuordnen ist?

3. Deutungsstufe

- Welche Informationen vermittelt das Schaubild?
- Wie lautet die Gesamtaussage des Schaubildes?
- Welche Bedeutung hat die Aussage des Schaubildes?

Schaubilder: Achtung – abstrakt!

Schaubilder verallgemeinern die dargestellten Sachverhalte, reduzieren sie auf Wesentliches und Charakteristisches – dadurch sind sie in hohem Maße abstrakt. Es ist daher meist nötig, einzelne Aspekte durch weitere Recherche zu ergänzen und zu vertiefen.

METHODENKOMPETENZEN

DIAGRAMME ANALYSIEREN

Wozu Diagramme?

Diagramme sind grafische Umsetzungen von Tabellen und damit anschaulicher und meist schneller verständlich als diese. Am häufigsten begegnet man Kreis- oder Tortendiagrammen (zur Veranschaulichung von Anteilen), Kurvendiagrammen (zur zeitlichen Ordnung von Daten) und Balken- oder Säulendiagrammen (für Vergleiche sinnvoll). Diagramme machen Kerninhalte statistischer Daten optisch leicht und schnell lesbar. Für einzelne Werte bleibt es aber meist notwendig, sich die dahinterliegenden Tabellenwerte der Statistik anzuschauen.

Vorgehen bei der Analyse

1. Beschreibungsstufe

- Worüber wird etwas ausgesagt (z. B. Titel, Fachbegriffe, zeitliche und geografische Einordnung)?
- Mit welchen statistischen Methoden wird etwas ausgesagt (z. B. Diagrammart, absolute oder relative Zahlen)?
- Welche Auffälligkeiten bestehen (z. B. Extremwerte, Sprünge, Entwicklungsrichtungen, Parallelität/ Unterschiedlichkeit verschiedener Datenreihen, Abweichungen von zu erwartenden Werten, Gruppenbildungen)?

2. Interpretationsstufe

- In welchem historischen Kontext ist das Diagramm zu sehen?
- Warum sind die Daten so und nicht anders?
- Was ist aus dem Diagramm zu schließen?

3. Bewertungsstufe

- Ist die Darstellung übersichtlich und wurde der richtige Diagrammtyp ausgewählt?
- Sind die Daten sachlich richtig, glaubhaft, repräsentativ?
- Ist die Darstellung „gestaucht“ oder „verzerrt“? Wie wirkt sich dies optisch aus?
- Worüber macht das Diagramm keine Aussage?
- Wer ist der Autor, welche Intentionen verfolgt er und welche Zielgruppe hat er?

Die Suggestion des Objektiven

Durch die Verwendung von Zahlen wird Statistiken häufig besondere Seriosität und Objektivität zugeschrieben. Im Gegensatz dazu existiert die Behauptung, alle Statistiken seien manipuliert. Beides ist nicht zutreffend, allerdings ist ein kritischer Umgang mit Diagrammen (wie mit allem Material) erforderlich: Das Diagramm könnte fehlerhaft sein (primär: die Daten selbst; sekundär: ihre Anordnung, Bearbeitung, Präsentation) und enthält per se eine Interpretation (selbst die Auswahl der Daten ist bereits eine solche).

METHODENKOMPETENZEN

KARIKATUREN ANALYSIEREN

Karikaturen als historische Quelle

In Karikaturen werden politische oder gesellschaftliche Ereignisse, Probleme und Entwicklungen auf humorvolle, oft satirische Art stark vereinfacht und reduziert auf eine Kernaussage dargestellt. Um Karikaturen interpretieren zu können, bedarf es eines geschichtlichen Hintergrundwissens zu dem angesprochenen Thema.

Vorgehen bei der Analyse

1. Beschreibungsstufe

- Wer und was ist zu sehen?
- Wie sind die Personen gezeichnet – Mimik, Gestik, Kleidung, Frisur etc.?
- Welche Bildmerkmale bzw. Symbole fallen besonders auf?
- Wie ist die Karikatur aufgebaut – Vordergrund, Hintergrund, Größenverhältnisse?
- Welche Stimmung bzw. Atmosphäre herrscht vor?
- Gibt es eine Bildunterschrift bzw. einen Titel?

2. Kontext

- Wann und wo ist die Karikatur entstanden?
- Welcher Anlass führte zur Entstehung der Karikatur?
- Wer ist der Adressatenkreis?

3. Interpretationsstufe

- Welches Ereignis bzw. welches Thema wird aufgegriffen?
- Welche Bildelemente wirken übertrieben, welche untertrieben?
- Welche Position vertritt der Zeichner?
- Welche Absicht verfolgt der Zeichner?

4. Bewertungsstufe

- Beurteilen Sie, welche Aussage die Karikatur über die Vergangenheit macht.
- Diskutieren Sie politische und zeitgenössische Aussageabsicht bzw. die Kritik des Zeichners.
- Fassen Sie die Fragen zusammen, die anhand der Karikatur nicht beantwortet werden können.
- Vergleichen Sie die Karikatur mit weiteren Karikaturen zur gleichen Thematik.

Problematik

Karikaturen befassen sich meist nur mit einem spezifischen Punkt und blenden alle anderen Dinge aus. Sie müssen von ihrer Konzeption her oberflächlich sein und können nur mit der in ihrem Zielpublikum bekannten Bildersprache sprechen. Differenzierungen sind kaum möglich, ebenso wenig eine Aufklärung von in der Öffentlichkeit noch nicht diskutierten Themen. Sie dürfen auch nicht mit der öffentlichen Meinung verwechselt werden, da sie in erster Linie die Meinung des Karikaturisten abbilden, der wiederum etwas Pointiertes aus den Tagesnachrichten für sein Zielpublikum finden muss.

FOTOS ANALYSIEREN

Fotos als Bildquellen

Ab etwa 1850 löste die Fotografie die Malerei bei Abbildungen zunehmend ab, weshalb Fotos seither als historische Quelle nicht mehr wegzudenken sind. Sie verschaffen dem Betrachter einen visuellen und affektiven Zugang zu historischen Personen oder Ereignissen, der Emotionen weckt und somit langfristig im Gedächtnis bleibt. Da ein Foto allerdings nicht alleine für sich „sprechen“ kann, ist meist das Hinzuziehen weiteren Materials zur Erschließung notwendig.

Vorgehen bei der Analyse

1. Bildinhalt und -gestaltung

- Was ist das Thema bzw. das Motiv?
- Welche äußeren Merkmale bestehen: Format, Art des Fotos?
- Was sind die einzelnen Bildelemente: Motiv, Personen, Gegenstände, Flächen, Symbole?
- Wie ist es aufgebaut: Vordergrund, Hintergrund, Blickachsen, Größenverhältnisse?
- Wie ist die gegenseitige Beziehung der Objekte im Foto?
- Lässt sich das Foto zeitlich einordnen?
- In welcher Situation entstand das Foto?
- Welche technischen Mittel wurden angewendet: Perspektive, Ausschnitt, Belichtung, Brennweite des Augenblicks der Auslösung, Farben
- In welchem Augenblick wurde ausgelöst?
- Welche Stimmung bzw. Atmosphäre herrscht vor?

2. Bildbearbeitung und -präsentation

- Liegt eine nachträgliche Veränderung vor: Retusche, Montage, Beschnitt?
- Handelt es sich gar um eine Fälschung?
- In welchem Zusammenhang wird es präsentiert: in einer Reihe, als Illustration?
- Wie lautet die Legende bzw. der Kommentar?

3. Zusammenfassung

- Wer ist der Fotograf, wer der Auftraggeber, wer das intendierte Bildpublikum?
- Welche Aussage macht das Foto über die Vergangenheit?
- Welche Schlüsse lassen sich aus dem Foto ziehen?
- Welche Deutung vermittelt das Foto vom abgebildeten Objekt? Ist diese Wirkung gewollt? Wodurch wird sie erzielt?
- Welche Fragen können anhand des Fotos nicht beantwortet werden?
- Wie fällt ein Vergleich mit weiteren Fotos zur gleichen Thematik aus?

Kann man den (eigenen) Augen trauen?

Gegenüber anderen Bildern scheinen Fotografien objektiver, da sie die Realität abbilden, jedoch sind Aufnahmetechnik, Retusche, Beschnitt und Zeitpunkt der Aufnahme geeignet, die Wahrnehmung zu verzerren und dadurch zu manipulieren. Mit der heutigen Möglichkeit der Bildbearbeitung ist nahezu jede Manipulation möglich. Nicht zuletzt lenkt die Bildunterschrift den Fokus in die vom Fotografen, Auftraggeber oder Redakteur intendierte Richtung. Auch wird durch Fotos nicht alles gleichermaßen repräsentiert: Alltägliches und Privates ist deutlich seltener dokumentiert (vgl. private Alben mit dem Schwerpunkt auf Bildern von Urlaubsreisen und Festen, nicht von alltäglichen Handlungen).

FILME ANALYSIEREN

Dokumentar- oder Spielfilm?

Bei der Analyse von Filmen ist die Unterscheidung von „Spielfilmen" und „Dokumentarfilmen" gebräuchlich. Beim Dokumentarfilm wird ein „direktes Referenzverhältnis zur vormedialen Realität" (Knut Hickethier, Medienwissenschaftler) behauptet und vom Publikum weitgehend akzeptiert. Das heißt, man geht als Zuschauer davon aus, dass das im Film Gesehene tatsächlich so stattgefunden hat. Der Spielfilm baut dagegen von vornherein auf einer grundsätzlich fiktiven Handlung und dem darstellenden Spiel der Schauspieler auf.

Schon der Blick in eine Fernsehzeitschrift zeigt allerdings, dass es auch eine ganze Reihe von Zwischenformen gibt: Doku-Drama, Scripted Reality, fiktive Dokumentationen usw. Außerdem merkt man bei der kritischen Betrachtung, z. B. einer Fernsehreportage, schnell, dass auch hier eine bestimmte Perspektive und ein bestimmter Standpunkt vertreten werden.

Man muss sich daher bewusst machen, dass ein Film (auch wenn er sich als Dokumentarfilm versteht) immer eine Inszenierung ist. Gerade diese Inszenierung kann uns aber viel über Haltungen, Einstellungen und Perspektiven der Entstehungszeit sagen.

METHODENKOMPETENZEN

Filmische Gestaltungsmittel und ihre Wirkung

Eine sinnvolle Analyse von Film als historischer Quelle bedeutet immer auch Analyse seiner Gestaltungsmittel und ihrer Wirkung. Die Verbindung von Bild und Ton wirkt immer eindringlicher und suggestiver auf uns ein als ein reiner Text und muss daher unter verschiedenen Aspekten untersucht werden. Filmische Gestaltungsmittel, auf die Sie bei der Analyse neben Handlung und Text achten sollten, sind z. B.

- Schauplatz/Bühnenbild
- Ausstattung
- Kameraperspektiven (Normalperspektive, Vogelperspektive, Froschperspektive)
- Einstellungsgrößen (z. B. Totale, Nah, Halbnah, Amerikanisch, Groß, Detail)
- Kamerabewegungen
- Bildaufbau
- Montage/Schnitt
- Ton/Musik

Einen genaueren Überblick über die Gestaltungsmittel des Films liefert Ihnen die umfangreiche Handbuchliteratur zu diesem Thema (z. B. Faulstich, Werner: Grundkurs Filmanalyse, München 2002, oder Hickethier, Knut: Film- und Fernsehanalyse, Stuttgart 2007).

Arbeitsfragen zur historischen Filmanalyse

Vor allem bei Filmen mit historischen Themen ist es zunächst wichtig, zwischen dem Film als eigenständigem Werk, der dargestellten Zeit und der Entstehungszeit zu unterscheiden. Um die Umstände der Entstehung und Rezeption eines Films zu verstehen, ist es notwendig, möglichst viele Informationen und Quellen aus der Entstehungszeit zu finden. Wer hat den Film z. B. produziert, wie wurde er beworben, wie viele Zuschauer hatte er, was schrieben Kritiker? Sammeln Sie dazu z. B. Programmhefte, Kritiken, Hintergrundberichte etc. Folgende Arbeitsfragen zeigen Ihnen, wie Sie vorgehen können:

1. Zum Film

- Welche Funktion haben die verschiedenen Elemente der Filmsprache?
- Zu welcher Figur entsteht Nähe? Mit welcher Aussageabsicht?
- Welche Perspektive bekommen wir vermittelt?
- Entspricht das fertige Produkt den Ansprüchen der beteiligten Künstler (z. B. Regisseur, Drehbuchautor)? Gibt es hierzu Äußerungen?

2. Zur dargestellten Zeit

- Sind Fakten, Handlungen, Entwicklungen angesichts des historischen Forschungsstandes plausibel?
- Entsprechen Haltungen und Handlungen der Personen dem Bewusstsein ihrer Zeit?
- Entspricht die Auswahl von Fakten und Motiven ihrer Bedeutung für die dargestellte Zeit?

- Welche realen Vorbilder für fiktive Handlungen gibt es?
- Welche Figuren verkörpern Haltungen oder Ideen der dargestellten Zeit? Welche Auf- und Abwertung ist damit verbunden?

3. Zur Entstehungszeit

- Welche Publikumsbedürfnisse werden befriedigt? Was sagen diese Bedürfnisse über die jeweilige Gesellschaft aus?
- Welche wirtschaftlichen oder politischen Hintergründe spielen eine Rolle?
- Entspricht die Darstellung den damaligen Erkenntnissen der Geschichtswissenschaften? Welche Gründe gibt es für Abweichungen?
- Werden bestimmte Epochen und Motive in dieser Zeit gehäuft dargestellt? Welche Gründe hat dies?
- Welche Haltungen und Handlungen von Personen der Filmhandlung entsprechen dem Bewusstsein der Entstehungszeit?

Problematik

Die Stärke ist auch die Schwäche: Ein Film, zumal ein Spielfilm, kann eine Situation insgesamt entstehen lassen. Allerdings besteht die Gefahr, der Suggestivkraft von Bild und Ton zu unterliegen bzw. dem Plot des Regisseurs oder der Interpretation, die ein Schauspieler einer Person verleiht, und unterbewusst das geschichtliche Ereignis entsprechend der Darstellung im Film zu bewerten. Die Gefahr besteht auch bei Filmen aus vergangenen Zeiten. Sie zeigen eben nicht die damalige Realität, sondern nur eine filmische Interpretation. Diese wiederum kann zusätzlich Aufschluss über das Denken und Handeln der damaligen Filmproduzenten und damit über ein Stück der Gesellschaft geben.

POLITISCHE PLAKATE ANALYSIEREN

Plakate im Allgemeinen sind ein Massenmedium und dienen der öffentlichen Information oder Werbung. Sie wenden sich meist in großer Stückzahl an ein breites Publikum. Über einen „optischen Schrei“, einen „Augenfang“ (engl. eye-catcher) erreichen Plakate die Aufmerksamkeit des Betrachters. Formal unterscheidet man zwischen Schriftplakaten, Bildplakaten und Schrift-Bild-Plakaten, inhaltlich zwischen Werbeplakaten sowie sozialkritischen und politischen Plakaten.

Was ist ein politisches Plakat?

Ein politisches Plakat ist ein Medium der Massenkommunikation zur Übermittlung von politischen Ideen und Emotionen in Schrift und Bild. Es zielt darauf ab, den Betrachter in einer bestimmten Weise zu überzeugen und in seinem Handeln zu beeinflussen. Politische Plakate machen auf ein Ereignis, auf einen sozialen oder politischen Missstand aufmerksam. Sie dienen der Auseinandersetzung mit dem politischen Gegner und werben in Form von Wahlplakaten für eine Person oder Partei. Da sie keinen Platz für ausführliche Argumentation bieten, müssen sie förmlich die politischen Inhalte vereinfachen: Sie verdichten, verkürzen, pointieren und polarisieren. Plakate werden daher oft als Propagandainstrument eingesetzt. In Diktaturen übermitteln sie die erwünschte Weltsicht, Parolen und Leitbilder, Bedrohungsszenarien oder Feindbilder.

METHODENKOMPETENZEN

Das politische Plakat als Quelle

Politische Plakate lassen sich als Quelle nutzen, da in ihnen verdichtet ein Programm, ein Werturteil, eine Ideologie oder eine zeitgenössische Perspektive zum Vorschein tritt. Sie geben die Grundströmungen, den politischen Stil sowie den vorherrschenden künstlerischen Ausdruck und Geschmack einer Zeit wieder. Wahlplakate – historische wie auch aktuelle – geben Auskunft über die Schärfe der politischen Auseinandersetzung, die Ziele der Parteien, gesellschaftliche Konfliktlinien sowie den Alltag, die Problemlagen und Grundhaltungen der Zeit; nicht aber über das tatsächliche Wählerverhalten.

Vorgehen bei der Analyse

1. Formale Kennzeichen

- Wer ist der Urheber oder Auftraggeber?
- Wann und aus welchem Anlass ist das Plakat entstanden?
- Was wird auf dem Plakat thematisiert?
- Um welche Art Plakat handelt es sich?

2. Plakatinhalt

- Welche Textelemente sind zu erkennen?
- Welche Bildelemente sind zu erkennen, d. h., wen oder was zeigt das Plakat auf welche Weise?
- Wie ist das Plakat aufgebaut (Vordergrund, Hintergrund, Zentrum, Ränder)?
- Welche Gestaltungsmittel werden verwendet (Verhältnis Text und Bild, Perspektive, Proportionen, Haltung der Figuren oder Personen, Schriftgröße und -art, Farben, Symbole, Allegorien, Übertreibungen)?

3. Intention und Wirkung

- An welche Zielgruppe wendet sich das Plakat?
- Wird auf Feindbilder zurückgegriffen?
- Welche Aussageabsicht verfolgt der Künstler bzw. Auftraggeber?
- Welche Wirkung soll vermutlich beim zeitgenössischen Betrachter erzielt werden?
- Welche Gesamtaussage lässt sich formulieren?

INTERNETRECHERCHE

Das Internet als Informationsquelle

Das Internet ist zu einem unserer wichtigsten Informationsmedien geworden. Mithilfe von Suchmaschinen können zu fast jedem Thema Informationen und Materialien gefunden werden, nach denen man noch vor 20 Jahren lange in Bibliotheken und Archiven gesucht hätte. Gerade aus der Menge der Informationen entstehen aber auch Probleme: Wesentliches muss von Unwesentlichem getrennt werden, die Herkunft und Qualität von Informationen muss überprüft werden. Wesentlich schwieriger als die Suche nach Wissen gestaltet sich daher die Überprüfung und Beurteilung von Internetquellen.

Vorgehen

Die folgenden Leitfragen können helfen, hier etwas Orientierung zu schaffen:

- Wer hat diese Seite erstellt? Woraus erschließt sich die Kompetenz der Autoren oder des Autors?
  Der Urheber einer Internetseite sollte meistens aus dem Impressum ersichtlich sein. Bleibt dies dort unklar (was einen oft schon misstrauisch werden lassen sollte), kann man über eigene Rechercheseiten den Verantwortlichen für die jeweilige Seite ermitteln. Es lohnt sich, den Namen des Autors in einer Suchmaschine zu überprüfen. Im Idealfall stellt sich – z. B. durch wissenschaftliche oder journalistische Publikationen – heraus, dass er oder sie sich bereits intensiv mit dem Thema befasst hat. Auch wenn eine wissenschaftliche Institution als Verantwortlicher erkennbar ist, kann von einer seriösen Quelle ausgegangen werden.
- Welche Motive sind dabei erkennbar? (berufliches bzw. wissenschaftliches Interesse, Beeinflussung des Lesers aus ökonomischen oder politischen Gründen, Hobby, …)
  Auch hier hilft das „Googeln" des Urhebers. Ist er z. B. für eine Partei aktiv? Arbeitet er für bestimmte Interessengruppen, z. B. als Unternehmensberater? Jede Information kann hier hilfreich sein und dazu beitragen, die Perspektive, aus der heraus das Thema betrachtet wird, zu verstehen.
- Auf welche Quellen stützt sich die Darstellung bzw. auf welche verzichtet sie? Wie wird mit diesen Quellen umgegangen?
  Seriöse Internetangebote werden immer transparent die Quellen nennen, auf die sich ihre Darstellung stützt. Nur dann sollten Informationen aus dem Internet z. B. für ein Referat in der Schule herangezogen werden.

Welche Probleme können auftreten?

Der unkomplizierte Austausch ist die Stärke, aber natürlich ebenso eine der größten Gefahren des Internets. Auch manipulierte oder einfach nur falsche Informationen können jederzeit veröffentlicht und an ein riesiges Publikum weitergegeben werden. Ein Schülerreferat, das mit 0 Punkten benotet wurde, kann genauso schnell hochgeladen werden, wie eine gute wissenschaftliche Arbeit. Daher: Bleiben Sie kritisch, auch bei professionell aussehendem Layout.

DEBATTE UND DISKUSSION

Warum eine Debatte oder eine Diskussion durchführen?

Mit diesen beiden Methoden trainieren Sie, Ihr Gegenüber anhand von stichhaltigen Argumenten von einem Standpunkt zu überzeugen. Diese Fähigkeit ist in Ihrem weiteren Leben unabkömmlich und dies nicht nur, weil Debatten und Diskussionen ein wichtiger Bestandteil einer Demokratie sind. Sie erkennen die Notwendigkeit, die Meinung eines anderen zu akzeptieren, Sie erfahren die Vorteile, die Perspektive eines anderen wahrzunehmen, Sie lernen, zuzuhören, und Sie üben, Ihre eigene Meinung stichhaltig und überzeugend vorzubringen.

METHODENKOMPETENZEN

Debatte und Diskussion

Das Ziel einer Debatte und einer Diskussion ist es immer, über ein Thema kontrovers zu sprechen. Eine Debatte ist eine regelgeleitete Diskussion, d. h., Sie gehen bei der Debatte nach einem festen Schema vor.

Wie läuft eine Debatte formell ab?

Es werden zwei Gruppen gebildet, eine Pro-Fraktion und eine Contra-Fraktion. Beide Gruppen überlegen sich stichhaltige Argumente mit Beispielen. Zusätzlich gibt es noch einen Vorsitzenden, der die Debatte leitet. Nach der Vorbereitungsphase wird die Debatte durch den Vorsitzenden mit einer allgemeinen Vorstellung des Themas eröffnet. Im Anschluss daran stellen jeweils ein Vertreter der Pro- und ein Vertreter der Contra-Fraktion ihre Standpunkte vor, bis jeder Teilnehmer die Möglichkeit hatte, zu sprechen. Die beiden letzten Teilnehmer fassen zudem die Argumente ihrer Mitstreiter zusammen und präsentieren somit auch das Schlussplädoyer ihrer Gruppe. Den Abschluss bildet die Abstimmung der Zuhörer über den „Gewinner" der Debatte, also diejenige Gruppe, die es geschafft hat, ihre Argumente am schlüssigsten und am überzeugendsten vorzutragen.

Was sind die Vorteile einer Debatte?

Sie lernen im Rahmen einer Debatte, wie man Argumente strukturiert einem Publikum präsentiert. Sie hatten sicherlich schon im Deutschunterricht die Möglichkeit, das dort erlernte Wissen anzuwenden und auszuprobieren. Nun wenden Sie Ihre Kenntnisse aktiv in Bezug auf neue Themengebiete an.

Welche Probleme können bei einer Debatte auftreten?

Wichtig ist es, im Rahmen einer Debatte immer sachlich zu argumentieren und keinesfalls einen Teilnehmer persönlich anzugreifen. Sie sollten auch darauf achten, in einem angemessenen Tonfall zu sprechen, also weder zu laut noch zu leise. Bei einem Verlust des Blickkontakts mit dem Publikum oder bei fehlender Mimik und Gestik besteht leicht die Gefahr, dass das Publikum das Interesse an Ihnen und somit Ihrem Standpunkt verliert. Beachten Sie auch, dass Sie möglichst alle Aspekte benennen und anhand von Beispielen darstellen. Sie sollten dabei niemals das Thema aus den Augen verlieren.

INTERVIEW

Warum ein Interview durchführen?

Interviews sind ein fester Bestandteil unseres Lebens. Wir können Interviews in Zeitungen oder Zeitschriften lesen und im Fernsehen verfolgen. Die Durchführung eines Interviews gibt Ihnen die Möglichkeit, unter realen Bedingungen mehr über ein bestimmtes Thema oder eine spezielle Fragestellung zu erfahren. Somit verhilft Ihnen die Durchführung eines Interviews auf lebendige Art und Weise zu einem neuen Blickwinkel auf einen Sachverhalt. Ein weiterer Vorteil des Interviews ist, dass Sie bei kritischen oder kontroversen Fragestellungen durch die Reaktionen Ihres Interviewpartners Informationen ableiten können, die Sie durch eine schriftliche Quelle nicht erfahren hätten (beispielsweise Nervosität, Unsicherheit etc.).

Expertenbefragung und Zeitzeugeninterview

Eine Möglichkeit des Interviews ist ein Experteninterview. Hierfür stellen Sie einem Experten auf einem bestimmten Gebiet (beispielsweise einem Historiker, Museumsmitarbeiter, Sachbuchautor) gezielt Fragen, um Informationen zu einem für Sie interessanten Thema zu erlangen. Ziel von Experteninterviews ist es, sachrelevante Fakten zu erlangen.

Zeitzeugeninterviews hingegen eröffnen Ihnen einen anderen Blick auf historische Ereignisse. Hierbei ist es Ihnen möglich, persönliche Details, Gefühle und Gedanken einer Person zu erfahren, die bei einem für Sie interessanten historischen Vorgang „live" dabei war.

Wie gehe ich vor?

Das Vorgehen ist bei beiden Arten von Interviews ähnlich. Wichtig sind folgende Schritte:

- Herstellung des Kontakts mit einer für Sie interessanten Person und Terminvereinbarung
- Beschäftigung mit der für Sie interessanten Fragestellung
- Erstellung eines Fragenkatalogs: Welche Fragen können nicht durch die vorliegenden Quellen geklärt werden? Wo ergeben sich Kontroversen? Was ist unklar?
- Durchführung des Interviews
- Auswertung des Interviews: Konnten alle Fragen beantwortet werden? Haben sich neue Fragen daraus ergeben?

Welche Probleme können auftreten?

Vor allem bei Interviews mit Zeitzeugen ist zu berücksichtigen, dass die Aussagen unter Umständen nur einen eingeschränkten Einblick in den zu untersuchenden Sachverhalt erlauben. Dieses Problem kann durch die Befragung mehrerer Personen, eventuell sogar Experten/Zeitzeugen, die mit Sicherheit unterschiedliche Meinungen vertreten werden, relativiert werden. Zudem ist es wichtig, während des Interviews bei interessanten Aspekten nachzufragen, auch wenn dies nicht im Fragenkatalog erscheint. Spontanität kann Ihnen durchaus neue und unerwartete Ergebnisse für Ihre Fragestellung liefern.

METHODENCHECK ?

Textanalyse

Sie arbeiten aus wissenschaftlichen, historischen, publizistischen und juristischen Texten die grundlegenden Strukturen und Entwicklungen der politischen Ordnung der Bundesrepublik Deutschland heraus. Auch aktuelle Themen wie Globalisierung und Migration erschließen Sie sich über diese Quellenart. Sie entwickeln darüber hinaus eine Sensibilität für den Umgang mit verschiedenen Textsorten und die Besonderheiten der Informationsgewinnung im jeweiligen Kontext. Sie können diese Fähigkeiten auch für den Deutsch- oder Geschichtsunterricht anwenden.

Sie können nun zwischen fachwissenschaftlichen, populärwissenschaftlichen und journalistischen Darstellungen einerseits und historischen Quellen andererseits unterscheiden. Sie sind in der Lage, zu beurteilen, ob die überlieferten oder fachwissenschaftlichen Texte tendenziös oder unvollständig sind, Fehler oder Unwahrheiten beinhalten. Dass auch unsere Schlussfolgerungen, die wir aus den herangezogenen Darstellungen ziehen, von unserem Vorwissen und unseren politischen, sozialen und auch religiösen Positionen abhängen, ist Ihnen jetzt bewusst.

Ebenfalls ist Ihnen klar geworden, dass die schriftlichen Darstellungen immer abhängig von der Person, die ein Thema mit einem bestimmten Erkenntnisinteresse subjektiv bearbeitet, und der verwendeten Fachliteratur sind. Daher wissen Sie, dass Texte immer auch mit anderen Darstellungen – nach bestimmten Kriterien – verglichen werden müssen.

METHODENCHECK ?

Analyse visueller Darstellungen (Fotografien, politische Plakate, Karikaturen, Karten, Schaubilder, Diagramme)

„Ein Bild sagt mehr als tausend Worte“ („A picture is worth a thousand words“, Frederick Barnard): Die **Fotografie** stellt meist ein vom Fotografen arrangiertes Bild der Wirklichkeit dar. Sie erkennen jetzt die Wechselwirkung zwischen Bildgestaltung und der dahinterstehenden Intention durch entsprechende Elemente der Bildauswahl und des Bildaufbaus. Sie erfassen die Macht der Bilder, die Objektivität, Authentizität und Evidenz unterstellen, dabei jedoch stets subjektive Momentaufnahmen sind, die auch zu propagandistischen Zwecken genutzt werden können. Sie sind nun in der Lage, diese Quellen in den Gesamtkontext einzuordnen und – gerade Symbolbilder – kritisch zu bewerten.

Ihnen ist bewusst, dass Manipulationen, wie z. B. das Wegschneiden oder Vergrößern, das Foto zu einer schwer zu beurteilenden Quelle machen. Sie sind nun sensibilisiert, dass die heutigen Möglichkeiten digitaler Bildbearbeitung dieses Problem der Suggestion und Verfälschung sowie der Verbreitung verschärfen und dass dieses zu Ihrem Alltag gehören wird.

Sie sind jetzt sicher in der Analyse und Interpretation zeitgenössischer wie auch historischer **Karikaturen**. Sie zeigen, dass Sie den dargestellten Sachverhalt und die für die Zeit typische Symbol- und Bildersprache kennen. Sie können feststellen, ob bspw. politische oder gesellschaftliche Defizite aufgedeckt werden sollen oder ob eine moralische und geistige Mobilisierung der Bevölkerung intendiert ist. Dabei haben Sie gelernt, den Ausschnitt um die Leerstellen zu füllen. Somit sind Sie in der Lage, zu den dargestellten Prozessen oder Ereignissen kritisch Stellung zu nehmen.

Politische Plakate betrachten Sie jetzt mit der notwendigen Distanz. Denn Sie wissen nun, dass diese bspw. Ziele von Parteien, die politische Auseinandersetzung sowie gesellschaftliche Problemstellungen und Grundhaltungen widerspiegeln. Es ist Ihnen aufgefallen, dass die künstlerischen Stilrichtungen der Zeit die Gestaltung der politischen Plakate beeinflussen, dass aber auch häufig auf dieselben Motive und Gestaltungsmittel zurückgegriffen wird.

Basierend auf der Arbeit mit **Karten** erhalten Sie eine räumliche Orientierung hinsichtlich des Verlaufs von internationalen Konflikten im 21. Jahrhundert und aktueller Herausforderungen wie der Bevölkerungsentwicklung und der Migrationsströme. Dabei reflektieren Sie, dass Karten bestimmte Zwecke und Deutungsabsichten verfolgen, also keine „neutralen“ Medien sind, sondern das Gesellschafts- und Menschenbild oder die aktuelle Weltsicht des Betrachtenden oft deutlich prägen.

Statistiken sind in der Wissenschaft und der Politik von großer Bedeutung und werden häufig genutzt. Sie haben erfahren, dass Statistiken aktuelle und detaillierte Informationen liefern, die in öffentlichen Debatten der Untermauerung der eigenen Sichtweise dienen. Statistisches Material tritt in Form von Tabellen oder Grafiken auf. Sie haben erkannt, dass Grafiken übersichtlicher und leichter zu erfassen sind als Tabellen, die jedoch Ergebnisse dezidierter beschreiben können. Sie kennen die unterschiedlichen Darstellungsmöglichkeiten in absoluten Größen wie auch in relativen Werten (Prozente und Indizes). Zudem können Sie nun einschätzen, welche Diagrammform sich für die Darstellung von Entwicklungen (z. B. Ab- und Zuwanderung)

METHODENCHECK ?

oder von Anteilen innerhalb einer Bezugsgröße (z. B. Stimmenanteile bei Wahlen) eignet. Statistiken können im Sinne des Urhebers oder Auftragsgebers manipuliert oder gefälscht werden. Sie haben gelernt, dass bspw. unvollständige Datenerhebung oder falsche (suggestive) Fragestellungen zur Verzerrung von Ergebnissen führen können. In diesem Zusammenhang haben Sie auch erfahren, dass bewusste grafische Verzerrungen einen bestimmten Eindruck bei der Leserin oder beim Leser befördern können.

(Internet-)Recherche

Informationen zu nahezu jedem Thema und jeder Fragestellung lassen sich leicht im Internet mithilfe bestimmter Suchmaschinen finden. Die Frage ist, wie sinnvolle, seriöse Informationen – Texte, Bilder, Statistiken – gefunden werden können. Sie haben gelernt, die Qualität und Brauchbarkeit der Texte und Materialien zu prüfen, zumal im Internet unseriöse und wissenschaftliche Texte unkommentiert und ohne inhaltliche Wertung nebeneinanderstehen. Intentionen werden dabei offen oder unterschwellig vertreten. Sie wissen nun, dass Sie bei der Internetrecherche die Frage nach der Autorin/dem Autor und deren/dessen politischer, kommerzieller, organisatorischer oder personeller Verbindung zum Thema stellen müssen. Weitere Verlinkungen, Aktualisierungen oder Logos, die der Beitrag aufweist, können Sie deuten. Die Seriosität prüfen Sie, indem Sie den Verantwortlichen (Autor/-in, Organisation) erkennen können. Und Sie wissen, wie Sie dessen Kompetenz, z. B. indem dieser zitiert wird, einschätzen können. Dabei üben Sie ideologiekritische Quellenkritik (Quellenangaben). Es ist Ihnen jeweils bewusst, ob das Thema kontrovers und angemessen diskutiert wird. Die Sachlichkeit im Stil haben Sie überprüft.

Politische Rede

Reden finden Sie im Fernsehen, in Zeitungen, im Rundfunk und in den digitalen Medien. Eine politische Rede hat die Zustimmung des Auditoriums zum Ziel. Sie muss daher informativ sein, aber vor allem auch die Emotionen ansprechen. Sie wissen, dass jede Rede für einen bestimmten Anlass, Ort und Adressatenkreis mit einer bestimmten Intention gehalten wird. Sie wissen, dass Sie nach der Art der Rede (z. B. Programm-, Gedenk-, Parteitagsrede) fragen müssen, und verstehen dabei die Sachinhalte und Kernaussagen herauszufiltern. Ihnen ist bewusst, dass Sie die Argumentation hinsichtlich der Stichhaltigkeit der Thesen, Begründungen und Schlussfolgerungen analysieren müssen. Dabei untersuchen Sie auch die Sprache und den Stil des Redners und erkennen die manipulative Wirkung rhetorischer Stilmittel. Ihnen ist klar, dass auch Mimik und Gestik des Redners, die Redesituation und Atmosphäre Wirkung auf den Zuhörer entfalten. Schließlich bewerten und bilanzieren Sie die Rede hinsichtlich der Grundeinstellung und Weltsicht des Redners sowie deren Wirkung und damit Bedeutung.

Nachrichten

Nachrichten dienen dazu, Ursachen und Zusammenhänge von politischen Ereignissen zu kennen, besser verstehen und beurteilen zu können. Ihnen ist vor diesem Hintergrund bewusst, dass Medien nicht nur Nachrichten vermitteln, sondern dabei auch auswählen und gewichten, also filtern. Medien üben demnach eine Selektionsfunktion aus. Sie entscheiden, worüber berichtet wird, und damit bestimmen sie die Bedeutung eines Themas. Sie haben dies erkannt und reflektiert, dass die Medien somit Ihre Wahrnehmung beeinflussen und Ihre Weltsicht prägen. Sie haben feststellen können, dass sich Nachrichten in ihrer Aufmachung, ihren Inhalten, ihrem Stil und in der politischen Ausrichtung unterscheiden. Ihnen ist ebenso bewusst geworden, dass Qualitätsjournalismus Zeit braucht und auch etwas kostet, hingegen der ökonomische Druck, schnell Neues

METHODENCHECK ?

zu berichten, gerade bei den Onlinemedien zu Qualitätsmängeln führen kann. Sie haben gelernt, dass daher der kritische Vergleich verschiedener Medien in der heutigen Zeit unerlässlich ist, um nicht Gefahr zu laufen, in der digitalen „Filter- oder Informationsblase" gefangen zu werden, die eine Isolation gegenüber Informationen, die nicht dem Standpunkt der Benutzerin oder des Benutzers entsprechen, zur Folge hat. Ihnen ist die Gewichtung einer Nachricht in Form der Vermittlung – Schlagzeile, Kommentar oder Bild – bewusst. Sie haben gelernt, zu analysieren, welche politischen Akteure (nicht) genannt, wie diese beurteilt werden und wie viel Raum (z. B. Leitartikel, Interview) ihnen dabei gegeben wird. Sie erkennen, welche Zielgruppen angesprochen werden und welche möglichen Auswirkungen diese Art von Nachrichtenvermittlung auf Politik und Gesellschaft hat.

Filmdokumente und Filme

Ein Film ist ein komplexes Medium, denn Bild und Ton nehmen die Zuschauer förmlich gefangen. Der Eindruck, den ein Film hinterlässt, ist allerdings nur schwer nachzuvollziehen. Sie haben gelernt, dass Sie Ihre filmsprachlichen Kenntnisse erweitern und analytisch anwenden müssen. Ihnen ist bewusst, dass Ihnen eine rasche Beobachtungsgabe abverlangt wird und Sie sich in Distanz zu entstehenden Gefühlen setzen müssen. Sie haben gelernt, zu erkennen, wie diese hervorgerufen werden. Es ist Ihnen klar, dass für eine zutreffende Filmanalyse die Berücksichtigung des gesellschaftlichen Produktions- und Rezeptionskontextes nötig ist.

Tondokumente

Medien beeinflussen die Wahrnehmung des Publikums, so auch das Hören eines Tondokuments. Sie haben im fächerübergreifenden Unterricht einen Einblick in die unterschiedlichen Typen von Tondokumenten – Interviews, Radioberichte, Reportagen, Features, Reden, Autorinnen- und Autorenlesungen, Musikaufnahmen, Diskussionen, Hörspiele und Erzählungen von Zeitzeuginnen bzw. -zeugen („Oral History") – erhalten. Sie haben gelernt, auch diese mit den Methoden der Text- und Filmanalyse zu untersuchen.

Abkürzungsverzeichnis

ACTA = Anti-Piraterie-Abkommen (engl. Anti-Counterfeiting Trade Agreement)

AEMR = Allgemeine Erklärung der Menschenrechte

AfD = Alternative für Deutschland (Partei)

APuZ = Aus Politik und Zeitgeschichte, Zeitschriftenbeilage der Bundeszentrale für politische Bildung

BGB = Bundesgesetzbuch

BND = Bundesnachrichtendienst

bpb = Bundeszentrale für politische Bildung

BRD = Bundesrepublik Deutschland

BVerfG = Bundesverfassungsgericht

CDU = Christlich Demokratische Union Deutschlands (Partei)

CSU = Christlich-Soziale Union in Bayern (Partei)

DDR = Deutsche Demokratische Republik

Destatis = Statistisches Bundesamt

EGKS = Europäische Gemeinschaft für Kohle und Stahl

EU = Europäische Union

EWG = Europäische Wirtschaftsgemeinschaft

FDGO = freiheitliche demokratische Grundordnung

FDP = Freie Demokratische Partei (Partei)

FSJ = freiwilliges soziales Jahr

GARP = Government Assisted Repatriation Programme

GASP = Gemeinsame Außen- und Sicherheitspolitik

GETZ = Gemeinsames Extremismus- und Terrorabwehrzentrum

GG = Grundgesetz

GTAZ = Gemeinsames Terrorismusabwehrzentrum

ISAF = Internationale Sicherheitsunterstützungstruppe (engl. International Security Assistance Force)

MAD = Militärischer Abschirmdienst

NATO = North Atlantic Treaty Organization

NGO = Nichtregierungsorganisation

NPD = Nationaldemokratische Partei Deutschlands (Partei)

NS = Nationalsozialismus

NSDAP = Nationalsozialistische Partei Deutschlands (Partei)

NSU = Nationalsozialistischer Untergrund

OECD = Organisation für wirtschaftliche Zusammenarbeit und Entwicklung (engl. Organisation for Economic Co-operation and Develelopment)

OSZE = Organisation für Sicherheit und Zusammenarbeit in Europa (engl. Organisation for Security and Co-operation in Europe)

RAF = Rote Armee Fraktion

REAG = Reintegration and Emigration Programme for Asylum-Seekers in Germany

SPD = Sozialdemokratische Partei Deutschlands (Partei)

SRP = Sozialistische Reichspartei (Partei)

StGB = Strafgesetzbuch

TGD = Türkische Gemeinde in Deutschland

UN = engl. Abkürzung für die Vereinten Nationen (engl. United Nations)

UNFCCC = Klimarahmenkonvention (engl. United Nations Framework Convention on Climate Change)

UNHCR = Hoher Flüchtlingskommissar der Vereinten Nationen (engl. United Nations High Commissioner for Refugees)

UNICEF = Kinderhilfswerk der Vereinten Nationen (engl. United Nations Children's Fund)

UNO = Organisation der Vereinten Nationen (engl. United Nations Organization)

USA = Vereinigte Staaten von Amerika (engl. United States of America)

VN = Vereinte Nationen

VVE = Vertrag über eine Verfassung für Europa

WZB = Wissenschaftszentrum Berlin für Sozialforschung

Glossar

Absolute Armut
Ein Mensch in absoluter Arbeit ist aus materiellen Gründen nicht in der Lage, seine Grundbedürfnisse zu befriedigen.

Aufklärung
In der (politischen) Philosophie ist damit die Zeit des 17. und vor allem des 18. Jh. gemeint, in der die großen Denker erkannt haben, dass Bildung von zentraler Bedeutung für die Entwicklung des Menschen ist. Die Hauptanforderungen der Aufklärer waren Bildung für alle und Herrschaft durch Vernunft. Ein Ergebnis der Aufklärung ist unter anderem die Entwicklung der ersten Enzyklopädie in Frankreich, die als Vorbild auch für gegenwärtige Weiterentwicklungen wie Wikipedia dient.

Ausgleichsmandate
Zum Ausgleich von Überhangmandaten erhalten die anderen Parteien zusätzliche Sitze, um nicht benachteiligt zu werden.

Bildung
Begriff für die geistige, physische, soziale und kulturelle (Selbst-)Formung des Menschen zu einer wohlgestalteten, menschlichen Persönlichkeit.

Brexit
Neologismus, mit dem der geplante Austritt Großbritanniens aus der Europäischen Union bezeichnet wird.

Bundespräsident
Staatsoberhaupt der Bundesrepublik Deutschland.

Bundesrat
Legislatives Organ, in dem die Bundesländer entsprechend ihrer Bevölkerungsgröße vertreten sind.

Bundestag
Das Parlament der Bundesrepublik Deutschland mit Sitz in Berlin.

Bundesverfassungsgericht
Höchste judikative Instanz der Bundesrepublik Deutschland. Sitz in Karlsruhe.

Bundesversammlung
Gremium zur Wahl des Bundespräsidenten (Art. 54 GG).

Charta der Grundrechte
Legt die Grund- und Menschenrechte für die Europäische Union fest.

Demokratie
Wörtlich: „Herrschaft durch das Volk" [aus dem griechischen *δ μ ο ς* („Volk, Bevölkerung") und *κ ρ α τ α* („Macht, Herrschaft")]. Demokratie ist eine Gesellschaftsform, bei der die Macht vom Volke ausgeht. Es existieren verschiedene Formen der Demokratie: direkte Demokratie in Form von Volksentscheiden, Vertretungsdemokratie (repräsentative Demokratie), bei der die Entscheidungen durch gewählte Vertreter des Volkes getroffen werden etc. Heute wird unter Demokratie allgemein ein parlamentarisches System mit freien Wahlen in Verbindung mit einem Rechtsstaat auf den Prinzipien der Menschenrechte verstanden.

Desertifikation
Vordringen der Wüste in ehemals fruchtbares Gebiet.

Direktmandat
Der Kandidat/Die Kandidatin einer Partei erringt bei der Wahl das Mandat persönlich.

Ehe
Eine förmliche, gefestigte Verbindung zwischen zwei (in manchen Kulturen auch mehreren) Personen, die rechtlich und/oder religiös begründet ist, rituell und/oder gesetzlich geregelt wird und ihren Ausdruck in einer Zeremonie findet.

Erststimme
Bei der Wahl zum Deutschen Bundestag geben die

Wählerinnen und Wähler eine Stimme für einen Kandidaten/eine Kandidatin aus ihrem Wahlkreis ab.

Erziehung
Prozess und oder Resultat der (pädagogischen) Einflussnahme auf die Entwicklung und das Verhalten Heranwachsender.

Euro
Gemeinschaftswährung in einzelnen Staaten der Europäischen Union. Eingeführt 2002.

Europäische Gemeinschaft
Kurzform: EG. Sie entstand aus den Römischen Verträgen, die am 25. März 1957 von Belgien, der Bundesrepublik Deutschland, Frankreich, Italien, Luxemburg und den Niederlanden in Rom unterzeichnet wurden. Die Verträge traten am 1. Januar 1958 in Kraft. Die Staaten vereinbarten darin eine Europäische Wirtschaftsgemeinschaft, eine Europäische Atomgemeinschaft und eine Europäische Gemeinschaft für Kohle und Stahl. Mitte der 1960er-Jahre fusionierten diese Gemeinschaften dann zur Europäischen Gemeinschaft. Im Laufe der Jahre nahm die Zahl der Mitgliedsländer zu. 1992 ging die EG in der Europäischen Union (EU) auf, die mit den Verträgen von Maastricht beschlossen wurde. Heute hat die EU 28 Mitgliedsstaaten.

Europäische Gemeinschaft für Kohle und Stahl
Synonymer Begriff = Montanunion. 1952 entstanden als europäischer Wirtschaftsverbund und Vorläufer der EG/EU.

Europäische Union
Kurzform: EU. Wurde mit den Verträgen von Maastricht 1992 von den Mitgliedern der Europäischen Gemeinschaft gegründet. Sie ist eine wesentliche Weiterentwicklung, vor allem durch den sogenannten Binnenmarkt.

Europäische Wirtschaftsgemeinschaft (EWG)
Zusammenschluss europäischer Staaten zur Förderung der gemeinsamen Wirtschaftspolitik seit 1957.

Europäisches Parlament
Parlament der EU mit Sitz in Straßburg.

Europäischer Rat
Vierteljährliches Zusammentreffen der EU-Staats- und -Regierungschefs zur Festlegung der politischen Agenda.

Familie
Bezeichnet eine durch Partnerschaft, Adoption oder Abstammung begründete Lebensgemeinschaft, meist aus Eltern bzw. Erziehungsberechtigten sowie Kindern/Heranwachsenden bestehend.

Frauenquote
Geschlechterbezogene Quotenregelung bei der Besetzung von Gremien oder Stellen.

Gewaltenteilung
Die Trennung der drei Gewalten (Legislative, Judikative und Exekutive) voneinander und deren weitgehende Unabhängigkeit bzw. gegenseitige Kontrolle zwecks Vermeidung von Machtkonzentration und deren Missbrauch. Der bekannteste frühe Theoretiker der Gewaltenteilung ist Charles-Louis de Secondat, Baron de La Brède et de Montesquieu.

Gewerkschaft
Gewerkschaften sind Interessenvertretungen von Arbeitnehmern zur Durchsetzung ihrer Lohn- und Arbeitsbedingungen.

Globale Erwärmung
Anstieg der Durchschnittstemperatur der erdnahen Atmosphäre sowie der Weltmeere.

Hausmodell
Soziologisches Modell zur Klassifizierung der Gesellschaft, das auf Ralf Dahrendorf zurückgeht.

Heimat
Ort, in den ein Mensch hineingeboren wird und in dem seine frühesten/prägendsten Sozialisationserlebnisse stattfinden, oder Ort, an dem er sich neu „verwurzelt“ und auf Sesshaftigkeit angelegte soziale Bindungen eingeht.

Individualisierung
Prozess des Übergangs von der Fremd- zur Selbstbestimmung.

Islamismus
Die im Koran festgeschriebenen Gesetze des Islams sollen in den muslimischen Ländern wieder eingeführt und streng befolgt werden. Sie sollen für alle Bereiche des Lebens gelten: Politik, Wirtschaft, den Umgang zwischen Männern und Frauen, Bildung und Erziehung und die allgemein geltenden Gesetze. Diese Forderung, die notfalls auch mit Gewalt durchgesetzt werden muss, wird als „Islamismus" bezeichnet. Nach den Vorstellungen der Islamisten müssen alle Muslime zum „rechten Glauben" zurückfinden.

Kabinettsprinzip
Regierungsgrundsatz, wonach Beschlüsse von allen Kabinettsmitgliedern mehrheitlich gefasst werden.

Kanzlerprinzip
Regierungsgrundsatz, wonach der Bundeskanzler/die Bundeskanzlerin die Richtlinien der Politik bestimmt und für diese die Verantwortung trägt (Art. 65 GG).

Klassenmodell
In den Sozialwissenschaften wird das Klassenmodell genutzt, um Menschen mit gemeinsamen sozialen Merkmalen zu klassifizieren.

Kultur
Der Begriff kommt von lat. *cultura* „Bearbeitung, Pflege, Ackerbau" und bezeichnet im Unterschied zur Natur alles, was der Mensch selbst gestaltend hervorbringt.

Kunst
Im engeren Sinne bezeichnet der Begriff Ergebnisse gezielter menschlicher Schöpfungskraft/Tätigkeit, die nicht eindeutig/nicht zwingend durch Funktionen bestimmt sind (Malerei, Bildhauerei, Literatur, Musik etc.).

Lagenmodell
Soziologisches Modell zur Klassifizierung der Gesellschaft, das auf Stefan Hradil zurückgeht.

Linksextremismus
Begriff einer Form von Extremismus, der eine Fülle von teilweise widersprüchlichen Positionen und Einstellungen zusammenfasst. Er bezieht sich auf sozialistische und kommunistische Bewegungen. Diese teilen durchaus die liberalen Ideen von Freiheit, Gleichheit, Brüderlichkeit. Sie interpretieren diese aber in ihrem ideologischen Sinne um. So will die extreme Linke durch revolutionäre Aktionen den Sturz des Kapitalismus herbeiführen, um dann die sozialistische Gesellschaftsordnung zu errichten.

Malaria
Malaria ist eine Infektionskrankheit.

Median
Der Zentralwert/Mittelwert einer Liste von Messwerten, der genau in der Mitte steht, wenn man die Messwerte der Größe nach sortiert.

Mehrheitswahl
Beim Mehrheitswahlsystem gilt der Kandidat/die Kandidatin als gewählt, auf den/die die Mehrheit der abgegebenen Stimmen entfällt.

Menschenrechte
Am 10. Dezember 1948 verkündeten die Vereinten Nationen unter dem Eindruck der beiden Weltkriege die Allgemeine Erklärung der Menschenrechte (AEMR). Die Erklärung beinhaltet 30 Artikel. Der erste Artikel besagt: „Alle Menschen sind frei und gleich an Würde und Rechten geboren." Weiterhin sind darin das Verbot von Sklaverei und Folter festgelegt sowie Meinungs-, Informations- und Pressefreiheit.

Milieutheorie
Soziologische Theorie, wonach die Entwicklung des Menschen durch seine Lebensumwelt geprägt ist.

Nationalsozialistischer Untergrund (NSU)

Der Nationalsozialistische Untergrund (NSU) war eine neonazistische terroristische Vereinigung in Deutschland. Ihre Mitglieder Uwe Mundlos, Uwe Böhnhardt und Beate Zschäpe ermordeten zwischen 2000 und 2007 neun Migranten und eine Polizistin, verübten 43 Mordversuche, drei Sprengstoffanschläge (Nürnberg 1999, Köln 2001 und 2004) und 15 Raubüberfälle. Die Zahl der an den Taten Beteiligten und ihrer Unterstützer ist umstritten. Der NSU wurde überraschend am 4. November 2011 öffentlich bekannt, als Mundlos und Böhnhardt tot in einem ausgebrannten Wohnmobil gefunden wurden und Zschäpe ihre Zwickauer Wohnung ansteckte sowie Bekennervideos versandte. Die juristische Aufarbeitung im NSU-Prozess (2013–2018) gegen Beate Zschäpe und weitere Angeklagte dauerte über 5 Jahre, die Hauptangeklagte wurde zu einer lebenslänglichen Haftstrafe verurteilt.

Natur

Bezeichnet im Allgemeinen das, was nicht vom Menschen geschaffen wurde – im Gegensatz zur Kultur.

Nichtregierungsorganisation (NGO)

Zivilgesellschaftliche Interessenverbände ohne öffentliches Mandat.

Nordatlantikrat

Hauptorgan der NATO, das mit politischer Autorität und Entscheidungsbefugnis ausgestattet ist.

North Atlantic Treaty Organization (NATO)

Verteidigungsbündnis und militärisch-politische Organisation von 29 europäischen und nordamerikanischen Mitgliedsstaaten.

Notstandsgesetze

Die Notstandsgesetze wurden am 30. Mai 1968, in der Zeit der ersten Großen Koalition von SPD und CDU/CSU, vom Deutschen Bundestag verabschiedet und fügten eine Notstandsverfassung in das Grundgesetz ein, die die Handlungsfähigkeit des Staates in Krisensituationen (Naturkatastrophen, Aufstand, Krieg) sichern soll. Ihre Verabschiedung wurde von massiven Protesten begleitet.

NSDAP

Entstand 1920 im Wesentlichen auf Betreiben von Adolf Hitler durch Umbenennung der 1919 gegründeten DAP. Schon das Gründungsparteiprogramm war extrem rassistisch und nationalistisch geprägt. Es lehnte nicht nur den Versailler Vertrag ab, sondern forderte u. a. den Entzug der deutschen Staatsbürgerschaft für jüdische Mitbürger. Nach dem Putschversuch in München durch Hitler vom 9. November 1923 bis Anfang 1925 verboten. Danach Neugründung. Die großen Wahlerfolge kamen aber erst nach der Weltwirtschaftskrise 1929. Die NSDAP schaffte in freien Wahlen allerdings nie eine absolute Mehrheit.

Oktoberfestattentat

Am 26. September 1980 explodierte in einem Papierkorb am Eingang zum Münchner Oktoberfestgelände eine Bombe. Bei diesem sogenannten Oktoberfestattentat starben 13 Menschen, mehr als 200 wurden teils schwer verletzt. Als Täter wurde der 21-jährige Geologiestudent Gundolf Köhler identifiziert, der dem Verfassungsschutz als Mitglied der rechtsextremen Wehrsportgruppe Hoffmann bekannt gewesen war. Bis heute ist umstritten, ob Köhler tatsächlich als isolierter Einzeltäter gehandelt hat. Mit der Begründung, der Fall sei aufgeklärt, hat die Bundesanwaltschaft 1997 den Fall abgeschlossen und alle Spuren vom Tatort vernichten lassen. Aufgrund von neuen Aktenfunden und Zeugenaussagen wurde der Fall 2014 vom Generalbundesanwalt wieder aufgenommen.

Parteien

Parteien sind Zusammenschlüsse von Bürgern mit im Wesentlichen ähnlichen Meinungen und Positionen, die innerhalb eines größeren Verbundes, z. B. eines Staates, um möglichst viel Mitgestaltungsmöglichkeiten kämpfen. In der Bundesrepublik haben Parteien klare Aufgaben für das politische System, wie die Formulierung und Bündelung von

Interessen der Bürger, die Rekrutierung und Ausbildung von Kandidaten zur Besetzung politischer Ämter und die Information und Erklärung politischer Entscheidungen gegenüber den Bürgern. Artikel 21 des Grundgesetzes fordert für Parteien in Deutschland eine demokratische Struktur in ihrem Inneren und Transparenz über Herkunft und Verwendung ihrer Mittel.

Parteiverbot

Politische Parteien sind in Deutschland verboten, wenn sie verfassungswidrige Ziele verfolgen. Ob dies der Fall ist, entscheidet – jedoch nur auf Antrag – das Bundesverfassungsgericht. Ein Parteiverbot kann nur von der Bundesregierung, vom Bundestag oder vom Bundesrat beantragt werden (siehe Art. 21 GG). In der BRD betroffen: SRP (1952), KPD (1956), ein NPD-Verbotsverfahren ist bislang gescheitert.

Pluralismus

Der Pluralismus ist ein Kennzeichen moderner Demokratien. Er zielt auf ein freies politisches und gesellschaftliches Zusammenleben, das die liberalen Grundrechte sowie die Vereinigungsfreiheit respektiert und jegliche rassische, geschlechtliche und politische Diskriminierung untersagt. Im Pluralismus konkurrieren eine Vielzahl verschiedener gesellschaftlicher Gruppen und Organisationen mit- und gegeneinander um gesellschaftliche, wirtschaftliche und politische Macht. Sie versuchen, ihren Einfluss in den politischen Prozess einzubringen.

Rat der Europäischen Union

Synonym für Ministerrat; Gremium für Festlegung von Gesetzen der EU (gemeinsam mit dem Europäischen Parlament).

Relative Armut

Relative Armut bezeichnet Armut im Vergleich zum sozialen Umfeld.

Ressortprinzip

Regierungsgrundsatz, wonach ein Bundesminister/eine Bundesministerin im eigenen Geschäftsbereich im Rahmen der durch den Bundeskanzler vorgegebenen Richtlinien selbstständig Entscheidungen trifft und diese verantwortet (Art. 65 GG).

Rote Armee Fraktion (RAF)

(Selbst-)Bezeichnung einer 1968 entstandenen linksextremen Gruppe. Die Mitglieder der RAF versuchten, über gezielte terroristische Anschläge und Entführungen die politische und soziale Grundordnung der Bundesrepublik Deutschland gewaltsam zu verändern. Die RAF ist aus der sogenannten Baader-Meinhof-Gruppe – unter der Führung von Andreas Baader (1943–1977) und der Journalistin und Publizistin Ulrike Meinhof – hervorgegangen, die wiederum ihre Wurzeln in der Studentenbewegung hatte. In den Baader-Meinhof-Prozessen zwischen 1975 und 1977 wurden die Angeklagten zu lebenslangen bzw. langjährigen Haftstrafen verurteilt. Nach der gescheiterten Entführung von Hanns-Martin Schleyer und einem Passagierflugzeug im Herbst 1977 (auch „Deutscher Herbst 1977" genannt) wurden Baader, Gudrun Ensslin und Jan-Carl Raspe in ihren Zellen der Haftanstalt Stuttgart-Stammheim tot aufgefunden (Meinhof bereits 1976). Mehrere Mitglieder der RAF tauchten in den 1980er-Jahren in der DDR unter, bis sie nach dem Zusammenbruch der DDR festgenommen und verurteilt wurden. 1992 erklärte die RAF, auf Anwendung von Gewalt zu verzichten. 1998 gab sie ihre Selbstauflösung bekannt.

Salafistenszene

Die salafistische Szene ist die am schnellsten wachsende Strömung des radikalen Islam (Salafismus) in Deutschland. Ihre Anhänger vertreten eine verfassungsfeindliche Ideologie, ein Teil von ihnen wendet auch Gewalt an. Das Milieu ist aber sehr heterogen. In weiten Teilen ist die Szene weniger von der salafistischen Ideologie geprägt, sondern eher als subkulturell geprägte Jugendbewegung zu begreifen. Im Allgemeinen sind die Anhänger der Salafisten, wie praktisch alle streng gläubigen Muslime, der Überzeugung, dass die Menschen nur Allah als ihren Schöpfer und Gebieter akzeptieren dürfen und seinen Geboten und Verboten bedingungslos folgen müssen. Dabei dürfen der Koran und die Überlieferungen aus dem Leben des Propheten Mohammed (*sunna*) nicht im übertragenen Sinn verstanden und nicht mit den Mitteln der menschlichen Vernunft gedeutet werden. Salafisten betrachten diese Texte als eine im Wortsinne zu verstehende Anleitung für die persönliche Lebensgestaltung. Sie sehen darin ein normatives Regelwerk für die Organisation von Staat und Gesellschaft. Das Recht, Gesetze zu erlassen, hat dabei nur Gott.

Schichtmodell
Soziologisches Modell zur Klassifizierung von Personengruppen mit gemeinsamen Merkmalen, das auf Theodor Geiger zurückgeht.

Sicherheitsrat
Hauptentscheidungsorgan der Vereinten Nationen bestehend aus fünf ständigen und zehn nicht ständigen Mitgliedern.

Soziale Ungleichheit
Ungleiche Verteilung von Ressourcen in einer Gesellschaft.

Sozialisation
Prozess der Entwicklung einer Person/Persönlichkeit durch Anpassung an gesellschaftliche Denk- und Gefühlsmuster aufgrund ihrer Interaktion mit ihrer spezifischen Umwelt.

Terroranschläge vom 11. September 2001 („11. September")
Am 11. September 2001 wurden in den USA vier Flugzeuge von insgesamt 19 Entführern entführt und als Waffen verwendet: Zwei der Passagierjets wurden in das World Trade Center in New York gesteuert, eine Maschine flog in das Pentagon in Washington, D.C. und ein weiteres Flugzeug stürzte bei Pittsburgh (Pennsylvania) auf ein Feld, bevor ein vermutlich drittes Anschlagsziel erreicht werden konnte. Bei diesen Attentaten kamen über 3000 Menschen ums Leben. Der „11. September" ist zum historischen Beispiel für die Eskalation terroristischer Gewalt geworden.

Überhangmandat
Direktmandat für eine Partei, das über die Parlamentssitze, die ihr laut Ergebnis des Verhältniswahlrechts (Zweitstimme) zustehen, hinausgeht.

UN-Generalsekretär
Vorsitzender des UN-Sekretariats und oberster Verwaltungsbeamter der Vereinten Nationen.

UN-Generalversammlung
Die Generalversammlung ist die Vollversammlung der Mitgliedsstaaten der UN und ihr zentrales Beratungsorgan.

United Nations Organization (UNO)
Zwischenstaatlicher Zusammenschluss von 193 Staaten mit Sitz in New York.

Verfassung
In einer Verfassung legen Staaten grundlegende Regeln für ihr Zusammenleben fest. Dies passiert meist in einem feierlichen Akt und die Niederschrift folgt in einer Verfassungsurkunde. Die heutige Verfassung der Bundesrepublik Deutschland heißt Grundgesetz. Bekannt sind auch die Verfassungen Frankreichs wegen der Erklärung der Bürger- und Menschenrechte oder die der Vereinigten Staaten von Amerika.

Verfassungsbeschwerde
Personen können vor einem Verfassungsgericht eine Verletzung ihrer Grundrechte durch Akte der Staatsgewalt geltend machen.

Verfassungsschutz
Der Verfassungsschutz ist eine Behörde, die dem Bundesinnenminister/der Bundesinnenministerin bzw. dem/der jeweiligen Landesinnenminister/-in unterstellt ist. Ihr Auftrag besteht darin, zum Schutz der freiheitlichen demokratischen Grundordnung Informationen über verfassungswidrige Aktivitäten zu sammeln und zu deuten. In den jährlich erscheinenden Verfassungsschutzberichten

informieren das Bundesinnenministerium und die Länderinnenministerien die Öffentlichkeit über die Arbeitsergebnisse der Behörde. Im Gegensatz zu einer Geheimpolizei besitzen Mitglieder des Verfassungsschutzes keinerlei Recht, Personen zu verhaften oder gefangen zu halten.

Verhältniswahl

Im Verhältniswahlsystem erhalten die Parteien entsprechend dem Verhältnis der abgegebenen Stimmen Sitze im Parlament.

Vertrag von Maastricht

Vertrag über die Europäische Union von 1992.

Volksbegehren

Das Volksbegehren gehört zu den Instrumenten der direkten Demokratie. Mit ihm kann ein politisches Thema oder ein Gesetzesentwurf in ein Parlament eingebracht werden, soweit eine gewisse Anzahl an Unterschriften in einer festgelegten Frist gesammelt worden ist. Verwirft das Parlament die Vorlage, können die Bürger/-innen diese durch einen Volksentscheid dennoch durchsetzen. Während in verschiedenen Bundesländern, z. B. in Bayern, Volksbegehren schon oft erfolgreich waren, ist dieses Instrument der direkten Demokratie auf Bundesebene nur für den Fall einer Gebietsneuregelung zulässig, also z. B., wenn Bürger/-innen einer Region ein eigenes Bundesland ausgliedern möchten.

Volksentscheid

Wie das Volksbegehren gehört auch der Volksentscheid zu den Instrumenten der direkten Demokratie in Deutschland. Er stellt eine direktdemokratische Abstimmung der wahlberechtigten Bürgerinnen und Bürger über die Annahme oder Ablehnung einer Vorlage (in der Regel eines Gesetzes) dar. Während in verschiedenen Bundesländern, z. B. in Bayern, Volksentscheide schon oft erfolgreich waren, ist dieses Instrument der direkten Demokratie auf Bundesebene nur für den Fall eines Volksbegehrens über eine Gebietsneuregelung zulässig, also z. B., wenn Bürgerinnen einer Region ein eigenes Bundesland ausgliedern möchten.

Vorbehaltsrechte

Die Vorbehaltsrechte umfassten Regelungen der politischen Einflussnahme der westlichen Alliierten auf die staatliche Gestaltung der Bundesrepublik Deutschland. Die Rechte der westlichen Siegermächte wurden im Laufe der Jahrzehnte immer weiter abgeschwächt und schließlich 1990 im Zuge der Wiedervereinigung gänzlich aufgegeben.

Wehrhafte Demokratie (auch: streitbare Demokratie)

Vom Bundesverfassungsgericht geprägter Begriff für die Entschlossenheit, sich gegenüber den Feinden der freiheitlichen demokratischen Grundordnung nicht neutral zu verhalten, sondern sich zur Wehr zu setzen („wehrhafte Demokratie"). So können z. B. Parteien verboten werden, die demokratische Spielregeln ausnutzen, um damit die Demokratie selbst abzuschaffen.

Weimarer Verfassung

Die Weimarer Reichsverfassung (WRV) – offiziell: Verfassung des Deutschen Reiches – entstand 1919 und begründete eine demokratische Republik mit präsidial-parlamentarischem Regierungssystem. Sie bestand formell bis zur Übernahme der Regierungsgewalt durch den Alliierten Kontrollrat am 5. Juni 1945 fort, obschon die Nationalsozialisten die WRV bereits durch die Reichstagsbrandverordnung vom 28. Februar 1933 außer Kraft gesetzt hatten.

Wissen

Ein verfügbarer Bestand an Fakten, Theorien und Regeln, von deren gesicherter Gültigkeit bzw. Wahrheit ausgegangen werden darf.

Zweitstimme

Bei der Wahl zum Deutschen Bundestag geben die Wähler/-innen die Zweitstimme für die Landesliste einer Partei ab.

Zwiebelmodell

Soziales Schichtenmodell der Bevölkerung der Bundesrepublik Deutschland, das auf den Soziologen Karl Martin Bolte zurückgeht.

Anforderungsbereiche und Operatoren

Anforderungsbereiche und Operatoren

Handlungssituationen und Aufgabenstellungen werden nach den Anforderungen untergliedert, die diese an uns stellen. Dabei werden drei Bereiche, sogenannte Anforderungsbereiche (AfB), unterschieden. Jedem Anforderungsbereich sind sogenannte Operatoren zugeordnet, also handlungsinitiierende Verben, die signalisieren, welche Tätigkeiten beim Lösen von Aufgaben erwartet werden. Einige Operatoren haben integrierenden Charakter, beinhalten in sich ohne weitere Differenzierung alle drei Anforderungsbereiche und formulieren übergeordnete Aufgaben, die durch untergeordnete Teilaufgaben ergänzt werden können. Festgelegt wurden die Anforderungsbereiche und die jeweils vorgesehenen Operatoren durch Beschluss der Kultusministerkonferenz, um bundesweit einheitliche Prüfungsanforderungen für die Abiturprüfung zu entwickeln. Die hier folgende Darstellung der Anforderungsbereiche sowie der Operatoren basiert auf diesem Beschluss der Kultusministerkonferenz vom 01.12.1989 in der Fassung vom 17.11.2005. Die nachfolgend aufgeführte Operatorenliste ist keine abgeschlossene Liste, sondern eine offene, die ergänzt werden kann.

Gliederung der Anforderungsbereiche

Anforderungsbereich I	Anforderungsbereich II	Anforderungsbereich III
Er umfasst das Wiedergeben und Darstellen von fachspezifischen Sachverhalten aus einem abgegrenzten Gebiet und im gelernten Zusammenhang unter reproduktivem Benutzen geübter Arbeitstechniken.	Er umfasst das selbstständige Erklären, Bearbeiten und Ordnen bekannter fachspezifischer Inhalte und das angemessene Anwenden gelernter Inhalte und Methoden auf andere Sachverhalte.	Er umfasst den reflexiven Umgang mit neuen Problemstellungen, den eingesetzten Methoden und gewonnenen Erkenntnissen, um zu Begründungen, Folgerungen, Beurteilungen und Handlungsoptionen zu gelangen.
Reproduktionsleistungen sind hier vor allem gefordert, insbesondere: – Wiedergeben von grundlegendem Fachwissen unter Verwendung der Fachterminologie – Bestimmen der Art des Materials – Entnehmen von Informationen aus unterschiedlichen Materialien – Kennen und Darstellen von Arbeitstechniken und Methoden	**Reorganisations- und Transferleistungen** sind hier vor allem gefordert, insbesondere: – Erklären kategorialer, struktureller und zeitlicher Zusammenhänge – sinnvolles Verknüpfen politischer, ökonomischer und soziologischer Sachverhalte – Analysieren von unterschiedlichen Materialien – Einordnen von Sachverhalten unter Beachtung der sie konstituierenden Bedingungen – Unterscheiden von Sach- und Werturteilen	**Reflexion und Problemlösung** sind hier vor allem gefordert, insbesondere: – Erörtern politischer, ökonomischer und gesellschaftlicher Sachverhalte und Probleme – Entfalten einer strukturierten, multiperspektivischen und problembewussten Argumentation – Entwickeln von Hypothesen zu politologischen, ökonomischen und gesellschaftlichen Fragestellungen – Reflektieren der eigenen politischen Urteilsbildung unter zusätzlicher Beachtung ethischer und normativer Kategorien

Anforderungsbereich I	Anforderungsbereich II	Anforderungsbereich III
Operatoren in AfB I – aufzählen – benennen – beschreiben – bezeichnen – darlegen – darstellen – nennen – wiedergeben – zusammenfassen	**Operatoren in AfB II** – analysieren – auswerten – charakterisieren – einordnen – erklären – erläutern – ermitteln – erschließen – herausarbeiten – interpretieren – vergleichen – widerlegen	**Operatoren in AfB III** – begründen – beurteilen – bewerten – diskutieren – entwerfen – entwickeln – erörtern – gestalten – problematisieren – prüfen – sich auseinandersetzen – Stellung nehmen – überprüfen

Beschreibung der Operatoren in den unterschiedlichen Anforderungsbereichen

- **Operatoren,** die Leistungen im **Anforderungsbereich I (Reproduktion)** verlangen:

aufzählen nennen wiedergeben zusammenfassen	Kenntnisse (Fachbegriffe, Daten, Fakten, Modelle) und Aussagen in komprimierter Form unkommentiert darstellen
benennen bezeichnen	Sachverhalte, Strukturen und Prozesse begrifflich präzise aufführen
beschreiben darlegen darstellen	wesentliche Aspekte eines Sachverhaltes im logischen Zusammenhang unter Verwendung der Fachsprache wiedergeben

- **Operatoren,** die Leistungen im **Anforderungsbereich II (Reorganisation und Transfer)** verlangen:

analysieren	Materialien oder Sachverhalte kriterienorientiert oder aspektgeleitet erschließen, in systematische Zusammenhänge einordnen und Hintergründe und Beziehungen herausarbeiten
auswerten	Daten oder Einzelergebnisse zu einer abschließenden Gesamtaussage zusammenführen
charakterisieren	Sachverhalte in ihren Eigenarten beschreiben und diese dann unter einem bestimmten Gesichtspunkt zusammenführen
einordnen	eine Position zuordnen oder einen Sachverhalt in einen Zusammenhang stellen
erklären	Sachverhalte durch Wissen und Einsichten in einen Zusammenhang (Theorie, Modell, Regel, Gesetz, Funktionszusammenhang) einordnen und deuten
erläutern	wie erklären, aber durch zusätzliche Informationen und Beispiele verdeutlichen
herausarbeiten ermitteln erschließen	aus Materialien bestimmte Sachverhalte herausfinden, auch wenn sie nicht explizit genannt werden, und Zusammenhänge zwischen ihnen herstellen
interpretieren	Sinnzusammenhänge aus Materialien erschließen
vergleichen	Sachverhalte gegenüberstellen, um Gemeinsamkeiten, Ähnlichkeiten und Unterschiede herauszufinden
widerlegen	Argumente anführen, dass Daten, eine Behauptung, ein Konzept oder eine Position nicht haltbar sind

- **Operatoren,** die Leistungen im **Anforderungsbereich III (Reflexion und Problemlösung)** verlangen:

begründen	zu einem Sachverhalt komplexe Grundgedanken unter dem Aspekt der Kausalität argumentativ und schlüssig entwickeln
beurteilen	den Stellenwert von Sachverhalten oder Prozessen in einem Zusammenhang bestimmen, um kriterienorientiert zu einem begründeten Sachurteil zu gelangen
bewerten Stellung nehmen	wie beurteilen, aber zusätzlich mit Reflexion individueller und politischer Wertmaßstäbe, die Pluralität gewährleisten und zu einem begründeten eigenen Werturteil führen
entwerfen	ein Konzept in seinen wesentlichen Zügen erstellen
entwickeln	zu einem Sachverhalt oder zu einer Problemstellung ein konkretes Lösungsmodell, eine Gegenposition, ein Lösungskonzept oder einen Regelungsentwurf begründend skizzieren
erörtern	zu einer vorgegebenen Problemstellung eine reflektierte, kontroverse Auseinandersetzung führen und zu einer abschließenden, begründeten Bewertung gelangen
gestalten	produktorientierte Bearbeitung von Aufgabenstellungen. Dazu zählen unter anderem das Entwerfen von eigenen Reden, Strategien, Beratungsskizzen, Karikaturen, Szenarien, Spots und von anderen medialen Produkten sowie das Entwickeln von eigenen Handlungsvorschlägen und Modellen.
problematisieren	Widersprüche herausarbeiten, Positionen oder Theorien begründend hinterfragen
prüfen überprüfen	Inhalte, Sachverhalte, Vermutungen oder Hypothesen auf der Grundlage eigener Kenntnisse oder mithilfe zusätzlicher Materialien auf ihre sachliche Richtigkeit bzw. auf ihre innere Logik hin untersuchen
sich auseinandersetzen diskutieren	zu einem Sachverhalt, zu einem Konzept, zu einer Problemstellung oder zu einer These etc. eine Argumentation entwickeln, die zu einer begründeten Bewertung führt

Vgl. Kultusministerkonferenz: Einheitliche Prüfungsanforderungen in der Abiturprüfung Sozialkunde/Politik, abgerufen unter: www.kmk.org/fileadmin/Dateien/veroeffentlichungen_beschluesse/1989/1989_12_01-EPA-Sozialk-Politik.pdf [23.01.2018]

Literaturverzeichnis

[cop]: 300 Tage in türkischer Haft. Prominente Künstler und Nobelpreisträger fordern Freiheit für Deniz Yücel, 9.12.2017, abgerufen unter: www.spiegel.de/kultur/gesellschaft/deniz-yuecel-300-tage-in-haft-prominente-kuenstler-und-nobelpreistraeger-fordern-seine-freiheit-a-1182519.html [10.12.2017].

[Hintergrund aktuell]: Parlamentswahl in den Niederlanden, 16.3.2017, abgerufen unter: www.bpb.de/politik/hintergrund-aktuell/243954/niederlandewahl [10.12.2017].

[kst/dpa-afx]: Porsche-Betriebsrat: Exklusive Lohnerhöhungen nur für Gewerkschafter, in: manager magazin, 26.03.2013, abgerufen unter: www.manager-magazin.de/unternehmen/autoindustrie/porsche-betriebsrat-hueck-will-lohnplus-nur-fuer-gewerkschafts mitglieder-a-905669.html [28.06.2017].

[o.V.]: UN poised to open summit on world's oceans; outcome will ‚call for action' on ocean health, in: UN News Centre, 02.06.2017, abgerufen unter: www.un.org/apps/news/story.asp?NewsID=56893#.WTf4ZYVOJPY [10.07.2017].

[PARITÄTISCHER Wohlfahrtsverband, Landesverband Bayern e.V.]: Pluralismus ist nicht gemütlich Interview mit Wolfgang Thierse ..., abgerufen unter: www.paritaet-bayern.de/themen/detailansicht/article/pluralismus-ist-nicht-gemuetlich/ [27.09.2017].

Amtsblatt der Europäischen Gemeinschaften, Nr. 92/C 191/01 vom 29.07.1992.

Andersen, Uwe; Woyke, Wichard (Hg.): Handwörterbuch des politischen Systems der Bundesrepublik Deutschland, 5. Aufl., Opladen, Leske und Budrich, 2003.

Auswärtiges Amt: Warum will Deutschland einen ständigen Sitz?, in: Reform des Sicherheitsrats – Fragen und Antworten, abgerufen unter: www.auswaertiges-amt.de/de/aussenpolitik/internationale-organisationen/uno/05-reform-des-sicherheitrates-faq/205670 [22.03.2019].

Bäcker, Alexandra: Der Wille der Fraktion, in: APuZ Parlamentarismus, 38–39/2012, S. 43 f.

Branahl, Udo: Wozu benötigen wir Medien?, in: Informationen zur politischen Bildung, Nr. 309/2010, S. 6 f.

BUND Naturschutz in Bayern e.V.: Der BUND Naturschutz bewahrt Bayerns Schönheit, abgerufen unter: www.bund-naturschutz.de/bund-naturschutz/portrait.html [25.06.2017].

Bundesministerium des Innern (Hg.): Verfassungsschutzbericht 2000, Berlin, 2001.

Bundespräsidialamt (Hg.): Aufgaben, abgerufen unter: www.bundespraesident.de/DE/Amt-und-Aufgaben/Verfassungsrechtliche-Grundlagen/verfassungsrechtliche-grundlagen-node.html [08.06.2017].

Bundeszentrale für politische Bildung (Hg.): Generalsekretär der Vereinten Nationen, 02.02.2011, abgerufen unter: www.bpb.de/themen/5R3C1M,0,Generalsekret%E4r_der_Vereinten_Nationen.html [17.07.2017].

Bundeszentrale für politische Bildung (Hg.): Glossar – Krieg und Gewaltkonflikte, abgerufen unter: https://sicherheitspolitik.bpb.de/m1/glossary [06.02.2017].

Bundeszentrale für politische Bildung: Kinderzahl und Kinderlosigkeit, in: Zahlen und Fakten: Die soziale Situation in Deutschland, 26.9.2012, abgerufen unter: www.bpb.de/nachschlagen/zahlen-und-fakten/soziale-situation-in-deutschland/61553/kinderzahl-und-kinderlosigkeit [11.09.2017].

Busse, Nikolas/F.A.Z: Vertrag von Lissabon unterzeichnet: „Neue Stufe im europäischen Abenteuer", in: FAZ.net, 13.12.2007, abgerufen unter: www.faz.net/aktuell/politik/europaeische-union/vertrag-von-lissabon-unterzeichnet-neue-stufe-im-europaeischen-abenteuer-1492620.html [03.06.2019].

Butterwegge, Carolin: Migration in Ost- und Westdeutschland von 1955 bis 2004, in: Grundlagendossier Migration, 15.03.2005, abgerufen unter: www.bpb.de/gesellschaft/migration/dossier-migration/56367/migration-1955-2004 [26.06.2017].

Dahlinger, Miriam: Shamsia Hassani ist Afghanistans bekannteste Graffiti-Sprayerin, in: bento, 21.06.2017, abgerufen unter: www.bento.de/art/instagram-shamsia-hassani-ist-afghanistans-bekannteste-graffiti-kuenstlerin-1361942/ [28.08.2017].

Deichmann, Thomas: Die Macht der NGOs – Daten und Fakten, in: Cicero, abgerufen unter: http://cicero.de/wirtschaft/die-macht-der-ngos-%E2%80%93-daten-und-fakten/38380 [10.07.2017].

Detjen, Joachim: Die Werteordnung des Grundgesetzes, Wiesbaden, VS Verlag für Sozialwissenschaften, 2009.

Deutscher Bundestag (Hg.): Stichwort Wahlen. Grundpfeiler der Demokratie, Berlin, Deutscher Bundestag, 2013, S. 10 f.

Die Verfassung der Republik Türkei, Stand: Juni 2017, übers. von Prof. Dr. Christian Rumpf, abgerufen unter: www.tuerkei-recht.de/downloads/verfassung.pdf [09.06.2017].

Dobel, Sabine: Fesche Madln ohne Dirndl, in: WeltN24 am 09.10.2013, abgerufen unter: www.welt.de/regionales/muenchen/article120759778/Fesche-Madln-ohne-Dirndl.html [21.08.2017].

dpa: BUND wählt Hubert Weiger aus Bayern zum neuen Vorsitzenden. 01.12.2007. © dpa Deutsche Presse-Agentur GmbH.

dpa: Dax-Vorstände verdienen weniger – Aber 50 Mal so viel wie Angestellte. 07.07.2016. © dpa Deutsche Presse-Agentur GmbH.

dpa: Der Nato-Einsatz „Resolute Support“ in Afghanistan. 11.11.2016. © dpa Deutsche Presse-Agentur GmbH.

dpa: Greenpeace in Nöten wegen umstrittener Protestaktion in Peru. 13.12.2014. © dpa Deutsche Presse-Agentur GmbH.

dpa/lby: Mehr Trockenheit in Bayern durch Klimawandel. 22.03.2015. © dpa Deutsche Presse-Agentur GmbH.

Durand, Fréderic: Wenn die Polkappen schmelzen, abgerufen unter: www.naturefund.de/erde/atlas_der_welt/bedrohte_umwelt/wenn_die_polkappen_schmelzen.html [10.07.2017].

Edenhofner, Anita: Flüchtlinge, Asylbewerber, Migranten. Was unterscheidet sie?, in: ARD-alpha, 08.10.2014, abgerufen unter: www.br.de/fernsehen/ard-alpha/sendungen/punkt/syrien-fluechtling-asylbewerber-100.html [28.06.2017].

Effern, Heiner; Schnell, Lisa; Wittl, Wolfgang: Geschenke statt Verbote, 18.07.2017, abgerufen unter: www.sueddeutsche.de/muenchen/massnahmen-gegen-schadstoffbelastung-geschenke-statt-verbote-1.3593383 [23.01.2018].

Engelhardt, Wera: Flüchtlinge krimineller als Deutsche? Kriminologe erklärt, wieso das falsch ist, in: FOCUS Online, 06.02.2017, abgerufen unter: www.focus.de/politik/deutschland/neue-zahlen-des-bka-enthuellt-fluechtlinge-krimineller-als-deutsche-kriminologe-erklaert-wieso-das-falsch-ist_id_6604843.html [28.06.2017].

EU-Vertretung in Deutschland: Der Euro ist eine stabile Währung und bietet viele Vorteile, 01.03.2017, abgerufen unter: https://ec.europa.eu/germany/eu60/stabile_waehrung_de [14.07.2017].

Fischhaber, Anna; Gierke, Sebastian: Nach der Katastrophe ist vor der Katastrophe, in: Süddeutsche Zeitung, 03.06.2013, abgerufen unter: www.sueddeutsche.de/bayern/hochwasserschutz-in-bayern-nach-der-katastrophe-ist-vor-der-katastrophe-1.1687176 [25.06.2017].

Fraenkel, Ernst: Der Pluralismus als Strukturelement der freiheitlich-rechtsstaatlichen Demokratie, in: Franz Nuscheler, Winfried Steffani (Hg.): Pluralismus. Konzeptionen und Kontroversen, München, Piper, 1972, S. 159–162.

Gadamer, Hans-Georg: Das Erbe Europas, Frankfurt am Main, Suhrkamp, 1989.

Gärditz, Klaus: Stellungnahme zum Entwurf eines Gesetzes zur Änderung des Grundgesetzes (Artikel 3 Absatz 3 Satz 1) – Anhörung des Rechtsausschusses des Deutschen Bundestags am 21. April 2010, abgerufen unter: www.artikeldrei.de/fileadmin/artikel3/dokumente/Stellungnahme_G__rditz.pdf [21.04.2017].

Gehrmann, Ann-Katrin: Anfeindungen und Übergriffe, in: Frankfurter Allgemeine, 20.04.2016, abgerufen unter: www.faz.net/aktuell/feuilleton/debatten/deutschland-faellt-in-der-rangliste-der-pressefreiheit-zurueck-14188045.html [28.06.2017].

Geißler, Rainer: Die Sozialstruktur Deutschlands. Zur gesellschaftlichen Entwicklung mit einer Bilanz der Wiedervereinigung, 4. Aufl., Wiesbaden, VS Verlag für Sozialwissenschaften, 2006.

Goethe, Johann Wolfgang: Die Wahlverwandtschaften. München, dtv, 1984.

Goeudevert, Daniel: Der Horizont hat Flügel. Die Zukunft der Bildung, München, Econ, 2001.

Graf, Johannes: Köln und die Folgen – Wie eine Silvesternacht das Land veränderte, in: n-tv, 28.12.2016, abgerufen unter: www.n-tv.de/politik/Wie-eine-Silvesternacht-das-Land-veraenderte-article19200421.html [28.06.2017].

Green City e.V.: Green City e.V. – Wir machen es einfach!, abgerufen unter: www.greencity.de/ueber-uns/ [25.06.2017].

Greenpeace e.V.: Greenpeace stellt sich vor, abgerufen unter: www.greenpeace.de/ueber-uns/greenpeace-stellt-sich-vor [10.07.2017].

Grimm, Dieter: Norm(en), in: Lexikon der Politikwissenschaft, hg. von Dieter Nohlen und Rainer-Olaf Schultze, Band 2 N–Z, München, Beck, 2002, S. 582–583.

Gusy, Christoph: Das Grundgesetz im Wandel der Zeit, in: Dossier: Grundgesetz und Parlamentarischer Rat, hg. von der Bundeszentrale für politische Bildung, 01.09.2008, abgerufen unter: www.bpb.de/geschichte/deutsche-geschichte/grundgesetz-und-parlamentarischer-rat/38992/veraenderungen?p=0 [04.07.2017].

Hillgruber, Christian: Scheinbares Wohlbefinden – Medien in der Demokratie, in: Frankfurter Allgemeine Zeitung, Nr. 36, 12. Februar 2003, S. 7.

Hillje, Johannes: Massenspaltungsmedium, in: Frankfurter Allgemeine, 15.11.2016, abgerufen unter: www.faz.net/aktuell/politik/inland/macht-der-medien-wie-facebook-die-politik-spaltet-14524894.html?printPagedArticle=true#pageIndex_2 [28.06.2017].

Hitschold, Hans-Joachim: Staatskunde, Grundlagen für die politische Bildung, 11., überarb. Aufl., Stuttgart u. a., Boorberg, 2000.

Hofstede, Geert: Interkulturelle Zusammenarbeit. Kulturen – Organisation – Management, Wiesbaden, Gabler, 1993.

Hofstede, Geert; Hofstede, Gert Jan: Lokales Denken, globales Handeln: Interkulturelle Zusammenarbeit und globales Management, 5. Aufl., München, C.H. Beck, 2011.

Hradil, Stefan: Soziale Ungleichheit in Deutschland, Nachdruck der 8. Auflage, Wiesbaden, VS Verlag für Sozialwissenschaften, 2005.

Huinink, Johannes: Familie: Konzeption und Realität, in: Informationen zur politischen Bildung 301/2009, abgerufen unter: www.bpb.de/izpb/8017/familie-konzeption-und-realitaet?p=all [11.09.2017].

Hurrelmann, Klaus; Ulich, Dieter (Hg.): Handbuch Sozialisationsforschung. Weinheim, Beltz Verlag, 1980.

Innenministerium Mecklenburg-Vorpommern: Pressemitteilung, 17.12.2010, abgerufen unter: www.uis-mv.de/serviceassistent/_php/download.php?datei_id=30377 [25.06.2017].

Institut der deutschen Wirtschaft Köln Medien GmbH (Hg.): Migranten in Deutschland: Zahlen und Fakten,

27.08.2011, abgerufen unter: www.wirtschaftundschule.de/aktuelle-themen/arbeitsmarkt-berufsorientierung/berufliche-integration/migranten-in-deutschland-zahlen-und-fakten/ [28.06.2017].

Jaschke, Hans-Gerd: Politischer Extremismus, Wiesbaden, VS Verlag für Sozialwissenschaften, 2006.

Joubert, Joseph: Gedanken, Versuche und Maximen, übersetzt von Franz Pocci, Warendorf, J. Hoof, 2008.

Kaiser, Stefan: „Ich kann verstehen, wenn die Deutschen Angst haben", in: Spiegel Online, 07.10.2013, abgerufen unter: www.spiegel.de/wirtschaft/soziales/harold-james-zur-rolle-deutschlands-in-europa-a-926162.html [14.07.2017].

Kant, Immanuel: Zum Ewigen Frieden. Ein philosophischer Entwurf, Königsberg, Friedrich Nicolovius, 1795.

Keller, Claudia; Kögel, Annette: „Zwei Grundrechte kollidieren", Kritik an Urteil zur rituellen Beschneidung, in: Potsdamer Neueste Nachrichten, 29.06.2012, abgerufen unter: www.pnn.de/brandenburg-berlin/659962/ [04.07.2017].

Kern, Julia: Rabiater Oberhirte, in: Frankfurter Allgemeine, 24.06.2012, abgerufen unter: www.faz.net/aktuell/gesellschaft/menschen/sea-shepherd-chef-paul-watson-rabiater-oberhirte-11795691.html?printPagedArticle=true#pageIndex_2 [25.06.2017].

Kessel, Martin: Gegengabe: Aphoristisches Kompendium für hellere Köpfe, Darmstadt, Luchterhand, 1960.

Kolat, Kenat: 60 Jahre Grundgesetz – Entwicklungen im Zuge der Migration, Rede im Rahmen der Veranstaltung der TGD – 60 Jahre Grundgesetz der Bundesrepublik Deutschland, 25. März 2009 im Roten Rathaus, Berlin, S. 3, abgerufen unter: www.artikeldrei.de/dokumente/Kenan_Kolat_Rede.pdf [04.07.2017].

Krauel, Torsten: Grundrechte statt Blutsrechte, in: WeltN24, 12.09.2016, abgerufen unter: www.welt.de/print/welt_kompakt/print_politik/article158066438/Grundrechte-statt-Blutsrechte.html [04.07.2017].

Krüger, Thomas: Keynote „Das Neue verändert das Bestehende" zu den Medientagen München 2011, abgerufen unter: www.bpb.de/presse/51078/revolutionsplattform-facebook-wie-das-internet-politische-umbrueche-beeinflusst [22.08.2017].

Küsters, Hanns Jürgen; Hammes, Frank: Schuman-Plan, in: Internet-Publikation der Konrad-Adenauer-Stiftung e.V., abgerufen unter: www.konrad-adenauer.de/stichworte/europapolitik/schuman-plan [14.07.2017].

Kultusministerkonferenz: Einheitliche Prüfungsanforderungen in der Abiturprüfung Sozialkunde/Politik, abgerufen unter: www.kmk.org/fileadmin/Dateien/veroeffentlichungen_beschluesse/1989/1989_12_01-EPA-Sozialk-Politik.pdf [23.01.2018].

Langenau, Lars: Die dunkle Seite des Panda, in: Süddeutsche Zeitung, 28.05.2012, abgerufen unter: www.sueddeutsche.de/wissen/schwarzbuch-wwf-die-dunkle-seite-des-panda-1.1366518 [25.06.2017].

Lobenstein, Catarina; Piegsa, Oskar; Sartor, Annika; Weidinger, Elisabeth: Sind Sie politisch?, in: ZEIT Campus, Nr. 4, Juli/August 2013, S. 18, 20, 22.

Lotter, Wolf: Der Entwicklungshelfer. In: brand eins, Ausgabe 09/2017, Schwerpunkt Lernen, S. 28.

Lotter, Wolf: Der Preis der Freiheit. Interview mit Wolfgang Clement, in: brand eins, Nr. 01/2011, S. 69.

Lutz, Martin: BKA-Bericht zeigt, welche Straftaten Flüchtlinge begehen, in: WeltN24, 08.06.2016, abgerufen unter: www.welt.de/politik/deutschland/article156051826/BKA-Bericht-zeigt-welche-Straftaten-Fluechtlinge-begehen.html [28.06.2017].

Macho, Thomas: Politische Avatare. Jörg Haider und die Mediendemokratie, in: Hauch, Gabriella; Hellmuth, Thomas; Pasteur, Paul (Hg.): Populismus. Ideologie und Praxis in Frankreich und Österreich, Innsbruck, Wien, München, Bozen, StudienVerlag, 2002, S. 165.

Mayer-Rüth, Oliver: Türkische Medien – zu nah dran an Erdogan?, in: tagesschau.de, 27.10.2016, abgerufen unter: www.tagesschau.de/ausland/journalisten-tuerkei-105.html [09.06.2017].

Merwald, Anna Sophia; Steinmetz, Linus: „Wir haben ein Anliegen und wir haben Recht!", 15.03.2019, abgerufen unter: www.jetzt.de/politik/fridaysforfuture-interview-mit-sprecher-linus-steinmetz [18.04.2019].

Mohammadi, Sara: Im Iran flirten junge Menschen im Stau, in: jetzt, 22.01.2017, abgerufen unter: www.jetzt.de/iran/flirten-ist-im-iran-ein-kompliziertes-spiel [06.02.2017].

Neirich, Uwe: Erinnern heißt wachsam bleiben: pädagogische Arbeit in und mit NS-Gedenkstätten, Mühlheim a. d. R., Verlag an der Ruhr, 2000.

Nordatlantikvertrag, abgerufen unter: www.nato.diplo.de/Vertretung/nato/de/04/Rechtliche__Grundlagen/Nordatlantikvertrag.html [13.06.2017].

Oltmer, Jochen: Deutsche Migrationsgeschichte seit 1871, in: Grundlagendossier Migration, 15.03.2005, abgerufen unter: www.bpb.de/gesellschaft/migration/dossier-migration/56355/migration-1871-1950 [26.06.2017].

Pappi, Franz Urban: Wert, in: Lexikon der Politikwissenschaft, hg. von Dieter Nohlen und Rainer-Olaf Schultze, Band 2 N-Z, München, Beck, 2002, S. 1086.

Pötzsch, Horst: Sozialstaat, 15.12.2009, abgerufen unter: www.bpb.de/politik/grundfragen/deutsche-demokratie/39302/sozialstaat?p=all [14.04.2019].

Prantl, Heribert: Der Terrorist als Gesetzgeber. Wie man mit der Angst Politik macht, München, Droemer, 2008.

Prantl, Heribert: Die Zeit ist reif für Volksentscheide, in: Süddeutsche Zeitung, 26.06.2012, abgerufen unter: www.sueddeutsche.de/politik/verfassungsmaessigkeit-von-plebisziten-die-zeit-ist-reif-fuer-volksentscheide-1.1392376 [28.06.2017].

Preuß, Roland: Inkognito zum neuen Job, in: Süddeutsche Zeitung, 17.04.2012, abgerufen unter: www.sueddeutsche.de/karriere/anonyme-bewerbungen-inkognito-zum-neuen-job-1.1334284 [09.06.2017].

Puhl, Jan: Ein Netz von Abhängigkeiten, in: Der Spiegel, Nr. 2/2017, S. 94 f.

Rammer, Stefan: Nach dem Hochwasser: Die Ursachen der Flut in Rottal-Inn, in: Passauer Neue Presse, 08.06.2016, abgerufen unter: www.pnp.de/nachrichten/bayern/2102376_Nach-dem-Hochwasser-Die-Ursachen-der-Flut-in-Rottal-Inn.html [10.07.2017].

Rede des Abgeordneten Carlo Schmid (SPD) vor dem Parlamentarischen Rat am 08.09.1948, in: Der Parlamentarische Rat 1948–1949, Akten und Protokolle, Bd. 9: Plenum. Bearbeitet von Wolfram Werner, München, Harald Boldt Verlag im R. Oldenbourg Verlag, 1996, S. 20 ff.

Robin Wood e. V.: [Startseite], abgerufen unter: www.robinwood.de/kampagnen/kohle-killt-klima[25.06.2017].

Robinson, Maya; Holler, Daniel: Iran: Interview mit Houshang Asadi zur aktuellen Lage der Menschenrechte im Iran, abgerufen unter: www.igfm.de/iran/interview-asadi/ [28.06.2017].

Rohland, Jörg von: Mehr Tornados in Bayern, in: Bayernkurier, 01.06.2015, abgerufen unter: www.bayernkurier.de/inland/2329-mehr-tornados-in-bayern/ [10.07.2017].

Rousseau, Jean-Jacques: Vom Gesellschaftsvertrag, Übersetzer: Hans Brockard. Stuttgart, Reclam 1994.

Rudolf, Beate: Grußwort – Festakt 20 Jahre LSVD, abgerufen unter: www.artikeldrei.de/fileadmin/artikel3/dokumente/Grusswort_Beate_Rudolf_Festakt_20_Jahre_LSVD_09_04_2010.pdf [08.06.2017].

Rudolf, René; Bischoff, Ringo; Leiderer, Eric (Hg.): Protest – Bewegung – Umbruch. Von der Stellvertreter- zur Beteiligungsdemokratie, Hamburg, VSA: Verlag, 2011.

Sächsischer Flüchtlingsrat: Dublin III Verordnung – Verordnung (EG) Nr. 604/2013, abgerufen unter: www.saechsischer-fluechtlingsrat.de/de/dublin-iii-verordnung-verordnung-eg-nr-6042013/ [28.06.2017].

Schadnow, Andrej: Schadnow-Bericht – die Sicht der Sowjetunion, in: Lautemann, Wolfgang; Schlenke, Manfred (Hg.): Geschichte in Quellen. Bd. 7: Die Welt seit 1945, bearb. von Helmut Krause u. Karlheinz Reif, München, Bayerischer Schulbuch-Verlag, 1980.

Schäfer, Anton: Verfassungsentwürfe zur Gründung einer Europäischen Union, 1923–2004, CD-ROM, Edition Europa, Dornbirn, 2005.

Schimank, Uwe: Die drei Voraussetzungen des Individualisierungsprozesses, in: Schimank, Uwe: Individualisierung der Lebensführung, Dossier der Bundeszentrale für politische Bildung, 31.05.2012, abgerufen unter: www.bpb.de/politik/grundfragen/deutsche-verhaeltnisse-eine-sozialkunde/137995/individualisierung-der-lebensfuehrung?p=all [09.06.2017].

Schimank, Uwe: Individualisierungsgewinne, in Schimank, Uwe: Individualisierung der Lebensführung, Dossier der Bundeszentrale für politische Bildung, 31.05.2012, abgerufen unter: www.bpb.de/politik/grundfragen/deutsche-verhaeltnisse-eine-sozialkunde/137995/individualisierung-der-lebensfuehrung?p=all [09.06.2017].

Schlötzer, Christiane; Preuß, Roland; Schoepp, Sebastian: Der große Wert der Migranten für Europa, in: Süddeutsche Zeitung, 29.11.2014, abgerufen unter: www.sueddeutsche.de/wirtschaft/intelligent-beweglich-widerstandfaehig-der-grosse-wert-der-migranten-fuer-europa-1.2172811 [28.06.2017].

Schmidt, Manfred G.: Das politische System Deutschlands, 3., aktual. Auflage, München, C.H. Beck, 2016.

Schneider, Jan: Aussiedler, in: Grundlagendossier Migration, 15.03.2005, abgerufen unter: www.bpb.de/gesellschaft/migration/dossier-migration/56394/aussiedler [26.06.2017].

Schubert, Andreas: Ganz dicke Luft, in: Süddeutsche Zeitung, 24.03.2017, abgerufen unter: www.sueddeutsche.de/muenchen/grenzwert-ueberschritten-ganz-dicke-luft-1.3435609 [25.06.2017].

Schubert, Klaus; Klein, Martina: Das Politiklexikon. 6., aktual. und erw. Aufl., Bonn, Dietz, 2011.

Schulte von Drach, Markus C.: Gibt es Parallelgesellschaften in Deutschland?, in: Süddeutsche Zeitung, 10.08.2016, abgerufen unter: www.sueddeutsche.de/politik/muslime-und-migranten-gibt-es-parallelgesellschaften-in-deutschland-1.3012266 [28.06.2017].

Sea Shepherd Deutschland e. V.: Über Uns, abgerufen unter: www.sea-shepherd.de/about [25.06.2017].

SINUS Markt- und Sozialforschung GmbH (Hg.): Informationen zu den Sinus-Milieus® 2017, Heidelberg/Berlin, 01/2017, S. 16.

Sommer, Michael zur „Aktion 3+ Lesben und Schwule in die Verfassung“, zit. nach Timm, Klaus: _ Benachteiligung von Lesben, Schwulen und Trans* in keinem Fall hinnehmbar, in: queer_Format, Gewerkschaftsmagazin für Lesben und Schwule, Bisexuelle und Transgender, 24, 2011, S. 8.

Staud, Toralf: Keine Toleranz für die Intoleranz, in: fluter, 2012/Nr. 42, S. 15.

Steinbach, Peter: Antwort auf den totalen Staat. Das Grundgesetz spiegelt Erfahrungen mit der nationalsozialistischen Diktatur – und mit den Anfängen des ostdeutschen Unrechtsregimes.

Eine kleine Verfassungsgeschichte, in: Der Tagesspiegel, 13.05.2009, abgerufen unter: www.tagesspiegel.de/wissen/60-jahre-grundgesetz-antwort-auf-den-totalen-staat/1510770.html [04.07.2017].

Stenografische Berichte des Deutschen Bundestages, 20. Sitzung, 29. Januar 2010, S. 1796.

Sturm, Roland: Demokratie als „Leitgedanke" des deutschen Föderalismus, 03.05.2013, abgerufen unter: http://www.bpb.de/izpb/159332/demokratie-als-leitgedanke-des-deutschen-foederalismus?p=all [14.04.2019].

Truman, Harry S.: Truman-Doktrin – die Sicht des Westens, in: Lautemann, Wolfgang; Schlenke, Manfred (Hg.): Geschichte in Quellen. Bd. 7: Die Welt seit 1945, bearb. von Helmut Krause u. Karlheinz Reif, München, Bayerischer Schulbuch-Verlag, 1980.

Ulrich, Stefan: Wann direkte Demokratie gefährlich werden kann, in: Süddeutsche Zeitung, 05.10.2016, S. 4.

UNRIC: Charta der Vereinten Nationen und Statut des Internationalen Gerichtshofs, abgerufen unter: www.unric.org/html/german/pdf/charta.pdf [25.06.2017].

Vahabzadeh, Susan: Das sparsame Leben der Rentnerinnen, in: Süddeutsche Zeitung, 16.04.2019, abgerufen unter: www.sueddeutsche.de/kultur/irene-goetz-kein-ruhestand-wie-frauen-mit-altersarmut-umgehen-rezension-1.4411980 [25.04.2019].

Valentinov, Vladislav: Putins Perspektive vermeiden, in: The European, 05.03.2014, abgerufen unter: www.theeuropean.de/vladislav-valentinov/8070-die-gesellschaftliche-bedeutung-von-ngos [10.07.2017].

Varwick, Johannes: Das neue strategische Konzept der NATO, in: APuZ 50/2010, S. 23–29.

Weisband, Marina: Keine Macht der Lüge, in: ZEIT ONLINE, 28.01.2017, abgerufen unter: www.zeit.de/2017/05/alternative-fakten-luegen-donald-trump-regierung-methode [28.06.2017].

Weiß, Marlene: Massive Regenwald-Abholzung in Brasilien, in: Süddeutsche Zeitung, 01.12.2016, abgerufen unter: www.sueddeutsche.de/wissen/umweltschutz-massive-regenwald-abholzung-in-brasilien-1.3275187 [10.07.2017].

Welzer, Harald: So sieht es aus, wenn Revolutionen beginnen, in: Frankfurter Allgemeine Zeitung, 07.05.2013, abgerufen unter: www.faz.net/aktuell/feuilleton/wahre-geschichten-aus-der-wuenschenswerten-zukunft-1-so-sieht-es-aus-wenn-revolutionen-beginnen-12175679.html [08.06.2017].

Welzer, Harald: Wir sind die Mehrheit – Für eine **offene** Gesellschaft, Frankfurt am Main, S. Fischer Verlag, 2017.

Wickel, Horst Peter: In Bayern stößt erneuerbare Energie auf Gegenwind, in: WeltN24, 20.03.2017, abgerufen unter: www.welt.de/regionales/bayern/article162951606/In-Bayern-stoesst-erneuerbare-Energie-auf-Gegenwind.html [25.06.2017].

Winkelmeier-Becker, Elisabeth: Änderung des Grundgesetzes Art. 3., Merkmal „sexuelle Identität", in: elisabeth-winkelmeier-becker.de, abgerufen unter: www.elisabeth-winkelmeier-becker.de/index.php/mein-wahlkreis/buergeranfragen/1058-aenderung-des-grundgesetzes-art-3-merkmal-sexuelle-identitaet [04.07.2017].

WWF Deutschland: Unser Leitbild, abgerufen unter: www.wwf.de/ueber-uns/unser-leitbild/ [25.06.2017].

WWF Deutschland: Strategie des WWF 2018 bis 2022, 02.08.2017, abgerufen unter: www.wwf.de/ueber-uns/strategie-des-wwf/ [23.01.2018].

Zerbel, Miriam: Bayern bremst den längsten Eisenbahntunnel der Welt, in: WeltN24, 05.01.2015, abgerufen unter: www.welt.de/regionales/bayern/article135958959/Bayern-bremst-den-laengsten-Eisenbahntunnel-der-Welt.html [25.06.2017].

Sachwortverzeichnis

Bildquellenverzeichnis

akg-images GmbH, Berlin: 190 (Pictures From History), 209.2.
Aktion Deutschland Hilft e.V., Bonn: 140.1.
alamy images, Abingdon/Oxfordshire: 188.4 (Upitis, Alvis).
Axel Springer Syndication GmbH, Berlin: 132.1.
Baaske Cartoons, Müllheim: 14 (Mester, Gerhard), 30.1 (Mohr, Burkhard), 137 (Mester, Gerhard), 139 (Plaßmann, Thomas), 172.3 (Gerhard Mester), 178 (Mohr, Burkhard), 182 (Mohr, Burkhard), 216.2 (Gerhard Mester).
BAMF Bundesamt für Migration und Flüchtlinge, Nürnberg: 102.2, 129.2, 141.
Bayerischer Landtag - Landtagsamt Maximilianeum, München: 6.6.
Bengen, Harm, Norden: 24.2, 230.2.
Bergmoser + Höller Verlag AG, Aachen: 37, 40, 52, 54, 61, 214.2.
Bischöfliches Ordinariat Erfurt, Erfurt: 6.2.
bpk-Bildagentur, Berlin: 21.1, 21.2 (SBB).
BUND Naturschutz in Bayern e.V., München: 253 (Kreisgruppe Tirschenreuth/Karl Paulus).
Bundesinstitut für Bevölkerungsforschung (BiB), Wiesbaden: 129.1.
Bundeszentrale für politische Bildung, Bonn: 38 (© Bundeszentrale für politische Bildung/ bpb /Illustrator Andreas Piehl, http://www.bpb.de/nachschlagen/lexika/lexikon-in-einfacher-sprache/249931/gewaltenteilung (31.07.19)), 163, 164, 165, 166.
BÜRO WOLF LOTTER, Köngen: 161.
Calendaria AG, Immensee: 194 (Emil Pfister/Bauernkalender.ch 2018).
Claudia Riedel - imagecontext, Bonn: 30.3.
Designscape Creative GmbH, Illingen: 103.5.
die medienanstalten — ALM GbR, Berlin: 177 (MedienGewichtungsStudie).
fotolia.com, New York: 31.2 (beaubelle), 207.2 (jorisvo).
GAROFALO DESIGN, Bondorf: 198.
Getty Images, München: 149.2 (2015 Photothek), 209.1 (Hulton Archive).
Haitzinger, Horst, München: 24.1, 74.
Hanel, Walter, Bergisch Gladbach: 229.
Haus der Geschichte der Bundesrepublik Deutschland, Bonn: 212 (Pielert, Klaus (Künstler)).
Hild, Claudia, Angelburg: 6.5, 155, 156, 176.
Interfoto, München: imagebroker 195.6.
iStockphoto.com, Calgary: Titel (Handy) (AndreyPopov), Titel (Hintergrund) (photo75), 102.4 (hh5800); 173.3 (Digital Vision), 173.4 (kali9), 188.1 ferrantraite), 188.2 (Digital Vision).
Jahreszeiten Verlag GmbH, Hamburg: 149.3 (obs).
Janson, Jürgen, Landau: 148.2.
Jouve Germany GmbH & Co. KG, München: 106, 116, 128, 197.
Koufogiorgos, Kostas; www.koufogiorgos.de, Haigerloch: 230.1.
Kumpe, Bettina, Braunschweig: 22.
Langner & Partner Werbeagentur GmbH, Hemmingen: 7.4.
Luftsportverein Aichach e.V., Aichach: 243 (Mario Lindner).
National Geographic Society, Washington, D.C. 20036: 246.2 (Jason Treat).
NATO, Brüssel: 206.1, 227.
Oxfam Deutschland e.V., Berlin: 206.3.
Pfohlmann, Christiane, Landsberg am Lech: 14.1.
Picture-Alliance GmbH, Frankfurt/M.: 6.3 (Alker, J. W.), 7.1 (Daniel Bockwoldt), 7.2 (JOKER), 14.3 (dpa), 14.4 (AP Photo/Nath, Anupam), 26 (REUTERS/STR), 31.1 (dpa/M. Murat), 53 (dpa-infografik), 57 (dpa-infografik), 59 (dpa-infografik), 60 (dpa/Uli Deck), 72.1 (dpa), 72.2 (dpa), 93 (dpa-infografik), 95.2 (Marcel Kusch), 96 (dpa-infografik), 98 (Federico Gambarini), 102.3 (abaca), 103.3 (dpa), 113 (dpa-infografik), 132.2 (Wolfram Stein), 134 (Andreas Altwein), 140.2 (dpa-infografik), 142.1 (Weigel, Armin), 142.2 (AP Photo), 142.3 (dpa), 146 (Henning Kaiser), 148.1 (dpa/sdmg/Friebe), 149.1 (dpa), 149.4 (ZB), 149.5 (GES/ Markus Gilliar), 159 (dpa-infografik), 160 (dpa-infografik), 162.2 (CITYPRESS 24), 162.3 (dpa), 172.4 (AP Images), 173.1 (Kneffel), 173.2 (REUTERS), 192.1 (M.i.S.-Sportp), 195.2 (imageBROKER), 195.3 (Arco Images GmbH/ Bernhard, A.), 195.4 (Westend61/Siepmann, Martin), 199 (AP Photo/Rahmat Gul), 207.3 (EFE), 207.4 (Kahnert, Sebastian), 209.3 (dpa-Zentralbild), 223 (dpa-infografik), 224 (dpa-infografik), 225 (AP Photo), 228 (dpa-infografik), 242 (Bayerisches Innenministerium/ dpa), 244 (dpa), 245 (Yomiuri), 246.1 (The Canadian Press), 247 (GREENPEACE), 250 (null), 251 (AP Images),

256 (PHOTOPQR/LE_PROGRES), 259 (AAP/SEA SHEPHERD AUSTRALIA).

PowerShift - Verein für eine ökologisch-solidarische Energie- & Weltwirtschaft e.V., Berlin: 257 (Bündnis Kohleausstieg Berlin © Erik Marquardt/ CC BY-NC 2.0).

Punch Ltd., London, W1K 1NA: 137.2 (Leslie Gilbert Illingworth/Brain Drain).

Reporter ohne Grenzen e. V., Berlin: 7.3, 172.2 (Stefanie Eisenschenk).

Richter-Publizistik, Bonn: 216.1, 230.3, 236.

Shutterstock.com, New York: 231 (Marco Rubino).

SINUS-Institut - Markt- und Sozialforschung GmbH, Heidelberg: 108, 110, 111.

Speth, Frank, Quickborn: 29, 95.1.

stock.adobe.com, Dublin: 103.1 (route55), 103.4 (Teteline), 172.1 (sdecoret), 188.3 (Alexander), 195.1 (Andreas P).

Stuttmann, Klaus, Berlin: 30.2, 30.4, 102.1, 136, 183.

Süddeutsche Zeitung - Photo, München: 6.1 (dpa), 195.5 (RoHa-Fotothek Fürmann), 262 (Catherina Hess).

TOM Cartoons & Comics, Berlin: 130.

toonpool.com, Berlin, Castrop-Rauxel: 6.4 (ERL), 180 (Kostas Koufogiorgos), 191.2 (BESS/toonpool.com).

Traxler, Hans, Frankfurt/Main: 191.1.

United Nations Photo Library/Department of Public Information, New York: 206.2 (UN Photo/Marco Dormino).

wikimedia.commons: 162.1 (Roletschek, Ralf), 192.2 (Wikimedia Commons PD/TobiWanKenobi), 193 (Wikimedia Commons CC-BY-SA-2.5/böhringer friedrich).

Zentrale für Unterrichtsmedien im Internet e. V, Gerabronn: 103.2.

© Statistisches Bundesamt (Destatis), Wiesbaden: 158, 196.

Wir arbeiten sehr sorgfältig daran, für alle verwendeten Abbildungen die Rechteinhaberinnen und Rechteinhaber zu ermitteln. Sollte uns dies im Einzelfall nicht vollständig gelungen sein, werden berechtigte Ansprüche selbstverständlich im Rahmen der üblichen Vereinbarungen abgegolten.